위험한 관계

Les liaisons dangereuses
1782

Choderlos de Laclos

대산세계문학총서 068

위험한 관계

쇼데를로 드 라클로 지음

윤진 옮김

문학과지성사
2007

대산세계문학총서 068_소설
위험한 관계

지은이 쇼데를로 드 라클로
옮긴이 윤진
펴낸이 이광호
펴낸곳 ㈜문학과지성사
등록번호 제1993-000098호
주소 04034 서울 마포구 잔다리로7길 18(서교동 377-20)
전화 02) 338-7224
팩스 02) 323-4180(편집) 02) 338-7221(영업)
전자우편 moonji@moonji.com
홈페이지 www.moonji.com

제1판 제1쇄 2007년 12월 21일
제1판 제8쇄 2023년 8월 21일

ISBN 978-89-320-1828-7
ISBN 978-89-320-1246-9(세트)

이 책의 판권은 옮긴이와 ㈜문학과지성사에 있습니다.
양측의 서면 동의 없는 무단 전재 및 복제를 금합니다.

이 책은 대산문화재단의 외국문학 번역지원사업을 통해 발간되었습니다.
대산문화재단은 大山 愼鏞虎 선생의 뜻에 따라 교보생명의 출연으로 창립되어
우리 문학의 창달과 세계화를 위해 다양한 공익문화사업을 펼치고 있습니다.

차례

제1부 7
제2부 145
제3부 281
제4부 409

옮긴이 해설 · 낭만적 환상과 소설적 환멸 547
작가 연보 553
기획의 말 555

제1부

첫번째 편지

세실 볼랑주가 ×××의 성(聖) 우르슬라 수녀원에 있는 소피 카르네에게

자, 이젠 내가 약속을 잘 지킨다는 걸 알겠지? 모자와 꽃 장식을 매만지느라고 시간을 다 보내지는 않는다는 걸 말이야. 언제든지 너를 위해 내줄 시간은 있을 거야. 하지만 오늘 하루 동안에 그동안 4년 동안 우리가 함께 지내면서 본 것보다 더 많은 장신구를 본 건 사실이야. 난 수녀원에 처음 찾아갈 때 탕빌[1]을 면회 신청할 거야. 사치스럽고 오만한 애니까 속이 쓰리겠지? 옛날에 자기가 멋지게 차려입고 나타날 때마다 우리가 속상해한다고 생각했겠지만, 이번에는 그때와 비교가 안 되게 갚아줄 거야. 엄마는 어떤 일이든 모두 나하고 상의하셔. 이제는 예전처럼 학생으로 취급하시지 않는 거지. 내 시중을 드는 하녀도 따로 있어. 나 혼자 쓰는 방

---

1 같은 수녀원 기숙학교의 학생.

과 화장실도 있고. 지금 난 아주 예쁜 책상에 앉아서 너한테 편지를 쓰고 있단다. 열쇠도 내가 가지고 있어서 마음대로 다 집어넣고 잠글 수 있어. 매일 아침 엄마가 일어나시면 인사하러 가야 하지만, 언제나 엄마와 나 둘뿐이니까 머리 손질은 점심 전에만 하면 된다고 하셨어. 매일 그때쯤에 오후 몇 시에 엄마와 함께 있어야 하는지 얘기해주시겠대. 나머지는 다 자유시간이란다. 수녀원에서처럼 하프를 타기도 하고, 그림을 그리고, 책을 읽기도 해. 그러니까 그때랑 똑같은데, 옆에서 야단을 치시는 페르페튜 수녀님이 안 계시다는 것만 다르지. 아니, 하기 싫으면 아무것도 안 하고 있어도 된다는 것도 있구나. 하지만 어차피 함께 이야기하고 웃고 지낼 내 친구 소피가 없으니, 그냥 뭐라도 하는 편이 더 나은걸.

아직 5시가 안 되었네. 엄마한테는 7시에 가면 되니까 아직 시간은 충분하고, 너한테 무슨 얘기라도 들려주어야 할 텐데! 난 아직 아무 얘기도 듣지 못했는걸. 이것저것 준비가 진행되는 걸 내 눈으로 보지 않았다면, 그리고 그 많은 재봉사가 날 보러 오지 않았다면, 정말 엄마가 날 결혼시키려고 하신다는 것도 믿지 못했을 거야. 조제핀[2]이 말한 것도 농담으로 여겼을 테지. 하지만 양갓집 규수는 결혼하기 전까지는 수녀원 기숙학교에 있어야 한다고 말씀하시던 엄마가 나를 수녀원에서 나오게 하신 걸 보면, 조제핀이 한 얘기가 맞을 거야.

조금 전에 마차 한 대가 문 앞에서 멈추었어. 그리고 엄마가 부르신다는 전갈이 왔고. 그분이 오신 거라면 어떻게 하지? 옷치장도 안 했는데 어떻게 해…… 손이 떨리고 가슴이 두근거려. 엄마 방에 있는 사람이 누군지 아느냐고 하녀한테 물었더니, "C×× 님일걸요"라는 거야. 그러면서

---

[2] 수녀원 접수계를 맡은 수녀.

웃었어. 아! 틀림없이 그분인가 봐. 가서 무슨 일이 있었는지는 돌아와서 얘기해줄게. C××가 그분 이름이라는 것만 알아둬. 기다리시게 하면 안 될 것 같아. 잠깐 동안, 안녕.

세상에. 이 가엾은 세실을 너는 정말 비웃을 거야. 너무 창피했어. 하지만 너라도 속았을걸. 엄마한테 갔더니 검은색 옷을 입은 신사가 엄마 곁에 서 있는 거야. 난 최대한으로 정중하게 인사를 하고서, 꼼짝 않고 서 있었어. 내가 그 사람을 얼마나 자세히 살펴보았을지는 짐작이 가지? 그런데 그 사람이 나한테 인사를 하면서 엄마한테 이렇게 말하는 거야. "부인, 정말 아름다운 아가씨로군요. 이렇게 큰 호의를 베풀어주시니 정말 깊이 감사드립니다." 그렇게 노골적으로 속내를 드러내다니, 난 너무 떨려서 몸을 제대로 가눌 수가 없었어. 그래서 의자를 찾아 주저앉아버렸단다. 얼굴이 빨갛게 달아오르고 어쩔 줄 모르겠는 거야. 그런데 글쎄 내가 앉자마자 그 사람이 내 무릎에 얼굴을 들이대는 거야. 가엾은 네 친구 세실은 그만 제정신이 아니었단다. 엄마가 그러시는데, 그때 내 얼굴은 완전 사색이었대. 비명을 지르다시피 하면서 벌떡 일어났거든. 그랬더니 엄마가 웃음을 터뜨리며 이렇게 말씀하시는 거야. "애, 왜 그러니? 자리에 앉아서 이분께 발을 보여드리렴." 알고 보니 그 사람은 구두장이였던 거야. 얼마나 창피했는지 도저히 설명할 수도 없어. 그 자리에 엄마밖에 없었으니 망정이지, 난 정말 결혼하고 나면 그 구두장이는 절대 보지 않을 거야.

아무리 잘난 척해도 이게 우리 모습이라는 걸 너도 인정하지? 그럼, 안녕. 6시가 다 되었구나. 하녀가 그러는데, 이제 옷을 차려입어야 한대. 안녕, 소피. 기숙사에 있을 때처럼 변함없이 너를 좋아해.

추신. 이 편지를 누구 편에 보내야 할지 모르겠어. 조제핀이 올 때까지 기다릴래.

17××년 8월 3일, 파리에서

두 번째 편지

메르테유 후작 부인이 ××× 저택의 발몽 자작에게

돌아와요, 자작님. 이제 그만 돌아오도록 해요. 그 늙은 백모 댁에서 도대체 무얼 하고 계신가요? 이미 백모의 재산은 전부 당신에게 물려주기로 되어 있는데, 거기서 할 일이 뭐가 더 있는 거죠? 이 편지를 받는 즉시 그곳을 떠나도록 해요. 난 지금 당신이 필요하답니다. 아주 좋은 생각이 떠올랐거든요. 그것을 실행에 옮겨달라고 나의 자작님한테 부탁하려는 겁니다. 이 정도만 얘기해도 충분하리라고 믿어요. 다른 사람이 아닌 당신을 선택했다는 것을 영광으로 알고, 어서 달려와 무릎을 꿇고 내 명을 받도록 해요. 당신은 계속해서 내 호의를 받아들이지 않고, 그런데도 난 여전히 당신에게 넘치는 호의를 베풀고 있군요. 당신을 영원히 증오하느냐, 아니면 도에 넘치도록 너그럽게 용서해주느냐, 둘 중 하나를 선택해야 하는 이 시점에서 여전히 호의가 우세하다니, 당신은 분명 행복한 사람입니다. 자, 이제 내 계획을 알려줄게요. 하지만 자작님, 그 전에 한 가지 맹세해야 합니다. 나의 충실한 기사로서 이 계획이 마무리될 때까지 다른 연애 사건을 벌이는 일 따위는 절대 없을 거라고 말입니다. 이번 연애는 소설의 주인공한테나 어울릴 법한 일이랍니다. 사랑과 복수를 위한 일이니까요. 아마도 이번 일로 당신의 회상록에 '교활함'[3]이라는 항목을 추가하게 될 겁니다. 그래요, 바로 당신의 회상록 말이에요. 언젠가 당신의 회상록이 발간되었으면 하거든요. 집필은 내가 맡죠. 그 얘기는 이쯤 해두고, 본론으로 들어갑시다.

볼랑주 부인이 딸의 혼사를 추진하고 있답니다. 물론 아직은 아무도 모르는 일이죠. 어제 직접 얘기해주더군요. 그런데 누구를 사윗감으로 골랐는지 알아요? 바로 제르쿠르 백작이랍니다. 내가 제르쿠르와 친척이 되리라는 걸 어떻게 알 수 있었겠어요? 난 정말 화가 나요⋯⋯ 그래요! 아직도 무슨 말인지 모르겠어요? 혹시라도 그렇다면 당신은 정말 둔한 거죠! 설마 지난번 지사 부인 사건을 벌써 용서한 건 아니죠? 당신은 용서했으니 나도 그자를 원망하면 안 된다고 말하지는 않겠죠? 정말 그렇다면 당신은 정말 괴상한 사람인 거죠.[4] 자, 일단 마음을 가라앉히렵니다. 복수할 기회가 왔다고 생각하니 마음이 진정되네요.

제르쿠르는 아내 될 여자를 대단하게 생각하겠죠. 그래서 화가 나요. 나 혼자만 그런 건 아닐 테죠? 피할 수 없는 운명이 앞을 막고 있는데 그것도 모르고 제르쿠르는 자기는 피해갈 수 있다고 자신만만해하겠죠. 그 꼴을 볼 때마다 화가 치밀지 않겠어요? 제르쿠르가 수녀원 기숙학교의 교

---

[3] 이 '교활한 roué' 그리고 '교활한 술수 rouerie'라는 단어는 기품 있는 사람들의 노력에 힘입어 다행스럽게도 사라져가기 시작했다. 하지만 이 편지가 쓰여질 당시에는 통용되던 말이다.

[4] 이 대목을 이해하려면 알아두어야 할 일이 있다. 즉, 제르쿠르 백작은 ××지사 부인을 사귀느라 메르테유 후작 부인을 버렸고, 또 문제의 지사 부인은 발몽 자작을 버렸다. 바로 이때부터 후작 부인과 자작의 관계가 시작되었다. 이 사건은 여기에 수록된 편지들에 얘기되는 사건들 훨씬 전에 있었던 일이기에, 관련된 편지들을 생략하기로 했다.

육에 대해서 말도 안 되는 편견을 가지고 있고, 또 금발 여인에 대한 허황된 선입견이 있다는 것을 알고 있나요? 볼랑주 양이 아무리 6만 리브르*의 연금을 가지고 있다고 해도, 만일 머리가 갈색이거나 수녀원 기숙학교에서 교육을 받지 않았더라면 제르쿠르는 결코 이번 결혼을 받아들이지 않았을 겁니다. 그러니까 우리가 함께 그자가 얼마나 멍청한지를 증명해 보이도록 합시다. 물론 안 그래도 언젠가는 밝혀지겠죠. 그 점은 조금도 걱정하지 않아요. 하지만 아예 시작부터 그래야지 재미있지 않겠어요? 제르쿠르는 결혼 다음 날부터 거들먹거릴 테고, 그 꼴이 얼마나 우스울지 생각해봐요. 물론 당신이 볼랑주 양과 관계를 가졌는데도 제르쿠르가 파리 사람들의 웃음거리가 되지 않는다면, 우리로선 무척 불행한 일이 되겠죠.

게다가 이 새로운 소설의 여주인공은 당신이 충분히 공을 들일 만한 여자인걸요. 겨우 열다섯 살, 그야말로 싹트는 장미꽃 봉오리죠. 하물며 우리와 달리 아주 서툴고 또 꾸밈이 없는 아가씨랍니다. 하기야 당신 같은 남자들은 별로 개의치 않겠군요. 이 아가씨의 눈길은 마치 사랑의 아픔을 호소하는 듯하답니다. 이미 그 눈만으로도 성공을 예감할 수 있는걸요. 또 한 가지, 바로 내가 추천하는 아가씨라는 것도 잊지 말고요.

이 편지는 내일 아침이면 당신 손에 들어갈 겁니다. 내일 저녁 7시에 우리 집으로 오세요. 8시에는 모든 방문을 사절할 겁니다. 요즈음 내가 빠져 있는 기사님도 포함되죠. 사실 그 사람은 이렇게 큰일을 맡을 만한 위인은 아니죠. 자, 이제 내가 사랑 때문이 눈이 멀지는 않았다는 걸 알겠죠? 8시에는 당신을 놓아줄 테니, 10시에 다시 와서 문제의 아가씨와 함께 식사를 하도록 해요. 볼랑주 모녀가 우리 집에 오기로 되어 있으니까

---

* 프랑스 대혁명 이전 구체제하의 화폐 단위.

요. 그럼 이만 마치렵니다. 정오가 지났네요. 이제 자작님은 잠시 제쳐두어야 할 것 같군요.

17××년 8월 4일, 파리에서

세번째 편지

세실 볼랑주가 소피 카르네에게

나의 친구 소피. 난 아직 뭐가 뭔지 어리둥절해. 어제 엄마가 사람들을 많이 초대하셨거든. 난 잘 관찰했어. 특히 남자들을 말이야. 그런데 정말 짜증이 나던걸. 남자나 여자나 모두 나를 빤히 쳐다보면서 자기들끼리 귓속말을 하는 거야. 분명 내 얘기를 했겠지. 괜히 나만 얼굴이 빨갛게 달아오르고, 아무리 내색하지 않으려고 해도 마음대로 안 되는 거야. 정말 그러고 싶지 않았는데. 다른 여자들은 남자들이 쳐다봐도 아무렇지 않았거든. 아니야. 어쩌면 그 여자들도 당황했지만, 얼굴에 볼연지를 바르고 있어서 표가 나지 않았는지도 몰라. 남자가 빤히 쳐다보는데 얼굴이 붉어지지 않는 여자가 어디 있겠니.

제일 속상했던 일은 사람들이 나를 어떻게 생각하는지 알 수 없다는 거였어. 두세 번 "예쁘군"이라는 말을 들은 것도 같아. 하지만 "사교성이 부족하다"는 말을 확실히 들었어. 틀림없이 맞는 말일 거야. 엄마와 친척이고 친하게 지내시는 분이 하신 얘기니까. 하지만 그분은 나를 좋게 보신 것 같아. 어제저녁 파티에서 잠시라도 나한테 말을 건넨 사람은 그분밖에는 없었는걸. 엄마하고 내일 그분 댁에서 저녁식사를 할 거래.

참 파티에서 식사를 한 다음에 어떤 남자가 옆의 다른 남자한테 말하는 걸 들었는데, 분명 내 얘기 같았어. "그대로 더 익어야 해. 올겨울이면 좋아질걸"이라고 했거든. 이 말을 한 사람이 내 결혼 상대인가 봐. 그렇다면 겨우 넉 달밖에 안 남은 거고. 내 결혼이 어디까지 진행되었는지 알았으면 좋겠어.

조제핀이 왔어. 아주 급하다는구나. 아무리 그래도 내가 실수한 것 중 한 가지만 얘기해줄게. 아까 그 부인 말이 맞는지도 몰라.

그러니까 식사 후에 놀이가 시작되었거든. 난 엄마 옆에 앉아 있었는데, 어쩌다 보니 금방 잠이 들어버린 거야. 왁자지껄 웃는 소리에 잠이 깼단다. 사람들이 나 때문에 웃었는지는 잘 모르겠어. 아마 그랬던 것 같아. 엄마가 방으로 가도 좋다고 하셔서 정말 너무 좋았단다. 생각해봐. 그때가 벌써 밤 11시가 넘었는걸. 그럼 이만 안녕, 사랑하는 소피. 늘 너의 친구 세실을 사랑해줘. 사교계는 분명 우리가 상상했던 것만큼 즐거운 곳이 아니야.

17××년 8월 4일, 파리에서

네번째 편지

발몽 자작이 파리의 메르테유 후작 부인에게

부인의 지시는 매력적입니다. 지시를 내리시는 어투는 더욱 그렇고요. 부인의 그 전제군주 같은 횡포마저도 좋아하지 않을 수 없군요. 아시다시피, 진정 유감스럽게도, 제가 주인의 명을 따르는 노예처럼 부인의 말을 받들지 못하는 게 이번이 처음은 아니죠. 하지만 부인께서 아무리 절 '괴상한 사람'이라고 부르셔도, 이전에 보다 달콤한 이름으로 불러주시던 때를 떠올리면 이내 환희에 젖게 된답니다. 심지어 다시 한 번 그 이름에 걸맞은 사람이 되고 싶은 욕망에, 그래서 부인과 함께 한결같은 사랑이 존재한다는 본보기를 세상 사람들에게 보여주고 싶은 욕망에 사로잡히기까지 합니다. 그렇지만 그보다 더 중요한 일이 우리를 부르고 있죠. 정복하라, 그것이 바로 우리의 운명 아닙니까. 이 운명을 따라가야만 합니다. 그러다 보면 우리 두 사람은 다시 만나게 될 겁니다. 왜냐하면—제 얘기가 부인을 화나게 만들지 않기를—너무도 아름다운 후작 부인이시여, 부인께선 언제나 한결같이 저를 따라오시니까요. 우리는 세상 사람들의 행복을 위해서 헤어졌고, 그 이후 우리의 신앙을 각자 자기 주위에 전파해왔지 않습니까? 그날 이후 우리가 행하는 사랑의 전도 사업에서 부인께선 아마 저보다 더 많은 신자를 거느리고 계실 겁니다. 전 부인의 열의를, 불타는 정열을 잘 알고 있습니다. 만일 우리의 신(神)이 우리가 해놓은 일에 따라서 심판을 내리신다면, 부인께선 어느 큰 도시의 수호신이 되실 것이고, 당신의 벗인 저는 기껏해야 작은 마을의 수호성자가 될 테지요. 지금 제 말투에 놀라고 계신가요? 그렇군요. 사실 지난 일주일 동안 저는 이런 말투만을 들었고 또 말했답니다. 부인의 명령을 거역할 수밖에 없는 것도 바로 이 말투에 완벽해지기 위해서입니다.

노여워 마시고 제 얘기를 들어주십시오. 제 마음의 비밀을 모두 알고 계시는 부인께 이제껏 품었던 그 어떤 계획보다도 큰 계획을 털어놓겠습니다. 저한테 어떤 일을 제안하셨지요? 아무것도 모르는 철부지 아가씨, 저항도 없이 이내 몸을 내맡길 그런 아가씨를 유혹하라는 것이었나요? 사랑보다 먼저 호기심에 끌려 넘어올 그런 아가씨를 말인가요? 그 정도라면 저 말고도 할 수 있는 사람들이 얼마든지 있을 겁니다. 하지만 지금 제가 준비하고 있는 일은 다릅니다. 성공하는 날에는 쾌락뿐 아니라 명예도 한 몸에 누릴 수 있는 일이죠. 사랑의 신도 저에게 씌워줄 왕관을 준비하면서 도금양 잎으로 할까 월계수 잎으로 할까 망설이게 될 겁니다. 아니 저의 승리를 기리기 위해서 두 가지를 같이 씌워줄 겁니다. 저의 소중한 벗인 부인께서도 성스러운 존경심을 느끼며 열광적으로 외치게 될 겁니다. "이 사람은 정말 마음에 들어"라고요.

투르벨 법원장 부인을 아시죠? 신앙심이 두텁고, 한 남자의 아내로서 정숙하며, 엄격한 도덕 원칙을 따르는 여자지요. 전 바로 그 여인을 정복하려고 합니다. 진정 제가 상대할 가치가 있는 적이죠.

설사 내가 그것을 얻지 못한다고 하더라도
적어도 시도해보았다는 영예를 얻으리라.

별로 좋은 시는 아니지만, 훌륭한 시인[5]의 작품이니까 인용해도 좋을 겁니다.

법원장은 요즈음 중요한 소송 때문에 부르고뉴 지방에 가 있습니다. (저는 그보다 더 큰 소송에서 그 사람이 지게 만들려는 거지요.) 혼자 남은 반려자는 위로받을 길 없이 혼자 쓸쓸히 지내고 있습니다. 매일 미사에 참석하고, 이 지역의 빈민들을 찾아보고, 아침저녁 기도를 합니다. 또 홀로 산책을 하기도 하고, 우리 늙은 백모님과 신앙심 깊은 이야기를 나눕니다. 이따금은 별로 신나지도 않은 위스크 게임*을 하는 게 유일한 소일

---

5 라 퐁텐.
* 브리지 게임의 기원이 되는 영국의 카드 게임.

거리지요. 이제 제가 투르벨 부인을 위해 보다 효과적인 소일거리를 준비했습니다. 아마도 저의 수호천사가 투르벨 부인의 행복과 또 저의 행복을 위해서 저를 이곳으로 인도했나 봅니다. 처음 만났을 때 격식을 갖추느라고 하루를 허비해버린 게 후회스러울 정도랍니다. 그런데 이런 저를 지금 파리로 불러들이시는 것은 너무 심한 벌입니다. 위스크 게임을 하려면 네 사람이 있어야 한다는 게 얼마나 다행스러운지 모른답니다. 여기에는 마땅한 사람이 마을 사제밖에 없기 때문에 백모께선 저더러 며칠만 더 희생해달라고 간곡하게 부탁하셨고, 제가 동의했으리라는 건 말씀드리지 않아도 짐작하시겠지요. 그때부터 백모께선 절 얼마나 아끼시는지요! 무엇보다도 백모님을 따라 기도회와 미사에 빠지지 않고 참석했더니 어찌나 감동하시는지 아마 상상도 못 하실 겁니다. 물론 백모님께선 제가 어떤 신을 찬미하러 가는지 알지 못하지만요.

그러니까 전 나흘 전부터 아주 강렬한 정념에 사로잡혀 있습니다. 제가 얼마나 욕망이 강한 사람인지, 또 제 앞을 가로막는 장애물들을 얼마나 잘 집어삼켜버리는지, 부인께선 잘 알고 계시죠. 하지만 고독이란 게 어디까지 우리의 욕망을 부채질할 수 있는지는 모르실 겁니다. 전 오직 한 가지 일만을 생각하고 있습니다. 낮에는 생각하고, 밤에는 꿈꿉니다. 그 여자를 사랑한다는 웃음거리가 되지 않기 위해서 그 여자를 정복해야만 합니다. 욕망이 장애물을 만나게 되면 우리를 어디로 끌어가게 되는지 알 수 없잖습니까. 오, 참으로 감미로운 쾌락이여! 나의 행복을 위해서, 무엇보다도 나의 휴식을 위해서 너를 원하노라! 여자들이 야무지게 스스로를 지키지 못한다는 게 우리 남자들에게는 얼마나 다행스러운 일인지 알고 계십니까? 그렇지 않다면 우린 결국 여자들의 소심한 노예가 되고 말겠죠. 지금 이 순간 전 쉽게 무너지는 여인들에게 감사하는 마음입니다.

그리고 그런 마음은 자연스레 저를 당신의 발밑으로 끌어갑니다. 당신의 발아래 엎드려 용서를 구하면서 이 긴 편지를 마칩니다. 그럼 이만. 아름다운 그대여, 부디 저를 원망하지 마시기를.

17××년 8월 5일, ××× 저택에서

다섯번째 편지

메르테유 후작 부인이 발몽 자작에게

자작님, 당신의 편지가 얼마나 불손했는지는 알고 있나요? 화가 날 정도였죠. 하지만 어차피 그 편지는 당신이 제정신이 아니라는 걸 분명하게 증명해주었기 때문에, 일단 노여움을 거두어들이기로 했습니다. 그 한 가지 이유 때문에 난 자작님을 비난하는 것도 잊고, 다정한 벗으로서 자작님한테 닥칠 위험만을 염려하고 있습니다. 이것저것 따져가며 설명을 하는 게 무척이나 성가신 일이지만, 어쩔 수 없군요.

아니 자작님, 투르벨 법원장 부인을 정복하다니, 그 무슨 말도 안 되는 생각인가요? 그 말만으로도 이미 당신이 제정신이 아니라는 걸 알 수 있군요. 얻을 수 없다고 생각되는 것만을 일부러 원하시는 건가요? 도대체 그 여자가 어떤 여자인데! 그래요. 얼굴 생김새는 반듯하다고 칩시다. 하지만 아무 표정이 없잖아요? 그럭저럭 봐줄 만은 하지만 아무 매력이 없단 말입니다. 차려입은 꼴도 언제나 우스꽝스럽죠. 부인용 숄을 가슴에 늘어뜨리고, 옷을 올려 입는 바람에 몸이 얼굴에 붙어버린 것 같잖아요. 친구로서 말하겠는데, 당신이 그런 부류의 여자를 하나만 정복해도, 당신의 위신은 이미 땅에 떨어져버릴 겁니다. 그 여자가 생로슈 성당에서 모금을 하던 날을 한번 생각해봐요. 그런 구경거리를 보여줘서 고맙다고 당신 입으로 말했었잖아요. 난 지금도 눈에 선한걸요. 긴 머리의 키 큰 남자 손을 잡고서 한 걸음 옮길 때마다 쓰러질 것 같은 모습이었죠. 4온*짜리 바구니를 연신 사람들 머리에 들이밀면서, 상대방이 인사를 할 때마다 얼굴을 붉히더군요. 당신이 그런 여자를 원하리라고 어느 누가 짐작할 수 있었을까요? 자, 자작님. 이제 부끄러운 줄 알고, 정신을 차리도록 해요. 이번 일은 아무한테도 얘기하지 않을게요.

　더구나 어떤 골칫거리가 닥칠지를 생각해봤나요? 도대체 싸워야 할 연적이 누군지 모르는 것인가요? 바로 남편이잖아요. 남편이라는 말을 듣기만 해도 모욕감이 들지 않나요? 만일 실패한다면 얼마나 창피한 일이 되겠어요? 설사 성공한다고 해도 명예롭지 못한 것은 물론이고요. 내친김에 더 얘기해봅시다. 그런 여자한테서는 쾌락을 기대할 수 없답니다. 설마 정숙한 여자들을 상대로 쾌락을 얻을 수 있다고 생각하는 것은 아니겠죠? 정말 정숙한 여자들 말입니다. 그런 여자들은 쾌락을 즐기면서도 완전히 빠져들지 못하기 때문에, 그저 어정쩡한 쾌락이 있을 뿐이랍니다. 자기 자신을 송두리째 내맡기는 법을 알지 못하는 거죠. 육체의 쾌락이 넘쳐나면서 정화되는 그런 관능의 희열을, 사랑이 주는 기쁨을 알지 못한단 말입니다. 미리 말해두지만, 아무리 좋은 쪽으로 생각해도 법원장 부인은 자기 남편을 대하듯 당신을 대하면서 모든 걸 바쳤다고 생각할 겁니다. 제아무리 다정한 부부처럼 마주 앉아 있어봤자 결국은 남남일 거라는 얘기죠. 더 큰 문제는, 당신의 그 정숙한 귀부인께서는 신앙심이 깊다는 겁니다. 그런

---

* 19세기 전반까지 사용되던 길이의 단위.

선한 여자의 신앙심은 사람을 영원히 어린애 상태에 머물게 만들지요. 그래요. 어쩌면 당신은 그런 장애물을 극복할 수 있을 겁니다. 하지만 완전히 없앨 수 있을 거라고 생각해서는 안 됩니다. 하느님의 사랑은 이길 수 있어도, 악마의 공포를 이길 수는 없을 테니까요. 그 여인을 연인으로 삼아 품에 안고 있으면 그녀의 두근거리는 가슴이 느껴질 테죠. 하지만 그건 두려움 때문에 뛰는 가슴이지 사랑 때문이 아닙니다. 만일 당신이 그 여자를 좀더 일찍 만났더라면 어쩌면 조금은 괜찮은 여자로 만들었을지도 모르겠군요. 하지만 벌써 스물두 살인걸요. 결혼한 지도 2년 가까이 되었고요. 알겠어요? 자작님. 한 여자가 그 정도로 '굳어'졌다면, 그저 원래의 운명에 맡기는 수밖에 없답니다. 그런 여자는 결국 '꼴불견'이 될 뿐이지요.

그런데 당신은 겨우 그런 상대를 얻으려고 내 말을 거역하면서까지 무덤 같은 백모 집에 파묻혀 있겠다는 건가요? 더할 나위 없이 감미로운 모험을, 당신의 명예가 되기에 더없이 적합한 연애를 포기하면서 말이에요. 제르쿠르가 항상 당신보다 유리한 자리에 있게 되는 건 도대체 무슨 운명의 장난일까요. 자작님. 기분이 상해서 하는 말은 아닙니다. 하지만 당신은 이제 더 이상 명성에 어울리는 사람이 아니라는 생각이 드는군요. 무엇보다도 당신을 향한 신뢰를 거두어들이고 싶어지는걸요. 앞으로 투르벨 부인의 연인에게 내 비밀을 털어놓는 일은 없을 것 같네요.

하지만 문제의 볼랑주 양 때문에 벌써 한 남자가 이성을 잃어버렸다는 건 알려드리지요. 당스니가 볼랑주 양에게 빠져버렸거든요. 같이 노래도 불렀는데, 볼랑주 양은 수녀원 기숙학생의 솜씨라고 하기에는 꽤 뛰어나더군요. 두 사람은 열심히 이중창을 연습할 겁니다. 볼랑주 양도 신이 나서 노래하는 것 같고요. 하지만 당스니라는 청년은 아직 풋내기입니다. 사랑을 한답시고 시간만 버리고, 결국 아무것도 얻지 못할 테죠. 아가씨 역시 아직 사교계의 요령을 배우지 못했고요. 둘이서 무엇을 하든, 당신이 나설 때만큼 즐겁지는 못할 겁니다. 그래서 난 지금 화가 납니다. 나의 기사가 나타나면 분명 화를 내며 책망하게 될 것 같군요. 좀 다정하게 대해줄 수 없냐고 힐책하겠죠. 나로선 지금 당장 그 사람과 헤어진다고 해도 아무 상관이 없으니까요. 하지만 내가 냉정하게 떠나버리면 그 사람은 절망할 겁니다. 어쩌겠어요. 난 누구든 실연으로 괴로워하는 모습을 보는 게 제일 재미있는걸요. 그 사람은 나더러 부정(不貞)한 여자라고 하겠죠. 하지만 그 말만큼 듣기 좋은 말이 없답니다. 여자들의 귀에는 잔인한 여자라는 말 다음으로 듣기 좋은 말인걸요. 부정한 여자가 되는 게 잔인한 여자가 되는 것보다 쉬운 일이기도 하고요. 자, 이제 난 나의 기사님과 결별을 준비해야겠어요. 물론 그건 자작님 당신 때문입니다. 한번 가슴에 손을 얹고 생각해봐요. 그럼 이만 줄입니다. 당신의 법원장 부인한테 날 위해서도 기도해달라고 부탁해줘요.

17××년 8월 7일, 파리에서

여섯번째 편지

발몽 자작이 메르테유 후작 부인에게

일단 권력을 손에 넣게 되면 마음대로 휘두르지 않는 여자는 없나 봅니다. 제가 수없이 관대한 벗이라고 불렀던 부인께서도 이젠 변하셨군요. 내가 사모하는 여인을 그처럼 아무렇지도 않게 공격하시다니요. 투르벨 부인을 그런 식으로 표현하시다니!…… 그토록 노골적인 모욕을 당하고서도 목숨 걸고 되갚아주지 않을 남자가 있을까요. 만일 부인 아닌 다른 여자가 그랬더라면 지독하게 보복해주었을 겁니다. 제발 저에게 또다시 그렇게 힘든 시련을 주지 마십시오. 계속 참아낼 수 있으리라고 장담할 수 없습니다. 투르벨 부인에 대해서 험담을 하고 싶으시더라도, 저에 대한 우정을 생각해서, 제가 그 여인을 손에 넣을 때까지만 기다려주십시오. 사랑 때문에 눈이 멀었을 때 낫게 해줄 수 있는 건 쾌락뿐이라는 사실을 아시지 않습니까?

뭐라고 해야 할까요. 제가 투르벨 부인에 대해 환상에 빠져 있는 걸까요? 그렇지 않습니다. 투르벨 부인은 있는 모습 그대로 너무나 아름답습니다. 그녀가 옷을 잘 못 입는다고 비난하셨죠? 저도 그렇게 생각합니다. 하지만 그녀는 치장을 하면 오히려 미워진답니다. 본래의 모습을 가릴수록 아름다움이 사라진다고 할까요. 꾸밈없이 아무렇게나 입었을 때, 바로 그럴 때 눈부시게 아름답습니다. 요즈음 날씨가 하도 더워서 가벼운 천으로 된 실내복만 입고 있는데, 옷 아래로 도톰하고 부드러운 상반신의 윤곽이 그대로 드러난답니다. 얇은 모슬린 천 하나로 가슴을 가린 셈이죠. 제대로 쳐다보지는 못했지만 제 눈이 워낙 날카롭잖습니까. 이미 그녀의 젖가슴이 황홀하도록 아름답다는 것을 간파했답니다. 부인 말씀대로 그녀의 얼굴에는 아무 표정이 없습니다. 가슴속에서 속삭이는 것이 하나도 없는데 어떻게 얼굴이 무언가를 나타낼 수 있겠습니까? 그렇습니다. 그녀의 눈빛은 교태스런 여자들의 거짓 눈빛과 다릅니다. 우리 남자들은 거짓 눈빛에 매료당하지만, 그런 눈빛은 결국 우리를 속이고 말죠. 그녀는 대화를 나누다 말을 멈춘 동안에도 억지로 꾸며서 미소를 짓지 않습니다. 또한 이 세상에서 가장 아름다운 치아를 가지고 있으면서도 정말로 재미있지 않을 땐 웃지 않습니다. 하지만 신나는 놀이를 할 때면 얼마나 순진하고 솔직한지, 부인께서도 한번 보셔야 합니다. 또 불쌍한 사람을 보면 정말 진심으로 도와주죠. 그럴 때의 눈빛은 진정 순수한 기쁨과 선한 동정심으로 반짝이더군요! 특히 누군가 조금이라도 칭찬의 말을 건네거나 환심을 사려고 듣기 좋은 말을 하면, 그 천사 같은 얼굴이 어떻게 되는지 아십니까? 꾸밈없는 겸손에서 우러나오는 표정, 당황해서 어쩔 줄 모르는 표정은 정말 감동적이랍니다. 그렇습니다. 투르벨 부인은 정숙하고 신앙심이 깊습니다. 하지만 그렇기 때문에 무조건 차갑고 활기 없는 여자라고 판단하지는 마십시오. 전 그렇게 생각하지 않습니다. 진정 놀라운 감성을 갖고 있지 않고서야 어떻게 남편한테까지 쏟아부을 게 있겠습니까? 걸핏하면 집을 떠나 있는 남편을 한결같이 사랑할 수 있겠습니까? 이보다 분명한 증거가 또 있을까요? 물론 저는 또 다른 증거를 얻을 수 있었지만 말입니다.

함께 산책을 하면서 저는 일부러 도랑을 건너뛰어야만 하는 곳을 지나가게 만들었습니다. 그녀의 몸은 아주 가벼웠지만, 상당히 수줍어하더군요. 부인께선 정숙한 여자라면 도랑을 건너뛰는 것을 두려워한다'고 하시겠지요. 결국 투르벨 부인은 저한테 의지하지 않을 수 없었죠. 저는 정숙한 그녀를 붙잡았습니다. 조금 전 우리가 채비를 하는 동안 백모께서 먼저 건너셨는데 그 모습이 좀 우스웠죠. 신앙심 깊지만 장난기가 많은 투르벨 부인이 그만 웃음을 터뜨렸고요. 이번에는 제가 교묘하게 마치 실수인 것처럼 투르벨 부인의 팔을 놓쳐버렸고 그 바람에 우리 두 사람의 팔이 엉키고 말았습니다. 전 그녀를 껴안았고 그렇게 가슴이 맞닿은 겁니다.

---

6 그 당시 유행하기 시작하고, 이후 급격히 발달한 몰취미한 말장난을 볼 수 있다. — 〔이 부분의 프랑스어는 'sauter le fossé'(=도랑을 건너뛰다)인데, 'sotte, elle (le) faussait'(=바보 같은 그녀가 망쳐버렸다)와 동음이의가 되는 문장이다: 옮긴이〕

그때, 짧은 순간이었지만 전 그녀의 가슴이 두근거리는 것을 느낄 수 있었습니다. 발그스레해진 사랑스런 얼굴, 그리고 수줍어하며 어쩔 줄 모르는 얼굴은 분명히 말하고 있었습니다. '이 여인의 심장은 두려움 때문이 아니라 사랑 때문에 두근거린다'고 말입니다. 물론 백모님은 눈치 채지 못하셨죠. "어린애가 무서웠겠다"고 하시더군요. 하지만 이 어린애는 너무도 매력적으로 순진하기 때문에 거짓말을 하지 못했습니다. 순진하게도 이렇게 대답하던걸요. "아니에요. 그게 아니라⋯⋯" 그 한마디가 저에게 모든 것을 밝혀주었습니다. 바로 그 순간부터 제 가슴속에는 잔인한 조바심이 사라지고 달콤한 희망이 자리를 잡았습니다. 이 여인을 꼭 내 것으로 만들고 말 겁니다. 아내를 욕되게 하는 남편한테서 빼앗아올 겁니다. 그녀가 찬미하는 신으로부터도 빼앗아올 겁니다. 물론 처음에는 나로 인한 가책으로 괴로워할 테죠. 하지만 내가 그 가책을 물리친 승리자가 된다는 건 얼마나 기쁜 일이겠습니까? 그녀를 힘들게 만드는 편견들을 없애버리겠다는 생각 같은 건 추호도 없습니다. 오히려 그 편견들이 저의 행복과 명예에 보탬이 되어줄 테니까요. 그녀는 정절의 소중함을 믿겠지만, 결국 저를 위해 버리게 될 겁니다. 죄를 지었다는 생각에 두려워하겠지만, 그렇다고 해도 멈출 수 없을 겁니다. 아무리 두려워도, 결국 제 품에 안겨 있을 때에만 그 두려움을 떨쳐버릴 수 있을 테니까요. 그때쯤 저는 그녀를 받아들일 겁니다. 그녀는 "사랑해요"라고 말하겠죠. 이 세상의 수많은 여인 중에서 오직 그 여인만이 저한테 그런 말을 할 수 있는 사람이 될 겁니다. 저는 진정 그 여인이 사랑하는 하느님이 될 겁니다.

터놓고 말씀드리죠. 그다지 어려울 게 없는, 하지만 차갑기 그지없는 인간관계에서, 우리가 행복이라고 부르는 것은 그다지 기쁨을 가져다주지 않습니다. 뭐라고 말씀드려야 할까요. 전 지금까지 제 가슴이 메말라버렸다고 생각했습니다. 남은 거라곤 오직 정욕뿐, 너무 일찍 늙어버린 자신을 한탄했습니다. 그런데 투르벨 부인이 청춘의 즐거운 환상을 되돌려주었습니다. 그녀 곁에 있으면 육체적인 향락 없이도 행복을 누릴 수 있습니다. 다만 이번 일은 시간이 많이 걸릴까 봐 걱정됩니다. 그 어느 것도 되는대로 해치울 수가 없기 때문이죠. 예전에 잘 써먹었던 대담한 방법들이 떠오르기는 하지만, 사용할 엄두가 나지 않습니다. 제가 진정으로 행복해지기 위해서는 그녀가 스스로 저한테 몸을 맡겨야 하니까요. 그것은 물론 쉬운 일이 아닐 테죠.

부인께선 저의 이런 신중함에 찬탄을 보내주시리라고 믿습니다. 물론 아직까지는 사랑을 운운할 단계는 아닙니다. 하지만 이미 서로를 신뢰하고 관심을 갖는 단계까지는 와 있다고 말할 수 있습니다. 제 과거에 대해서도 이미 사람들이 알고 있는 사건 몇 가지를 자진해서 들려주었죠. 가능한 한 그녀를 속이고 싶지 않았고, 또 나중에 저에 대한 소문을 듣고 나서 생길지도 모를 상황을 미리 방지하기 위해서였습니다. 일부러 자책하고 있는 것처럼 말했죠. 그랬더니 저한테 설교를 하더군요. 정말 얼마나 순진한 여인인지, 부인께서도 보셨더라면 웃음을 터뜨렸을 겁니다. 저를 개심(改心)시키고 싶다더군요. 진짜로 절 개심시키려면 앞으로 얼마나 큰 대가를 치러야 하는지 아직 모르고 있는 거죠. 나 때문에 타락한 불행한 여인들을 변호하는 거라고 말하지만, 사실은 그게 바로 자기한테 닥칠 일이라는 걸 꿈에도 생각하지 못하고 있습니다. 사실 어제 그녀의 설교를 듣다가 떠오른 생각인데, 참을 수가 없더군요. 결국 그녀의 말을 자르고 이렇게 말해버렸습니다. "부인께선 꼭 예언자처럼 말씀하시는군요." 그럼 이만 인사를 드리렵니다. 보시다시피 제가 속수무책으로 빠져 있는 건 아닙니다.

추신. 그런데 당신의 그 가련한 기사께선 실연의 아픔 때문에 절망하여 목숨을 끊지는 않으셨나요? 정말 부인께선 저보다 백배는 더 나쁜 사람입니다. 제가 자존심이 없으니 망정이지, 그렇지 않다면 부인한테 심한 굴욕감을 느꼈을 겁니다.

17××년 8월 9일, ××× 저택에서

일곱번째 편지

세실 볼랑주가 소피 카르네[7]에게

내 결혼에 대해서 아무 얘기도 하지 않은 건 첫날보다 더 알게 된 게 없기 때문이야. 이제는 결혼에 대해서 별로 생각하지도 않는단다. 그냥 지금의 생활이 좋아졌거든. 노래와 하프를 열심히 연습하고 있어. 교습을 받지 않으니까 오히려 더 좋아하게 된 것 같아. 아니면 더 훌륭한 선생님이 생겨서인지도 모르겠어. 바로 당스니 기사님이야. 내가 얘기한 적 있지? 메르테유 부인 댁에서 나하고 노래를 불렀다는 분 말이야. 친절하게도 매일 우리 집에 오셔서 몇 시간이고 같이 노래를 불러주신단다. 정말 좋은 분이야. 천사 같은 목소리로 노래를 부르시지. 직접 작곡한 곡도 너

---

7 독자들이 마음이 급할 것 같아서 매일 오고 간 편지들 중 많은 부분을 생략했다. 이 책에서 얘기되고 있는 사교계의 사건들을 이해하는 데 필요하다고 판단되는 편지들만을 수록했다. 같은 이유로 소피 카르네가 보낸 답장들은 모두 생략했고, 또 이 사건과 관련된 다른 사람들의 편지도 모두 생략했다.

무 아름답고, 가사도 손수 쓰신단다. 그런 분이 몰타의 기사라니! 결혼을 하시면 아내 될 여자는 무척 행복할 거야…… 정말 다정하시단다. 듣기 좋은 칭찬만 하시는 것도 아닌데, 그래도 그분이 하는 말은 모두 기분이 좋아. 음악에 대해서나 그 밖의 일에 대해서 늘 지적을 해주시거든. 그런데 그냥 내가 틀린 것만 지적하시는 게 아니야. 그분은 무엇이든 재미있고 즐겁게 만드신단다. 정말 감사하는 마음을 갖지 않을 수가 없어. 또 언제나 날 배려해주셔. 어제만 해도 큰 음악회에 초대를 받으셨는데도 저녁 내내 우리 집에 계셨는걸. 정말 기뻤어. 그분이 안 계시면 아무도 나한테 말을 걸지 않아서 지겨워지거든. 그분만 계시면 같이 노래도 부르고 이야기도 나눌 수 있어. 그분은 언제라도 나한테 할 얘기가 있나 봐. 이곳에서 내가 좋아하는 건 그분과 메르테유 부인, 두 사람뿐이야. 그럼 이만 줄일게. 오늘까지 아리에타 한 곡을 익혀두기로 했는데, 반주가 아주 어려워. 약속을 어기고 싶지 않으니까, 그분이 오실 때까지 부지런히 연습할 거야.

17××년 8월 7일, ×××에서

여덟번째 편지

투르벨 법원장 부인이 볼랑주 부인에게

부인께서 저를 믿고 모든 얘기를 해주신 데 대해서 깊은 감사를 드립니다. 볼랑주 양의 혼사에 대해서는 저 역시 깊은 관심을 가지고 있습니다. 분명 훌륭한 규수이실 따님의 행복을 진심으로 기원합니다. 물론 부인께서 모든 것을 신중하게 처리하셨으리라 믿습니다. 제르쿠르 백작님에 대해서 아는 바가 없지만, 부인께서 선택하신 분이라는 것만으로도 좋은 사람이라고 믿지 않을 수 없습니다. 전 그저 따님의 결혼이 행복한 결혼이 되기만을 빌겠습니다. 부인께서 성사시켜주셨고, 제가 언제나 감사드리고 있는 제 결혼처럼 말입니다. 부인께서 제게 베풀어주신 행복에 대한 화답으로 따님께서도 행복하시길 기원하고, 저의 가장 소중한 벗인 부인께서 누구보다도 행복한 어머니가 되시기를 기원합니다.

저의 이런 간절한 소망을 직접 찾아뵙고 말씀드리고 또 볼랑주 양과도 인사를 나누어야 하는데, 그럴 수 없는 것이 무척 아쉽습니다. 부인께서 어머니처럼 자상하게 저를 돌보아주셨으니, 따님께서도 절 정겨운 자매로 받아들여주기를 기원해도 되겠지요. 그날이 오기를 기다리며, 우선 부인께서 저 대신 따님께 제 마음을 전해주셨으면 합니다.

저는 남편이 없는 동안 계속 이곳 시골에 머무를 생각입니다. 훌륭하신 로즈몽드 부인께서 친하게 지내시는 분들과 더불어 즐거운 시간을 보내고 있습니다. 로즈몽드 부인은 언제 뵈어도 참 좋으신 분입니다. 나이가 드셨는데도 여전하시죠. 기억력도 좋으시고 쾌활함도 잃지 않으셨습니다. 몸만 여든넷이고, 마음은 아직 20대랍니다.

로즈몽드 부인과 저의 칩거 생활은 부인의 조카 되시는 발몽 자작님 덕에 퍽 유쾌하게 지나가고 있습니다. 그분은 우리를 위해 며칠 동안 이곳에 머무르고 계십니다. 사실 저는 발몽 자작님을 소문으로만 알고 있었고, 그 소문 때문에라도 가까이 알고 싶은 생각이 없었습니다. 하지만 실제로 만나뵈니 생각보다 좋으신 분 같습니다. 번잡스런 사교계를 떠나 있을 수 있는 곳이어서 그런지 그분은 아무 거리낌 없이 사리를 따져가며 이야기하십니다. 또 보기 드물게 솔직하신 분이죠. 스스로의 잘못도 털어놓으셨으니까요. 그분이 저를 믿고 얘기해주셨기에 저 역시 준엄한 설교를 해드렸답니다. 부인께서도 그분을 잘 알고 계시니까 드리는 말씀이지만, 만일 저로 인해 그분이 개심을 하게 된다면 정말 대단한 일을 해낸 게 되겠죠? 물론 아무리 저와 약속을 해도 파리에서 일주일만 지내고 나면 제 설교는 잊어버리시겠지만요. 이곳에 머무시는 동안만이라도 최소한 평소의 행실에서 멀어지셨으면 합니다. 자작님의 삶의 방식에 따르면, 그분이 하실 수 있는 최상의 것은 바로 아무 일도 하지 않고 그저 가만히 지내시는 거랍니다. 지금 제가 부인께 편지 쓰는 것을 아시고는 존경심을 담은 안부를 전해달라시는군요. 제가 익히 알고 있는 그 변함없는 호의로 저의 인사를 받아주시고, 제 진심을 믿어주시기를 빕니다.

17××년 8월 9일, ××× 저택에서

아홉번째 편지

볼랑주 부인이 투르벨 법원장 부인에게

젊고 아름다운 나의 벗, 이제껏 부인이 내게 보여준 우정을, 또 나와 관계된 모든 일에 대해서 변함없이 기울여준 관심을, 단 한 순간도 의심해본 적이 없습니다. 부인과 나 사이에 새삼 거론할 만한 일도 아니겠죠. 부인의 답장을 받고서 내가 이렇게 다시 편지를 쓰게 된 건 그런 얘기를 하기 위해서가 아닙니다. 그보다는 발몽 자작에 관해 이야기하지 않을 수 없기 때문입니다.

솔직히 말하면, 부인의 편지 속에서 그 사람의 이름을 보게 되리라고는 꿈에도 생각하지 못했습니다. 그 사람과 부인 사이에 무슨 공통점이 있나요? 부인은 그 사람이 어떤 사람인지 알지 못합니다. 탕아의 영혼을 부인 같은 사람이 어떻게 알 수 있겠어요? '보기 드물게 솔직'하다고 했던가요. 그렇죠. 발몽의 솔직함은 아주 보기 드뭅니다. 그래서 상냥하고 매력적인 것 같지만, 사실은 음흉하고 위험한 인물입니다. 젊었을 때부터 그 사람이 하는 행동과 말은 모두가 계획적이었죠. 모든 계획이 거짓이고 사악했습니다. 부인도 알고 있죠? 내가 얻으려고 노력하는 미덕들 중에는, 물론 제일 중요한 건 아니지만, 관용도 포함됩니다. 그러니까 만일 발몽이 넘치는 욕정에 끌려서 그런 행동들을 했고 그저 그 나이에 빠지기 쉬운 과오를 범한 것이었다면, 물론 그의 행실에 대해서는 비난을 하겠지만, 그렇다고 해서 사람 자체를 미워하지는 않을 겁니다. 그냥 그 사람이 다시 올바른 사람들의 존경을 받게 될 날을 아무 말 없이 기다릴 겁니다. 하지만 발몽은 다릅니다. 그의 행실은 분명한 원칙에서 얻어진 결과입니다. 그는 어떻게 하면 자신은 다치지 않으면서 온갖 끔찍한 일을 할 수 있는지를 알고 있는 사람입니다. 여자를 희생시켜 자기는 모든 위험에서 피해가면서 잔인하고도 사악한 짓을 하죠. 그가 유혹한 여자들은 이루 헤아릴 수 없는데, 그중에 상처를 입지 않은 여자는 없을 겁니다.

부인은 세상과 떨어져 지혜롭게 살아가고 있기 때문에 그런 추문들을 알지 못할 겁니다. 부인이 알게 되면 몸서리칠 만한 일들을 당장이라도 들려줄 수도 있지만, 괜히 부인의 순수한 마음이, 또 마음만큼이나 순수한 부인의 눈길이 더러워질까 봐 참으려고 합니다. 부인은 지금 발몽이 절대로 위험한 사람이 아니라고 믿고 있으니, 그런 얘기를 무기 삼아 스스로를 지킬 필요는 없다고 생각하겠죠. 그냥 한 가지만 얘기하겠습니다. 그러니까 발몽이 공을 들였던 여자들 중에서, 성공했든 그렇지 않든, 그를 원망하지 않은 여자는 하나도 없습니다. 모든 여자에게 적용되는 이 원칙을 벗어날 수 있었던 사람은 메르테유 후작 부인 한 명뿐이었습니다. 오직 후작 부인만이 발몽에게 굴복하지 않고 그의 사악한 마음을 이겨낼 수 있었죠. 메르테유 부인이 그렇게 하신 건 진정 그분의 삶에서 가장 명예로운 일이었다고 생각합니다. 처음 혼자 몸이 되셨을 때는 사람들한테 비난받을 만한 경솔한 일을 하시기도 했지만, 이 한 가지 일만으로도 스스로 올바른 사람이라는 것을 모두에게 증명해 보이신 셈입니다.[8]

부인, 어쨌든 나이로 보나 경험으로 보나, 특히 내가 부인에 대해 가지고 있는 우정으로 보아, 이런 말을 해도 괜찮을 거라고 생각합니다. 그러니까 사람들이 얼마 전부터 발몽이 사교계에 나타나지 않고 있는 것에 대해 관심을 갖기 시작했습니다. 그런데 그 사람이 백모와 부인 사이에 끼어들어 함께 지낸 게 알려진다면, 이제 부인의 평판은 그 사람의 손아귀에 들어가고 맙니다. 그것은 정녕 한 여자에게 닥칠 수 있는 가장 큰 불행이 될 겁니다. 자, 내 충고대로 하세요. 우선 로즈몽드 부인께 부탁드려야 합니다. 조카를 계속 머물게 하지 마시라고요. 그랬는데도 그 사람이 계속 남아 있다면, 부인이 지체 없이 그곳을 떠나야 합니다. 도대체 발몽은 왜 거기서 그러고 있는 걸까요? 그 시골에서 무엇을 하는 걸까요? 사람을 시켜 그 사람의 거동을 살펴보세요. 분명히 알게 될 겁니다. 주변에서 뭔가 음흉한 일을 꾸미느라고 적당한 은신처로 삼은 게 분명합니다. 어떻게 한들 그 사람의 악행을 막을 수는 없을 테지만, 최소한 우리 자신만이라도 지켜야 하니까요.

그럼, 부인. 이만 줄입니다. 딸의 결혼은 조금 연기되었습니다. 이제 나저제나 기다리고 있던 제르쿠르 백작에게서 연락이 왔는데, 그의 연대

---

[8] 볼랑주 부인이 잘못 알고 있는 것인데, 여기서 우리는 발몽이 흉악한 인물답게 공모자의 이름을 드러내지 않았다는 사실을 알 수 있다.

가 코르시카 섬으로 이동하게 되었다는군요. 아직도 전쟁이 계속되고 있기 때문에 겨울 전에는 자리를 비울 수 없다고 하네요. 나로서는 그다지 반갑지 않은 소식이지만, 덕분에 부인이 결혼식에 올 수 있으리라고 기대해봅니다. 안 그래도 부인이 오지 못하는 걸 아쉬워하던 중이었으니까요. 그럼 이만 작별 인사를 드립니다. 기꺼이 언제나 부인과 함께하리라는 내 마음을 전합니다.

추신. 로즈몽드 부인께도 안부를 전해주세요. 훌륭하신 그분을 언제나 사랑하고 있다는 말도 함께요.

17××년 8월 11일, ×××에서

열번째 편지

메르테유 후작 부인이 발몽 자작에게

자작님, 나한테 화가 나셨나요? 아니면 죽어버리셨나요? 그것도 아니면, 죽은 것과 별반 다르지 않을 테지만, 당신의 그 법원장 부인만을 위해서 살기로 하셨나요? 당신이 잊고 지내던 '청춘의 환상'을 되돌려준 그 여자는 곧 청춘에 대한 터무니없는 편견도 되돌려줄 겁니다. 당신은 벌써 소심해졌고 노예가 되었군요. 사랑에 빠져버렸어요. 이전의 그 '멋진 대담성'도 포기했고요. 아무런 원칙도 없이 행동하면서 모든 걸 우연에, 아니 일시적인 기분에 내맡기기로 한 거죠. 사랑이란 의술과 마찬가지로 인간 본질을 보조하는 기술일 뿐이라던 말을 기억하나요? 당신이 즐겨 쓰던 말을 무기 삼아 당신을 공격하는 셈이군요. 하지만 자랑스러워하지는 않으렵니다. 이미 땅에 쓰러진 사람을 공격하고 싶지는 않으니까요. "그녀가 스스로 몸을 맡겨야 한다"고 했나요? 그래요, 그래야겠죠. 그 여자도 다른 여자들과 마찬가지로 몸을 허락할 테죠. 단지 마지못해 한다는 게 다를 겁니다. 그 여자가 몸을 허락하게 만들려면 잘 달래고 구슬리는 게 제일 좋은 방법일 거예요. 물론 그 여자는 보통 여자들과 다르다는 생각 자체가 이미 사랑이 만들어낸 터무니없는 환상이지만요! 그래요, 사랑 말이에요. 당신은 사랑에 빠졌어요. 아니라고 말한다면 당신 스스로를 속이는 일입니다. 당신의 병을 숨기는 거고요. 자, 사랑에 번민하는 연인이여, 말해봐요. 지금껏 많은 여자를 취하면서 당신은 모두가 강제로 범했다고 생각하고 있는 건가요? 여자들 생각은 다를 텐데요. 여자들은 자기 몸을 허락하고 싶어도, 안달이 나도, 뭔가 구실이 필요한 법이랍니다. 그럴 때 힘이 모자라서 굴복하는 것처럼 보이는 게 가장 편리한 방법이죠. 고백하건대 사실 나도 격렬하지만 아주 잘 짜인 공격, 그래서 빠르지만 일사불란하게 진행되는 공격이 가장 마음에 든답니다. 서투르고 어색한 상황을 직접 수습하지 않아도 되니까요. 그러니까 여자들이 상황을 수습하는 게 아니라 오히려 이용하는 거죠. 그런 공격은 우리가 기꺼이 허락하는 것까지도 폭력 때문에 당하는 것처럼 보이게 하면서, 여자들이 좋아하는 두 가지 정념을 교묘하게 만족시켜줍니다. 그러니까 스스로를 지키고 있다는 영예로움, 그리고 싸움에서 지는 기쁨, 이 두 가지 말이죠. 이것은 흔히 생각하는 바와 달리 좀처럼 보기 힘든 재능이기 때문에, 언제나 날 즐겁게 한답니다. 유혹의 대상이 내가 아닐 때도 마찬가지죠. 때로는 상대에게 상을 내리는 기분으로 굴복하는 일도 있죠. 옛날 기사들의 결투가 끝난 후 아름다운 여인이 용감하고 뛰어난 자에게 상을 내렸던 것과 같은 이

치랄까요.

　하지만 당신은 이제 더 이상 예전의 당신이 아니로군요. 마치 성공을 두려워하는 것처럼 행동하고 있잖아요. 당신이 언제부터 그렇게 쉬어가며 샛길로 갔었죠? 자작님, 목적지에 다다르려면 역마차를 타고 제 길로 가야죠! 어쨌든 이 문제는 일단 접어두럽니다. 계속해봤자 당신을 만나는 즐거움을 앗아갈 뿐이고, 그래서 기분만 더 나빠질 테니까요. 가능한 한 자주 서신을 주세요. 일이 어느 정도 진척되고 있는지 알려주고요. 벌써 이 주일째 당신이 그 말도 안 되는 연애에 정신이 팔려서 모든 사람을 버려두고 있다는 걸 알고는 있나요?

　그래요, 당신의 무관심에 대해 얘기해보죠. 당신은 아픈 친구의 소식을 알기 위해 계속 사람을 보내지만 정작 답장 내용에는 관심이 없는 그런 사람 같아요. 지난번 편지 끝에 나의 기사가 죽은 것은 아니냐고 물었죠? 그러곤 내가 회신을 하지 않았는데도 별 신경을 쓰지 않더군요. 나의 연인이 바로 당신의 둘도 없는 벗이라는 걸 잊으셨나요? 안심해요. 그 사람은 죽지 않았으니까. 만일 죽는 일이 생긴다고 해도 기쁨에 겨워서 죽을 겁니다. 가련한 나의 기사님은 너무도 다정하답니다! 사랑을 위해 태어난 사람이죠! 강렬하게 느낄 줄 아는 사람이에요! 나까지 현기증이 날 정도랍니다. 진심으로 말하는데, 내 사랑으로 인해 그 사람은 완전한 사랑을 누리고, 그 모습을 보며 나는 그 사람한테서 헤어날 수 없게 된답니다.

　나의 기사님과 헤어질 거라고 자작님한테 편지를 쓴 바로 그날, 나는 오히려 그 사람을 더 행복하게 만들어준걸요! 그 사람이 도착했다고 하녀가 알려온 순간까지도 어떻게 하면 그를 절망에 빠뜨릴 수 있을지 궁리하고 있었는데, 막상 닥치니 변덕이 났는지 아니면 제정신으로 돌아왔는지,

갑자기 그 사람이 너무나 멋있어 보이는 겁니다. 물론 그다지 친절하게 맞이하지는 않았어요. 그는 손님들이 다 오기 전에 두 시간 동안 나와 함께 보내고 싶다고 하더군요. 나는 외출을 하려던 참이라고 대답했어요. 어디 가느냐고 물어보길래 가르쳐주지 않았죠. 그래도 계속 묻더군요. 난 "어디든 당신이 없는 곳으로요"라고 가시 돋친 말로 대답해버렸죠. 그랬더니 그 사람은 넋이 나간 듯한 얼굴로 가만히 있었습니다. 다행스런 일이었죠. 그 사람이 한 마디만 더 했어도 틀림없이 계획대로 결별 장면으로 이어졌을 테니까요. 나는 그가 아무 말도 하지 않는 게 놀라웠고, 그래서 어떻게 하겠다는 생각 없이 그냥 그를 쳐다보았어요. 정말이에요. 그냥 표정만 보려고 한 것이었답니다. 그런데 그의 매력적인 얼굴에 슬픔이 번지는 게 보였습니다. 깊으면서도 다정한 슬픔이었죠. 당신도 말했었죠? 그런 얼굴에 저항하는 건 쉬운 일이 아니라고. 같은 원인은 같은 결과를 낳는 법이니, 나는 다시 한 번 굴복하고 말았답니다. 그 순간부터는 오직 그 사람한테 흠을 잡히지 않는 데만 온 신경을 썼어요. 그리고 조금 부드러운 목소리로 대답했죠. "일이 있어서 나가요. 당신하고 관계된 일이에요. 하지만 지금은 묻지 말아요. 저녁식사는 집에서 할 테니까, 그때 다시 와요. 다 얘기해줄게요." 그 사람이 무슨 말을 하려고 했는데, 틈을 주지 않고 가로막았어요. "지금 아주 급해요." 그러곤 계속해서 말했죠. "나가볼게요. 저녁에 봐요." 그 사람은 결국 내 손에 입을 맞추고 밖으로 나갔습니다.

이내 나는 그 사람의 마음을 달래주기 위해서, 또 내 마음도 달래기 위해서, 그가 모르고 있는 별장을 보여주기로 했어요. 우선 충실한 하녀 빅투아르를 불렀죠. 사람들한테는 내가 머리가 아파서 잠자리에 든 걸로 해두었어요. 결국 나의 충복 하녀하고 둘만 있게 되었고, 빅투아르는 마부로 나는 하녀로 변장을 했답니다. 그다음 하녀가 정원 쪽으로 난 문까지 마차를 불렀어요. 그렇게 떠났죠. 사랑의 신전에 도착해서는 가장 우아한 실내복을 골랐어요. 내가 직접 고안해낸 아주 멋진 옷이었죠. 입고 있으면 몸이 전혀 드러나지 않으면서도 옷 아래 모든 것을 짐작할 수 있게 해주는 그런 옷이에요. 당신의 법원장 부인한테도 꼭 한 벌 보내드리죠. 물론 그 여자가 이 옷을 입을 자격이 있도록 만드는 것이 우선이지만요.

준비를 끝내고, 빅투아르가 다른 세세한 것들을 준비하는 동안 나는 『소파』*의 첫 장과 『엘로이즈』의 편지 한 편, 그리고 라 퐁텐의 우화 두 편을 읽었어요. 조금 후에 흉내 낼 말투를 미리 연습하기 위해서 말이에요. 그러는 사이 나의 기사님은 여느 때처럼 서둘러 우리 집으로 왔겠죠. 문지기가 들여보내지 않으면서 내가 아프다고 알려주었고요. 이게 바로 첫번째 사건이랍니다. 그러면서 나의 편지를 전했죠. 물론 내가 직접 쓴 것은 아닙니다. 무엇보다도 신중해야 한다는 게 바로 나의 원칙이니까요. 그 사람은 편지를 열어보고, 빅투아르가 쓴 '9시 정각에 가로수가 있는 큰길가의 카페 앞'이라는 글에 따라 그곳으로 왔고, 처음 보는 마부가 서 있는 것을 보게 됩니다. 아니 모르는 사람이라고 생각했지만, 그것은 바로 빅투아르였답니다. 빅투아르는 그 사람에게 타고 온 마차를 돌려보내고 자기를 따라오라고 했죠. 마치 소설 같은 일들이 펼쳐지니 그 사람은 흥분했겠죠. 흥분하는 게 나쁠 건 없잖아요. 마침내 그가 도착했습니다. 놀라움과 사랑으로 황홀경에 빠진 듯한 얼굴로 말이에요. 그의 마음을 진정시키려고 잠시 숲속을 함께 거닐었죠. 그러고 나서 다시 나의 별장으로

---

* 『소파 *Le Sopha*』는 1741년 발표된 크레비용(Crébillon fils)의 소설로, 소파 위에서 벌어지는 남녀 간의 노골적인 행위를 그리고 있다.

안내했어요. 두 사람의 식사를 위해 테이블이 준비되어 있었고, 침대도 준비되어 있는 게 보였죠. 우리는 멋지게 장식된 내실로 들어갔어요. 나는 절반은 머릿속으로 따져가며 그리고 절반은 감정에 휩싸여서, 그 사람을 껴안으며 그의 무릎에 쓰러지듯 안겼답니다. 그러면서 이렇게 말했죠. "미안해요. 이 예기치 못한 순간을 당신에게 마련해주느라 일부러 화난 척하면서 마음을 상하게 했어요. 잠시나마 내 마음을 감추어서 미안해요. 용서하세요. 사랑의 힘으로 잘못의 대가를 치를게요." 나의 이 감상적인 말이 어떤 효과를 얻어냈을지 당신은 알 수 있겠죠? 나의 기사는 행복에 겨워 날 일으켜 세웠어요. 그리고 내실의 긴 소파 위에서 드디어 날 용서했습니다. 이전에도 당신과 내가 기쁜 마음으로 영원한 결별 의식을 거행했던 바로 그 소파에서요. 그때부터 여섯 시간 동안 아무 일 없으니 같이 있을 수 있고, 또 그 시간 내내 나의 기사님이 한결같이 감미로운 시간을 누릴 수 있게 해주리라고 결심했던 터라, 나는 그의 흥분을 가라앉히려고 노력했어요. 그래서 사랑의 애무 대신 교태를 부렸지요. 이제껏 누군가를 기쁘게 하기 위해 그토록 정성을 쏟은 적은 없었답니다. 나 스스로에게 그렇게 만족한 적도 없었고요. 우리는 저녁을 먹었고, 어린애가 되어 즐기다가 다시 분별 있는 어른들처럼 행동하고, 개구쟁이처럼 명랑하다가 섬세한 감성에 취하곤 했죠. 또 때로는 음란하게, 그 사람은 할렘에 와 있는 술탄이고 나는 매번 바뀌는 새로운 애첩인 것처럼 즐겼답니다. 그 사람이 거듭 바치는 찬사의 말은 사실은 단 한 명의 여자를 향한 것이었지만, 또한 매번 새로운 연인에게 바쳐지는 셈이었죠.

　　마침내 날이 밝고 헤어져야 할 때가 되었어요. 마음이야 그렇지 않았겠지만 그 사람 역시 가야만 했답니다. 물론 가고 싶지 않다고 말했고, 또 증명해 보이려고도 했죠. 결국 밖으로 나가면서 나는 마지막 작별 인사로 그 행복한 거처의 열쇠를 그의 손에 쥐어주면서 말했어요. "이 열쇠는 당신만을 위해서 만든 거예요. 마땅히 당신이 주인이죠. 신전이란 제물을 바치는 사람이 관리하는 거잖아요." 내가 이런 별장을 가지고 있다는 사실 자체가 그 사람한테 의혹을 불러일으킬 수 있을 테고, 그래서 교묘하게 앞질러간 거지요. 나는 그 사람을 잘 알아요. 분명히 나만을 위해 그 열쇠를 사용할 겁니다. 내가 그 사람 없이 가고 싶을 때는 복사된 열쇠가 하나 더 있으니까 문제가 없죠. 그 사람은 다시 이곳에 올 날짜를 정하자고 고집을 부렸지만, 나는 너무도 그를 사랑하기 때문에 그렇게 빨리 소모시키고 싶지 않답니다. 곧 헤어지고 싶은 상대라면 모를까 지나친 건 좋지 않은 법이니까요. 물론 그 사람은 아무것도 모릅니다. 내가 그 사람 몫까지 알고 있는 거죠.

벌써 새벽 3시가 되었군요. 세상에, 한 마디만 쓰려고 했는데, 이제 보니 책 한 권만큼 썼네요. 바로 이게 서로를 신뢰하는 우정의 힘이겠죠. 이런 신뢰가 있기 때문에 당신은 늘 내가 가장 좋아하는 벗이랍니다. 하지만 난 나의 기사님이 더 좋은걸요.

17××년 8월 12일, ×××에서

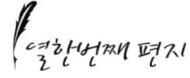

투르벨 법원장 부인이 볼랑주 부인에게

부인께서 보내신 편지를 읽고 몹시 불안했습니다. 이곳에서 제 눈으로 직접 보는 것 중에 불안을 달래주는 게 더 많았으니 망정이지, 두렵기까지 했을 겁니다. 뭇 여성들의 공포의 대상인 무서운 발몽 님께선 아마도 이 저택에 들어오시기 전 치명적인 무기들을 어디엔가 맡겨두셨나 봅니다. 이곳에서 무슨 계획을 꾸미는 것 같지 않고, 그럴 생각조차도 없어 보입니다. 그분과 사이가 나쁜 사람들까지도 인정하는 남자로서의 매력은 거의 볼 수 없고, 그저 말 잘 듣는 착한 어린애 같은 모습인걸요. 시골의 공기가 이런 기적을 만든 걸까요? 제 얘기를 들어보시면 부인께서도 마음이 놓일 겁니다. 그분은 늘 저와 함께 지내고 있고, 심지어 그걸 기쁘게 생각하시는 것 같습니다. 물론 남녀 간의 사랑에 관한 말은 단 한 마디도 나오지 않습니다. 그분처럼 내세울 만한 걸 갖지도 못한 보통 남자들도 쉽게 내뱉는 허튼 소리조차 입에 담지 않으십니다. 요즈음 정숙한 여자들이라면 주위 남자들의 감정을 묶어두기 위해 몸가짐을 바르게 해야 한다지만, 발몽 님 앞에서는 그럴 필요도 없답니다. 그분은 사람의 마음을 즐겁게 만들지만 그렇다고 이용하지는 않으시니까요. 물론 듣기 좋은 말을 조금 하시기는 하지만, 너무도 섬세하게 표현하시기 때문에 찬사까지도 겸손하죠. 만일 저한테 남자 형제가 있다면, 지금 제 눈앞에 보이는 발몽 님을 닮기를 기원할 것 같습니다. 그분한테서 보다 확실하게 남자로서의 친절을 바라는 여자들이 많이 있겠지만, 저는 그분이 저를 그런 여자들처럼 보지 않으시는 데 대해 무한한 감사를 드리고 있습니다.

발몽 님에 대한 제 생각은 부인께서 제게 말씀해주신 것과 상당히 다를 것 같습니다. 시기를 한정해서 얘기한다면 부인께서 그리시는 모습과 제가 그리는 모습이 비슷할 수도 있겠죠. 그동안 많은 잘못을 저질렀다고 스스로도 인정하셨으니까요. 개중에는 사실과 달리 억울하게 뒤집어쓰신 일도 있고요. 하지만 저는 정숙한 여자에 대해서 얘기하면서 그분만큼 존경심을 ── 아니 차라리 열광이라고 해야 합니다 ── 보이는 남자를 이제 껏 한 번도 본 적이 없습니다. 부인의 편지만 보더라도 적어도 이 점에 대해서는 거짓이 아닌 것 같습니다. 메르테유 부인에 대한 그분의 태도가 그 증거가 되는걸요. 발몽 님은 메르테유 부인에 대해 많이 얘기하셨는데, 늘 넘치는 찬사와 진정으로 애정 어린 어조였답니다. 그래서 부인의 편지를 받기 전까지 저는 두 사람의 관계가, 물론 발몽 님께선 서로 신뢰하는 벗이라고 말씀하시지만, 사실은 사랑하는 사이가 아닌가 생각할 정도였습니다. 어리석게도 그릇된 판단을 한 거죠. 발몽 님이 몇 번이나 후작 부인의 입장을 설명해주셨는데도 그랬으니 제 과오는 더 큰 것이 되겠지요. 솔직히 말씀드리면, 그분으로서는 진심이었던 것을 전 그저 멋 부린 술책이라고 생각했던 겁니다. 어쨌든 저로선 잘 모르겠습니다. 하지만 그처럼 훌륭한 후작 부인에 대해서 한결같은 우정을 간직하시는 분이라면 구제할 길 없는 탕아가 될 수는 없지 않을까요? 물론 부인께서 추측하시는 대로 발몽 님이 무언가 계획이 있어서 잠시 바르게 처신을 하고 계신지도 모르겠습니다. 이 근방에도 멋진 여자가 몇 명 있으니까요. 하지만 오전 중이 아니면 거의 외출을 하지 않으시고, 그나마도 사냥을 가시는 거라고 합니다. 물론 매번 빈손으로 돌아오시지만요. 사냥이 서툴러서 그렇다고 하시더군요. 사실 그분이 밖에서 무엇을 하시는지 전 별로 신경 쓰지 않습니다. 제가 궁금한 건 단지 부인의 견해를 받아들여야 하는지 아니면 부인께서 저와 같은 견해를 갖게끔 해드려야 하는지, 그 선택의 이유를 찾기 위해서입니다. 발몽 님이 이곳에 머무르는 날을 단축시켜보라고 하셨지만, 저로선 그분의 백모께 조카를 댁에 두지 말라고 부탁하기는 어려울 것 같습니다. 더구나 로즈몽드 부인께선 발몽 님을 무척 아끼시는걸요. 하지만 기회를 보아 로즈몽드 부인께나 아니면 그분한테 직접 부탁을 드려보겠습니다. 약속드립니다. 그럴 필요가 있다고 생각하지는 않지만, 부인의 뜻을 따르기 위해서 그렇게 하겠습니다. 저는 남편에게도 돌아올 때까지 이곳에 머물겠다고 이미 알린 상태라서, 지금 갑자기 거처를 옮기게 되면 아무래도 의아해할 것 같습니다. 어째서 제가 그렇게 가볍게 마음을 바꾸는지 남편이 이해하지 못할 것 같아, 그냥 있어야 할 것 같습니다.

사연이 너무 길어졌습니다. 발몽 님에 대해서 유리한 증언을 하는 것이 진실에 대한 의무라고 생각했고, 또 발몽 님을 위해서도 그럴 필요가 있다고 생각했습니다. 하지만 제게 충고해주시는 부인의 우정에 감사드리는 마음은 조금도 변하지 않았습니다. 따님의 결혼이 미루어진 것과 관련하여 저에게 들려주신 고마우신 말씀에서도 부인의 한없는 애정이 느껴집니다. 진심으로 감사드립니다. 물론 저로선 볼랑주 양의 결혼식에 참석하는 것이 커다란 즐거움이 되겠지만, 따님이 조금이라도 빨리 행복해질 수 있다면, 결혼과 함께 사랑과 존경을 한 몸에 받을 만한 어머니 곁에서보다 더 행복해질 수 있다면, 저는 기꺼이 저의 기쁨을 희생할 수 있습니다. 따님과 마찬가지로 저 역시 사랑과 존경을 바칩니다.

기꺼이 제 마음을 받아주세요.

17××년 8월 13일, ×××에서

열두번째 편지

세실 볼랑주가 메르테유 후작 부인에게

엄마가 편찮으세요. 외출을 못 하시니까 제가 곁에 있어드려야 하고요. 그래서 죄송하지만 오페라 극장에 같이 갈 수 없을 것 같아요. 공연을 볼 수 없게 된 것보다 부인과 함께 있지 못하게 된 게 더 섭섭해요. 제 말을 믿어주세요. 전 부인이 너무 좋은걸요. 참, 당스니 기사님께서 일전에 가곡집 얘기를 하셨는데요. 제가 갖고 있지 않으니까 내일 가져오시면 감사하겠다고 전해주시겠어요? 혹시 오늘 오시게 되면 하인들이 우리가 집에 없다고 말할 거예요. 실은 엄마가 아무도 맞아들이고 싶지 않으신 거예요. 내일은 엄마가 다 나으셨으면 좋겠어요.

17××년 8월 13일, ×××에서

열세번째 편지

메르테유 후작 부인이 세실 볼랑주에게

너를 만나는 기쁨을 빼앗기게 되다니 섭섭하구나. 이유를 듣고 나니 더욱 마음이 안되었고. 기회야 다시 또 오겠지. 당스니 기사에게 전할 말은 잊지 않도록 하마. 그 사람도 네 어머니가 아프시다는 걸 알면 유감스러워할 게다. 내일 네 어머니만 괜찮으시다면 내가 가서 말동무를 해야겠구나. 카드 게임을 해서 벨르로슈 기사⁹를 이겨야지. 돈을 따야겠다. 하지만 그보다 더 기쁜 일은 너의 친절한 선생님한테 부탁해서 너와 함께 노래 부르는 걸 듣는 거란다. 너의 어머니와 네가 괜찮다면 내가 책임지고 두 기사를 데리고 가도록 하마. 그럼 이만, 세실. 어머니께 안부를 전해다오. 그럼 이만 인사하자.

17××년 8월 13일, ×××에서

---

9 메르테유 후작 부인의 편지에 나온 그 기사를 말한다.

세실 볼랑주가 소피 카르네에게

　소피, 어제는 편지를 쓰지 못했어. 하지만 좋은 일이 있어서 그런 건 아니야. 정말이야. 엄마가 편찮으셔서 하루 종일 곁에 있어야 했거든. 저녁이 되어 방으로 돌아오니까 정말 꼼짝도 하기 싫었어. 그래서 그냥 자리에 누워버렸단다. 그래야만 하루가 끝났다는 게 분명해질 것 같았으니까. 하루가 그렇게 길게 느껴진 날은 없었단다. 엄마를 사랑하지 않는 것도 아닌데, 정말 알 수가 없어. 사실은 메르테유 후작 부인하고 오페라 극장에 가기로 되어 있었거든. 당스니 기사님도 오시기로 했고. 너도 알지? 내가 제일 좋아하는 두 사람이잖아. 원래대로라면 오페라 극장에 가 있어야 할 시간이 되니까 나도 모르게 가슴이 미어지는 거야. 모든 게 싫어지고, 아무리 참으려고 해도 저절로 눈물이 나오고 말았어. 다행히 엄마는 누워 계셨기 때문에 내가 우는 걸 보지 못하셨지만…… 분명 당스니 기사님도 나처럼 섭섭하셨을 거야. 하지만 그분은 공연을 보면서, 또 사람들과 함께 있으면서 마음을 달랠 수 있었을 테지. 나는 그럴 수도 없었는걸.
　다행히 오늘은 엄마가 많이 좋아지셔서, 메르테유 후작 부인이 어떤 분과 당스니 기사님을 모시고 오시기로 했어. 하지만 부인은 언제나 늦게 오신단다. 이렇게 오랫동안 혼자 있는 것은 정말 지루해. 아직 11시밖에 안 되었네. 사실 하프 연습도 해야 하고, 또 단장하는 데 시간이 조금 걸릴 거야. 오늘은 머리를 예쁘게 하고 싶거든. 페르페튀 수녀님 말씀이 맞는 것 같아. 사교계에 발을 들여놓으면 멋을 부리게 된다고 하셨잖아. 이런 일은 정말 처음인데, 며칠 전부터 정말 예뻐지고 싶어. 사실 나는 내가 생각했던 것만큼 예쁘지는 않은 것 같아. 불연지를 바른 여자들 곁에 서면 일단 주눅이 드는걸. 예를 들어서 남자들은 메르테유 후작 부인이 나보다 더 예쁘다고 생각하는 것 같아. 물론 그렇다고 섭섭해하는 것은 아니지만…… 부인은 날 좋아해주시는 분이니까. 이 얘기는 메르테유 부인이 직접 해주신 것인데, 당스니 기사님은 내가 더 예쁘다고 생각하신대. 그런 말을 직접 전해주시다니 정말 좋은 분이잖니! 더구나 조금도 섭섭한 내색을 하지 않으셨는걸. 나라면 그렇게 못할 것 같아. 메르테유 부인은 정말로 날 좋아하시는가 봐! 그리고 그 기사님은…… 나는 정말 너무 기뻤어! 그분을 바라보고 있기만 해도 내가 예뻐지고 있는 것 같아. 영원히 그분만 바라보고 있을 수도 있을 것 같아! 그분의 눈길과 마주치지만 않는다면 말이야…… 눈이 마주치면 당황하게 되거든. 마음이 괴롭기도 하고. 하지만 괜찮아.

나의 소중한 친구 소피, 그럼 이만 안녕. 이제 단장을 시작해야지. 언제나 널 사랑해.

17××년 8월 14일, 파리에서

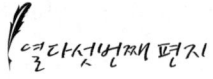

열다섯번째 편지

발몽 자작이 메르테유 후작 부인에게

슬픈 운명에 빠져 있는 절 저버리지 않으신 데 대해 감사를 드립니다. 이곳에서의 저의 생활은 정말 피곤합니다. 평온한 휴식과 무미건조한 단조로움이 넘치기 때문이죠. 부인께서 보내주신 편지, 더구나 어떻게 멋진 하루를 보냈는지를 세세하게 전해준 그 글을 읽으며, 무슨 일이든 핑계를 대고 부인의 발아래로 날아가고 싶은 마음이 굴뚝같았습니다. 그리고 날 위해 당신의 기사를 버리시라고 하고 싶었습니다. 그자는 그런 행복을 누릴 자격이 없으니까요. 아십니까? 덕분에 제가 그자를 질투하게 되었습니다. 영원한 결별 얘기를 하셨던가요? 그것은 흥분한 상태에서 한 말이었고, 이제 그 맹세를 취소하겠습니다. 지켜야 하는 맹세라고 생각했다면 절대 하지 않았을 겁니다. 아! 언젠가 부인의 품에 안겨서, 그자가 누리는 행복이 제 마음속에 심어놓은 원한을 갚아주겠습니다! 솔직히 말씀드리면, 화가 납니다. 그자는 깊이 생각하지도 않고 또 특별히 애를 쓰지도 않을 테죠. 그저 멍청하게 마음의 본능만을 따라갈 텐데, 그러면서 나도 얻지 못하는 행복을 누린다는 걸 생각하면 화가 치밉니다. 그자의 행복을 흔들어놓겠습니다. 부인께선 당연히 허락해주셔야 합니다. 사실 부인 스스로도 수치스럽지 않은가요? 부인께선 그자를 속이려고 애쓰시지만, 결국 부인보다 그자가 더 행복하잖습니까! 어떻게 그자가 부인의 손아귀에 들어 있다고 생각하실 수 있는지! 오히려 부인께서 그자의 손아귀에 들어 있습니다. 그자가 편안히 잠들어 있는 동안 부인께서는 그자의 쾌락을 위해 밤을 지새우고 있잖습니까? 노예라도 그렇게 하지는 않을 겁니다.

벗이여, 부인께서 여러 남자를 사귀는 한, 전 결코 질투하지 않습니다. 그 연인들 모두 알렉산드로스 대왕의 후계자일 뿐이니까요. 내가 혼자 지배했던 제국을 나누어가지고서도 제대로 유지할 능력이 없는 후계자들 말입니다. 그런데 그중 한 사람에게 제국 전체를 바치는 건 안 됩니다. 다른 남자가 나와 같은 행복을 누리다니요! 그것은 도저히 받아들일 수 없습니다. 제가 그냥 참아내리라고 기대하지 마십시오. 이전처럼 저를 택하시든지, 그게 아니라면 적어도 그자 말고 다른 사람을 선택하십시오.

일시적으로 외곬의 감정에 빠져서 우리가 맹세했던 신성한 우정을 배반하지 마십시오.

저의 사랑에 대해서는 그저 탄식뿐입니다. 이제 부인의 생각에 동의하고, 제가 틀렸다는 걸 솔직히 인정합니다. 원하는 것을 손에 넣지 않으면 살 수가 없고, 그것을 위해 시간과 쾌락, 생명을 희생하는 것이 사랑이라면, 전 지금 정말 사랑에 빠져 있습니다. 하지만 여전히 같은 상태에서 진척이 없군요. 정말 딱 한 가지 사건마저 없었더라면 들려드릴 얘기마저 없을 뻔했습니다. 문제의 사건은 저로 하여금 아주 깊이 생각하게 만들었는데, 걱정을 해야 하는 건지 아니면 희망을 걸어야 하는 건지 아직 판단이 서지 않습니다.

부인께서도 제가 데리고 다니는 사냥 시종을 아시죠? 아주 잔꾀가 많죠. 희극에 등장하는 전형적인 하인이라고 할 수 있습니다. 전 투르벨 부인의 하녀를 유혹하라고 시켰습니다. 또 그 집에서 일하는 다른 사람들도 술을 먹이든지 어떻게 해서든 환심을 사라고 했습니다. 하인은 신이 났고, 저보다 더 행복할 겁니다. 벌써 성공했고요. 그래서 알아낸 게 바로 투르벨 부인이 하인을 시켜 저의 거동을 알아보게 했고, 심지어 아침에 외출할 때 되도록 멀리까지 따라가보게 했다는 겁니다. 도대체 그 여자는 뭘 하려는 걸까요? 그렇게 정숙한 여자가 어째서 우리 같은 사람도 선뜻 하지 못하는 일을 하려는 걸까요? 분명…… 하지만 여자의 술책을 되갚아주는 건 잠시 뒤로 미루고, 우선은 그 술책을 역이용할 방법부터 강구해봐야겠습니다. 매일 아침 제가 어디 가는지 의심하고 있는 것 같은데…… 사실 그동안 저의 외출은 아무런 목표가 없었지만, 이제 목표를 하나 세워야겠습니다. 정말 잘 생각해야 할 일이죠. 이제 그만 줄이고, 잘 생각해보렵니다. 아름다운 벗이여, 이만 안녕히!

17××년 8월 15일, 여전히 ××× 저택에서

열여섯번째 편지

세실 볼랑주가 소피 카르네에게

아! 소피, 알려줄 소식이 많아. 어쩌면 너한테 얘기하면 안 되는지도 모르지만, 누구한테든 말하지 않고는 견딜 수가 없는걸. 당스니 기사님 말이야…… 아! 정말 너무 당황스러워서 글을 쓸 수가 없구나. 무슨 말부터 시작해야 할지…… 그래, 당스니 기사님과 메르테유 부인이 우리 집에서 즐거운 저녁 시간을 보낸 것은 지난번에 얘기했었지?[10] 그다음 얘기야. 아무한테도 말하고 싶지 않아서 그냥 있었는데, 계속 그 생각만 나는걸…… 그러니까 그날 이후 그분의 표정이 많이 어두워졌어. 너무 우울하신 모습이라 내 마음까지 아파질 정도야. 왜 그러시는지 물어도 그냥 아무것도 아니라고만 하시는데, 내 눈에는 분명 우울해 보이셨어. 어제는 더 심했거든. 하지만 다른 날과 마찬가지로 나와 함께 노래를 부르셨단다. 그분이 날 쳐다볼 때마다 가슴이 미어지는 것처럼 아파오던걸. 그런데 노래를 마친 다음이었어. 내 하프를 케이스에 집어넣은 다음, 열쇠를 건네주시면서 이런 얘기를 하시는 거야. 이따가 혼자 있게 되면 바로 하프 연습을 하라고 말이야. 난 그때까지도 아무것도 눈치 채지 못했어. 사실 하프 연습을 하고 싶지 않았지만, 당스니 님이 워낙 신신당부하셨기 때문에 그러겠다고 했어. 그런데 그분이 그러신 데는 다 이유가 있었던 거야. 내 방에 돌아와서 하녀가 나간 다음에 하프를 가지러 갔는데, 글쎄 하프 줄

---

[10] 이날 저녁에 대해 이야기한 편지는 찾지 못했다. 하지만 몇 가지 상황에 미루어볼 때 메르테유 후작 부인이 세실에게 보낸 편지에서 찾아가겠다고 말했던, 또한 세실 볼랑주가 소피 카르네에게 쓴 이 앞의 편지에서 얘기된 저녁으로 짐작할 수 있다.

사이에 편지가 끼워져 있는 거야. 봉인이 된 편지가 아니라 그냥 접어놓은 것으로. 그분이 쓰신 거였어. 아! 무슨 얘기가 씌어 있었는지 아니? 편지를 읽고 나서 너무 기뻐서 다른 일은 생각도 하지 못했단다. 연달아 네 번을 읽고서 책상 속에 잘 넣어두었어. 완전히 외워버렸기 때문에 자리에 누워서도 계속 머릿속으로 되새길 수 있었어. 그러고 나니까 잠을 잘 수가 없는 거야. 눈을 감으면 바로 그분의 모습이 떠오르고…… 조금 전에 읽은 글을 그분이 직접 들려주시는 것 같았어. 한참이 지나 간신히 잠이 들었는데, 다시 눈을 뜨지 마자 (아직 이른 시간이었는데) 편지를 꺼냈어. 편안하게 다시 읽어보려고. 그리고 편지를 침대로 가져와서는 입을 맞추었단다. 마치 그 편지가…… 어쩌면 그렇게 편지에 입을 맞추는 게 옳지 않은 일인지도 모르지만, 어쩔 수가 없었어.

 나의 친구 소피, 어떻게 하지? 지금은 마음이 아주 편하긴 한데, 한편으로는 어떻게 해야 할지 모르겠어. 분명 답장을 쓰면 안 되겠지. 안 된다는 걸 아는데, 당스니 님은 내 편지를 원하셔. 내가 답장을 보내지 않는다면 분명 더 우울해지실 거야. 너무 가엾을 것 같아! 어떻게 하면 좋지? 하기야 너도 나랑 마찬가지지 무슨 뾰족한 수가 있겠니. 아무래도 날 아껴주시는 메르테유 부인께 말씀드려볼까 봐. 난 정말 당스니 님을 위로해 드리고 싶지만, 그렇다고 해서는 안 되는 일을 하고 싶지는 않아. 아! 정말 말이 안 되지 않니? 다들 친절한 마음씨를 가져야 한다고 입이 마르게 얘기하면서, 상대가 남자일 때는 정작 마음에서 우러나는 친절을 베풀면 안 된다니 말이야. 말이 안 되는 것 같아. 남자도 여자와 마찬가지로, 아니 그 이상으로 우리 이웃이잖아. 그렇지 않니? 누구나 어머니가 있듯이 아버지가 있고, 또 여자 형제가 있는 것과 마찬가지로 남자 형제가 있는 건데…… 거기다가 남편까지 있잖아. 하기야 내가 만약 해서는 안 되는 일을 한다면 당스니 님부터 날 안 좋게 생각하실 거야. 아! 차라리 그분을 그냥 우울하게 버려두는 편이 낫겠어. 조금 미룬다고 늦지는 않을 테니까. 그분이 어제 편지를 보냈다고 꼭 오늘 답장을 보내야 하는 것은 아닐 테니까. 어차피 오늘 저녁에 메르테유 부인을 뵐 수 있을 거야. 용기를 내서 다 얘기해드리려고 해. 부인이 하라는 대로만 하면 흠 잡히는 일은 없을 거야. 어쩌면 당스니 님이 슬퍼하지 않도록 짧게라도 답장을 쓰라고 하실지도 모르고. 아! 정말 힘들어.

그럼 이만 줄일게. 언제라도 네 생각을 말해줘.

17××년 8월 19일, ×××에서

열일곱번째 편지

당스니 기사가 세실 볼랑주에게

세실 양, 당신에게 편지를 쓰는 기쁨에, 아니 욕망에 빠져들기 전에, 우선 청부터 드리겠습니다. 제 얘기에 귀를 기울여주십시오. 이렇게 용기를 내서 감정을 고백하기 위해서는 바로 당신의 넓은 이해심이 필요하니까요. 그저 저의 감정을 변명하고자 하는 거라면 이런 간청이 필요 없을 겁니다. 사실 제가 할 수 있는 거라곤 그저 당신이 내 마음속에 불러일으킨 것을 당신에게 보여주는 것뿐, 다른 무엇이 있겠습니까? 어차피 입으로 말하지 않아도 이미 나의 눈길, 당혹스러움, 나의 태도, 심지어 나의 침묵까지가 모든 걸 말해버리지 않았나요? 아! 모두가 당신이 불러낸 감정입니다. 그러니까 나한테 화를 내시면 안 됩니다. 당신으로부터 생겨난

이 감정은 다시 당신에게 바치는 것이 옳은 듯합니다. 그것은 나의 영혼처럼 불타오르고, 당신의 영혼처럼 순수합니다. 당신의 그 아름다운 얼굴, 매혹적인 재능, 황홀한 자태, 그리고 그 자체만으로도 이미 귀중한 그 자질들을 더없이 돋보이게 하는 감동적인 순수, 이런 것들이 얼마나 아름다운지, 그것을 아는 게 죄가 될 수 있을까요? 그렇지 않을 겁니다. 하지만 죄가 없어도 불행해질 수는 있나 봅니다. 그리고 만일 내가 바치는 경의를 당신이 거절한다면, 이제 내 앞에는 불행한 운명만이 기다리게 될 테죠. 내 마음이 누군가에게 이런 경의를 바치는 것은 난생처음입니다. 당신이 없었더라면 난 행복하지는 못하겠지만 평온했을 겁니다. 하지만 당신을 알게 되었고, 그 순간부터 마음의 평화가 사라져버렸습니다. 행복은 어찌 될지 알 수 없군요. 당신은 내가 우울해하는 것을 보고 놀라서 이유를 물었죠. 때로는 마음 아파하는 것도 같았습니다. 아! 한 마디만 해주십시오. 그 말이 바로 내 행복을 만들어낼 겁니다. 하지만 그 전에 당신에게서 나오는 말 한마디가 저를 돌이킬 수 없는 불행의 심연으로 밀어넣을 수 있다는 걸 잊지 말아주십시오. 그러니까 내 운명의 심판자가 되어주십시오. 당신으로 인해 난 영원토록 행복할 수도 있고 반대로 불행할 수도 있습니다. 이 엄청난 일을 소중한 당신이 아닌 그 누구의 손에 맡길 수 있겠습니까?

편지를 시작하면서 그랬던 것처럼 이제 다시 한 번 당신의 넓은 이해심을 간곡히 원합니다. 제 말에 귀를 기울여달라고도 부탁드렸죠. 이제 한 걸음 더 나아가 감히 회답을 주시기를 청하겠습니다. 거절하신다면 제 편지 때문에 기분이 상하신 것으로 생각하겠습니다. 물론 설사 그렇다 해도 저는 당신을 향한 사랑에 못지않을 만큼의 경의를 간직하고 있다는 걸 맹세드릴 수 있습니다.

추신. 회답을 주시려면 제가 편지를 전했던 것과 같은 방법을 쓰십시오. 안전하면서도 편리한 것 같습니다.

17××년 8월 18일, ×××에서

열여덟번째 편지

세실 볼랑주가 소피 카르네에게

세상에, 소피. 넌 내가 하지도 않은 일을 미리 나무라는구나. 그렇지 않아도 걱정이 되어서 힘이 드는데, 네 글을 읽고 나니까 걱정이 더 늘었잖아. 네 말은 내가 답장을 보내서는 안 된다는 거지? 하지만 그건 상황을 모르고 그냥 편하게 얘기하는 거야. 사실 넌 내 사정이 어떤지 정확히 알 수는 없잖니. 직접 볼 수 없으니까. 네가 내 입장이라면 분명 나처럼 했을 거야. 그래. 보통의 경우라면 답장을 보내면 안 되는 거지. 어제 편지에서도 말했지만 나도 그러고 싶지 않았어. 하지만 나 같은 처지에 놓인 사람은 아무도 없었을 거야.

더구나 혼자서 결정을 해야 하다니…… 어제저녁 메르테유 부인을 만나뵐 수 있으리라고 기대했는데, 오지 않으셨어. 제대로 되는 일이 없어. 당스니 님을 알게 된 것도 메르테유 부인 때문이었고, 그분을 만나거나 이야기를 나눌 때면 거의 언제나 부인과 함께였는데…… 원망하는 건 아니지만, 이렇게 힘들 때 날 혼자 버려두시다니…… 아! 정말 힘들어.

당스니 님은 어제도 다른 때와 마찬가지로 우리 집에 오셨어. 너무 당황해서 쳐다볼 수도 없었어. 엄마가 옆에 계시니까 그분도 나한테 말을 걸 수 없었지. 답장을 쓰지 않았다는 걸 아시면 마음이 상하실 거라 생각하니, 정말 어떻게 해야 할지 막막했어. 잠시 후 당스니 님이 하프를 가져와도 되겠냐고 물으시는데, 가슴이 두근거려서 그냥 "네"라고 말할 수밖에 없었어. 하프를 가져오신 다음에는 더 나빠졌지. 살짝 쳐다봤더니 그분의 얼굴이…… 정말 마음이 더 아팠어. 하프를 조율한 다음 나한테 가져오셔서는 "아! 세실 양……"이라고 하시는 거야. 정말 이 말뿐이었어. 하지만 그 목소리만으로도 난 마음이 무너져내리는 것 같았어. 하프로 전주 부분을 연주하는 동안도 내가 뭘 하고 있는지 알 수 없을 정도였으니까. 그런데 엄마가 우리한테 노래를 하지 않겠냐고 물으시는 거야. 그분은 몸이 좋지 않다고 사양했지만, 난 별다른 핑계가 없어서 그냥 할 수밖에 없었어. 차라리 내가 노래를 못하면 좋을걸…… 일부러 모르는 곡을 택했어. 도저히 노래를 할 상태가 아니었는데, 아는 노래를 제대로 못 부르면 사람들이 이상하게 생각할 거잖아. 다행히 그때 손님이 왔어. 마차가 집 안으로 들어오는 소리에 노래를 멈추고 그분한테 하프를 제자리에 가져다 놓아달라고 부탁했지. 그 길로 가버리실까 봐 얼마나 조마조마했는지 몰라. 다행히 다시 돌아오시긴 했지만.

엄마가 새로 찾아오신 부인과 이야기를 나누는 동안 난 잠시만이라도 그분의 모습을 보고 싶었어. 곧 눈이 마주쳤고, 차마 눈을 돌릴 수가 없었어. 그리고 그분의 눈에서 눈물이 흐르는 걸 본 거야. 그분은 우는 모습을 보이지 않으려고 고개를 돌렸어. 정말 참을 수가 없었어. 나도 눈물이 터져나올 것만 같았고. 그래서 바로 거실 밖으로 나가서 종이를 찾아 연필로 이렇게 썼단다. "그렇게 슬퍼하지 마세요. 제발요. 답장을 드릴게요.

약속드려요"라고 말이야. 설마 이게 잘못된 일이었다고 말하지는 않겠지? 어쩔 수가 없는 일이었어. 난 그분이 했던 대로 하프 줄 사이에 쪽지를 끼워놓고 거실로 돌아왔어. 마음이 좀 진정이 되는 것 같았어. 엄마와 얘기 중인 부인이 빨리 가셨으면 했는데, 다행히 특별한 용건 없이 들르신 거라 곧 자리에서 일어나셨어. 그분이 나가자마자 난 당스니 님한테 다시 연주하고 싶다고, 하프를 가져다주실 수 있겠냐고 부탁드렸어. 그때까지만 해도 아무 눈치도 채지 못한 얼굴이셨지. 하지만 다시 돌아오셨을 때는, 아! 정말 기쁨이 넘치는 표정이었어! 하프를 내 앞에 놓으시면서 엄마한테 안 보이는 자리를 골라 앉으셨고, 그러곤 내 손을 잡으시는 거야. 그 손길은 정말…… 물론 아주 짧은 순간이었고, 난 곧 손을 뺐어. 그러니까 해서는 안 될 일을 했다는 생각은 별로 없어.

자, 이제는, 일단 약속을 드렸으니까 편지를 쓰지 않을 수 없게 된 것을 너도 이해하겠지? 더구나 그분을 또다시 슬프게 만들고 싶지는 않아. 그렇게 하면 그분도 그분이지만 정작 내가 더 괴로워지는걸. 뭔가 나쁜 일을 하려는 거라면 다르겠지만, 한 사람을 불행에서 구해내려는 건데 편지를 쓰는 게 그렇게 나쁜 일일 것도 없지 않니? 신경이 쓰이는 건 한 가지, 편지를 제대로 쓸 수 있을지 자신이 없다는 거야. 하지만 그렇다고 해도 그분은 내 탓이 아니라는 걸 이해해주실 거야. 그리고 내가 편지를 보냈다는 것만으로도 틀림없이 기뻐하실 거야.

나의 소중한 친구 소피, 그럼 이만 안녕. 내가 잘못하고 있다고 생각되면 말해줘. 하지만 그렇지 않을 거라고 생각해. 그분한테 편지를 써야 하는 시간이 다가오니까 왠지 가슴이 두근거린다. 그래도 써야지. 약속을 했으니까. 그럼 안녕.

17××년 8월 20일, ×××에서

열아홉번째 편지

세실 볼랑주가 당스니 기사에게

어제는 기사님이 너무 슬퍼 보였고, 저도 마음이 아파서 그냥 답장을 드리겠다고 약속을 해버렸어요. 하지만 오늘은 그래선 안 된다는 생각이 들어요. 그래도 약속을 했으니까 어기고 싶지는 않아요. 기사님에 대한 제 우정이 증명된 셈이죠. 이제 잘 아셨으니까 앞으론 저한테 편지를 보내달라고 하시지 않으면 좋겠어요. 또 제가 이 편지를 보낸 걸 아무한테도 얘기하지 마시고요. 만일 사람들한테 알려지면 전 틀림없이 욕을 먹을 거고, 그러면 너무 힘들어질 것 같아요. 그리고 무엇보다도, 절 나쁘게 생각하지 말아주세요. 다른 무엇보다도 그게 가장 힘든 일이니까요. 기사님한테 말고는 어느 누구에게도 이렇게 해본 적이 없다는 걸 말씀드리고 싶어요. 전 기사님이 지난번처럼 슬퍼하지 않으셨으면 좋겠어요. 기사님을 만나는 게 저한테 얼마나 즐거운 기쁨인데, 그렇게 슬퍼하시면 제 기쁨이 다 사라져버리잖아요. 제가 진심으로 얘기하고 있다는 거 아시죠? 제가 바라는 점은 우리의 우정이 언제까지나 이어지는 거예요. 하지만 편지만은 하지 말아주세요. 그럼 이만 줄일게요.

세실 볼랑주 드림

17××년 8월 20일, ×××에서

스무번째 편지

메르테유 후작 부인이 발몽 자작에게

아! 정말 교활한 사람이로군요. 내가 비웃는 게 겁이 나서 그렇게 아첨을 떨다니요. 좋아요, 당신을 용서하죠. 그렇게 대단한 말을 펼쳐놓았으니, 법원장 부인한테 붙잡혀 조신하게 지내는 것도 용서할 수밖에요. 하지만 나의 기사님은 나처럼 마음이 넓지는 않을 겁니다. 우리가 계약을 갱신하는 걸 동의할 사람이 아니죠. 당신의 터무니없는 생각에도 관심 없을 거고요. 하지만 난 많이 웃었답니다. 혼자서 웃어야 한다는 게 안타까울 정도였어요. 만일 당신이 같이 있었더라면 나의 즐거움이 어디로 튀었을지 알 수 없군요. 하지만 다시 차분히 생각할 시간을 가졌고, 다시 냉정해지기로 했어요. 그렇다고 영원히 거절하는 건 아니고, 뒤로 미루자는 겁니다. 그럴 만한 이유도 있으니까요. 어쩌면 쓸데없는 자만심인지 모르지만, 일단 게임에 뛰어들면 어디서 멈춰야 할지 알 수 없게 되어버리죠. 물론 당신을 다시 붙잡을 수 있고, 당신의 법원장 부인을 잊게 할 수 있지만, 자격도 없는 내가 나서는 바람에 당신이 미덕을 혐오하게 된다는 건 말도 안 되는 일이잖아요. 그런 위험을 피하기 위해 당신에게 몇 가지 조건을 제시하려고 합니다.

아름답고 신앙심 깊은 그 여자를 일단 정복하고 그 증거를 제시할 수 있을 때, 그때 오도록 해요. 그때는 기꺼이 당신의 것이 되어드리죠. 물론 그렇게 중요한 일에는 글로 씌어진 증거만 채택될 수 있다는 걸 모르지는 않겠죠? 그러니까 난 상심한 당신을 달래주는 위안이 아니라 당신의 성공에 대한 보상으로 당신 것이 되겠다는 겁니다. 그쪽이 훨씬 더 마음에 들거든요. 그리고 또 한편으로 보면 당신이 성공을 거둔다는 것 자체가 우리의 관계로서는 정절 의무를 어기는 게 될 테니, 당신은 더욱 짜릿한 성공을 즐길 수 있지 않겠어요? 자, 어서 승리를 거두고 노획물을 가져오세요. 숭배하는 여인의 발아래 전리품을 바치던 용맹한 옛 기사들처럼 말이에요. 정숙한 여자가 그런 일을 겪고 나면 어떤 편지를 쓰는지, 몸에 걸쳤던 옷을 벗어던지고 나면 입에서 나오는 말에 어떤 베일을 씌우는지, 난 정말로 그게 알고 싶답니다. 자, 내 마음대로 정해버린 내 값이 너무 비싼지 아닌지는 당신이 판단할 일입니다. 하지만 조금도 깎아드릴 수 없다는 얘기를 해야겠군요. 자작님, 그때까지는 조금 괴롭더라도 내가 나의 기사님한테 정절을 지키고 또 그 사람을 행복하게 해주는 걸 기쁨으로 삼는다 해도 너무 나쁘게 생각하지 않길 바라요.

참, 내가 도덕관념이 조금만 더 낮은 여자였다면 나의 기사님한테 아주 위험한 경쟁자가 생길 뻔했답니다. 볼랑주의 딸 얘기죠. 나는 그 애가 정말 좋아요. 진짜 열정이 느껴지거든요. 내 짐작이 틀리지 않다면 그 애는 사교계에서 가장 인기 있는 여자가 될 겁니다. 그 어린 마음이 점점 성숙해가는 게 눈에 보이는데, 정말 한 폭의 황홀한 그림 같답니다. 이미 당스니를 미칠 듯이 좋아하고 있으면서도 아직 깨닫지 못하고 있죠. 당스니도 그 애를 사랑하고 있지만, 아직 젊기 때문인지 소심해서 고백을 못하고 있고요. 그런데 그 두 사람 모두가 날 숭배하고 있답니다. 특히 세실 볼랑주는 나한테 비밀을 털어놓고 싶어서 안달이죠. 며칠 전부터는 어쩔 줄 몰라 하더군요. 조금 도와줄까 하다가, 그래요, 아직 어린 아가씨인데 괜히 얽혀들지 않기로 했답니다. 당스니는 좀더 분명하게 도움을 청했지만, 그에 대해서는 이미 마음이 정해진걸요. 그의 말을 들어주지 않을 겁니다. 하지만 세실이라면 한번 키워보고 싶은 마음도 있답니다. 제르쿠르한테 봉사하고 싶다고 할까요. 제르쿠르는 10월까지 코르시카 섬에 있을 거라니 아직 시간이 있죠. 난 세실을 순진한 기숙사 여학생이 아니라 완전히 성숙한 여인으로 만들어서 바치려고 해요. 그자는 도대체 뭘 믿고 그렇게 마음을 놓고 있는 걸까요. 자기를 원망하고 있는 여자가 아직 복수를 하지 않았는데, 어떻게 편안히 잠을 잘 수 있는 걸까요? 만일 세실이 지금 여기에 있다면 내가 무슨 말을 하게 될지 알 수 없네요.

자작님, 그런 이만 인사하죠. 그리고 성공을 빌어요. 일을 빨리 추진하세요. 만일 당신이 그 여인을 갖지 못한다면, 다른 여인들이 당신을 가졌던 걸 부끄러워하게 될 겁니다.

17××년 8월 20일, ×××에서

스물한번째 편지

발몽 자작이 메르테유 후작 부인에게

나의 다정한 벗이여, 드디어 한 발자국 전진했습니다. 그것도 성큼 멀리 내디딘 셈입니다. 물론 목적지까지 다다른 것은 아니지만, 적어도 제대로 가고 있다는 걸 알게 해주었습니다. 혹시 길을 잘못 든 게 아닌지 하는 두려움이 말끔히 사라졌으니까요. 드디어 그 여인에게 제 사랑을 고백했습니다. 그리고 나서는 두 사람 모두 고집스러울 정도로 침묵을 지키고 있지만, 저로서는 가장 분명하고 또 더없이 흡족한 대답을 얻어낸 것과 마찬가지입니다. 자, 서둘러 넘겨짚지 마십시오. 처음부터 얘기해드리겠습니다.

투르벨 부인이 하인을 시켜 제 뒤를 밟게 했다는 얘기는 기억하시겠죠. 전 그녀가 사용한 경악스러운 수단을 오히려 저의 좋은 모습을 알리는 기회로 삼기로 했습니다. 그래서 이렇게 했죠. 제 모든 것을 속속들이 알고 있는 하인에게 근방에 도움이 필요한 딱한 처지에 놓인 사람이 있는지 찾아보라고 했습니다. 별로 어려운 임무가 아니었죠. 어제 오후에 하인이 하는 말이, 인두세를 내지 못해서 오늘 오전 가구를 모두 차압당할 처지에 놓인 집이 하나 있다는 겁니다. 우선 식구 중에 나이나 용모가 제 행동을 의심스럽게 만들 만한 아가씨나 부인이 없는지 알아보게 했습니다. 문제될 게 없다는 걸 확인하고 나서, 저녁식사 자리에서 내일 사냥을 하러 간다고 말했습니다. 여기서 나의 법원장 부인을 조금 변호해야겠습니다. 그녀는 아마도 내 뒤를 밟으라고 시킨 것을 후회했나 봅니다. 호기심을 누를 만한 힘은 없고, 제가 하려는 일을 막으려고 애쓸 힘밖에 없었겠죠. 날이 무더워서 병이 날지도 모른다는 둥, 한 마리도 잡지 못하고 괜히 몸만 피곤할 거라는 둥, 여러 이유를 대더군요. 대화를 나누면서 전 그녀의 눈 속에서 모든 것을 읽을 수 있었습니다. 그러니까 말도 안 되는 그 이유들을 제가 받아들여주기를 간절히 원하고 있었던 겁니다. 말하려고 하는 것 이상이 그녀의 눈 속에 이미 씌어 있었던 겁니다. 짐작하시겠지만, 전 당연히 못 본 척했습니다. 심지어 그녀가 사냥이나 사냥꾼들에 대해서 조금 가혹한 평을 할 때도 못 들은 척했습니다. 또 저녁 내내 마음이 불편한 듯 천사 같은 얼굴이 어두워진 것 역시 모르는 척했습니다. 오히려 그녀가 내 뒤를 밟으라는 명령을 거두어드릴까 봐, 그녀의 세심한 마음씨 때문에 제 일이 망쳐질까 봐 걱정스러웠습니다. 하지만 그것은 여자의 호기심이 얼마나 강한지를 계산에 넣지 않은 기우였답니다. 결국 내가 이겼으니까요. 바로 그날 밤 하인이 전해준 말을 듣고 마음을 놓았고, 흡족한 기분으로 잠자리에 들었습니다.

　날이 새자 저는 일어나서 출발했습니다. 저택에서 50보쯤 갔을 때 뒤를 밟는 첩자가 보이더군요. 사냥감을 쫓아 달릴 때가 된 거죠. 저는 밭길을 지나 목표한 마을로 향했습니다. 가는 내내 뒤쫓아오는 멍청한 놈을 좀 뛰게 만드는 게 제 유일한 낙이었습니다. 그놈은 길을 벗어날 수 있는 형편이 아니었으니 저보다 세 배 정도 온 힘을 다해 달린 셈입니다. 그렇게 첩자를 훈련시키느라 저도 굉장히 더웠죠. 그래서 나무 그늘에 앉았습니다. 그랬더니 뻔뻔스럽게도 그놈이 스무 걸음도 채 안 떨어진 수풀 뒤로 기어들어가는 게 아니겠습니까? 한순간 총을 한 방 날려줄까 하는 생각이 들었습니다. 아무리 사냥용 소형 산탄이라지만 호기심의 대가가 얼마나 위험한지를 가르치는 데는 충분할 테니까요. 하지만 그놈은 운이 좋았죠. 내 계획에 쓸 데가 있는 놈, 아니 꼭 필요한 놈이라는 게 생각난 겁니다. 그렇지 않았다면 진짜 끝장내버렸을 겁니다.

　그러는 동안 마을에 닿았고, 떠들썩한 광경이 들어오더군요. 전 앞으로 나가서 무슨 일이냐고 물었습니다. 사람들이 설명하는 걸 듣고 나서 세금징수원을 불렀습니다. 그러곤 지극히 관대한 연민을 담은 고결한 태도로 돈을 주었습니다. 다섯 식구를 빈곤과 절망에 빠뜨리려고 하는 56리브르를 말입니다. 이 간단한 한 가지 행동이 있은 후 주위에 모여 있던 사람들이 어떤 찬사의 함성을 질러댔는지 부인께선 상상하실 수 없을 겁니다. 늙은 가장의 눈에서는 감사의 눈물이 흘러내렸고, 조금 전까지만 해도 절망 때문에 흉측하게 일그러졌던 얼굴에는 화색이 돌았습니다. 저는 눈앞에 벌어지는 광경을 자세히 관찰했죠. 그때 더 젊은 농부 한 사람이 아내와 자식 둘을 이끌고 허겁지겁 제 쪽으로 다가오더군요. 그러더니 "신의 종이신 이분 앞에 무릎을 꿇어요"라고 하는 겁니다. 그 말에 식구들 모두가 무릎을 꿇고 저를 둘러싸버렸습니다. 여기서 한 가지 고백해야겠습니다. 이번 일로 전 제가 참 마음이 약하다는 걸 알게 되었습니다. 눈물이 핑 돌면서 가슴속에서 저절로 뭉클한 무언가가 느껴지더군요. 사람들이 선행(善行)을 하면서 이런 기쁨을 느낀다는 게 놀라웠습니다. 덕망 있는 자선가라고 불리는 자들도 그러니까 사람들이 흔히 떠벌리는 것만큼 훌륭한 게 아니라는 생각도 들었고요. 어쨌든 그 불쌍한 사람들이 나에게 베풀어준 기쁨에 대해 감사의 표시를 하는 게 좋겠다는 생각이 들었고, 마침 수중에 있던 10루이를 주었습니다. 농부들은 다시 감사의 말을 쏟아냈습니다. 하지만 조금 전처럼 감격에 휩싸이지는 않더군요. 꼭 필요한 돈은 엄청난 효과, 진정한 효과를 일으킬 수 있었지만, 나머지 돈은 여분의 기부금에 대한 감사와 놀라움의 표현 정도만 받은 셈이죠.

어쨌든 가족들이 연신 떠들어대는 감사의 말에 둘러싸인 제 모습은 마치 연극에서 결말 장면을 연기하는 주인공 같았답니다. 무엇보다 중요한 사실은, 관객들 중에 충실한 첩자가 섞여 있었다는 거죠. 제 목표가 달성된 겁니다. 전 그 자리를 빠져나와 저택으로 돌아왔습니다. 정말 스스로도 흡족할 만한 멋진 생각이었습니다. 투르벨 부인은 이만한 노력을 기울일 가치가 있는 여인입니다. 또 저의 이 노력들은 조만간 제가 그녀를 얻을 수 있게 해주는 권리증이 되어줄 겁니다. 말하자면 돈을 미리 낸 셈이니 마음대로 사용할 수 있게 될 거란 말입니다.

한 가지 잊었습니다. 무엇이든 다 이용해보려는 마음에서, 전 아까 그 착한 농부들에게 제가 계획하고 있는 것이 성공할 수 있도록 기도해달라고 부탁했답니다. 그 기도가 조금이라도 이루어질는지는 두고 봐야겠죠…… 저녁식사가 준비되었다는 전갈이 왔군요. 식사 후에 돌아와서 편지를 마무리하게 되면 오늘 보내드리지 못할 테니, '뒷이야기는 다음으로' 미루겠습니다. 사실 뒷이야기가 더 재미있는데, 아쉽군요. 그럼 아름다운 벗이여, 이만 인사드립니다. 부인께서 연인을 만나는 내 기쁨을 잠시 빼앗으신 셈입니다.

17××년 8월 20일, ×××에서

스물두번째 편지

투르벨 법원장 부인이 볼랑주 부인에게

이제껏 전해 들으신 발몽 님의 인품과는 전혀 다른 얘기를 들으시면 좀 마음이 놓이실지도 모르겠습니다. 어떤 사람이든 자꾸 나쁜 쪽으로만 생각하는 것은 정녕 가슴 아픈 일입니다. 그리고 미덕을 사랑하는 데 필요한 온갖 자질을 지니고 있는 사람에게서 악덕만을 찾으려고 하는 것 역시 무척 안타까운 일입니다. 널리 관용을 베푸시는 부인이시니 지나치게 가혹한 판단을 되돌릴 만한 이유를 말씀드리면 무척 기뻐하시리라고 믿습니다. 저는 발몽 님이 그런 은혜를 — 사실은 정당한 평가라고 해야 할 겁니다 — 받을 만한 분이라고 생각합니다. 연유를 말씀드리겠습니다.

발몽 님은 오늘 아침 다시 외출을 하셨습니다. 부인 말씀대로 근처에서 무언가를 꾸미고 있을지도 모른다는 생각이 들 만했죠. 저 역시 성급하게 그렇게 생각했다는 걸 인정합니다. 하지만 그분으로서는 퍽 다행스럽게도, 저희 집 하인 하나가 우연히 그분과 같은 길을 가게 되었답니다."

---

11 투르벨 부인은 자기가 명을 내렸다는 사실을 차마 말할 수 없었던 것일까?

아니 결과적으로 그분뿐 아니라 부인과 제게 더욱더 다행스러운 일이 되었습니다. 부당한 판단에서 벗어날 수 있게 해준 셈이니까요. 결국 그렇게 해서 책망받아 마땅하지만 또 다행스러운 저의 호기심이 충족되었습니다. 하인이 보고한 바에 따르면 발몽 님은 ×××마을에서 세금을 내지 못해 가구가 경매 처분될 처지에 놓인 불행한 가족을 보시고는 그 자리에서 밀린 세금을 내주셨답니다. 그뿐이 아닙니다. 그러고 나서도 농부들에게 상당한 액수의 돈을 더 주셨다는군요. 제 하인이 이 고귀한 행동을 직접 목격했습니다. 그리고 농부들이 하는 얘기가 어제 어떤 사람이 그 마을에 혹시 도움이 필요한 사람이 있는지 알아보고 갔다고 하고, 발몽 님의 하인을 지목하는 것 같았다는 겁니다. 이 말이 사실이라면 발몽 님의 행위는 일시적인 자비심, 어쩔 수 없는 상황에서 생겨난 동정심이 아니라, 선행을 베풀려는 마음에서 나온 게 됩니다. 가장 아름다운 영혼이 드러내는 가장 아름다운 미덕인 거죠. 사실 저는 우연히 이루어진 것이든 미리 준비된 것이든 그분이 하신 일은 칭송받을 만한 훌륭한 행동이었다고 생각합니다. 하인에게 전해 들으며 감동의 눈물이 날 정도였습니다. 또 한 가지 꼭 덧붙여야겠습니다. 정작 발몽 님께서는 그 일에 대해서 한 마디도 하지 않으셨습니다. 제가 먼저 얘기를 꺼냈는데도 극구 부인하시더군요. 결국 인정을 하셨지만, 그러면서도 자기 행동에 별다른 가치를 부여하지 않으셨고요. 선행을 더욱 값지게 해주는 겸손함이 아닐까요.

존경하는 부인, 아직까지도 발몽 님이 구제불능의 탕아라고 생각하시나요? 그런데도 그렇게 선행을 베풀 수 있는 거라면, 선한 사람들이 할 수 있는 일은 도대체 뭐가 남아 있을까요? 악한 사람도 선한 사람들과 마찬가지로 선행을 베푸는 성스러운 기쁨을 맛볼 수 있는 걸까요? 과연 하느님께서는 고결한 한 가정이 극악한 자로부터 도움을 받고서 감사 기도를 드리는 걸 허락하실까요? 선한 자의 입에서 악인을 축복하는 말을 들으시면 기뻐하실까요? 그렇지 않을 겁니다. 저는 인간이 범한 과오는 물론 오래갈 수는 있지만 영원하지는 않다고 믿습니다. 선행을 행하는 사람이 미덕의 적이라고는 생각할 수 없습니다. 아마도 발몽 님은 그저 남녀 간의 애정관계가 얼마나 위험한지를 보여주는 예일 겁니다. 저는 그렇게 생각하고 싶습니다. 저의 이런 생각이 한편으로는 부인께서 발몽 님을 정당하게 평가하실 수 있도록 해드리고, 다른 한편으로는 부인과 저를 영원히 이어주는 우정을 더욱 소중한 것으로 만들어주리라고 기대합니다.

그럼 이만 작별 인사를 드리겠습니다.

추신. 로즈몽드 부인과 저는 곧 그 착하고 불쌍한 가족을 방문해서 늦게나마 발몽 님의 선행에 동참하려고 합니다. 물론 발몽 님을 모시고 갑니다. 그 선한 사람들에게 은인을 한 번 더 만나는 기쁨을 주려는 거죠. 그분이 저희들에게 남겨놓으신 일이라곤 그것뿐이니까요.

17××년 8월 20일, ×××에서

스물세번째 편지

발몽 자작이 메르테유 후작 부인에게

저택으로 돌아온 데까지 썼었죠. 뒷이야기를 계속하겠습니다.

서둘러 대충 옷을 갖춰 입고는 응접실로 갔습니다. 나의 아름다운 여인은 자수를 놓고 있었고, 주임 사제는 백모님께 신문을 읽어드리고 있더군요. 저는 자수틀 옆에 가서 앉았습니다. 여느 때보다 더 부드럽고 다정한 그녀의 시선은 이미 하인이 보고를 올렸다는 것을 말해주고 있었습니다. 나의 사랑스런 여인은 신기해하는 표정이었습니다. 얼마 후 나에게서 앗아간 비밀을 더 이상 간직할 수 없었던지, 설교하듯 신문을 읽고 있는 신부님의 말을 거침없이 자르면서 이야기를 시작하더군요. "저도 말씀드릴 소식이 있답니다." 그러곤 제가 한 일을 얘기했습니다. 아주 정확했죠. 사건을 전한 하인의 머리에 경의를 표하고 싶을 정도였습니다. 그런 상황에서 제가 얼마나 겸손하게 대처했을지는 상상이 가시겠지요. 하지만 자기도 모르게 이미 사랑하고 있는 대상에 대해 칭찬을 늘어놓는 여인을 그 누가 말릴 수 있겠습니까? 결국 그냥 두기로 했습니다. 마치 성자를 찬양하는 설교 같더군요. 그녀의 모습은 여러 가지로 사랑의 미래를 그려 보이고 있었고, 전 그녀가 얘기하는 동안 설레는 마음으로 바라보았습니다. 눈빛에는 생기가 돌았고, 몸짓이 이전보다 훨씬 자연스러웠습니다. 특히 목소리는 어조가 눈에 띄게 달라져서 영혼이 감동에 젖어 있다는 걸 말해 주더군요. 투르벨 부인의 이야기가 끝나자 로즈몽드 백모님께서 이렇게 말씀하셨죠. "이리 오너라, 조카야. 한번 안아보게 이리 오렴." 그 순간, 내가 백모님을 안고 나서 나의 귀여운 여인을 안는다면 피하지 못할 거라는 생각이 들었습니다. 물론 그녀는 처음에는 피하려고 했지만, 곧 제 품에 안기고 말았죠. 저항할 힘은 고사하고 서 있을 힘조차 없어 보였습니다. 정말 보면 볼수록 내 것으로 만들고 싶어지는 여인이랍니다. 그녀는 황급히 수틀이 있는 쪽으로 가더군요. 다른 사람 눈에는 다시 수를 놓기 시작한 것처럼 보였을지 모르지만, 저는 손이 떨려서 일을 계속하지 못하고 있다는 걸 알 수 있었습니다.

식사가 끝난 후 숙모님과 투르벨 부인은 제가 귀한 도움을 베풀었던 그 딱한 가족을 보러 가자고 했습니다. 저도 같이 말입니다. 다시 한 번 감사와 칭찬이 넘쳐나던 순간은 얘기해봤자 지루하실 테니 그냥 넘어가겠습니다. 저는 조금 전 집에서 있었던 일을 기억하며 감미로운 추억에 사로잡혀 있었던 터라, 한시라도 빨리 돌아오고 싶었습니다. 돌아오는 내내 나의 아름다운 여인은 꿈속에 잠긴 듯한 얼굴로 한 마디도 하지 않더군요. 저 역시 오늘의 사건이 만들어낸 효과를 어떻게 이용할까 골똘히 생각하면서 입을 열지 않았습니다. 결국 우리 두 사람이 백모님 얘기를 듣기만 하면서 드문드문 그것도 짧게 대답한 셈이니, 백모님께서 혼자 말씀하시면서 꽤 지루하셨을 겁니다. 그게 바로 제가 노린 것이었죠. 계획은 성공했습니다. 마차에서 내리자마자 백모님은 방으로 들어가셨습니다. 희미한 불빛이 밝혀진 거실에 그녀와 저를 단둘이 남겨두신 채로 말입니다. 감미로운 어두움이란 소심한 사람을 대범하게 만들어주는 법 아닙니까.

저는 별로 힘들이지 않고 원하는 쪽으로 대화를 이끌어갈 수 있었습니다. 제가 능숙하게 처신했다기보다는 설교를 늘어놓고 있던 나의 사랑스런 여인의 열성이 더 큰 몫을 한 셈이죠. 그녀는 부드러운 눈길로 묻더군요. "그렇게 훌륭한 일을 하실 수 있는 분이 왜 지금껏 옳지 않은 일을 해오신 거죠?" 전 이렇게 대답했습니다. "저는 그런 칭송을 받을 자격도 없고, 그렇다고 그렇게 비난받을 만한 일을 하지도 않았습니다. 부인처럼 현명하신 분이 아직까지 저를 파악하지 못하셨으리라고는 생각하지 않습니다. 어쩌면 부인을 신뢰하는 제 마음이 오히려 저에게 해가 될지도 모르겠군요. 하지만 부인은 진정 제가 믿고 마음을 열 수 있는 분이시기에, 도저히 거부할 수가 없습니다. 그렇습니다. 불행하게도 지나치게 나약한 저의 성격이 바로 제 행동을 이해하는 열쇠가 될 겁니다. 말하자면 행실이 나쁜 사람들에 둘러싸여서 그들의 악덕을 흉내 냈던 겁니다. 자존심을 걸고 오히려 그들을 능가하려고 했을지도 모릅니다. 마찬가지로 이곳에서는 부인이 보여주시는 미덕의 본보기에 마음이 끌려, 부인처럼 되지는 못한다고 해도, 적어도 부인을 따르려고 노력하고 있습니다. 아! 그러니 오늘 이렇게 칭찬하시는 제 행동 역시 진정한 동기가 무엇이었는지를 아신다면 아무런 가치가 없다고 생각하시게 될 겁니다. (나의 아름다운 벗이여, 사실 이 말은 진실에 가깝죠.) 그 불쌍한 사람들은 저의 구제를 받은 게 아닙니다. 부인의 눈에는 칭송받을 만한 것으로 보였는지 모르지만 제 행동은 실상 부인을 기쁘게 하기 위해서 찾아낸 방법일 뿐입니다. (여기서 그녀가 제 말을 가로막으려고 했지만, 틈을 주지 않았습니다.) 지금 이 순간에도 저는 역시 나약해서 마음의 비밀을 털어놓고 있군요. 절대 말하지 않겠다고 다짐했었는데 말입니다. 저는 부인의 매력에 경의를 표하고 또 부인의 덕스러움에 경의를 표하면서 행복을 느꼈습니다. 그것은 아주 순수한 마음이었고, 지금 입을 열지 않았더라면 부인께서는 영원히 아실 수 없었을 겁니다. 하지만 부인처럼 순수한 분을 앞에 두고 도저히 숨길 수가 없어서 결국 비밀을 털어놓고 마는군요. 어쨌든 이제는 부인이 알지 못하도록 감춰야 한다는 죄스러움 때문에 자책하지는 않아도 되겠군요. 제가 사악한 야심을 품고서 부인을 욕되게 하려는 거라고 생각하지 마십시오. 그래요. 전 불행해질 겁니다. 알고 있습니다. 하지만 제가 겪게 될 고통은 소중한 고통이 될 겁니다. 제 가슴속에서 넘쳐 오르는 사랑을 증명해주는 거니까요. 저의 고뇌를 당신의 발아래, 당신의 품 안에 바치겠습니다. 그래서 또다시 괴로워할 수 있는 힘을 얻겠습니다. 그리고 당신의 동정 어린 따뜻한 마음을 얻으렵니다. 부인이 절 불쌍하다고 생각해주시면 전 위로를 받았다고 여기겠습니다. 아! 진정 부인을 사랑합니다. 제 말을 들어주십시오. 절 불쌍히 여기시고 절 구해주십시오." 이렇게 말하면서 무릎을 꿇고 그녀의 두 손을 잡았습니다. 그녀는 제 손을 뿌리치더니 손으로 자기 눈을 가리면서 "아! 어쩌면 좋아!"라고 외치더군요. 절망이 담긴 말이었습니다. 그러면서 와락 눈물을 터뜨렸고요. 다행히 저 역시 몰입되어 있던 터라 눈물이 흘러내렸습니다. 저는 다시 그녀의 손을 잡으면서 그 손 위로 내 눈물이 떨어지게 했습니다. 용의주도한 계산이 필요했죠. 그녀는 자기 자신의 고통에 사로잡혀 있었기 때문에 이런 방법을 써서라도 알리지 않으면 나 역시 고통스러워하고 있다는 걸 알 수 없을 테니까요. 게다가 저로선 그렇게 함으로써 그녀의 매력적인 얼굴을, 저항할 수 없는 눈물의 매력으로 인해 더욱 아름다워진 얼굴을 마음껏 바라볼 수 있었습니다. 머리가 후끈 달아오르고 저 자신을 주체하기 힘들었답니다. 아예 이 기회를 이용해볼까 하는 마음이 들 정도였습니다.

하지만 계획한 바를 잊은 채 너무 일찍 승리를 챙겨버린다면, 그래서 기나긴 투쟁이 주는 매력을 맛보지 못한다면, 결국 상대방이 어떻게 해서 고통스러운 패배에 이르는지를 자세히 보지 못한다면, 그것은 너무 나약한 게 아니겠습니까? 오히려 상황의 힘에 굴복해버리는 게 되겠죠. 젊은 남자의 정욕에 이끌리는 바람에, 다른 여자도 아닌 투르벨 부인을 정복하면서 노력의 결실로 그저 여자 하나를 더 얻은 데 그칠 수는 없는 것 아닙니까? 아! 그녀가 항복하기를 바라지만, 또 그녀가 싸워주기를 바랍니다. 이길 힘은 없어도 저항할 힘은 있기를, 그리고 서서히 자신의 무력함을 맛본 후에 패배를 인정할 수밖에 없게 되기를 말입니다. 밀렵꾼들이야 숨어 있다가 사슴이 나타나면 바로 죽여버리겠죠. 하지만 진정한 사냥꾼은 먹이를 몰아서 잡는 법입니다. 이만하면 너무도 숭고한 계획이잖습니까? 하지만 저의 이런 신중함도 우연이 도와주지 않았더라면 지금쯤 계획대로 되지 못한 걸 안타까워하고 있을지도 모르겠습니다.

그러니까 그때 밖에서 무슨 소리가 들린 겁니다. 누군가 거실 쪽으로 오고 있었죠. 투르벨 부인은 화들짝 놀라더니 황급히 일어서서 촛대 하나를 들고 나가버렸습니다. 붙잡을 수가 없더군요. 소리의 주인공은 지나가던 하인이었습니다. 저는 한숨 돌리자마자 그녀를 따라갔습니다. 몇 걸음 다가갔을 때, 내가 따라오고 있다는 걸 눈치 챘는지 아니면 그냥 겁이 나서 그랬는지, 하여튼 그녀는 걸음을 빨리 해서 자기 방으로 들어가 문을 닫아버렸습니다. 아니 차라리 뛰어들었다고 해야겠네요. 저는 그쪽으로 다가갔습니다. 방문이 열쇠로 잠겨 있더군요. 노크는 하지 않았습니다. 그런 순간에 노크를 한다는 것은 너무나 쉬운 저항의 기회를 주는 게 될 테니까요. 그때 간단하지만 꽤 괜찮은 생각이 하나 떠올랐습니다. 열쇠구멍으로 들여다보는 거죠. 사랑스런 여인은 무릎을 꿇고서 눈물을 흘리며 격정적인 기도를 드리고 있더군요. 어떤 신을 부르고 있는 걸까요? 사랑보다 더 강한 신이 있을까요? 이제 와서 다른 데다 구원을 청해봤자 소용없는 일일 텐데요. 이제 바로 내가 그녀의 운명을 쥐고 흔들게 될 거니까 말입니다.

오늘 하루의 진도로는 그 정도면 충분하다는 생각이 들어, 저는 방으로 돌아와 이렇게 부인께 편지를 쓰기 시작했습니다. 저녁식사 때 그녀를 보고 싶었지만, 몸이 불편해서 누워 있다는 전갈이 왔습니다. 로즈몽드 백모님이 올라가보려고 했지만, 그녀는 심술궂게도 두통 때문에 아무도 만날 수 없다고 했답니다. 저녁식사 후의 담소가 일찍 끝나버렸으리라는 것은 짐작하시겠죠. 저도 머리가 아팠습니다. 방으로 돌아와서 부인께 지난번 부인의 가혹한 처사를 한탄하는 긴 편지를 썼고, 내일 아침에 전해야겠다고 생각하면서 자리에 누웠습니다. 하지만 이 편지 끝의 날짜를 보시면 아시겠지만, 제대로 잠을 잘 수가 없었습니다. 자리에서 일어나서 제가 쓴 편지를 다시 읽어보았더니, 저도 모르게 사랑보다는 걱정을, 슬픔보다는 불쾌한 기분을 더 많이 드러냈더군요. 다시 써야 할 것 같습니다. 하지만 그 전에 마음을 좀 가라앉혀야겠습니다.

　　날이 밝아오는군요. 새벽의 신선한 기운이 저를 잠으로 인도해주었으면 좋겠습니다. 다시 자리에 누워보렵니다. 부인을 생각할 시간이 없을 정도로 이 여인에게 열중하지는 않겠다고 약속드리죠. 그럼 이만 안녕히.

17××년 8월 21일 새벽 4시, ×××에서

스물네번째 편지

발몽 자작이 투르벨 법원장 부인에게

　　아! 제발, 부인! 요동치는 제 마음을 달래주십시오. 무엇을 기대해야 하고 무엇을 두려워해야 하는지 가르쳐주십시오. 더할 나위 없는 행복과 극심한 불행 사이에 놓여 있으려니, 이도저도 아닌 상태는 참으로 잔인한 고통이로군요. 제가 무엇 때문에 얘기를 해버린 걸까요? 부인의 절대적인 매력을 이기지 못하고 마음을 털어놓고 말다니요! 아무도 모르게 부인을 연모할 때는 적어도 제 사랑을 즐길 수는 있었습니다. 때로 부인께서 힘들어하는 모습을 보아도 저의 순수한 감정은 조금도 흔들리지 않았고, 그래서 그 감정만으로도 충분히 행복했습니다. 하지만 부인께서 눈물 흘리는 모습을 본 이후, 행복의 근원이던 것이 절망의 근원이 되어버렸습니다. "아! 어쩌면 좋아!"라는 부인의 잔인한 말은 오래도록 제 마음속에서 울릴 겁니다. 그 어떤 감정보다 더 감미로운 저의 감정이 부인을 두렵게 만들다니 도대체 이게 무슨 운명일까요? 뭐가 겁이 나시는 겁니까? 아! 제 사랑을 함께하기가 두려우신 것은 아니겠죠. 잘 알 수는 없지만 부인의 마음에는 사랑을 위한 자리가 없습니다. 부인께서 늘 비난하시는 제 마음만이 사랑을 느낄 줄 아는 거죠. 부인의 마음에는 연민조차도 없습니다. 그렇지 않고서야 불행에 빠져서 고통을 하소연하는 사람에게 한마디 위로의 말도 건네지 않을 수는 없을 테죠. 당신의 모습을 보는 것을 유일한 기쁨으로 삼고 있는데, 어떻게 그렇게 제 눈길을 피하기만 하는 겁니까? 아프다고 하면서도 좀 어떤지 알 수도 없게 해놓고, 그렇게 상대방이 걱정하는 걸 잔인하게 즐기고 있다니요! 부인께는 그저 열두 시간의 휴식일 뿐인 그 밤이 불행한 남자에게는 백 년 동안의 고통이 된다는 것을 아십니까?

    무엇 때문에 제가 그런 가혹한 대우를 받아야 하는지 말씀해주십시오. 부인의 심판을 두려워하지 않겠습니다. 도대체 제가 뭘 어떻게 했다는 겁니까? 부인의 아름다운 모습을 보면서 품게 된 감정, 그리고 부인의 덕스러움을 보면서 죄의식 없이 받아들인 감정, 제 마음대로 할 수 없었던 감정을 이기지 못한 것뿐입니다. 부인을 존경했기에 줄곧 자제해왔고, 순진하게 고백을 해버린 것도 무언가를 기대해서가 아닙니다. 오직 부인에 대한 신뢰 탓이었습니다. 부인께서 저에게 그런 신뢰를 허용하셨다고 생각했고, 그래서 거침없이 부인을 신뢰했습니다. 그런데 정작 부인께서 이렇게 우리의 신뢰를 배반하시다니요. 아니 저는 그렇게 생각할 수 없습니다. 그것은 부인의 과오를 의미할진대, 저로선 부인께 티끌만 한 과오라도 있다는 걸 받아들일 수 없습니다. 지금까지 제가 얘기한 비난을 거두어들이겠습니다. 편지로 쓸 수는 있을지언정 그대로 생각할 수는 없습니다. 제발 저로 하여금 부인이 완전한 사람이라고 생각할 수 있게 해주십시오. 그것만이 제게 남은 유일한 기쁨입니다. 저를 너그럽게 대하심으로써, 부인께서 바로 그런 분이라는 것을 증명해주십시오. 진정 불행한 사람을 구원하시는 겁니다. 저만큼 부인의 구원이 필요한 사람은 없을 겁니다. 절 이렇게 미칠 것 같은 상태에 밀쳐놓으신 채로 버려두지 마십시오. 저의 이성을 앗아가셨으니 이제 부인의 이성을 빌려주십시오. 저를 바로잡아주셨으니까, 끝까지 이끌어주십시오.

저는 부인을 속이고 싶지 않습니다. 부인께서 어떻게 하셔도 저의 사랑을 누르실 수는 없습니다. 하지만 조절하는 법을 가르쳐주실 수는 있을 겁니다. 저의 행동을 이끌어주시고 제가 해야 할 말을 가르쳐주심으로써, 적어도 저로 인해 부인의 마음이 상하게 되는 그런 끔찍한 불행은 벗어날 수 있도록 구원해주십시오. 그 무엇보다도 부인을 사로잡은 그 절망적인 두려움을 버리십시오. 저를 용서한다고, 저를 불쌍히 여기신다고 말해주십시오. 분명히 너그럽게 받아주겠다고 얘기해주십시오. 어쩌면 부인한테는 제가 필요로 하는 너그러운 자비심이 전혀 없을지도 모르겠습니다. 하지만 저는 요구하겠습니다. 진정 거절하시렵니까?

이만 줄이겠습니다. 제 감정이 바치는 경의를 받아주십시오. 그것은 분명 부인을 향한 존경심이 바치는 경의를 조금도 해치지 않는 경의입니다.

17××년 8월 20일, ×××에서

스물다섯번째 편지

발몽 자작이 메르테유 후작 부인에게

어제의 경과를 말씀드리겠습니다.

11시에 로즈몽드 백모님의 방으로 갔습니다. 백모님의 후원에 힘입어, 투르벨 부인이 꾀병으로 누워 있는 방에 들어갈 수 있었습니다. 그녀는 그때까지도 침대에 누워 있더군요. 아주 지친 눈빛이었습니다. 전 그녀가 잠을 제대로 자지 못했기를 바랍니다. 나도 못 잤으니까요. 도중에 백모님이 잠시 물러서신 틈을 이용해서 편지를 전하려고 했는데, 그녀는 받지 않더군요. 그래서 그냥 침대 위에 놓아버렸죠. 마침 백모님께서 '내 사랑스런 아이'한테 가까이 가고 싶어 하시기에 전 백모님의 의자를 침대 쪽으로 끌어당겼습니다. 그녀로서는 추문이 터지는 것을 막으려면 편지를 감출 수밖에 없었죠. 열이 조금 있는 것 같다고 둘러대더군요. 서툰 거짓말이었습니다. 백모님께서 조카가 얼마나 의학 지식이 많은지 자랑하시면서 맥을 한번 짚어보라고 권하셨으니까요. 그녀는 이중으로 고통스러웠을 겁니다. 우선 저에게 팔을 내밀지 않을 수 없는 게 고통스러웠을 테고, 또 자기가 한 말이 거짓이었다는 사실이 드러나는 게 고통스러웠을 겁니다. 저는 한 손으로는 그녀의 손을 잡고 다른 손으로 그녀의 싱싱하고 탐스러운 팔을 어루만졌습니다. 교활한 여인은 아무 반응이 없더군요. 저는 "가벼운 동요도 없는데요"라고 말하면서 뒤로 물러설 수밖에 없었습니다. 분명 그녀가 냉정한 눈빛으로 절 쳐다보고 있었겠지만, 전 일부러 눈길을 주지 않았습니다. 그렇게 해서 그녀에게 벌을 주는 셈이었죠. 잠시 후 그녀는 일어나고 싶다고 했고, 백모님과 저는 방에서 나왔습니다. 점심식사 때는 내려오기는 했지만 산책은 가고 싶지는 않다고 하더군요. 말할 기회를 주지 않겠다는 얘기죠. 한숨을 쉬고 괴로운 표정을 지어야 한다는 생각이 들었습니다. 어쩌면 그녀도 저의 그런 모습을 기다렸는지도 모릅니다. 하루 중 우리가 눈을 마주칠 수 있는 것은 산책할 때뿐이니까요. 아무리 정숙한 여인이라지만 그녀 역시 여느 여자들처럼 작은 술책 정도는 쓸 줄 알았던 겁니다. 저는 틈을 노려서 이렇게 물었습니다. "제 운명을 알려주실 수 있습니까?" 그랬더니 놀랍게도 "그래요, 자작님. 편지를 썼습니다"라고 대답하더군요. 한시바삐 편지를 받아보고 싶었지만, 여전히 술책의 일부인지, 아니면 서툴러서 혹은 수줍어서 그랬는지, 저녁 때 방으로 돌아갈 때가 되어서야 전해주더군요. 그 편지를 제가 보냈던 편지의 초고와 함께 부인께 보내드릴 테니, 읽어보시고 판단해주십시오. 그녀는 절 조금도 사랑하지 않는다고 터무니없는 거짓말을 늘어놓고 있습니다. 그 반대라는 걸 분명히 알 수 있는데도 말입니다. 거침없이 저를 속이려고 하다니, 나중에 저한테 속고 나서 눈물을 흘리며 한탄하게 될 텐데요! 아무리 능숙한 남자라고 해도 일단 여자가 정직해야지 상대할 수 있는 게 아니겠습니까? 우선은 그런 허튼 소리라도 믿는 척하는 수밖에요. 절망에 빠져 지쳐버린 척해야죠. 우리 법원장 부인께서 냉정한 척하고 싶어 하니까요. 이런 음흉한 짓에 복수하지 않을 수 있을지…… 아, 참아야겠죠…… 쓸 말은 많지만 이만 줄이겠습니다.

그런데 나의 냉정한 여인이 쓴 편지는 읽어보신 후 돌려주셨으면 합니다. 언젠가 그런 하찮은 것도 중요하게 여겨야 하는 날이 올 수 있으니까요. 그리고 일단은 규칙을 지켜야죠.

볼랑주 양에 대해서 얘기를 못 했군요. 다음번에 얘기해보죠.

17××년 8월 22일, ××× 저택에서

스물여섯번째 편지

투르벨 법원장 부인이 발몽 자작에게

　자작님, 어제 제가 저지른 너무나도 어리석은 행동 때문에 이렇게 해명을 하지 않을 수 없게 되었습니다. 그렇지만 않았더라면 자작님께 편지를 쓰는 일 같은 건 절대 없었을 겁니다. 그래요, 전 눈물을 흘렸습니다. 그리고 자작님이 그토록 큰 의미를 두고 인용하신 말을 아마 했을 겁니다. 자작님께선 저의 눈물과 말, 두 가지를 보고 들으신 거죠. 그렇기 때문에 이렇게 모든 걸 해명해야만 하는 거고요.
　지금껏 살아오면서 어느 누구도 저로 인해서 부정한 감정을 품게 만든 적이 없었고, 또한 얼굴을 붉히게 하는 말을 들은 적도 없었습니다. 평온한 삶을 이어왔고, 또 감히 그럴 자격이 있다고 믿고 있습니다. 어떤 감정을 느끼면 감출 줄 모르고, 또 그 감정과 싸울 줄도 모르는 사람인지라, 저로선 자작님의 행동이 너무 놀랍고 당혹스러웠습니다. 제게 맞지 않는 상황이었기에 알 수 없는 두려움에 휩싸였습니다. 또 자작님이 경멸하는 그런 여자들과 저를 똑같이 취급하시는 게 견딜 수 없이 화가 났습니다. 이 모든 이유가 합쳐지면서 저로 하여금 눈물을 흘리게 했고, 어쩌면 좋으냐고 말하게 만든 겁니다. 자작님께서는 그 말이 아주 강한 표현이었다고 생각하시지만, 만일 지금 알려드리는 이유가 아닌 다른 이유 때문에 울었던 거라면 오히려 너무 약한 표현이었을 겁니다.
　자작님의 생각은 맞지 않습니다. 저는 두렵지 않습니다. 만일 두려워하고 있다면 전 자작님으로부터 멀리 달아나 아무도 없는 곳으로 갔을 겁니다. 그리고 어쩌다 이 사람을 알게 된 걸까, 안타까워하면서 불행을 한탄하고 있을 겁니다. 제가 자작님에 대해서 연정을 느낄 일은 결코 없겠지만, 아마도 벗들의 충고를 따라 자작님이 접근하지 못하도록 막았어야 했나 봅니다.

전 자작님이 정숙한 여자를 존중하신다고 믿었고, 바로 그게 저의 유일한 과오였습니다. 자작님을 있는 그대로 보고 싶었고, 자작님이 사람들한테 올바로 평가받았으면 했고, 그래서 실제로 변호하기도 했습니다. 그런데 정작 자작님께서는 그런 끔찍한 고백으로 저를 모욕하시다니요? 그건 저를 모르시는 겁니다. 네, 분명 절 모르십니다. 그렇지 않고서야 어떻게 자신의 과오를 권리로 삼을 수가 있겠습니까? 듣지 말아야 할 말을 저한테 했다고 해서 어떻게 저에게 제가 읽어서는 안 될 편지를 써도 좋다고 생각할 수 있는 겁니까? 자작님의 행동을 이끌어주고 해야 할 말을 가르쳐달라고 하셨죠. 자, 자작님, 침묵과 망각, 이것이 바로 제가 드릴 수 있는 충고입니다. 어렵지 않게 따르실 수 있으리라고 생각합니다. 그래야만 저의 너그러운 마음을 기대하실 권리가 생길 겁니다. 심지어 저로부터 감사의 마음을 얻을 권리도 생길 겁니다. 아닙니다. 저를 존중해주지 않는 사람에게는 어떤 부탁도 하고 싶지 않습니다. 저의 평온을 어지럽히는 사람에게는 그 어떤 신뢰의 표시도 줄 수 없습니다. 자작님은 제가 자작님을 두려워할 수밖에, 증오할 수밖에 없게 만들고 계십니다. 제가 원했던 건 이런 게 아닙니다. 전 자작님을 그저 가장 존경하는 분의 조카로 생각했습니다. 모든 사람이 자작님을 비난하더라도 그것을 우정의 말로 막으려고 했습니다. 하지만 자작님이 전부 부숴버렸습니다. 분명 제자리로 돌려놓으실 마음도 없으시겠죠.

자작님, 분명하게 말씀드리겠습니다. 자작님의 감정은 제 명예를 더럽혔고, 그 감정을 고백하신 건 저를 모욕하신 겁니다. 이 문제에 대해 더 이상 얘기하지 않으셨으면 합니다. 전 자작님이 그렇게 해주시리라고 기대할 권리가, 아니 요구할 권리가 있습니다. 만일 그렇지 않다면, 언젠가 제가 자작님의 감정을 함께 나누게 되기는커녕, 다시는 자작님을 보지 않겠습니다. 저에게 보내신 편지를 함께 보내드립니다. 지금 이 편지 역시 저에게 돌려보내주십시오. 절대 일어나서는 안 될 사건의 흔적이 조금이라도 남아 있다는 건 진정 괴로운 일이 될 테니까요. 그럼 이만 줄이겠습니다.

17××년 8월 21일, ×××에서

스물일곱번째 편지

세실 볼랑주가 메르테유 후작 부인에게

부인, 정말 부인은 좋은 분이세요! 말로 하는 것보다 글로 쓰면 더 쉬울 거라는 사실을 어떻게 아셨어요? 제가 부인께 말씀드리고 싶은 건 정말 어려운 일이거든요. 하지만 부인은 제 친구잖아요. 그렇죠? 아! 정말 저의 소중한 친구세요. 그러니까 겁내지 않고 다 말씀드릴게요. 부인의 충고가 꼭 필요하니까요. 사실은 문제가 생겼어요. 그리고 사람들이 전부 제가 뭘 생각하고 있는지 다 알고 있는 것 같아요. 특히 그분이 계실 때는 사람들이 쳐다보기만 해도 얼굴이 빨개져버려요. 어제 제가 우는 거 보셨죠? 부인께 말씀드리려고 했는데 웬일인지 그럴 수가 없는 거예요. 그러던 중에 부인이 무슨 일이 있냐고 물으시니까 저도 모르게 눈물이 쏟아져 나왔어요. 아무 말도 할 수가 없었고요. 그때 부인이 안 계셨더라면 엄마가 눈치 채셨을 테고, 그러면 저는 어떻게 되었을까요? 아, 요즘 이런 상태예요. 특히 나흘 전부터 더 심해요.

다 말씀드릴게요. 바로 그날부터예요. 그러니까 바로 그날 당스니 기사님께서 편지를 주셨거든요. 처음에는 그게 뭔지 몰랐어요. 정말이에요. 하지만 편지를 읽으면서 기뻤던 건 사실이에요. 거짓말하지 않고 다 말씀드리면, 그분의 편지를 받지 못하느니 차라리 평생 동안 걱정을 하는 게 나을 것 같아요. 하지만 그분한테 이런 마음을 알리면 안 된다는 건 알고 있어요. 오히려 편지 때문에 화가 났다고 말씀드렸어요. 정말이에요. 하지만 그분은 자기도 어쩔 수 없다고 하세요. 제가 생각해도 그렇고요. 저만 해도 답장을 쓰지 않겠다고 결심했지만 결국 쓰고 말았거든요. 딱 한 번 썼어요. 그것도 앞으로는 저한테 편지를 쓰지 마시라고 말하느라고 쓴 거였어요. 그런데도 그분은 계속 편지를 쓰세요. 그리고 제가 답장을 하지 않으니까 무척 슬퍼하세요. 그 모습 때문에 저도 마음이 아프고요. 이제 어떻게 하면 좋을지, 앞으로 어떻게 될지, 정말 모르겠어요. 너무 속이 상해요.

제발 말씀해주세요. 가끔씩 답장을 쓰는 게 옳지 못한 일일까요? 그분이 스스로 편지를 쓰지 않기로 하실 때까지, 그냥 이전처럼 지내기로 결심하실 때까지만요. 이대로 있다가는 어떻게 될지 모르겠어요. 지난번 그분의 편지를 읽으면서는 울기도 한걸요. 이번에도 제가 답장을 쓰지 않는다면 그분과 저 모두가 많이 괴로울 것 같아요.

그분의 편지도 같이 보내드릴게요. 아니면 베껴서 넣든가요. 읽어보시고 판단해주세요. 부인께서 옳지 않다고 하시면 절대로 편지를 쓰지 않을 거예요. 약속드려요. 하지만 부인께서도 저처럼 답장을 쓰는 게 나쁜 일은 아닐 거라고 생각하실 거예요.

말이 나온 김에 한 가지 더 여쭤볼게요. 누군가를 사랑하는 것이 나쁘다고들 하는데, 왜 그런 거죠? 당스니 기사님은 절대 나쁜 일이 아니라고 하시는데요. 그리고 거의 모든 사람이 사랑을 한다는데요. 그렇다면 왜 저는 안 되는 건지 모르겠어요. 결혼을 안 한 여자라서 그런가요? 일전에 엄마가 D×× 부인과 M×× 씨가 연애 중이라고 얘기하시는 것을 들은 적이 있는데, 그렇게 나쁘게 얘기하지는 않으셨거든요. 하지만 엄마는 제가 당스니 님한테 우정 정도의 감정만 품고 있다는 걸 아셔도 틀림없이 화를 내실 거예요. 엄마는 언제나 저를 어린애 취급하시고 아무것도 얘기해주지 않으세요. 저를 수녀원에서 나오게 하셨을 때는 결혼을 시키려고 그러신 줄 알았는데, 지금 보아서는 그런 것 같지도 않아요. 그렇다고 제가 결혼에 신경을 쓰고 있는 것은 아니에요. 정말이에요. 그래도 부인께선 엄마와 친하시니까 어떻게 된 영문인지 아실 수도 있을 것 같고, 혹시 알고 계신다면 좀 알려주세요.

너무 길게 얘기했죠? 편지를 써도 좋다고 허락하셨으니까 이렇게 모든 걸 다 말씀드리게 됐어요. 저를 아껴주시는 부인의 마음을 믿을게요. 그럼, 안녕히 계세요.

17××년 8월 23일, 파리에서

스물여덟번째 편지

당스니 기사가 세실 볼랑주에게

세실 양, 여전히 답장을 주지 않는군요! 도저히 당신의 마음을 바꿀 수는 없는 건가요. 아침이면 행여나 하고 다시 기대해보지만 결국 실망으로 끝을 맺는 날들이 이어지고 있습니다. 당신은 우리 사이에 우정이 존재한다고 했는데, 그 우정이란 게 도대체 뭡니까? 우정이 있다면 당신은 그 우정의 힘으로라도 나의 고통을 느낄 수는 있어야 하는 것 아닙니까? 나는 이렇게 꺼지지 않는 불길처럼 타오르는 열정 때문에 고통받고 있는데 당신은 냉정하게, 아무렇지도 않게 지낼 수 있나요? 신뢰감을 심어주는 것은 고사하고 동정심조차 불러일으키지 않는 우정이라니요! 당신의 벗이 고통받고 있는데 당신은 그 사람을 구하기 위해 손가락 하나 까딱하지 않는다면 도대체 우정이 무슨 소용입니까? 당신의 벗이 원하는 건 그저 한마디 말뿐인데, 그것을 거절하다니요! 당신은 나더러 그토록 미약한 우정이라는 감정만으로 만족하라고 하지만, 정작 그 감정조차도 확실하게 주지 않고 있습니다.

어제 우리 사이를 그대로 저버리고 싶지는 않다고 했었나요? 당신은 사랑을 바라는 사람에게 우정으로 보답하려고 합니다. 우리 사이에 존재하는 호의를 저버리게 될까 봐 두려워하는 게 아니라, 저버리는 것처럼 보일까 봐 두려운 겁니다. 당신이 나의 감정에 대해 아무런 느낌이 없다면 이제 나는 당신에게 짐이 될 뿐인 내 감정을 더 이상 이야기할 용기가 없습니다. 내 마음속에 깊이 간직해야겠죠. 언젠가 완전히 이겨낼 수 있게 될 때를 기다리면서 말입니다. 그것이 얼마나 힘겨운 일이 될지 잘 알고 있습니다. 온 힘을 다해야 할 테죠. 무슨 방법이든 다 써보겠습니다. 아마도 그중에서 가장 괴로운 방법은 당신은 나와 같은 사랑을 느끼지 못한다고 마음속으로 끊임없이 되씹는 것일 테죠. 당신을 만나는 기회도 줄여야 할 테고요. 이미 그럴듯한 구실도 마련해놓았습니다.

세상에! 매일같이 당신을 만나는 즐거운 시간을 잃어버리게 되다니! 아! 진정 그것만은 영원토록 아쉬울 겁니다. 더없이 달콤한 사랑의 대가가 바로 영원한 고통이라니요! 이게 바로 당신이 원한 거고, 당신이 만든 작품입니다! 오늘 이렇게 행복을 잃고 나면, 다시는 되찾지 못할 겁니다. 내 마음 속에는 오직 당신뿐이니까요. 당신만을 위해 살겠다고 맹세할 수 있다면 정말 얼마나 좋을까요! 하지만 당신은 그 맹세를 받아주지 않는군요. 당신이 나의 호소에 응답하지 않는 것은 결국 나에 대해 아무런 감정이 없다는 뜻입니다. 당신의 침묵은 바로 나에 대한 무관심을 확실하게 말해주는 증거이며, 동시에 그 무관심을 가장 잔인한 방법으로 드러내는 것이기도 합니다. 그럼 이만 줄이겠습니다. 당신이 나에 대해 사랑을 느낀다면 열렬히 답장을 써줄 테고, 우정이 있다면 기쁜 마음으로 쓸 수 있을 테고, 연민이라도 있다면 스스로에 대한 만족감으로라도 쓸 수 있을 텐데, 당신의 마음에는 사랑도, 우정도, 연민도 없나 봅니다.

17××년 8월 23일, 파리에서

스물아홉번째 편지

세실 볼랑주가 소피 카르네에게

내가 얘기했었지? 편지를 써도 되는 경우가 있다고 말이야. 괜히 네 말대로 했어. 정말 후회스러워. 그 때문에 괜히 나하고 당스니 기사님만 힘들어했잖아…… 내 생각이 옳았다는 건, 바로 이런 일을 잘 아시는 메르테유 부인께서 결국 내 생각에 동의하셨다는 게 그 증거야. 내가 사정을 털어놓았더니, 처음에는 너처럼 말씀하셨어. 하지만 전부 다 설명을 드렸더니 내 경우는 사정이 다르다는 걸 인정해주셨는걸. 단지 내가 쓴 편지와 당스니 기사님이 보낸 편지를 전부 보여달라고 하셨어. 내가 답장에다가 꼭 써야 하는 말만 쓰게 하시려고 그러시는 거야. 이제 마음이 편해졌어. 나는 정말 메르테유 부인이 너무 좋아. 진짜 마음씨가 좋은 분이고, 존경스러운 분이셔. 정말 더 원할 게 없어.

이제 난 당스니 님한테 편지를 쓸 거야. 얼마나 기뻐하실까! 아마 그동안 기대하신 것 이상으로 기뻐하실걸? 그러니까 지금까지 나는 우정이라고 얘기하고 그분은 언제나 사랑을 원하셨거든. 둘 다 마찬가지 같은데…… 난 도저히 사랑이라는 말을 쓸 용기가 나지 않는데, 그분은 꼭 원하시는 거야. 그래서 메르테유 부인께 말씀드렸더니 내가 당스니 님 말대로 하지 않은 건 잘한 일이라고 하셨지만, 또 이런 얘기도 하셨어. 아무리 노력해도 참을 수 없을 때에만 사랑을 인정해야 한다고 말이야. 바로 내가 그렇거든. 정말 더는 참을 수가 없어. 결국 우정과 사랑은 한 가지인 셈이니, 이왕이면 사랑이라고 하는 게 당스니 님을 더 기쁘게 해드리는 길이잖아.

부인께선 또 이런 문제를 다룬 책들을 빌려주겠다고 하셨어. 어떻게 행동해야 하는지를 가르쳐주고 또 지금보다 편지를 더 잘 쓸 수 있도록 도와줄 거래. 너도 이제 알겠지? 부인께서는 나의 결점들을 다 얘기해주신단다. 정말 날 좋아하신다는 증거인 거지. 다만 그 책들에 대해서 엄마한테는 얘기하지 말라고 하셨어. 엄마가 딸의 교육을 소홀히 한 것처럼 보이게 되면 기분이 상하실지도 모른다는 거야. 그래서 엄마한테는 얘기하지 않으려고 해.

어쨌든 참 놀라운 일이지? 가족도 아닌데 엄마보다 더 신경을 써주시다니 말이야! 메르테유 부인을 알게 되어서 얼마나 다행인지 몰라.

더구나 모레 오페라 극장에 가실 때 칸막이 관람석에 날 데려가고 싶다고 엄마한테 청하기도 하셨어. 거기서는 우리끼리만 있을 수 있으니까 다른 사람이 들을까 봐 걱정할 필요도 없이 마음 놓고 얘기할 수 있을 거라고 하셨어. 나는 사실 오페라 극장보다 그게 훨씬 더 좋아. 내 결혼에 대해서도 얘기하게 될 거야. 부인 말씀이 내가 머지않아 결혼하는 것은 사실인 듯하다는데, 그에 대해서 더 얘기할 시간이 없었거든. 그런데 참 이상하지? 어째서 엄마는 내 결혼에 대해서 한 마디도 없으신 걸까?

그럼 소피, 이만 안녕. 이제 당스니 기사님께 편지를 써야지. 아! 정말 기뻐!

17××년 8월 24일, ×××에서

서른번째 편지

세실 볼랑주가 당스니 기사에게

결국 편지를 쓰기로 했어요. 그리고 저의 '우정'과 '사랑'을 다짐할게요. 그렇지 않으면 기사님이 너무 불행해지실 것 같아서요. 저더러 냉정한 여자라고 하셨죠? 정말 잘못 생각하신 거예요. 이젠 의심하지 않으셨으면 좋겠어요. 제가 답장을 안 해서 괴로우셨겠지만, 그러느라고 저도 많이 괴롭지 않았겠어요? 절대로 해서는 안 되는 일을 하게 될까 봐 그랬던 거예요. 사실 참아보려고 굉장히 노력했는데, 마음대로 안 됐어요. 그렇지만 않았다면 분명 제 사랑을 인정하지 않았을 거예요. 하지만 기사님이 슬퍼하시는 모습을 보는 게 너무 마음이 아팠는걸요. 앞으로는 슬퍼하지 않으셨으면 좋겠어요. 우리는 행복할 수 있을 거예요.

오늘 저녁 뵐 수 있으면 좋겠어요. 일찍 와주실 거죠? 아무리 일찍 오셔도 저한테는 이르다고 할 수 없지만 말이에요. 오늘은 엄마가 집에서 저녁을 드시니까, 아마 그때까지 계시라고 하실 거예요. 그저께처럼 약속이 있으신 건 아니죠? 그날 모임은 즐거우셨나요? 우리 집에서 일찍 가셨잖아요. 하기야, 이제 이런 얘기는 하지 말아요. 제가 사랑하고 있다는 걸 아셨으니까, 이번에는 가능한 한 오래 저랑 같이 계셨으면 좋겠어요. 저는 기사님하고 같이 있을 때만 행복하거든요. 분명 저와 같은 마음이시겠죠?

지금 이 순간도 슬퍼하고 계실 텐데, 그 생각을 하면 마음이 아파요. 하지만 그건 제 잘못이 아니에요. 제 편지를 빨리 보실 수 있도록 오시는 대로 하프를 타고 싶다고 얘기할게요. 그게 제일 좋은 방법인 듯

해요.

 그럼 이만 안녕히 계세요. 정말로, 진심으로 사랑해요. 사랑한다고 말할 때마다 더욱더 기뻐요. 기사님도 그러시리라고 믿어요.

17××년 8월 24일, ×××에서

서른한번째 편지

당스니 기사가 세실 볼랑주에게

 그렇습니다. 우리는 행복해질 수 있을 겁니다. 당신이 나를 사랑하는 한, 나의 행복은 확실합니다. 그리고 당신이 내 마음속에 불어넣은 그 사랑이 계속되는 한, 당신의 행복 역시 영원할 겁니다. 아! 당신이 나를 사랑하다니요! 나를 '사랑'한다고 두려움 없이 말할 수 있다니요! 사랑한다고 말할 때마다 더욱 기뻐진다니요! "사랑해요"라는 황홀한 구절을 읽고 나니, 내 귀에는 당신이 아름다운 입을 움직이며 그렇게 고백하는 소리가 들려왔습니다. 애정을 담고서 한층 더 아름다워진 당신의 매혹적인 눈이 나를 응시하고 있는 모습도 보였습니다. 난 영원히 나를 위해 살겠다는 당신의 맹세를 받았습니다. 아! 내 인생 전부를 당신의 행복을 위해 바치려는 나의 맹세도 받아주십시오. 결코 이 맹세를 배반하지 않겠습니다.

 어제 우리는 너무도 행복한 하루를 보냈죠. 메르테유 부인이 매일 비밀이 생겨서 당신의 어머니와 얘기를 나누신다면 얼마나 좋을까요? 아! 감미로운 회상에 젖어 있는 지금 이 순간, 난 어째서 누군가 우리를 방해할지도 모른다는 생각이 떠오르는 걸까요? "사랑해요"라고 쓴 당신의 예쁜 손을 놓지 않고서, 그 손에 한없이 입을 맞출 수는 없는 걸까요? 그렇게 하면 보다 깊은 애정의 표시를 거절한 당신에게 복수할 수 있을 텐데요.

나의 연인, 세실이여! 한번 말해봐요. 어제 당신 어머니가 거실로 돌아오시고 난 후로는, 그렇게 함께 있게 된 다음부터는, 우리 둘 모두 아무렇지도 않은 듯한 시선을 주고받을 수밖에 없었지요. 그럴 때, 그러니까 사랑한다는 말로 나를 위로할 수 없게 된 그 순간에, 조금 전 사랑의 증거를 보여주기를 거부했던 게 후회되지 않던가요? 키스 한 번으로 저 사람을 행복하게 할 수 있는데 그 행복을 내가 빼앗았구나, 이렇게 생각되지 않던가요? 세실, 나의 사랑스런 연인이여, 앞으로 그런 기회가 오면 무정하게 대하지 않겠다고 약속해줘요. 그 약속의 힘으로 나는 앞으로 우리 앞에 닥칠 그 어떤 어려움이라도 이겨낼 수 있는 용기를 갖게 될 것입니다. 당신이 내 눈앞에 없는 잔인한 시간들도 당신과 함께 비밀을 나눈다고 생각한다면 덜 고통스러울 겁니다.

그럼 나의 세실, 이만 줄이겠습니다. 당신 집으로 가야 할 시간이 되었으니까요. 당신을 만나러 가는 게 아니라면 글을 멈출 수가 없을 것 같군요. 그럼 이만, 너무도 사랑하는 그대여! 매일매일 더욱 사랑하겠습니다.

17××년 8월 25일, ×××에서

서른두번째 편지

볼랑주 부인이 투르벨 법원장 부인에게

부인, 그러니까 발몽의 미덕을 믿으라는 말씀인가요? 도저히 내키지가 않는군요. 평판이 좋은 사람이 단 한 가지 과오를 범했다고 해서 악한 인간으로 간주할 수는 없는 것과 마찬가지로, 부인이 얘기해준 그 한 가지 사건만으로 발몽을 선한 인간이라고 판단하는 건 어려운 일입니다. 물론 인간이란 결코 완전하지 못합니다. 어쩌면 선하지도 악하지도 않을지도 모릅니다. 선한 사람에게도 약점이 있듯이, 흉악한 사람에게도 미덕이 있을 수 있습니다. 분명 이 진리를 믿어야 할 거고, 그에 근거해서 선한 인간에게 관용을 베풀 듯 악한 인간에게도 관용을 베풀어야 할 겁니다. 그렇게 해서 선한 자들은 자만에 빠지지 않고, 또 악한 자들은 절망으로부터 구해낼 수 있게 되겠죠. 아마도 부인은 내가 관용을 가져야 한다고 설교하면서도 실제로는 관용을 베풀지 않고 있다고 생각할지도 모르겠습니다. 하지만 아무리 그렇다고 해도 우리가 악한 자와 선한 자를 똑같이 취급한다면 관용이란 것은 결국 위험한 약점에 지나지 않는 게 아닐까요?

발몽이 어떤 목적으로 그런 행동을 했는지 파헤치고 싶지는 않습니다. 그 행동이 칭송받을 만한 것이었듯이, 그 행동의 동기 역시 모두 훌륭한 것이라고 믿고 싶습니다. 하지만 그 사람은 줄곧 남의 가정에 불화와 치욕 그리고 추문만을 일으켜온 사람입니다. 그래요, 그가 구제해준 불행한 사람의 목소리를 듣는 건 좋지만, 그가 제물로 삼았던 숱한 희생자들의 절규도 들어야 합니다. 부인은 발몽이 위험한 애정관계의 한 예에 지나지 않는다고 말하지만, 그렇다고 해도 그 자신이 위험한 관계인 것은 마찬가지 아닌가요? 부인은 정말 발몽이 돌아온 탕아가 될 수 있다고 생각하는 건가요? 설사 그런 기적이 일어났다고 치죠. 하지만 그렇다고 해도 세상 사람들은 아무도 믿어주지 않을 겁니다. 그렇다면 그 사실만으로도 부인의 행동을 규제할 만한 충분한 이유가 되지 않을까요? 참회의 순간에 죄를 용서해주는 것은 하느님만이 할 수 있는 일입니다. 인간의 마음속을 들여다보실 수 있으니까요. 하지만 인간들은 겉으로 드러나는 행동을 보고서 사람의 생각을 판단할 수밖에 없습니다. 바로 그렇기 때문에 주위 사람들한테 인정받지 못하는 사람은 일단 경계할 필요가 있고, 한번 명예를 잃어버리면 되찾기가 그토록 어려운 겁니다. 하지만 그야 자업자득, 사람들을 탓할 수는 없는 것 아닐까요? 나의 젊은 벗, 부인에게 꼭 말해주고 싶습니다. 지금은 모두가 부인을 인정하고 있지만, 이번처럼 사람들의 평가를 대수롭지 않게 생각한다면, 자칫 그것만으로도 명예를 잃게 될지도 모릅니다. 이런 가혹한 말이 부당하다고 생각하지 말아요. 다른 사람들의 존경이라는 귀중한 재산을 누릴 권리가 있는데도 불구하고 일부러 포기하는 사람은 없겠죠. 하지만 그 말은 결국 그렇게 강력한 제어 장치로도 억제되지 않은 사람이라면 악을 행하게 될 위험에 더욱 가까이 다가간 것을 의미하는 게 아닐까요? 부인과 발몽 자작의 친밀한 관계 역시 아무리 결백하다고 해도 결국에는 마찬가지가 될 겁니다.

    부인이 그토록 열정적으로 발몽 자작을 변호하는 걸 보고 정말 놀랐습니다. 그래서 부인이 내 말에 반론으로 제기할 것 같은 말까지 서둘러 미리 이야기해보겠습니다. 우선 메르테유 부인 역시 발몽과 관계가 있었지만 사람들은 용서하지 않았느냐고 묻고 싶을 겁니다. 또 발몽이 그런 사람이라면 어째서 우리 집에 드나들게 하는 거냐고 묻고 싶을 테죠. 그 사람이 점잖은 사람들한테 배척당하기는커녕 오히려 사교계에서도 그를 받아들이고 있지 않으냐고, 심지어 인기를 끌고 있지 않으냐고 물을지도 모르겠군요. 이 모든 것에 대해서 대답할 수 있습니다.

우선 메르테유 부인에 대해 말해보죠. 사실 메르테유 부인은 아주 훌륭한 분입니다. 자신의 힘을 지나치게 과신하는 게 한 가지 약점이라고 할 수 있죠. 부인은 바위와 절벽이 늘어선 험난한 길에서 마차를 몰아 우리를 인도해줄 수 있는 사람입니다. 물론 그런 길들이란 무사히 통과한 다음에야 인정받을 수 있는 것이지만요. 그러니 메르테유 부인을 칭송하는 것은 좋지만, 그대로 따르는 것은 신중하지 못한 일입니다. 그분도 스스로 이 점을 인정하시고 때로는 자책하신답니다. 그동안 많은 일을 겪어 오면서 삶의 원칙도 훨씬 엄격해졌지요. 이제는 메르테유 부인도 나와 같은 방식으로 살아가실 거라고 자신 있게 말할 수 있습니다.

다음 내 얘기를 해보자면, 그래요, 다른 사람들과 마찬가지입니다. 발몽 자작은 우리 집에 드나듭니다. 어느 집이나 모두 그 사람을 받아들이죠. 이것은 모순 덩어리인 사교계를 지배하는 또 한 가지의 모순입니다. 부인도 이미 알고 있겠지만, 사교계 사람들은 이 모순을 알고 있고 또 개탄하면서도 그대로 빠져들지요. 훌륭한 가문과 막대한 재산, 여러 가지 훌륭한 장점, 이 모든 것을 갖춘 발몽은 찬사와 조소라는 두 가지를 똑같이 능숙하게 다루면 사교계에서 군림할 수 있다는 걸 일찌감치 깨달은 사람입니다. 그는 이 두 가지 재능에 누구보다도 뛰어난 사람이죠. 찬사를 통해 사람들의 마음을 사고, 조소를 통해 두려움을 불어넣을 줄 압니다. 그래서 사람들은 그를 존경하지는 않지만 그에게 환심을 사려고 합니다. 그 사람이 살아가고 있는 사교계란 곳은 용감하기보다는 신중한 곳이니, 그와 맞서 싸우기보다는 비위를 거스르지 않으려는 겁니다.

하지만 메르테유 부인은 물론이고 그 어떤 여자도 시골에 눌러앉아서 그 사람과 머리를 맞대다시피 하면서 지낼 용기는 없을 겁니다. 그런데 그런 경솔한 일을 가장 현명하고 정숙한 여인이 보여주고 있는 겁니다. 경솔하다는 말까지 쓴 걸 용서하기를 바랍니다. 분명 우리 사이의 우정으로는 할 수 있는 말이 아닙니다. 부인은 지금 너무도 정숙한 사람이기 때문에 오히려 마음을 놓고 있는 겁니다. 정숙함이 오히려 부인을 배반하는 거죠. 하지만 부인의 행동을 판단할 사람들은 어떨지 한번 생각해보세요. 그래요, 우선 미덕의 본보기를 본 적이 없기 때문에 아예 미덕이라는 것 자체를 믿지 않은 경박한 사람들이 있죠. 또 한편으로는 미덕의 존재를 믿지 않는 척하는 사람들이 있습니다. 그 사람들은 심술이 나서 부인의 미덕을 시기할 겁니다. 부인은 지금 그 어떤 사람도 감히 할 수 없는 위험한 행동을 하고 있다는 걸 알아야 합니다. 심지어 발몽을 최고의 권위자로 떠받드는 젊은이들 중에서도 그나마 현명한 자들은 그와 너무 가깝게 지내지는 않으려고 하는데요. 그런데 부인이 발몽을 두려워하지 않다니요! 아! 제발! 제발, 마음을 돌리세요. 부탁입니다…… 내가 알려준 이유들로도 결심이 서지 않는다면, 나의 우정을 봐서라도 그렇게 하세요. 내가 이렇게까지 거듭 얘기하고 내 생각을 내세우는 건 우리의 우정에서 비롯된 겁니다. 나의 우정이 너무 가혹하다고 생각할지도 모르겠군요. 나 역시 이런 우정이 필요하지 않기를 바랍니다. 하지만 우정이 있다고 들먹이면서도 정작 벗한테 소홀히 했다는 원망을 듣기보다는, 우정에서 나온 나의 염려 때문에 원망을 듣는 편이 더 나을 것 같습니다.

17××년 8월 24일, ×××에서

서른세번째 편지

메르테유 후작 부인이 발몽 자작에게

나의 자작님, 그러니까 성공을 두려워하고 있는 건가요? 상대에게 무기를 대주고 당신을 해치게 하려는 건가요? 승리가 아니라 전투를 원하는 건가요? 그렇다면 난 이제 할 말이 없군요. 당신이 보여준 행동은 진정 신중함을 구현한 걸작입니다. 반대로 가정한다면 어리석음을 구현한 걸작이 되겠죠. 솔직히 말하면, 지금 자작님은 뭔가 착각하고 있는 듯합니다.

기회가 주어졌는데도 이용하지 못했다고 비난하는 게 아닙니다. 우선 그런 기회가 진짜로 왔었는지도 알 수 없고, 또 누가 뭐라 하든 기회라는 건 놓쳐도 또 찾아올 수 있는 거니까요. 하지만 서두르느라고 망쳐버린 일은 되돌릴 수 없다는 걸 잘 알고 있겠죠?

당신의 진짜 실책은 바로 순간적인 기분으로 편지를 써 보냈다는 겁니다. 그 실책이 어떤 결과에 이르게 될지 한번 예측해보세요. 그러니까 당신은 그 여자한테, 이러저러하니까 당신이 나한테 져야 하는 거요, 하고 증명해 보이고 싶었던 건가요? 그런 건 그저 느껴질 수 있는 진리일 뿐, 증명할 수 있는 게 아닌데요. 그렇기 때문에 그것을 받아들이게 만들려면 이론적으로 따질 게 아니라 감동을 주어야 하는 거고요. 설사 당신의 편지가 그 여자를 감동시켰다고 한들, 그 자리에 함께 있어서 이용할 수 있다면 모를까 무슨 소용이 있을까요? 그리고 얼마나 오래갈까요? 그 여자는 이내 되짚어 곰곰이 생각하게 될 거고, 결국 사랑을 고백하는 일 따위는 일어나지 않을 겁니다. 편지를 쓰는 시간과 전해줄 때까지 걸리는 시간도 한번 생각해보세요. 더욱이 당신의 그 신앙심 깊은 여인처럼 원칙이 확고한 여자라면 말입니다. 순간적으로 무언가를 원하게 된다고 해도, 그것이 그토록 피하려고 애쓰던 것이라면, 그 상태가 얼마나 오래갈 수 있을까요? 그런 수법은 어린애들한테나 통하는 겁니다. "사랑해요"라고 쓴다는 건 "당신 뜻대로 하세요"라는 말과 마찬가지라는 사실을 알지 못하는 어린애들 말입니다. 투르벨 부인처럼 분별력 있는 여자라면 그런 말이 무엇을 의미하는지 정도는 충분히 알고 있겠죠. 말로 할 때는 당신이 우세할 수 있겠지만, 편지에서는 그 여자가 그냥 있지 않을 겁니다. 누군가와 논쟁을 하고 있으면 그 이유만으로도 지기 싫어지는 법이니까요. 이유야 찾으려고 들면 얼마든지 얻을 수 있는 거고, 그렇게 이유들을 내세울 테죠. 그리고 고집을 부릴 겁니다. 자기가 내세우는 이유가 옳아서 그러는 게 아니라, 스스로 내세운 이유를 취소하고 싶지 않아서 말입니다.

그리고 또 하나, 당신은 그냥 넘기고 있지만 나로선 놀라운 게 있군요. 당신은 사랑에 있어서 마음으로 느끼지 못한 걸 글로 쓰는 게 얼마나 어려운 일인지 모르고 있는 것 같습니다. 내 말은 진짜처럼 쓰는 것 말입니다. 물론 진짜 사랑 편지도 당신이 쓴 것과 같은 단어들을 사용할 수 있지만, 적어도 그런 식으로 배열하지는 않을 겁니다. 그냥 늘어놓겠죠. 그래도 충분하니까요. 당신이 쓴 편지를 다시 한 번 읽어보세요. 너무도 질서정연해서 문장 하나하나가 당신의 속내를 드러내고 있잖아요. 물론 당신의 법원장 부인이 그걸 눈치 채지는 못하리라고 믿고 싶지만, 그렇다고 해도 결과는 마찬가지 아닌가요? 실패하고 말 겁니다. 사실 이런 과오는 소설책 속에 자주 등장하죠. 그러니까 작가는 온갖 고생을 다하며 흥분하지만 아무 소용없이 독자는 계속 냉담한 것 말입니다. 『엘로이즈』만은 그 예외라고 할 수 있죠. 분명 작가가 뛰어나기도 하지만, 아무래도 실화를 바탕으로 한 소설 같아요. 자, 하지만 말로 할 때는 사정이 다르답니다.

말을 하려면 신체기관을 움직여야 하기 때문에 자연히 감정이 담기게 되죠. 눈물이 주는 힘까지 보탤 수 있고요. 눈빛은 욕정의 표현을 곧 애정의 표현과 섞어버리죠. 또 말은 글에 비해 일관성이 떨어지지만, 오히려 어지럽고 무질서한 사랑의 분위기를 훨씬 더 쉽게 표현할 수 있는걸요(이게 바로 사랑의 웅변이죠). 더구나 사랑하는 상대가 눈앞에 있는데 깊이 생각할 틈이 있겠어요? 바로 정복당하고 싶어진답니다.

자, 자작님. 내 말을 들어요. 그 여자가 이제 편지를 쓰지 말라고 했죠? 그것을 이용해서 당신의 실책을 만회하도록 해요. 다시 대화를 나눌 수 있는 기회가 올 때까지 기다려요. 그 여자는 내가 생각했던 것보다 훨씬 강하군요. 훌륭하게 방어해냈고요. 편지를 좀 길게 썼다는 것하고, 감사하는 마음 운운한 부분에서 본론을 말하려고 제시한 핑계들 말고는, 정말 한 번도 자기 마음을 내보이지 않았잖아요. 그래도 한 가지 당신이 성공할 수 있을 거라고 확신하게 해주는 게 있기는 합니다. 그 여자가 한꺼번에 너무나 많은 힘을 쓰고 있다는 거죠. 자기가 한 말이 뭔가 트집잡히게 될까 봐 그야말로 온 힘을 쓰고 있더군요. 그러다가 말에서 행동으로 옮겨가기도 전에 지쳐버려서 정작 행동이 시작될 때는 방어할 수 없게 될 것 같다는 생각이 듭니다.

당신이 보낸 두 통의 편지를 돌려보냅니다. 당신이 신중한 사람이라면 행복한 순간이 오기까지 다시는 이런 편지를 보내면 안 됩니다. 볼랑주 양에 대해서 얘기할 것도 있는데, 시간이 늦어서 아쉽군요. 어쨌든 그 애의 일은 꽤 빠르게 진전되고 있어요. 나도 상당히 만족스럽답니다. 당신보다 내가 먼저 일을 끝낼 것 같군요. 당신도 기뻐해주리라고 믿어요. 그럼 오늘은 이만 안녕히.

17××년 8월 24일, ×××에서

서른네번째 편지

발몽 자작이 메르테유 후작 부인에게

나의 아름다운 벗이여, 정말 멋진 말씀이었습니다. 하지만 삼척동자도 다 아는 사실을 무엇 때문에 그렇게 힘들여 증명하려고 애쓰셨는지 잘 모르겠습니다. 연애 문제를 빨리 진척시키려면 편지를 쓰는 것보다 말로 하는 게 낫다, 이게 바로 요점 아닙니까? 그야 물론입니다. 가장 초보적인 유혹 기술이죠. 한 가지만 말씀드리겠습니다. 부인께선 예외적인 경우 하나를 제시하셨지만, 사실은 두 가지 예외가 있답니다. 수줍은 성격 때문에 쉽게 걸려들어서 결국 무지 때문에 깊이 빠져들고 마는 풋내기들도 있지만, 때론 똑똑한 여자들이 자존심 때문에 걸려들어서 결국 허영심 때문에 함정에 빠지는 경우가 있죠. 이 역시 예외에 추가해야 하지 않을까요? B×× 백작 부인을 예로 들 수 있을 겁니다. 백작 부인보다는 제 쪽에서 더 강하게 끌리는 상태였는데, 제가 처음 편지를 보냈더니 쉽게 답장을 주더군요. 자기의 명예를 높여줄 만한 주제에 대해 말할 수 있는 기회라고 생각한 거죠.

어쨌든 변호사들이 쓰는 말을 따라해보자면, 부인의 말씀은 '이 문제에 적용되지 않는 원칙'입니다. 부인의 말은 저에게 글로 쓸지 말로 할지 선택 가능성이 있다고 전제하고 있지만, 실상은 그렇지 않으니까요. 19일의 사건이 있은 후 무정한 여인은 여전히 방어 태세를 풀지 않고 있고, 저와 마주치는 것을 교묘하게 피하고 있습니다. 정말 놀라운 솜씨더군요. 이런 식으로 계속된다면, 어떻게 다시 유리한 고지를 확보할지 그 방법을 심각하게 생각해봐야 할 지경입니다. 어떤 식으로든 그 여자한테지고 싶지 않으니까요. 편지까지도 결국 작은 전쟁인 셈입니다. 그 여자는 답장은 고사하고 편지를 받는 것조차 거절하고 있습니다. 결국 매번 새로운 방법을 찾아낼 수밖에 없는데, 그나마 매번 성공하는 것도 아니랍니다.

첫번째 편지를 전할 때 사용했던 간단한 방법은 기억하시겠죠. 두번째 편지도 거의 비슷했습니다. 그녀가 제 첫 편지에 답장을 보내면서 자기 편지를 돌려달라고 했잖습니까? 전 돌려줄 편지 대신 눈치 채지 못하도록 교묘하게 내 편지를 주었습니다. 그러자 속은 게 분했는지 아니면 변덕이 났는지, 그것도 아니면 정숙한 미덕 때문인지— 저로서는 결국 이렇게 믿을 수밖에 없습니다— 세번째 편지는 완강히 거절하더군요. 그런 식으로 계속 거절하자면 마음이 편하지 않을 테니, 미안해서라도 좀 태도가 누그러지지 않을까 기대했었습니다.

사실 쉽게 건네준 편지를 그녀가 거절하는 건 별로 놀라운 일이 아니었습니다. 선뜻 받아주었다면 오히려 무언가를 허용한 셈이 되잖습니까? 전 그녀가 좀더 오래 방어하기를 원했으니까요. 어쨌든 대충 한번 써본 방법이 실패하고 나서, 전 편지를 봉투에 넣기로 했습니다. 그리고 화장을 하느라 그녀가 백모님과 하녀와 함께 있는 시간을 이용해서 저의 충실한 하인에게 편지를 전하게 했습니다. 부탁하신 서류라고 말하면서 건네주라고 했죠. 그 자리에서 거절하려면 번거로운 변명을 늘어놓아야 할 테니 그냥 받을 수밖에 없으리라고 생각한 겁니다. 제 생각대로 그녀는 편지를 받았죠. 하인에게 그녀의 표정을 잘 살펴보라고 일렀는데, 얼굴이 약간 붉어졌답니다. 화가 났다기보다는 당황한 기색이었다고 하더군요.

전 당연히 만족스러웠습니다. 편지를 간직하든가, 돌려주려면 저와 단둘이 있는 시간을 마련해야 할 테니까요. 그때를 이용해 다시 얘기해볼 생각이었습니다. 그런데 한 시간쯤 지났을 때였습니다. 투르벨 부인의 하인 한 사람이 내 방에 오더니 주인마님께서 보내신 것이라면서 봉투를 전해주더군요. 분명 내가 보냈던 봉투가 아니었고, 또 그토록 고대하던 그녀의 글씨가 씌어 있었습니다. 서둘러서 봉투를 뜯었더니, 제가 쓴 편지가 뜯지도 않은 채로 그대로 접혀 있었습니다. 자기는 추문이 날까 봐 전전긍긍하는데 제가 별로 신경을 쓰는 것 같지 않으니 그런 교활한 술책을 사용한 겁니다.

부인께서는 제가 어떤 사람인지 잘 아실 테니, 얼마나 화가 났을지는 굳이 설명할 필요가 없으리라고 생각합니다. 냉정을 되찾아야 했습니다. 그리고 새로운 방법을 강구해야 했습니다. 그리고 마침내 가능한 단 하나의 방법을 찾아냈습니다.

이 집에서는 매일 아침 0.75리외* 정도 떨어진 곳에 있는 우체국에 편지를 가지러 갑니다. 통나무처럼 생긴 밀폐된 우편함을 사용하고, 우체국장과 백모님이 열쇠를 하나씩 가지고 있습니다. 낮에 각자 알아서 편한 시간에 편지를 넣으면 저녁때 우체국으로 가져가는 겁니다. 또 아침이면 이 집으로 온 편지를 받으러 가고요. 이 일은 저택의 하인과 손님들의 하인이 구별 없이 번갈아 맡고 있습니다. 제 하인의 차례는 아니었지만, 근방에 일이 있다고 핑계를 대고 우체국에 가게 했습니다.

그리고 편지를 썼습니다. 필체를 바꾸어 겉봉에 주소를 썼고, '디종' 시(市)의 소인을 꽤 그럴싸하게 위조했습니다. 디종 시를 택한 것은, 그녀의 남편이 머물고 있는 곳에서 보내온 편지가 훨씬 더 재미있을 것 같았

---

* 구체제하의 거리 단위. 1리외는 약 4킬로미터.

기 때문입니다. 어차피 제가 원하는 것은 그녀의 남편과 동일한 권리를 얻는 거니까요. 또 사실 나의 아름다운 여인이 디종에서 오는 편지를 받고 싶다고 하루 종일 얘기하기도 했고요. 그녀가 고대하는 기쁨을 선사하는 게 옳지 않겠습니까?

조심스레 준비를 마친 다음, 저택으로 오는 다른 편지들 틈에 제 편지를 섞어넣는 것은 별로 어렵지 않았습니다. 물론 궁여지책으로 택한 방법이기는 하지만, 이 방법은 그녀가 편지를 받는 모습을 지켜볼 수 있다는 이점도 있답니다. 이곳에서는 점심식사 때 모이게 되면 편지가 도착할 때까지 자리를 뜨지 않거든요. 마침내 편지가 도착했습니다.

백모님이 우편함을 열었습니다. "디종에서 왔네요"라고 하시며 투르벨 부인에게 편지를 건네더군요. 그녀는 걱정스러운 듯 "남편 글씨가 아닌데요"라고 말하며 서둘러 봉투를 뜯었습니다. 그리고 단번에 모든 걸 알아차렸습니다. 워낙 표정이 많이 변했기 때문에 백모님이 의아해하며 "무슨 일이에요?"라고 물으셨습니다. 저도 다가가면서 이렇게 물었죠. "그렇게도 끔찍한 편지인가요?" 수줍고 신앙심 깊은 나의 여인은 차마 눈을 들지 못했고, 아무 말도 하지 못하더군요. 어떻게 해서든 난감한 상황을 빠져나가려고 계속 편지를 읽어내려가는 척했죠. 저는 그녀가 당황해하는 모습이 즐겁기도 했고, 이 김에 조금 더 궁지로 모는 것도 나쁘지 않을 것 같아 이렇게 말했습니다. "조금 마음이 가라앉으신 것 같군요. 고통스런 사연이라기보다는 놀라운 사연인가 보죠." 그러자 그녀는 너무 많이 화가 났는지, 평소의 신중함 대로라면 결코 입 밖에 내지 못할 말을 했습니다. "아주 모욕적인 내용이에요. 감히 이런 말을 쓸 수 있다니 정말 놀랍네요." 그러자 백모님이 "도대체 누가 그런 편지를 보낸 거죠?"라고 물으셨고, 분노에 휩싸인 나의 여인은 이렇게 대답했습니다. "이름을 밝히지 않았어요. 하지만 이 편지, 그리고 편지를 쓴 사람 모두가 경멸스러워요. 이 편지 얘기는 더 이상 하지 않으셨으면 좋겠어요." 그러면서 나의 대담한 편지를 찢어버리더군요. 그리고 찢어진 편지 조각들을 주머니에 넣고서 자리에서 일어나 밖으로 나가버렸습니다.

화를 내기는 했지만 어쨌든 내 편지를 받은 셈입니다. 편지 내용을 전부 읽었는지는 그녀의 호기심에 기대할 수밖에요.

오늘 있었던 일을 자세히 얘기하려면 너무 길어질 것 같습니다. 그녀에게 보냈던 두 통의 편지 초고를 동봉하겠습니다. 읽어보시면 모든 것을 속속들이 아실 수 있을 겁니다. 앞으로도 제 편지를 읽어보시려면 초고의 글씨에 좀 익숙해지셔야 하실 겁니다. 제대로 베껴서 보내드렸으면 좋겠지만, 그것은 너무 지겨운 일이라 절대로 할 수 없을 듯합니다. 그럼 나의 아름다운 벗이여, 이만 안녕히.

17××년 8월 25일, ×××에서

서른다섯번째 편지

발몽 자작이 투르벨 법원장 부인에게

부인, 부인의 말씀을 따라야 한다는 걸 잘 알고 있습니다. 하지만 전 부인께서 저의 과오라고 알고 계시는 것들, 적어도 그와 다른 것들을 증명해 보여야만 합니다. 제가 비난받을 정도로 거친 사람이 아니라는 것을, 또 그 어떤 고통스런 희생도 감내해낼 수 있는 용기를 가진 사람이라는 것을 말입니다. 저에게 침묵과 망각, 이 두 가지 명을 내리셨죠. 좋습니다.

부인을 향한 제 사랑이 입을 열지 못하게 하겠습니다. 그리고 가능하다면 부인께서 저의 사랑에 답으로 돌려주신 그 가혹한 대우도 잊도록 하겠습니다. 제가 부인의 사랑을 원한다고 해서 부인께 요구할 권리가 주어지는 것은 아닐 테니까요. 마찬가지로 제가 부인의 관용이 필요하다고 해서 바로 얻을 자격이 주어지는 건 아니겠죠. 하지만 아무리 그렇다고 해도 제 사랑을 모욕이라고 생각하시다니요. 부인을 사랑하는 게 잘못이라면, 바로 부인께서 그 원인이라는 걸 아셔야 합니다. 또 제 잘못이 용서되어야 하는 이유 역시 부인 자신이라는 걸 아셔야 합니다. 늘 부인께 제 마음을 열어 보였던 터라, 설사 그게 저한테 해가 될지라도 전 저를 사로잡고 있는 감정을 감출 수가 없었던 겁니다. 그런데 저의 진심에서 우러나온 행위를 대담성에서 나온 것으로 생각하시다니요. 그지없이 부드럽고 더할 나위 없이 정중하며 진정 참된 저의 사랑에 대한 답으로, 부인께선 절 멀리 물리치셨습니다. 절 증오하신다고까지 했죠. 이런 대우를 받고서도 아무 말 없이 감내할 사람이 또 있을까요? 좋습니다. 어떤 괴로움이든 받아들이고, 아무런 불평도 하지 않겠습니다. 부인께선 저에게 상처를 주시지만, 전 부인을 연모합니다. 저는 부인을 거역할 수 없고, 부인께선 이제 내 마음을 지배하고 있습니다. 하지만 내 사랑만은 죽지 않으려고 저항하는군요. 부인께서 제 사랑을 없앨 수 없는 것은 바로 부인을 향한 사랑은 내가 아니라 바로 부인이 만들었기 때문입니다.

    부인께 아무런 보답도 요구하지 않겠습니다. 기대해본 적도 없습니다. 이따금 부인께서 관심을 가져주시는 것을 보고 연민을 기대했던 적은 있지만, 이제는 그것도 없습니다. 하지만 부인의 공정한 판단만은 요구할 수 있다고 생각합니다.

    아마도 누군가 저에 대해 나쁜 말을 한 것 같습니다. 만일 친구들의 충고를 믿었다면 제가 접근하는 것 자체를 막았을 거라고 하셨잖습니까? 도대체 그 친절한 친구들이 누구입니까? 그처럼 엄격하고 단호한 도덕심을 가진 사람들이라면 자기 이름이 밝혀져도 거리낄 게 없을 겁니다. 비열하게 숨어서 남을 중상모략하는 것을 원하지 않을 테니까요. 그들이 누구인지 그리고 저에 대해서 어떤 말을 했는지 알고 싶습니다. 부인께서 그 사람들의 말을 듣고 판단을 한 이상, 전 이 두 가지를 알 권리가 있다고 생각합니다. 무슨 죄를 졌다는 것인지 그리고 누가 죄를 고발해온 것인지 말해주지도 않고서 죄인을 벌할 수는 없는 법입니다. 제가 청하는 일은 오직 이것뿐입니다. 미리 약속드리지만, 전 제 결백을 밝히고 그 사람들이 한 말을 스스로 취소하게 만들겠습니다.

대단치 않은 무리들의 쓸데없는 비방은 신경 쓰지 않고 무시해버릴 수 있습니다. 하지만 부인의 평가는 그럴 수 없습니다. 평생토록 부인께서 절 제대로 평가하실 수 있게 살아가려고 하는데, 이렇게 아무 죄 없이 당할 수는 없습니다. 저에겐 너무나 중요한 문제입니다. 저를 존중해주는 당신의 평가, 부인께서 말씀하신 대로 그나마 '감사의 마음을 얻을 권리'라도 가지려면 바로 그 힘이 필요하니까요. 아! 감사의 마음을 억지로 얻어내고 싶지는 않습니다. 그냥 부인께서 원하실 때 기회를 주시면 감사하는 마음으로 받아들이겠습니다. 단지 저를 좀더 정당하게 평가해주시기만을 바랍니다. 그리고 그 첫걸음으로, 제가 했으면 하고 바라는 게 있으면 얘기해주십시오. 부인이 말하지 않아도 제가 알아서 짐작할 수 있는 것이라면 얼마나 좋을까요! 부인을 보는 기쁨에 부인을 섬길 수 있는 행복을 덧붙여주십시오. 부인의 너그러운 마음을 찬양하겠습니다. 도대체 무엇 때문에 주저하시는 겁니까? 설마 제가 거절할까 봐 두려워서 그러시는 건 아니겠죠? 정말 그렇다면 부인을 용서할 수 없을 것 같습니다. 편지를 돌려달라고 하신 말을 따르지 않은 건 부인의 청을 거절한 게 아닙니다. 언젠가 그 편지가 필요 없어지기를 제가 더 간절히 바라고 있습니다. 하지만 지금껏 언제나 부드러운 마음을 가진 부인의 모습만을 보아왔기 때문에, 부인께서 저한테 보여주시기를 원하는 모습은 바로 그 편지 안에밖에 없지 않습니까? 아무리 부인께서 제 마음을 알아주시기를 기원해도, 편지 속의 부인께선 언제나 멀고 먼 곳으로 달아나버리십니다. 부인의 모든 것이 저의 열정을 키우고 또 제 열정이 죄 없는 것임을 증명하는데도, 편지 속의 당신은 쉼 없이 제 사랑이 당신을 모욕하고 있다고 가르쳐주고 있습니다. 그래서 부인을 보며 나의 사랑이 세상 최고의 사랑이라는 생각이 들 때마다, 전 그 편지가 필요합니다. 내 사랑이 결국 끔찍한 고통일 뿐임을 느끼기 위해서 전 부인의 편지를 읽어야 합니다. 이제 그 비운의 편지를 돌려드릴 수 있게 된다는 게 바로 저의 최상의 행복을 의미한다는 것을 이해하시겠지요. 그래도 편지를 돌려달라고 하신다면, 이제 그 안에 씌어진 말을 믿지 말라는 뜻으로 이해하겠습니다. 하루 빨리 편지를 돌려드리고 싶은 제 마음을 믿어주시길 기원합니다.

17××년 8월 21일, ×××에서

서른여섯번째 편지

발몽 자작이 투르벨 법원장 부인에게
(디종 소인이 찍힘.)

당신은 날이 갈수록 더욱 냉정해지시는군요. 감히 말씀드리자면, 잘못된 판단을 내릴까 봐 두려워하시는 게 아니라 관용을 베풀게 될까 봐 두려워하시는 것 같습니다. 제 얘기는 들어보지도 않고 마음대로 유죄를 선고했으면서, 해명을 듣고 나서 답하기보다는 차라리 해명을 읽어보지도 않는 게 훨씬 더 쉬운 일이라고 생각하시는 것 아닙니까? 제 편지들을 완강하게 거절하셨죠. 무시해버리고 그대로 돌려주셨습니다. 제가 원하는 바는 그저 당신이 제 진심을 믿어주는 것뿐인데 말입니다. 결국 저로 하여금 술책을 쓰지 않으면 안 되게 만드신 겁니다. 스스로를 변호할 수밖에 없는 처지로 저를 밀어넣으셨으니, 이제 제가 어떤 수단을 쓰든지 이해하셔야 합니다. 어차피 내 감정이 진실한 이상, 부인께서 제대로 알게만 된다면 분명 올바른 평가를 하실 수 있으리라고 확신하고 있기 때문에 약간 돌아서 가는 것도 괜찮으리라고 생각했습니다. 감히 말하건대 전 분명 부인의 용서를 얻게 될 거라고 믿고 있습니다. 무관심이 제아무리 교묘하게 사랑을 떨쳐내도 사랑은 더욱 교묘한 방법으로 되살아나는 법이니까요. 당연한 일입니다.

제발 제 마음을 남김 없이 보여드리게 해주십시오. 이 마음은 당신 것이니, 이제 당신은 제 마음을 알아야만 합니다.

처음 백모님 댁에 왔을 때만 해도 이곳에서 나를 기다리고 있는 운명을 전혀 예견하지 못했습니다. 부인께서 와 계신 것도 몰랐습니다. 진솔한 본래 성격대로 꾸밈없이 얘기하자면, 설사 알았다고 해도 별로 동요하지 않았을 겁니다. 누구라도 인정하지 않을 수 없는 부인의 아름다운 자태를 제대로 평가하지 못했기 때문은 아닙니다. 본래 나란 인간은 욕정만을 느끼며 살아왔고 또 이루어질 희망이 없는 욕정에는 빠지지 않았기 때문에, 사랑의 고통은 단 한 번도 겪어본 적이 없었기 때문입니다.

백모께서 저더러 좀더 머무르면 좋겠다고 하셨던 건 부인께서도 직접 보셨죠. 이미 전날 도착해서 부인과 함께 하루를 보낸 후의 일이었잖습니까? 저는 훌륭하신 백모님께 존경을 표하는 지극히 자연스럽고 정당한 기쁨에 따랐을 뿐입니다. 적어도 그때 제 생각은 그랬습니다. 그리고 지금껏 제가 살아온 것과 상당히 다른 생활이었지만 별 어려움 없이 적응할 수 있었습니다. 어떤 이유로 제 안에서 그러한 변화가 일어난 것인지는 깊이 생각해보지 않았습니다. 그저 언젠가 말씀드렸던 대로 제가 원래 세심하게 따지는 성격이 아니라서 그런가 보다 생각했을 뿐입니다.

불행하게도 (어째서 이것이 불행이 되어야 하는 겁니까?) 당신을 더 잘 알게 되면서 저는 당신의 그 황홀한 얼굴이, 그 자체만으로도 감동적인 얼굴이 당신이 가진 장점들 중에서 가장 미미한 것에 지나지 않는다는 걸 알게 되었습니다. 당신의 천사 같은 마음은 진정 놀라웠고, 제 마음은 완전히 매료되어버렸습니다. 지금껏 아름다움을 칭송해왔지만, 이제 미덕을 경배하게 된 겁니다. 부인을 얻고자 하는 마음은 전혀 없었습니다. 단지 부인한테 부끄럽지 않은 인간이 되려고 애썼습니다. 내 과거를 너그럽게 이해해주기를 청하면서, 감히 나의 미래를 지지해주기를 바랐습니다. 당신의 말 속에서 그것을 구하려고 했고 당신의 시선에서 그것을 찾으려고 했습니다. 하지만 그 눈에는 독(毒)이 스며 있었습니다. 일부러 퍼뜨린 것을 의심 없이 받아들인 것이기에 더욱 위험한 독 말입니다.

저는 그렇게 사랑을 알게 되었습니다. 그러나 결코 탄식하지 않았습니다! 내 사랑을 영원한 침묵 속에 파묻어버리기로 했습니다. 그리고 전혀 주저하지 않고 또 아무런 두려움도 없이, 그렇게 황홀한 감정에 젖어 있었습니다. 하지만 날이 갈수록 제 감정은 더욱 강해졌고, 부인을 보는 기쁨은 이내 보려는 욕구로 변했습니다. 언젠가 부인이 자리를 비운 적이 있었죠. 슬픔으로 가슴이 조여드는 것 같았습니다. 부인이 돌아왔다는 말을 듣는 순간 제 가슴은 기쁨으로 두근거렸습니다. 나는 오로지 당신으로 인해서, 그리고 당신을 위해서 존재했습니다. 한 가지 묻겠습니다. 우리가 함께 즐겁게 카드 게임을 할 때, 혹은 진심으로 대화를 주고받을 때, 언제 내 입에서 마음의 비밀을 드러내는 말 한마디 나온 적이 있었습니까?

마침내 나의 불행이 시작되는 날이 왔습니다. 하필이면 나의 올바른 행동이 불행을 초래하는 신호가 되고 말다니, 진정 운명의 장난인가 봅니다. 그렇습니다, 부인. 내가 구제해준 불쌍한 사람들한테 둘러싸여 있던 당신의 모습이, 당신을 더욱 아름답게 만들고 더욱 덕스럽게 만들어준 그 소중한 감정에 젖어 있던 당신의 모습이, 이미 사랑에 빠져 있던 나의 마음을 완전히 흔들어놓고 만 겁니다. 돌아오는 내내 제가 얼마나 깊은 상념에 젖어 있었던지 기억하시는지요? 세상에! 그때 저는 아무리 억눌러도 어쩔 수 없이 당신을 향해가는 마음과 싸우고 있었던 겁니다.

이 불공평한 싸움에 온 힘을 소진한 이후, 전혀 예기치 못했던 우연으로 당신과 단둘이 있을 기회가 찾아왔습니다. 그렇습니다. 그때 전 무너져버렸습니다. 가슴이 벅차오르는 감동 때문에 가슴에서 우러나오는 말을, 눈물을 억제할 수가 없었습니다. 그것이 과연 죄일까요? 설사 죄라고 해도 이제껏 치러낸 끔찍한 고통으로 이미 대가를 치른 게 아닐까요?

희망 없는 사랑에 가슴이 찢어져버린 저는 연민이라도 달라고 호소했습니다. 하지만 제게 돌아온 것은 당신의 증오뿐이었습니다. 당신을 보는 것이 저에게 남은 유일한 기쁨이었기에 제 눈은 저절로 당신을 찾아 헤맸지만, 그러다 당신의 눈길과 부딪칠 때면 두려움에 전율했습니다. 당신이 절 밀어 넣어버린 곳에서, 그 잔인한 상태에서, 저는 낮에는 고통을 감추고 밤에는 고통에 젖어 하루하루를 살아갔습니다. 그런데 당신은 아무렇지도 않게 평온하게 살고 있군요. 당신은 저의 고통을 알지 못합니다. 이 고통의 원인이 되었고, 또 즐기고 있을 뿐입니다. 그런데도 당신은 한탄하고 나는 용서를 빌어야 하다니요.

이제 부인께서 저의 과오라고 말씀하신 것을 빼놓지 않고 다 얘기했습니다. 과오라기보다는 차라리 불행이라고 부르는 것이 옳을 듯하군요. 부인은 제 마음속에 순수하고 진실한 사랑, 결코 저버릴 수 없는 존경심, 완전한 복종을 불러일으켰습니다. 신이 창조한 가장 아름다운 작품인 그대여! 부디 신의 관대함도 따라해주길! 저의 잔인한 고통을 생각해주길…… 무엇보다도 이제 부인 입에서 나올 첫 한마디가 제 운명을 영원히 결정하리라는 것을 기억해주십시오. 부인으로 인해 견디기 힘든 절망과 지고(至高)의 행복 가운데 놓인 이 사람의 운명을 말입니다.

17××년 8월 23일, ×××에서

서른일곱번째 편지

투르벨 법원장 부인이 볼랑주 부인에게

부인께서 해주신 우정 어린 충고를 따르겠습니다. 저는 지금껏 부인의 의견을 따라왔습니다. 그리고 부인의 생각은 항상 정당한 이유가 있다는 믿음 역시 변함없습니다. 발몽 님이 이곳에서 거짓 행동을 꾸며내고 있고 실상은 부인께서 말씀하신 바대로라면, 위험한 사람이 분명한 것 같습니다. 부인께서 그토록 강력하게 말씀하셨으니 이제 멀리하겠습니다. 저에게 허용되는 안에서 최선의 방법을 찾아보겠습니다. 실상 내용을 따져보면 별것 아닌 일이 겉으로 보이는 형식은 복잡해지는 경우가 흔히 있으니까요.

그분의 백모님께 부탁을 드리는 건 아무리 생각해도 어려울 듯합니다. 로즈몽드 부인이나 그분이 불쾌하게 생각하실지도 모르니까요. 꺼림칙하기는 하지만 그렇다고 제 쪽에서 떠나는 것 역시 쉽지 않을 것 같습니다. 지난번에 말씀드린 대로 남편과 관련된 이유도 있고, 그것 말고도 혹시 제가 떠나는 것 때문에 그분이 마음 상해서 오히려 파리로 오실지도 모르는 일이니까요. 그분이 파리로 돌아오는 게 저 때문이라고 한다면, 적어도 그렇게 보이기라도 한다면, 차라리 로즈몽드 부인 댁에서 만난 것보다 더 이상하지 않을까요? 로즈몽드 부인은 그분의 친척이기도 하지만 저하고도 가까이 지내는 사이라는 걸 사람들이 다 알고 있으니까요.

결국 그분 스스로 떠나시게 하는 것밖에 다른 방법이 없는 것 같습니다. 떠나달라고 부탁하는 게 쉬운 일은 아니겠지만, 그분은 자기가 사람들이 생각하는 것보다 더 올바른 사람이라는 것을 진심으로 보여주고 싶어 하시니까, 성공 가능성이 전혀 없는 것은 아닙니다. 저로서도 그 정도 얘기는 할 수 있을 것 같고요. 진정으로 정숙한 여자들한테 비난을 받은 적은 한 번도 없었고 앞으로도 없을 거라고 여러 번 얘기하셨던 게 과연 진실인지 판단해볼 기회도 될 것 같습니다. 만일 제 부탁대로 이곳을 떠나주신다면 저는 그분이 절 존중해주는 것으로 생각하려고 합니다. 사실 그분은 올가을이 다 갈 때까지 이곳에 머무르실 작정이었던 것 같습니다. 만일 저의 청을 거절하시고 계속 머무르려고 하신다면, 그때 제가 떠나도 늦지 않으리라고 생각합니다. 그때는 꼭 떠나겠다고 약속드립니다.

부인께서 우정으로 이야기해주신 것을 따르겠습니다. 기꺼이 그대로 하려고 합니다. 발몽 님을 '열정적으로' 변호한 것은 사실이지만, 그래도 가까운 분들의 충고에 귀를 기울이고 있다는 것을, 나아가 받아들일 준비가 되어 있다는 것을 증명해 보이겠습니다.

17××년 8월 25일, ×××에서

서른여덟번째 편지

메르테유 후작 부인이 발몽 자작에게

자작님, 당신이 보낸 엄청난 소포가 막 도착했군요. 날짜대로라면 하루 전에 받았어야 하는 거였는데요. 어쨌든 편지를 다 읽자면 답장을 쓸 시간이 없을 테니, 일단 잘 받았다는 사실만 알려드리고 다른 이야기를 해봅시다. 내 일도 나름대로 들려드릴 얘기가 있으니까요. 가을이 되면서 파리에는 도무지 제대로 된 남자라고는 남아 있지 않은 것 같군요. 덕분에 한 달 전부터 아주 얌전히 지내고 있답니다. 나의 기사님 아닌 다른 사람이었다면 아마도 한결같은 나의 헌신에 싫증을 냈을지도 모르죠. 어쨌든 달리 할 일도 없는 터라 볼랑주의 딸과 함께 무료함을 달래고 있답니다. 지금 바로 이 아이의 얘기를 하려는 것이고요.

아세요? 볼랑주의 딸을 맡지 않겠다고 한 건 당신이 생각하는 것보다 훨씬 더 큰 손해란걸요. 정말 재미있는 아이거든요. 성격도 무난하고 고집도 없죠. 함께 있으면 얼마나 감미롭고 편안한지 모른답니다. 똑똑하지도 섬세하지도 않지만, 원래 타고나길 겉과 속이 다르다고 할까요? 때로는 나도 놀랄 정도라니까요. 더구나 순진하고 천진난만한 얼굴을 하고 있으니 먹혀들 수밖에 없죠. 천성이 붙임성이 있는 아이인가 봐요. 때로 난 그걸 즐기기도 한답니다. 이 아이는 정녕 말도 안 되는 작은 일에 열을 올리죠. 어떤 것을 알고 싶어서 애가 닳아 하면서도, 정작 그것에 대해 아무것도 알지 못하니 더욱 재미있잖아요. 우스울 정도로 안달을 부리죠. 웃다가 화를 내다가 또 울다가, 그러고 나서는 좀 가르쳐달라고 하는걸요. 그것도 아주 매혹적으로 진솔하죠. 이런 즐거움을 독차지하게 될 남자에 대해 질투가 날 정도랍니다.

이미 얘기한 대로, 나는 영광스럽게도 네댓새 전부터 이 애의 속내 얘기를 들어주는 조언자 역할을 맡고 있습니다. 자작님도 짐작하겠지만, 처음에는 물론 엄격한 체했죠. 그러면 이 애는 말도 안 되는 이유를 내세우고, 그렇게 해서 날 설득했다고 믿고 있는 게 보입니다. 난 정말 그런 척하죠. 그 애는 자기가 말을 잘해서 나를 설득한 거라고 생각하고요. 내 명예에 흠이 가지 않도록 하려면 이렇게 신중해야 할 필요가 있지 않겠어요? 나는 그 애에게 "사랑해요"라는 말을 해도 좋고 편지에 써도 좋다고 허락했습니다. 그리고 그 애는 모르는 일이지만 바로 그날 당스니와 단둘이 있을 수 있도록 일을 꾸며주었죠. 하지만 당스니라는 위인은 얼마나 멍청한지, 키스 한번 못 했다는군요. 어리기는 하지만 멋진 시를 쓰기도 하는데, 어떻게 그럴 수가 있는지! 재능 있는 사람들이란 참 어리석은가 봅니다! 당스니가 하는 짓을 보고 있자면 정말 기가 차는걸요. 어떻게 해볼 도리가 없답니다.

그래서 지금 난 자작님이 필요합니다. 자작님은 당스니와 가까운 사이니까 그의 속내 얘기를 들을 수 있을 테고, 일단 당스니가 마음을 털어놓게만 된다면 우리 일은 만사형통으로 진척될 겁니다. 그러니 자작님은 빨리 그 법원장 부인 일을 해치우세요. 난 제르쿠르가 무사히 빠져나가는 것을 절대로 용납할 수 없거든요. 참 어제 그 꼬마 아가씨한테 제르쿠르 얘기를 해주었답니다. 내가 생각해도 기가 막히게 잘 설명해주었더니, 10년 동안 부부로 살고 난 후에라도 그만큼 싫어할 수는 없을 겁니다. 하지만 부부간의 정절에 대해서도 충분히 설교했죠. 더할 나위 없이 엄격하게 말입니다. 그렇게 해서 한편으로는 미덕을 수호하는 나의 명성이 다시 한 번 확인되지 않겠어요? 지나치게 쉽게 받아주면 내 명성이 무너질 수도 있으니까요. 하지만 또 한편으로는 제르쿠르에게 갚아주려는 나의 증오심을 그 아내의 마음속으로 옮겨놓는 것이기도 하죠. 더 크게 부풀려서 말이에요. 연애에 열중할 수 있는 시간도 얼마 남지 않은 처녀 시절뿐이라고 믿게 했으니까, 그 시간을 헛되이 보내지 않으려면 좀더 빨리 결심을 할 것 같습니다.

자작님, 그럼 이만 인사를 하죠. 이제 화장을 할 시간이군요. 화장을 하는 동안 당신의 편지를 읽어보도록 하죠.

17××년 8월 27일, ×××에서

서른아홉번째 편지

세실 볼랑주가 소피 카르네에게

나의 친구 소피, 나는 슬프고 불안해. 지금 현재가 행복하지 못해서 그런 게 아니라, 지금의 행복이 지속되지 않을 것 같아서 그래.

어제 메르테유 부인과 오페라 극장에 갔었거든. 그곳에서 내 결혼에 대해서 많은 얘기를 했는데, 좋은 말은 하나도 없었단다. 내 결혼 상대자는 제르쿠르 백작님이고, 날짜는 10월로 잡혀 있는 것 같다는데, 그분은 돈이 많고 능력 있는 사람이고 연대장이고…… 여기까지는 아주 좋지…… 하지만 무엇보다도 나이가 너무 많아. 세상에, 서른여섯 살이래! 더구나 메르테유 부인 말씀은 우울하고 엄격한 분이라 그런 사람 곁에서 내가 불행해지지 않을까 걱정이 되신다는 거야. 내가 보기에는, 분명히 그렇게 되리라 믿고 계시면서 내가 슬퍼할까 봐 얘기를 다 안 하시는 것 같아. 부인은 그날 저녁 내내 남편에 대한 아내의 의무에 대해서 말씀하셨어. 제르쿠르 백작님은 결코 다정한 사람이 아니지만 그래도 그분을 사랑해야 한다고 말이야. 또 일단 결혼하고 나면 당스니 기사님을 더 이상 사랑해서는 안 된다고. 어떻게 그럴 수 있을까! 난 당스니 님을 영원히 사랑할 거야. 차라리 결혼을 안 하면 좋겠어. 제르쿠르 백작님이야 다 알아서 하실 테지. 내가 좋아서 찾은 것도 아닌데 뭐. 그분은 지금 아주 먼 코르시카 섬에 있다는데, 10년쯤 그곳에 계시면 좋겠어. 엄마가 날 다시 수녀원으로 돌려보낼까 봐 겁이 나는 것만 아니라면, 그런 사람을 남편으로 맞기 싫다고 말하고 싶어. 하지만 그랬다가는 상황이 더 나빠질 것 같아. 어떻게 하면 좋을까. 난 지금 당스니 님이 너무 좋아. 지금처럼 지낼 수 있는 게 한 달밖에 남지 않았다고 생각하니 눈물이 날 것 같아. 지금 나한테는 메르테유 부인의 호의만이 유일한 위안이야. 부인은 정말 좋은 분이란다. 내 모든 슬픔을 함께 나누어주시니까. 아주 상냥하셔서 함께 있는 동안은 슬픈 생각을 하지 않을 수 있게 돼. 게다가 나한테 꼭 필요한 분이야. 아는 게 별로 없는 날 많이 가르쳐주시거든. 얼마나 친절하신지 내가 생각하고 있는 걸 부끄럼 없이 다 얘기할 수 있단다. 때로 내 생각이 좋지 않다고 생각하실 때는 꾸짖어주시기도 해. 물론 아주 부드럽게 말이야. 그러면 난 진심으로 용서를 빌면서 품에 안겨서 부인의 마음이 풀어지기를 기다려. 메르테유 부인만이 내가 마음껏 사랑할 수 있는 분이야. 사랑해도 아무 문제가 되지 않는 거지. 그래서 기뻐. 하지만 사람들이 있는 곳에서는, 특히 엄마 앞에서는 부인을 좋아하는 티를 내지 않기로 했어. 엄마가 나와 당스니 님의 관계를 눈치 채면 안 되니까 말이야. 언제나 지금처럼 살 수 있다면 정말 행복할 텐데…… 문제는 맘에 안 드는 제르쿠르 백작님이야…… 이제 그 얘기는 하지 않을래. 다시 슬퍼지니까. 차라리 당스니 님께 편지를 쓰는 게 낫겠어. 내 슬픔에 대해서는 얘기하지 않고 사랑에 대해서만 얘기할 거야. 그분이 상심하시는 건 싫으니까.

그럼 안녕, 소피. 이제 불평하지 않을 거지? 내가 아무리 '바빠도' 너를 사랑하고 너한테 편지 쓸 시간은 있을 거야.[12]

17××년 8월 27일, ×××에서

---

12 당분간 세실 볼랑주와 당스니의 편지는 생략할 것이다. 흥미로운 내용도 없고 앞으로 일어날 사건과도 관련 없는 내용이기 때문이다.

마흔번째 편지

발몽 자작이 메르테유 후작 부인에게

나의 무정한 여인은 내가 보낸 편지에 답신을 주지도 않고 편지를 받는 것조차 거절하면서 진정 아무렇지도 않은가 봅니다. 도대체 얼굴 한번 볼 수가 없고, 나더러 떠나달라고 하는군요. 하지만 더 놀라운 일은 이런 가혹한 대우를 받으면서도 제가 그대로 참고 있다는 겁니다. 절 비난하시렵니까? 그녀가 나에게 명령을 내리는 이런 기회를 놓쳐선 안 된다고 생각했습니다. 한편으로 보자면 무언가 명령한다는 것은 어쨌든 사건 속으로 발을 들여놓는 셈이고, 또 한편으로는 남자들이 여자들에게 넘겨주는 것처럼 보이는 가짜 권위가 바로 여자들이 가장 피하기 어려운 함정이니까 말입니다. 사실 투르벨 부인이 얼마나 교묘하게 저와 단둘이 있는 것을 피해가는지, 점점 상황이 어려워지고 있습니다. 어떻게든 빠져나가야 했습니다. 그녀가 나의 사랑에 대해서 신경을 쓰지도 않으면서 이렇게 함께 지낸다면 오히려 그런 상태에 익숙해져서 정작 절 보면서도 아무 동요가 없게 될지도 모르니까요. 이 정도면 제자리로 돌려놓기가 얼마나 어려운 상황인지 잘 아실 수 있으리라고 생각합니다.

물론 짐작하시겠지만 아무런 조건 없이 복종하고 있는 건 아닙니다. 오히려 받아들일 수 없는 조건 하나를 교묘하게 내세웠죠. 우선 나의 아름다운 여인의 마음이 좀 풀리고 내 마음도 조금 풀어주고 싶어질 때, 말로 하든 글로 쓰든 여하튼 뭔가 얘기를 시작할 수 있게 해주기 위해서였습니다. 또 그녀가 약속을 지키든 아니든, 일단 내가 주도권을 쥐기 위해서였습니다. 아무리 상대방이 받아들일 수 없는 요구였다고 해도 일단 그것을 거두어들이기로 한 이상 그 손해를 채울 방법을 찾아야 하는 게 아니겠습니까? 그러지도 못한다면 너무나 서툰 사람이 되지 않겠습니까?

제가 해명하고자 하는 바는 이 장황한 서론에서 충분히 얘기된 셈이니, 이제 지난 이틀간의 사건 기록을 전해드리겠습니다. 그리고 증거품으로 나의 연인이 보낸 편지와 제 답장을 같이 보내겠습니다. 저처럼 정확히 기록하는 역사가가 그리 흔하지 않다는 걸 인정하시게 될 겁니다.

그저께 아침 디종에서 온 편지가 어떤 결과를 야기했는지는 기억하고 계시죠. 그다음부터는 파란만장한 하루였습니다. 예쁘고 정숙한 나의 여인은 점심때가 되어서야 모습을 나타내더군요. 두통이 심하다고 했습니다. 여자들이 자주 그렇듯이 신경질적으로 가라앉은 기분을 감춰보려는 거였죠. 그녀의 얼굴은 많이 달라져 있었습니다. 부인께서도 익히 아시는 그 부드러운 표정은 온데간데없고, 얼굴에는 반항이 담겨 있었습니다. 그런데 바로 그것이 이제껏 보아온 것과 다른 새로운 아름다움을 부여했습니다. 약속드리건대, 저는 나중에 꼭 이 새로운 발견을 사용해보려고 합니다. 그리고 때로 부드러운 애인 대신 반항적인 애인과 즐겨보려고 합니다.

오후 시간이 침울하리라는 건 익히 예측할 수 있는 일이었죠. 전 그 지루함을 피하기 위해 편지 쓸 게 있다는 핑계를 대고 방으로 올라갔습니다. 6시쯤 거실로 내려왔더니 백모께서 산책을 하자고 하셨고, 그러기로 했습니다. 하지만 마차에 오르려는 순간 나의 연인은 억지로 아픈 척하며 사악한 심술을 부리더군요. 내가 모습을 나타내지 않았던 것에 대해 복수라도 하려는지, 두통이 더 심해졌다면서 나와 늙으신 백모님만 단둘이 남겨두고는 집 안으로 들어가버린 겁니다. 전 진정 악마 같은 여인에게 저주를 퍼부었고, 제 저주가 이루어졌는지 산책에서 돌아와 보니 그녀는 침대에 누워 있더군요.

다음 날 아침식사 때 나타난 그녀는 완전히 다른 모습이었습니다. 그러니까 본래의 상냥한 얼굴로 되돌아온 겁니다. 절 용서한 거라고 생각했습니다. 식사가 끝나갈 무렵 사랑스런 나의 여인은 슬픔이 깃든 얼굴로 자리에서 일어서더군요. 그러곤 정원으로 나갔습니다. 물론 전 뒤따라갔죠. 그녀에게 다가서며 이렇게 물었습니다. "어떻게 산책할 마음이 생기셨나요?" 그랬더니 "오늘 아침 편지를 많이 썼더니 머리가 조금 피로한 것 같아요"라는 대답이 돌아왔습니다. 그래서 "부인의 피로가 저 때문이라고 감히 생각해도 되겠습니까?"라고 물었죠. "자작님께 편지를 썼습니다. 하지만 편지를 드려도 될지 망설여집니다. 부탁을 담은 편지거든요. 지금까지로 보아 자작님께서 제 부탁을 들어주실지 잘 모르겠습니다." 전 이렇게 대답했습니다. "맹세드립니다. 제가 할 수 있는 일이라면……" 하지만 그녀가 말을 끊으며, "쉬운 일입니다. 사실 자작님께서 들어주셔야 하는 거지만, 저는 그것을 제 권리라고 생각하기보다는 자작님께서 베풀어주시는 호의로 생각하고 감사드리겠습니다"라고 하면서 편지를 내밀었습니다. 편지를 받아들며 그녀의 손을 잡았지만, 그녀는 바로 빼버렸습니다. 하지만 단호히 뿌리친다기보다는 당혹스러워하며 서둘러 빼는 것 같았습니다. 그녀는 "생각보다 덥네요. 들어가야겠어요"라고 말하며 저택으로 들어가는 길로 향했습니다. 조금 더 산책하자고 해보았지만, 소용이 없더군요. 저 역시 이러다 괜히 쓸데없이 남의 눈에 띨 수 있다는 생각이 들었고요. 그녀는 한마디 말도 없이 안으로 들어갔습니다. 전 그제야 산책을 가장한 이 만남이 편지를 전해주려는 목적밖에 없었다는 걸 깨달았습니다. 집 안에 들어와서 그녀는 자기 방으로 올라갔고 저도 편지를 읽으려고 방으로 들어갔습니다. 다음 이야기로 넘어가기 전에 문제의 편지와 저의 답장을 읽어보시는 게 나을 것 같군요.

마흔한번째 편지

투르벨 법원장 부인이 발몽 자작에게

자작님, 저한테 하시는 자작님의 행동을 보면 자작님을 원망하는 제 마음이 하루하루 더 커지게 만들기 위해서 애쓰시는 것만 같습니다. 듣고 싶지도 않고 들어서도 안 되는 자작님의 감정에 대해서 집요하게 얘기하려고 하시고, 저한테 편지를 전한다는 이유로 저의 선의(善意)를, 아니 저의 소심한 성격을 서슴없이 이용하셨습니다. 특히 지난번에 편지를 전달하신 방법은 감히 말씀드리건대 상당히 무례했습니다. 말도 안 되는 그 방법이 제 명예를 더럽힐 수 있다는 것조차도 생각하지 않으신 거니까요. 이 모든 상황은 저로 하여금 자작님을 비난하지 않을 수 없게 합니다. 저로선 그럴 수밖에 없는 일이라고 생각합니다. 하지만 지금 다시 자작님을 비난하려는 건 아닙니다. 다만 지극히 정당하며 또 간단한 한 가지 부탁을 드리겠습니다. 제 부탁을 들어주신다면 지금까지의 모든 일은 잊도록 하겠습니다.

자작님, 혹시 부탁을 거절당할까 봐 두려워해서는 안 된다고 하셨죠? 물론 바로 그 말 다음에 자작님께만 해당되는 모순을 내세워 이미 한번 제 부탁을 거절하셨지만요.[13] 어쨌든 오늘은 며칠 전 분명하게 약속하신 걸 반드시 지켜주시리라고 믿겠습니다.

저는 자작님께서 제가 있는 곳에서 멀어지시기를, 그러니까 이 저택에서 떠나주셨으면 합니다. 자작님께서 이곳에 계속 머무르신다면 제 평

---

13 서른다섯번째 편지를 참조하기를 바란다.

판은 나빠질 게 분명하니까요. 세상 사람들은 남의 일이라면 무조건 나쁘게 생각하려고 하죠. 그리고 사실 지금까지 자작님께서는 교분이 있는 여자들에 대해 세상 사람들의 이목이 집중되게끔 행동하셨고요.

사실 이런 위험에 대해서 오래전부터 친구들이 주의를 주었지만, 전 귀담아듣지 않았습니다. 심지어 반박하기도 했습니다. 저를 대하는 자작님의 행동에 비추어볼 때 분명 저를 다른 여자들과, 그러니까 자작님을 원망해야만 했던 많은 여자와 다르게 생각하신다는 것을 믿을 수 있었기 때문입니다. 하지만 이제 저를 그 여자들과 똑같이 대하시고, 제가 그것을 모르지 않는 이상, 세상 사람들, 제 친구들, 그리고 제 자신의 생각에 따라 마음을 정할 수밖에 없습니다. 한 가지 더 말씀드리면, 제 부탁을 거절하셔도 별로 얻으실 게 없다는 걸 아셔야 합니다. 제가 드리는 부탁을 무시하고 계속 이곳에 머무르신다면 어쩔 수 없이 제가 떠나기로 했으니까요. 그렇지만 자작님께서 제 부탁을 들어주시고 저는 자작님께 감사하는 마음을 간직하게 되었으면 합니다. 제가 이곳을 떠날 수밖에 없게 만드신다는 건 결국 제가 마련한 화해책을 거부하시는 것과 마찬가지입니다. 자작님, 제발 자작님께서 그동안 누누이 말씀하셨듯이 정숙한 여자라면 결코 자작님을 원망할 일이 없다는 것을 증명해주세요.

제가 이런 부탁을 드리는 게 어째서 정당한 일인지 굳이 설명할 필요가 있을까요? 그래도 설명이 필요하다면, 이 한마디로 충분할 겁니다. 그러니까 자작님께서 그동안 살아오신 삶이 이런 부탁이 필요한 삶이었기 때문입니다. 다른 사람들과 마찬가지로 저도 결국 이런 부탁을 피할 수가 없습니다. 지금 다시 잊고 싶은 사건들을 되살리고 싶지는 않습니다. 그렇게 되면 결국, 그것도 하필이면 모처럼 자작님께 제 감사를 받을 기회를 드리는 이때에, 자작님에 대해서 가혹한 판단을 내릴 수밖에 없게 될 테니 말입니다. 그럼 이만 줄이겠습니다. 자작님의 행동에 따라 자작님에 대해 제가 일생 동안 어떤 감정을 지니게 될지가 결정될 겁니다.

17××년 8월 25일, ×××에서

마흔두번째 편지

발몽 자작이 투르벨 법원장 부인에게

부인, 부인께서 제시한 조건이 아무리 가혹하다고 해도 저로선 거부할 수가 없군요. 부인께서 바라시는 것이라면 그 어느 것 하나 거스를 수 없을 것 같습니다. 일단 받아들이겠습니다. 그러고 나서, 이제 저도 감히 부인께 몇 가지 부탁을 드릴 테니 허락해주시기 바랍니다. 제 부탁은 부인께서 하신 부탁보다 훨씬 쉬운 겁니다. 부인의 의지에 절대 복종하는 대가로 제 부탁을 들어주시기 바랍니다.

우선 한 가지는, 사실 부인께서 무엇이 옳은지 사태를 판단하시고 나면 당연히 들어주시리라고 생각되는 것인데, 절 비방한 사람들의 이름을 알고 싶습니다. 그들이 저에게 상당한 고통을 주었으니 저 역시 그들의 이름을 알 권리가 있지 않겠습니까? 또 한 가지 부탁은 부인께서 너그러운 관용을 베푸시어 허락해주시기를 기대하는 것으로, 저의 사랑으로, 이제 더욱더 가련한 처지에 놓이게 될 이 사랑으로, 가끔씩 부인께 경의를 표할 수 있게 해달라는 겁니다.

말씀드리건대, 전 부인의 뜻을 따르겠습니다. 그 때문에 제 행복이 희생될 수밖에 없다 하더라도 그렇게 하겠습니다. 저는 부인께서 하신 얘기를 다 인정하고 받아들입니다. 하지만 한 가지만 말씀드리겠습니다. 부인은 스스로도 옳지 않은 일이라는 걸 알고 있으면서 저에게 강요하신 거고, 그래서 제가 그것을 감내하는 걸 보기가 괴롭고, 결국 그걸 피하기 위해서 제가 떠나기를 바라시는 겁니다.

부인께서는 세상 사람들이 두렵다고 하시지만 그들은 모두 부인을 존경하기 때문에 절대로 부인에 대해 나쁜 판단을 내릴 수가 없습니다. 그보다는 차라리 세상 사람들이 벌을 내리고 비난하기 쉬운 인간이 부인 앞에 있는 게 거북하다고 말하는 게 맞을 겁니다. 불행에 빠진 사람을 도와주고 싶은 마음이 없을 때 그저 외면해버리듯이, 그렇게 저를 멀리하시는 거죠.

하지만 부인이 안 계시면 제 고통은 더욱 커질 텐데, 저는 꼭 위로가 필요할 텐데, 부인 아닌 다른 누구에게서 그것을 기대할 수 있을까요? 제 고통이 오직 부인 한 분 때문일진대, 정녕 이 고통을 달래줄 위안을 거절하시는 겁니까?

떠나기에 앞서, 부인이 제게 불어넣어준 감정이 어떤 것이었는지를 설명해드리고 싶습니다. 이런 제 마음이 놀랍지는 않으시겠죠. 부인 입에서 직접 떠나라는 명령을 듣지 않고서는 떠날 용기가 생기지 않는 것 역시 마찬가지입니다.

이런 두 가지 이유 때문에 전 잠시 동안이라도 부인과 이야기를 나눌 수 있기를 바랍니다. 편지로 대신하는 것은 소용이 없습니다. 아무리 길게 사연을 쓴다고 한들, 15분만 대화를 나누어도 이해시킬 수 있는 것조차 설명할 수 없으니까요. 그 정도의 시간을 내주시는 일은 어렵지 않을 겁니다. 사실 당장이라도 부인의 명을 따르고 싶지만 저로선 조금 더 기다릴 수밖에 없습니다. 아시다시피 백모님께서는 제가 적어도 가을로 접어들 때까지는 이곳에 머무를 거라고 생각하고 계시기 때문에 떠날 구실을 마련하려면 적어도 어디선가 편지가 오기를 기다릴 수밖에 없잖습니까?

그럼 부인, 이만 안녕히. 아, 이 말을 쓰는 순간 우리가 헤어질 이별이 떠오르는군요. 진정 이별이란 말을 쓰는 게 이토록 고통스러웠던 적은 없었습니다. 다가올 이별 때문에 제가 얼마나 고통스러워하는지를 아신다면, 이렇게 부인의 뜻에 복종하는 저에게 조금은 고마운 마음을 가지시리라고 감히 기대해봅니다. 아무쪼록 그지없이 진실되고 존경을 담은 제 사랑의 맹세를 너그러이 받아주시기길 빕니다.

17××년 8월 26일, ×××에서

마흔번째 편지에 이어지는 편지

발몽 자작이 메르테유 후작 부인에게

나의 아름다운 벗이여, 한번 잘 따져봅시다. 신중하고 정숙한 투르벨 부인이 첫번째 요구를 받아들여 친구들의 신의를 배신할 리 없다는 것은 부인께서도 같은 생각이실 겁니다. 절 비방한 사람들의 이름을 알려줄 리가 없죠. 그러니 그런 조건을 걸고 약속을 해봤자 결국 아무것도 약속하지 않은 것과 마찬가지입니다. 그저 이 첫번째 요구를 거절하면 그 때문에 나머지를 얻어내기 위한 명목이 생기는 것뿐입니다. 그렇게 해서 떨어져 있어도 정기적으로 서신을 교환해도 좋다는 승낙을 얻어내는 거죠. 함께 얘기를 나눌 시간을 달라고 청하긴 했지만 그건 별로 중요하지 않습니다. 나중에 진짜로 만나서 이야기할 필요가 생길 때, 그때 제가 청하는 걸 거절하지 못하도록 미리 길들이려는 것뿐이니까요.

떠나기 전에 해야 할 일은 단 한 가지, 절 중상모략하느라 정신이 나간 자들이 누구인지 알아내는 겁니다. 아마도 잘난 남편일 것 같은데, 사실 그건 제가 원하던 바이기도 합니다. 부부가 함께 방어하는 모습은 제 욕망을 들쑤시는 자극제가 될 테니까요. 뿐만 아니라 그녀가 저에게 편지를 써도 좋다고 말하게 된다면, 그 순간 전 이미 그 남자를 두려워할 이유가 없게 되는 것 아니겠습니까? 그녀로서는 남편한테 거짓말을 할 수밖에 없을 테니까요.

하지만 그녀가 깊이 신뢰할 정도로 친한 친구가 있어서 저를 비방한 것이라면, 두 사람 사이를 갈라놓아야겠죠. 당연히 성공할 테지만, 우선 그게 누구인지를 알아야 합니다.

어제는 알아낼 수 있을 것 같았습니다. 하지만 이 여인은 도무지 보통의 여자들과 많이 다르더군요. 그러니까 백모님과 함께 그녀의 방에 있는데 저녁식사가 준비되었다는 전갈이 왔습니다. 그녀는 막 화장을 마친 터라 서둘러야 했고, 미안해하더군요. 바로 그때 전 그녀가 책상 서랍의 열쇠를 치우지 않은 걸 보았습니다. 방 열쇠를 그대로 꽂아두는 습관이 있다는 건 이미 알고 있었고요. 식사를 하면서 내내 궁리했습니다. 투르벨 부인의 하녀가 내려오는 소리가 들리더군요. 전 곧 결심을 했습니다. 그러니까 갑자기 코피가 나는 척하면서 식사 자리에서 빠져나온 겁니다. 그러곤 쏜살같이 그녀의 책상으로 달려갔죠. 하지만 서랍이 모두 열려 있는데도 종이라곤 보이지 않았습니다. 지금 같은 계절에 종이를 태울 수도 없을 테고, 도대체 편지를 받아서 모두 어떻게 한 걸까요? 분명 서신이 자주 오고 있는데 말입니다. 빠짐없이 다 찾아보았습니다. 모두 열어보았고 전부 뒤져보았지만, 아무것도 없었습니다. 결국 전 그녀가 귀중한 물건을 주머니 속에 넣어두는 게 틀림없다는 결론에 이르렀습니다.

그 여자의 주머니에서 어떻게 편지를 꺼낼 수 있을까요? 어제부터 내내 생각해도 신통한 방법이 떠오르지 않습니다. 하지만 기필코 꺼내고 말겠다는 욕망은 억누를 수가 없습니다. 주머니를 터는 솜씨가 없다는 게 아쉬울 정도입니다. 여자 다루는 법을 가르치는 교과 과정에 그런 기술도 포함되어야 하는 게 아닐까요? 연적이 보낸 편지나 초상화를 훔치는 것도 재미있을 테고, 아니면 정숙한 여자의 주머니에서 그 여자의 감추어진 본색을 드러내줄 수 있는 물건을 빼내는 것도 재미있을 텐데요. 생각만 해도 신이 나지 않습니까? 불행히도 우리의 부모님들은 아무 생각이 없으셨죠. 지금 온갖 궁리를 해보지만 저로선 어떻게 해볼 도리가 없군요. 그저 제가 솜씨가 부족하다는 생각이 들 뿐입니다.

어쨌든 저는 기분이 심하게 가라앉은 채로 식탁으로 돌아와 앉았습니다. 억지로 몸이 불편한 척했더니 나의 연인이 관심을 보이는 것 같아서 기분이 조금 나아지긴 하더군요. 그래서 틈을 놓치지 않고 전 얼마 전부터 마음이 심하게 동요되는 바람에 건강이 상한 것 같다고 말했습니다. 모든 게 자기 때문이라는 사실을 분명히 알고 있으니, 양심이 있다면 제 마음을 진정시키려고 애써야 하는 것 아니겠습니까? 하지만 그녀는 신앙심이 깊은지는 몰라도 자비심은 티끌만큼도 없더군요. 헌금을 내듯이 사랑을 베풀면 될 텐데, 그렇게 하지 않았습니다. 주지 않으니 결국 훔칠 수밖에요. 하지만 일단 오늘은 여기서 줄이겠습니다. 부인께 글을 쓰는 동안에도 머릿속에 저주스런 그 편지 생각이 가득 차 있답니다.

17××년 8월 27일, ×××에서

마흔세번째 편지

투르벨 법원장 부인이 발몽 자작에게

자작님, 어째서 감사드리려는 제 마음을 약하게 만드시는 건가요? 왜 제 말을 온전히 들어주시지 않고, 올바른 길 앞에서 그렇게 주저하시는 건가요? 제가 그 가치를 알고 감사드리는 것만으로는 충분치 않으신가요? 자작님께선 너무 많은 걸, 하물며 불가능한 걸 요구하고 계십니다. 벗들이 저에게 자작님 얘기를 해준 건 오직 절 위하는 마음에서였습니다. 설사 그들의 말이 옳지 않은 것이었다고 해도, 좋은 의도로 한 거죠. 그런데 친구들이 베푼 호의의 표시를, 그 비밀을 알려달라니요! 자작님께 그 얘기를 한 게 제 잘못입니다. 바로 자작님께서 그렇게 느끼게 만들고 계십니다. 다른 사람한테 얘기했다면 그저 순진한 행동이었을 텐데, 자작님께 하고 나니 경솔한 행동이 되고 마는군요. 자작님의 요구에 응하라는 것은 저더러 비열한 짓을 하라는 말입니다. 제발 올바르게 생각하세요. 제가 정말로 그런 일을 할 수 있으리라고 생각하시나요? 저에게 그런 요구를 하셔야만 했나요? 그렇지 않을 겁니다. 조금만 잘 생각해보시면 분명 두 번 다시 그런 요구를 하실 수 없을 겁니다.

저에게 편지를 쓸 수 있게 해달라는 부탁 역시 들어드리기 어렵습니다. 저를 탓하실 수는 없을 겁니다. 자작님의 마음을 상하게 하고 싶지는 않지만, 자작님에 대한 평판이 있는데 — 자작님 스스로도 부분적으로는 본인 탓이라고 고백하셨죠 — 어떤 여자가 자작님과 서신을 교환할 수 있겠습니까? 숨겨야 하는 일인 줄 뻔히 알면서 그렇게 하겠다고 할 여자가 있을까요?

혹시나 개탄할 만한 게 없고, 또 받아서 스스로 부끄러울 게 없는 편지라면 모르겠지만요! 제가 지금 증오심 때문에 이러는 게 아니고 이성에 따라가고 있다는 걸 증명해 보이고 싶은 마음 때문에라도, 어쩌면 조금 전에 말씀드린 분명한 이유들을 제쳐두고서, 또 제가 따라야만 하는 의무를 넘어서서, 편지를 쓰셔도 좋다고 할지도 모릅니다. 자작님께서 말씀하신 대로 그토록 간절히 바라시는 일이라면, 제가 동의할 수 있도록 기꺼이 한 가지 조건을 따라주셔야 합니다. 그러니까 제가 자작님에게 해드리는 것을 고맙게 생각하신다면 더 지체하지 마시고 떠나주십시오.

이 문제와 관련해서 한 가지만 말씀드리겠습니다. 오늘 아침 편지가 왔죠. 그 편지를 핑계 삼아 떠나겠다고 하시면 될 텐데, 저한테 약속하신 것과 달리 아무 말씀이 없으시더군요. 이제 자작님께서 하신 약속을 지키는 데 방해가 될 것은 하나도 없습니다. 만나서 얘기하자고 하셨던 건 기대하지 마십시오. 절대 그럴 수 없습니다. 제 입으로 직접 떠나라고 명하는 걸 들어야겠다고 하시지만, 그냥 거듭 떠나달라고 부탁드리는 것으로 만족해주셨으면 합니다.

17××년 8월 27일, ×××에서

마흔네번째 편지

발몽 자작이 메르테유 후작 부인에게

아름다운 벗이여, 함께 기뻐해주십시오. 그녀는 절 사랑하고 있습니다. 제가 그 무정한 마음을 이긴 겁니다. 물론 아직 감추고 있지만, 소용없는 일이죠. 탁월한 수완을 발휘해서 저는 그녀의 비밀을 알아냈습니다.

제대로 공을 들여서, 알고 싶었던 것을 모두 알아낸 겁니다. 지난밤 이래, 그 행복한 밤 이래, 말하자면 전 물 만난 물고기와 같습니다. 제 존재를 되찾은 거죠. 사랑의 비밀과 부정행위의 비밀 두 가지를 다 알아냈습니다. 이제 사랑은 누리고 부정행위는 복수해주려고 합니다. 기뻐서 하늘을 나는 듯합니다. 생각만 해도 흥분이 돼서 진정되지 않는군요. 부인께 들려드려야 하는데 조리 있게 잘 얘기할 수 있을지 모르겠습니다. 그래도 한번 해보겠습니다.

어제 부인께 편지를 쓰고 나서 바로 전 천사처럼 정숙한 그 여인의 편지를 받았습니다. 부인께 보내드릴 테니, 그녀가 더할 나위 없이 교묘한 방법으로 저에게 편지를 써도 좋다고 허락하는 걸 한번 보십시오. 하지만 빨리 떠나라는 재촉도 있었습니다. 더 지체하면 이로울 게 없다는 생각이 들더군요.

그래도 절 비방하는 편지를 쓴 게 누군지 알고 싶어 견딜 수가 없었기 때문에, 떠날 결심을 할 수가 없었습니다. 결국 하녀를 매수하기로 했습니다. 주인마님의 주머니 속에 들어 있는 걸 넘겨달라고 했죠. 저녁 때 쉽게 꺼낼 수 있을 거고 아침에 제자리에 가져다 놓으면 별 의심을 사지 않을 거라고 했습니다. 별로 어렵지 않은 일의 대가로 10루이를 주겠다고 했습니다. 하지만 의심이 많은 건지 소심한 건지 하녀는 계속 머뭇거리더군요. 아무리 구슬리고 돈으로 유혹해도 넘어오지 않았습니다. 계속 얘기를 하던 중 저녁식사를 알리는 종이 울리는 바람에 보내줄 수밖에 없었죠. 그나마 비밀을 지키겠다는 다짐을 받아낸 게 다행이었지만, 그나마도 지켜줄지 믿을 수 없는 일입니다.

정말 마음이 언짢았습니다. 위험하다는 생각이 들었고, 경솔했던 행동을 저녁 내내 후회했습니다.

방으로 돌아온 후에도 여전히 마음이 좋지 않았고, 결국 전 하인한테 얘기를 했습니다. 하녀와 정분이 난 사이니까 그래도 좀 신용이 있겠지 싶었습니다. 내 말대로 하게 만들든가 아니면 입을 다물겠다는 다짐이라도 얻어내라고 했습니다. 그런데 평소에는 뭐든 덥석 덤벼드는 하인이 이번에는 자신이 없어 보였습니다. 그러더니 놀랄 만큼 심오한 말을 하더군요.

"나리께서 저보다 잘 아시겠지만, 여자하고 잔다는 건 그 여자가 좋아하는 걸 해주는 거지, 여자한테 우리가 원하는 걸 시키는 것과는 많이 다릅니다."

하인의 상식이 때로 나를 놀라게 하도다.[14]

이어 이렇게 말하더군요. "될 거라고 말씀드리지 못 하는 건, 그러니까 그 계집한테 분명 진짜 애인이 있는 것 같거든요. 그냥 시골에서 심심하니까 같이 어울리는 거죠. 나리를 섬기려는 마음만 아니었다면 한 번 이상 자지도 않았을걸요."(이 놈은 정말 보물이죠!) 그러더니 이렇게 말했습니다. "그 비밀 얘기도 말입니다. 말하지 않겠다고 약속을 받아내봐야 무슨 소용이 있습니까? 속이려고 들면 무서울 게 뭐가 있게요? 괜히 자꾸 말해봐야 중요한 일이라는 것만 눈치 채서 오히려 주인마님한테 고자질하고 싶어질걸요."

맞는 말이었습니다. 그래서 저는 더욱 불안했습니다. 하인은 신이 나서 떠들어대더군요. 저한텐 꼭 필요한 존재였기에, 그냥 떠벌리게 두었습

---

14 피롱(Piron), 『작시벽(作詩癖)』.

니다. 그런데 제 하인과 투르벨 부인의 하녀 사이에 있었던 얘기를 듣다가, 전 한 가지 사실을 알게 되었습니다. 하녀의 방과 주인마님의 방 사이에는 얇은 칸막이벽밖에 없어서 이상한 소리가 나면 다 들린다는 겁니다. 그래서 두 사람은 밤마다 제 하인의 방에서 만났다는군요. 전 즉시 계획을 짜서 시종에게 알려주었습니다. 그리고 결국 우리는 성공을 거두었습니다.

새벽 2시가 되기를 기다렸죠. 미리 정해놓은 대로 전 램프를 들고 두 사람이 있는 방으로 갔습니다. 여러 번 종을 당겨 불렀는데 왜 오지 않느냐는 게 구실이었죠. 충복은 기가 막히게 연기를 잘하더군요. 놀라는 시늉을 하면서 쩔쩔매며 용서를 빌었습니다. 전 물이 필요하니 가서 물을 데워오라고 시켜 하인을 밖으로 내보냈습니다. 소심한 하녀는 부끄러워 어쩔 줄 모르더군요. 제 하인이 우리가 계획한 것보다 한술 더 떠서 준비해놓았으니 더 그랬을 겁니다. 그러니까 아무리 계절 탓을 하더라도 변명할 여지가 없는 옷차림을 하고 있게 해놓은 겁니다.

전 계집이 움직이지도 옷을 입지도 못하게 했습니다. 부끄러워해야 다루기 쉬우니까요. 하인한테는 방에 가서 기다리라고 이른 다음, 어지러워진 침대 위에서 그 계집 곁에 앉아 얘기를 시작했습니다. 내 마음대로 휘두를 수 있는 상황을 그대로 이어가고 싶어서, 진정 스키피오*에 버금갈 만한 절제로 냉정을 지켰습니다. 그 풋풋한 모습이나 상황에 비추어 볼 때 어쩌면 제가 자기를 희롱하는 게 아닌지 그쪽에서는 못내 기대했을지도 모르지만, 전 그러지 않았습니다. 마치 검사 앞에서 얘기하듯 지극히 차분하게 일 얘기만 했습니다.

---

* 로마의 군인, 정치가. 카르타고의 명장 한니발을 무찌른 것으로 유명하다.

제가 제시한 조건은 다음 날 주인마님의 주머니에 든 것을 넘겨주면 비밀을 지켜주겠다는 것이었습니다. 그러곤 이렇게 덧붙였죠. "어제 10루이를 주겠다고 했었지. 그것도 주마. 네 처지를 이용하고 싶진 않구나." 부인께서도 짐작하시겠지만 하녀는 다 받아들였습니다. 전 방에서 나왔고, 행복한 연인들에게 나 때문에 빼앗긴 시간을 메울 수 있게 해주겠다고 말했습니다.

그리고 제 시간은 잠자는 데 썼습니다. 잠에서 깨어나서는 사냥을 가기로 했죠. 하루 종일 사냥터에서 시간을 보냈습니다. 밤이 되어야 하녀가 편지를 가져올 테니 그걸 확인할 때까지는 사랑스런 여인의 편지에 답장을 쓰지 않고 미룰 핑계가 필요했기 때문입니다.

사냥에서 돌아오니 나의 연인은 반기는 기색이 없더군요. 얼마 남지 않은 시간을 제가 한가하게 보내고 온 게 마음에 들지 않았던 모양입니다. 하물며 그토록 상냥한 편지를 보낸 다음이었으니 더 그랬겠죠. 제가 그렇게 판단한 데는 이유가 있습니다. 백모께서 왜 이리 오래 나가 있었냐고 나무라시니까 그녀가 약간 가시 돋친 말투로 이렇게 말하는 겁니다. "우리가 자작님을 너무 원망하지 말아야 할 것 같아요. 이곳에서 누리시는 유일한 기쁨이시잖아요." 전 그 말이 부당하다고 투덜댔습니다. 그러면서 두 부인과 함께 지내는 게 너무 즐거워서 꼭 써야 할 편지도 못 쓰고 있다고 말했습니다. 그리고 며칠 동안 제대로 잠을 자지 못해서, 차라리 몸이 피곤해지면 잠이 올 것 같아서 그랬다고 했죠. 써야 한다는 편지가 뭔지, 잠을 못 자는 이유가 뭔지, 제 눈은 충분히 설명해주고 있었습니다. 전 저녁 내내 조금 우울한 표정을 지었습니다. 꽤 성공적인 것 같았습니다. 그녀가 집요하게 감추려고 하는 비밀이 제 손에 들어올 시간을 기다리느라 초조한 마음을 감출 수 있었으니까요. 드디어 모두 방으로 돌아가고, 하녀는 제가 비밀을 지켜주는 대가로 약속한 것을 가져왔습니다.

일단 보물을 손에 넣은 다음, 저는 부인께서도 익히 아시는 저의 신중함을 총동원하여 내용물을 살펴보기 시작했습니다. 보고 나서는 모두 원래 상태로 맞춰놓아야 했으니까요. 제일 처음 남편이 보낸 편지들이 있었습니다. 재판에 대한 시시콜콜한 이야기와 부부간의 사랑에 대한 장광설이 뒤죽박죽 섞여 있더군요. 정말 간신히 다 읽었습니다. 하지만 저와 관련된 얘기는 한 마디도 없었습니다. 편지들을 제자리에 놓으면서 기분이 나쁘더군요. 하지만 디종의 소인을 위조해서 보낸 제 편지를, 그 찢어진 조각들을 정성껏 다시 붙여놓은 것을 보고는 마음이 좀 누그러졌습니다. 그리고 천만다행으로 갑자기 그 편지가 다시 읽고 싶어졌습니다. 그런데 아, 신앙심이 돈독한 훌륭한 여인의 눈물 자국이 편지 위에 분명하게 남아 있었습니다. 그것을 보며 제가 얼마나 기뻤을지 한번 생각해보십시오. 고백하건대, 전 청년 시절처럼 흥분에 휩싸였습니다. 다시는 이런 벅찬 감격을 누리지 못할 줄 알았기에 진정 감격에 젖어 편지에 입을 맞추었습니다. 행복한 마음으로 계속 살펴보았더니 제가 보낸 편지들이 모두 날짜순으로 정리되어 있었습니다. 특히나 제일 처음 보낸 편지, 그녀가 매정하게 되돌려준 편지도 옮겨 적어놓았더군요. 너무 기뻤습니다. 글씨가 이상하고 고르지 않은 걸 보면, 옮겨 적는 동안 그녀의 마음이 동요되고 있었던 게 분명합니다.

여기까지는 사랑에 빠져 있었습니다. 하지만 이내 분노에 휩싸였습니다. 내가 흠모하는 여인한테 내 욕을 해댄 게 누구인 줄 아십니까? 어느 악랄한 여자가 그런 음흉한 짓을 했을 것 같습니까? 부인께서도 아시는 사람이더군요. 바로 부인의 친구이며 친척인 볼랑주 부인입니다. 그 나쁜 여자가 저에 대해서 얼마만큼 끔찍한 말을 떠벌여놓았는지 부인께서는 상상도 하지 못하실 겁니다. 바로 그 여자가, 그러니까 그 여자 혼자서, 이 천사 같은 여인의 평온한 마음을 흔들어놓은 겁니다. 그 여자의 충고 때문에, 독사처럼 신랄한 말 때문에, 저는 사랑하는 여인의 곁을 떠나야 하는 겁니다. 그 여자의 제물이 된 셈이죠. 아! 그 딸을 유혹해야 할 것 같습니다. 아니 그것만으로는 안 되죠. 그 여자를 파멸시켜야 하는데, 그 저주스런 여자는 나이가 많으니 제가 공격할 가치가 없고, 아무래도 그 여자가 아끼는 대상을 공격해야 할 것 같습니다.

제가 파리로 돌아가기를 바라는 것도 그 여자더군요! 그렇게 할 수밖에 없게 만들어버렸죠. 좋습니다. 파리도 돌아가겠습니다. 하지만 내가 돌아가면 그 여자는 피눈물을 흘리게 될 겁니다. 당스니가 주인공이라는 게 유감스럽군요. 그는 바탕이 정직한 사람이니, 우리 마음이 편하진 않을 겁니다. 어쨌든 당스니는 사랑에 빠졌고, 전 그를 자주 만날 겁니다. 뭔가 얻어낼 게 있을 테니까요. 너무 화가 나서 오늘 있었던 일을 얘기해드리는 것도 잊었군요. 다시 본론으로 돌아가죠.

오늘 아침 예민하고 정숙한 나의 연인을 만났습니다. 정말 아름다운 모습이더군요. 아마 이런 거였을 겁니다. 그러니까 한 여인이 가장 아름다운 순간, 영혼의 도취를 불러일으킬 정도로 아름다운 순간—사람들은 언제나 이런 순간에 대해 얘기하지만 정작 느껴보기는 어렵죠—은 바로 그 여인이 나를 사랑하고 있다는 건 확신하지만 그렇다고 나에게 잘 대해줄지는 확신할 수 없는 때인 겁니다. 지금 제 상황이 바로 그렇죠. 그리고 어쩌면 이제는 볼 수 없으리라는 생각 때문에 그녀가 더욱 아름다워 보이는지도 모르겠습니다. 그때 우편물이 왔고, 부인께서 보내신 27일자 편지를 받았습니다. 편지를 읽는 중에도 과연 약속을 지켜야 하는지 망설여지더군요. 하지만 그 아름다운 여인의 눈길을 마주한 순간 거절할 수가 없었습니다.

그래서 떠나겠다고 알렸습니다. 잠시 후 로즈몽드 백모님이 나가시고 둘만 남게 되었죠. 잔인한 여인은 겨우 네 발자국 떨어진 곳만큼 다가갔을 뿐인데 겁에 질려 일어서며 "이러지 마세요, 이러지 마세요. 제발 이러지 마세요"라고 하더군요. 격정적으로 애원하는 모습은 그녀의 마음이 흔들리고 있다는 걸 보여주었고, 그럴수록 저는 더욱 흥분되었습니다. 그녀는 보기에도 가슴 뭉클한 표정을 지으며 두 손을 가지런히 모으고 있었고, 저는 그 곁에 다가가서 손을 잡았습니다. 하지만 막 애정의 호소를 시작하려는 순간에 악마의 농간으로 백모께서 들어오셨습니다. 수줍고 신심 깊은 나의 연인은 — 물론 두려워할 이유도 있죠 — 그 틈을 이용해 자리를 벗어나려고 했습니다.

그래도 한 손을 내밀었더니, 받아주더군요. 한동안 그런 상냥함을 볼 수 없었기에 상당히 좋은 징조로 여기고 다시 한 번 손에 힘을 주었습니다. 그녀는 처음에는 빼내려고 하더니, 제가 워낙 간절히 청하자 그냥 손을 맡기는 것 같았습니다. 물론 제 행동이나 말에 응답은 하지 않았습니다. 그녀의 방 앞에까지 왔을 때, 저는 헤어지기 전 그녀의 손에 입을 맞추고 싶었습니다. 단호하게 거절하더군요. 하지만 너무나 애처롭게 "전 이제 떠나지 않습니까"라고 말했더니, 잠시 멈칫했죠. 세게 저항하지는 않았지만 입을 맞추자마자 손을 빼냈고, 이내 하녀가 기다리는 방으로 들어가버렸습니다. 이게 제 얘기의 끝입니다.

내일 부인께서는 ××장군 댁에 가실 테니, 그리로 찾아뵙지는 않겠습니다. 만나자마자 처리해야 할 일이 많을 것 같군요. 특히 볼랑주의 딸 문제를 잊지 않고 있습니다. 그래서 제 도착에 앞서 우선 편지를 보내드리기로 했습니다. 아무리 길어도 우체국에서 부칠 때까지는 봉하지 않을 생각입니다. 지금 제가 처한 상황이 앞으로 어찌 될지 예측할 수가 없으니까요. 자, 이제 그만 펜을 놓고, 그녀를 살펴봐야겠습니다.

추신. '저녁 8시에.'
별다른 일은 없었습니다. 자유롭게 있는 시간이 잠시도 없었습니다. 오히려 그런 시간을 피하려고 애쓰더군요. 하지만 그녀는, 품위에 어긋나지 않는 한에서, 무척 슬픈 얼굴이었습니다. 그리고 지나칠 수 없는 사건한 가지가 있었습니다. 백모께서 저더러 볼랑주 부인한테 얘기를 전해달라고 부탁하시는 겁니다. 잠시 시골에 놀러 오라고 초청하신다는 거죠.
자, 아름다운 벗이여, 이만 안녕히. 내일, 늦어도 모레 뵙겠습니다.

17××년 8월 28일, ×××에서

마흔다섯번째 편지

투르벨 법원장 부인이 볼랑주 부인에게

발몽 님이 오늘 아침 떠나셨습니다. 부인께서 깊이 바라시는 일인 것 같아, 알려드려야 한다고 생각했습니다. 로즈몽드 부인께서는 조카가 떠난 걸 몹시 섭섭해하십니다. 사실 발몽 님과 함께 지내는 건 즐거운 일이었습니다. 노부인께서는 아침 내내 부인께서도 익히 아시는 그 애틋한 어조로 조카에 대해 얘기하셨답니다. 칭찬이 끝없이 이어졌죠. 전 반박하지 않고 들어드려야 한다고 생각했습니다. 사실 많은 점에서 맞는 얘기이기도 했고요. 더구나 저로선 두 사람이 헤어지게 만든 원인이 된 셈이니 자책이 되기도 했습니다. 제가 빼앗아버린 기쁨을 보상할 길이 없어 보이네요. 부인께서도 아시다시피 전 천성이 그다지 명랑하지 않은 사람이고, 앞으로 노부인과 함께 이곳에서 지내는 동안 즐거울 일은 없을 것 같습니다.

부인께서 해주신 충고만 아니었다면, 어쩌면 제가 경솔하게 처신한 게 아닌가 걱정이 되었을지도 모릅니다. 존경하는 노부인께서 슬퍼하시는 모습을 보면서 정말 힘이 들었으니까요. 마음이 너무 아파서 함께 울고 싶었습니다.

그래서 노부인과 저는 부인께서 이곳에 잠시 지내러 오시길 기대하고 있습니다. 로즈몽드 부인께서 초대의 말을 발몽 님께 대신 전해달라고 하셨답니다. 부인을 뵙게 되면 무척 기쁠 것 같습니다. 사실 부인께서 오셔서 이곳의 슬픔을 보상해주셔야 합니다. 이 기회에 볼랑주 양도 조금이라도 빨리 알게 되면 좋겠고, 부인을 존경하는 제 마음도 보여드릴 수 있으면 좋겠습니다.

17××년 8월 29일, ×××에서

마흔여섯번째 편지

당스니 기사가 세실 볼랑주에게

사랑스런 세실, 무슨 일이 생긴 겁니까? 도대체 누가 당신을 이렇게 빨리, 이토록 잔인하게 변하게 만든 겁니까? 영원히 변치 않겠다던 맹세는 어디로 간 겁니까? 어제까지만 해도 기쁨에 젖어 맹세를 되풀이하지 않았나요? 도대체 오늘은 누가 다 잊어버리게 만든 겁니까? 내 자신을 돌아보았지만 이유를 찾을 수 없습니다. 당신한테서 이유를 찾는다는 건 정말 끔찍한 일이죠! 아! 그대는 분명 경솔한 사람도 거짓말을 하는 사람도 아닙니다. 이 절망의 순간에도 내 마음속에는 당신을 모욕하게 될 의혹 같은 건 없습니다. 하지만 그렇다면 무슨 운명의 장난이 당신을 변하게 만든 걸까요? 그래요, 잔인한 그대여, 당신은 더 이상 어제의 당신이 아닙니다. 다정한 세실, 내가 흠모하는 세실, 나에게 맹세를 해준 세실은 내 눈길을 외면할 리 없고, 우연의 힘으로 내가 곁에 있을 수 있게 된 시간을 일부러 피할 리도 없습니다. 내가 모르는 무슨 이유가 있어서 매정하게 대할 수밖에 없는 거라면, 적어도 그 이유는 알려주었을 겁니다.

아! 나의 세실, 당신은 모릅니다. 앞으로도 모를 겁니다. 오늘 당신이 얼마나 나를 괴롭게 했는지, 지금 이 순간에도 내가 얼마나 괴로운지…… 내가 당신의 사랑 없이 살아갈 수 있으리라고 생각합니까? 당신의 말 한마디로 내 두려움이 사라질 수 있을 텐데, 한마디만 해달라고 했을 때도 당신은 대답을 하지 않았죠. 혹시라도 남이 들을까 봐 겁먹은 척 하더군요. 그때까지 방해될 게 하나도 없었는데 일부러 사람들 사이에 자리를 골라 앉아서 방해를 만들어냈죠. 난 당신 곁을 떠날 수밖에 없었습니다. 내일 몇 시에 볼 수 있겠냐고 물었지만 당신이 못 들은 척하는 바람에 볼랑주 부인이 알려주셔야 했잖습니까. 당신 곁에 있을 수 있기에 그토록 고대하던 시간이 내일은 그저 괴로움의 시간이 되겠군요. 당신을 만나는 기쁨은 지금껏 나에게 너무나 소중했는데, 이제 당신을 성가시게 하는 게 아닐까 두려운 마음으로 바뀔 테죠.

이미 느끼고 있지만, 난 너무 두려워서 사랑 얘기를 꺼낼 수 없습니다. "그대를 사랑합니다"라는 말, 그 말을 들을 수 있었을 땐 나 역시 몇 번이고 수없이 말하며 기쁨을 누릴 수 있었습니다. 하지만 이제 그대가 변해버렸다면 그 달콤한 말, 한마디로도 행복이 넘쳐나게 하던 그 말은 영원한 절망을 가져올 뿐입니다. 그래도 난 사랑의 주문이 힘을 완전히 잃어버렸다고는 생각하지 않으렵니다. 그리고 한 번 더 주문을 외워보렵니다.[15] 그래요, 나의 세실, 난 그대를 사랑합니다. 그대도 나를 따라 이 행복의 말을 해보십시오. 그대로 인해 난 이미 이 말을 듣는 데 익숙해졌습니다. 이제 그 말을 들을 수 없게 만드는 것은 날 끔찍한 고통 속에 밀어넣는 겁니다. 사랑이 사라지고, 그와 함께 생명이 사라져야만 없어질 그런 고통 속으로 말입니다.

17××년 8월 29일, ×××에서

마흔일곱번째 편지

발몽 자작이 메르테유 후작 부인에게

아름다운 벗이여, 오늘도 뵙지 못할 것 같군요. 이유를 말씀드릴 테니 너그럽게 이해해주시기 바랍니다.

어제 곧장 올라오지 않고 도중에 ×× 백작 부인 댁에 갔습니다. 지나는 도중에 저택이 있으니 들러 점심을 먹고 가겠다고 했죠. 7시경이 되어서야 파리에 도착할 수 있었습니다. 혹시 부인께서 와 계실지도 모른다는 생각에 오페라 극장에서 내렸습니다.

공연이 끝나고 휴게실에 모인 사람들을 보러 갔더니 옛 애인인 에밀

---

15 사랑의 힘으로 축성(祝聖)된 말의 힘을 느껴본 적이 없는 사람한테는 이 문장이 아무 의미가 없으리라.

리가 많은 남녀에 둘러싸여 있는 겁니다. 저녁에 P××에서 사람들한테 식사 대접을 할 거라더군요. 제가 들어가자 모두 환호성을 지르며 같이 가자고 했습니다. 키가 작고 뚱뚱한 웬 남자도 네덜란드 억양이 섞인 프랑스어로 절 초대했습니다. 그날의 주인공이란 걸 알 수 있었죠. 전 초대를 받아들였습니다.

식사를 위해 옮겨가던 중, 일행이 가는 곳이 바로 에밀리가 그 괴상한 남자를 사랑한 대가로 얻어낸 것임을, 그러니까 오늘 식사가 사실상 그들의 결혼 잔치라는 걸 알게 되었습니다. 남자는 다가올 행복을 기대하며 기쁨을 감추지 못하더군요. 그자가 너무 흡족해하는 바람에 문득 그 행복을 흔들어놓고 싶어졌습니다. 그리고 실행에 옮겼습니다.

한 가지, 에밀리가 마음을 정해야 했습니다. 그녀는 네덜란드인 거물이 가진 재산 때문인지 주저하더군요. 하지만 조금 빼더니 결국 제 계획을 받아들였습니다. 그러니까 맥주통 같은 남자의 배를 포도주로 가득 채워서 밤에 전투를 할 수 없는 상태로 만들어버리기로 한 겁니다.

네덜란드 술꾼들에 대해 익히 들은 바가 있던 터라 우리는 알고 있는 방법을 총동원했습니다. 그리고 멋지게 성공을 했습니다. 후식이 나올 때쯤 그자는 술잔을 들고 있을 힘도 없어 보였습니다. 그래도 에밀리와 나는 계속 술을 먹였죠. 결국 그는 식탁 아래로 쓰러졌습니다. 너무 취해서 일주일은 있어야 깨어날 것 같더군요. 우리는 그자를 파리로 돌려보내기로 했습니다. 그의 마차는 이미 가버렸으니 제 마차에 태워 보내고, 대신 제가 남기로 한 겁니다. 모두 저한테 축하 인사를 하고서 자리를 떴습니다. 제가 전쟁터의 주인이 된 거죠. 기분이 좋기도 했고, 또 어쩌면 오랫동안 시골에 칩거했기 때문인지, 에밀리를 보면서 정욕이 일었습니다. 그래서 네덜란드인이 깨어날 때까지 내가 대신 같이 있어주겠다고 약속을 했답니다.

저의 이런 호의는 조금 전 에밀리가 베풀어준 호의 — 신앙심 돈독한 나의 여인에게 편지를 쓰는 동안 책상이 되어주었죠 — 에 대한 답례였습니다. 침대에서 여자의 팔에 안겨 쓴 편지를, 나의 연인을 완벽하게 배반하느라 중간 중간 쉬어가며 쓴 편지를 통해서 제 처지와 행동을 정확하게 보고하는 것도 재미있더군요. 제가 쓴 글을 읽더니 에밀리는 미친 듯이 웃어댔습니다. 아마 부인께서도 그러실 겁니다.

편지에 파리 소인이 찍혀야 할 것 같아서 부인께 보냅니다. 읽어보신 후 봉해서 우체국에 보내주십시오. 부인의 봉인 인장을 사용하지 마십시오. 사랑의 표시도 일절 남기지 마십시오. 그럼 나의 아름다운 벗이여, 이만 안녕히.

추신. 편지를 다시 열었습니다. 에밀리한테 이탈리아 극장에 가자고 했습니다. 그때 부인을 보러 가죠. 늦어도 6시에는 댁으로 가겠습니다. 괜찮으시다면 7시경에 볼랑주 부인 댁에 갔으면 합니다. 로즈몽드 부인께서 부탁하신 초대 건을 지체 없이 전하는 게 예의에 맞는 것 같고, 또 볼랑주 양을 보고 싶기도 합니다.

그럼 이만 줄이겠습니다. 기쁜 마음으로, 부인의 기사가 질투심을 느낄 정도로 강렬한 키스를 드리고 싶은 마음이 가득합니다.

17××년 8월 30일, P××에서

마흔여덟 번째 편지

발몽 자작이 투르벨 법원장 부인에게

(파리 소인이 찍힘.)

폭풍우가 몰아친 지난밤 전 한 잠도 자지 못했습니다. 불타는 열정이 끓어오르다가는 영혼의 능력이 한 방울 남김 없이 소진되기를 끝없이 되풀이했습니다. 이제 간절히 원하는 평온을 부인 곁에서 구하고 싶지만, 얻어낼 수 있을 것 같지는 않군요. 사실 지금 이렇게 편지를 쓰면서 전 저항할 수 없는 사랑의 힘을 그 어느 때보다도 강하게 느낍니다. 생각을 정리할 만한 자제력도 갖기 어려울 정도입니다. 중간에 멈추지 않고 편지를 끝낼 수 있을 것 같지도 않군요. 아! 지금 이 순간 제가 겪는 혼란을 부인과 함께하게 되리라고 기대할 수는 없는 겁니까? 하지만 전 믿고 싶습니다. 부인이 제 상태를 알게 되면 아무렇지도 않을 수는 없을 거라고 말입니다. 부인, 내 말을 믿어주십시오. 식어버렸기 때문에 평온한 것, 영혼이 잠들어버린 것, 그건 죽은 것과 마찬가지라서 우리에게 행복을 줄 수 없습니다. 오직 강렬한 열정만이 행복으로 이끌어갈 수 있습니다. 그래서 전 감히 이렇게 단언합니다. 당신으로 인해 고통받고 있을지언정 지금 이 순간 내가 당신보다 더 행복하다고 말입니다. 당신이 그렇게 냉정하게 대하면서 내 마음을 상하게 해도 소용없습니다. 난 여전히 사랑에서 벗어나지 못했습니다. 사랑이 가져다준 희열에 빠져 있기에 당신이 주는 절망은 어느새 잊어버리게 됩니다. 나에게 유배의 형벌을 선고한 당신한테 복수를 하는 셈이죠. 당신에게 편지를 쓰면서 지금처럼 기뻤던 적은 없었습니다. 이토록 감미로우면서도 강렬한 감동을 느껴본 적은 없습니다. 모든 것이 나의 격정을 더욱 불타오르게 합니다. 숨 쉬는 공기는 관능으로 가득 차 있고, 편지를 쓰고 있는 탁자 역시 성스러운 사랑의 제단 같군요(이런 용도로는 처음 사용되는 셈이죠). 진정 얼마나 아름다워 보이는지! 이 탁자 위에 영원히 당신을 사랑하겠다는 맹세를 남기렵니다! 부디 뒤죽박죽 솟아나는 관능의 흔적을 용서해주시길…… 당신과 함께하지 못하는 희열에 더 빠져들어서는 안 되겠죠. 매 순간 더해지는 이 저항할 수 없는 환희를 지우기 위해 잠시 편지를 멈춰야겠습니다.

다시 당신한테 돌아왔습니다. 언제나 이렇게 허겁지겁 돌아오게 될 테죠. 하지만 이제 행복감은 멀리 사라지고 잔인한 결핍감뿐이로군요. 내 감정에 대해서 아무리 얘기한들 당신을 설득할 방법을 찾지 못한다면 무슨 소용이 있겠습니까? 수없이 노력을 했기에 이제 자신감도 없어지고 힘도 빠져버렸습니다. 사랑의 기쁨을 다시 한 번 회상해봐도 비통한 슬픔만 밀려옵니다. 이제 당신의 너그러운 자비심 외에는 기댈 데가 없습니다. 지금 이 순간 나는 절실히 느낄 수 있습니다. 진정 당신의 너그러운 마음이 필요합니다. 그리고 그것을 얻어내리라는 기대를 완전히 잃어버리지는 않았습니다. 하지만 어떤 경우에도 내 사랑은 지극히 정중한 사랑입니다. 절대 당신 마음을 상하게 하지는 않을 겁니다. 더할 나위 없이 엄격한 도덕심을 가진 여인이라고 해도 두려워할 필요가 없는 사랑이라고 감히 말씀드립니다. 단지 내가 겪는 고통에 대해서 너무 오래 얘기하는 게 아닌지 그게 두려울 뿐입니다. 정작 고통의 원인이 된 사람은 함께 나눌 생각이 없는 게 분명하니, 그 사람의 선의에 지나치게 매달려서는 안 될 테죠. 괴로워하는 내 모습을 당신에게 더 보여드린다면 바로 그런 꼴이 될 겁니다. 다만 한 가지, 답장을 해달라는 것, 그리고 제 감정이 진실된 것임을 의심하지 말아달라는 것만 부탁드립니다.

17××년 8월 30일, P××에서 쓰고 파리에서 부침

마흔아홉번째 편지

세실 볼랑주가 당스니 기사에게

기사님, 전 경솔하지도 않고 거짓말쟁이도 아니에요. 그저 제 행동의 의미를 분명하게 밝혀본 것뿐이고, 그래서 행동을 바꾸게 된 거예요. 하느님께 맹세한걸요. 당신을 향한 제 감정을 희생의 제물로 바칠 수 있게 될 그날까지, 우선 제 행동을 바꾸는 것으로 대신하겠다고 말이에요. 기사님은 수도회 소속이시고, 그러니까 기사님에 대한 제 감정은 죄악이잖아요. 저도 아주 많이 힘이 들 거예요. 그저께부터 기사님을 생각을 할 때마다 눈물이 나왔다는 것도 숨김없이 말씀드릴게요. 하지만 하느님께서 분명 제가 아침저녁으로 드리는 기도를 들어주실 거예요. 그래서 당신을 잊을 수 있는 힘을 주실 거예요. 제발 우리 사이의 우정을 생각해서, 그리고 선한 마음을 베푸셔서, 제발 제 결심이 흔들리지 않도록 해주세요. 앞길에 대해 깨우침을 얻은 이후 흔들리지 않으려고 애쓰고 있거든요. 그러니까 이제는 저한테 편지를 보내지 마세요. 저도 답장을 쓰지 않을 거예요. 그래도 계속 편지를 보내시면 엄마한테 말씀드릴 수밖에 없어요. 그렇게 되면 기사님을 만나는 기쁨마저도 완전히 빼앗기겠죠.

하지만 기사님을 향한 애정은, 나쁜 행동이 되지 않는 한에서, 그대로 간직할게요. 그리고 진심으로 행복을 빌어드릴게요. 기사님도 역시 저를 향한 사랑이 식게 될 테고, 다른 여자를 더 사랑하게 될 거예요. 그것은 제 잘못에 대한 속죄로 받아들여야겠죠. 하느님께 바쳐야 할 제 마음을, 그리고 언젠가 맞이하게 될 남편에게 바쳐야 할 제 마음을 다른 사람에게 바치는 잘못을 저질렀으니까요. 자비로우신 하느님은 제 연약함을 불쌍히 여기셔서 제가 감내해낼 수 없는 고통은 주지 않으실 거라고 믿어요.

그럼 안녕히. 만약 제가 누군가를 사랑하는 게 허용된다면 오직 기사님만을 사랑하리라는 것, 그것만 분명히 말씀드릴게요. 그 얘기 말고는 할 수가 없어요. 어쩌면 이 말도 해서는 안 되는지도 모르겠네요.

17××년 8월 31일, ×××에서

쉰번째 편지

투르벨 법원장 부인이 발몽 자작에게

자작님, 이게 가끔씩 편지를 보내도 좋다고 승낙하면서 제가 부탁드렸던 조건을 지키시는 건가요? 설사 자작님의 감정이 도리에 어긋나지 않게 가질 수 있는 감정이라고 하더라도, 제가 두려워하고 있는 것을 알면서도 계속 얘기하시니 어떻게 "개탄할 만한 게 없다"고 할 수 있나요?

자작님의 감정을 계속 두려워하는 게 어째서 저에게 도움이 되는지 그 이유를 말해야 한다면, 그건 바로 자작님께서 지난번에 보내신 편지에서 찾을 수 있습니다. 자작님께선 사랑을 변호하고 있다고 생각하시지만, 실상은 두려운 사랑의 폭풍을 보여주시는 게 아닌가요? 우리의 이성을 희생시켜 얻은 행복을 바라는 사람이 있을까요? 그야말로 일시적인 쾌락이 지나가고 나면 회한이 남을 뿐, 회한이 아니라면 아쉬움이 남을 뿐이잖습니까?

자작님께선 위험한 쾌락에 빠지는 게 습관이 되어 있어서 그 효과가 크지 않을지도 모르겠습니다. 하지만 자작님 스스로도 어쩔 수 없게 되어버리는 때가 있지 않은가요? 실제 자작님이 먼저, 그런 쾌락 때문에 생겨난 어쩔 수 없는 혼란을 개탄하시지 않았나요? 그렇다면 경험 없고 민감한 사람은 얼마나 큰 피해를 입게 될까요? 엄청난 희생을 치러야 할 텐데, 그 위력을 어떻게 감당할 수 있을까요?

자작님께선 사랑이 우리를 행복으로 인도한다고 믿고 계시죠. 아니 믿는 척하십니다. 하지만 전 사랑이 절 불행하게 만든다고 확신합니다. 그렇기 때문에 사랑이라는 말을 듣는 것도 싫습니다. 그 말만으로도 평온한 마음이 혼란스러워지니까요. 지켜야 할 의무도 있지만, 제 취향도 그렇습니다. 자작님께서 이 문제에 대해서 더 이상 얘기하지 않으셨으면 좋겠습니다.

어차피 이제는 제 부탁을 들어주시기가 쉬워질 겁니다. 파리로 가시면 자작님의 감정을 잊을 기회가 많이 생길 테니까요. 지금 자작님의 감정은 매일 비슷한 것만 대하느라 생겨난 거고, 또 시골 생활이 무료했기 때문에 간직하실 수 있었던 겁니다. 예전에 파리에 계실 때는 저에 대해 아무 관심이 없으셨고, 이제 다시 파리에 계시잖아요. 그곳에서라면 자작님께서는 한 걸음 옮길 때마다 스스로 변하는 마음을 볼 수 있지 않으신가요? 그리고 주위에 여자가 많이 있지 않은가요? 모두 저보다 아름답고, 자작님의 찬사를 받을 자격이 있는 그런 여자들이겠죠. 흔히 여자들이 허영심이 많다고 말하지만, 전 그렇지 않습니다. 또한 세련된 자만심에 지나지 않는 거짓 겸손이라는 것도 없습니다. 솔직히 말씀드리죠. 전 어떻게 해야 사랑을 받는지도 잘 모릅니다. 설사 다 안다고 해도 자작님을 붙들어놓을 수는 없을 테지만요. 더 이상 저에 대해 관심을 갖지 말아달라고 부탁드리는 건, 그러니까 지금까지 해오신 대로 해달라는 얘기입니다. 설사 제가 반대의 부탁을 드렸다고 해도 분명 머지않아 하시게 될 일을 해달라는 것뿐입니다.

    제가 잊지 않고 있는 이 진실만으로도 자작님 얘기를 들어서는 안 되는 충분한 이유가 됩니다. 물론 다른 이유도 수없이 많이 있지만, 길게 얘기하지 않겠습니다. 거듭 말씀드린 대로, 제가 들어서는 안 되고 응답해서는 더욱 안 되는 감정에 대해서 더 이상 얘기하지 말아달라는 것만 부탁드리겠습니다.

                              17××년 9월 1일, ×××에서

제2부

쉰한번째 편지

메르테유 후작 부인이 발몽 자작에게

자작님, 당신은 정말 끔찍한 사람이로군요. 내가 마치 당신의 정부(情婦)라도 되는 양 가볍게 대하고 있으니 말이에요. 화가 나려고 합니다. 지금도 기분이 엉망이란 걸 알아두세요. 세상에! 내일 아침에 당스니를 만나기로 하지 않았나요? 그 전에 내 얘기를 듣고 가야 한다는 걸 모르시나요? 태평하게 어디 있는지도 안 밝히고 없어져서 나를 하루 종일 기다리게 하다니요! 당신 때문에 볼랑주 부인 집에도 '예법을 어기고' 늦게 도착했잖아요. 덕분에 늙은 마나님들한테 '굉장한 여자' 취급을 당했죠. 젊은 사람들의 평판을 결정짓는 그 마나님들 눈에 나면 좋지 않기 때문에, 저녁 내내 비위를 맞춰야 했다는 것도 알아둬요.

지금 새벽 1시로군요. 너무 졸린데도 잠도 못 자고 긴 편지를 써야 하다니요. 지겹게 편지를 쓰자면 더 졸려질 테죠. 더 야단칠 시간이 없다는 게 다행인 줄이나 알아요. 물론 그렇다고 당신을 용서한다고 생각하지는 말아요. 시간이 없어서 그러는 것뿐이니까요. 빨리 끝내야 하니까, 내 말을 잘 듣도록 해요.

당신이 아무리 재주가 없는 사람이라도 당스니는 내일 당신한테 마음을 털어놓게 될 겁니다. 때가 잘 들어맞으니까요. 그러니까 지금 당스니는 불행에 빠져 있죠. 볼랑주 아가씨가 고해성사를 받으러 갔었다는군요. 가서는 어린애처럼 다 얘기를 했고요. 이제 악마가 너무 무서워서 당스니와 완전히 갈라서려고 한답니다. 자질구레한 마음의 가책에 대해서까지 다 얘기하더군요. 열렬히 늘어놓는 모습을 보자니 몹시 흥분한 게 분명했어요. 당스니에게 쓴 절교 편지도 보여주는데, 그야말로 따분한 설교였더군요. 아가씨와 한 시간 동안 얘기를 했지만, 이치에 맞는 말은 하나도 없었답니다. 그렇게 머리가 나쁜 애한테 내 속내를 드러낼 수도 없고, 참 당혹스러웠습니다.

하지만 한 가지, 얘기를 들으면서 아가씨가 아직까지 당스니를 좋아하고 있다는 것만은 알 수 있었습니다. 그리고 또 사랑 얘기에 상투적으로 등장하는 대목에 그 아가씨 역시 걸려들었다는 것도 알게 되었답니다. 그러니까 오직 애인 한 사람만을 생각하고 싶고, 하지만 그러면 벌을 받게 될까 봐 두려워서 마음이 괴롭고, 결국 하느님한테 그 사람을 잊게 해달라고 기도드리기로 한 거죠. 하루 종일 기도를 계속해야 하니까 따지고 보면 하루 종일 그 사람을 생각할 수 있게 된 셈이지만 말입니다.

당스니보다 좀더 '닳고닳은' 남자라면 이런 사소한 일이야 제약이 되기보다는 오히려 유리하게 쓸 수 있을 테지만, 이 젊은이는 셀라동*과 같아서 도대체 우리가 도와주지 않으면 대수롭지 않은 장애물 하나 극복하

---

* 오노레 뒤르페의 소설 주인공 이름으로 플라토닉 사랑을 꿈꾸는 연인을 빗대어 말한다.

는 데도 한참이 걸릴 겁니다. 그렇게 되면 우리 계획을 실행하기도 어려워지죠.

당신 말이 옳아요. 당스니가 이 사건의 주인공이라는 게 안타깝네요. 나 역시 애석해하고 있답니다. 하지만 어쩌겠어요. 기왕 이렇게 된 것 할 수 없죠. 그리고 어차피 당신 탓이기도 하고요. 볼랑주 아가씨한테 당스니가 보낸 답장을 보여달라고 했어요.[1] 편지를 보니 참 가엾더군요. 당스니는 정말 허겁지겁 장광설을 펼쳐놓았죠. 스스로 어찌 할 수 없는 감정은 죄가 될 수 없다는 걸 증명해 보이려고 말이에요. 감정을 억누르려고 싸우지 않아도 되는 때가 와도 자기감정이 변하지 않으리라고 믿는 걸까요! 너무도 순진한 생각이라, 결국 아가씨마저도 그렇게 생각하게 되었나봅니다. 당스니는 읽는 이의 가슴이 뭉클할 정도로 자신의 불행을 한탄해놓았더군요. 하지만 그의 고통은 너무도 감미롭고 강렬하고 진지해서, 진정 한 남자를 이렇게까지 불행에 빠뜨리면서 당사자한테는 위험할 게 없는 이런 기회가 나에게 찾아온다면 그냥 보내기는 어려울 것 같다는 생각이 듭니다. 끝으로 당스니는 자기가 아가씨 생각처럼 수도회에 소속된 건 아니라고 설명했더군요. 그렇게 말하는 게 낫죠. 어차피 몰타의 기사들은 그다지 사람들이 인정해주는 수도회도 아니니까요. 어쨌든 괜히 이것저것 따져가며 얘기해봐야 오히려 나한테 해가 될지도 모르는 일이었고, 또 그래 봐야 어차피 아가씨를 설득하리라는 보장도 없어서, 난 그냥 당스니와 절교하겠다는 계획에 찬성해버렸습니다. 하지만 그런 얘기를 편지로 알려주기보다는 직접 말로 하는 게 옳은 행동이라고 했죠. 또 그동안 받은 편지, 또 혹시 물건이 있다면 돌려주는 게 관례라고 했고요. 그러니까 겉으로는 아가씨의 생각에 동의하는 것처럼 하면서 당스니가 아가씨를 만날 수

---

[1] 문제의 답장은 찾지 못했다.

있게 약속을 잡게 만든 겁니다. 그리고 아가씨와 함께 계획을 세웠죠. 볼랑주 부인이 딸을 두고 혼자 외출을 하게 만드는 일은 내가 맡았답니다. 내일 오후가 바로 운명의 시간이 될 겁니다. 당스니한테 미리 말했두기는 했지만, 당신도 기회를 봐서 그 아름다운 목동 같은 청년이 좀 힘을 내도록 얘기해보세요. 어차피 모든 것을 다 말해주어야 할 테지만, 한 가지는 잊지 말아야 합니다. 그러니까 양심의 가책을 느끼는 사람을 그 가책에서 벗어나게 해주는 가장 좋은 방법은 바로 더 이상 잃어버릴 게 없는 상태로 만들어버리는 거라고 말이에요.

한 가지 더, 이런 우스꽝스러운 장면이 되풀이되지 않게 하기 위해서, 고해신부들이 비밀을 제대로 지켜줄지에 대해 아가씨가 의심을 품게 만드는 것 역시 빼놓지 않았답니다. 그러니까 나를 걱정시킨 대가를 톡톡히 치르는 셈이죠. 고해신부가 어머니한테 얘기하지나 않을까 겁을 먹었으니까요. 이런 식으로 한두 번 더 나와 얘기를 나누고 나면 아무한테나 속내를 털어놓지는 못할 겁니다.[2]

자작님, 그럼 이만 써야겠군요. 당스니를 제대로 손에 넣기 바랍니다. 잘 이끌어주고요. 우리가 두 어린애를 제대로 다루지 못한다는 건 정말 수치스러운 일이잖아요. 처음에 생각했던 것만큼 쉽지 않다고 느껴질 때면, 다시 열기를 북돋우기 위해 당신은 그 아가씨가 볼랑주 부인의 딸이라는 걸 기억하고 난 그 애가 제르쿠르의 아내가 될 거라는 사실을 잊지 않기로 해요. 그럼 이만.

17××년 9월 2일, ×××에서

---

[2] 독자들은 메르테유 부인의 행동을 통해 그녀가 종교를 얼마만큼 무시하는지를 이미 오래전에 파악했을 것이다. 이 구절을 삭제했으면 좋겠지만, 결과를 보여주려면 그 원인을 보여주는 게 필요하다고 생각되어서 그대로 두기로 했다.

쉰두번째 편지

발몽 자작이 투르벨 법원장 부인에게

그러니까 나더러 내 사랑에 대해 말하지 말라는 얘기로군요. 그렇다면 당신의 말에 복종할 용기를 도대체 어디서 얻어내란 말입니까? 감미로워야 하는 감정임에도 불구하고 당신 때문에 이토록 잔인하게 되어버린 감정 하나에 이토록 시달리면서, 당신이 선고한 유형을 감내하느라 시들어가면서, 결핍과 회한뿐인 삶을 살아가면서, 나는 고통스러워하고 있습니다. 당신의 냉담함만을 기억해야 하기에 더욱 힘겨운 고통에 시달리고 있습니다. 그런데 이제 남아 있는 단 하나의 위안마저도 잃어야 한단 말인가요? 당신이 번민과 쓰라림으로 채워버린 이 영혼을 당신 말고 어느 누구한테 열어 보일 수 있단 말인가요? 정녕 당신으로 인해 흘러내리는 이 눈물을 외면하며 고개를 돌릴 건가요? 당신이 요구하는 희생을 바치려는 것마저도 거절하는 건가요? 불행에 빠진 사람을, 더구나 당신 한 사람으로 인해 불행에 빠진 사람을 부당하고 가혹하게 거절하며 더욱 고통스럽게 하다니요? 불쌍히 여기는 게 기품 있고 온화한 영혼을 지닌 당신한테 어울리는 일이 아닌가요?

당신은 사랑을 두려워하는 척합니다. 당신이 비난하고 있는 그 아픔들은 정작 당신 한 사람으로 인해 생겨난 것임을 보지 않으려고 합니다. 아! 정작 원인이 된 사람과 함께 나눌 수 없는 감정은 진정 고통스럽군요. 서로 사랑을 주고받으며 행복을 맛보는 것 말고 어떻게 행복을 얻을 수 있을까요? 사랑이 아니라면 도대체 어디서 다정한 우정을, 감미로운 신뢰를 — 오직 이런 신뢰만이 거침없을 수 있지요 — 누릴 수 있단 말입니까?

어떻게 해야 희망으로 가슴이 벅차오르고 감미로운 추억에 젖을 수 있는 걸까요? 거절만 하지 않으면 사랑이 바치는 이 모든 것을 누릴 수 있는데도 당신은 계속 거절하고 있군요. 나는 사랑을 지켜내느라 아픔마저도 잊고 있는데 말입니다.

당신은 또한 나 스스로를 '방어'하지 않을 수 없게 만드는군요. 내 온 삶을 당신을 숭배하는 데 바치고 있는데, 당신의 삶은 내 허물을 찾는 데 바치고 있잖습니까? 당신은 이미 내가 경솔하고 거짓말 잘하는 사람이라고 생각하고 있습니다. 내 스스로 고백했던 과오마저도 나한테 불리하게 쓰이고 있죠. 과거의 나와 현재의 나를 혼동하는 겁니다. 당신 곁을 떠나 멀리 살아가야 하는 괴로움에 빠뜨려버린 것도 모자라, 이제 잔인하게 야유를 보내다니요. 더구나 당신으로 인해 이미 난 그런 쾌락에서 아무런 기쁨도 느끼지 못하게 되었다는 걸 알고 있으면서 말입니다. 당신은 내 약속도 맹세도 믿지 않습니다. 아! 당신에게 바칠 증거가 하나 남아 있군요. 이것만은 의심할 수 없을 겁니다. 그건 바로 당신입니다. 내가 바라는 건 오직 한 가지뿐입니다. 제발 단 한 번만이라도 제대로 자문해보십시오. 당신이 끝내 내 사랑을 믿지 못하고, 당신 한 사람만이 내 영혼을 지배하고 있다는 것을 믿지 못한다면, 지금까지는 가볍게 움직이던 내 마음을 당신이 붙잡고 있다는 걸 확신할 수 없다면, 난 기꺼이 내 과오의 벌을 받겠습니다. 무척 힘이 들겠지만 그대로 받아들이겠습니다. 하지만 당신은 우리 둘 모두를 제대로 판단해서, 지금이나 앞으로나 당신한테 사랑의 경쟁자는 존재하지 않는다는 걸 받아들여야 합니다. 제발 말도 안 되는 생각과 싸우게 만들지 마십시오. 당신이 내 감정 자체를, 일생 동안 변하지 않을 내 감정을 의심하는 것만은 더 이상 보지 않아도 된다는, 그런 위안이라도 남겨주십시오. 부디 내가 보낸 편지 중에서 이 부분만이라도 수긍

해주시길 간청드립니다.

나는 당신의 사랑을 얻는 데 방해가 되는 과거의 삶을 이제 버리려고 하지만, 그렇다고 그 시절의 삶이 변호할 게 하나도 없는 건 아닙니다.

그저 소용돌이 속에 던져져서 저항하지 못했을 뿐입니다. 젊은 나이에 경험도 없이 사교계에 발을 들여놓은 후, 주위의 여자들은 모두 같았습니다. 내가 뭐든 자기들한테 불리할 것 같은 생각을 하면 서둘러 가로막아버렸죠. 난 그런 여자들 틈을 이리저리 돌아다닌 겁니다. 아무도 저항의 본보기를 보여주지 않는데, 그래도 내가 나서서 본보기가 되었어야 했나요? 아니면 일시적인 과오에 대해서 나 스스로 벌을 내렸어야 했나요? 대부분 다른 사람들이 부추겨서 일어난 과오였습니다. 보나마나 아무 소용이 없었을 테고, 만일 그렇게 했다면 난 남들의 조롱거리가 되었을 겁니다. 아! 수치스러운 선택이었다는 걸 증명해 보이기 위해서는 즉시 관계를 끊어버리는 것 외에 또 무슨 방법이 있었을까요?

하지만 난 말할 수 있습니다. 그런 관능의 도취, 허영의 광기는 내 마음속에까지 미치지 못했습니다. 불장난 같은 연애는 그저 심심풀이일 뿐, 진정한 사랑을 위해 태어난 내 마음을 사로잡지는 못했습니다. 매력적이기는 하지만 경멸스런 여자들에 둘러싸인 채 그중 누구도 내 영혼에 닿지 못했습니다. 쾌락을 얻을 수는 있었지만 내가 찾는 건 미덕이었습니다. 결국 난 내 자신이 한군데 정착하지 못하는 바람둥이라고 생각하게 되었습니다. 섬세하고 예민했기 때문이죠.

그러나 당신을 보면서 깨달았습니다. 사랑의 매력이란 영혼이 가진 자질에서 비롯되는 것이며, 오직 그것만이 사랑을 넘쳐나게 할 수 있고 또 사랑을 정당화해준다고 말입니다. 당신을 사랑하지 않는 건 불가능하고, 또한 당신 아닌 다른 사람을 사랑하는 것도 불가능하다는 사실을 알게 되었습니다.

이것이 바로 당신이 두려워하며 받아들이지 못하는 사람의 마음입니다. 그리고 그 사람의 운명은 당신의 말에 달려 있습니다. 하지만 나에게 어떤 운명을 내려주시든, 나를 당신과 이어주는 이 감정만은 그대로 남을 겁니다. 처음 이 감정을 태어나게 만든 미덕이 그렇듯이, 결코 변할 수 없는 감정이니까요.

17××년 9월 3일, ×××에서

쉰세번째 편지

발몽 자작이 메르테유 후작 부인에게

당스니를 만났습니다. 하지만 속내 얘기를 다 들었다고는 할 수 없습니다. 볼랑주 양의 이름을 절대 말하지 않았으니까요. 그냥 조신하고 신앙심 깊은 여자라고만 하더군요. 이것만 빼면 당스니는 연애 얘기를, 특히 최근에 일어난 일을 있는 대로 다 얘기했습니다. 전 가능하면 그가 흥분하도록 부추겼죠. 너무 섬세하고 소심하다고 놀려대기도 했습니다. 하지만 당스니는 태도를 바꿀 기색이 보이지 않더군요. 저로서는 그가 어떻게 나올지 보장할 수 없습니다. 어쨌든 모레쯤에는 더 자세히 얘기해드릴 수 있을 겁니다. 내일 당스니를 데리고 베르사유에 가는데, 오가는 길에 좀더 캐내보려고 하니까요.

오늘도 약속이 잡혀 있으니 좀더 알아낼 수 있을지도 모르겠습니다. 모든 게 우리의 기대를 저버리지 않고 잘 진행될 겁니다. 지금으로서는 고백을 끌어내고 증거를 수집하는 것밖에 도리가 없군요. 그런 일은 저보다 부인께서 더 하기 쉬울 겁니다. 신중한 당스니보다는 볼랑주 아가씨가 사람을 더 잘 믿고, 또 결국 같은 얘기지만, 말을 더 많이 할 테니까요. 물론 저 역시 최선을 다해보겠습니다.

나의 아름다운 벗이여, 그럼 이만 안녕히. 전 무척 바쁘답니다. 오늘 저녁도 내일도 부인을 뵐 수 없을 것 같군요. 뭔가 새롭게 알게 되시거든 제가 돌아올 때까지 한마디 적어 보내주십시오. 밤에는 파리로 돌아가서 잘 거니까요.

17××년 9월 3일 저녁, ×××에서

쉰네번째 편지

메르테유 후작 부인이 발몽 자작에게

물론이에요. 당스니한테 뭐든 알아내야 해요. 혹시 당스니가 이미 얘기한 게 있다면, 분명 허풍을 떨었을 겁니다. 정말, 사랑을 하면서 그렇게 바보 같은 남자는 처음 보았답니다. 괜찮은 남자라고 생각했었는데 잘못 본 게 아닌지 점점 더 걱정이 되는걸요. 이 사람 때문에 내 명예에 흠집이 가겠구나 하는 생각까지 들더군요. 완전 실패죠! 약속하건대, 당스니를 꼭 혼내주고 말 겁니다.

어제 볼랑주 부인한테 갔었는데, 글쎄 별로 외출하고 싶어 하지 않는 겁니다. 몸이 불편하다고 하더군요. 이 얘기 저 얘기 끌어대서 간신히 마음을 바꾸게는 했지만, 그러느라 우리가 미처 나가기도 전에 당스니가 올 시간이 되어버린 겁니다. 그에게는 전날 이미 볼랑주 부인의 외출 계획이 있다고 말해놓은 상태였기 때문에, 그 시각에 나타난다면 정말 우리가 난처해질 수밖에 없는 상황이었습니다. 볼랑주 양과 나는 가시방석에 앉은 기분이었어요. 마침내 볼랑주 부인과 내가 밖으로 나갔고, 볼랑주 양은 다정하게 내 손을 잡으면서 작별 인사를 했습니다. 연인과 헤어지겠다고 마음을 먹고는 있지만, 그리고 스스로는 여전히 그럴 거라고 생각하고 있지만, 난 아가씨가 아주 멋진 저녁 시간을 보내게 되리라고 짐작할 수 있었답니다.

하지만 불안이 다 사라진 것은 아니었어요. ×× 부인 집에 도착한 지 30분도 안 돼서 볼랑주 부인이 힘들어하기 시작한 겁니다. 진짜로 아픈 것 같더군요. 당연히 집으로 돌아가려고 했죠. 하지만 그럴 수는 없는 일 아닌가요? 더구나 갑자기 들이닥치면 젊은 남녀가 함께 있을 텐데, 그러면 내가 나가자고 볼랑주 부인을 채근했던 것도 의심을 사게 되겠죠. 그래서 난 볼랑주 부인의 건강에 대해 겁을 주기로 했습니다. 다행히 그렇게 어려운 일은 아니었어요. 지금 몸 상태로는 마차가 덜컹거리는 게 위험할 거라고 걱정하는 척하면서 한 시간 반 동안 집에 돌아가지 못하게 잡아둔 겁니다. 결국 약속된 시간에 맞춰서 돌아갔습니다. 우리를 맞이하는 아가씨가 창피해하는 얼굴이더군요. 적어도 내 노력이 헛수고는 아니었으리라는 기대를 할 수 있었습니다.

난 두 사람의 만남이 어땠는지 알아보려고 볼랑주 부인 집에 머물렀습니다. 부인은 곧 잠자리에 들었죠. 아가씨와 난 부인의 침대 곁에서 식사를 했고, 부인이 좀 쉴 필요가 있을 거라는 핑계를 대면서 일찍 방에서 나왔습니다. 우리는 볼랑주 양의 방으로 갔죠. 아가씨로선 내가 기대했던 걸 다 해냈더군요. 양심의 가책도 사라졌고, 영원히 사랑하겠다고 새롭게 맹세도 했고, 등등…… 아주 멋지게 해낸 거죠. 하지만 멍청한 당스니는 이전 상태에서 한 발자국도 나가지 못한 겁니다. 아! 그런 사람하고는 무슨 문제가 생겼다가도 그냥 아무렇지도 않게 화해할 수 있겠더군요.

아가씨 말로는 당스니는 원했지만 자기가 잘 지켜낸 거라고 했습니다. 내가 보기에는 허세를 부린 것일 수도 있고, 아니면 당스니를 위해 변명한 거겠지요. 틀림없습니다. 그런데 갑자기 아가씨가 어떻게 자기 몸을 지킬 수 있었는지 알고 싶어지더군요. 그래서 그냥 같은 여자로 얘기를 나누면서 아가씨를 흥분시켰죠. 조금씩 조금씩…… 분명 그렇게 감각이 예민한 여자는 없을 겁니다. 정말 사랑스럽더군요! 이 애는 다른 남자를 사귀어야 해요. 어쨌든 나로서는 좋은 친구 하나는 생길 것 같습니다. 난 이 애가 정말 좋답니다. 친구가 되어주겠다고 약속도 했죠. 약속을 지키게 될 것 같군요. 사실 난 마음을 터놓을 수 있는 여자 친구가 필요하거든요. 그리고 이 애가 제일 좋은걸요…… 하지만 그러자면 이 아이가…… 지금처럼은…… 안 되겠죠. 그러니 당스니가 더 원망스럽죠.

자작님, 그럼 이만 줄입니다. 내일은 아침에 올 수 있으면 몰라도 아니면 우리 집에 오지 마세요. 별장에서 저녁을 같이 보내자는 기사님의 간청에 굴복하고 말았답니다.

17××년 9월 4일, ×××에서

쉰다섯 번째 편지

세실 볼랑주가 소피 카르네에게

 소피, 네 말이 옳았어. 네 충고보다는 네 예언이 들어맞는구나. 네가 예상한 대로 당스니 님이 고해신부님보다, 너보다, 그리고 나 자신보다 더 강했어. 결국 우리는 다시 원점으로 돌아와버렸어. 아! 후회하지는 않아. 네가 나무랄지도 모르겠지만, 그건 당스니 님을 사랑하는 게 얼마나 큰 기쁨인지 몰라서 하는 말이야…… 이렇게 저렇게 해야 한다고 말하긴 쉽겠지. 거리낄 게 없으니까. 하지만 사랑하는 사람이 슬퍼하는 모습을 보면 얼마나 마음 아픈지, 어떻게 그 사람의 기쁨이 바로 우리의 기쁨이 되는지, 그렇게 하겠다고 말하고 싶은데도 아니라고 말해야 한다는 게 얼마나 어려운 일인지, 네가 이런 것을 겪어봤다면 하나도 놀라울 게 없는 일이란다…… 난 느껴봤거든. 정말 생생하게 느꼈어. 하지만 아직 잘 모르겠어. 너는 어떻게 생각하니? 당스니 님이 우는 모습을 보면서 내가 울지 않을 수 있을까? 그럴 순 없다고 자신 있게 말할 수 있어. 그분이 흡족해하시면 나도 행복해지는걸. 네가 뭐라 얘기해도 소용이 없을 거야. 말한다고 바뀌는 건 아니니까. 그냥 원래 그런 게 분명해.
 네가 한번 내 입장이 되어보면…… 아니야, 그건 아니야. 지금 내 자리를 다른 사람한테 넘겨줄 생각은 없으니까. 그냥 네가 누군가를 사랑해봤으면 좋겠어. 나를 더 잘 이해하게 될 거라든가, 덜 나무라게 될 거라는 생각 때문만은 아니야. 그렇게 해야 너도 더 행복해질 수 있기 때문이야. 그때 비로소 너도 행복해질 수 있을 거야.
 우리가 같이 즐기고 웃는 것, 그건 애들 장난일 뿐인걸. 지나고 나면 남는 게 하나도 없는 장난…… 하지만 사랑은, 아! 사랑은…… 말 한마디, 눈길 한번에서 느낄 수 있는 것…… 그게 바로 행복이란다. 당스니 님을 보고 있으면 다른 생각이 아무것도 나지 않아. 당스니 님이 보이지 않으면 오직 그분만을 원하게 돼. 도대체 왜 이러는지 나도 모르겠어. 어쨌든 내 마음에 드는 건 전부 그분의 모습을 띤 것들이야. 다른 생각은 모두 사라지고 그분만을 생각할 수 있게 되면, 혼자 있어도 너무 행복하단다. 눈을 감으면 바로 그분이 보여. 그분이 했던 말이 떠오르고 그분의 목소리를 듣는 것 같아. 그러면서 한숨이 나와. 그 순간 무언가 마음속에 뜨거운 불길이 이는 것 같고, 흥분해서…… 어찌할 바를 모르게 되는걸. 굉장히 고통스러워. 하지만 그 고통에서 말로 설명할 수 없는 기쁨이 느껴져.

일단 누군가를 사랑하게 되면 친구들과의 우정에까지 영향을 미치게 되는 것 같아. 하지만 너에 대한 우정은 변하지 않았어. 수녀원에 있을 때와 똑같아. 그런데 왠지 메르테유 부인과 같이 있을 때도 그렇게 느껴진단다. 부인을 좋아하는 내 감정은 어쩌면 너를 사랑하는 마음보다는 당스니 님을 사랑하는 마음과 비슷할 거야. 어떨 때는 부인이 당스니 님이었으면, 이렇게 생각하기도 하는걸. 아마도 내가 부인에 대해서 느끼는 우정은 너와 나 사이 같은 어린애들의 우정이 아니어서 그런가 봐. 거의 매번 당스니 님과 메르테유 부인을 함께 만났기 때문에 혼동이 일어나는 것일 수도 있고. 어쨌든 두 분이 다 나를 행복하게 해주는 건 사실이야. 난 사실 지금 내가 잘못된 일을 하고 있다는 생각은 안 들어. 그래서 지금 이대로 그냥 있었으면 좋겠어. 단 한 가지, 결혼 생각만 하면 마음이 괴로워져. 제르쿠르 백작님이 다른 사람들이 말한 그대로라면, 아마 그럴 테지, 어떻게 될지 알 수가 없구나. 그럼 이만 안녕, 소피. 언제나 널 좋아해.

17××년 9월 4일, ×××에서

쉰여섯번째 편지

투르벨 법원장 부인이 발몽 자작에게

자작님, 저더러 답장을 달라고 하시지만, 제 편지가 과연 무슨 소용이 있을까요? 제가 자작님의 감정을 믿는다면, 그건 오히려 그 감정을 두려워해야 할 이유가 아닐까요? 자작님의 감정이 진실한 것인지에 대해 비난할 것도 변호할 것도 없이, 저에게나 자작님에게나, 그저 제가 답하고 싶지 않고 또 해서도 안 된다는 걸 알고 있는 것으로 충분하지 않은가요?

자작님께서 절 진심으로 사랑하신다고 치면(제가 이런 가정에 동의하는 건 나중에 다시 이 얘기를 하는 일이 없게 하기 위해서입니다), 우리 사이에 놓인 장애물을 넘어서는 게 더 쉬워지기라도 하나요? 자작님께서 하루빨리 이 사랑을 극복해내시기를 바라는 것 외에 제가 할 일이 또 있을까요? 하루라도 빨리 자작님의 희망을 모두 빼앗아버림으로써 그렇게 될 수 있도록 도와드리는 것밖에 없지 않은가요? 자작님께서도 "정작 원인이 된 사람과 함께 나눌 수 없는 감정은 진정 고통스럽다"는 걸 인정하셨죠. 제가 자작님의 감정을 함께 나눌 수 없다는 것 역시 잘 아시잖습니까? 만일 그런 불행이 진짜로 찾아온다면, 저는 훨씬 더 불쌍한 여자가 될 겁니다. 그렇다고 자작님이 행복해지는 것도 아니면서 말입니다. 제발 끝까지 저를 존중하셔서 한 순간도 이 점을 의심하지 않으셨으면 좋겠습니다. 이제 제 마음을, 평온이 필요한 이 마음을 어지럽히지 말아주세요. 자작님을 알게 된 걸 후회하게 만들지 말아주세요.

사랑하고 존경하는 남편으로부터 사랑받고 존경받는 아내인 제가 지켜야 하는 의무, 그리고 제가 누리는 기쁨은 오직 한 사람만을 향합니다.

전 지금 행복하고, 또 행복해야 합니다. 설령 보다 강렬한 쾌락이 존재한다고 해도, 전 바라지 않습니다. 알고 싶지도 않습니다. 마음속에 갈등이 없고 평온한 나날을 지내며, 편안한 마음으로 잠이 들고 잠에서 깨어날 때 아무런 회한도 스며들지 않는 것, 이보다 더 감미로운 게 있을까요? 자작님께서 행복이라고 부르는 건 관능이 요동치고 정념이 폭풍우처럼 휘몰아치는 불안이 아닌가요? 보기만 해도, 멀리 해안에 서서 바라보기만 해도 두렵기 그지없는 폭풍우 말입니다. 아! 어떻게 그런 폭풍우에 맞설 수 있을까요? 난파되어 부서진 배들이 수없이 떠다니는 바다 위로 어떻게 배를 띄울 수 있을까요? 누구와 함께요? 아닙니다, 자작님. 전 그냥 육지에 있겠습니다. 절 육지에 묶어주는 끈들을 사랑합니다. 제가 진정 원하지 않는다면 끊어버릴 수 있겠지만, 만일 지금 저에게 그런 끈이 없다고 해도 서둘러 찾아내서 잡을 겁니다.

어째서 제 발을 붙잡고 놓아주지 않으시나요? 어째서 그렇게 절 따라오시는 건가요? 가끔씩 보내겠다고 한 편지가 왜 이렇게 연이어 오는 건가요? 더구나 할 말을 가려 조심스레 써야 할 편지에 어째서 말도 안 되는 사랑 얘기밖에 없는 건가요? 예전에는 직접 몸으로 저를 둘러싸시더니 이제는 자작님의 생각으로 오히려 더 강하게 조이시는군요. 힘들게 물리쳤더니 결국 모습만 바꾸어 다시 나타나신 셈이네요. 더 이상 하지 말라고 했던 말을 결국 방법만 바꾸어 다시 얘기하시다니요. 자작님께서는 궤변 같은 논리로 절 당혹스럽게 하면서 즐기고 계신 겁니다. 제가 애써 말했던 건 조금도 신경 쓰지 않으시면서요. 이제 더 이상 답장을 쓰고 싶지 않습니다. 앞으로 편지를 쓰지 않겠습니다. 더구나 자기가 유혹했던 여자들을 어떻게 그렇게 취급할 수 있는지 저로선 놀랍습니다! 그렇게 경멸하시다니요! 물론 그중 몇몇은 경멸을 받을 만하리라고 생각합니다. 하지만 진정 모든 여자가 그랬었나요! 아! 그럴지도 모르겠군요. 의무를 저버리고 죄스런 사랑에 빠져든 여자들일 테니까요. 죄스런 사랑과 함께 모든 것을 잃게 되고, 결국에는 모든 것을 희생하면서 얻은 남자의 존경마저도 잃게 되는 거로군요. 당연히 치러야 할 벌이겠지만, 생각만 해도 몸서리가 쳐집니다. 하기야 저와는 아무 상관이 없는 얘기입니다. 제가 무엇 때문에 그 여자들과 자작님에 대해 신경을 쓰겠습니까? 자작님은 제 평온을 깨뜨릴 권리가 없습니다. 제발 절 그냥 내버려두세요. 더 이상 저를 보려고 하지 마시고, 편지도 쓰지 말아주세요. 제발 부탁드립니다. 꼭 그렇게 해주셔야 합니다. 이 편지가 자작님께서 받으시는 마지막 편지가 될 겁니다.

17××년 9월 5일, ×××에서

쉰일곱번째 편지

발몽 자작이 메르테유 후작 부인에게

어제 돌아와서 부인의 편지를 보았습니다. 그렇게 화를 내시니 저로선 기분이 좋더군요. 만일 당스니가 부인 곁에서 그런 멍청한 짓을 했다고 하더라도 그만큼 화를 내지는 않으셨을 것 같습니다. 결국 부인께서는 볼랑주 양이 조금씩 연인을 배반하는 부정을 저지르게 만들어서 당스니를 혼내주시려는 거죠. 정말 나쁜 분이로군요. 그렇습니다. 그리고 매력적인 분이죠. 아가씨가 당스니를 대할 때보다 부인을 대할 때 오히려 덜 저항하게 되는 것도 저로선 놀랍지 않습니다.

드디어 전 멋진 우리의 주인공 당스니에 대해 모든 걸 알게 되었습니다. 이제 당스니는 저에게 비밀이 없습니다. 전 당스니에게 계속 얘기했죠. 고결한 사랑은 최상의 행복이며 진실한 감정 한 번이 열 번의 가벼운 연애보다 낫다고, 저 역시 지금 사랑에 빠져 소심해진 상태라고 말입니다. 결국 당스니는 제가 자기와 사고방식이 같다고 생각하게 되었고, 제가 순수한 사람이라는 데 놀라워하면서 모든 것을 털어놓더군요. 진실한 우정도 맹세했습니다. 물론 우리의 계획은 별로 진전된 게 없지만 말입니다.

우선 처녀는 부인들보다 잃을 게 많기 때문에 더 많이 배려를 해주어야 한다는 게 당스니의 생각인 것 같습니다. 특히 자기 경우처럼 여자가 남자보다 훨씬 부자인 경우에는 상대 여자로 하여금 자기와 결혼할 수밖에 없는 처지에 빠뜨리거나 명예에 흠집이 가게 만드는 일은 결코 용납할 수 없다고 했습니다. 어머니는 마음을 놓고 있고, 딸은 순진하고, 모든 게 그를 두렵게 하고, 그래서 앞으로 나가지 못하게 가로막는 겁니다. 물론 이 모든 말이 아무리 옳다고 해도, 당스니의 논리를 허무는 건 그다지 어려운 일이 아니죠. 약간만 조종을 하고, 더구나 지금 그를 사로잡고 있는 열정의 도움을 빌리면, 이내 무너지게 될 겁니다. 하물며 그가 내세우는 논리라는 건 사람들의 비웃음을 살 만하고, 또 관례 역시 우리 편이잖습니까. 제가 당스니를 마음대로 다룰 수 없는 이유는 오히려 그가 지금의 상태를 행복하다고 생각하기 때문입니다. 사실 첫사랑은 언제나 고귀해 보이고, 말하자면 순수해 보이는 법이죠. 그런 경우 일에 진전이 느린 건 사람들이 생각하듯 섬세하거나 소심해서가 아닙니다. 오히려 처음 느껴보는 사랑이 놀라워서, 매 순간 다가오는 매력을 즐기기 위해서, 한 걸음 내디딜 때마다 멈춰서기 때문입니다. 그 매력은 처음 경험하는 사람에게는 너무도 강렬한 것이어서 다른 쾌락은 모두 잊게 만들어버리죠. 분명 그렇습니다. 탕아가 진짜 사랑에 빠질 수 있다면, 실제 그런 일이 일어난 다면, 조급하게 쾌락을 즐기지는 않을 겁니다. 결국 볼랑주 양을 대하는 당스니의 태도나 정숙한 투르벨 부인을 대하는 제 태도나 별 차이가 없는 거죠.

우리의 청년을 달아오르게 하려면 지금껏 겪어본 적이 없는 장애물이 있어야 할 겁니다. 무엇보다도 당스니한테는 신비가 더 많이 필요합니다. 신비는 사람을 대범하게 만드는 법이니까요. 전 부인께서 당스니를 너무 많이 도와주셔서 오히려 해가 되었다고 생각합니다. 부인의 방식은 육욕밖에 남지 않은 닳고닳은 남자한테라면 아주 잘 먹혀들 겁니다. 하지만 사랑에 빠진 이런 점잖은 젊은이한테 가장 큰 기쁨은 바로 사랑의 증거가 되는 것 아니겠습니까? 상대가 자기를 사랑한다는 확신이 들수록 오히려 덜 대담해질 겁니다. 이제 어떻게 할까요? 전 잘 모르겠습니다. 어쨌든 제 마음으로는 볼랑주 아가씨가 결혼 전에 정복당하지 않았으면 합니다. 물론 우리한테는 손해이죠. 정말 아쉽지만, 어떻게 할 수가 없네요.

제가 이렇게 길게 얘기를 늘어놓는 동안 부인께서는 기사님과 즐기고 있겠군요. 그런 생각이 드니까, 저를 위해서 그 기사를 배반하겠다고 약속하신 게 떠오릅니다. 물론 전 부인께서 글로 약속하신 편지를 가지고 있고, 그걸 그냥 날려보낼 생각은 없습니다. 지불기한이 아직 안 되었다는 건 알고 있습니다. 그때까지 기다릴 필요 없이, 너그러운 마음을 발휘하셔서 날짜를 좀 앞당기면 어떨까요? 이자까지 쳐드리죠. 어떻게 생각하십니까? 그 기사 한 사람한테 충실하기엔 이제 지겨워질 때도 되지 않았나요? 그자가 그렇게 좋은가요? 아! 내가 나서야겠군요. 부인께서 그자한테 무언가 매력을 찾아내셨다면 그건 바로 저를 잊어버리셨기 때문이라는 걸 인정하셔야 합니다.

나의 아름다운 벗이여, 이만 안녕히. 당신을 원하며 당신에게 키스를 보냅니다. 부인의 기사가 바치는 키스를 다 합쳐도 내가 보내는 이 키스의 열정을 이기지는 못할 겁니다.

17××년 9월 5일, ×××에서

쉰여덟번째 편지

발몽 자작이 투르벨 법원장 부인에게

부인, 도대체 내가 무슨 잘못을 했다고 그렇게 비난하며 화를 내시는 겁니까? 더없이 강렬하면서도 존경심을 담은 애정, 부인의 작은 뜻까지도 완벽하게 복종하는 마음, 이 두 가지가 바로 제 감정과 행동을 요약해주는 말입니다. 불행한 사랑을 하느라 고통으로 짓눌린 저에게 유일한 위안은 당신을 보는 것이었습니다. 그런데 당신은 그걸 버리라고 명령했고, 전 불평 한마디 없이 그대로 따랐습니다. 그런 희생에 대한 보답으로 편지를 보내도 좋다고 허락을 하셨잖습니까. 그런데 이제 와서 그 유일한 기쁨마저도 빼앗으려고 하시다니요. 그냥 무방비 상태로 빼앗겨야 하는 걸까요? 그렇진 않을 겁니다. 나에게 남은 유일한 기쁨이고, 또 당신이 준 기쁨이잖습니까?

편지를 너무 자주 보낸다니요! 지난 열흘의 유형생활 동안 단 한 순간도 당신을 생각하지 않은 적이 없었는데, 그럼에도 불구하고 편지는 두 통밖에 쓰지 않았다는 걸 한번 생각해보십시오. 편지에 "사랑 얘기밖에 없다"고 하셨나요. 하지만 진짜로 생각하고 있는 것 말고 도대체 무슨 얘기를 쓸 수 있단 말입니까? 제가 할 수 있는 건 기껏해야 표현을 완화시키는 것뿐이었습니다. 믿으셔야 합니다. 전 어떻게 해도 도저히 감출 수 없는 것만을 보여드린 겁니다. 앞으로 답장을 하지 않겠다고 위협하셨죠. 그 무엇보다도 당신을 사랑하고 또 사랑하는 것 이상으로 존경하는 사람을 그렇게 매정하게 대하시더니, 이제 그것으로 부족해서 경멸하시는군요! 왜 저를 위협하고 화를 내는 겁니까? 무엇이 필요한 겁니까? 설사 부당한 명령을 내린다고 해도 결국 내가 따르게 되리라는 것을 믿지 못하시는 건가요? 이미 보여드리지 않았나요? 부인께서는 진정 나에 대한 지배력을 남용하시고 있는 게 아닌가요? 나를 불행에 빠뜨리고, 옳지 못한 일을 행하고, 그렇게 하고 나면 과연 그토록 필요하다고 주장하는 평온을 누릴 수 있나요? 그 사람은 나에게 자기 운명을 맡겼는데 난 그를 불행에 빠뜨렸다, 도와달라고 간청했지만 차가운 마음으로 바라보기만 했다, 이런 생각이 들지 않을까요? 당신은 나의 절망이 어디까지 갈 수 있는지 알 수 있습니까? 아마 모를 겁니다.

내가 얼마나 고통스러운지를 헤아릴 수 있으려면 내가 당신을 얼마나 사랑하는지를 알아야 하는데, 당신은 내 마음을 알지 못하니까요.

나를 희생 제물로 바치려는 것인가요? 허황한 두려움의 제물로 말입니다. 도대체 누가 당신한테 그런 생각을 불어넣었나요? 난 당신을 흠모하고, 당신은 영원히 나에게 절대적인 지배력을 휘두를 수 있습니다. 무엇을 두려워하는 겁니까? 언제라도 당신 마음대로 다룰 수 있는 감정인데 도대체 무엇이 두려운 겁니까? 당신은 스스로 상상의 괴물들을 만들어내고 있습니다. 그 괴물 때문에 겁에 질렸으면서 사랑 때문이라고 생각합니다. 믿음을 조금만 더 키우면 그 유령들은 전부 사라져버릴 텐데 말입니다.

어느 현자(賢者)의 말을 옮기자면, 두려움이란 대부분 그 이유를 깊이 파고들면 사라져버리죠.[3] 이 진리는 특히 사랑에 잘 들어맞는 것 같습니다. 사랑하십시오. 그러면 두려움이 사라질 겁니다. 당신을 두렵게 만드는 것들은 자취를 감추고, 달콤한 감정만 갖게 될 겁니다. 그리고 다정한 연인, 당신의 말에 복종하는 연인을 갖게 될 겁니다. 옛날의 잘못을 청산하고 오직 사랑만을 위해 살기로 한 이후, 난 진정으로 쾌락에 탐닉하며 지낸 날들이 후회스럽습니다. 날 행복하게 해줄 수 있는 사람은 당신 한 사람뿐입니다. 제발 당신에게 편지를 쓰는 기쁨이 혹시나 당신을 화나게 만들지 않을까 하는 두려움으로 인해 흔들리지 않게 해주십시오. 당신의 말을 거역하고 싶지 않습니다. 무릎을 꿇고 애원합니다. 나에게 남겨주었던 유일한 행복, 다시 빼앗아가려고 하는 행복, 그 행복을 나에게 주십시오, 큰 소리로 간청합니다. 내 기도를 들어주시고 내 눈물을 보아주십시오. 아! 정녕 나를 거절하렵니까?

17××년 9월 7일, ×××에서

---

3 『에밀』을 쓴 루소를 말하는 것 같다. 하지만 인용 내용이 정확하지 않다. 발몽 역시 제대로 적용한 게 아니다. 그리고 또, 투르벨 부인이 『에밀』을 읽었을까?

쉰아홉번째 편지

발몽 자작이 메르테유 후작 부인에게

    당스니가 횡설수설해대는 게 무슨 뜻인지 알고 계시면 좀 알려주십시오. 도대체 무슨 일이 일어난 겁니까? 그가 뭘 잃게 된 겁니까? 그자가 끝도 없이 상대방을 존중하기만 하는 바람에 아름다운 연인이 화가 나기라도 한 건가요? 사실 그보다 더 작은 일에도 화가 날 만하지요. 오늘 저녁에 만나자고 하기에 별 생각 없이 그러기로 했는데, 당스니에게 뭐라고 말해야 할까요? 들어봤자 아무 소용이 없는 얘기라면 그 하소연을 듣느라 시간을 허비하고 싶지 않습니다. 사랑의 탄식은 관현악이 반주된 서창이나 멋진 아리에타로 들어야 좋은 법이니까요. 어떻게 된 상황인지, 제가 어떻게 해야 하는지 알려주십시오. 아니면 지겨울 게 뻔하니 그냥 달아나 버릴까요? 오늘 아침 부인과 얘기를 나눌 수 있을까요? 혹시 '바쁘시면' 간단히 써 보내서서 제가 할 일을 알려주십시오.

    어젠 어디 계셨나요? 요즈음은 통 뵐 수가 없군요. 이 9월에 절 파리에 잡아놓으실 필요는 없었잖습니까? 빨리 결정해주십시오. B×× 백작 부인이 시골로 놀러 오라고 초대를 하셨거든요. 백작 부인이 사용한 재미있는 표현을 그대로 옮기면, "남편이 세상에서 가장 아름다운 숲을 가지고 있고, 친구들의 즐거움을 위해 잘 손질해둔다"는 겁니다. 부인께서도 아시다시피 전 그 숲에 대해 어느 정도 권리가 있기도 하죠. 제가 부인께 쓸모가 없다면 그 숲을 보러 가려고 합니다. 당스니는 우리 집에 4시쯤 오기로 했습니다.

                          17××년 9월 8일, ×××에서

예순번째 편지

당스니 기사가 발몽 자작에게

(앞 편지에 동봉되었음.)

아! 자작님. 전 지금 절망에 빠져 있습니다. 모든 걸 다 잃어버렸습니다. 제 고통의 비밀을 차마 종이 위에 옮겨 적을 수가 없군요. 하지만 충실하고 믿을 수 있는 친구의 가슴에라도 이 고통을 쏟아놓지 않고는 견딜 수가 없습니다. 몇 시에 찾아뵙고 위안과 조언을 얻을 수 있을까요? 자작님께 제 영혼을 열어 보였던 그날은 정말 행복했었습니다. 그런데 지금은 얼마나 달라졌는지! 저에게는 모든 게 다 바뀌었습니다. 제 자신이 힘든 건 괴로움의 일부에 지나지 않습니다. 저 자신보다 더 소중한 사람이 어떻게 될지 걱정이 되어서 정말 참을 수가 없습니다. 자작님께서는 그녀를 보실 수 있으니 저보다 더 행복하십니다. 제발 우리의 우정을 생각하셔서 제 청을 거절하지 마시고 그녀를 만나주십시오. 하지만 그 전에 제 얘기를 듣고 어떤 상황인지 아셔야 합니다. 절 불쌍히 여기고 도와주십시오. 자작님만이 제 희망입니다. 자작님은 정이 많으시고, 사랑을 아시는 분이죠. 제 마음을 털어놓을 수 있는 유일한 분입니다. 제발 도움을 거절하지 말아주십시오.

그럼 자작님, 이만 줄이겠습니다. 이 고통 속에서 자작님 같은 친구가 남아 있다는 생각만이 제 유일한 위안입니다. 몇 시에 만나뵐 수 있을지 알려주십시오. 아침 아니면 오후 일찍이면 좋겠습니다.

17××년 9월 8일, ×××에서

예순한번째 편지

세실 볼랑주가 소피 카르네에게

아, 사랑하는 소피. 너의 세실을, 불쌍한 세실을 불쌍히 여겨줘. 세실은 지금 너무도 불행하단다. 엄마가 다 아셨어. 어떻게 의심을 샀는지 아무리 생각해도 모르겠는데, 어쨌든 다 알게 되셨어. 어제저녁에 엄마가 조금 화가 나신 것 같았거든. 그래도 별로 신경 쓰지 않았어. 오히려 엄마가 게임을 마치길 기다리면서, 우리 집에서 저녁식사를 하신 메르테유 부인하고 즐겁게 얘기를 나누었는걸. 당스니 님에 대해서 많이 얘기했단다. 우리 얘기를 듣는 사람도 없었던 것 같은데…… 메르테유 부인이 가시고 나서 난 방으로 돌아왔어.

옷을 벗고 있는데 엄마가 들어오시더니 하녀를 내보내시는 거야. 그러더니 내 책상의 열쇠를 달라고 하셨어. 엄마의 말투가 어찌나 무섭던지 너무 떨려서 제대로 서 있기도 힘들었는걸. 처음엔 열쇠를 못 찾는 척했지만, 결국 복종할 수밖에 없었단다. 엄마가 서랍을 열었어. 당스니 기사 님의 편지들이 들어 있는 서랍을 말이야. 정신이 하나도 없었단다. 엄마가 이게 뭐냐고 물으시는데 정말 뭐라고 해야 할지를 몰라서 그냥 아무것도 아니라고 대답했어. 하지만 엄마가 첫번째 편지를 읽어보시는 거야. 그 모습을 보며 난 의자를 찾아 주저앉아버렸어. 너무 힘들어서 정신을 잃었단다. 엄마가 하녀를 다시 불렀고, 내가 정신이 드는 것을 보시더니 좀 자라고 하면서 그냥 나가셨어. 당스니 님의 편지를 모두 가지고 말이야. 엄마가 날 다시 부르실 때를 생각만 해도 온몸이 떨렸고, 밤새도록 울기만 했어.

지금 이 새벽에 난 오늘 조제핀이 올 거라고 기대하면서 너에게 보낼 편지를 쓰고 있어. 따로 조제핀한테 얘기할 틈이 생기면 짧게 글을 써서 메르테유 부인한테 전해달라고 부탁하려고 해. 여의치 않으면 너한테 보내는 편지 안에 넣을 테니 네가 좀 부쳐줘. 지금 내가 위안을 얻을 수 있는 곳은 오직 메르테유 부인뿐인 것 같아. 이제 당스니 님을 만날 수 없을 테니 부인과 함께 당스니 님 이야기라도 해야 할 것 같아. 난 정말 불행해. 메르테유 부인이라면 당스니 님한테 보내는 편지를 맡아주실 거야. 조제핀한테는 부탁할 엄두가 나지 않는구나. 하녀는 더 그렇고. 어쩌면 내 책상 서랍에 편지가 있다고 하녀가 엄마한테 말했을지도 몰라.

너한테 쓰는 편지는 이것으로 끝낼게. 메르테유 부인한테 편지 쓸 시간이 필요하거든. 또 혹시 부인께서 맡아주시겠다고 할지도 모르니까 당스니 님한테 보내는 편지도 써놓아야 하고. 그러고 나면 그냥 누워 있을 거야. 누가 방에 들어올 때 침대에 누워 있어야 할 것 같아. 아프다고 할 거야. 그래야 엄마한테 불려가지 않을 테니 말이야. 순전히 거짓말은 아니야. 열도 나고, 또 다른 데도 아픈 것 같아. 하도 많이 울었더니 눈도 아프고, 가슴에 뭔가 꽉 막혀 있는 것 같아서 숨을 쉴 수가 없어. 당스니 님을 더 이상 볼 수 없다는 생각만 하면 그냥 이대로 죽어버리고 싶어. 아, 소피. 이만 줄일게. 더 이상 말을 할 수가 없구나. 눈물 때문에 가슴이 메는걸……

17××년 9월 7일, ×××에서

(주: 세실 볼랑주가 후작 부인에게 보낸 편지는 앞의 편지와 거의 같은 내용을 좀더 간략하게 쓴 것이기 때문에 생략했다. 당스니 기사에게 보낸 편지는 찾지 못했다. 메르테유 부인이 발몽 자작에게 보낸 예순세번째 편지에서 그 이유를 알 수 있다.)

예순 두번째 편지

볼랑주 부인이 당스니 기사에게

    기사님, 어머니의 신뢰와 어린 딸의 순진함을 악용하셨으니, 저희 집 출입을 사절한다는 소식을 들으셔도 별로 놀라시지 않으리라고 생각합니다. 그동안 그지없이 진지한 호의를 베풀어드렸음에도 불구하고 기사님은 오히려 지켜야 할 예의를 잊으셨습니다. 기사님을 문에 들이지 말라고 명을 내리게 되면 하인들의 입에 오르내리게 될 테고, 그러면 기사님이나 나나 서로 좋을 게 없을 테니 그보다는 차라리 기사님이 알아서 우리 집 출입을 그만두셨으면 합니다. 앞의 방법을 쓸 수밖에 없도록 만들지는 않으시리라고 기대하고, 또 나로선 그렇게 기대할 권리가 있다고 생각합니다. 미리 말씀드리지만, 다시 한 번 내 딸을 그런 식으로 현혹시키려고 한다면, 조금이라도 그런 기미가 눈에 띈다면, 차라리 딸을 엄격한 수녀원에 영원히 은거시켜 기사님이 찾지 못하도록 할 겁니다. 내 딸의 명예를 더럽히면서도 별다른 두려움을 느끼지 못하셨듯이, 이제 또다시 아무렇지도 않게 그 애를 불행하게 만들지의 여부는 기사님의 손에 달려 있습니다. 내 마음은 이미 정해졌고, 딸에게도 그대로 알렸습니다.

    기사님이 보낸 편지들을 동봉합니다. 내 딸이 보낸 편지들도 돌려보내기 바랍니다. 다시 기억할 때마다 난 분노하게 되고 딸은 수치스러워하고 기사님은 후회하게 될 이 사건에 대해 아무런 흔적도 남겨두지 말아야 합니다. 그럼 이만.

17××년 9월 7일, ×××에서

예순세번째 편지

메르테유 후작 부인이 발몽 자작에게

좋아요. 당스니의 편지에 대해 설명해주죠. 당스니가 그런 편지를 쓰게 만든 문제의 사건은 바로 나의 작품이랍니다. 아주 걸작인 것 같아요. 자작님의 편지를 받고서 그냥 시간을 허비한 건 아니란 것이죠. 나는 아테네의 건축가처럼 이렇게 말했답니다. "그가 말로 한 것을 난 만들어냈도다."

우리의 멋진 소설 주인공에게는 장애물이 필요한 거잖아요. 그렇게 행복하게 잠들어 있으면 안 되죠. 아! 나한테 기대라고 해요. 아주 확실히 일거리를 만들어주죠. 내 생각이 틀리지 않았다면 이제 당스니는 편안히 잠들지 못할 겁니다. 그에게 시간의 가치를 가르쳐줘야겠어요. 지금쯤 분명 그동안 허비해버린 시간을 아쉬워하고 있을 겁니다. 자작님도 말했지만, 당스니는 신비가 더 많이 필요해요. 물론 앞으로는 부족함이 없이 주어질 테지만요. 사실 이것은 내가 가진 장점이기도 하답니다. 잘못을 지적받고 나면 잠시도 쉬지 않고 달려들어 제대로 돌려놓고 마는 것 말입니다. 내가 어떻게 했는지 가르쳐드리죠.

그저께 아침 집에 돌아와 자작님의 편지를 읽었습니다. 통찰력이 뛰어나더군요. 자작님이 내 병의 원인을 정확히 알아냈다는 확신이 서자 난 오직 치료법을 찾는 데 전념했답니다. 물론 그래도 잠부터 자야 했지만요. 지칠 줄 모르는 기사님 때문에 한잠도 못 잔 터라 졸렸거든요. 하지만 정작 자리에 누우니 그렇지 않더군요. 당스니가 자꾸 떠오르고, 그자를 무기력에서 끌어내고 싶은, 아니 그자의 무기력을 혼내주고 싶은 마음 때문에 도무지 눈이 감기지 않는 겁니다. 계획을 다 세우고 나서야 두 시간 동안 쉴 수 있었답니다.

저녁에 바로 볼랑주 부인 집으로 갔습니다. 그러곤 미리 계획한 대로 부인의 딸과 당스니 사이에 뭔가 위험한 관계가 있는 게 분명하다고 털어놓았죠. 당신을 비난할 때는 그렇게 통찰력이 뛰어나던 여자가 정작 자기 딸 문제에는 정신을 차리지 못하더군요. 처음엔 분명 내가 잘못 생각한 거라고 우기던걸요. 자기 딸은 아직 어리다면서 말이에요. 그들의 관계에 대해 내가 알고 있는 걸 다 말할 수는 없으니, 그냥 두 사람이 주고받는 눈길이 연인처럼 다정하고 서로 나누는 얘기도 그렇다고 했습니다. '나의 도덕심이나 우정으로' 따님에 대해 염려할 수밖에 없다고도 했죠. 말하자면 신심이 돈독한 여자들이나 할 말을 한 겁니다. 마지막 한마디가 결정적이었을 겁니다. 그러니까 두 사람이 편지를 주고받는 것도 보았다고 한 거죠. 언젠가 내가 있을 때 볼랑주 양이 책상 서랍을 연 적이 있었는데, 소중히 간직하고 있는 것 같은 편지가 많이 들어 있었다는 말도 덧붙이면서요. 혹시 따님이 편지를 자주 주고받는 사람이 있느냐고 물었더니, 결국 볼랑주 부인의 얼굴이 변하더군요. 눈물까지 흘리면서 내 손을 쥐고 이렇게 말했죠. "고마워요, 알아볼게요."

길게 말하다간 오히려 의심을 살 수 있으니 서둘러 얘기를 마치고 볼랑주 양한테 갔습니다. 아니 그 전에 바로 볼랑주 부인한테 내가 얘기한 것을 딸한테 알리지 말아달라고 부탁했습니다. 아가씨가 나를 신뢰해서 속내를 털어놓고 그래서 '현명한 충고'를 해줄 수만 있다면 얼마나 다행스런 일이겠냐고 했더니, 기꺼이 말하지 않겠다고 약속하더군요. 어머니는 분명 약속을 지킬 겁니다. 딸 앞에서 자기의 통찰력을 내세우고 싶을 테니까요. 결국 난 어머니가 보기에도 진실인 것 같고—거짓이 드러나면 안 되죠— 동시에 딸하고도 계속 친구일 수 있게 된 겁니다. 더구나 원하는 만큼 오랫동안, 그리고 은밀하게 딸하고 같이 있어도 어머니의 의심을 사지 않을 수 있다는 이점까지 생긴 거죠.

그 새로운 이점을 난 바로 그날 저녁에 이용했습니다. 게임을 마친 후 아가씨를 구석진 곳으로 데려가서 당스니 얘기를 꺼낸 거죠. 정말 아가씨는 얘기가 끝이 없더군요. 재미 삼아 조금씩 흥분시켰죠. 내일 당스니를 만나면 어떻겠냐고 하면서요. 들떠서 말도 안 되는 얘기까지 다 하게 만들었습니다. 현실에서 이미 빼앗아버린 것을 희망 속에서라도 돌려주어야 했으니까요. 그러니 아가씨로서는 이번 일이 더 큰 충격이 될 겁니다. 그리고 고통이 클수록 분명 빨리 보상받으려고 노력할 겁니다. 장래에 대단한 애정 행각을 치르게 되어 있는 아이니까 미리 큼직한 사건에 길들이는 것도 좋지 않겠어요?

아가씨야 당스니를 되찾는 기쁨을 누릴 수만 있다면 눈물을 좀 흘린들 어떻겠어요? 그야말로 연인한테 푹 빠져 있더군요. 좋아요, 장담컨대 그 애는 당스니를 갖게 될 겁니다. 이번 폭풍우의 힘으로, 예정보다 일찍 당스니를 가지게 될 겁니다. 이 악몽은 깨어나는 순간이 감미로울 겁니다. 아가씨는 나한테 감사해야 할 거예요. 사실 장난을 좀 쳤으니, 이제 즐겨야죠.

어리석은 자들은 우리를 기쁘게 하기 위해 이 땅에 존재한다.[4]

난 내가 한 일에 흡족해하며 그 집에서 나왔습니다. 당스니는 장애물

---

4 그르세의 희곡 「심술궂은 사람」.

에 자극을 받아 사랑을 배가시킬 것이다, 그러면 가능한 한 그를 도와주자, 만일 그자가 정말 바보라서 — 사실 이미 몇 번 이런 생각이 들었죠 — 절망에 빠져 백기를 든다면 혼내주자, 결국 어머니는 나를 더 존중하게 될 거고 딸은 더 좋아하게 될 거다, 둘 다 나를 믿게 될 거다, 이렇게 생각하면서 말이에요. 제일 중요한 제르쿠르가 남았죠. 그자의 아내를 내 마음대로 주무를 방법을 찾지 못한다면 난 정말 불행한 여자이거나 수완이 모자라는 여자이겠죠. 그의 아내가 이미 내 수중에 있고 앞으로도 그럴 텐데 말이에요. 이런 달콤한 생각을 하며 잠자리에 들었습니다. 실컷 잠을 자고, 늦게 일어났죠.

일어나 보니 두 통의 편지가 와 있더군요. 하나는 어머니가 보낸 거고, 다른 하나는 딸이 보낸 거였습니다. 두 편지 모두에 정말 글자 그대로 똑같이 "제가 위안을 기대하는 것은 오직 부인뿐입니다"라고 씌어 있는 것을 보며 얼마나 웃었는지 모릅니다. 일이 잘되게, 또 동시에 잘못되게 만들면서 위로해주는 것, 직접적으로 상반되는 두 가지 이해관계를 한 사람이 조정한다는 것, 이건 정말 재미있는 일이 아닌가요? 마치 내가 신(神)이 된 것 같잖아요. 분별력을 잃어버린 인간들이 무조건 애원하는 정반대의 소원을 듣지만, 정해진 뜻을 조금도 바꾸지 않는 신 말이에요. 하지만 난 이 엄중한 역할을 버리고 위로를 주는 천사의 역할을 맡기로 했답니다. 그리고 천사의 계율에 따라 상심에 빠진 친구들을 찾아갔죠.

우선 어머니한테 갔습니다. 수심에 찬 얼굴이더군요. 이 여자가 자작님의 정숙하고 아름다운 연인을 통해서 자작님한테 가한 고통이 어느 정도 복수가 된 것 같습니다. 모든 게 완벽한 성공이었죠. 사실 한 가지 걱정했던 점은 이 일을 계기로 오히려 볼랑주 양이 어머니를 신뢰하게 되지 나 않을까 하는 것이었습니다. 그럴 가능성이 많았거든요. 딸에게 애정

담긴 말을 건네든가 아니면 사리에 맞는 충고를 너그럽고 다정하게 해주면 바로 그렇게 되었을 겁니다. 다행히도 볼랑주 부인은 엄격한 태도를 취했더군요. 어머니의 대응이 얼마나 서툴던지 갈채를 보내지 않을 수 없었답니다. 그러니까 볼랑주 부인은 딸을 다시 수녀원에 보내겠다는 겁니다. 그렇게 되면 우리 계획 모두가 망쳐지는 거죠. 당연히 내가 재빠르게 대응을 해서, 당스니한테 포기하지 않으면 그렇게 하겠다고 위협만 하라고 충고했어요. 그러면 두 사람 모두 조심할 테고, 그래야 우리가 성공할 수 있을 테니까요.

다음에는 딸에게로 갔습니다. 괴로움이 아가씨를 얼마나 아름답게 만들었는지 자작님은 상상도 하지 못할 겁니다. 언젠가 이 아이가 교태를 부리게 된다면, 분명 눈물을 잘 흘릴 겁니다. 물론 지금은 그냥 순수하게 우는 거지만…… 그동안 알지 못했던 매력이 놀라워서 자세히 관찰을 했습니다. 처음에는 내 위로가 서툴러서 괴로움을 덜어주기보다는 오히려 더 괴롭게 만드는 셈이었죠. 숨이 막혀 질식해버릴 것 같은 모습이더군요. 더 울지도 못하던걸요. 경련을 일으킬까 봐 걱정이 될 정도였습니다. 좀 눕는 게 좋겠다고 했더니 그렇게 하더군요. 그다음에는 내가 하녀 노릇을 했죠. 단장도 제대로 하지 않은 얼굴에서는 이내 흩어진 머리카락이 어깨 위로, 또 완전히 드러난 가슴 위로 흘러내렸습니다. 내가 안아주었더니 그대로 안겨서는 바로 눈물을 흘리더군요. 그 모습이 어찌나 아름답던지! 만일 막달라 마리아도 이랬다면, 죄지은 여인의 모습으로 있을 때보다 회개한 여인이 되었을 때 더 위험했을 것 같네요.

아름다운 아가씨는 근심에 싸여 침대에 누웠고, 난 진심으로 위로해주었습니다. 우선 수녀원 문제는 걱정하지 않아도 된다고 안심시켰죠. 그리고 당스니를 몰래 만날 수 있다는 희망을 마음속에 불어넣었습니다. 침대에 걸터앉아 "만일 당스니가 이 자리에 있다면"이라고 시작해서 멋진 이야기를 지어내서는 아가씨의 기분을 바꿔주었는걸요. 조금 전까지 상심이 가득했었던 걸 잊어버릴 정도였죠. 당스니한테 편지를 전해달라는 부탁만 하지 않았더라면 서로에 대해 아주 만족한 상태로 헤어졌을 겁니다. 내가 그 일을 할 수 없다고 거절했거든요. 이유를 얘기해드리죠. 자작님도 동의할 겁니다.

우선 그렇게 했다간 당스니가 나를 뭘로 보겠어요. 그건 안 되죠. 볼랑주 양과 관련된 이유는 이 하나뿐이고, 당신과 나에 관련된 이유는 아주 많습니다. 사실 우리의 젊은이들에게 고통을 누그러뜨리는 손쉬운 방법을 너무 일찍 가르쳐주었다가는 내가 애써 만들어놓은 것이 모두 수포로 돌아갈 수 있잖아요? 난 이 사건에 하인을 끌어들이게 만드는 것도 그다지 나쁘지 않다고 생각합니다. 내가 바라는 대로 잘 진행된다면, 아가씨가 결혼을 하자마자 사람들이 알게 되어야 하니까요. 그러자면 하인들만큼 확실한 방법은 없죠. 그럴 리는 없겠지만 혹시라도 하인들이 입을 다물면 우리가 나서야 할 겁니다. 그러고 나서 비밀이 퍼지면 하인들 탓으로 돌리면 되죠.

그러니 자작님이 오늘 당스니를 만나 이 방법을 얘기해줘야 합니다. 볼랑주 양의 하녀는 믿을 수가 없죠. 아가씨도 하녀를 의심하고 있고요. 나의 충실한 하녀 빅투아르를 통하면 된다고 얘기하세요. 문제가 없도록 내가 다 준비해둘 테니까요. 난 이 방법이 아주 마음에 듭니다. 두 젊은이가 그런 식으로 속내를 털어놓게 되면, 정작 자기들한테는 득이 될 게 없지만 우리한텐 쓸모가 많을 겁니다. 왜 그런지 궁금한가요? 내 얘기는 아직 다 안 끝났답니다.

아가씨의 편지를 맡아줄 수 없다고 거절하면서도 내심 우체국을 이용할까 봐 걱정이 되었어요. 그거야 안 된다고 할 수 없는 일이니까요. 다행히도 그 애는 정신이 없었는지 아니면 몰라서 그랬는지, 어쩌면 편지를 보내는 것보다는 답장을 받는 게 더 중요하기 때문인지(우체국을 이용하면 답장을 받을 수가 없으니까요), 그 얘기는 꺼내지 않더군요. 앞으로도 생각하지 못하고, 또 생각이 난다고 해도 실행에 옮길 수 없게 하려고, 나는 재빨리 대책을 마련했습니다. 그러니까 볼랑주 부인의 방으로 가서 당분간 딸을 떼어놓는 게 좋겠다고, 시골에 데려가는 게 어떻겠냐고 충고한 겁니다. 그리고 결심을 하게 만들었죠…… 그게 어딜까요? 기뻐서 가슴이 두근거리지 않나요?…… 당신의 백모, 로즈몽드 부인 댁이랍니다. 볼랑주 부인이 오늘 로즈몽드 부인한테 연락을 할 겁니다. 이제 자작님도 신앙심 돈독한 연인을 다시 만나러 갈 수 있게 되었네요. 그 여자도 자작님과 둘만 지내면 안 좋은 말이 퍼진다는 이유로 당신을 쫓아내지 않아도 되는 거고요. 볼랑주 부인한테도 좋은 배려죠. 자작님한테 저지른 잘못을 스스로 배상할 수 있게 해주는 셈이니까요.

하지만 자작님, 주의해야 합니다. 당신 일에만 열중해서 이 일을 잊으면 안 됩니다. 나와 관계되는 일이라는 것을 꼭 기억해야 합니다.

두 젊은이의 대리인 겸 조언자가 되세요. 일단 당스니한테는 이 여행에 대해 알려주세요. 도와주겠다고 하고요. 하지만 자작님을 대리인으로 삼는다는 편지를 아가씨에게 직접 전해주는 것만은 못하겠다고 해야 합니다. 내 몸종을 통하면 가능할 거라는 말로 장애물을 치워주는 것도 잊지 말고요. 당스니는 보나마나 받아들일 겁니다. 그리고 당신은 수고의 대가로 풋풋한 마음을 털어놓은 편지, 언제나 재미있는 편지를 읽어보게 되겠죠. 가엾은 아이! 처음으로 당신한테 편지를 건네면서 얼마나 얼굴을 붉힐까요! 사실 속내 얘기를 들어주며 조언을 해주는 역할에 대해서는 선입견이 많지만, 그 자체가 목적만 아니라면 즐거운 휴식을 제공하지 않을까요? 자작님의 경우가 바로 그렇죠.

연극이 어떻게 끝날지는 자작님의 노력에 달려 있습니다. 언제 배우들을 모으는 게 좋을지는 잘 판단하세요. 시골이라는 공간은 수많은 수단을 제공하지 않나요? 분명 당스니는 당신이 신호만 보내면 바로 내려갈 겁니다. 그러면 밤, 변장, 창문…… 물론 나야 알 바 아니지만요. 하지만 어떤 경우에든 파리로 돌아올 때 아가씨가 원상태 그대로라면, 그때는 자작님을 그냥 두지 않겠습니다. 내 쪽에서 아가씨를 좀 부추길 필요가 있다고 생각되면 언제든 얘기해주세요. 아가씨에게 편지를 간직하는 게 얼마나 위험한지에 대해서는 이미 가르쳐놓았습니다. 워낙 잘 가르쳤기 때문에 아마 지금은 당스니한테 편지를 쓸 엄두를 내지 못할걸요.

한 가지 잊었네요. 아가씨는 어머니가 편지에 대해 의심을 품게 된 게 하녀 때문이라고 생각하고 있더군요. 난 고해신부 쪽으로 의심을 돌려놓았죠. 그야말로 일석이조가 아닌가요.

그럼 자작님, 이만 안녕히. 꽤 긴 시간 동안 편지를 쓰느라 식사 시간이 늦어졌군요. 내 자존심과 우정 때문이죠. 더구나 자존심과 우정 모두 할 말이 너무 많아서 어쩔 수 없이 길어졌습니다. 이 편지는 3시쯤 자작님한테 갈 거고, 그러면 자작님은 모든 게 준비된 셈이네요.

아직도 나한테 불평할 게 있으면 얼마든지 말해보세요. 가고 싶으면 B×× 백작의 숲을 보러 가고요. 친구들을 기쁘게 해주려고 손질해두었다고 했나요? 그 사람은 누구하고나 다 친구가 되나 보죠? 그럼 이만 줄입니다. 배가 고프네요.

17××년 9월 9일, ×××에서

예순네번째 편지

당스니 기사가 볼랑주 부인에게
(자작이 후작 부인에게 보낸 쉰여섯번째 편지에 동봉한 초고)

부인, 제 행동을 변명할 생각도 없고, 부인의 행동이 부당하다고 하소연할 생각도 없습니다. 단지 마땅히 행복해야 하는 세 사람 모두가 불행해진 사건에 대해 마음이 아플 뿐입니다. 저 역시 이 일의 희생자로서 괴롭기 그지없지만, 제가 바로 원인이 되었다는 게 더욱 괴롭습니다. 어제부터 몇 번이나 회답을 드리려고 했지만, 용기를 내지 못했습니다. 말씀드려야 할 게 너무나 많아서 스스로 마음을 다잡아야만 했습니다. 약간 두서없는 글이 되더라도 지금 제 상황이 너무도 고통스럽다는 것을 헤아리셔서 부디 너그러이 이해해주시기 바랍니다.

우선 부인께서 보내신 편지의 첫 구절에 대해 이의를 제기해야 할 것 같습니다. 감히 말씀드리건대, 전 부인이 베풀어주신 신뢰와 볼랑주 양의 순진함을 악용한 적이 없습니다. 오히려 제 행동을 통해 그 신뢰와 순진함을 존경하는 마음을 나타냈습니다. 그나마 제 뜻대로 할 수 있는 건 행동들뿐이었습니다. 감정은 마음대로 할 수가 없었습니다. 그에 대해서도 책임을 져야 한다면, 전 기꺼이 이렇게 말씀드리겠습니다. 따님께서 제게 그런 감정을 불어넣으셨고 그것이 부인께서 보시기에 흡족하지 않을 수도 있지만, 결코 부인을 욕되게 하는 것은 아니라고 말입니다. 그 감정은 말로 설명할 수 있는 것 이상으로 저에게 큰 감동을 주었습니다. 부인께서 판단해주시기를 바라며, 제 편지들이 증거가 되어주리라고 생각합니다.

앞으로 집에 출입하지 말라고 하셨죠. 그 점에 관해서는 전적으로 부인의 뜻에 따르겠습니다. 다만 한 가지, 제가 갑자기 모습을 감춰버린다면 오히려 사람들의 관심을 끌지 않겠습니까? 저를 대문에서 쫓아내는 걸 원치 않는다고 하신 것과 같은 이유에서 문제가 되지 않을까요? 이 점을 특히 강조하는 것은, 저보다는 볼랑주 양에게 더 중요한 일이기 때문입니다. 모든 사항을 충분히 고려하셔서, 부디 지나치게 엄격하게 대처하시느라 신중함을 잃지 마시길 간청드립니다. 오직 따님을 위해서 모든 것을 결정하시리라고 믿고, 부인께서 새로운 명을 내려주기를 기다리겠습니다.

제가 이따금 찾아뵙는 걸 허락하신다면, 분명히 약속드리건대 — 이 약속은 꼭 지키겠습니다 — 볼랑주 양에게 개인적으로 말을 건넨다든가 혹은 편지를 전하는 일 같은 것은 절대 하지 않겠습니다. 그런 희생은 감수하겠다고 약속드립니다. 따님의 명예에 흠집이 가는 것은 바로 제가 너무도 두려워하는 일이니까요. 그저 가끔 따님을 볼 수 있다는 기쁨이 위로가 되어주리라고 생각합니다.

이것이 바로 제 행동에 따라 볼랑주 양의 운명을 결정하시겠다고 하신 부인의 말씀에 대해 제가 드릴 수 있는 유일한 답변입니다. 이 이상을 약속드리는 건 결국 부인을 속이는 게 될 겁니다. 비열하게 여자를 유혹하는 사람이라면 상황에 따라 계획을 바꾸고 매번 사태에 맞춰 일을 꾸밀 겁니다. 하지만 저를 움직이는 힘인 사랑에는 용기와 지조라는 두 가지 감정밖에 없다는 걸 말씀드리고 싶습니다.

부인께선 볼랑주 양이 저를 잊어버리고 저 역시 볼랑주 양을 잊기를 원하십니까? 그럴 수는 없습니다. 절대 안 됩니다! 전 따님을 향한 마음을 그대로 간직할 겁니다. 따님께 이미 맹세를 드렸고, 오늘도 다시 한 번 맹세합니다. 아, 제가 불필요한 말을 늘어놓고 있는 것 같습니다. 죄송합니다. 다시 본론으로 돌아가겠습니다.

　의논을 드릴 문제가 하나 더 있습니다. 저에게 돌려달라고 요구하신 편지들 얘기입니다. 이미 제가 많은 잘못을 저질렀다고 생각하시는 부인께 또다시 거절의 말씀을 드려야 하는 게 무척 마음 아픕니다. 하지만 제발 제 이유를 들어주십시오. 불행히도 부인께서는 이제 더 이상 저에게 호의를 베풀지 않으시겠죠. 지금 제게 남은 유일한 위안은 그대로 부인께서 절 존중해주실 수는 있으리라는 희망입니다. 제발 이 점을 기억하셔서 제가 어째서 부인의 요구를 거절할 수밖에 없는지 들어주십시오.

　볼랑주 양의 편지는 저에게 언제나 가장 소중하지만 지금 이 순간은 더욱 그렇습니다. 저에게 남은 유일한 재산입니다. 그 편지들만이 제 삶을 아름답게 만드는 감정을 되새길 수 있게 해주니까요. 하지만 그마저도 망설임 없이 희생할 수 있습니다. 진심입니다. 편지를 빼앗기는 슬픔보다는 제가 부인을 얼마나 존경하는지 증명해 보이고 싶은 마음이 더 강하기 때문입니다. 하지만 보다 중요한 몇 가지 이유 때문에 망설이게 됩니다. 이제 그 이유가 뭔지 말씀드리겠습니다. 부인께서도 비난하지 않으시리라고 확신합니다.

　부인께선 이제 볼랑주 양의 비밀을 알고 계십니다. 하지만, 외람되게도 감히 말씀드리자면, 부인께서는 따님의 신뢰를 얻으셔서 비밀을 알아내신 게 아니라 따님을 다그쳐서 알아내신 겁니다. 물론 어머니로서 자식을 염려하는 마음에서 나온 행동을 비난할 수는 없을 겁니다. 전 어머니로서 부인께 주어진 권리를 존중합니다. 하지만 그렇다고 해서 제 의무를 저버릴 수는 없습니다. 제가 가진 의무들 중 가장 신성한 의무는 바로 신뢰를 배반하지 않는 것입니다. 오직 저 한 사람에게만 보여주고 싶었을 비밀을 다른 사람에게 보여준다는 건 신뢰를 배반하는 겁니다. 혹시 따님이 부인께 비밀을 고백하기로 결정하신다면 그땐 직접 말씀드리면 될 테니까 편지는 필요 없을 테고, 반대로 따님이 비밀을 간직하시기를 원한다면 제가 나서서 알려드릴 수는 없는 일입니다.

부인께선 이 사건이 아무에게도 알려지지 않기를 바란다고 하셨습니다. 그에 대해서는 조금도 걱정하지 않으셔도 됩니다. 볼랑주 양과 관계된 일이라면 제 마음이 그 어머니의 마음에 뒤지지 않는다고 감히 말씀드릴 수 있습니다. 혹시라도 불안해하실까 봐 모든 걸 다 대비해두었습니다. 지금까지는 그 소중한 편지들에 '태워버릴 서류'라고 표시해두었는데 이제 '볼랑주 부인의 서류'라고 써놓았습니다. 이런 제 행동들이 부인께 제 마음을 증명해주었으면 좋겠습니다. 편지들을 읽어보시면 제 감정을 비난하시게 될까 봐 두려워서 돌려드리지 않는 게 아닙니다.

편지가 길어졌습니다. 제 감정이 진실된 것이었고, 또 부인의 마음을 상하게 해드린 데 대해 진심으로 후회하고 있으며, 부인을 진심으로 존경하고 있다는 것, 이 모든 것에 대해 조그마한 의심도 없으셨으면 합니다. 만일 편지를 읽으신 후에도 의심이 완전히 가시지 않으셨다면, 그건 전적으로 제가 편지를 제대로 쓰지 못한 탓입니다.

17××년 9월 9일, ×××에서

예순다섯번째 편지

당스니 기사가 세실 볼랑주에게
(자작이 메르테유 후작 부인에게 보낸 예순여섯번째 편지에 개봉되어 들어 있음.)

오, 나의 세실. 우리는 어떻게 될까요? 지금 우리를 위협하고 있는 이 불행에서 우리를 구원해줄 신은 과연 누구일까요? 적어도 사랑의 신이 우리로 하여금 이 불행을 견딜 수 있는 힘을 주시기를! 내 편지들이 돌아온 것을 보면서 그리고 볼랑주 부인의 글을 읽으면서 얼마나 놀라고 절망스러웠는지 말로 다 설명할 수가 없습니다. 누가 우리를 배반한 걸까요? 혹시 의심 가는 사람이 있나요? 당신이 무언가 부주의한 행동을 한 걸까요? 지금 당신은 무엇을 하고 있나요? 무슨 얘기를 들었나요? 모든 걸 알고 싶지만, 난 아무것도 모릅니다. 당신도 나와 다르지 않을 테죠.

볼랑주 부인이 보내신 편지와 내 답장 사본을 같이 보냅니다. 내가 당신 어머니께 한 말에 동의해주고, 돌이킬 수 없는 그 사건 이후 내가 취한 행동들에 대해서도 동의해주리라고 기대합니다. 모두가 당신 소식을 듣고 또 내 소식을 전하기 위해서입니다. 어쩌면 당신을 만나게 될지도, 지금까지보다 더 자유롭게 만나게 될지도 알 수 없는 일 아닙니까?

나의 세실, 우리가 다시 만나서 새롭게 영원한 사랑을 맹세할 수 있다면, 그리고 그 맹세가 거짓이 아님을 눈으로 보고 마음으로 느낄 수 있다면 얼마나 큰 기쁨이 되겠습니까? 그런 감미로운 순간이 온다면 어떤 괴로움인들 잊지 못하겠습니까? 아! 바로 그런 순간이 올 것 같습니다. 난 당신이 동의해주기를 바랍니다. 그러니까 더없이 친절한 친구의 덕을 보려는 겁니다. 한 가지 청을 하겠습니다. 내 친구를 당신의 친구로 받아달라는 겁니다.

　당신에게 묻지도 않고 그에게 비밀을 털어놓지 말았어야 했는지도 모르겠습니다. 하지만 굳이 변명하자면, 지금 우리가 처한 불행과 긴급한 상황 때문이었습니다. 나로 하여금 그렇게 하도록 만든 것은 바로 사랑입니다. 그러니까 어쩔 수 없이 우리 일을 고백한 것을 너그러이 이해해주기를 사랑의 이름으로 간청합니다. 그렇게 하지 않으면 우리가 영원히 헤어지게 될지도 모르잖습니까?[5] 내가 말하는 친구는 당신도 아는 사람일 겁니다. 당신이 가장 좋아하는 메르테유 부인의 친구이기도 하니까요. 바로 발몽 자작입니다.

　처음 자작님한테 얘기를 꺼낸 건 내 편지를 당신에게 전하는 일을 맡아달라는 부탁을 하기 위해서였습니다. 하지만 자작님은 그 방법이 성공하지 못할 것 같다고 하시더군요. 그러면서 차라리 메르테유 부인의 하녀가 자기에게 오래전부터 은혜를 입고 있는 터라 틀림없을 거라고 했습니다. 그 하녀가 이 편지를 당신에게 전해줄 겁니다. 당신도 그 편에 답장을 보내면 됩니다.

　물론 발몽 자작님의 생각대로 당신이 곧 시골로 떠나게 된다면 이런 도움도 쓸모가 없게 되겠죠. 하지만 그때는 자작님이 직접 나서서 우리를 도와주겠다고 하십니다. 당신이 지내게 될 곳이 바로 그분의 친척집이라는군요. 그러니까 당신이 가 있는 동안 발몽 자작님도 그곳에 가서 우리의 편지왕래를 맡아주실 겁니다. 당신이 믿고 따라주기만 한다면 당신의 명예에 조그마한 흠집도 내지 않으면서 우리가 만날 수 있는 자리를 마련해주겠다고 하십니다.

---

[5] 당스니는 거짓말을 하고 있다. 이미 이 일이 일어나기 전에 발몽에게 속내 이야기를 털어놓았다. 쉰일곱번째 편지를 읽어보기를 바란다.

나의 세실, 그대가 나를 사랑한다면, 나의 불행을 가엾게 여긴다면, 나아가 나의 슬픔을 함께 나눈다면 — 난 정녕 그대가 그래주기를 바랍니다 — 우리의 수호천사가 되어줄 사람을 믿지 못하겠다고 거절하지 마십시오. 그분이 없었더라면 난 지금쯤 나 때문에 슬픔에 빠진 당신의 마음을 달래줄 수 없는 것이 절망스러워 넋을 놓고 있을 겁니다. 당신의 슬픔은 끝날 겁니다. 나의 다정한 연인이여, 너무 많이 슬퍼하지 않겠다고, 모든 희망을 포기하지 않겠다고 약속해주십시오. 당신의 고통을 생각하면 견딜 수가 없습니다. 당신이 행복할 수만 있다면 내 목숨까지도 바치겠습니다! 물론 당신도 알고 있겠죠. 내가 이토록 열렬히 사랑하고 있다는 확실한 믿음이 당신의 마음에 작은 위안을 가져다주길! 이 내 마음은 당신이 이토록 괴로운 고통을 가져다준 사랑을 용서한다고 말해주기만 하면 조금 편안해질 것 같습니다.

그럼 나의 세실, 이만 안녕히. 나의 다정한 연인이여, 안녕.

17××년 9월 9일, ×××에서

예순여섯번째 편지

발몽 자작이 메르테유 후작 부인에게

나의 아름다운 벗이여, 동봉한 두 통의 편지를 읽어보시면 제가 부인의 계획을 제대로 수행했는지 아실 수 있을 겁니다. 두 편지 모두 오늘 날짜로 되어 있지만 실제로는 어제 우리 집에서 제가 보고 있는 데서 쓴 것입니다. 아가씨에게 보내는 편지에는 우리가 원하는 모든 것이 들어 있더군요. 부인께서 말씀하신 대로 다 들어맞는 것을 보면서 한편으로는 부인의 심오한 선경지명이 놀랍고 또 한편으로는 자괴스러울 뿐입니다. 당스니는 완전히 몸이 달았더군요. 다시 한 번 기회가 온다면, 부인께서 비난하실 만한 일은 없을 것 같습니다. 순진한 아가씨가 말만 잘 들어준다면 당스니가 시골에 가기만 하면 바로 끝이 날 겁니다. 수많은 방법을 마련해놓았으니까요. 부인께서 수고하신 덕분에 저는 확실한 '당스니의 친구'가 되었습니다. 이제 당스니가 '왕자'가 되기만 하면 됩니다.[6]

정말 당스니는 아직 어리더군요! 제가 아무리 말해도, 볼랑주 부인에게 사랑을 포기하겠다는 약속을 하려고 하지 않았습니다. 지키지 않을 약속을 하는 게 마음 내키지 않는다는 거죠! 그건 속이는 것과 마찬가지라고 하더군요. 그런 일에 양심의 가책을 느끼다니 참 대단하지 않습니까? 더구나 처녀를 유혹하면서 말입니다. 남자들이란 다 마찬가지더군요! 사악하게 계획을 세워놓고, 정작 실행에 옮길 때는 약해지고, 그러고는 정직하기 때문이라고 둘러대는 것 말입니다.

우리 젊은이가 쓴 편지에서 군데군데 비집고 나온 그런 말들 때문에 볼랑주 부인이 화가 날까 봐 걱정됩니다. 그런 일이 없도록 하는 것은 부인께서 맡아주셔야 합니다. 수녀원도 안 됩니다. 딸이 쓴 편지를 돌려달라는 것도 포기하게 해주십시오. 당스니는 절대 돌려주지 않을 겁니다. 전혀 그럴 생각이 없습니다. 저 역시 그와 같은 생각이고요. 그 점에 관해서는 사랑의 생각과 이성의 생각이 일치한다고 할까요. 아가씨가 보낸 편지들은 저도 읽어보았습니다. 정말 지겨워서 혼났지만, 유용하게 쓰일 수 있을 겁니다. 이유를 설명해드리죠.

---

6 볼테르의 시에 등장하는 구절과 관계된 표현.

우리가 아무리 신중을 기한다고 한들 혹시라도 일이 터져버리면 결혼이 취소될 테고, 그렇게 되면 우리가 준비한 '제르쿠르 계획'이 실패하는 것 아닙니까? 전 무슨 일이 있어도 볼랑주 부인에게 복수를 해야 합니다. 만일 그렇게 된다면 딸의 명예를 공격할 겁니다. 편지들을 잘 골라서 일부분만 공개하면 볼랑주 양 쪽에서 먼저 시작하고 접근한 것처럼 보이게 만들 수 있습니다. 또 어떤 부분에서는 어머니까지 걸고 넘어갈 수 있기 때문에, 적어도 딸에 대해 용서받을 수 없는 부주의를 저질렀다는 불명예를 남기는 것은 어려울 게 없습니다. 물론 소심한 당스니는 처음에는 반대하겠죠. 하지만 여기저기서 공격을 받다 보면 결국에는 손을 들고 말 겁니다. 만에 하나 일이 잘못될 때를 대비해야 합니다. 모든 경우를 다 예상해야 하는 거죠.

그럼 나의 아름다운 벗이여, 이만 안녕히. 초대를 거절할 수가 없어서 내일 ××원수 댁 만찬에 가기로 했습니다. 부인께서도 오신다면 기쁘겠군요.

제가 시골로 내려간다는 사실을 볼랑주 부인한테 비밀로 해달라는 말은 따로 할 필요도 없겠죠. 만일 제가 간다는 사실을 알면 그 여자는 파리에 남아 있으려고 할 겁니다. 하지만 일단 도착한 이후라면 제가 왔다고 바로 떠날 수는 없을 테죠. 어차피 일주일만 주어지면 전 모든 일을 책임지고 해낼 수 있습니다.

17××년 9월 9일, ×××에서

예순일곱번째 편지

투르벨 법원장 부인이 발몽 자작에게

자작님, 전 답장을 쓰고 싶지 않았습니다. 이 글을 쓰는 지금 이토록 당혹스럽다는 사실이 바로 자작님께 답장을 쓰는 게 옳지 못한 일이라고 증명해주는 것인지도 모르겠습니다. 하지만 자작님께서 저를 원망하실 만한 소지를 남기고 싶지 않아서 결국 이렇게 펜을 들었습니다. 제가 자작님을 위해서 할 수 있는 일은 모두 다 했다는 점을 자작님께 납득시키고 싶습니다.

편지를 써도 좋다고 제가 허락했다고 하셨나요? 맞는 말입니다. 하지만 어떤 조건으로 허락했는지를 기억하지 못할 것이라고 생각하시나요? 자작님이 전혀 지키지 않더라도 만일 저 혼자서라도 그 조건을 제대로 지켰다면, 자작님께선 제 답장을 단 한 장도 받지 못하셨을 겁니다. 하지만 벌써 세번째 답장을 받고 계십니다. 그리고 자작님께선 저로 하여금 서신 교환을 끊을 수밖에 없게 만드는 일을 하고 계시지만, 저는 오히려 계속할 수 있는 방법을 찾느라 골몰해 있습니다. 한 가지 방법을 찾아냈습니다. 유일한 방법입니다. 이 방법을 거절하신다면 자작님이 뭐라 말씀하시던 저로선 우리의 편지 왕래를 중요하게 생각하시지 않는다는 증거로 생각하게 될 겁니다.

제발 제가 들을 수 없고 듣고 싶지도 않은 얘기들을 삼가주십시오. 저를 모욕하고 두렵게 만드는 감정을 포기하십시오. 그런 감정이 바로 우리를 갈라놓는 장애물이 된다는 사실을 한 번만 생각해보면 그렇게 집착하시지는 않을 겁니다. 자작님께선 진정 그런 감정밖에 모르시나요? 사랑의 감정은 꼭 우정의 감정을 밀어내야 하나요? 사랑은 그럴 수밖에 없는 건가요? 예전에는 저와 함께 우정을 나누며 그 틀 안에서 다정한 감정들을 원하셨는데, 이제 그런 우정을 거부하시는 건가요? 저는 그렇게 믿고 싶지 않습니다. 그런 모욕적인 생각은 거부감을 불러일으키고, 결국 저를 돌이킬 수 없이 자작님으로부터 멀어지게 만들 겁니다.

자작님, 만일 자작님께 제 우정을 드릴 수 있다면 제가 가진 모든 것을, 제가 가질 수 있는 모든 것을 드리겠습니다. 그 이상 무엇을 더 바라시나요? 자작님께서만 좋다고 하시면 더없이 감미롭고 또 제 마음에 꼭 맞는 그 감정에 마음껏 빠져들겠습니다. 그런 우정만으로도 행복하실 수 있다고 말해주십시오. 그렇게만 된다면 사람들한테 들은 말도 다 잊겠습니다. 자작님을 믿고, 제 선택이 틀리지 않았다는 걸 보여주겠습니다.

솔직하게 말씀드렸습니다. 제가 얼마나 자작님을 신뢰하고 있는지 증명해주리라고 생각합니다. 이제 제가 자작님을 더욱 신뢰할 수 있게 될지 그렇지 않을지는 오직 자작님께 달려 있습니다. 한 번만 더 사랑이라는 말을 꺼내시면 그 순간 신뢰는 무너지고 저는 다시 온갖 두려움에 빠지게 될 것임을 미리 말씀드립니다. 무엇보다도 그것은 다시는 자작님께 연락을 드릴 수 없는 영원한 침묵을 알리는 신호가 될 겁니다.

자작님 말씀대로 '옛날의 잘못을 청산'하셨다면, 죄지은 여자의 후회의 상대가 되기보다는 정숙한 여자의 우정의 상대가 되는 게 낫지 않은가요? 그럼 이만 줄이겠습니다. 이 정도까지 말씀드렸으니 자작님의 답을 듣기 전에는 제가 더 이상 아무 말도 할 수 없다는 걸 이해하시리라고 생각합니다.

17××년 9월 9일, ×××에서

예순여덟번째 편지

발몽 자작이 투르벨 법원장 부인에게

당신의 편지에 뭐라고 답을 하면 좋을까요? 솔직하게 대답한다면 당신을 영원히 잃게 될 텐데 어떻게 진실을 말할 수 있겠습니까? 하지만 어쩔 수 없습니다. 솔직히 말해야겠습니다. 용기를 내렵니다. 당신을 얻는 것보다는 당신을 얻을 자격이 있는 사람이 되는 게 더 낫기 때문입니다. 난 늘 그렇게 되새기고 있습니다. 내가 한 순간도 멈추지 않고 바라고 있는 행복을 당신이 계속 거절한다고 해도, 적어도 내 마음은 행복을 누릴 자격이 있다는 것을 증명해 보여야만 합니다.

당신이 말한 대로 '과거의 잘못을 청산'했다는 게 얼마나 유감스러운지요! 그렇지 않았다면 전 부인의 편지를 읽으며 너무나 기뻤을 겁니다. 전 오늘 이렇게 전율을 느끼며 답장을 쓰고 있지 않습니까! 당신은 '솔직'하게 얘기했고 나를 '신뢰'한다고 했고 또 '우정'을 보냈습니다. 굉장한 선물이 아닙니까? 하지만 그것을 이용할 수 없으니 어떻게 유감스럽지 않겠습니까? 도대체 무엇 때문에 이전의 내가 아닌 사람으로 변해버린 걸까요?

변하지 않았다면, 이전처럼 지극히 일상적인 관심으로 당신을 좋아하는 거라면, 그러니까 유혹과 쾌락의 산물이지만 오늘날 사람들이 사랑이라고 부르는 그 경박한 취향으로 당신을 좋아하는 거라면, 난 내가 얻을 수 있는 모든 것을 이용했을 겁니다. 성공할 수만 있다면 수단을 가리지 않았을 겁니다. 당신의 솔직함을 부추겨서 속내를 읽어내고, 당신의 신뢰를 얻은 다음 저버리고, 당신의 우정을 일단 받아들인 후 길 잃고 방황하게 만들 겁니다⋯⋯ 왜요, 이런 말을 들으니 겁이 납니까? 만일 내가 당신의 친구로 남겠다고 받아들이게 된다면, 결국 이렇게 될 겁니다⋯⋯

세상에! 당신은 정말로 내가 당신의 영혼에서 비롯된 감정을 다른 누구와 나누어 갖는 데 동의할 수 있다고 생각하는 겁니까? 혹시라도 내가 그렇게 말하거든 더 이상 나를 믿지 마십시오. 그 순간부터 난 당신을 속이려 들 겁니다. 물론 그때도 당신을 계속 원하겠죠. 하지만 분명 사랑하지는 않을 겁니다.

그렇다고 당신이 보여준 고마운 솔직함, 감미로운 신뢰, 그리고 다정한 우정이 내게 아무런 의미가 없는 건 아닙니다. 하지만, 사랑! 진정한 사랑! 당신이 내 마음속에 불어넣은 사랑은 그 모든 감정을 한데 묶어서 힘을 부여합니다. 그 감정들과 달리 사랑은 비교될 수 없으며, 더 좋은 다른 게 있다는 걸 평온하고 냉정하게 참아낼 수 없습니다. 난 그렇게 못 합니다. 절대로 당신의 친구가 되지 않겠습니다. 난 당신을 존경하지만, 또한 가장 부드럽고 열렬한 연정으로 당신을 사랑합니다. 당신이 내 사랑을 절망에 빠뜨릴 수는 있겠지만, 내 사랑을 없앨 수는 없습니다.

당신은 내 마음이 바치는 경의를 거절하면서 도대체 무슨 권리로 내 마음을 당신 뜻대로 하려는 겁니까? 당신을 사랑하는 행복마저도 지켜보지 않겠다니, 그건 너무 잔인하지 않은가요? 이 행복은 내 겁니다. 당신과는 아무 상관이 없습니다. 내가 알아서 지키겠습니다. 내가 겪는 고통의 근원이지만 또 고통을 치료해주는 약이기도 하니까요.

싫습니다. 다시 한 번 말하지만, 난 싫습니다. 계속 잔인하게 거절하십시오. 하지만 내 사랑은 그냥 두십시오. 당신은 나를 불행하게 만들면서 즐기고 있습니다. 좋습니다. 마음대로 하십시오! 내 용기를 꺾어보십시오. 아무리 그래도 난 한 가지를 할 수 있습니다. 당신이 내 운명을 결정하게 하는 것 말입니다. 언젠가 당신은 내 말이 그렇게 틀린 건 아니었다는 사실을 알게 될 겁니다. 당신이 언젠가 내 진심을 알아주리라고 기대해서 하는 말은 아닙니다. 하지만 당신은 분명 알게 될 겁니다. 언젠가 내가 그 사람을 잘못 판단했구나, 라고 말하게 될 겁니다.

아니 보다 정확히 말하면, 당신은 지금 바로 당신 자신에 대해서 부당한 판단을 하고 있습니다. 당신을 알면서 사랑하지 않는 것, 그리고 당신을 사랑하면서 지조를 지키지 못하는 건 있을 수 없는 일입니다. 당신이 아무리 겸손한 사람이라고 하더라도, 당신이 불러일으킨 감정에 대해 놀라워하기보다는 불평을 하는 게 더 쉬운 일인가 봅니다. 내가 내세울 만한 유일한 자랑거리는 바로 당신의 가치를 알아봤다는 것이고, 난 그것을 잃고 싶지 않습니다. 그렇기 때문에 당신의 함정 같은 제의를 받아들이기보다는 다시 한 번 당신의 발아래 영원한 사랑의 맹세를 바치렵니다.

17××년 9월 10일, ×××에서

예순아홉번째 편지

세실 볼랑주가 당스니 기사에게
(연필로 쓴 것을 당스니가 다시 옮겨 쓴 것)

무엇을 하고 있냐고 물으셨죠? 전 당신을 사랑하고 있고, 울고 있어요. 어머니는 이제 아무 말도 없으세요. 종이와 펜, 잉크를 모두 가져가버리셨어요. 다행히 연필 하나가 남아 있어서 지금 이렇게 당신이 보내준 편지 구석에 글을 쓰고 있어요. 전 당신이 모든 걸 다 잘 처리하셨다고 생각해요. 당신을 너무나 사랑하기 때문에 다 괜찮아요. 편지를 받을 수 있고 또 제 편지를 전할 수 있는 방법이 있다면 뭐든 붙잡을 수밖에 없잖아요. 솔직히 전 발몽 님을 별로 좋아하지 않았고, 두 분이 그렇게 친한 사이인지도 몰랐어요. 하지만 앞으로 발몽 님과 친해지도록 노력할게요. 그리고 당신을 위해서 그분을 좋아하도록 할게요. 우리를 배반한 게 누군지는 아직 잘 모르겠어요. 제 하녀일 수도 있고 고해신부님일 수도 있어요. 전 정말 불행해요. 내일 시골로 떠난대요. 얼마나 있게 될지는 알 수 없고요. 세상에! 이제 만날 수 없다니! 글씨 쓸 자리가 안 남았어요. 이만 안녕히. 제 글을 잘 읽어주세요. 연필로 쓴 거라 지워질지도 몰라요. 하지만 제 마음속에 새겨진 감정은 절대로 지워지지 않을 거예요.

17××년 9월 10일, ×××에서

일흔번째 편지

발몽 자작이 메르테유 후작 부인에게

아주 중요한 정보 하나 알려드리겠습니다. 부인께서도 아시다시피 전 어제저녁 ×× 원수 댁에서 저녁식사를 했는데, 그 자리에서 부인 얘기가 나왔답니다. 전 평소 부인의 장점이라고 생각하고 있는 것 말고, 오히려 그렇지 않은 것들을 얘기했죠. 모두들 제 생각에 동조하는 것처럼 보였습니다. 그러다 대화가 좀 시들해질 때였습니다. 가까운 사람에 대해서 칭찬 일색으로 얘기가 나올 때면 언제나 그렇듯이, 누군가 반론을 제기하더군요. 바로 프레방이었습니다. 그는 일어서며 이렇게 말했죠.

"메르테유 부인이 정숙하다는 거야 의심할 수 없죠. 하지만 그건 도덕심 때문이라기보다는 심성이 가벼워서 그런 것 같습니다. 처음에 환심을 사기는 쉬워도 계속 따라가는 건 어렵다고나 할까요. 흔히 여자를 따라가다 보면 중간에 다른 여자를 만나게 되죠. 원래 따라가고 있는 여자에 뒤지지 않거나 아니면 더 나은 여자를 말입니다. 그럴 때 새로운 맛에 끌려서 가던 길을 벗어나는 사람들도 있고, 또 따라가는 게 지겨워 그만두는 사람도 있습니다. 메르테유 부인은 파리의 여인들 중에서 자기 스스로를 지킬 필요가 없는 첫번째 여자죠. (이 말에 몇몇 부인이 미소를 지었고, 프레방은 더욱 기가 살아서 이렇게 덧붙이더군요.) 나 같으면 여섯 필의 말이 지쳐 떨어질 때까지 메르테유 부인을 따라다니며 유혹해본 다음에야 부인이 정숙하다는 걸 믿을 수 있겠는걸요."

대체로 남을 흉보는 농담이 그렇듯이, 악의에 찬 이 농담도 성공을 거두었습니다. 사람들을 한바탕 웃게 만든 거죠. 프레방이 자리에 앉고, 화제가 바뀌었습니다. 문제의 프레방은 두 명의 B×× 백작 부인 옆에 앉아서 얘기를 나누고 있더군요. 다행히 말소리가 제 자리까지 들렸습니다.

프레방은 메르테유 부인을 유혹해보겠다고 내기를 걸었고, 듣고 있던 두 부인이 동의했습니다. 프레방은 진행 상황을 다 얘기해주겠다고 약속하더군요. 그것 말고도 많은 걸 약속했지만, 이 약속만큼은 무슨 일이 있어도 지키게 되겠죠. 자, 전 미리 알려드렸습니다. 말 그대로 미리 알고 있는 자는 더욱 조심하는 법이죠.

한 가지 더 있습니다. 부인께서는 잘 모르시지만 프레방은 상당히 매력적인 남자입니다. 수완은 더욱 뛰어나고요. 제가 가끔 반대로 말씀드렸죠? 그자가 맘에 들지 않아서, 성공을 훼방 놓는 게 재미있어서 그런 겁니다. 요즘 한창 잘나가는 여자들 중에서 그래도 서른 명 정도는 제 의견을 비중 있게 듣는다는 걸 알고 있기도 했고요.

사실 전 오랫동안 이런 방법으로 프레방이 이른바 중앙 무대에 등장하는 것을 방해했습니다. 그래서 그동안 놀랄 만한 일을 여러 차례 해내고서도 별다른 명성을 얻지 못한 거죠. 하지만 얼마 전 세 다리 걸친 연애를 벌여 사람들의 관심을 끌었고, 그러면서 이제껏 누리지 못했던 신뢰를 사는 데 성공했습니다. 이제 무서운 존재가 되어버린 거죠. 제가 가는 길에 경쟁자로 만나게 될까 봐 가장 두려운 자입니다. 그러니 부인과 직접 관계된 이유뿐 아니라 저를 위해서도 이자를 웃음거리로 만들어주셨으면 합니다. 부인의 손에 맡겨두겠습니다. 제가 다시 파리로 돌아올 때쯤에는 이자가 정신없이 허우적거리고 있기를 기대하겠습니다.

그 대신 부인께서 후견하는 아가씨의 연애 사업을 잘 끌어가겠다고, 나의 정숙한 연인과 마찬가지로 잘 돌보겠다고 약속드립니다.

나의 연인은 항복하고 싶다는 뜻을 담은 편지를 막 보내왔습니다. 편지 처음부터 끝까지 속는 척 넘어가고 싶은 마음을 그대로 드러내더군요. 그보다 더 편리하고 상투적인 방법은 없을 것 같습니다. 그러니까 저더러 '친구'가 되어달라는 거죠. 하지만 내가 누굽니까. 새롭고 어려운 방법을 좋아하는 내가 그렇게 쉽게 놓아줄 수는 없지 않습니까? 평범한 유혹으로 끝날 일이었다면 그렇게 애쓰지 않았을 겁니다.

전 오히려 그녀가 저에게 바치게 될 희생들 하나하나가 어떤 가치를 갖고 또 어떤 힘을 갖는지 느끼게 해줄 겁니다. 너무 빨리 끌어가지 않을 겁니다. 그랬다간 오히려 양심의 가책 때문에 포기하게 될 테니까요. 그녀의 미덕이 조금씩 조금씩 죽어가게 만들 겁니다. 그리고 그 애절한 광경을 오래도록 지켜보게 할 겁니다. 나를 안고 싶다는 욕망을 더 이상 감추지 못하게 될 때까지는 절대 나를 안아보는 행복을 주지 않을 겁니다.

내가 온갖 어려움을 무릅쓰고라도 원할 만한 가치가 있는 남자가 되지 못한다면, 사실상 아무 의미가 없습니다. 사랑한다고 고백하는 것을 부끄러워하는 여자에게 이 정도 복수는 해야 하지 않을까요?

그래서 전 소중한 우정을 거절하고 연인 자격을 고집했습니다. 물론 표현의 차이에 지나지 않는다고 말할 수도 있겠지만, 그럼에도 불구하고 저로선 꼭 얻어내야만 하는 중요한 것이었기에 지극히 공을 들여 편지를 썼습니다. 일부러 조리 없이 얘기했답니다. 그래야만 내 감정을 제대로 그려낼 수 있을 테니까요. 또 가능한 한 억지를 부렸습니다. 사랑의 마음에는 당연히 이치에 맞지 않는 면이 있어야 하지 않겠습니까?

마지막은 아첨하듯 다정한 말로 마무리했습니다. 이 역시 오랜 관찰에서 나온 거랍니다. 여자들의 마음은 한동안 괴로움을 겪고 나면 얼마간 휴식이 필요한 것 같더군요. 그리고 어떤 여자든 부드러운 말을 듣는 게 가장 감미로운 베개가 되어 휴식을 준다는 것도 알고 있답니다.

그럼 이만, 나의 아름다운 벗이여. 전 내일 떠납니다. 부인께서 직접 명하시니, 그럼 ×× 백작 부인 댁에는 점심때만이라도 들르겠습니다. 부인을 뵙지 못하고 떠나는 게 유감스럽군요. 아무쪼록 멋진 지시를 내려주십시오. 이 중요한 시기에 현명한 충고로 절 도와주십시오.

특히 프레방한테 넘어가지 마십시오. 그 희생에 대해서는 제가 언젠가 보상해드리겠습니다. 그럼 이만 안녕히.

17××년 9월 11일, ×××에서

일흔한번째 편지

발몽 자작이 메르테유 후작 부인에게

멍청한 하인이 서류 봉투를 파리에 놓고 왔지 뭡니까. 제가 사랑하는 연인에게 쓴 편지, 그리고 당신이 볼랑주 양한테 쓴 편지, 필요한 것들을 다 두고 온 겁니다. 얼빠진 짓을 했으니 고생을 좀 해야겠죠. 하인은 다시 파리로 떠나려고 지금 말안장을 준비하고 있습니다. 그동안 어젯밤에 있었던 일을 얘기해드리죠. 제가 그냥 시간을 허비하고 있지는 않다는 걸 믿어주시기 바랍니다.

사건 자체는 대단할 게 없습니다. M×× 자작 부인과 옛정을 되살린 것뿐이니까요. 하지만 세부적인 사항들이 재미있답니다. 게다가 제가 여자를 파멸시키는 재주만 가진 게 아니라 마음만 먹으면 구원해줄 능력까지 겸비하고 있다는 걸 보여드리게 되어서 아주 기분이 좋습니다. 저는 언제나 가장 어렵고 가장 유쾌한 길을 택한답니다. 저를 단련시켜주거나 아니면 즐겁게 해주는 일이라면 심지어 선행을 베푸는 것도 마다하지 않는 거죠.

그러니까 이곳에서 자작 부인을 만났습니다. 모두들 저더러 자고 가라고 귀찮게 붙잡았고, 자작 부인도 합세하더군요. 전 이렇게 말했죠. "당신과 함께 밤을 보내는 거라면 동의하죠." 그랬더니 "그건 안 되겠는 걸요. 브레삭이 와 있거든요"라고 대답하는 겁니다. 그때까진 체면을 차려 예의를 지켰지만, 안 되겠다는 말을 듣는 순간 평소대로 화가 치밀었습니다. 브레삭 같은 자를 위해서 날 포기하다니, 정말 굴욕스럽지 않습니까? 그냥 넘어가지 않겠다고 마음먹었습니다. 절대 포기하지 않기로 했습니다.

저에게 그다지 유리한 상황이 아니었습니다. 이 브레삭이라는 자는 처신이 서툴러서 이미 자작의 의심을 샀고, 그래서 자작 부인은 브레삭을 자기 집에 들일 수가 없었던 겁니다. 이번에 마음 좋은 백작 부인 댁에 모이게 된 것도 두 사람이 며칠 밤을 즐기기 위해 머리를 짜낸 일이었습니다. 도착해서 브레삭을 만난 자작은 처음에는 불쾌한 기분을 감추지 못했지만, 사랑의 경쟁자에 대한 질투심보다는 사냥을 하고 싶은 마음이 더 컸기에 결국 돌아가지 않고 그냥 있기로 했습니다. 우리가 익히 아는 백작 부인께서는 자작 부인에게 긴 복도 쪽 방을 배정했고, 그 양쪽에 각각 남편과 정부를 묵게 했습니다. 당사자들끼리 알아서 하라는 거죠. 하지만 불행히도 제가 맞은편 방을 배정받게 되었답니다.

바로 그날, 그러니까 어제죠. 브레삭은 자작에게 잘 보이려고 애쓰더군요. 짐작이 가시죠? 사냥을 좋아하지도 않으면서 자작을 따라나서기도 했습니다. 하루 종일 남편에게 시달린 대가로 밤이 되면 그 아내의 품에서 위로를 얻으려는 거죠. 하지만 그자 역시 휴식이 필요하지 않겠습니까? 그래서 전 자작 부인이 애인에게 휴식 시간을 주게 만들기 위해 정말 온갖 방법을 다 짜냈습니다.

그리고 결국 성공했습니다. 사냥을 따라나선 것 때문에 — 실상은 애인을 위해 간 것이었지만 — 싸움을 하게 만든 겁니다. 이런 이유로 싸움을 걸다니 사실 말도 안 되는 최악의 구실이었죠. 하지만, 모든 여자가 그렇듯이, 자작 부인은 이 방면에 누구보다도 뛰어난 여자잖습니까? 이치를 따지기보다는 무조건 화를 내고, 말도 안 되는 억지를 쓰죠. 도저히 달랠 수 없습니다. 이런 때 찬찬히 자기 입장을 설명한다는 건 쉬운 일이 아니죠. 저로선 어차피 하룻밤이면 충분하니까 두 사람이 다음 날 화해하든 말든 상관없는 일이었습니다.

브레삭이 사냥에서 돌아왔을 때 자작 부인은 화난 얼굴이었죠. 그가 무슨 일이냐고 물었고, 바로 싸움이 시작되었습니다. 브레삭은 뭔가 해명하려고 했지만 자작이 같이 있으니 대화를 이어갈 수가 없었습니다. 잠시 후 자작이 자리를 비운 틈을 타서 애인에게 간청을 했죠. 이따가 밤에 자기 말을 좀 들어달라고요. 그 순간 자작 부인은 진정 훌륭했습니다. 우선 남자들의 뻔뻔함에 대해 화를 내더군요. 여자가 호의를 베풀면, 정작 여자들은 흡족하지 않는데도 남자들은 무조건 그 호의를 이용해도 된다고 생각한다고 말입니다. 이어 교묘하게 화제를 바꾸더니 섬세함, 감정, 이런 것에 대해 멋지게 얘기했습니다. 브레삭은 아무 말도 하지 못하고 그저 어리둥절해하더군요. 심지어 두 사람의 친구 자격으로 제3자로 대화에 동참하고 있던 나마저도 자작 부인의 얘기가 맞다고 믿고 싶어질 정도였으니까요.

마침내 부인이 분명하게 말했습니다. 사냥의 피로에 사랑의 피로를 보태고 싶지 않다고, 그렇게 즐거운 사냥의 기쁨을 망칠 수는 없다고 말입니다. 바로 그때 자작이 돌아왔고, 불쌍한 브레삭은 더 이상 대답을 할 수도 없게 되었습니다. 브레삭은 저에게 말을 걸더군요. 저도 뻔히 다 알고 있는 이유들을 한창 늘어놓더니 자작 부인에게 얘기 좀 해달라고 부탁을 했습니다. 저야 물론 그러겠다고 약속을 했죠. 그리고 진짜로 얘기했습니다. 하지만 고맙다는 인사를 하고 또 우리가 언제 어떻게 만날지를 정하기 위해서였습니다.

자작 부인이 말하기를, 자기 방은 남편의 방과 브레삭의 방 가운데 있어서 브레삭과 만날 때 그를 부르지 않고 자기가 그의 방으로 가려고 했다고, 내 방도 맞은편이니 자기가 가는 게 안전할 거랍니다. 하녀를 자러

보내놓고 나면 바로 내 방으로 오겠다고 하더군요. 전 문만 살짝 열어놓고 기다리면 되는 거죠.

모든 게 예정대로 진행되었습니다. 새벽 1시경 그녀가 제 방으로 왔습니다.

……가벼운 옷을 걸치고
막 잠에서 깨어난 아름다운 여인이여.[7]

제가 허영심이 많아 떠벌리는 사람도 아니니, 어젯밤에 일어난 일을 세세하게 다 말씀드리지는 않겠습니다. 하지만 부인께서도 익히 짐작하시듯이, 전 스스로에 대해 흡족할 만한 시간을 보냈습니다. 그런데 문제가 생겼습니다. 자작 부인이 자기 방문을 조금 열어두었다고 생각했는데 막상 돌아가 보니 그게 아니었던 겁니다. 멍청하게도 문을 다 닫아버린 거죠. 열쇠는 안에 있고요. 그녀는 "아! 이제 끝장이에요"라고 절망하더군요. 사실 여자를 그런 상황에 그냥 내버려두는 것도 아주 재미있었을 겁니다. 하지만 내가 파멸시킨 것은 아니라고 해도 적어도 나 때문에 그렇게 될지 모르는 여자를 그냥 두고 볼 수만은 없는 것 아닙니까? 대부분의 남자처럼 저도 그냥 될 대로 되라고 버려두었어야 하는 걸까요? 어떻게든 방법을 찾아야 했습니다. 나의 아름다운 벗이여, 만일 부인께서 이런 상황이면 어떻게 하시겠습니까? 제가 한 일을 들려드리죠. 물론 성공했고요.

그러니까 시끄럽게 소란을 피워서 문을 열 수 있는 방법이 떠오른 겁

---

7 라신의 비극 「브리타니쿠스」.

니다. 자작 부인을 설득하는 건 쉽지 않았지만, 결국 제 말대로 하게 했습니다. "도둑이야! 사람 살려!"라고 겁에 질린 비명을 지르게 한 겁니다. 소리가 나자마자 제가 문을 부수면 부인이 재빨리 방으로 들어가 침대로 달려가기로 한 거죠. 막상 말을 맞춘 뒤에도 부인이 결심하기까지 상당히 오래 기다려야 했습니다. 어쨌든 끝내야 할 일이었습니다. 문은 한번 찼더니 바로 열리더군요.

이때 자작 부인이 재빨리 행동하지 않았더라면 큰일 날 뻔했습니다. 자작과 브레삭이 바로 복도에 나타났고 하녀도 마님의 방으로 달려왔거든요.

냉정을 잃지 않은 것은 저 하나뿐이었습니다. 전 재빨리 야등(夜燈)을 쳐서 바닥에 떨어뜨렸습니다. 한번 생각해보십시오. 방에 불이 밝혀 있는데 그렇게 겁에 질려서 소리를 지른다는 게 말이 됩니까? 전 남편과 애인을 책망했습니다. 비명 소리를 듣고 달려가 문을 부수는 데 5분이나 걸렸는데 어떻게 그때까지 어떻게 아무것도 모르고 잠을 잘 수 있느냐고 말입니다.

침대에 든 부인은 용기를 되찾았고, 절 잘 도와주었습니다. 틀림없이 방에 도둑이 들어왔었다고, 평생 이렇게 무서웠던 적은 없었다고 진짜처럼 얘기하더군요. 우리는 구석구석을 다 찾아보았지만, 아무것도 찾지 못했습니다. 그때 제가 야등이 뒤집혀 바닥에 떨어진 것을 보니 아무래도 쥐가 이 소동의 원인인 것 같다고 결론을 내렸습니다. 모두 찬성하더군요. 그러곤 쥐에 대해 진부한 농담 몇 마디를 주고받았습니다. 자작은 아내에게 앞으로는 좀 조용한 쥐를 키우라고 당부하고는 제일 먼저 자기 방으로 돌아갔습니다.

우리와 남은 브레삭은 자작 부인에게 다가가더니 사랑의 신이 복수를 한 게 분명하다고 단호하게 말했습니다. 자작 부인은 절 쳐다보면서 이렇게 대답했죠. "대단한 복수를 하신 걸 보니 사랑의 신이 화가 났나 보죠." 그러곤 한마디 덧붙였습니다. "피곤하네요. 자야겠어요."

그때 문득 착한 마음이 생기더군요. 그래서 헤어지기 전 브레삭을 변호해주고 두 사람을 화해시켰습니다. 두 연인이 키스를 나누었고, 그다음 두 사람 모두 저에게 키스를 했습니다. 자작 부인의 키스는 이제 아무렇지도 않았고, 솔직히 브레삭의 키스가 더 좋더군요. 브레삭과 저는 방에서 나왔습니다. 그는 고마웠다고 장황한 인사를 늘어놓았고, 각자 방으로 돌아갔습니다.

재미있는 이야기라고 생각되시면 좀 퍼뜨려주십시오. 저야 충분히 즐겼으니 이제 사람들이 다 같이 즐길 차례가 아닌가요? 일단 지금은 어제 있었던 일만을 얘기한 거지만, 머지 않아 문제의 사건뿐 아니라 그 여주인공에 대해서도 말하게 되겠죠?

그럼 이만 줄입니다. 한 시간 전부터 하인이 기다리고 있습니다. 시간이 없으니 꼭 필요한 얘기만 하고 인사드리겠습니다. 부인께 키스를 보냅니다. 그리고 프레방을 경계하시기 바랍니다.

17××년 9월 13일, ××× 저택에서

일흔 두번째 편지

당스니 기사가 세실 볼랑주에게
(14일이 되어서야 전달되었음.)

오! 나의 세실. 난 발몽 님의 처지가 너무 부럽습니다. 발몽 님은 내일 당신을 만나겠죠. 그분이 이 편지를 전해줄 겁니다. 난 이렇게 당신과 멀리 떨어진 곳에서 번민에 싸인 채 그리움의 회한과 불행 사이를 오가며 고통스러운 삶을 이어가고 있는데, 그대여, 나의 다정한 연인이여, 내가 겪는 이 고통을 불쌍히 여겨주십시오. 그리고 무엇보다도 당신이 고통받는다는 것 때문에 힘들어하는 날 불쌍히 여겨주십시오. 당신의 고통을 생각하면 더 이상 아무 용기도 낼 수가 없습니다.

내가 바로 당신의 불행을 일으킨 장본인이라는 사실이 끔찍하군요! 나만 없으면 당신은 행복하고 평화롭게 살 수 있겠죠. 날 용서할 수 있을까요! 말해봐요. 아! 날 용서한다고, 그리고 날 사랑한다고, 영원히 사랑한다고! 그 말을 되풀이 듣고 싶습니다. 당신의 사랑을 믿지 못해 그러는 게 아닙니다. 오히려 믿음이 깊을수록 그 말이 더욱 달콤하게 들립니다. 당신은 날 사랑합니다. 그렇죠! 그래요. 당신은 온 마음을 다 바쳐 날 사랑합니다. 그것이 당신이 나에게 들려준 마지막 말이었다는 것을 잊지 않고 있습니다. 내 온 마음으로 당신의 말을 받아들였습니다. 그 말은 내 마음 깊은 곳에 새겨져 있습니다! 그리고 난 감격에 젖어 대답을 했었습니다!

아! 행복했던 날에는 우리 앞에 이런 끔찍한 운명이 기다리고 있으리라고 꿈도 꾸지 못했죠. 아, 나의 세실, 이 운명을 달랠 방법을 한번 찾아봅시다. 발몽 님은 당신이 자기를 신뢰하기만 하면 가능할 거라고 하는군요. 분명 믿어도 되는 사람입니다.

사실 난 당신이 발몽 님을 좋게 생각하지 않는 것 같아서 마음이 불편했습니다. 그렇게 된 데는 당신 어머니의 선입견이 작용했으리라고 생각됩니다. 진정으로 괜찮은 사람인 줄 알면서도 그동안 내가 발몽 님을 소홀히 한 건 바로 당신 어머니의 말을 따르기 위해서였습니다. 이제 그가 나를 위해 나섰습니다. 당신의 어머니가 우리를 갈라놓았고 그는 우리를 결합시켜주려고 애쓰고 있는 겁니다. 그대여, 제발 부탁합니다. 호의를 가지고 그를 보도록 해요. 그는 내 친구이고 이제 당신의 친구가 되기를 원합니다. 그리고 나에게 당신을 만날 수 있는 행복을 되돌려줄 수 있는 사람입니다. 이런 이유로도 마음이 돌아서지 않는다면, 그건 나를 사랑한다고 말은 하지만 사실은 내가 당신을 사랑하는 만큼 사랑하지는 않기 때문일 겁니다. 아! 만일 당신의 사랑이 식어버린다면…… 아닙니다. 그럴 수는 없습니다. 세실의 마음은 내 것입니다. 죽을 때까지 내 것입니다. 불행한 사랑의 고통 때문에 두려워하는 것은 피할 수 없는 일이라고 해도, 세실의 마음만 변하지 않는다면 배반당한 사랑의 고통만큼은 치르지 않을 수 있을 겁니다.

그럼 이만, 나의 사랑스런 연인이여. 내가 고통스러워하고 있다는 것을, 나를 행복하게, 온전히 행복하게 해줄 사람은 오직 그대뿐이라는 것을 잊지 마시길…… 내 마음이 바치는 기원을 들어주고, 더없이 다정한 사랑의 키스를 받아주길 빕니다.

17××년 9월 11일, 파리에서

일흔세번째 편지

발몽 자작이 세실 볼랑주에게
(앞 편지에 동봉됨.)

　당신을 위해 일하는 충실한 벗은 편지 쓸 때 필요한 물건이 하나도 없다는 것을 알게 되었고, 그래서 모두 준비해놓았습니다. 지금 묵고 계신 방에 작은 방이 딸려 있고 그 방 왼쪽에 보시면 큰 옷장이 하나 있습니다. 바로 그 밑에 종이와 펜, 잉크를 가져다 놓았습니다. 더 필요하시면 말씀해주십시오. 다시 가져다 놓겠습니다. 보다 안전한 장소를 찾지 못하시거든 그냥 그 자리에 두셔도 됩니다.
　당신의 벗은 다 같이 모여 앉아 얘기를 나눌 때는 당신에게 아무런 관심이 없는 것처럼 보일 겁니다. 또 당신을 어린애로 대하는 듯할 겁니다. 그렇더라도 그다지 불쾌하게 생각하지 마십시오. 친구의 행복과 당신의 행복을 위해서 효과적으로 일을 진행하기 위해서는 주위 사람들을 안심시킬 필요가 있고, 그러자면 그런 식으로 행동할 필요가 있기 때문입니다. 만일 당신에게 알려드릴 일이 있거나 전해드릴 게 생기면 직접 말을 건넬 기회를 만들 겁니다. 당신이 성의껏 도와주기만 한다면 성공할 수 있을 겁니다.
　그리고 편지를 받고 나서는 차례로 되돌려주시는 게 나을 것 같습니다. 혹시 그대로 가지고 있다가 곤란한 일이 생길 수 있으니 말입니다.
　마지막으로, 당신의 벗을 믿어주신다면 틀림없이 너무도 무정한 어머니가 당신 두 사람에게 내린 고통을 덜어주기 위해 최선을 다할 겁니다. 한 사람은 가장 소중한 친구이고, 또 한 사람은 진심으로 다정한 호의를 바칠 만한 사람이니까요.

17××년 9월 14일, ××× 저택에서

일흔네번째 편지

메르테유 후작 부인이 발몽 자작에게

자작님, 언제부터 그렇게 겁쟁이가 되었죠? 프레방이 그렇게 무서운 가요? 난 단순하고 겸손한 사람이랍니다. 그 멋진 정복자를 몇 번 만난 적이 있었지만 거들떠보지도 않았는걸요! 자작님의 편지가 아니었다면 그 사람한테 신경도 쓰지 않았을 겁니다. 어제 처음 그를 제대로 보기 시작했죠. 오페라 극장에서 만났는데, 나하고 거의 마주 보는 자리에 앉아 있더군요. 자세히 살펴보았죠. 잘생기기는 했더군요. 정말 잘생겼어요. 얼굴 윤곽이 섬세하고 우아했어요. 가까이서 보는 게 훨씬 나을 것 같았습니다. 그자가 날 원한다고 했나요? 영광스럽고 기쁜 일이네요. 솔직히 말하면 일을 벌이고 싶어졌어요. 이미 작업을 시작했답니다. 성공할 수 있을지는 아직 모르겠지만요. 자, 어떻게 했는지 알려드리죠.

오페라 극장에서 나올 때 프레방이 아주 가까운 곳에 있었어요. 난 ×× 후작 부인에게 금요일 원수 부인 댁의 만찬에서 보자고 큰 소리로 말했습니다. 프레방을 만날 수 있는 유일한 장소라고 생각했으니까요. 그는 틀림없이 내 말을 들었을 테죠. 내 마음을 몰라주고 그곳에 나타나지 않으면 어떻게 할까요? 어때요, 자작님 생각에는 그가 올 것 같은가요? 만일 오지 않는다면 저녁 내내 기분이 나쁠 것 같군요. 당신도 보다시피 그가 '나를 따라다니는' 건 별로 어렵지 않을 겁니다. 더 놀랄 만한 사실은, 나한테 환심을 사는 건 그보다 더 쉬우리라는 겁니다. 나를 유혹하느라 여섯 필의 말이 죽어나갈 때까지 바꿔 탄다고 했나요! 불쌍한 말들의 목숨을 구해줘야겠네요. 난 그렇게 오래 기다릴 인내심이 없답니다. 일단 마음을 정하고 나면 애태우며 기다리게 만들지는 않는 게 내 원칙이기도 하죠. 난 프레방과 관계를 엮어보려고 마음을 정했답니다.

어때요, 자작님, 나한테 조목조목 충고를 해준 보람을 느끼지 않나요? 이 정도면 당신의 '귀중한 정보'가 대단한 성공을 거둔 셈이죠? 날 너무 원망하지 마세요. 너무 오랫동안 조용히 지낸걸요! 벌써 한 달 반 넘게 제대로 재미 한번 못 봤으니까요. 이제야 재미있는 상대가 나타났는데, 어떻게 거절할 수 있겠어요? 더구나 그럴 만한 가치가 있는 사람이잖아요? 프레방보다 더 재미있는 사람이 또 있을까요? 재미있다는 말을 어떤 뜻으로 해석하든 말입니다.

우선 자작님만 해도 그 사람의 장점을 인정하고 있잖아요. 칭찬하는 것으로 모자라서 질투를 하고 있죠. 좋아요! 내가 당신 두 사람 사이에서 심판을 보겠습니다. 하지만 그러자면 먼저 정확히 알아야 하고, 그래서 이제부터 알아보려고 합니다. 공정한 심판으로 두 사람을 같은 저울에 달아야 하겠죠. 자작님에 대해서는 이미 기록을 가지고 있고 모든 것을 다 알고 있으니, 이제는 자작님에 맞설 사람을 조사해봐야 공평하지 않겠어요? 자, 친절하게 알려주세요. 우선 그가 주인공이었다는 그 세 다리 걸친 연애가 도대체 뭐죠? 당신은 내가 알고 있는 것처럼 말하지만, 난 알지 못하는걸요. 내가 제네바를 여행하는 동안 일어난 일 같은데, 당신이 질투심 때문에 편지에 쓰지 않았나 보군요. 그 과오를 가능한 한 빨리 보상하길 바라요. 그 사람과 관계된 일은 나와 무관하지 않다는 사실을 잊지 마세요. 내가 돌아왔을 때까지도 얘기가 돌았던 것 같은데, 그때 난 다른 일로 바빴죠. 또 사실 난 바로 그날이나 전날 일어난 일이 아니면 그런 유의 일에는 별로 귀를 기울이지 않는답니다.

설사 내 부탁이 조금 거슬린다고 해도, 지금까지 내가 자작님을 위해

수고한 것에 비하면 지극히 사소한 것 아니겠어요? 자작님이 바보같이 처신해서 법원장 부인과 멀어지게 된 걸 내가 애써서 다시 다가가게 해주었으니까요. 또 자작님에 대해 악착같이 험담을 하는 볼랑주 부인한테 복수하게 해줄 대상을 자작님의 손에 넣어주지 않았나요? 당신은 연애 놀이를 찾아다니느라 허비하는 시간이 아깝다고 수없이 한탄했었죠! 이제 모두 자작님 손 안에 달려 있어요. 사랑이든 증오든 마음대로 선택하세요. 두 가지 모두 한 지붕 아래 있습니다. 어쩌면 자작님은 한 손으로는 다정하게 애무를 하면서 다른 손으로는 상대를 치는 이중생활도 가능하겠네요.

자작 부인의 일 역시 내 덕이로군요. 그 일은 아주 마음에 들어요. 하지만 자작님 말대로 소문이 나야겠죠. 물론 지금 상황에서는 일을 터뜨리기보다는 당분간 묻어두기를 원하는 거죠? 그런 정중한 대우를 받을 자격도 없는 여자인데요.

나도 그 여자한테 불만이 많답니다. 벨르로슈도 그 여자가 아름답다고 어찌나 칭찬을 하는지 옆에서 샘이 날 정도거든요. 그밖에도 많은 이유 때문에, 그 여자와 절교할 구실이 생기면 좋을 것 같군요. 사실 "자작 부인을 도통 볼 수가 없네요"라고 말해야 하는 상황이 가장 편하지 않겠어요?

그럼 이만 안녕히. 자작님은 지금 진정 시간이 귀합니다. 내 시간은 프레방을 행복하게 해주는 데 쓰려고 합니다.

17××년 9월 15일, 파리에서

일흔다섯번째 편지

(주: 이 편지에서 세실 볼랑주는, 즉 예순한번째 편지에 나온 사건들 중 자기한테 관계된 것을 전부 상세하게 얘기한다. 따라서 중복되는 부분은 생략하기로 했다. 그다음 발몽 자작에 대해서 이야기하는데, 그 내용은 다음과 같다.)

세실 볼랑주가 소피 카르네에게

그분은 정말 훌륭하다고 자신 있게 말할 수 있어. 엄마는 굉장히 나쁘게 얘기하시고 당스니 님은 굉장히 좋게 말하시는데, 내가 보기에는 당스니 님이 맞는 것 같아. 그렇게 재주가 좋은 사람은 본 적이 없어. 글쎄 사람들이 다 모여 있는 데서 나한테 당스니 님의 편지를 전해주시는 거야. 물론 아무도 못 봤지. 미리 귀띔을 해주시지도 않았기 때문에 굉장히 무서웠단다. 지금이야 준비가 되어 있지만 말이야. 당스니 님한테 답장을 보내려면 어떻게 해야 하는지도 이미 다 알아차렸어. 아무래도 그분하고 잘 통할 것 같아. 눈빛만 봐도 무슨 생각을 하시는지 알 수 있는걸. 어떻게 그렇게 하실 수 있는지 모르겠어. 지난번에 그분이 편지를 쓰셨다고 얘기했었지? 엄마 앞에서는 나한테 신경을 쓰고 있다는 눈치를 보이지 않겠다고 하셨고. 정말 그렇게 보이거든? 하지만 그분 쪽으로 시선을 옮기면 어김없이 시선이 부딪치게 된단다.

이곳에는 내가 몰랐던 엄마의 친구가 한 분 더 계셔. 발몽 자작님이 그 부인한테 굉장히 신경을 쓰시는 듯한데, 정작 그분은 자작님을 그다지 좋아하지 않으시는 것 같아. 자작님이 이곳 생활이 싫증이 나서 곧 파리로 돌아가실까 봐 걱정이 돼. 그러면 정말 속상할 것 같아. 친구인 당스니 님과 나를 위해서 일부러 여기까지 오신 거라니 정말 좋은 분이잖니! 감사하는 마음을 표시하고 싶은데 어떻게 말을 걸어야 할지 모르겠어. 또 막상 그런 기회가 온다고 해도 부끄러워서 무슨 말을 해야 할지도 잘 모를 것 같고.

내 사랑에 대해서 같이 자유롭게 얘기를 나눌 수 있는 사람은 메르테유 부인뿐이야. 물론 너한테는 이렇게 뭐든 다 말할 수 있지만, 막상 만나서 얘기하자면 무척 거북할 것 같아. 심지어 당스니 님과 같이 있어도 뭔지 모를 두려움 때문에 내 생각을 그대로 다 얘기하기 어려웠는걸. 물론 지금 그걸 후회하고 있지만 말이야. 당스니 님한테 한 번만, 정말 단 한 번만이라도 내가 얼마나 사랑하고 있는지를 말할 수 있다면 무슨 일이든 다 할 수 있을 것 같아. 발몽 님이 약속하셨대. 내가 잘 따라주기만 하면 우리 두 사람이 만날 수 있는 기회를 마련해주시겠다고 말이야. 난 물론 그분이 원하는 대로 하겠지만, 정말 그런 날이 올 것 같지는 않아.

나의 친구 세실, 그럼 이만 안녕. 더 쓸 자리가 없구나.[8]

17××년 9월 14일, ××× 저택에서

---

8 이어지는 편지를 보면 알 수 있겠지만, 볼랑주 양은 속내를 털어놓으며 조언을 구하는 상대를 바꾸었다. 그러므로 이후 볼랑주 양이 수녀원 친구에게 보낸 편지는 독자들에게 아무런 도움이 되지 않기에 싣지 않기로 했다.

일흔여섯번째 편지

발몽 자작이 메르테유 후작 부인에게

부인의 편지가 그를 야유하는 건지 아닌지 전 잘 모르겠군요. 아니면 편지를 쓰는 동안 심각한 착란 상태에 빠지셨던 건가요? 제가 부인을 잘 알고 있으니 망정이지, 아니면 두려워질 정도였습니다. 물론 부인께서 무슨 얘기를 하시든 어차피 전 쉽게 겁먹는 사람은 아니지만요.

편지를 읽고 또 읽어봐도 좀처럼 이해가 가지 않습니다. 씌어 있는 뜻 그대로 읽으려고 해도 도무지 모르겠군요. 도대체 무슨 얘기를 하고 싶으셨던 겁니까?

대단할 것도 없는 적수 때문에 신경 쓸 필요가 없다는 얘기를 하시고 싶은 건가요? 혹시 그렇다면 잘못 생각하신 겁니다. 프레방은 정말 매력적인 남자입니다. 부인께서 생각하시는 것보다 훨씬 더 매력적이죠. 특히 아주 유용한 재능을 가졌습니다. 사람들이 모인 곳에서 공개적으로 얘기하면서 처음부터 교묘하게 자기 연애담을 화제로 삼을 줄 아는 겁니다. 대부분의 여자가 그 함정에 걸려들어 대답을 하게 되죠. 여자들이란 언제나 자기들이 섬세하다고 믿고 있기 때문에 그것을 내세울 기회를 놓치려고 하지 않으니까요. 부인께서도 아시다시피, 여자들은 사랑에 대해 얘기를 하게 되면 결국 사랑에 빠져들게 됩니다. 아니면 적어도 사랑을 하고 있는 것처럼 행동하게 됩니다. 심지어 프레방은 사랑에 굴복한 여자들을 증인으로 내세우기도 합니다. 실로 완벽하게 이 방법을 사용해서 자주 성공을 거두죠. 제가 직접 본 적이 있기에 드리는 말씀입니다.

사실 그때까지 저도 비밀을 전해 들어서 알고 있을 뿐이었습니다. 프레방과 직접 교분이 있었던 건 아니니까요. 그러다 우연히 어느 자리에서 직접 듣게 되었습니다. 여섯 명이 모인 자리였죠. 스스로 무척 세련된 여자라고 생각하는 P×× 백작 부인이 프레방한테 함락당한 이야기, 그리고 이후 두 사람 사이에 일어났던 일을 모두 상세히 얘기하더군요. 사정을 모르는 사람이라면 그저 대수롭지 않은 이야기를 하는 것처럼 들렸을 겁니다. 백작 부인은 정말 아무렇지도 않게 얘기했죠. 그 자리에 있던 여섯 명이 모두 웃음을 터뜨렸는데도 정작 말하는 사람은 조금도 동요하지 않았습니다. 지금도 기억나는데, 우리 중 누군가가 웃어서 미안하다고 하면서 조금 전 한 얘기를 도저히 믿을 수 없다고 했더니, 글쎄 우리 중에서 자기보다 이 일을 더 잘 아는 사람이 누가 있느냐고 심각하게 묻는 겁니다. 심지어 프레방한테 자기가 한 말이 하나라도 틀린 게 있냐고 묻기까지 하더군요.

전 그때 프레방이라는 자가 모두에게 위험한 인물이라는 것을 깨달았습니다. 그런데 부인께서는 그가 잘생겼다는 것, 아주 잘생겼다는 것밖에 보이지 않던가요? 아니면 그가 멋진 공격만 하면, 그러니까 멋지다는 이유만으로도 기꺼이 상을 주고 싶은 그런 공격을 하면 되는 건가요? 아니면 이유야 어떻든 항복을 하는 게 재미있는 일이라고 생각하시는 건가요? 아니면…… 모르겠습니다. 여자의 머릿속에 들어앉아 있는 수많은 변덕 때문인가요? 부인께서도 역시 여자라서 그것만은 어쩔 수 없으신 건가요? 이제 위험을 경고해드렸으니 잘 헤쳐나가시리라고 믿습니다. 저로선 경고를 드리지 않을 수 없었습니다. 다시 본론으로 돌아오죠. 도대체 무슨 말을 하시고 싶었던 겁니까?

부인께서 하신 말이 그저 프레방을 야유하는 것이었다면, 일단 너무 장황합니다. 저한테 하셔봐야 소용없는 얘기입니다. 사람들이 보는 앞에서 그를 웃음거리로 만드셔야죠. 그 일에 대해 다시 한 번 부탁드리겠습니다.

아! 이제야 수수께끼 같은 부인의 말씀을 이해하겠네요! 그러니까 그것은 예언이로군요. 스스로 어떤 일을 하게 될지 예언하신 게 아니라, 준비된 함정에 걸려든 프레방의 눈으로 바라본 부인의 미래를 예언하신 겁니다. 부인의 계획에는 저도 동의합니다. 하지만 제대로 준비하셔야 합니다. 남자를 가졌다는 것과 남자의 보살핌을 받는다는 것은 사람들의 눈에는 모두 같은 것으로 보인다는 사실을 모르시지는 않겠죠. 문제의 남자가 바보가 아니라면 말입니다. 프레방은 바보가 아닙니다. 절대 아닙니다. 상대방에게서 작은 기미만 잡으면 사람들한테 모두 떠벌릴 겁니다. 그러면 바보들은 그대로 믿을 것이고, 심술궂은 사람들은 믿는 척하겠죠. 그럴 때 어떻게 대처하시겠습니까? 걱정이 됩니다. 부인이 얼마나 능숙한지 믿지 못해서가 아닙니다. 원숭이도 나무에서 떨어질 때가 있지 않습니까?

저도 그자만큼 알 건 다 압니다! 여자의 명예를 더럽히는 방법이라면 100개도, 1,000개도 찾을 수 있습니다. 하지만 여자가 어떻게 그걸 모면할 수 있을지를 생각하다 보면 그만 두 손 놓아버리게 되죠. 나의 아름다운 벗이여, 부인의 경우만 해도 물론 그동안 부인의 행동은 훌륭한 걸작들이었지만, 그중에는 수완이 좋았다기보다는 운이 좋았던 게 많다고 생각합니다.

어쩌면 제가 헛수고를 하고 있는지도 모르겠군요. 부인이 그저 농담으로 한 말일 텐데 어떻게 한 시간 동안이나 이렇게 진지하게 얘기할 수 있는지, 저 스스로에 대해 감탄하고 있습니다. 아마도 절 비웃으시겠죠. 좋습니다. 할 수 없죠. 이제 다른 얘기를 해보겠습니다. 다른 얘기라! 그러고 보니 다르지 않군요. 결국 같은 얘기란 말입니다. 이번에도 역시 여자를 얻느냐 파멸시키느냐 — 사실 두 가지가 동시에 오는 경우가 많죠 — 하는 문제이니까요.

부인께서 제대로 지적하셨듯이, 전 두 가지 종류의 일을 준비하고 있습니다. 물론 두 일의 난이도는 다르죠. 아마도 복수가 사랑보다 더 빨리 진행될 것 같습니다. 볼랑주 양은 이미 모든 것을 내맡긴 상태입니다. 장담할 수 있습니다. 이제 기회만 오면 되고, 그건 제가 만들어낼 겁니다. 하지만 투르벨 부인 쪽은 상황이 다릅니다. 정말 골치 아픈 여자랍니다. 도대체 파악할 수가 없군요. 나를 사랑하고 있다는 증거가 100가지는 되는데, 내 사랑에 저항하고 있다는 증거는 1,000가지가 되니…… 이젠 그녀가 절 벗어나버릴까 봐 두렵기까지 합니다.

제가 이곳으로 돌아왔을 때 그녀가 보인 반응은 상당히 희망적이었습니다. 제 스스로 그 반응을 판단해보고 싶었으리라는 건 짐작하시겠지요. 전 첫 반응을 직접 보기 위해서 일부러 제가 나타날 때까지는 그녀가 전혀 알지 못하도록 했습니다. 그리고 여정을 잘 조절해서 일부러 식사 시간에 도착했죠. 오페라에서 보면 사건이 절정에 이르렀을 때 갑자기 등장해서 갈등을 풀어주는 존재가 있잖습니까? 전 그렇게 홀연히 나타난 겁니다.

식당에 들어설 때 사람들이 전부 나를 쳐다보게 만들려고 일부러 큰 소리를 냈고, 그래서 늙은 백모님이 기뻐하시는 얼굴, 볼랑주 부인이 언짢아하는 얼굴, 그리고 그 딸이 당황하면서도 기뻐하는 모습을 한 눈에 다 볼 수 있었습니다. 나의 아름다운 연인은 입구를 등지고 앉아 있었죠. 뭔가를 열심히 칼로 써느라 고개도 돌리지 않더군요. 제가 백모님을 향해 얘기를 하자, 예민하고 신앙심 깊은 나의 연인은 그 첫마디에 내 목소리를 알아차리고 마치 비명 같은 소리를 내더군요. 하지만 그건 놀라고 두려워서 지르는 비명이라기보다는 사랑이 담긴 비명 소리였습니다. 그때 전 이미 그녀의 얼굴을 볼 수 있는 곳까지 다가가 있었습니다. 마음이 혼란스레 뒤엉키고 생각과 감성이 서로 싸우고 있다는 게 여러 가지 형태로 얼굴에 나타나 있었습니다. 전 그녀 곁에 앉았죠. 그녀는 자기가 무엇을 하고 있는지, 무슨 말을 하고 있는지도 정확히 몰랐을 겁니다. 식사를 계속하고 싶어도 잘 안 되는 것 같더군요. 결국 당황스러움과 기쁨을 주체하지 못한 그녀는 15분이 채 안 되어 구실을 내세웠습니다. 기껏 생각해 낸 게 식탁에서 먼저 일어나겠다는 양해를 구하는 것이더군요. 나의 연인은 바람을 좀 쐬고 싶다는 이유를 대며 정원으로 나갔습니다. 볼랑주 부인이 같이 나가려고 했지만 사랑스럽고 정숙한 나의 연인이 거절했습니다. 아마도 혼자 있으면서 마음껏 감미로운 감동에 젖어보고 싶었나 봅니다.

전 가능한 빨리 식사를 마쳤습니다. 후식이 나오자마자 한시라도 빨리 나를 방해하고 싶었는지 가증스런 볼랑주 부인은 자리에서 일어났고, 곧 몸이 불편한 나의 연인을 찾으러 나섰습니다. 뻔히 그러리라고 짐작했던 터라, 전 곧 방해를 했습니다. 볼랑주 부인이 혼자 가려고 한 건 줄 알면서도 전부 같이 가자는 말로 알아들은 척한 겁니다. 제가 볼랑주 부인과 함께 일어섰더니 그 딸과 사제도 얼떨결에 따라 일어서더군요. 남은 건 백모님과 T×× 기사뿐인데, 결국 이 두 사람도 같이 나가기로 했습니다. 우리는 모두 함께 나의 연인에게로 갔습니다. 그녀는 저택 가까이 있는 작은 숲에 있더군요. 산책을 하고 싶었던 게 아니라 혼자 있고 싶었던 것이기 때문에, 우리와 같이 산책을 계속하기보다는 차라리 같이 돌아오고 싶어 했습니다.

볼랑주 부인이 나의 연인과 단둘이 얘기 나눌 틈을 내지는 못할 게 확실했고, 부인께서 내리신 명을 이행해야겠다는 생각도 들었기에, 전 부인의 제자 일에 전념했습니다. 커피를 마신 후 내 방으로 올라가서는 주위를 잘 알아두기 위해 다른 사람의 방에도 들어가봤습니다. 아가씨가 서신 왕래를 잘할 수 있도록 필요한 준비를 했고요. 이 첫번째 선행을 마친 다음 아가씨에게 짤막한 글을 썼습니다. 상황을 알려주기도 하고 또 저에 대한 신뢰를 구해야 했으니까요. 쪽지는 당스니의 편지 속에 같이 넣었습니다. 그리고 다시 거실로 내려갔더니, 나의 아름다운 연인은 소파에 몸을 기대고 앉아 있더군요.

그 광경이 나의 욕망을 일깨웠고, 내 눈길에 활기를 불어넣었습니다. 전 자리를 잘 골랐습니다. 다정하고 강렬하게 타오르고 있을 제 시선을 이용할 수 있는 곳으로 말입니다. 그랬더니 첫번째 효과로, 나의 정숙한 여인이 그 크고 순수한 시선을 밑으로 내려버리더군요. 전 잠시 동안 천사처럼 아름다운 그녀의 얼굴을 쳐다보았습니다. 이어 몸 전체를 훑으면서, 얇지만 속이 보이지는 않는 옷 아래로 펼쳐진 몸의 윤곽과 형태를 상상하는 즐거움에 잠겼습니다. 머리에서 발끝까지 살펴본 다음, 다시 다리에서 머리로 올라갔죠…… 그런데 세상에, 그녀의 부드러운 눈길이 날 향하고 있는 겁니다. 물론 바로 고개를 숙여버렸지만요. 그녀가 다시 절 쳐다볼 수 있게 해주려고 전 시선을 다른 곳으로 돌렸습니다. 이렇게 해서 우리 두 사람 사이에는 서로 쳐다보고 싶은 욕구를 충족시키기 위해서 시선이 마주칠 때마다 바꾸어가며 번갈아 쳐다보는 암묵적인 약속이, 수줍은 사랑의 첫 조약이 맺어졌습니다.

일단 나의 연인이 이 새로운 쾌락에 빠져 있다는 확신이 서자, 전 우리 두 사람이 안전한지를 살펴보았습니다. 다행히 다들 얘기에 열중하느라 별로 신경을 쓰지 않더군요. 전 그녀의 눈길이 솔직하게 속마음을 드러낼 수 있게 만드느라고 노력했습니다. 그러기 위해 몇 번 그녀의 시선과 제 시선이 부딪치게 했습니다. 하지만 신중한 그녀가 경계하지 않도록 무척 조심스레 쳐다보았죠. 또 수줍음이 많은 여인이라 불편해할까 봐 일부러 당황하는 척하기도 했습니다. 이렇게 서로 눈이 마주치는 것에 차츰 익숙해지면서 우리는 조금씩 더 오래 쳐다보게 되었고, 마침내 서로 눈을 떼지 않게 되었습니다. 그녀의 눈 속에는 감미로운 슬픔이 담겨 있더군요. 사랑과 욕망을 드러내는 행복한 신호이죠. 하지만 단 한 순간뿐, 곧 정신을 차린 그녀는 약간 부끄러워하면서 자세와 눈빛을 바꿔버렸습니다.

자기 마음속에서 일어나는 여러 가지 움직임이 간파당하고 있다는 것을 눈치 채면 곤란했기 때문에, 전 급히 자리에서 일어나며 놀란 목소리로 어디 불편하시냐고 물었습니다. 그 말에 모두가 그녀에게 다가갔고, 저 혼자 뒤에 서 있게 되었죠. 볼랑주 양은 창가에서 수를 놓고 있었기 때문에 수틀을 치우고 일어서려면 시간이 좀 걸리는 상황이었고, 전 그 틈을 이용해 당스니의 편지를 전해주었습니다.

사실 아가씨와 좀 떨어진 곳이었기 때문에 전 편지를 무릎에다 던졌습니다. 아가씨는 정말 어찌할 바를 모르더군요. 얼마나 놀라고 당황하던지 부인께서 그 모습을 보셨더라면 배꼽이 빠지도록 웃으셨을 겁니다. 하지만 전 웃지 않았습니다. 괜히 서툴게 굴다가 우리 사이가 탄로 나면 안 되니까요. 저는 눈짓과 몸짓으로 아가씨에게 편지를 주머니에 넣게 만들었습니다.

오늘 하루 이 일 빼고는 재미있는 게 하나도 없었군요. 아마도 그 이후에 일어난 일들은 부인께서 만족하시게 될 사건으로 이어지게 될 겁니다. 적어도 부인께서 후견하는 아가씨와 관련된 일은 말입니다. 하지만 계획을 말하는 것보다는 실행하느라 시간을 써야 한다는 생각이 드는군요. 벌써 여덟 장이나 썼습니다. 피곤합니다. 이만 줄이겠습니다. 안녕히.

제가 따로 말씀드리지 않아도 볼랑주 양이 당스니에게 답장을 썼으리라는 건 짐작하시겠죠.⁹ 저 역시 이곳에 도착한 다음 날 연인에게 편지를 썼고 답장도 받았답니다. 두 편지를 모두 동봉하겠습니다. 읽어보시든 읽지 않으시든 마음대로 하십시오. 끝없이 반복되는 이야기는 저한테도 재미가 없어지려고 하니 상관없는 사람한테야 그야말로 무미건조할 테죠.

다시 한 번 작별 인사를 드립니다. 전 늘 당신을 사랑합니다. 하지만 청하건대, 프레방에 대해서 얘기할 때는 제가 좀 알아들을 수 있게 해주십시오.

17××년 9월 17일, ××× 저택에서

일흔일곱번째 편지

발몽 자작이 투르벨 법원장 부인에게

부인, 어째서 그토록 잔인하게 절 피하느라고 애쓰시는 겁니까? 더없이 다정한 호의를 바친 데 대한 보답으로 제일 보기 싫은 사람한테나 해줄 그런 대접을 하시는 겁니까? 아! 나는 사랑의 힘으로 당신의 발아래로 돌아왔는데요. 이렇게 뜻하지 않은 행운으로 다시 당신 곁에 있게 되었지만, 당신은 내 곁에 있으려고 하지 않는군요. 몸이 불편한 척 일부러 주변 사람들의 관심을 모으기까지 했죠! 어제 나한테 시선을 주지 않으려고 몇 번이나 눈길을 돌렸나요? 딱 한 번 당신의 시선이 조금 온화해졌지만, 그것은 너무도 짧았습니다. 그 짧은 순간 동안 나를 바라본 다정한 눈길은

---

9 이 편지는 발견되지 않았다.

날 기쁘게 해주기보다는 오히려 그 순간이 지나가고 나면 어떻게 되는지를 절감하게 해주려는 것 같았습니다.

감히 말씀드리건대 사랑은 이런 대우를 받아서는 안 됩니다. 우정도 마찬가지입니다. 당신도 알고 있겠지만, 이 두 가지 감정 중 하나는 여전히 내 마음을 부추기고 있고, 다른 하나는 당신이 이미 받아들여준 감정이잖습니까? 귀중한 우정을 나에게 베풀기로 한 건 내가 받을 자격이 있다고 생각했기 때문이 아닙니까? 그런데 도대체 내가 무슨 잘못을 저질렀다고 그 우정마저 앗아가시는 겁니까? 당신을 신뢰한 것이 나빴나요? 나의 솔직함을 벌하시는 겁니까? 당신은 지금 나의 신뢰와 솔직함, 이 두 가지를 악용하고 있는 게 아닌가요? 내가 비밀을 털어놓은 곳이 소중한 벗의 가슴속이 아니었던가요? 당신이 내건 조건들을 일단 받아들이고 나서 무시해버릴 수도 있고, 필요에 따라 멋대로 써먹으면 되는 것이었는데, 그럼에도 불구하고 거절할 수밖에 없었던 건 오직 나의 벗 한 사람을 위하는 마음 때문이었는데요. 나를 이렇게 매정하게 대하는 건 옳지 않습니다. 당신의 너그러운 마음을 얻기 위해서는 차라리 거짓말을 했어야 했다고 생각하게 만드시려는 겁니까?

당신에 대해서, 그리고 나 자신에 대해서 한 행동들을 조금도 후회하지 않습니다. 하지만 아무리 훌륭한 일을 해도 매번 그것이 새로운 불행을 알리는 신호가 되는 건 도대체 무슨 운명일까요?

당신이 칭찬할 수밖에 없는 행동을 하고서도 오히려 난 처음으로 당신을 불쾌하게 만든 게 아닌가 하는 두려움에 신음하고 있습니다. 난처해하는 당신을 달래주기 위해서, 오직 그 이유 하나 때문에 당신을 만나는 행복을 포기하면서까지 나의 완전한 복종심을 증명했는데, 당신은 오히려 서신 왕래도 끊으려고 했고, 당신이 요구한 희생에 대한 최소한의 보상도 빼앗으려고 했고, 심지어 나로 하여금 그런 희생을 할 수 있게 만든 사랑마저도 빼앗으려고 했죠. 난 손해가 될지도 모르지만 그래도 모든 걸 솔직하게 얘기했는데, 당신은 내가 무슨 사악한 짓을 저지르기라도 한 것처럼, 마치 위험한 바람둥이라도 되는 것처럼, 그렇게 날 대하고 있습니다.

계속 이렇게 부당하게 날 피할 건가요? 도대체 내가 또 무슨 잘못을 저질렀기에 그토록 매정하게 대하는 건지 이유라도 알려주십시오. 그리고 나에게 명을 내릴 것이 있으면 서슴없이 하십시오. 분명 실행에 옮길 테니, 알려달라고 청해도 되지 않겠습니까?

17××년 9월 15일, ×××에서

일흔여덟번째 편지

투르벨 법원장 부인이 발몽 자작에게

자작님께서는 제 태도에 놀라신 것 같군요. 그리고 마치 비난할 권리라도 있다는 듯이 해명을 요구하십니다. 사실 놀라워하고 불만을 가질 사람은 자작님이 아니라 저라고 생각합니다. 전 자작님이 더 이상은 무언가를 지적하고 비난하실 수 없도록 철저하게 무관심한 태도를 취하기로 결심했습니다. 마지막으로 보내온 답장에서 자작님이 분명 제 우정을 거절하셨으니까요. 하지만 계속 해명을 요구하시고, 또 진정 다행스럽게도 제 마음에는 거리낄 것이 조금도 없으니, 다시 한 번 알려드리겠습니다.

상황을 모르는 사람은 자작님의 편지를 읽어보고 절 나쁜 사람이라고 생각하거나 아니면 이상한 여자라고 생각할 겁니다. 전 누구한테도 그런 눈길을 받지 않을 자격이 있는 사람입니다. 자작님의 경우는 더욱 그렇고요. 저로 하여금 이렇게 해명을 하게 만들면 아마도 우리 사이에 있었던 일을 회상할 수밖에 없게 되리라고, 그러면 분명 자작님께 득이 되리라고 생각하셨나 봅니다. 하지만 적어도 자작님에 대해서는 잃을 게 없기 때문에 아무것도 두렵지 않습니다. 어쩌면 그렇게 지나간 일을 검토해보는 게 우리 둘 중 누가 누구를 원망해야 하는지 알 수 있는 유일한 방법일지도 모르겠습니다.

자작님이 이 저택에 오신 날부터 시작해보겠습니다. 자작님도 인정하시겠지만, 저로선 처음에는 자작님의 평판 때문에라도 신중하게 대할 수밖에 없었습니다. 어쩌면 그때 너무 얌전한 체한다는 말을 들을까 봐 신경 쓰지 말았어야, 그냥 지극히 냉정한 친절을 보이는 데 만족했어야 했는지도 모르겠습니다. 그랬다 해도 자작님은 절 관대하게 대하셨을 테니까요. 저처럼 미숙한 여자가 자작님의 장점을 제대로 평가하지 못하는 건 당연한 일이라고 생각하셨을 겁니다. 분명 그렇게 하는 게 신중한 태도였습니다. 하지만 그러기가 어려웠습니다. 로즈몽드 부인께서 자작님이 오신다는 소식을 알려주셨을 때 당황하는 기색을 내비치지 않는 것도 힘이 들었고요. 노부인이 절 얼마나 좋아하시고 또 당신 조카를 얼마나 좋아하시는지를 생각해서 간신히 참았다는 것도 이제 숨김없이 말씀드리겠습니다.

사실 처음엔 자작님은 제가 생각했던 것보다 훨씬 좋은 분 같았습니다. 하지만 오래가지 않았죠. 자작님도 인정하셔야 할 겁니다. 자작님이 보여주신 절제에 대해 제가 호감을 갖는 것만으로는 충분하지 않으셨는지 이내 싫증을 느끼니까요.

그때부터 자작님은 제가 선의를 가지고 있고 마음을 놓고 있다는 것을 악용하여 자기의 감정을, 분명 저에게 모욕적이라는 것을 아시면서, 서슴없이 얘기하셨습니다. 자작님은 그렇게 과오에 과오를 거듭하셨지만 전 잊으려고 노력했습니다. 적어도 부분적으로라도 과오를 보상할 수 있는 기회까지 드리면서 말입니다. 제 요구가 지극히 정당한 것이었기에 거부하실 수 없으리라고 생각했습니다. 하지만 자작님은 저의 관대함을 마치 당연한 권리처럼 누리시면서 제가 해서는 안 되는 것을 허락해달라고 요구하셨습니다. 그리고 절대 허락해서는 안 되는 것이었지만, 결국 얻어내셨습니다. 하지만 자작님은 제가 허락과 함께 제시한 조건마저도 지키지 않으셨습니다. 자작님이 보내는 편지는 그 하나하나가 저에게 회답을 써서는 안 된다는 의무를 부과하는 그런 글이었습니다. 계속 완강하게 고집을 부리시는 바람에 결국 자작님과 멀리 떨어져 있을 수밖에 없었던 그 시기에도, 어쩌면 비난받을 일이었는지 모르지만, 전 자작님께 다가갈 수 있는 유일한 방법을 시도했습니다. 하지만 이런 정숙한 제 마음이 자작님께는 어떤 가치가 있었나요? 자작님은 우정을 경멸하십니다. 그리고 광적인 도취에 빠져, 불행이나 수치심 같은 것은 아랑곳하지 않으면서, 쾌락과 희생만을 추구하십니다.

　자작님의 행동은 경솔하고, 저에 대한 비난 역시 앞뒤가 맞지 않습니다. 그리고 자작님은 약속을 잊고 계십니다. 아니 약속 어기는 걸 즐기십니다. 저로부터 멀리 있겠다고 하시고서도 제가 다시 청하지도 않았는데 이렇게 돌아오셨잖습니까.

　제가 부탁드린 것도 무시하고, 제가 제시한 이유도 무시하고, 거침없이 저를 놀라게 하셨습니다. 물론 제가 놀라는 모습이라고 해봐야 대수롭지 않게 넘어갈 만한 것이었지만, 그래도 주위 사람들이 해석하기에 따라 나쁜 결과를 가져올 수도 있지 않을까요? 더구나 자작님은 조금이라도 덜

어색하게 넘어갈 수 있도록 애를 쓰지도 않았고, 곤란한 상황을 해결하지도 않았죠. 오히려 절 더 궁지에 몰아넣으셨습니다. 식탁에서도 제 바로 앞자리를 선택하셨고, 몸이 불편해서 다른 사람들보다 먼저 일어났더니 제 고독을 방해하러 오셨습니다. 혼자 있고 싶어 한다는 걸 아시면서도 오히려 사람들을 부추겼죠. 거실로 돌아와서도 제가 걸음을 옮길 때마다 따라오셨습니다. 어쩌다 제가 한마디라도 하면 나서서 대답을 하셨고요. 전혀 상관이 없는 말을 할 때도 언제나 제가 듣고 싶지 않은 얘기로 화제로 몰아가셨습니다. 저를 위태롭게 할 수도 있는 얘기로 말입니다. 자작님, 자작님이 아무리 능숙한 분이라지만, 제가 알아들을 수 있는 건 다른 사람들도 다 알아들을 수 있지 않을까요?

결국 전 꼼짝도 하지 못했고 아무 말도 하지 못했습니다. 그런데도 자작님은 계속 저를 따라오셨죠. 눈을 들면 어김없이 자작님의 시선과 마주쳤습니다. 전 쉴 새 없이 시선을 돌려야 했습니다. 그리고 왜 그러시는 건지 모르겠지만, 저 자신의 시선으로부터도 빠져나가고 싶던 그 순간에 오히려 주위 사람들의 시선이 전부 제게 집중되게 만드셨습니다.

그런데도 제 태도를 원망하시다니요! 제가 자작님을 피한다고 놀라워하시다니요! 아! 차라리 제가 너무 너그럽다고 비난을 하셔야 하지 않을까요? 자작님이 이곳에 오셨을 때 바로 떠나지 않은 것을 놀라워하셔야 하지 않을까요? 그때 떠났어야 했습니다. 계속 저를 따라오시며 모욕을 주신다면, 이제라도 그렇게 할 수밖에 없습니다. 무례한 방법이지만 꼭 필요한 방법을 택할 수밖에 없습니다. 네, 전 제 의무를 잊지 않고 있습니다. 결코 잊지 않을 겁니다. 저 자신에 대한 의무, 제 손으로 이룬 인연들, 제가 존중하고 사랑하는 인연들에 대한 의무를 잊지 않을 겁니다. 만일 불행하게도 그 인연과 제 자신 중 하나를 선택해야 하는 순간이 온다면, 전 한 순간도 망설이지 않을 겁니다. 제 말을 믿어주십시오. 그럼 이만 줄이겠습니다.

17××년 9월 16일, ×××에서

일흔아홉번째 편지

발몽 자작이 메르테유 후작 부인에게

오늘 아침 사냥을 가려고 했는데, 날씨가 너무 나쁘더군요. 독서를 좀 하려고 했더니 읽을 만한 건 새 소설 한 권뿐이고, 그나마 수녀원 기숙학생들도 지겨워할 그런 책이었습니다. 아무리 빨라도 두 시간은 있어야 점심식사를 할 테니, 어제 그렇게 긴 편지를 썼음에도 불구하고 오늘 다시 한 번 부인과 얘기를 나누려고 합니다. 분명 지겹지 않으실 겁니다. '아주 잘생긴' 프레방의 얘기니까요. 절대 떨어질 수 없는 사람들을 떨어뜨려놓은 그 유명한 사건을 어떻게 모르실 수가 있습니까? 제일 앞부분만 들어도 기억이 나실 겁니다. 그래도 부인께서 원하시니 제가 다시 들려드리죠.

똑같이 미인이고 재능도 있고 또 야심도 큰 세 여자가 사교계에 발을 들여놓았고, 이후 줄곧 친하게 지내면서 온 파리 사람들을 놀라게 했던 것을 기억하실 겁니다. 처음에는 아직 숫기가 없어서 그렇다고 생각했습니다. 하지만 이내 세 여자 모두 남자들에게 둘러싸이고 호의와 배려를 받으며 자기들의 가치를 알게 되었는데도 오히려 전보다 더 친하게 지냈죠. 셋 중 한 여자가 사랑을 쟁취하면 그것이 바로 나머지 두 여자의 승리라도 되는 듯했습니다. 그래도 사람들은 일단 사랑에 빠지게 되면 어느 정도 경쟁심이 생겨날 거라고 믿었습니다. 당연히 파리의 멋진 남자들이 앞 다투어 달려들어 '불화의 사과'가 되는 영광을 누리려고 했죠.* 저 역시 ×× 백작 부인만 아니었다면 빠지지 않았을 겁니다. 당시 전 명성이 자자하던 백작 부인에게 애정을 구하면서 답을 기다리는 중이었는데, 그전에 잠시 동안만 다른 여자를 봐도 좋다는 허락만 얻어냈다면 분명 그 일에 동참했을 겁니다.

세 여자는 같은 사육제 동안에 마치 공모라도 한 듯 각기 연인을 선택했습니다. 하지만 사람들의 기대와 달리 사이가 나빠지지 않았고, 오히려 서로 비밀을 털어놓으며 더 재미있는 우정을 누렸습니다.

그러자 세 여자의 사랑을 얻는 데 실패한 남자들과 세 여자를 시기한 여자들이 합세하여 말도 안 되는 한결같은 우정에 대해서 입방아를 찧기 시작했습니다. 어떤 사람들은 '언제나 붙어 다니는 여자들'(당시 이들을 이렇게 불렀죠) 사이에 분명 재산을 공유한다는 기본 원칙이 있고, 사랑도 해당될 거라고 했습니다. 또 그 여자들의 애인이 된 남자들은 남자 연적은 없겠지만 그 대신 여자 연적이 있다고 말하는 사람까지 있었습니다. 심지어 외관상 애인을 골랐을 뿐, 그냥 이름뿐인 애인이라고까지 했답니다.

사실이든 아니든 이런 소문 역시 기대했던 효과를 보지 못했습니다. 오히려 세 쌍의 남녀는 갈라서면 곧 파멸이라고 믿었고, 폭풍처럼 휘몰아치는 세간의 관심에 꿋꿋이 맞섰습니다. 어차피 사람들이란 이내 싫증을 내고 마니까요. 결국 욕을 해봐야 아무 효과가 없으니 다시 한 번 시들해

---

* 파리스가 아프로디테에게 금사과를 주어 여신들 간의 불화를 일으킨 이야기를 말한다.

졌고, 경박한 속성을 살려 다른 대상을 찾아 나섰죠. 또 갑자기 변덕을 부리면서, 매번 그렇듯이, 비난 대신 칭찬을 늘어놓기 시작했습니다. 사교계란 원래 유행이 빠른지라, 열정적 칭송은 곧 퍼져나갔습니다. 그리하여 거의 열광적 수준에 이르렀을 즈음, 프레방이 나선 겁니다. 이 불가사의한 일의 진상을 밝히고, 세 여자에 대한 사람들의 생각과 자기 자신의 생각을 확실하게 정리하겠다고 말입니다.

그렇게 해서 프레방은 흠잡을 데 없는 연인들에게 다가갔습니다. 어려움 없이 무리에 끼어들 수 있었죠. 그는 그것을 좋은 징조로 간주했습니다. 행복한 사람들이라면 새로운 사람이 쉽게 접근하게 두지 않는다는 걸 알고 있었으니까요. 결국 프레방은 사람들이 그토록 칭송하는 그들의 행복이 말하자면 임금님들이 누리는 행복과 같은 것이어서, 선망의 대상이 될 수는 있지만 그다지 좋은 건 아니라는 사실을 알게 되었습니다. 언제나 붙어 다니던 여자들도 조금씩 바깥에서 즐거움을 찾으려고 하고, 심지어 그런 식으로 기분전환을 하며 즐긴다는 것도 알게 되었습니다. 그리고 사랑도 우정도 이미 느슨해졌거나 깨져버린 게 분명하고, 자존심과 습관이 겨우 이들의 관계를 지탱하고 있다는 결론에 이르게 되었습니다.

하지만 여자들은 계속 모일 필요가 있었겠죠. 남자들은 아무래도 처신이 좀더 자유로우니까, 할 일이 있다든가 볼 일이 있다든가 둘러대곤 했습니다. 불만이 커졌지만 그래도 관계는 그럭저럭 이어졌죠. 물론 전원이 함께 모이는 일은 점점 드물어졌습니다.

남자들의 이런 행동은 매번 모임에 빠짐없이 참석하던 프레방을 도와주는 셈이었습니다. 프레방은 당연히 매번 짝이 오지 않은 여자 옆에 앉았고, 그렇게 해서 번갈아가며 세 여자에게 똑같이 경의를 표할 수 있었던 겁니다. 그는 셋 중 하나를 선택하는 순간 실패하고 만다는 것을 처음부터 알고 있었겠죠. 선택된 여자는 제일 먼저 친구들을 배신했다는 잘못된 수치심 때문에 겁을 먹게 될 테고, 나머지 두 여자는 상처받은 자존심 때문에 새로 등장한 연인을 적으로 삼아 거창한 원칙들을 내세우며 강력히 공격해댈 테니까요. 또 한 가지가 더 있죠. 아직은 마음을 놓을 수는 없는 연적이 질투심이 생겨 다시 그 여자를 챙길지도 모르는 일이었습니다. 모두가 장애물이었죠. 하지만 세 여자를 동시에 사귀려는 그에게는 식은 죽 먹기였습니다. 여자들은 모두가 다 자기 일이니 관대할 수밖에 없고, 남자들은 또 자기 일이 아니기 때문에 관대하게 나왔으니까요.

당시 희생양이 될 여자는 단 한 사람, 프레방의 연인이었습니다. 그런데 정말 운이 좋게도 그 여자가 유명해졌습니다. 외국 여자인데다가 경의를 표한 어느 대공(大公)의 청을 아주 능숙하게 거절하면서 궁정 사람들과 파리 사람들의 주목을 받게 된 겁니다. 프레방 역시 그 여자의 연인으로 함께 영예를 나누었고, 새로운 애인들을 다룰 때도 그 영예를 써먹을 수 있었죠. 한 가지 어려운 점은 세 건의 연애를 동시에 진행시켜야 한다는 것이었습니다. 진척이 늦어질 수밖에 없었겠죠. 저도 프레방의 친한 친구에게서 들은 건데, 세 여자 중 하나와의 사랑이 다른 두 여자보다 보름 정도 먼저 결실을 맺을 기회가 있었는데, 그걸 멈춰야 했던 게 가장 힘들었다고 하더군요.

마침내 그날이 왔습니다. 프레방은 이미 세 여자에게서 사랑의 고백을 얻어냈고, 자기가 원하는 대로 일을 진행시킬 수 있었습니다. 그래서 이렇게 했답니다. 당시 세 여자의 애인 중 하나는 다른 곳에 가 있었고, 또 하나는 다음 날 새벽에 떠날 예정이었고, 세번째는 파리에 있었습니다. 언제나 붙어 다니는 세 친구는 애인 없이 혼자 남게 될 여자의 집에 모여 저녁을 먹기로 했는데, 새 주인이 된 프레방이 여자들을 섬기던 옛 종들을 초대하지 못하게 한 겁니다. 그래 놓고 자기가 옛 연인에게서 받았던 편지를 세 여자에게 나누어주었답니다. 한 여자에게는 애인이 준 초상화를, 두번째 여자에게는 애인이 직접 그린 사랑의 기호를, 그리고 세번째 여자에게는 애인의 머리카락을 넣어, 바로 그날 아침에 모두 보낸 겁니다. 세 여자는 각기 자기가 받은 3분의 1의 제물을 온전한 것으로 생각했고, 그에 대한 보답으로 역시 옛 연인들에게 화려한 절교장을 보내기로 했습니다.

이것만으로도 분명 대단한 일이었죠. 하지만 다가 아닙니다. 프레방은 우선 애인이 파리에 남아 있던 여자가 저녁 시간을 모두 자기에게 바치게 만들었습니다. 애인 때문에 밤에는 시간을 내기 어려운지라, 몸이 불편하다고 거짓말을 하고는 친구 집에 저녁을 먹으러 가지 않기로 한 겁니다. 이어 밤 시간은 애인이 딴 곳에 가 있는 여자의 집에서 보내기로 하고, 또 새벽에는 애인이 길을 떠나는 그 시각에 세번째 여자와 밀회를 즐기기로 했답니다.

프레방은 그야말로 치밀한 인간인지라, 우선 아름다운 외국 여인에게 달려갔습니다. 그러곤 괜히 신경질을 부리면서 일부러 상대방을 화나게 만든 겁니다. 연인의 집을 나설 때는 스물네 시간 동안의 자유를 확보해 놓은 상태였죠. 이렇게 모든 준비를 마치고 잠시 쉬기 위해 집으로 돌아왔을 때, 다른 사건들이 프레방을 기다리고 있었습니다.

연인의 사랑을 빼앗긴 남자들은 절교 편지를 받아보고는 다들 짐작 가는 데가 있었습니다. 세 사람 모두 분명 프레방 때문이라고 생각한 겁니다. 여자한테 버림받는다는 건 언제든 조금 수치스러운 일일 수밖에 없고, 거기에 또 속았다는 분한 마음이 보태졌겠죠. 그렇게 해서 세 남자가 서로 연락한 것도 아닌데, 마치 공모라도 한 듯, 분한 마음을 풀기 위해서 이 행복한 연적에게 해명을 요구하게 된 겁니다.

그러니까 프레방의 집에는 결투를 신청하는 편지가 세 통 기다리고 있었던 거죠. 프레방은 피하지 않았습니다. 예정되어 있는 쾌락을 버리기도 싫었고 또 빛나는 전과가 될 이 사건을 놓치기도 싫었기에, 그는 약속 시간을 다음 날 아침으로 잡았습니다. 세 사람을 같은 시간에 같은 장소로 부른 거죠. 바로 불로뉴 숲의 입구였습니다.

저녁이 되자 프레방은 세 번의 정사를 위해 뛰어다녔고, 모두 성공을 거두었습니다. 나중에 그가 자랑삼아 떠벌린 바에 따르면, 세 명의 새 연인에게 각기, 그러니까 세 번에 걸쳐 사랑을 표시하고 맹세한 것은 사실인 듯하더군요. 물론 부인께서도 금방 눈치 채셨겠지만 증거는 없습니다. 의혹을 품은 독자가 있다면, 전 공정한 역사가로서 이렇게 말할 수밖에 없습니다. 허영심과 상상력이 발동하면 기적을 낳을 수 있고, 또 그렇게 빛나는 밤을 보낸 다음 날 아침에는 앞날을 생각하지 않아도 된다고 말입니다. 어쨌든 지금부터 얘기해드릴 내용은 앞의 것보다는 확실합니다.

프레방은 지정된 장소에 제시간에 도착했습니다. 그 자리에서 만난 세 남자는 놀라움을 금치 못했지만, 동시에 서로 불행의 동반자라는 것을 깨닫고는 어느 정도 위안을 삼는 듯했답니다. 저도 전해 들은 사실인데, 프레방은 세 연적에게 상냥하고 정중하게 다가가서 이렇게 말했다고 합니다.

"여러분, 이렇게 같이 모였으니 세 분 모두 불만이 있다는 점을 아실 겁니다. 여러분의 결투에 기꺼이 응하겠습니다. 세 분 모두 똑같이 저에게 복수할 권리가 있으니까, 누가 제일 먼저 할 것인지 정하십시오. 전 보조인도 데려오지 않았고 증인도 데려오지 않았습니다. 여러분을 모욕하면서 누구의 힘도 빌리지 않았으니 이제 그 대가를 치르는 데도 그렇게 하겠습니다." 그러곤 카드 게임을 즐기는 사람답게 이렇게 덧붙였죠. "게임을 해서 돈을 따는 경우는 거의 없다는 걸 알고 있습니다. 내 앞에 어떤 운명이 기다리고 있는지는 모르겠지만, 그동안 살아오면서 여자들의 사랑을 받고 남자들의 존경을 받았으니 그 정도면 충분히 살았다고 생각합니다."

놀란 적들은 아무 말 없이 서로 쳐다보았습니다. 아마도 셋에서 한 사람을 상대하는 것은 공정한 승부가 될 수 없다고 생각했겠죠. 프레방이 다시 입을 열어 이렇게 말했답니다. "솔직히 말씀드리면 지난밤을 워낙 힘들게 보낸지라 무척 피곤합니다. 너그럽게 생각하셔서 잠시만 기운을 회복할 시간을 주시면 고맙겠습니다. 이곳으로 아침식사를 가져오게 해두었으니 부디 같이 해주십시오. 같이 식사를 합시다. 즐겁게 말입니다. 이런 하찮은 일 때문에 결투를 하게 되었다고 쳐도, 그렇다고 기분까지 망칠 필요는 없지 않겠습니까?"

세 남자는 프레방과 함께 식사하기로 했습니다. 프레방은 이때 더없이 상냥했었다고 합니다. 진정 놀라운 수완을 발휘하여 연적들 중 어느 누구도 모욕당한 기분을 느끼지 않으면서 그만한 성공은 누구나 거둘 수 있는 거라고 설복당했고, 그런 기회가 왔을 때 그냥 놓치기는 어려울 거라고 받아들이게 되었습니다. 일단 이것을 인정하고 나자 모든 게 술술 풀려나갔습니다. 미처 식사가 끝나기도 전에 자기들 같은 신사가 그런 여자들 때문에 서로 싸운다는 건 있을 수 없는 일이라는 말이 열 번도 더 나올 정도였답니다. 생각이 여기에 이르자 그들 사이에는 모종의 친근감이 생겨났고, 그 느낌은 취기가 돌면서 더욱 강해졌습니다. 결국 조금 후에는 원한이 사라졌고, 심지어 서로 굳은 우정을 맹세하기에 이르렀답니다.

프레방으로선 물론 이런 식의 결말이 나쁘지 않았지만, 그래도 자기의 명성은 온전히 살리고 싶었겠죠. 그래서 원래 계획한 것을 상황에 맞취 교묘하게 수정해서 이렇게 말했답니다. "여러분이 복수해야 할 곳은 내가 아니라 부정한 여자들입니다. 제가 기회를 마련해드리겠습니다. 저 역시 여러분과 똑같이 모욕을 당하게 될 거라는 사실을 벌써 알 수 있으니까요. 여러분이 각기 한 여자를 잡는 데도 실패하셨는데 제가 어떻게 세 여자를 다 잡을 수 있겠습니까? 저도 여러분과 똑같은 싸움을 하게 될 겁니다. 오늘 저녁 우리 집에 오셔서 저녁식사를 합시다. 여러분의 복수를 더 이상 미루고 싶지 않습니다." 세 사람은 프레방이 무슨 말을 하는 건지 설명을 듣고 싶었지만, 그는 그냥 거만하게 말을 이었습니다. 사실 프레방으로서야 거만을 피울 수 있는 상황이었죠. "여러분, 제가 어느 정도 요령이 있는 사람인지 이미 보여드리지 않았나요? 저만 믿으십시오." 남자들은 모두 그러기로 했습니다. 새 친구에게 인사를 한 후 그들은 약속의 결과를 기대하면서 저녁 때 다시 만나기로 하고 헤어졌습니다.

지체 없이 파리로 돌아간 프레방은 관례대로 새로 정복한 여자들을 찾아다녔고, 셋 모두에게서 저녁때 '단둘이' 자기 집에서 저녁식사를 하자는 승낙을 얻어냈습니다. 그중 두 여자는 조금 난색을 보였지만, 함께 사랑의 결실을 본 다음 날인데 뭘 거절하겠습니까? 계획을 실행하는 데는 시간이 좀 필요했기 때문에, 프레방은 한 시간씩 간격을 두고 세 여자와 약속을 정했습니다. 이렇게 준비를 마친 후 세 사람의 공모자에게 알렸고, 그렇게 해서 네 남자가 함께 불쌍하게 희생될 여자들을 기다리게 되었습니다.

자, 첫번째 여자가 오는 소리가 들려옵니다. 프레방이 혼자 나가서 친절하게 맞이하고는 신전으로 안내하죠. 여자는 자기가 신이며 신전의 주인이라고 믿으며 들어섭니다. 그러면 프레방은 뭐든 핑곗거리를 찾아내 자리를 비우고, 그 자리에 배신당한 연인을 들여보냅니다.

어떻게 된 일인지 영문을 알 수 없는 여자는 당연히 당황하게 되고, 그런 상태에서 남자의 승리는 누워서 떡 먹기죠. 남자는 여자를 비난하지 않고, 여자는 그것을 용서로 받아들입니다. 이렇게 해서 도망갔던 노예는 다시 옛 주인에게 넘겨지고, 이전의 족쇄를 다시 차면서도 용서를 기대할 수 있다는 것 때문에 너무 행복해합니다. 평화조약은 보다 조용한 장소로 옮겨 조인되고, 그들이 물러간 무대에는 다시 다른 배우들이 나타나 거의 똑같은 연기를 하고, 다시 똑같은 결말이 납니다.

그때까지만 해도 여자들은 각기 자기 혼자만 그 일을 겪은 것으로 알고 있었죠. 저녁식사 때 세 쌍의 남녀가 한 자리에 모인 순간 여자들은 이루 말할 수 없이 놀라고 당황하지 않을 수 없었습니다. 그 절정은 역시 모두가 모인 자리에 다시 등장한 프레방이 잔인하게도 애인을 배신한 세 여자에게 자기가 한 일을 사과한 것이었습니다. 여자들에게 비밀을 알려주며 어디까지가 거짓말이었는지를 빠짐없이 얘기해주었다고 합니다.

모두 함께 식탁에 앉았고, 얼마 안 있어 분위기도 수습되었습니다. 남자들은 마음을 터놓았고 여자들은 그대로 들어주었습니다. 모두가 가슴 속에 원한이 있었지만, 그래도 대화는 부드러웠습니다. 흥겨운 기분은 욕망을 일깨웠고, 욕망은 다시 그 기분에 새로운 매력을 부여했죠. 놀라운 향연은 아침까지 이어졌습니다. 남자들과 헤어지면서 여자들은 옛 연인의 용서를 받았다고 생각했습니다. 하지만 풀리지 않는 원한이 남아 있던 남자들은 다음 날 바로 완전한 이별을 선언했습니다. 또한 경박한 연인들과 헤어지는 것만으로는 만족하지 못하고서, 이 이야기를 공개적으로 떠벌림으로써 결정적인 복수를 가했습니다. 결국 한 여자는 수녀원으로 들어갔고, 나머지 두 여자는 지금도 자신의 영지에 유배되어 시들어가고 있습니다.

이것이 프레방의 이야기입니다. 부인께서 그의 영예에 한 가지를 더 보태시고 그의 개선마차에 묶일지 아닐지는 부인께 달려 있습니다. 부인의 편지를 읽고 나니 걱정이 되는군요. 제가 다시 보낸 편지에 대해서 보다 현명하고 분명한 답을 주시기를 간절히 기대합니다.

나의 아름다운 벗이여, 그럼 이만 안녕히. 재미있고 괴상한 생각을 조심하십시오. 부인께서는 너무 쉽게 그런 생각들에 넘어가는 경향이 있습니다. 부인께서 가시는 길은 재치만으로는 충분하지 않습니다. 단 한 번만 부주의해도 돌이킬 수 없는 불행을 가져오게 되니까요. 때로는 신중한 우정이 부인의 쾌락이 가야 할 길을 보여주는 안내자 역을 맡는다는 것을 받아들이시기를.

그럼 이만. 이런 터무니없는 얘기는 하지 않으셨을 때 제가 부인을 사랑했던 것처럼 지금도 똑같이 부인을 사랑합니다.

17××년 9월 18일, ×××에서

여든번째 편지

당스니 기사가 세실 볼랑주에게

세실, 나의 세실, 우리가 다시 만날 수 있는 날은 언제나 올까요? 당신과 멀리 떨어져 살아가는 법을 그 누가 가르쳐줄까요? 누가 나에게 힘과 용기를 줄까요? 아닙니다, 절대 그럴 수 없습니다. 난 그대 없는 불행한 삶을 견딜 수 없습니다. 날이 갈수록 고통이 더해가는군요. 이 고통이 언제 끝날지도 알 수 없습니다. 도와주고 위로해주겠다고 약속했던 자작님도 이제 신경을 쓰지 않는군요. 나를 잊었나 봅니다. 사랑하는 사람 곁에 가 있으니, 사랑하는 사람과 떨어져 있는 사람이 얼마나 괴로운지 모르나 봅니다. 언제 어떤 방법으로 당신을 만날 수 있는지 말해주기로 했으면서, 지난번 당신의 편지를 전해주면서도 한 마디도 쓰지 않았더군요. 이제 나한테 할 말이 없어진 걸까요? 당신 역시 그 문제에 대해서 아무 말이 없습니다. 간절히 바라는 마음이 없어졌기 때문일까요? 아! 세실, 난 정말 괴롭습니다. 난 그 어느 때보다도 그대를 사랑합니다. 하지만 나의 삶을 아름답게 하는 사랑이 또한 고통이 되고 있습니다.

더 이상 이렇게 살 수는 없습니다. 당신을 만나야 합니다. 한 순간만이라도 당신을 봐야겠습니다. 아침에 일어날 때면 이렇게 혼잣말을 하죠. "그녀를 보지 못하겠구나." 그리고 잠자리에 들 때는 이렇게 말합니다. "그녀를 보지 못했구나." 이 기나긴 날들 중 행복한 시간은 단 한 순간도 없습니다. 난 모든 것을 잃었습니다. 남는 것은 회한과 절망뿐입니다. 기쁨을 기대하던 곳에서 오히려 고통들이 생겨나다니! 죽음과도 같은 이런 고통에다가 당신이 힘들어하지 않을까 하는 근심까지 더해진 것, 지금의 나의 상태가 바로 그렇습니다. 난 하루 종일 당신을 생각합니다. 그리고 그때마다 혼란스럽습니다. 당신이 아파하고 불행에 빠져 있는 모습을 생각하면 괴롭고, 당신의 마음이 가라앉아 평온한 모습을 생각하면 더 괴롭습니다. 어떻게 하든 불행뿐입니다.

아! 당신이 나와 같은 곳에 살고 있을 때는 이렇지 않았습니다. 모든 게 기쁨이었죠. 당신을 만나는 게 확실했기 때문에 함께 있지 않는 순간도 아름다울 수 있었습니다. 당신과 떨어져 있을 때에도 시간이 갈수록 당신 곁에 다가갈 수 있었습니다. 단 한 순간도 그 시간을 당신과 무관하게 쓰지 않았으니까요. 무언가 의무를 이행할 때면 그것이 나를 당신한테

보다 잘 어울리는 사람으로 만들어주기를 원했고, 무엇이든 능력을 닦을 때 그것이 당신을 기쁘게 하기를 기대했습니다. 사교계의 소일거리에 떠밀려 당신으로부터 멀어지게 되었을 때조차도 당신을 떠나지 않았습니다. 연극을 보면서도 당신이라면 어떤 것을 좋아할까 생각했고, 음악회에 가서는 당신의 재능과 우리가 즐겁게 같이 연주하던 것을 떠올렸습니다. 사람들과 모여 있거나 산책을 하다가도 당신과 조금만 닮은 사람이 보이면 금방 눈길이 갔습니다. 누구든 당신과 비교해보았죠. 하지만 당신을 따라갈 사람은 한 번도 없었습니다. 하루의 매 순간이 당신에 대한 새로운 경의의 찬사로 새겨졌고, 매일 저녁 그 제물을 당신의 발아래 바쳤습니다.

그런데 나에게 이제 무엇이 남아 있나요? 쓰라린 회한과 당신을 영원히 빼앗긴 허탈감밖에 없습니다. 그나마 희미하게 남은 희망도 자작님의 침묵과 함께 사라졌고, 또 당신의 침묵으로 인해 불안으로 변해버렸습니다. 우리 사이를 갈라놓고 있는 것은 겨우 10리외밖에 안 되는 길인데, 단숨에 넘어설 수 있는 그 거리가 나에겐 넘어설 수 없는 장애물이 되는군요. 넘어설 수 있도록 도와달라고 나의 벗과 연인에게 간청해도 두 사람 다 냉정하고 태연합니다! 도와주기는커녕 답장조차 없습니다.

자작님이 말하던 적극적인 우정은 어떻게 된 것일까요? 그토록 다정하던 당신의 마음, 놀라운 능력으로 매일 우리가 만날 수 있는 방법을 찾아내던 그 마음은 어디로 간 것일까요? 가끔 기억이 납니다. 너무나 당신을 만나고 싶지만 상황이 허락하지 않거나 혹은 해야 할 일이 있던 때가 있었죠. 그때 당신은 뭐라고 말했었나요? 내가 어째서 만나지 못하는지 얘기하면 온갖 구실을 내세워 반박하지 않았나요? 아! 세실, 기억해주십시오. 내가 내세우던 이유는 매번 당신의 소망을 이기지 못했었잖습니까. 이제 와서 생색을 내려는 것은 아닙니다. 내가 희생했었다고 말하려는 것도 아닙니다. 당신이 얻고자 했던 건 사실 내가 먼저 당신에게 주고 싶어 애타던 것이었으니까요. 이번에는 내가 부탁하겠습니다. 내 부탁이 무엇이겠습니까? 당신을 다시 만나서 한 번 더 영원한 사랑의 맹세를 바치고 또 당신의 맹세를 받고 싶습니다. 나에게 행복을 줄 그 순간이 당신에게는 이제 행복이 아닌 겁니까? 아니, 난 그렇게 생각하지 않을 겁니다. 그 생각은 날 절망에 빠뜨릴 뿐이니까요. 그대는 날 사랑하고 있고 영원히 사랑할 거라고 믿겠습니다. 확신합니다. 조금도 의심하지 않습니다. 하지만 내 처지가 너무도 비참해서 견디기 힘이 듭니다. 세실. 그럼 이만 안녕히.

17××년 9월 18일, 파리에서

여든한번째 편지

메르테유 후작 부인이 발몽 자작에게

자작님이 겁먹은 걸 보니 불쌍해지네요! 내가 한 수 위라는 걸 말해 주는 것이기도 하고요! 그러면서 날 가르치겠다고요? 날 이끌어가겠다고요? 아! 불쌍한 자작님, 당신은 나와 상대가 안 돼요. 남자의 자부심을 아무리 내세워봐야 우리 사이의 간격은 메워지지 않는답니다. 자기가 못 한다고 내 계획이 불가능하다고 생각하는 게 말이 되나요! 오만하고 나약한 당신이 어떻게 내가 계획해낸 방법을 따지고 내 능력을 평가할 수 있죠! 솔직히 말하면 아주 불쾌한 충고였습니다. 도저히 그냥 넘어갈 수가 없군요.

더구나 수줍음도 많은데다 이미 당신을 사랑하고 있는 법원장 부인을 한순간 당황하게 만들어놓고 그걸 무슨 승리라도 되는 양 나한테 떠벌리다니요. 믿을 수 없을 정도로 서툴게 행동한 것을 감출 뿐이죠. 그것도 좋아요. 그 여자가 한번, 정말 단 한 번 눈길을 준 걸 늘어놓은 것도 그냥 웃어넘기죠. 스스로 자기 행동이 별 가치가 없다는 걸 느낄 수 있었을 테니까요. 심지어 그것을 감추느라, 어차피 보고 싶어 안달이 난 두 아이를 가깝게 해주려는 눈물겨운 노력을 거창하게 내세운 것까지도 좋습니다. 말이 나온 김에 얘기해봅시다. 두 사람이 그렇게 간절한 욕망을 갖게 된 건 내 덕 아닌가요? 마지막으로 한 가지, 당신은 스스로 멋진 행동을 했다고 생각하면서 거드름을 피우더군요. "계획을 말하는 것보다는 실행하느라 시간을 써야 할 겁니다"라고요. 그래요, 그 허영심도 용서합니다. 하지만 나한테 자작님의 신중함이 필요하다느니, 자작님의 의견을 따르지 않으면 길을 잃고 헤매게 될 것이라느니, 쾌락과 변덕을 포기하고 따라야 한다느니, 그렇게 말하면 안 되죠. 자작님, 당신은 분명 내 신뢰를 믿고 너무 의기양양하신 것 같군요.

자작님이 한 일 중에 나를 능가할 만한 게 있었나요? 수많은 여자를 유혹했고 심지어 파멸시켰지만, 그 과정에서 겪었던 고난은 다 잊었나요? 어떤 난관을 극복했었죠? 진정으로 당신의 것이라고 할 수 있는 장점이 있기는 한 건가요? 얼굴이 잘생겼다고 하지만 그야 순전히 우연으로 얻은 거고, 세련된 자태 역시 습관이 되면 가질 수 있는 법입니다. 재기가 넘치는 건 분명하지만, 그야 조금 모자란다고 해도 남들이 잘 못 알아듣는 용어를 쓰면 채울 수 있는 거죠. 철면피 같은 냉정함은 칭찬할 만하지만, 아마 처음에 너무 쉽게 승리를 거두었기 때문에 그렇게 되었을 겁니다. 내 생각이 틀리지 않다면, 지금까지 말한 것들이 다입니다. 설마 그동안 명성을 얻게 된 게 스스로 스캔들을 터뜨릴 기회를 만들거나 혹은 포착하는 능력이 뛰어났기 때문이라고 말하진 않겠죠?

신중함이나 섬세함으로 말하자면 굳이 내 얘기까지 할 것도 없습니다. 어떤 여자도 자작님한테 뒤지지 않을 테니까요. 당신의 그 법원장 부인만 해도 당신을 마치 아기 다루듯 하잖아요.

자작님, 내 말을 잘 들어봐요. 타고난 재능이란 다 쓸데가 있는 법이랍니다. 당신들 남자들이야 전혀 위험할 게 없는 상태에서 싸우고 있으니 조심을 안 해도 되겠죠. 남자들한테는 실패라고 해봐야 성공을 거두지 못했단 뜻일 뿐이잖아요. 여자는 패하지만 않으면 큰 성공이고 남자에게는 승리하지 못하면 불행이 되니, 어차피 불공평한 싸움입니다. 남자들도 우리 여자들과 같은 재능이 있다고 쳐도, 그 재능을 항상 사용해야만 하는 여자들이 더 월등한 게 아닐까요?

여자들이 자기 자신을 지키려고 할 때나 반대로 굴복할 때 여러 가지 수완이 필요한 것과 마찬가지로, 남자들이 여자를 정복할 때도 여러 가지 수완을 동원해야겠죠. 하지만 일단 성공을 거두고 나면 여자는 필요 없는 존재가 되어버린다는 것 하나만은 인정할 겁니다. 당신네 남자들은 그저 새로운 맛에 이끌려서 앞뒤 가리지 않고 거침없이 달려들죠. 관계가 얼마나 이어지는지는 상관없이 말입니다.

사랑의 은어(隱語)로 표현하자면 남녀가 주고받은 굴레의 끈을 조이거나 끊을 수 있는 것은 남자들뿐입니다. 그나마 변덕이 나서 여자들을 치욕스럽게 버려두는 정도로 끝나는 것만 해도, 그러니까 어제의 우상을 다음 날의 희생양으로 만들지만 않아도, 정말 다행스러운 일인걸요!

하지만 불행히도 여자 쪽에서 먼저 사슬의 무게를 느끼고 그래서 벗어나려고 하면, 아니 그냥 사슬을 들어올리려고만 해도, 어떤 위험을 무릅써야 하죠? 너무나 싫어서 몸서리치는 남자를 멀리하려고 해도 불안에 떨어야 합니다. 남자가 떠나기를 거부하면 여자는 사랑에 내밀었던 마음을 두려움에 넘겨주어야 합니다.

여자의 마음이 닫혀 있어도 두 팔은 여전히 열려 있다네.

남자라면 쉽게 끊어버릴 끈도 여자는 신중하고 교묘하게 풀어내야 합니다. 적의 처분에 맡겨진 상태인지라, 상대가 관대한 남자가 아니라면 방법이 없습니다. 하지만 자작님, 어찌 남자에게 관대함을 바랄 수 있겠습니까? 어떤 남자가 관대하다고 칭송하는 적은 있지만 관대하지 못하다고 비난하는 적은 없는데 말입니다.

너무나 분명하기에 오히려 평범한 것이 되어버린 이런 진리들을 자작님도 부정하지는 않을 겁니다. 자작님은 지금까지 어떻게 내가 사건과 여론을 멋대로 주무르는지 보아왔잖아요. 난 가공할 만한 남자들을 변덕 혹은 공상의 노리개로 만들었고, 의지를 빼앗기도 하고, 또 나를 해칠 수 있는 힘을 빼앗기도 했죠. 매번 취향을 달리하면서,

폐위되어 나의 노예가 되어버린 폭군들[10]

---

10 이 시구와 앞에 나왔던 시구 — 여자의 마음이 닫혀 있어도 두 팔은 여전히 열려 있다네 — 가 별로 알려지지 않은 작품에서 인용된 것인지는 알 수 없다. 어쩌면 메르테유 부인이 직접 쓴 산문에서 따온 구절일 것이다. 그렇게 생각하게 되는 것은 이 서간집의 전체 편지를 통틀어 이런 종류의 오류가 빈번하기 때문이다. 유일하게 당스니 기사의 편지들에는 오류가 없다. 아마도 틈틈이 시를 즐기던 사람이었기에 다른 사람보다 더 잘 훈련된 그의 귀는 이런 종류의 오류를 피하는 게 어렵지 않았을 것이다.

이 나를 따라오게 만들기도 하고 또 멀리 쫓아버리기도 했답니다. 이런 빈번한 혁명 속에서도 내 명성은 조금도 흔들리지 않았어요. 난 나와 같은 여성들의 복수를 하고 남성들을 지배하기 위해서 태어난걸요. 이런 내가 성공을 거두는 건 아무도 모르는 방법들을 창조해냈기 때문이라고 결론을 내려야 하지 않을까요?

자작님의 충고와 걱정은 한번 남자에 빠지면 정신이 나가는 여자들, 스스로 감정이 풍부하다고 자부하는 여자들한테나 주세요. 그런 여자들이 공상에 빠져드는 모습을 보고 있노라면 마치 태어날 때부터 모든 감각이 머릿속에 들어앉은 듯하죠. 깊은 생각이란 없고 언제나 사랑과 애인을 혼동합니다. 매번 허황한 환상에 빠지는 것이죠. 한 남자와 쾌락을 추구하고 나면 마치 이 세상에서 그 사람 혼자만 사랑을 가지고 있다고 믿어버리면서요. 말하자면 미신에 빠져서 오직 하느님께 바쳐야 할 존경과 신앙을 사제에게 바치는 셈이죠.

자작님은 그런 여자들이나 걱정하세요. 신중하기보다는 허영심이 강해서 필요할 때 상대방이 떠나는 것을 받아들일 줄 모르는 여자들 말이에요.

특히 한가하면서도 적극적인 여자들, 남자들이 민감한 여자라고 부르는 여자들이 문제죠. 그런 여자들은 쉽게 사랑에 빠지고 또 일단 빠져들면 정신이 없답니다. 즐겁지 않은 사랑일지라도 사랑에 빠져 있고 싶어 하거든요. 그런 여자들은 끓어오르는 생각에 무조건 마음을 내맡긴 채, 달콤하지만 위험한 편지를 씁니다. 그러곤 자신의 약점을 담은 그 증거들을 정작 원인을 제공한 상대에게 덥석 보여주고 말죠. 오늘의 연인이 내일의 적이 될 수 있다는 것도 모르고 말입니다.

내가 이런 경솔한 여자들하고 같은 점이 있나요? 내가 한 번이라도 스스로 정한 규칙을 벗어나고 나의 원칙을 어기는 것을 본 적이 있나요? 그래요, 나의 원칙 말이에요. 꼭 나의 원칙이라고 불러야 합니다. 다른 여자들처럼 우연히 주어진 것을 생각 없이 받아들여 습관적으로 따르는 원칙이 아니라, 스스로 깊이 생각해서 얻어낸 결실이니까요. 나의 원칙은 내 스스로 창조한 겁니다. 말하자면 내가 나 자신의 작품인 겁니다.

내가 처음 사교계에 발을 들여놓았을 때는 처녀였기 때문에 입도 떼지 못하고 꼼짝 않고 있었죠. 그런 처지를 이용해서 난 사람들을 관찰하고 사색했습니다. 열심히 얘기를 들려줘도 별로 귀를 기울이지 않는 날 사람들은 둔하고 산만한 여자라고 생각했어요. 바로 그동안 자기들이 감추려고 애쓰는 이야기를 열심히 듣고 있었는데 말이죠.

이런 유익한 호기심은 나에게 많은 것을 가르쳐주는 동시에 나 자신을 감추는 법도 가르쳐주었답니다. 주위 사람들에게 내가 관심을 가지고 있는 대상을 감추어야만 했기에, 나는 마음대로 시선을 움직일 수 있도록 노력했습니다. 그렇게 해서 아무것도 바라보지 않는 듯한 시선을 ─ 자작님도 여러 번 경탄했었죠─ 원하는 대로 움직일 수 있게 되었답니다. 첫 성공에 용기를 얻은 후 같은 방식으로 얼굴 표정 역시 마음대로 조절할 수 있게 되었죠. 조금 슬퍼도 겉으로는 아무렇지도 않은 표정을, 심지어 즐거운 표정을 짓는 법을 익힌 겁니다. 일부러 고통을 찾아내선 동시에 기쁜 표정을 짓는 법을 연구할 정도로 열심이었죠. 마찬가지로 예기치 못했던 기쁨이 찾아올 때도 겉으로 드러내지 않을 수 있도록 정성과 노력을 쏟았어요. 난 바로 이렇게 해서 때로 당신도 놀라워하던 능력, 그러니까 표정을 지배하는 능력을 갖게 된 겁니다.

사실 그때까지만 해도 아직 어렸고 별로 관심이 가는 일도 없었습니다. 그래도 내 것으로 가진 건 오직 내 생각밖에 없었기에 누가 그것을 앗아가려고 하든지 아니면 내 뜻과 달리 간파당하게 되면 화가 나더군요. 이미 첫 무기를 지니고 있었던 터이니 난 당연히 그 무기를 사용했고, 그렇게 해서 남이 내 속을 간파하는 일은 불가능해졌어요. 난 거기서 만족하지 않고 나 자신을 여러 가지 모습으로 드러내는 걸 즐겼답니다. 동작에 자신이 생기자 그 다음엔 말에도 신경을 썼죠. 상황에 따라, 아니면 기분에 따라 내 동작과 말을 조절할 수 있게 된 겁니다. 결국 나의 사고방식은 오직 나만의 것이 되었고, 남에게 보여야 하는 것 이상으로 나 자신을 드러내지 않을 수 있게 되었답니다.

이런 훈련을 하다 보니 사람들의 얼굴에 드러나는 것과 표정의 특성에 주의를 기울이게 되었고, 그렇게 해서 한 번만 쳐다봐도 마음을 꿰뚫어보는 통찰력을 얻게 되었죠. 물론 전적으로 신뢰해서는 안 된다는 것을 경험을 통해 알고 있지만, 틀린 적은 거의 없었답니다.

그러니까 대부분의 정치가들에게 명성을 쥐어준 재능을 난 열여섯 살도 안 되어 갖게 된 겁니다. 하지만 그건 내가 얻고 싶어 하던 지식 중에서 아주 기본적인 것일 뿐이었어요.

자작님도 아시다시피 나도 다른 아가씨들처럼 사랑을, 그리고 사랑의 쾌락을 알아보고 싶었습니다. 하지만 수녀원에서 지낸 적도 없고, 좋은 친구도 없고, 더구나 엄격한 어머니의 감시가 있었기 때문에 그저 막연한 생각뿐이었죠. 그나마도 계속 변했고요. 본능 역시 별다른 단서도 제공하지 않더군요. 물론 나중에 생각하니 더 잘된 일이었지만 말이에요. 말하자면 나의 본능은 침묵 속에서 내 작품을 완성하고 있었던 거죠. 오직 머리만이 익어간 겁니다. 그러니까 난 즐기고 싶었던 게 아니라 알고 싶었던 거죠. 알고 싶다는 욕망이 생기니까 어떻게 하면 알 수 있는지를 알게 되더군요.

이 문제에 대해 얘기를 해도 뒤탈이 없을 사람은 고해신부님밖에 없다는 생각이 들었어요. 곧 마음을 정하곤, 어린 마음이 미처 떨치지 못한 부끄러움을 이겨냈지요. 짓지도 않은 죄를 늘어놓으며, "여자들이 저지르는 일을 모두 다 저질렀다"고 참회한 겁니다. 분명 그렇게 말했죠. 하지만 정작 그게 어떤 건지는 알지 못했답니다. 신부님은 내 기대를 완전히 저버리지도 그렇다고 완전히 충족시키지도 않았어요. 나로선 거짓말을 하고 있다는 게 들통 날지도 모르니 정확하게 말할 수가 없었는데, 신부님은 내가 아주 큰 죄를 지은 것으로 생각하더군요. 그렇게 해서 문제의 쾌락이 분명 대단한 것이리라는 결론을 얻게 되었습니다. 그리고 쾌락을 알고 싶은 욕망 대신에 쾌락을 맛보고 싶은 욕망이 자리를 잡게 된 겁니다.

사실 그때 그 욕망에 끌려갔더라면 어떻게 되었을지 모르겠군요. 당시 난 경험이 없었기 때문에 단 한 번만 그런 일이 있어도 그대로 파멸했을 겁니다. 다행히 바로 며칠 후 어머니가 내 결혼 얘기를 하셨죠. 조만간 알게 될 게 분명해지니 호기심도 가라앉더군요. 그렇게 해서 난 처녀의 몸으로 메르테유 후작의 품에 안기게 된 겁니다.

궁금증이 풀릴 순간을 편안한 마음으로 기다렸어요. 어떻게 하면 당황하고 겁을 먹고 있는 것처럼 보일까 한참 생각했습니다. 어떤 여자들은 첫날밤이 아주 잔인하다고 하고 또 어떤 여자들은 아주 감미롭다고 하지만, 나에게 첫날밤은 경험을 쌓는 기회였죠. 고통과 쾌락, 모든 걸 정확하게 관찰했답니다. 내가 체험하는 많은 감각은 그저 수집하고 숙고해야 하는 대상일 뿐이었어요.

얼마 지나지 않아 이런 종류의 연구가 아주 즐거워지더군요. 하지만 내 원칙은 그대로 지켰어요. 난 남편한테는 감각이 예민한 여자가 아니라

차가운 여자의 모습으로 보이기로 했습니다. 그를 믿어서는 안 된다는 걸 본능적으로 느꼈기 때문이죠. 이렇게 냉정한 척했더니 결국 그것은 남편이 나를 전적으로 신뢰하게 만드는 확고한 기반이 되었답니다. 이후 다시 한 번 곰곰이 생각한 후에, 내 모습에 일부러 경솔한 여자의 모습까지 보탰어요. 어린 나이 때문에 가능한 일이었죠. 결국 남편은 내가 가장 대담하게 행동할 때 오히려 나를 어린애로 대하게 되었답니다.

하지만, 솔직히 말하죠. 처음에는 사교계의 소용돌이에 휩쓸려서 쓸데없는 소일거리에 열중했어요. 몇 달 후 남편을 따라 쓸쓸한 시골로 가게 되었는데, 그냥 지내면 지루하겠다는 생각이 들면서 연구욕이 되살아났습니다. 그곳에서 날 둘러싸고 있던 사람들은 모두 나와 거리가 먼 사람들이었기 때문에 별 의심을 사지 않을 수 있었고, 그것을 이용해서 경험의 영역을 넓히기로 한 겁니다. 바로 그때 사랑이 쾌락을 준다고 모두들 떠벌리지만, 실제로는 기껏해야 쾌락의 핑계에 지나지 않는다는 걸 알게 되었죠.

메르테유 후작이 병이 들면서 그런 감미로운 연구에 몰두하는 시간은 중단되고 말았습니다. 치료를 받으러 떠나는 남편을 따라가지 않을 수 없었으니까요. 자작님도 아시다시피 남편은 얼마 못 가 세상을 떠났습니다. 남편한테 별다른 불만이 있었던 건 아닌데도, 홀몸이 되면서 누리게 된 자유가 너무나 소중하더군요. 그 자유를 이용하기로 했습니다.

어머니는 내가 수녀원으로 들어가거나 아니면 다시 당신과 함께 살 거라고 생각하셨습니다. 난 둘 다 거절했죠. 그러니 나쁜 말이 나지 않으면서 내가 할 수 있는 건 단 하나, 시골로 돌아가는 것이었어요. 어차피 연구 관찰할 게 많이 남아 있기도 했고요.

난 관찰을 통한 연구를 독서의 도움을 받아 한층 견고하게 다졌습니다. 하지만 자작님이 생각하는 것 같은 그런 종류의 독서는 아니었답니다. 소설을 읽으면서는 우리의 풍속을, 철학서를 읽으면서는 우리의 사상을 연구했죠. 심지어 가장 엄격한 모럴리스트들의 글에서도 그들이 우리에게 요구하는 게 뭔지를 찾아내려고 애썼는걸요. 그렇게 해서 난 사람은 무엇을 할 수 있는지, 무엇을 생각해야 하는지, 그리고 남의 눈에 어떻게 보여야 하는지를 확실히 알게 되었습니다. 일단 이 세 가지에 대해 확신은 섰는데, 문제는 그중 마지막 것이 실행에 옮기기 어렵다는 것이었습니다. 난 꼭 이겨내고 싶었고, 그래서 곰곰이 방법을 생각해보았습니다.

그때쯤 시골에서의 단조로운 즐거움이 지겨워지더군요. 활발하게 움직이는 머리와 맞지 않으니까요. 교태를 부려 남자의 환심을 살 필요가 있다는 생각이 들었고, 그렇게 해서 사랑과 화해했습니다. 하지만 진심으로 사랑을 느낀 건 아니죠. 상대방에게 사랑의 감정을 불러일으키고, 난 사랑에 빠진 척했답니다. 사랑이라는 감정은 꾸며내 보여주기가 어렵다는 얘기를 들었고 또 책에서도 읽었지만, 난 포기하지 않았습니다. 작가의 정신에 배우의 재능을 합치면 충분히 가능한 것이었으니까요. 그 두 분야를 연마한 나는 어느 정도 성공한 것 같아요. 그렇지만 무대 위에서 갈채를 구하는 것은 헛된 일 같았습니다. 많은 사람이 허영심 때문에 희생시키고 마는 것을 바로 내 행복을 위해 쓰기로 한 거죠.

이런저런 일을 하면서 1년이 지나갔습니다. 탈상(脫喪)과 함께 다시 사교계에 모습을 드러낼 수 있게 되었죠. 난 원대한 계획을 품고 파리로 돌아왔습니다. 하지만 예기치 못했던 첫 장애물이 나타나더군요.

오랫동안 혼자 지냈고 또 근엄한 은둔생활을 하는 바람에 정숙한 여자라는 허울을 쓰게 되었고, 그 바람에 괜찮은 남자들은 다 겁을 집어먹은 겁니다. 모두들 멀찌감치 떨어져서 따분한 남자들, 그러니까 구혼자들한테 날 넘겨버리더군요. 물론 청혼을 거절하는 것은 어렵지 않았습니다. 하지만 그중 몇 군데는 거절했더니 집안에서 좋아하지 않았고, 결국 집안의 불만에 대처하느라고 시간을 낭비할 수밖에 없었습니다. 멋지게 쓰려고 한 시간인데 말입니다. 어쨌든 어떤 남자는 가까이하고 또 어떤 남자는 떨쳐내다 보니 말과 행동에 일관성을 가질 수가 없더군요. 내 명성을 지키느라 애를 쓰려고 했었는데 오히려 해가 되는 일을 하기도 했지요. 물론 자작님도 짐작하겠지만 힘들이지 않고 성공할 수는 있었습니다. 열정에 빠진 적은 단 한 번도 없었습니다. 필요하다고 판단되는 것만을 했고, 내가 하는 일이 어느만큼 경솔한 것인지까지도 신중하게 계산했으니까요.

그렇게 해서 원하던 목표에 이를 수 있었고, 난 다시 이전의 모습으로 되돌아갔습니다. 내가 좋게 변한 것을 몇몇 마나님의 공으로 돌리면서요. 매력으로는 그다지 내세울 게 없으니까 미덕과 선행을 내세우던 여자들이었죠. 생각했던 것보다 훨씬 큰 성공이었습니다. 모두 감격하면서 나의 변호인단이 되었으니까요. 나를 자기들의 작품이라고 생각하고 어찌나 열정적이었는지 모릅니다. 누가 내 얘기를 꺼내기만 하면 이 정숙한 마나님들이 분개하며 말도 안 되는 일이고 중상모략이라고 소리쳤으니까요. 물론 잘난 척하는 여자들한테도 똑같은 방법으로 호평을 얻어냈습니다. 그 여자들은 내가 자기들과 같은 길을 가는 것을 포기했다고 믿었는지, 자기들 절대 남을 비방하지 않는다는 걸 증명하고 싶을 때마다 날 칭찬의 대상으로 삼더군요.

물론 이때 내 주위에는 이미 애인들이 모여 있었습니다. 이전의 행동으로 얻은 사람들이었죠. 그 남자들과 또 나를 충실하게 지켜주는 여자들 사이에서 잘 처신하기 위해서, 난 다정다감하지만 어려운 여자, 너무 섬세해서 연애를 제대로 할 수 없는 여자로 행세했습니다.

그리고 마침내 그때까지 닦아온 재능을 커다란 무대에서 발휘하기 시작했죠. 제일 먼저 공을 들인 건 난공불락의 여자라는 명성을 얻는 것이었습니다. 그러기 위해서는 전혀 마음에 들지 않는 남자들의 호의만 받아들이는 척해야 했어요. 그 호의를 유용하게 써먹어서 저항의 명예를 얻어냈고, 그렇게 해서 마음에 드는 연인에게는 두려움 없이 몸을 맡길 수 있게 한 거죠. 하지만 그 연인이 사교계의 모임에서 날 따라오지는 못하게 했습니다. 일부러 소심한 척하면서 말입니다. 그래서 난 사람들 눈에는 언제나 불행한 연인이었던 겁니다.

내가 결정을 얼마나 빨리 하는지는 자작님도 잘 알 겁니다. 오랜 관찰을 통해 알게 된 바에 따르면, 처음의 노력이 바로 여자들의 비밀을 드러내기 때문입니다. 무엇을 할 때건 일단 성공을 하고 나면 이전과 말투가 같을 수는 없죠. 주의 깊게 관찰하면 이 차이를 놓치지 않을 수 있답니다. 그래서 난 속마음을 간파당하느니 차라리 상대방을 잘못 선택하는 게 덜 위험하겠다고 생각했습니다. 그렇게 하면 사람들이 판단을 할 때 근거가 되는 그럴듯한 겉모습을 던져버릴 수 있다는 장점이 있으니까요.

난 이렇게 신중하게 처신했고, 또 상대방의 애정공세에 굴복했음을 증명하는 편지는 절대 쓰지 않았습니다. 그렇게까지 할 필요가 있었냐고 말할지도 모르지만, 나한텐 그것도 충분하지 않았답니다. 그래서 내 마음 깊은 곳으로 내려가서는 다른 사람들의 마음을 연구했죠. 누구든 마음속에는 남에게 보일 수 없는 비밀을 간직하고 있다는 걸 알게 되었고요. 이 진리는 아마도 고대 사람들이 우리보다 더 잘 알고 있었던 것 같습니다. 삼손의 이야기는 아주 탁월한 상징이 될 수 있죠. 난 새로운 델릴라랍니다. 델릴라처럼 사람들의 중요한 비밀을 알아내려고 애썼어요. 아! 난 너무도 많은 현대의 삼손들의 머리카락에 가위를 들이대고 있는걸요! 그러니 더 이상 두려울 게 없답니다. 그런 자들은 약간 모욕을 줘도 상관없고요. 하지만 그렇지 않은 남자들한테는 좀더 유연하게 대처했습니다. 바람기 있는 여자로 보이지 않기 위해서 그들이 스스로 배반하게 만드는 기법, 거짓의 우정, 역시 겉으로만의 신뢰, 관대한 몇 가지 방법, 각자 자기만이 나의 연인이라고 생각하는 기분 좋은 환상, 이런 것들을 통해 그 남자들이 내 비밀에 대해 입을 다물게 만들었어요.

이 모든 걸 내가 쉼 없이 실행해온 과정은 자작님이 직접 지켜보지 않았나요? 그런데도 내 신중함을 의심하다니요! 당신이 처음 나한테 공을 들이던 때를 생각해보세요. 지금까지 수많은 애정공세를 받아봤지만 그렇게 흡족했던 적은 없었답니다. 난 사실 우리가 만나기 전부터 당신을 원하고 있었어요. 당신의 명성이 아주 매력적이었고, 그래서 내 영예를 드높이기 위해서 꼭 당신이 필요했으니까요. 진심으로 당신과 한번 맞붙고 싶었답니다. 그 마음은 잠시 동안이기는 했지만 날 지배했던 유일한 것이었죠. 만일 그때 당신이 나를 파멸시키고 싶었다면 어떤 방법을 쓸 수 있었을 것 같나요? 말해봐야 아무런 흔적도 남지 않는 공허한 이야기, 하물며 당신의 명성에 비추어도 믿기 어려운 이야기, 그리고 전혀 사실 같지 않은 일들, 아무리 진지하게 얘기해봐야 엉성한 소설처럼 들릴 사건들밖에 뭐가 더 있었죠?

물론 그 후 내가 당신에게 모든 비밀을 털어놓은 건 사실입니다. 하지만 우리가 어떤 이해관계로 맺어졌는지, 그리고 우리 둘 중에서 신중하지 못하다고 욕을 먹어야 할 사람이 누구인지는 당신이 더 잘 알 겁니다."

---

11 뒤에 나오는 백쉰두번째 편지에서 발몽의 비밀이 정확히 뭔지는 몰라도 적어도 어떤 종류의 것인지를 알게 될 것이다. 그리고 독자들은 어째서 그 비밀에 대해 더 얘기할 수 없었

어차피 설명을 시작한 김에 정확히 얘기하죠. 뭐라고 말한들 결국 내가 하녀한테 너무 의지하고 있는 게 아니냐고 자작님이 말하는 소리가 여기까지 들리는 듯하니까요. 사실 그 애는 내 감정의 비밀을 다 알지는 못하지만 내 행동의 비밀은 알고 있습니다. 언젠가 당신이 그 애 얘기를 꺼낸 적이 있었죠? 난 그냥 믿어도 되는 애라고만 했고요. 당신은 내 대답을 듣고 마음을 놓았잖아요. 이후 당신이 그 애에게 상당히 위험한 비밀을 알려주었다는 게 그 증거죠. 하지만 이제 와서 내 말을 믿지 않는 걸 보니 아마 프레방 때문에 시기심이 일어나서 제정신이 아닌가 봅니다. 자, 이번에 진상을 다 알려드리죠.

우선 그 애는 내 유모의 딸입니다. 별로 중요한 관계랄 것도 없지만 그런 신분의 사람들한테는 나름대로 힘이 될 수 있겠죠. 게다가 난 그 애의 비밀을 알고 있답니다. 더 중요한 점은, 그 애가 연애하느라 난리가 났을 때 내가 도와주지 않았더라면 완전히 파멸할 뻔했었다는 겁니다. 그 애의 부모는 체면 때문에 전전긍긍하며 딸을 수녀원에 집어넣으려고 했죠. 그러면서 내 의견을 묻는데, 단번에 알겠더군요. 그들이 분노하는 게 나한테 유리하리라는 사실을요. 그래서 오히려 화를 부추기며 그렇게 하는 게 좋겠다고 말했고, 그들도 받아들였답니다. 그런 다음 갑자기 마음을 달래주면서, 딸의 일을 전적으로 나한테 위임하게 만들었죠. 늙은 신부가 날 신뢰하고 있는 걸 이용해서 말입니다. 그러니까 앞으로 그 애의 행동을 보고 판단해서 수녀원에 들어가라는 명령을 실행에 옮길 것인지 아닌지 결정권을 내가 쥐게 된 겁니다. 그 애도 자기의 운명이 내 손에 달려 있다는 것을 알고 있죠. 혹시라도 이런 강력한 수단으로도 제지할 수 없

는지를 눈치 채게 될 것이다.

는 때가 온다고 쳐도, 그 애가 한 일을 사람들에게 알리고 제대로 벌을 받게 한다면 어차피 아무도 그 애의 말을 믿지 않을 테니 문제될 게 없지 않은가요?

난 이런 신중함을 기본적인 신중함이라고 부르는데, 여기에 또 국부적인 혹은 상황에 따른 그때그때의 신중함이 더해진답니다. 그건 깊이 생각하는 사고나 습관을 통해 얻어지는 거죠. 사실 세부적인 것을 다 얘기하자면 한이 없겠고, 알고 싶으면 수고스럽지만 자작님이 직접 내 행동 전체를 보고 판단해야 하겠죠.

이만큼 노력했는데 아무 결과를 얻지 못한다면 말이 안 되죠. 모진 노력 끝에 다른 여자들 위에 올라선 내가 이제 그 여자들처럼 경솔함과 수줍음 사이를 기어가는 것을 받아들일 거라고 생각하나요? 그리고 무엇보다도 도망쳐야 살아남을 수 있다고 생각할 정도로 남자를 두려워할 것 같나요? 아닙니다, 자작님. 절대 아닙니다. 정복하든가 아니면 파멸하든가 둘 중 하나입니다. 프레방에 관해서 말하자면, 난 그 남자를 갖고 싶고 또 그렇게 될 겁니다. 그자도 그렇게 말하고 싶겠지만, 그런 날은 오지 않을 겁니다. 자, 이게 바로 우리 두 사람의 소설을 간추린 거랍니다.

17××년 9월 20일, ×××에서

여든두번째 편지

세실 볼랑주가 당스니 기사에게

아! 당신의 편지를 보고 너무 힘들었어요! 그 편지를 받기 위해 얼마나 애타게 기다렸는데……당신의 글을 읽고 나면 위안을 얻을 수 있겠지 하고 기대했는데, 오히려 전보다 더 슬퍼진걸요. 편지를 읽으면서 얼마나 울었는지 몰라요. 그렇다고 비난하려는 것은 아니에요. 이미 당신 때문에 수없이 많이 울었지만, 고통스럽지는 않았어요. 하지만 이번에는 다르네요.

사랑이 고통이 되었다는 얘기, 이제 더 이상은 이대로 살 수 없다는 얘기, 이 상황을 더 이상 견딜 수 없다는 얘기, 그게 다 무슨 뜻인가요? 옛날처럼 기쁠 수 없기 때문에 이제 저를 사랑하지 않는다는 말씀인가요? 저 역시 행복하지 못해요. 오히려 그 반대인걸요. 하지만 이전보다 당신을 더 많이 사랑해요. 발몽 자작님이 편지를 쓰지 않으신 것은 제 잘못이 아니잖아요. 그렇다고 제가 나서서 부탁을 드릴 수도 없는 일이고요. 그분하고 단둘이 있은 적이 없었고, 더구나 사람들 앞에서는 서로 얘기를 나누지 않기로 약속을 했거든요. 그것도 당신을 위해서이고요. 당신이 바라는 것을 가능한 한 빨리 행할 수 있기 위해서요. 그러니까 내가 원하지 않기 때문이 아닌 거죠. 잘 아시잖아요. 이제 내가 어떻게 하면 좋을까요? 별로 어려울 게 없다고 생각하신다면, 방법을 찾아내주세요. 내가 바라는 게 바로 그거니까요.

옛날에는 엄마한테 싫은 얘기를 들은 적이 없었는데, 이렇게 매일 야단을 맞는 게 즐거울 거라고 생각하세요? 그럴 리가 없잖아요? 수녀원에 있어도 이보다 나쁘진 않을 것 같아요. 하지만 이 역시 당신을 위하는 것이라는 생각으로 그나마 위안을 삼고 있어요. 사실 그러다 보면 마음이 편안해지는 때도 있고요. 하지만 그렇다고 잘못한 것도 없는데 그렇게 화를 내시면 전 정말 너무 슬퍼져요.

그냥 편지를 전하는 것만 해도 힘든 일인걸요. 만일 발몽 자작님이 그렇게 친절하고 능숙하지 않으셨다면 저 혼자서는 엄두도 내지 못했을 거예요. 편지를 쓰는 건 더 힘들고요. 오전 동안은 아예 엄두를 낼 수도 없어요. 엄마가 내내 가까운 곳에 계시고, 또 수시로 제 방에 들어오시니까요. 때로 오후에 노래를 하거나 하프를 탄다는 핑계를 대고 편지를 쓸 수 있지만, 하프 연습을 하고 있다는 표를 내기 위해서 한 줄 쓸 때마다 매번 펜을 놓아야 하는걸요. 다행히 어떨 땐 하녀가 일찍 졸려 하는데, 그런 날은 혼자 자겠다고 하고는 등불을 두고 가게 해요. 그러고 나서 불빛이 보이지 않도록 커튼 밑으로 들어가죠. 누가 오면 모두 침대 안에 숨겨야 하기 때문에 아주 작은 소리만 나도 귀를 기울이면서 말이에요. 당신이 직접 한번 보셔야 해요. 사랑하지 않고서는 이런 일을 할 수 없다는 걸 알게 될 거예요. 정말 난 내가 할 수 있는 모든 일을 다 하고 있어요. 그리고 그보다 더한 일이라도 하고 싶어요.

난 거리낌 없이 말할 수 있어요. 당신을 사랑하고 있고 앞으로도 영원히 사랑할 거예요. 지금 그 어느 때보다도 진심으로 말하고 있어요. 하지만 당신은 화가 나 있잖아요! 내가 사랑한다고 말하기 전에는 분명 사랑한다는 말만 들으면 행복할 수 있다고 했으면서 말이에요. 부정하시진 않겠죠? 편지 속에 씌어 있으니까요. 물론 지금은 내 손에 없지만 하루도 빼놓지 않고 읽어보았기 때문에 다 기억이 나는걸요. 그런데 이제 떨어져 있게 되었다고 마음이 바뀐 건가요! 언제까지 떨어져 있진 않을 거잖아요! 세상에, 난 너무 불행해요. 바로 당신 때문에요!

엄마가 빼앗아가서 당신에게 돌려준 편지들은 모두 잘 간직해두세요. 지금처럼 손 놓고 기다리지 않아도 되는 때가 분명 올 테니, 그때 저에게 돌려주세요. 그 편지들을 아무도 모르게 영원히 간직할 수 있다면 얼마나 좋을까요! 지금 받는 편지들은 발몽 자작님께 맡겨두고 있어요. 그렇지 않으면 위험할 것 같아서요. 하지만 아무리 그래도 편지를 그분께 드릴 때마다 속이 많이 상해요.

그럼 이만 안녕히! 온 마음을 다 바쳐 사랑해요. 평생 사랑할게요. 이제 화가 풀리셨으면 좋겠어요. 화가 풀린 게 확실하면 나도 화내지 않을게요. 가능한 한 빨리 편지 주세요. 그때까진 슬픔이 가시지 않을 테니까요.

17××년 9월 21일, ××× 저택에서

여든세번째 편지

발몽 자작이 투르벨 법원장 부인에게

부인, 제발 내 말을 들어주십시오. 그토록 불행하게 중단된 얘기를 다시 시작해봅시다! 본래의 내 모습은 사람들이 당신에게 그려 보인 끔찍한 모습과 너무도 다르다는 걸 증명할 수 있으면 좋겠습니다. 무엇보다도 처음 베풀어주던 신뢰를 다시 한 번 누리고 싶습니다. 당신이라는 사람은 진정 미덕에 수많은 매력을 부여합니다! 고귀한 감정들을 아름답게 만들고 또 사랑하게 만듭니다! 그것이 바로 당신의 매력이죠. 가장 강한 매력입니다. 강렬하면서 동시에 존경할 만한 유일한 매력 말입니다.

당신을 보는 순간 당신의 마음에 들고 싶어집니다. 사람들이 모여 있는 곳에서 당신의 목소리를 듣기만 하면 그 욕망은 더욱 커집니다. 당신을 좀더 잘 알게 되는 행운을 누리는 사람은, 그래서 이따금 당신의 마음속을 헤아릴 수 있게 되는 사람은, 이내 고귀한 열광에 이끌리게 됩니다. 그리고 사랑으로 숭배하게 됩니다. 모든 미덕의 우상으로 숭배하게 되는 겁니다. 이 세상 그 누구보다도 미덕을 사랑하고 또 미덕을 따르기 위해서 태어났음에도 불구하고 오히려 미덕에서 멀어지는 과오를 되풀이해온 저로 하여금 다시금 미덕에 다가가고 또 미덕의 매력을 느끼게 해준 건 바로 당신이었습니다. 이렇게 다시 태어난 나의 사랑이 당신에게는 죄가 되는 겁니까? 당신이 직접 만들어놓고서 이제 와서 탓하는 겁니까? 내 사랑 때문에 신경이 쓰이는 것마저도 자책하는 겁니까? 이렇게 순수한 감정에 대해서 도대체 무슨 불행을 두려워하는 겁니까? 이 감정을 맛보는 것은 진정 감미로운 일인데요.

내 사랑이 무섭습니까? 거칠고 과격해 보입니까? 그렇다면 당신의 부드러운 사랑으로 누그러뜨려주십시오. 내가 바치는 왕국을 거절하면 안 됩니다. 난 절대 이 왕국을 벗어나지 않을 겁니다. 그리고 감히 생각건대 이 왕국은 미덕을 위해서도 헛되지 않을 겁니다. 그 어떤 희생도 당신의 마음이 그 가치를 알아주기만 한다면 힘들 것 같지 않습니다. 그렇게 주어진 결핍을 기꺼이 받아들이지 않을 남자가 어디 있겠습니까? 억지로 가져오거나 몰래 빼앗아온 그 어떤 향락보다 기꺼이 건네받은 말 한마디, 눈길 한번을 더 좋아하지 않을 남자가 있을까요? 하지만 당신은 날 그렇게 취급했습니다! 그리고 두려워했죠! 아! 어째서 난 당신에게 행복을 줄 수 없는 걸까요? 당신을 행복하게 만듦으로써 복수를 하고 싶군요. 하지만 아무 결실도 맺지 못하는 불모의 우정으로는 그 감미로운 왕국을 세울 수 없지 않습니까. 그것은 오직 사랑만이 할 수 있는 일입니다.

이 말을 들으면 당신은 두려워지겠죠! 도대체 왜 그런 겁니까? 보다 다정한 애정, 보다 강한 결합, 변하지 않는 마음, 고통도 함께 나누고 사랑도 함께 나누는 마음, 이 중에서 당신이 받아들이지 못할 게 무엇이 있나요? 이게 바로 사랑이잖습니까! 당신이 뭐라고 해도 이것이 바로 당신이 나에게 불어넣어준 감정이고 내가 느끼는 감정이란 말입니다! 무엇보다도 사랑은 모든 이해관계를 떠나 행동들을 평가하게 해주죠. 외적인 가치에 따라서가 아니라 그 공덕에 따라서 말입니다. 사랑은 다감한 영혼들이 가진 무궁무진한 보물입니다. 사랑이 만들어낸 것, 사랑을 위해 만들어진 것, 모두가 소중하지 않습니까?

이렇게 파악하기 쉽고 또 기쁘게 실행할 수 있는 진리인데 도대체 당신은 왜 두려운 겁니까? 당신을 사랑하기에 오직 단 하나 당신의 행복만을 바라는 이 다정다감한 남자가 어째서 무서운 겁니까? 당신의 행복, 그것은 바로 오늘 내가 소원하는 단 한 가지입니다. 이 소원을 이루기 위해서, 그 소원을 품게 만든 감정 하나를 빼고는 모두 다 희생할 겁니다. 내 감정을 함께 나누겠다고 말해주십시오. 그렇게만 하면 당신은 내 감정의 주인이 될 겁니다. 우리를 이어주어야 할 사랑이 우리를 갈라놓는 것을 더 이상 받아들이지 맙시다. 당신이 내게 베푼 우정이 공허한 말이 아니라면, 어제 얘기한 것처럼 우정이 당신 영혼이 아는 감정들 중 가장 다정한 것이라면, 그 우정이 우리 사이를 규정한다고 해도 이의를 제기하지 않겠습니다. 하지만 그런 우정이라면 사랑의 심판관으로서 사랑의 말에 귀를 기울여야 합니다. 거절하는 건 옳지 못합니다. 그리고 우정은 옳지 못한 것이어서는 안 됩니다.

한 번 더 만나서 얘기를 하면 처음처럼 불편하지는 않을 겁니다. 우연히라도 언젠가 한 번 더 기회가 올 테죠. 아니 당신이 직접 시기를 정할 수도 있습니다. 난 내 생각이 틀렸다고 믿고 싶습니다. 당신은 나와 싸우기보다는 나를 인도해줄 수 없는 걸까요? 내가 말을 잘 듣지 않을까 봐 걱정이 되나요? 성가신 제3자가 끼어들어 우리 사이를 갈라놓지만 않았더라면 난 이미 당신의 생각을 그대로 따르고 있을 겁니다. 그리고 당신의 힘이 어디까지 갈지는 아무도 알 수 없을 겁니다.

이런 얘기를 해도 될까요? 사실 겁이 날 때도 있습니다. 물리칠 수 없는 힘에 눌려 감히 그 힘이 어디까지인지 헤아려보지도 못한 채 나 자신을 내맡기게 되고, 또 저항할 수 없는 매력에 끌려서 당신이 나의 사고와 행동의 주인이 되고 마는 것이 두려워지기도 합니다. 아! 만나서 얘기하자고 청하고 있지만, 오히려 내가 만남을 두려워하고 있는지도 모르겠습니다. 막상 얘기가 끝나고 나면 내 스스로 한 약속에 얽매이게 될지도 모릅니다. 감히 당신이 구원해주기를 바라지도 못하면서, 결코 꺼질 수 없는 사랑에 애태우게 될지도! 아! 부인, 제발 지배력을 남용하지 마십시오! 하지만 그렇게 해서 당신이 더 행복해질 수 있다면, 그리고 내가 당신 눈에 더 훌륭한 사람이 될 수 있다면, 그 생각만으로도 위안을 받아 마음이 누그러질 것 같군요! 네, 알고 있습니다. 더 이상 얘기를 해봤자 어차피 나에게 휘두를 수 있는 강력한 무기를 넘겨주는 셈이라는 걸 말입니다. 그리고 난 결국 당신의 의지에 완전히 내맡겨지겠죠. 차라리 당신의 편지에 저항하는 편이 훨씬 더 쉬울 것 같군요. 둘 다 부인의 말이긴 마찬가지지만, 그래도 편지에는 당신이 직접 있는 게 아니니 그만큼 강하지 않으니까요. 하지만 당신의 말을 직접 듣는다는 기쁨이 나로 하여금 그 위험까지도 무릅쓰게 만듭니다. 당신을 위해 모든 걸 다했다는, 심지어

나에게 해가 되는 것까지도 했다는 기쁨을 누릴 수 있을 테니까요. 나의 그런 희생은 당신에게 바치는 경의가 될 겁니다. 나 자신까지를 포함해서 당신이 내 마음에 가장 소중한 사람이며, 앞으로도 영원히 그럴 것임을 여러 가지로 느낄 수 있습니다. 마찬가지로 당신에게 여러 가지로 증명할 수 있다면 너무 행복할 텐데요.

17××년 9월 23일, ××× 저택에서

여든네번째 편지

발몽 자작이 세실 볼랑주에게

어제는 정말 난처했습니다. 아가씨께 전해드릴 편지가 있었는데, 하루 종일 기회를 잡지 못했군요. 오늘은 좀 쉬울지 모르겠습니다. 요령껏 수완을 발휘해야 하는데, 괜히 편지를 전해야겠다는 욕심 때문에 아가씨를 위험에 빠뜨리게 될까 봐 걱정이 됩니다. 혹시나 경솔하게 처신해서 아가씨한테 치명적인 실수를 하고, 그렇게 해서 아가씨를 영원한 불행에 빠지게 한다면, 또 내 친구를 절망에 빠지게 한다면, 나 스스로를 용서할 수 없을 것 같습니다. 하지만 사랑에 빠진 이들이 얼마나 마음이 조급한 지도 잘 압니다. 특히 지금 아가씨 같은 처지에서는 그나마 유일하게 받아볼 수 있는 위안이 조금이라도 늦어지면 얼마나 고통스러울지 모르지 않습니다. 그래서 우리 앞에 놓인 장애물을 떨칠 수 있는 방법을 얻기 위해 노력한 끝에, 드디어 한 가지를 찾아냈습니다. 아가씨께서 조금만 신경을 쓰시면 실행하기에 별 어려움이 없을 것 같습니다.

아가씨 방에서 복도 쪽으로 난 문의 열쇠가 항상 어머님 방 벽난로 위에 놓여 있는 걸 본 것 같습니다. 그 열쇠만 있으면 모든 게 해결될 겁니다. 열쇠를 빼내고 그 자리에 대신 놓아둘 열쇠는 제가 마련해드리겠습니다. 한 시간 혹은 두 시간 정도면 충분합니다. 아가씨라면 열쇠를 손에 넣을 기회를 쉽게 찾아낼 수 있을 겁니다. 그리고 이 편지에 들어 있는 열쇠를 그 자리에 갖다 놓으면, 진짜 열쇠가 없어진 걸 아무도 눈치 채지 못할 겁니다. 원래 열쇠와 아주 비슷하게 생겨서 직접 사용해보지 않고는 구별하지 못할 정도랍니다. 어차피 그런 일을 없을 테지만요. 한 가지, 원래 열쇠와 똑같이 파랗고 낡은 리본을 묶어놓는 것만 잊지 마십시오.

내일이나 모레 아침식사 때까지 손에 넣어야 합니다. 열쇠를 전해주기 좋은 시간이고, 또 저녁이면 아가씨의 어머님이 열쇠에 신경을 쓰실 테니 그 전에 마무리지어야 하니까요. 우리가 잘 협력한다면 점심식사 때는 다시 제자리에 가져다 놓을 수 있을 겁니다.

아가씨도 아시겠지만 거실에서 식당으로 옮겨갈 때 언제나 로즈몽드 부인께서 제일 뒤에 서시죠. 전 그분의 손을 잡고 가겠습니다. 당신은 수틀에서 좀 천천히 일어나든지 아니면 뭔가를 떨어뜨려서 조금 뒤처지기만 하면 됩니다. 내가 열쇠를 쥔 손을 등 뒤로 하고 있으면 열쇠를 받을 수 있을 겁니다. 일단 열쇠가 손에 들어오면 바로 로즈몽드 부인께 다가가서 다정하게 붙는 것을 잊지 마십시오. 혹시 열쇠를 떨어뜨리더라도 당황할 것 없습니다. 내가 떨어뜨린 척하고, 다 알아서 하겠습니다.

어머님이 아가씨를 믿지 않으시고 또 지나치게 가혹하게 대하시는 상황이니 이 정도 작은 속임수는 용납될 겁니다. 하물며 당스니의 편지를 계속 받을 수 있고 또 당신 편지를 전해줄 수 있으려면 이 방법밖에 없습니다. 다른 방법은 모두 위험해서 두 사람 모두에게 돌이킬 수 없는 화를 미칠 수 있으니까요. 친구에게 해가 되지 않도록 신중하게 처신해야 하는 저로서는 다른 방법을 사용하기가 어렵다는 걸 알아주시면 좋겠습니다.

일단 열쇠를 손에 넣고 나면, 문소리와 자물쇠 소리만 조금 조심하면 됩니다. 그야 별로 어려울 게 없지요. 이전에 옷장 아래 종이를 놓아두었던 곳 있지 않습니까? 그곳에 기름과 깃털 펜이 있을 겁니다. 아가씨는 혼자 있는 시간에 가끔 방에 들어가니까, 그때를 이용해서 자물쇠와 경첩에 기름을 치십시오. 한 가지 주의할 점은 기름 자국이 남지 않도록 해야 합니다. 불리한 증거가 될지도 모르니까요. 또 밤이 되기를 기다려서 그 일을 해야 합니다. 제대로 잘하면 다음 날 아침이면 흔적이 사라질 겁니다. 분명 잘할 수 있을 겁니다.

혹시 발각되거든 머뭇거리지 말고 저택의 청소부가 한 일이라고 얘기하십시오. 물론 정확히 언제 했는지도 얘기하시고, 또 다른 얘기도 덧붙이십시오. 예를 들면 청소부 말이 오래 안 써서 녹이 슨 자물쇠를 손질하는 거라고 하더라고 말입니다. 그 일을 하자면 상당히 소란스러웠을 텐데 아가씨가 그것을 보면서 아무 얘기도 하지 않았다는 건 말이 안 되니까요. 사실 아주 사소한 것들이 어떤 일을 사실처럼 보이게 하죠. 또 일단 사실인 것 같으면 확인해보고 싶은 마음이 사라지는 법이고, 그래서 거짓말을 해도 뒤탈이 없게 된답니다.

이 편지를 다 읽으셨으면, 다시 한 번 더 읽어보시고 내용을 잘 기억하기 바랍니다. 우선 우리가 뭘 하려고 하는지를 잘 알아야 하고, 또 빠진 게 없는지 확인해보십시오. 나 자신의 일 때문에는 이렇게 술책을 써본 적이 없어서, 사실 별로 익숙하지 않군요. 아무리 죄가 될 게 없는 방법이라고 하지만, 막상 마음을 먹는 건 쉽지 않았습니다. 당스니에 대한 뜨거운 우정과 아가씨에 대한 관심이 아니었다면 이렇게까지 하지 않았을 겁니다. 난 어떤 종류의 거짓도 증오하는 사람이니까요. 내 성격이 그렇습니다. 하지만 당신 두 사람의 불행이 너무도 마음 아파서 어떻게든 위로해주고 싶었습니다.

일단 이렇게 우리 둘 사이에 연락 방법이 생기면 당스니가 간절히 원하는 대로 당신들이 만날 수 있는 기회를 만드는 게 훨씬 쉬워질 겁니다. 하지만 아직은 당스니에게 얘기하지 마십시오. 조바심만 부추기게 될 테고, 조바심을 충족시켜주기에는 아직 때가 이르니까요. 아가씨께서는 오히려 그의 마음을 가라앉혀야 할 것 같군요. 잘 생각해보시면 알 수 있으리라고 생각합니다. 자, 나의 아름다운 피후견이여, 이만 안녕히 계십시오. 내가 바로 아가씨를 후견하는 사람입니다. 조금만 사랑해주십시오. 특히 제 말을 잘 따라주십시오. 일이 다 잘될 겁니다. 난 아가씨의 행복을 위해 일하고 있습니다. 그리고 그것이 내 행복이기도 하다는 걸 믿어주시기를 바랍니다.

17××년 9월 24일, ×××에서

여든다섯번째 편지

메르테유 후작 부인이 발몽 자작에게

이제 마음을 놓아도 됩니다. 그리고 무엇보다도 나의 진가를 인정해주면 됩니다. 자, 내 얘기를 들어보세요. 나를 다른 여자와 혼동해서는 안 되죠. 드디어 프레방과의 연애를 끝장냈답니다. '끝장'냈다고요! 끝장냈다는 게 무슨 뜻인지 아시나요? 프레방과 나 둘 중에서 누가 떠벌릴 수 있는지 이제부터 잘 판단해보세요. 물론 이야기만 들어서는 진짜 했을 때 만큼 재미있진 않겠죠. 하지만 어차피 이 일에 대해서 좋으니 나쁘니 따지기만 한 당신이 나하고 똑같은 기쁨을 맛보게 된다면 불공평한 일 아니겠어요?

혹시 지금 뭔가 큰 건을 준비하고 있거나, 그 위험한 경쟁자가 나타나면 곤란해질 만한 계획이라도 세우고 있는 중이라면, 신경 쓰지 말고 그대로 진행하도록 해요. 적어도 얼마 동안은 그자가 당신 일에 끼어드는 일은 없을 테니까요. 아니 어쩌면 내가 가한 충격에서 영영 회복될 수 없을지도 모르겠습니다.

나 같은 친구를 가지다니 자작님은 정말 행운이로군요! 난 완전 자작님의 수호천사가 아닌가요? 마음을 사로잡은 아름다운 여인과 멀리 떨어져 지내느라 괴로울 때는 내 말 한마디로 다시 그녀 곁에 갈 수 있었죠. 또 당신을 중상모략한 여자에게 복수를 하고 싶을 때는 어디를 공격해야 하는지 알려주고 그 여자를 당신 손에 넘겨주었죠. 두려운 상대를 결투장에서 쫓아내고 싶어지면 다시 나를 찾고, 결국 난 이렇게 당신의 소원을 들어주잖아요. 일생 동안 나에게 감사하지 않는다면 당신은 정말 배은망덕한 사람입니다. 이제 내 연애 사건으로 돌아가서 처음부터 얘기해봅시다.

예상했던 대로, 오페라 극장에서 나오면서 큰 소리로 약속하는 것을 들은 프레방은 원수 부인 댁에서 열리는 만찬에 참석했습니다. 친절하게 두 번이나 연달아 참석해줘서 고맙다는 인사를 듣더니 아주 요령껏 대답하더군요. 저녁에 시간을 내느라 숱한 약속을 다 거절했다고 말이에요. '귀 있는 자 들을지어다!' 하는 말이 있잖아요. 하지만 난 저 사람이 열심히 아첨을 하는 게 정말 날 들으라고 하는 건지 정확히 알고 싶어지더군요. 그래서 새로운 구애자가 제일 좋아하는 취미하고 나 사이에 하나를 선택해야만 하는 상황을 만들어냈습니다. 카드 게임을 하지 않는다고 말한 겁니다. 그랬더니 프레방도 갖가지 구실을 내세워 카드를 하지 않더군요. 결국 나의 첫 승리는 랑스크네 게임*을 이긴 게 되는 셈이죠.

난 대화 상대로 재빨리 ×× 주교를 붙잡았어요. 주교를 택한 것은 그날의 주인공과 친한 사람이었기 때문이죠. 그래야 프레방이 나한테 접근하기 쉽지 않겠어요? 또 혹시라도 나의 행동과 말을 증언해줄 사람이 필요할지 모르니 존경할 만한 사람을 확보해두는 셈이기도 했고요. 이 일은 성공을 거두었습니다.

처음 막연하고 관례적인 이야기를 나누다가 이내 프레방이 대화의 주도권을 잡았습니다. 내가 어떤 어조를 좋아하는지 알아내느라 계속 어조를 바꿔가면서 말하더군요. 처음에는 감상적인 말투로 말하길래 믿을 수 없어서 싫다는 표정을 지었고, 다음에는 초면에 너무 경박해 보이는 명랑한 어조이기에 심각한 표정을 지어 그만두게 했습니다. 결국 그는 완곡하게 호의를 나타내는 어조로 바꾸더군요. 우리는 그렇게 평범한 깃발 아래서 서로 적을 향해 나아갔습니다.

저녁식사 때는 주교가 내려오지 않았고, 프레방은 나의 상대가 되었습니다. 자연스레 내 옆에 앉게 되었죠. 보다 정확히 말할게요. 그는 겉으로는 분명 다 함께 나누는 대화에 신경을 쓰고 있고 심지어 대화를 이끌어가는 것처럼 보였지만, 실제로는 아주 교묘하게 나와의 대화를 이어가고 있었답니다. 후식이 나올 때쯤에는 다음 월요일 프랑세 극장에서 상연될 새 연극이 화제가 되었습니다. 내가 그곳에 전용석이 없어서 아쉽다고 했더니, 프레방은 자기 관람석을 이용하라고 하더군요. 당연히 관례대로 거

---

* 카드 게임의 일종. 15~16세기에 시작되었다고 한다.

절했죠. 그랬더니 그는 마치 우스갯소리를 하듯 내가 자기 말을 잘못 알아들은 거라고 하더군요. 자기로서도 친하지도 않은 사람한테 관람석을 내줄 수는 없지 않겠느냐고 하면서, 원수 부인이 써도 좋다는 얘기였다는 겁니다. 부인이 이 말에 동의했고, 그렇게 해서 나도 받아들였습니다.

다시 거실로 돌아왔을 때, 자작님도 짐작하시겠지만, 프레방은 그날 관람석에 자기 자리도 하나 내달라고 부탁하더군요. 원수 부인은 그에게 퍽 호의적인지라, '말만 잘 들으면' 그렇게 하겠다고 약속했습니다. 그리고 그 말을 기회로 다시 대화가 시작되었습니다. 당신이 익히 놀라운 재능이라고 칭찬한 바 있는 그 이중의 뜻이 담긴 대화 말입니다. 부인의 생각을 알고 싶다고, 애원이니 제발 잘 봐달라고, 이런 구실을 대면서 원수 부인 앞에 무릎을 꿇더군요. 그러면서, 그의 표현을 빌리면, 말 잘 듣는 어린애처럼 굴었습니다. 그가 얘기하는 건 모두 나에게 하는 말 같았습니다. 저녁식사 후에는 아까 카드 게임을 했던 사람들 중 몇 명이 합류하지 않았고, 그러다 보니 대화는 좀더 일반적인 얘기로 흘러 시들해졌습니다. 하지만 우리의 눈은 많은 얘기를 나누었답니다. 우리의 눈이라고 말했지만, 사실 그의 눈이라고 해야 합니다. 내 눈은 오직 한 가지의 언어, 놀라고 있다는 말밖에 하지 않았으니까요. 그는 분명 내가 놀라고 있고, 자기 때문에 정신이 나가 다른 생각은 하지 못하고 있다고 생각했을 겁니다. 헤어질 땐 아주 만족하는 것 같더군요. 나도 물론 그에 못지않게 만족했고요.

다음 월요일, 약속대로 프랑세 극장에 갔습니다. 자작님이나 나나 문학에 흥미가 있기는 하지만, 그날의 공연에 대해서 얘기해줄 게 없군요. 내가 말할 수 있는 건 프레방이란 사람은 기가 막히게 아첨을 잘하는 재주가 있다는 것, 그리고 그날의 공연은 실패작이라는 것뿐입니다. 그런데 워낙 즐거운 시간이었기 때문에 그대로 끝내기 아쉽더군요. 그래서 좀더 연장시켜보려고 원수 부인한테 우리 집에 가서 저녁을 먹자고 했습니다. 사랑스런 아첨꾼을 초대하기 위한 구실이기도 했고요. 그랬더니 프레방은 이미 약속되어 있는 걸 취소해야 하니까 ××백작 부인에게 다녀올 시간만 달라고 하더군요. 그 이름을 듣자 화가 치밀어올랐습니다. 나와의 일이 어떻게 진척되었는지를 알려주러 가는 게 분명했죠. 그 순간 자작님이 해준 현명한 조언들이 떠오르더군요. 그리고 결심했답니다. 기필코 해내고야 말겠다고 말이에요. 그자가 위험하게 아무 데나 입을 여는 것을 고쳐놓고 말 자신이 있었으니까요.

프레방으로서는 내가 주최하는 모임에 처음 오는 거였죠. 더구나 그날은 사람도 많지 않았습니다. 관례대로 나에게 정중히 대하더군요. 저녁식사를 하러 갈 때는 손을 내밀었죠. 난 손을 잡으며 일부러 약간 떨었어요. 걸음을 옮기는 동안에는 눈을 내리깔고 숨을 거칠게 쉬었고요. 유혹에 넘어가고 말 거라는 예감 때문에 정복자를 두려워하는 여자의 모습 같았을 겁니다. 그는 훌륭하게 내 상태를 파악했습니다. 음흉하게 바로 어조와 태도를 바꾸더군요. 그전까지 정중하게 친절하던 태도가 다정한 태도로 바뀐 겁니다. 물론 대화의 내용은 그다지 변하지 않았습니다. 상황이 그럴 수밖에 없었으니까요. 하지만 날카롭던 시선은 애무하듯 다정해졌고, 목소리의 억양도 부드러워졌고, 얼굴의 미소 또한 세련된 미소가 아니라 만족의 미소였죠. 자, 자작님, 한번 물어봅시다. 자작님이라면 이보다 더 잘할 수 있었을까요?

난 꿈속에 빠진 듯한 표정을 지었습니다. 당연히 사람들의 눈에 띄었죠. 누군가 왜 그러느냐고 나무라면, 교묘하게 서툰 듯 변명을 하면서 그 사람한테 슬쩍 수줍고 당황한 눈길을 던졌어요. 내가 자기 때문에 허둥대고 있다는 걸 알게 될까 봐 겁을 먹고 있다는 듯이 말이에요.

저녁식사가 끝난 후, 마음 좋은 원수 부인이 예의 그 같은 얘기를 늘어놓는 틈을 이용해서, 난 소파에 앉았습니다. 흔히 달콤한 몽상에 젖을 때면 빠져들게 되는 그런 방심한 모습으로 말입니다. 프레방이 쳐다보는 데도 그냥 있었죠. 그는 특별한 관심으로 나에게 경의를 표하더군요. 당신도 짐작하겠지만, 수줍은 내 눈은 정복자의 눈을 쳐다볼 엄두도 내지 못했죠. 공손한 눈길로 살펴보았더니, 원하던 효과를 얻어낸 게 분명했습니다. 이제 나 역시 마찬가지 상태라는 걸 믿게 만들어야 했습니다. 그래서 원수 부인이 이제 집에 가야겠다고 할 때 난 부드럽고 달콤한 목소리로 크게 말했죠. "아! 정말 좋았어요!" 그러면서 일어섰습니다. 원수 부인과 헤어지기 전에 앞으로의 일정을 묻는 것을 잊지 않았고요. 그래야 내 일정을 그에게 알려줄 수 있지 않겠어요? 모레는 집에 있을 거라고 했습니다. 그리고 모두 헤어졌습니다.

곰곰이 생각해보았습니다. 프레방은 틀림없이 조금 전 내가 말해준 약속 시간을 놓치지 않을 겁니다. 내가 혼자 있는 시간을 맞추려고 이른 시간에 올 거고, 또 강력한 공격을 시도할 겁니다. 하지만 내 명성이 있으니 경솔하게 덤비지는 못하리라는 것도 분명했죠. 바람둥이 여자들이나 경험 없는 여자들한테 하듯이 할 수는 없을 거라는 말입니다. 그자가 사랑이라는 말을 입에 담거나, 특히 사랑이라는 말을 들으려고 한다면, 분명 내 계획이 성공한 겁니다.

사실 확실한 '원칙'을 가진 남자들을 상대하는 건 아주 쉬운 일이랍니다! 연애가 처음 시작될 때, 수줍고 소심해서 어쩔 줄 몰라 하고 격정적으로 흥분되어서 난감해하죠. 매번 열병처럼 오한과 열이 나고, 다른 다양한 증상이 나타나기도 합니다. 하지만 그런 사람들의 행동에는 어차피 규칙이 있어서 쉽게 알아차릴 수 있답니다! 처음 집에 들어오는 모습, 태도, 어조, 하는 말, 이 모든 걸 난 이미 전날부터 알 수 있던걸요. 내가 프레방과 어떤 대화를 나눴는지 다 옮길 필요는 없겠죠? 쉽게 짐작할 수 있을 테니까요. 다만 방어를 가장해서 그를 열심히 도와주었다는 것만 아시면 됩니다. 그러니까 당황한 척하면서 상대방이 말할 시간을 만들어주고, 또 일부러 말도 안 되는 이유들을 내세움으로써 상대방이 반박해낼 수 있게 해준 거죠. 그리고 믿을 수 없고 겁이 난다고 말하면서 상대가 항의할 수 있게 해준 겁니다. 프레방은 계속해서 "제발 한 말씀만 해주시면 됩니다"라고 말했고, 난 계속 입을 열지 않았어요. 내가 침묵을 지키니 그는 애가 탔겠죠. 그러는 동안 내 손을 백 번은 더 잡았을 겁니다. 매번 빼내긴 했지만, 한 번도 손을 못 잡게 하지는 않았습니다. 하루 종일이라도 그렇게 보낼 것 같았습니다. 그렇게 한 시간이 지났죠. 마차 한 대가 안뜰에 들어오는 소리가 들리지 않았더라면 계속 그대로였을 겁니다. 고마운 방해 때문에, 당연히 그의 요구는 더욱 강렬해졌습니다. 마침내 결정적 순간이 온 겁니다. 난 긴 한숨을 내쉬며 뜸을 들이다가 마침내 귀중한 한마디를 해주었답니다. 손님이 왔다는 전갈이 오고, 바로 많은 손님이 몰려들었습니다.

    프레방은 다음 날 아침 다시 오겠다고 했고, 난 승낙을 했습니다. 하지만 나 자신을 지켜야 했기에 그가 와 있는 동안 하녀를 내 침실에 와 있게 했죠. 당신도 알겠지만 침실에서는 화장 방에서 일어나는 일을 다 볼 수 있게 되어 있죠. 난 화장 방에서 프레방을 맞았답니다. 자유롭게 얘기를 나누기도 했고, 어차피 둘 다 같은 욕망을 품은 셈이니 우리는 곧 마음이 맞았습니다. 하지만 침실에 있는 귀찮은 관객을 쫓아내야만 했죠. 그게 바로 내가 노린 것이었고요.

난 집안에서의 생활에 대해서 떠오르는 대로 늘어놓았습니다. 우리는 한 순간도 자유롭게 지낼 수 없으며, 어제 그렇게 얘기를 나눌 수 있었던 것도 기적 같은 일이었다고, 언제 거실에 사람이 들어올지 모르니 나로서는 상당히 위험한 일이었다는 걸 납득시켰습니다. 그리고 한마디 덧붙이는 것도 잊지 않았죠. 이제까지 한 번도 불편하게 느껴본 적이 없기 때문에 그냥 습관이 되어버렸다고 말입니다. 이제 와서 바꿀 수는 없다고, 그랬다간 하인들이 의심하게 될 것이라고도 힘주어 말했죠. 그는 슬픈 표정을 지으며 화를 내려고 하더군요. 그러면서 내가 자기를 별로 사랑하지 않는다고 말했습니다. 얼마나 감동적이었는지 모른답니다! 난 마지막 결정타를 날리기 위해 눈물을 동원했습니다. 완전히 "자이르,* 그대는 눈물짓는가"였죠. 오로스만이 상대를 사랑하고 있는 것과 달리, 프레방은 나를 지배하고 있다고 믿고 있었고, 원하는 대로 날 가질 수 있으리라는 희망을 가졌을 뿐입니다.

반전의 순간이 지나가고, 우리는 다시 계획을 세웠습니다. 낮에는 불가능하니 밤에 하기로 한 거죠. 하지만 문지기가 아주 곤란한 장애물이 되더군요. 매수해보겠다고 하기에 안 된다고 했어요. 그랬더니 정원으로 난 작은 문은 어떠냐고 하더군요. 이미 예상했던 말인지라 개가 한 마리 있다고 둘러댔죠. 낮에는 짖지 않다가도 밤만 되면 미친 듯 짖어댄다고 했어요. 내가 이런 세부적인 것들까지 얘기하는 걸 보면서 그는 대담해졌습니다. 결국 가장 말도 안 되는 우스꽝스러운 방법을 제안하더군요. 그리고 난 바로 그 제안을 받아들였답니다.

프레방은 자기 하인을 자기와 다름없이 믿어도 된다고 하더군요. 틀

---

* 볼테르의 『자이르』에서 술탄 오로스만이 포로 자이르에게 하는 말.

린 말은 아니었습니다. 둘 다 막상막하였으니까요. 우리의 계획은 이랬습니다. 우선 우리 집에서 성대한 만찬을 열고, 그 자리에 프레방도 참석을 하는 겁니다. 그러다가 시간을 봐서 그가 혼자 밖으로 나가기로 했습니다. 능숙한 충복 하인이 마차를 부르고, 마차의 문을 열죠. 어차피 프레방이 마차에 오르지 않고 교묘하게 빠져나간다고 해도 마부는 절대 알 수가 없죠. 사람들은 모두 그가 떠난 것으로 알게 되지만, 사실은 내 집에 남아 있게 되는 겁니다. 문제는 어떻게 내 방까지 올 수 있느냐 하는 거죠. 사실 이 문제에 관해서 프레방이 계속 제안을 하면 내 쪽에서 안 된다고 하고, 그러고 나면 상대가 다시 반박을 하는 식이었습니다. 사실 상대가 어렵지 않게 반박할 수 있는 이유들을 찾아내는 게 쉽지는 않더군요. 그는 예까지 들어가며 응수를 했습니다. 지극히 평범한 방법이라고, 이미 많이 써먹어봤다고 하더군요. 가장 위험이 적기 때문에 제일 많이 써본 방법이라고도 했죠.

난 반박할 수 없는 권위에 설복당한 척하며 내실 바로 옆까지 올라오는 비밀 계단에 열쇠를 두겠다고 말했습니다. 물론 순진한 어조로 말입니다. 그곳에 숨어 있을 수 있을 거고, 하녀들이 다 물러날 때까지 기다려도 별로 위험하지 않을 거라고 알려주었죠. 더욱이 내가 동의했다는 걸 좀더 그럴듯하게 보이게 하려고, 바로 다시 안 되겠다고 번복했습니다. 이어 마음이 내키지 않는다고, 그가 나한테 완전히 복종하고 내 말을 잘 듣겠다고 약속을 해야 동의하겠다고 했습니다. 아! 그자는 정말 말을 잘 듣더군요! 나도 내 사랑을 증명해 보이고 싶었답니다. 그의 사랑을 만족시켜주는 건 안 되지만 말이에요.

한 가지 잊었군요. 돌아갈 때는 정원의 작은 문을 이용하기로 했습니다. 날이 새기를 기다리면 문제될 게 없을 거다, 문지기가 봐도 뭐라고 안

할 거다, 그 시간에는 지나다니는 사람도 없을 테고 하인들도 전부 잠에 빠져 있을 거다. 이렇게 말했죠. 당신이 보기에는 이런 말도 안 되는 추리가 우스워 보이나요? 하지만 그것은 그자와 나 두 사람이 어떤 상황인지를 잊었기 때문입니다. 이보다 더 좋은 뭐가 필요했겠어요? 그자는 사람들이 이 모든 일을 알게 되기를 바랐고, 난 절대 알려지지 않을 거라고 확신하고 있었으니까요. 드디어 이틀 후로 날을 잡았습니다.

다 준비되었습니다. 사실 그때까지 내가 친하게 지내는 모임에 프레방이 낀 적이 없었잖아요. 아는 부인의 집에서 식사를 하다가 그를 만나게 된 거고, 새 연극이 공연되니까 그가 나서서 문제의 부인에게 자기 관람석을 빌려주었고, 난 그냥 자리 하나 얻은 것뿐이랍니다. 공연 도중 우리 집에서 저녁식사를 하자고 부인을 초대했는데 그 자리에 프레방이 있어서 어쩔 수 없이 같이 초대하게 된 거고, 그가 받아들였고, 이틀 후 관례대로 그가 우리 집을 방문한 거죠. 사실대로 말하자면 바로 그 다음 날 아침에 왔었지만요. 하지만 오전 중의 방문은 별로 눈에 띄지 않기도 하고, 또 좀 무례한 느낌이죠. 어쨌든 난 그다지 친하지 않은 사람들 틈에 프레방을 끼워넣어 만찬에 초대한다는 편지를 보냈어요. 그래야 아네트처럼 "그것뿐이에요!"라고 말할 수 있을 테니까요.

드디어 운명의 날이 왔습니다. 나의 미덕과 명성을 잃게 되어 있는 날이죠. 충실한 하녀 빅투아르에게 여러 가지를 지시했습니다. 곧 보시게 되겠지만, 그 애는 내 지시를 잘 따랐어요.

저녁이 다가왔습니다. 프레방이 도착했다는 전갈이 왔을 땐 이미 많은 사람이 모여 있었습니다. 난 특별히 예의를 차려 그를 맞아들였어요. 그렇게 하면 별로 친밀하지 않은 사이라는 걸 사람들에게 보여줄 수 있으니까요. 원수 부인의 친구들을 통해서 그를 알게 된 거니까 그 사람들이 모여 있는 곳으로 안내했죠. 만찬은 별다른 일 없이 지나갔습니다. 단지 나의 신중한 연인이 요령 있게 쪽지 하나를 전해주었죠. 물론 평소와 다름없이 태워버렸습니다. 자기를 믿어도 된다고 씌어 있더군요. 그 요점 주위로 이런 종류의 행사에 빠지지 않고 등장하는 온갖 너절한 말들, 즉 사랑, 행복 같은 게 있었고요.

자정이 되어 파티가 끝나갈 무렵 내가 마세두안 게임[12]을 하자고 제안했습니다. 프레방이 자리를 뜨기 쉽게 만들어주고, 동시에 그 사실을 사람들이 다 알게 만들기 위해서였죠. 그는 원래 카드 게임을 즐기기로 명성이 난 사람이었으니 이 계획은 성공할 수밖에 없었습니다. 또 필요에 따라서는 내가 혼자 있는 시간을 내느라 조급해한 적이 없었다는 걸 사람들이 쉽게 기억해낼 것도 같았고요.

게임은 생각보다 더 오래 끌었습니다. 악마가 나를 유혹하더군요. 초조하게 갇혀 있을 프레방을 위로해주러 가고 싶은 마음을 이기기 힘들었습니다. 그렇게 파멸의 길로 들어서는데, 문득 한 가지 생각이 떠올랐습니다. 내가 일단 항복을 해버리면 프레방이 계속 정장을 입고 있게 만들 수 없다는 생각이 든 겁니다. 내 계획이 성공하려면 꼭 그래야만 했는데요. 그래서 간신히 참았죠. 가던 길을 멈추고 돌아왔더니 기분이 나빠지더군요. 다시 끝없이 이어지는 카드 게임에 끼어들었습니다. 마침내 게임이 끝나고, 모두 집으로 돌아갔습니다. 하녀들을 불러 빨리 옷을 벗고, 모두 돌려보냈습니다.

자작님, 속이 비치는 얇은 옷만 입고서 살금살금 걸어가서는, 나를

---

12 마세두안 게임을 모르는 사람이 있을지도 모르겠다. 마세두안 게임은 여러 도박 게임을 모아놓은 것으로, 패를 돌리는 사람이 그 가운데 하나를 선택할 수 있다. 우리 시대에 새로 고안된 게임이다.

기다리고 있는 정복자에게 떨리는 손으로 문을 열어주는 내 모습이 상상이 가나요? 프레방은 번개처럼 달려들더군요. 뭐라고 말해야 할까요? 그냥 당하고 말았어요. 이러지 말라고 말할 틈도 없이, 무언가 방어할 틈도 없이 완전히 당했답니다. 프레방은 이런 상황에 어울리는 편안한 자세를 취하고 싶어 했죠. 자기 복장을 저주하더군요. 옷차림 때문에 다가가기 어렵다고 하면서요. 말하자면 나와 동등한 무기를 들고 싸우고 싶었던 거죠. 하지만 난 더할 나위 없이 수줍은 척하면서 그의 계획에 반대했어요. 그리고 다정하게 애무하면서 틈을 주지 않았죠. 그는 다른 데 정신을 팔더군요.

그러더니 자기도 권리가 있다고 하면서 다시 요구하기 시작했죠. 하지만 바로 그 순간 내가 이렇게 말했답니다. "자, 내 말 좀 들으세요. 여기까진 두 P×× 백작 부인과 다른 수많은 사람에게 전해줄 즐거운 얘기가 많겠죠. 하지만 모험의 결말에 대해서는 어떻게 얘기할지 참 궁금하네요." 그러면서 줄을 힘껏 당겨 종을 울렸습니다. 이번에는 내 차례였던 거죠. 내 행동이 그의 말보다 빨랐습니다. 그가 뭐라고 우물거리는 사이 벌써 빅투아르가 달려오면서 미리 데려다 놓은 하인들을 부르는 소리가 들리더군요. 바로 그때 난 목소리를 높여 여왕 같은 어조로 말했습니다. "나가시죠. 다신 내 앞에 나타나지 말아요." 곧 하인들이 들이닥쳤습니다.

불쌍한 프레방은 제정신이 아니었죠. 그저 장난이라고 생각하고 달려든 일이 사실은 함정이었다는 걸 깨닫고는 칼을 뽑으려고 하더군요. 물론 뜻을 이루지 못했죠. 용감하고 힘센 내 하인이 그를 잡아선 메쳐버렸으니까요. 정말로 무서워지더군요. 그래서 그만 두라고 소리를 지르고는, 이 사람이 내 집에서 분명히 나가는 것만 확인하라고 했습니다. 하인들은 내 말을 따랐죠. 하지만 이미 벌집을 쑤셔놓은 것 같았습니다. 어떻게 '우리 정숙한 마님께' 그런 짓을 할 수 있느냐며 분개했죠. 바라던 대로 왁자지껄 떠들면서 불쌍한 기사를 따라가더군요. 빅투아르만 남았고, 우리는 함께 흐트러진 침대를 정돈했습니다.

하인들은 여전히 시끌벅적하게 다시 내 방으로 올라왔습니다. 난 '놀란 가슴이 미처 진정되지' 않은 척하면서 천만다행이었다고, 어떻게 여태 자지 않고 있었느냐고 물었죠. 빅투아르가 나서서 대답하기를, 친구 두 명을 방에 불러다 저녁을 대접하고는 그 시간까지 같이 있었다고 했습니다. 그 외에도 미리 짜놓은 대로 다 얘기했습니다. 난 모두에게 고맙다고 인사를 하며 물러가게 했어요. 한 명한테는 즉시 주치의를 불러오게 시켰고요. 엄청나게 놀랐으니 혹시 문제가 생길까 봐 걱정이 될 만도 하지 않겠어요? 더구나 소식이 널리 퍼져나가 유명해지게 만드는 확실한 방법이기도 했고요.

의사가 왔고, 어쩌다 이런 일이 생겼냐고 안타까워하더군요. 그러면서 제대로 안정만 취하면 별일 없을 거라고 했습니다. 난 빅투아르에게 당장 아침부터 이 일을 이웃에 퍼뜨리라고 했습니다.

모두 성공이었죠. 12시도 되기 전에, 그러니까 우리 집 사람들이 잠에서 깨어나던 그 시각에 벌써 정숙한 이웃집 여자가 내 침대를 지키고 있었으니까요. 이 끔찍한 사건의 진상과 자세한 내막을 알고 싶어 하더군요. 난 어쩔 수 없이 그 여자와 함께한 시간 동안 이 시대의 타락을 개탄했답니다. 잠시 후 원수 부인에게서 짤막한 편지를 받았어요. 그 편지는 여기에 동봉하겠습니다. 그리고 5시가 못 되어 놀랍게도 M××[13]이 찾아왔습니다. 자기 부대의 장교가 그런 엄청난 무례를 범한 데 대해 사과를 하러 왔다더군요. 원수 부인 댁에서 점심식사를 하다가 소식을 들었는데, 듣자마

---

13 프레방이 소속된 부대의 대장이다.

자 프레방을 영창에 넣으라고 명령했다는 겁니다. 난 그냥 풀어줄 수 없겠냐고 했죠. 그럴 순 없다고 하더군요. 나도 공범자인 셈이니, 스스로에게 벌을 내릴 수밖에 없었습니다. 그래서 적어도 엄하게 근신하는 것 정도는 해야겠다고 생각했고, 방문을 사절하고 몸이 불편하다고 말하라고 일렀답니다.

당신이 이렇게 긴 편지를 받을 수 있는 것도 내가 아무도 들이지 않고 혼자 있기 때문이랍니다. 볼랑주 부인에게도 편지를 써서 이 소식을 알리려고 합니다. 그녀는 분명 여러 사람에게 읽어줄 테죠. 사실, 당신도 알게 되겠지만, 사람들한테 읽어줄 수밖에 없는 그런 편지가 될 겁니다.

한 가지를 잊었군요. 벨르로슈가 이 일을 알고 격분해서 프레방과 결투를 하겠다고 난리입니다. 가련한 사람! 다행히 벨르로슈를 진정시킬 시간은 낼 수 있을 것 같네요. 그때까지 일단 내 마음부터 좀 가라앉혀야겠습니다. 이 편지를 쓰느라 지쳤거든요. 그럼 자작님, 이만 안녕히.

17××년 9월 25일 저녁, ××× 저택에서

여든여섯번째 편지

×× 원수 부인이 메르테유 후작 부인에게
(앞 편지에 동봉되었음.)

세상에! 부인, 이게 도대체 무슨 일입니까? 프레방 같은 사람이 그런 끔찍한 일을 저지르다니요! 하물며 다른 사람도 아니고 부인한테! 이래서야 어떻게 살겠습니까? 자기 집 안에서도 마음을 놓을 수 없다니요! 사실 이런 사건들은 늙어가는 우리에게 약간 위안을 주기도 하지만, 이번 경우는 결코 그렇지 않군요. 부인이 그런 괴물 같은 자를 집에 들여놓게 된 데는 부분적으로나마 내 책임이 있으니까요. 내가 들은 얘기가 사실이라면 맹세코 두 번 다시 그자가 우리 집에 발을 들여놓지 못하게 하겠습니다. 제대로 된 사람이라면 누구나 그렇게 해야겠죠. 지극히 당연한 일입니다.

부인이 몹시 힘들어하신다는 얘기를 들었습니다. 건강이 걱정됩니다. 연락을 주시기 바랍니다. 직접 하실 수 없으면 하녀 편에라도 한마디 전해주시면 훨씬 마음이 놓일 것 같습니다. 의사가 하루도 거르지 말고 목욕을 하라고 처방을 내리지만 않았다면 오늘 아침 당장 부인을 보러 달려갔을 겁니다. 오후에는 역시 조카 일 때문에 베르사유에 가야 합니다. 부인, 그럼 이만 안녕히. 나의 우정은 언제나 부인과 함께할 겁니다.

17××년 9월 25일, 파리에서

여든일곱번째 편지

메르테유 후작 부인이 볼랑주 부인에게

부인, 전 지금 침대에 누워 편지를 쓰고 있습니다. 전혀 예기치 못했고 진정 너무도 불쾌한 사건이 일어나는 바람에, 놀람과 슬픔으로 몸져누웠습니다. 하기야 저한테도 잘못이 전혀 없다고는 할 수 없습니다. 하지만 정숙한 여자에게, 여자로서의 소박함을 지켜가는 여자에게, 이런 식으로 사람들의 주목을 받는다는 것은 언제나 고통스러운 일이로군요. 이런 불행한 사건을 피할 수만 있었다면 전 뭐든 다 내놓을 수 있을 겁니다. 이 일이 잊혀질 때까지 기다리기는 너무 힘이 들 것 같습니다. 시골로 내려 간다면 모를까요. 어떻게 된 일인지 말씀드리겠습니다.

원수 부인의 댁에서 프레방이라는 사람을 만났습니다. 부인도 이름은 아실 겁니다. 저 역시 그 정도였습니다. 그런데 막상 원수 부인 댁에서 보니 괜찮은 사람이라고 생각되었습니다. 외모도 반듯하고, 재치도 있어 보였습니다. 게임이 끝나지 않아 지루하기도 했고 또 우연이 겹치면서, 다른 사람들은 모두 랑스크네 게임에 빠져 있는 동안 그 사람과 ××주교님 사이에서 여자는 저 혼자 있게 되었습니다. 저녁식사 시간까지 셋이 함께 얘기를 나누었죠. 식사 중에는 새로 공연이 시작된 연극이 화제였습니다. 프레방은 원수 부인께 자기 전용 관람석을 사용하라고 권했고, 부인이 수락을 받아들이시며 제게도 자리를 하나 내어주셨습니다. 지난 월요일 프랑세 극장이었습니다. 공연이 끝난 뒤 원수 부인께서 우리 집에서 저녁식사를 하시기로 했기 때문에 전 그 사람한테도 같이 가자고 했습니다. 그러겠다고 하더군요. 또 관례대로 그 사람은 이틀 후 아침에 절 찾아왔습니다. 별로 눈에 띌 만한 일은 없었습니다. 그런데 다음 날 아침에 또 찾아온 겁니다. 좀 무례해 보였죠. 하지만 냉정하게 맞아서 무례를 범했다는 걸 깨닫게 만들기보다는, 차라리 예의를 갖춰 대함으로써 자기가 생각하듯 우리가 친한 사이는 아니라는 걸 가르쳐주는 게 낫겠다 싶었습니다. 그래서 어제저녁 우리 집에서 열린 만찬에 초대를 하면서도 아주 건조하고 의례적인 편지를 보냈습니다. 만찬 날도 저녁 내내 네 번밖에 말을 걸지 않았고요. 그 사람은 파티가 끝나자마자 바로 자리를 떴습니다. 그때까지만 해도 이런 일이 일어날 기미는 보이지 않았습니다. 파티 후 마세두안 게임이 시작되어 새벽 2시가 되도록 이어졌고, 그다음에 잠자리에 들 수 있었습니다.

하녀들이 모두 물러가고 30분이 지났을 때였습니다. 내 방에서 무슨 소리가 들리는 겁니다. 겁에 질려 커튼을 열었더니 내실로 통하는 문으로 웬 남자가 들어오는 겁니다. 전 놀라 비명을 질렀죠. 야등 빛에 그 사람이 프레방이라는 걸 알 수 있었습니다. 그는 믿을 수 없을 만큼 뻔뻔하게 저더러 겁먹지 말라고 하더군요. 자기가 왜 이런 행동을 하고 있는지 비밀을 말해줄 테니 제발 조용히 하라는 겁니다. 그러면서 초에 불을 붙였습니다. 전 너무 놀라 말도 제대로 할 수 없었고, 그가 아무렇지도 않게 침착한 태도를 보일수록 제 몸은 더욱 굳어버리는 것 같았습니다. 그가 입을 열었을 때 그 비밀이라는 게 뭔지 알 수 있었습니다. 부인께서도 짐작하시겠지만 제 유일한 대답은 끈을 잡아당겨 종을 울리는 것이었습니다.

정말 믿기 어려운 행운으로 그 시간에 하인들은 한 하녀 방에 모여 얘기를 나누느라 잠들지 않고 있었습니다. 몸종이 달려오다가 제 목소리가 크게 나는 것을 듣고는 겁에 질려 전부 부른 겁니다. 그야말로 난리가 났었죠! 하인들은 모두 화가 났습니다. 시종 하나가 프레방을 죽이려고까지 했습니다. 솔직히 말씀드리면 그때는 그렇게 몰려오는 게 든든하고 좋았지만, 지금 생각해보면 그냥 몸종만 왔었으면 더 좋았을 것 같습니다. 그랬더라면 소문이 퍼지지 않았을 거고 이렇게 괴롭지도 않았을 테니까 말입니다.

하지만 정반대로 그 밤의 소란은 이웃 사람들을 깨워버렸습니다. 또 하인들은 사방에 떠들고 다녔습니다. 어제부터는 그야말로 온 파리에 다 퍼지고 말았답니다. 프레방은 소속 부대 대장의 명으로 영창에 갇혔다고 합니다. 대장님께서는 친절하게도 집에까지 찾아와서 사과를 하셨습니다. 하지만 프레방이 영창에 들어갔으니 소문은 더 커질 것 같습니다. 부탁을 드려봤지만 대장님은 어쩔 수 없다고 하시더군요. 전 아무도 만나지 않겠다고 방문을 사절하고는, 파리 사교계의 사람들이나 궁정 사람들이 찾아오면 대문에서 방명록에 이름을 남겨놓게 했습니다. 정말 친한 몇 명밖에 만나보지 못했는데, 그들은 누구나 내가 옳게 처신했다고 생각하며, 사람들 사이에 프레방에 대한 분노가 극에 달해 있다고 전해주었습니다. 프레방이 그런 대우를 받는 건 당연한 일이라고 생각합니다. 하지만 그렇다고 해서 이 사건 때문에 불쾌해진 마음이 가라앉지는 않는군요.

더욱이 프레방과 친한 사람들이 있을 거고, 분명 그들도 다 나쁜 사람일 것 같습니다. 그들이 절 해치려고 무슨 일을 꾸밀지 어떻게 알겠습니까? 세상에! 젊은 여자는 참으로 불행합니다! 사람들이 나쁘게 말하는 건 피할 수 있다 쳐도, 그건 아무것도 아닙니다. 터무니없이 지어낸 중상모략에도 맞서야 하니까요.

만일 부인께서 제 입장이었다면 어떻게 하셨을지, 그리고 앞으로 어떻게 하실지 제발 말씀해주십시오. 무엇이든 부인의 생각을 들려주십시오. 전 언제나 부인으로부터 가장 다정한 위로를 받아왔고 또 가장 현명한 충고를 받아왔습니다. 그리고 다른 사람이 아니라 부인한테 받을 때가 가장 좋습니다.

나의 사랑스런 벗인 부인, 그럼 이만 안녕히. 영원히 부인을 좋아하는 제 마음을 아시겠죠. 사랑스런 따님에게도 인사 전해주십시오.

17××년 9월 26일, 파리에서

제3부

여든여덟번째 편지

세실 볼랑주가 발몽 자작에게

자작님, 당스니 님의 편지를 받는 건 너무도 기쁜 일이고, 저 역시 아무 방해 없이 다시 만날 수 있는 날을 그분 못지않게 간절히 바라고 있어요. 하지만, 아무리 그래도 자작님께서 얘기하신 일은 도저히 못하겠어요. 우선 너무 위험한 것 같아요. 바꿔놓으라고 주신 열쇠가 원래 열쇠와 아주 비슷한 건 사실인데요. 그래도 조금 다른 데가 있어요. 엄마는 뭐든 자세히 보시기 때문에 금방 알아내실 거예요. 이곳에 온 후 그 열쇠를 한 번도 안 쓴 것도 맞는 얘기긴 하지만, 정말 그랬다가 큰일 날 것 같아요. 혹시라도 들키면 전 정말 끝장이잖아요. 또 사실 나쁜 일이기도 하고요. 열쇠를 복사한다는 건 너무 심해요! 물론 자작님께서 다 알아서 하신다지만, 혹시 들키게 되면 저도 잘못을 면하기 어려울 것 같아요. 결국 사람들은 절 비난할 거예요. 어차피 자작님은 절 위해서 하신 일이니까요. 마지막으로 한 가지 더 말씀드리면, 사실은 열쇠를 가져오려고 두 번 시도해 봤어요. 이런 상황만 아니었다면 정말 너무도 쉬운 일일 텐데, 웬일인지 열쇠를 잡으려고 할 때마다 손이 떨리고 용기가 나지 않았어요. 그냥 이대로 있는 게 나을 것 같아요.

저에게 친절을 베풀어주시려는 마음만 변치 않으신다면, 편지를 전해 줄 수 있는 방법은 언제라도 찾으실 수 있을 거예요. 사실 지난번 편지 때도 자작님께서 그렇게 바로 돌아보지만 않으셨으면 아주 쉬운 방법이었잖아요. 저는 그 정도면 만족스러운데 자작님은 그렇지 않으신가 봐요. 전 그냥 참고 기다리는 게 낫겠어요. 너무 위험한 일은 하고 싶지 않아요. 당스니 님도 저와 같은 생각이실 거예요. 아무리 원하는 일이 있어도 절 힘들게 하는 일이라면 언제든 그만두겠다고 하셨어요.

이 편지와 같이 자작님께서 쓰신 편지, 당스니 님의 편지, 그리고 지난번에 주신 열쇠를 돌려드릴게요. 하지만 자작님께 감사드리는 제 마음은 변함이 없어요. 계속 저를 보살펴주세요. 저는 지금 너무 불행하지만, 만일 자작님이 안 계셨으면 훨씬 더 불행했을 거예요. 문제는 엄마예요. 좀더 참고 기다려야 할까 봐요. 당스니 님이 언제나 저를 사랑하시고 자작님께서 절 버리지 않으신다면, 분명 행복한 날이 올 거예요.

자작님, 전 정말 자작님께 감사드리고, 언제나 자작님의 말씀을 따를게요.

17××년 9월 26일, ×××에서

여든아홉번째 편지

발몽 자작이 당스니 기사에게

당신이 바라는 대로 일이 빨리 진척되지 않은 것이 전적으로 내 탓은 아닙니다. 이곳에서 극복해야 하는 장애가 한두 가지가 아니로군요. 볼랑주 부인의 엄중한 경계뿐 아니라, 당신의 연인도 때로 말을 듣지 않습니다. 마음이 식어서인지 아니면 소심해서인지, 내 충고를 거부할 때도 있는걸요. 지금 같은 상황에서는 어떻게 해야 하는지 아가씨보다는 내가 더 잘 알고 있는 게 분명한데도 말입니다.

당신의 편지를 전할 수 있는, 나아가 당신이 간절히 바라는 만남의 자리를 마련해줄 수 있는 간단한 방법을 하나 찾았는데, 아가씨가 도무지 받아들이려고 하지 않습니다. 당신을 아가씨 곁에 다가가게 해줄 다른 방법은 도무지 찾아낼 수가 없기에 더욱 마음이 아픕니다. 사실 편지를 주고받는 것만으로도 우리 세 사람 모두 다치게 될까 봐 걱정이 됩니다. 나 역시 너무 위험한 일에 끼어들고 싶지 않고, 당신들 둘 중 누구도 그런 위험에 처하게 만들고 싶지 않으니까요.

하지만 당신의 연인이 날 믿지 못하기 때문에 유용한 도움을 줄 수 없다는 건 무척 가슴이 아프군요. 당신이 직접 편지를 쓰는 게 좋을 것 같습니다. 우선 당신이 뭘 원하는지 한번 생각해보십시오. 그런 다음 오직 당신만이 결정할 수 있습니다. 친구를 돕는 일이라고 해서 무엇이든 다 할 수 있는 건 아니니까요. 도움을 주되, 친구가 원하는 방식대로 주어야겠죠. 또 이번 일을 통해 당신에 대한 아가씨의 감정을 확인해볼 수도 있을 겁니다. 자기 생각을 굽히지 않는 여자는 사랑한다고 말하면서도 실제로는 마음이 말에 미치지 못할 수 있으니까요.

당신의 연인이 변심했다고 의심하는 건 아닙니다. 하지만 나이가 어린 건 사실입니다. 어머니를 두려워하고 있고, 그 어머니는 당신도 잘 알고 있듯이 당신의 결점만을 찾고 있습니다. 서로 보지 못하는 상태로 오래 지나게 되면 위험할 수도 있죠. 물론 내 얘기에 너무 많이 신경 쓰지는 마십시오. 하나씩 따져보면 의심해야 할 이유는 전혀 없습니다. 단지 당신의 친구로서 걱정이 될 뿐입니다.

오늘은 이만 줄이겠습니다. 내 문제로 할 일이 있으니까요. 내 일도 당신 일만큼이나 진전이 없군요. 하지만 난 여전히 사랑하고 있고, 그렇게 해서 위안을 얻는답니다. 설사 내 일이 성공하지 못한다고 해도 당신에게 유용한 도움을 줄 수만 있다면 내 시간을 유익하게 보냈다고 생각할 겁니다. 그럼 친구여, 이만 안녕히.

17××년 9월 26일, ××× 저택에서

아흔번째 편지

투르벨 법원장 부인이 발몽 자작에게

자작님, 이 편지로 인해 자작님께서 너무 많이 괴롭지는 않으셨으면 하는 게 진정 제 진심입니다. 괴로움을 피할 수 없는 것이라면, 적어도 지금 이 글을 쓰는 제 괴로움이 자작님의 괴로움을 조금이라도 덜어줄 수 있기를 바랄 뿐입니다. 제가 어떤 사람인지 잘 알고 계시니 제가 지금 자작님을 힘들게 하려는 건 아니라는 사실을 아시리라고 생각합니다. 자작님 역시 마찬가지일 테죠. 절 영원한 절망의 나락에 빠뜨리고 싶지는 않으실 겁니다. 그래서 이미 약속드린 바 있는 다정한 우정의 이름으로, 아니 자작님께서 저에 대해 품고 계신 그 감정의 이름으로 부탁드립니다. 우정보다는 강렬하겠지만, 그렇다고 더 진실되다고는 할 수 없는 그 감정 말입니다. 떠나주십시오. 그리고 그때까지 우리 두 사람만 따로 얘기하는 건 피해주십시오. 너무 위험합니다. 이해할 수 없는 힘에 이끌리게 되고, 하려는 얘기는 하지 못한 채 들어서는 안 되는 얘기만 듣게 될 테니까요.

어제 정원에 있는 저에게 오셨을 때만 해도, 제 생각은 오직 지금 자작님께 쓰고 있는 이 말을 하려고 했습니다. 하지만 제가 어떻게 했죠? 자작님의 사랑 얘기를 들어야 했습니다. 무슨 일이 있어도 응할 수 없는 자작님의 사랑 얘기를! 아! 제발 부탁입니다. 멀리 가주세요.

우리가 같은 곳에 있지 않는다고 해도 자작님에 대한 저의 감정은 결코 변하지 않을 테니 걱정하지 않으셔도 됩니다. 맞서 싸울 용기도 없는 제가 어떻게 그 감정을 이겨낼 수 있겠습니까? 자, 전부 다 말씀드립니다. 제 약점을 고백하는 게 두렵다고 한들, 이겨내지 못하고 굴복하는 편보다는 나으니까요. 하지만, 설사 제가 제 자신의 감정에 대한 지배력을 잃어버렸다고 해도, 제 행동에 대한 지배력은 잃지 않을 겁니다. 네, 그럴 겁니다. 이미 결심했습니다. 목숨을 걸고 지켜낼 겁니다.

아! 불과 얼마 전까지만 해도 이런 싸움을 해야 하는 상황은 오지 않을 거라고 자신했습니다. 그리고 다행스럽게 생각했었죠. 너무 자만했었나 봅니다. 하느님께서 벌을 내리셨습니다. 저의 자만심에 아주 잔인한 벌을 내리신 겁니다. 하지만 벌을 내리시는 순간에도 자비심으로 가득 찬 하느님은 완전한 파멸에 이르기 전에 정신을 차리라고 경고를 주시나 봅니다. 그러니 스스로 저항할 힘이 없다는 걸 알면서도 제가 신중하지 못한 행동을 하게 된다면, 그건 양쪽으로 다 죄를 짓는 게 됩니다.

자작님께서는 제 눈물로 얻어낸 행복을 원하지 않으신다고 수없이 말씀하셨죠. 아! 이젠 제발 행복 얘기를 하지 말아주세요. 그저 조금만 평화롭게 지낼 수 있게 해주십시오.

제 청을 들어주시면 자작님은 제 마음에 대해 새로운 권리를 얻게 될 겁니다. 그 권리들은 미덕에 바탕을 둔 것이니 제가 몸을 사릴 필요가 없겠지요. 자작님께 감사드리면서 기쁨을 누릴 수 있을 겁니다! 자작님 덕분에 전 회한에 시달리지는 않으면서 감미로운 감정을 맛볼 수 있을 겁니다. 하지만 지금은 그 반대입니다. 제 감정과 생각이 두려워서, 자작님도 두렵고 저 자신도 두렵습니다. 자작님 생각만 해도 겁이 납니다. 생각을 피할 수 없으니 맞서 싸울 수밖에 없고, 멀어질 수 없으니 밀어낼 수밖에 없습니다.

이런 불안과 고통의 상태를 끝내는 게 우리 두 사람 모두에게 좋지 않을까요? 자작님께선 과오를 범하면서도 다정다감한 마음을 잃지 않으신 분이고 미덕을 사랑하시잖습니까? 고통스런 제 입장을 이해해주시고 제 기원을 물리치지 않으시리라고 생각합니다. 이 격렬한 동요가 물러가면 훨씬 부드러운, 하지만 여전히 다정한 호의가 그 자리를 차지하게 될 겁니다. 그런 날이 오면 전 자작님의 선행의 힘으로 숨을 쉬면서 제 삶을 사랑할 수 있을 겁니다. 그리고 "지금 제가 느끼는 이 평온은 제 벗 덕분이랍니다"라고 말할 수 있을 겁니다.

절대 강요가 아니라 부탁드리는 겁니다. 제발 이 작은 희생들을 받아들여주십시오. 제 고통을 끝내기 위해서 자작님께서 너무 비싼 대가를 치르는 거라고 생각하실 건가요? 아! 만일 제가 불행해져야만 자작님이 행복하실 수 있다면 정말 한 순간도 망설이지 않겠습니다. 믿어주세요……

하지만 죄를 짓는 건!…… 안 됩니다. 정말 안 됩니다. 죽는 편이 훨씬 낫습니다.

미처 후회가 밀려오기도 전에 수치심에 사로잡혀서, 다른 사람들이 두렵고 제 자신이 두려워집니다. 사람들이 모여 있을 땐 부끄러움으로 얼굴을 붉히게 되고, 혼자 있을 땐 온몸을 떨며 전율합니다. 저에겐 고통의 삶뿐입니다. 자작님께서 동의해주시지 않으면 전 결코 평화를 누릴 수 없습니다. 아무리 훌륭한 결심을 했다고 해도 그것만으로 제 마음의 평화를 얻을 수는 없으니까요. 어제 전 결심을 했습니다. 하지만 눈물로 밤을 지새웠습니다.

당신의 벗이, 당신을 사랑하는 벗이, 어쩔 줄 몰라 하며 애원합니다. 제발 쉴 수 있게, 죄를 짓지 않을 수 있게 해주세요. 오! 하느님, 당신만 아니었더라면 제가 누군가에게 이런 수치스러운 부탁을 하는 날은 오지 않았을 겁니다. 비난하는 건 아닙니다. 거역하기 어려운 감정에 저항한다는 게 얼마나 힘든지 스스로 느끼고 있으니까요. 눈물의 호소는 불만에 차서 투덜거리는 것과 다릅니다. 제가 의무 때문에 해야 하는 일을, 제발 너그러운 마음으로 그 일을 해주세요. 제게 불어넣어주신 모든 감정 위에 영원히 감사드리는 마음까지 덧붙이겠습니다. 안녕히, 안녕히, 자작님.

17××년 9월 27일, ×××에서

/아흔한번째 편지

발몽 자작이 투르벨 법원장 부인에게

당신의 편지를 읽고서 난 너무나 놀라서 어떻게 답을 해야 할지 모르겠습니다. 당신의 불행과 내 불행 중에서 하나를 선택해야만 한다면, 물론 내가 희생할 겁니다. 조금도 망설이지 않을 겁니다. 하지만 그렇게 중대한 문제인데, 무엇보다도 서로 충분히 얘기를 나누고 명확히 밝혀야 하지 않을까요? 그런데도 우리가 얘기도 할 수 없고 만나서도 안 되는 거라면 도대체 어떻게 해야 한단 말입니까?

세상에! 더없이 감미로운 감정이 우리 두 사람을 이어주고 있는데, 근거 없는 두려움 때문에 헤어져야 하다니요! 그것도 돌이킬 수 없는 이별을! 제가 아무리 다정한 우정으로 또 열렬한 사랑으로 외쳐도 소용이 없겠죠. 당신은 귀를 기울이지 않을 테니까요. 도대체 이유가 뭡니까? 어떤 절박한 위험이 당신을 위협하는 겁니까? 내 말을 믿어주십시오. 그런 종류의 두려움이 이렇게 쉽게 생겨났다는 건 이미 그 자체가 위험할 게 없다는 뜻이 아닐까요?

감히 말씀드리건대, 다시 한 번 느낄 수 있습니다. 사람들이 나에 대해서 하는 말 때문에 당신이 나를 좋지 않게 생각하고 있다는 걸 말입니다. 만일 존경하는 사람 곁에 있는 거라면 두려울 게 없겠죠. 더구나 벗으로 삼을 수 있다고 생각한 사람은 멀리하지 않는 법이고요. 끔찍한 사람이기 때문에 두려워하고 피하게 되는 겁니다.

하지만 나보다 더 당신을 존경하고 당신의 말에 복종하는 사람이 있던가요? 자, 보십시오. 이미 말 한 마디 한 마디가 조심스럽지 않습니까?

아무도 몰래 내 마음이 당신에게 전하는 것들, 그 감미롭고 소중한 것들을 이제 난 더 이상 말하지 않습니다. 지금까지 나는 다정하고 다정다감한 벗으로부터 충고와 위로를 받는 불행하고 충실한 연인이었지만, 이제는 재판관 앞에 선 피고이며 주인 앞에 선 노예입니다. 이 새로운 명칭들은 새로운 의무를 부과하겠죠. 기필코 완수하겠습니다. 내 말을 들어주십시오. 만일 당신이 나에게 벌을 내리면 그대로 받아들이고 떠나겠습니다. 그뿐이 아닙니다. 만일 당신이 폭군처럼 내 말은 듣지 않고 판결을 내리고 싶다면, 스스로 옳지 않은 것을 받아들일 용기가 있다면, 명령을 내리십시오. 그대로 따르겠습니다.

하지만 당신의 판결, 아니 당신의 명령을 난 당신 입으로 직접 들어야겠습니다. 왜냐고 물을 건가요? 아! 그런 질문을 하는 건, 바로 사랑을 모르고 내 마음을 모르기 때문일 겁니다. 한 번 더 당신을 만나보는 게 진정 아무 의미가 없는 일일까요? 설사 당신이 내 마음 속에 절망을 심어놓는다고 해도, 당신이 위로의 눈길로 날 쳐다봐주는 것만으로도 내 마음은 그 절망을 이겨낼 수 있습니다. 마지막으로, 만일 내가 사랑과 우정을 포기해야만 한다면, 제 삶의 이유인 그것들을 포기해야 하는 거라면, 좋습니다. 당신은 바로 당신 자신이 만들어낸 작품을 보게 될 겁니다. 그리고 나에 대해 최소한 연민은 간직할 수 있을 겁니다. 내가 이런 가벼운 호의조차도 누릴 자격이 없는 사람일까요? 모르겠습니다. 그런 호의를 기대할 수만 있다면 제아무리 값비싼 대가를 치르더라도 받아들이겠습니다.

세상에! 날 멀리 떼어놓으려고 하다니요! 그렇다면 당신은 우리가 서로 남이 되어도 좋단 말인가요! 내가 무슨 말을 할 수 있을까요? 당신이 간절히 원한다는데…… 내가 떠나도 당신의 감정은 조금도 변하지 않을 거라고 말하고 있지만, 당신은 감정을 보다 쉽게 없애버리기 위해서 나에게 빨리 떠나라고 하는 겁니다.

    당신은 그 감정들을 이미 버렸고, 그래서 감사하는 마음만 얘기하는 겁니다. 모르는 사람이라도 당신에게 사소한 도움을 주면 가질 수 있는 감정, 심지어 적이라고 해도 당신을 더 이상 괴롭히지 않겠다고 하면 가질 수 있는 감정, 겨우 그런 걸 주겠다는 뜻 아닌가요? 내 마음이 그것만으로도 족하기를 바라나요? 당신의 마음에 대고 물어보십시오. 만일 어느 날 당신의 연인이, 당신의 벗이, 당신에게 와서 고맙다고 하면 어떨 것 같습니까? 화를 내며 이렇게 말하지 않을까요? 돌아가요. 내 사랑을 그런 식으로 보답하다니요.

    이만 줄이고 당신의 너그러운 마음을 구하렵니다. 내 마음의 고통을 늘어놓은 것을 용서해주십시오. 바로 당신이 만들어낸 고통입니다. 하지만 아무리 고통스럽다고 한들 당신에 대한 복종심은 그대로입니다. 그럼에도 불구하고 나는 당신이 요구하던 바로 그 감미로운 감정들의 이름으로 간청드립니다. 제발 내 말을 들어주십시오. 당신으로 인해 내가 이 끔찍한 혼란에 빠져버린 것을 불쌍하게 생각하기라도 한다면, 제발 지체 없이 만나서 내 말을 좀 들어주십시오.

    이만 안녕히.

17××년 9월 27일 저녁, ×××에서

아흔두번째 편지

당스니 기사가 발몽 자작에게

세상에! 자작님의 편지를 읽고서 너무 놀라 꼼짝 할 수 없었습니다. 세실이…… 정말로, 정말로 그럴 수 있을까요? 세실이 이제 날 사랑하지 않는다니요. 그렇습니다. 자작님은 나에 대한 우정 때문에 다 말하고 있지 않지만, 그 베일 너머로 끔찍한 진실이 다 보이는군요. 내가 그 치명적인 충격을 받아들일 마음의 준비를 갖추게 하시려는 거죠. 배려에 감사드립니다. 하지만 사랑에는 억지로 그런 배려를 해줄 필요가 없습니다. 사랑은 무슨 일이 생기면 제일 먼저 알게 되니까요. 누가 말해줘서 운명을 아는 게 아니라 스스로 알아차리는 겁니다. 내 운명에 대해 환상은 없습니다. 돌리지 말고 분명히 얘기해주십시오. 당신은 그렇게 할 수 있잖습니까? 제발 부탁입니다. 다 얘기해주십시오. 어떤 계기로 당신 마음속에 의혹이 생겨났는지, 그 의혹을 확인시켜준 증거가 무엇이었는지 말입니다. 가장 사소한 것이 귀중한 단서가 될 수 있습니다. 특히 세실이 했던 말을 잘 기억해보십시오. 단어 하나만 바뀌어도 문장 전체의 뜻이 바뀔 수 있고, 또 같은 단어가 두 가지 의미를 가질 수 있죠…… 당신이 착각한 것일 수도 있습니다. 아! 아직도 난 헛된 희망을 포기하지 못하는군요. 그녀가 뭐라고 하던가요? 절 비난하는 말을 하던가요? 자기의 과오에 대해서 변명하던가요? 사실 세실이 변할 거라고 생각했어야 합니다. 얼마 전부터 뭐든지 다 어렵다고 말했으니까요. 사랑한다면 그렇게 많은 장애물이 있을 수는 없는 건데요.

난 이제 어떻게 해야 할까요? 자작님은 나한테 무슨 충고를 해줄 수 있습니까? 그래도 세실을 보고 싶다면, 그건 불가능한 일일까요? 눈앞에 그녀를 보지 못하는 것은 진정 너무도 잔인하고 너무도 비통한데…… 그런데 날 만날 수 있는 방법을 거절했다니! 그게 어떤 방법이었는지는 얘기하지 않으셨지만, 만일 진짜로 그렇게 위험한 방법이라면 그녀가 너무 큰 위험을 감수하는 건 원하지 않습니다. 그녀 역시 잘 알고 있을 겁니다. 하지만 난 자작님이 얼마나 신중한 사람인지도 알고 있습니다. 그리고 불행히도 당신의 그 신중함을 믿지 않을 수가 없습니다.

이제 어떻게 해야 좋을까요? 그녀에게 뭐라고 편지를 써야 할까요? 혹시라도 내가 의심하고 있다는 내색을 하면 그녀는 너무도 슬퍼하겠죠. 그리고 혹시나 그 의심이 정당한 것이 아니라면 많이 슬퍼할 텐데, 정말 그렇게 된다면 나 스스로를 용서할 수 있을까요? 하지만 의심을 감추는 건 곧 그녀를 속이는 게 되겠죠. 난 그녀를 속일 수 없습니다.

아! 내가 얼마나 고통스러운지를 알게 된다면 그녀는 내 고통을 모른 척하지 않을 겁니다. 그녀는 아주 민감한 여자이고, 너무나 마음이 고운 여자입니다. 나를 사랑하고 있다는 증거는 수없이 많이 있습니다. 너무 소심하고 좀 쉽게 당황하지만, 그건 아직 어리기 때문이죠! 그리고 그 어머니가 너무 엄하게 다뤄서 그런 겁니다. 제가 편지를 쓰겠습니다. 제 감정을 잘 다스리겠습니다. 그래서 모든 걸 다 자작님한테 맡기라는 부탁만 하겠습니다. 어쩌면 이번에도 거절할지도 모르지만, 그래도 내가 그런 부탁을 했다고 화를 내지는 않을 겁니다. 아마 이번에는 받아들일 겁니다.

나의 친구인 당신에게 세실의 몫까지 사과드립니다. 그녀는 당신이 자기를 위해 노력하고 있다는 것을 알고 있고, 분명 고맙게 생각하고 있을 겁니다. 당신을 믿지 못해서가 아니라 소심해서 그랬을 겁니다. 부디 너그럽게 생각해주십시오. 우정의 가장 아름다운 특성은 바로 너그럽다는 것 아니겠습니까? 당신의 우정은 나에게 가장 소중합니다. 당신이 나를 위해서 해주는 모든 일에 대해 어떻게 감사를 드려야 할지 모르겠습니다. 오늘은 이만 줄이겠습니다. 바로 세실에게 편지를 쓰려고 합니다.

다시 불안이 밀려오고 있습니다. 그녀에게 편지를 쓰는 게 이렇게 힘든 일이 될 줄 누가 알았을까요! 세상에! 어제만 해도 저에겐 가장 달콤한 기쁨이었는데 말입니다.

그럼, 이만 안녕히 계십시오. 계속 저를 도와주십시오. 저에 대한 연민을 버리지 말아주십시오.

17××년 9월 27일, 파리에서

아흔세번째 편지

당스니 기사가 세실 볼랑주에게

(앞의 편지에 동봉됨.)

발몽 자작님은 당신이 여전히 자기를 믿지 못한다고 하더군요. 그 소식을 전해 듣고 내가 얼마나 마음이 아팠는지 감출 수가 없습니다. 그가 나의 친구이며, 우리 두 사람을 만나게 해줄 수 있는 유일한 사람이라는 걸 그대는 모르지 않죠. 그 정도면 충분히 수긍하리라고 생각했는데, 내 생각이 틀렸다는 걸 받아들이기 힘이 듭니다. 이유만이라도 알 수 있을까요? 자작님의 말대로 할 수 없는 뭔가 어려운 문제가 남아 있는 건가요? 대답을 듣지 않고서는 도저히 당신이 왜 그렇게 했는지 짐작이 가지 않습니다. 감히 당신의 사랑을 의심할 용기는 없습니다. 아마도 당신 역시 내 사랑을 배반하지는 못할 겁니다. 아! 세실!⋯⋯ 날 만날 수 있는 방법이 있는데도 거절했다는 게 사실인가요? '간단하고 편리하고 확실한'[1] 방법을 말입니다. 그게 날 사랑하는 건가요! 떨어져 있은 지 얼마 되지도 않았는데 벌써 마음이 변한 겁니까? 그렇다면 왜 나를 속이는 겁니까? 무엇 때문에 여전히 날 사랑하고 있다고 말하는 겁니까? 당신의 어머니가 당신의 사랑만 파괴한 게 아니라 당신의 솔직함마저 파괴한 겁니까? 만일 약간의 동정심만이라도 남아 있다면, 당신으로 인해 내가 너무나 괴로워하고 있다는 얘기를 들으면 마음이 아프겠죠. 아! 죽는 것도 이만큼 고통스럽지는 않을 것 같군요.

말해봐요. 당신의 마음은 영원히 닫힌 겁니까? 날 완전히 잊은 건가요? 당신이 그렇게 거절했다니, 난 이제 당신이 언제 내 호소에 귀를 기울일지 그리고 또 언제 응답을 줄지 알 수가 없습니다. 자작님의 우정으로 우리는 지금까지 편지를 주고받을 수 있었습니다. 그런데도 당신은 거절했습니다. 아마도 당신은 나와 편지를 주고받는 게 힘들었나 봅니다. 당신에게는 차라리 아주 가끔 편지가 오가는 편이 더 낫겠군요. 난 더 이상 사랑을, 진심을 믿지 않습니다. 아! 세실이 날 속인 것이라면 도대체 누구를 믿을 수 있겠습니까?

제발 대답해주십시오. 당신은 이제 더 이상 나를 사랑하지 않는 건가요? 아닙니다. 그럴 수는 없습니다. 당신이 잘못 생각한 겁니다. 당신은 자신의 마음을 속이고 있습니다. 마음이 약해져서 일시적으로 두려워진 겁니다. 하지만 곧 사랑이 그 두려움을 없애줄 겁니다. 세실, 내 말이 맞지 않나요? 아! 아마도 이렇게 당신을 탓하는 건 옳지 않을 겁니다. 아!

---

1 당스니는 이 방법이 어떤 것인지 모른다. 발몽이 한 말을 그대로 옮기고 있을 뿐이다.

내가 틀린 거라면 얼마나 행복할까요! 그렇다면 나는 당신에게 애정 어린 사죄를 하겠습니다. 영원한 사랑으로 이 순간의 부당함을 보상하겠습니다.

세실, 세실, 날 불쌍히 여겨주십시오. 나와 만나겠다고 하십시오. 날 만날 수 있는 방법이 있다면 뭐든 해보십시오. 우리가 떨어져 있으면 무슨 일이 일어나는지 잘 보십시오! 두려움, 의심, 그리고 아마도 냉담함까지! 눈길 한번에, 말 한마디에 우리가 행복해질 수 있는데! 아! 아직까지 행복이란 말을 해도 되는 걸까요? 어쩌면 내겐 이미 사라진, 영원히 사라진 말일지도 모릅니다. 두려워서 너무도 고통스럽고, 부당한 의심과 잔혹한 진실 사이에서 잔인하게 짓눌려서, 난 그 어떤 것도 제대로 생각할 수가 없습니다. 괴로워하는 것, 당신을 사랑하는 것, 이것이 바로 내가 삶을 이어가는 이유입니다. 아, 세실! 오직 그대만이 나로 하여금 소중한 삶을 살게 해줄 권리가 있습니다. 내가 다시 행복해질 수 있을지, 아니면 분명 영원한 절망에 빠질지 그대의 첫마디 말에 달려 있습니다.

17××년 9월 27일, 파리에서

아흔네번째 편지

세실 볼랑주가 당스니 기사에게

편지를 읽어도 무슨 말인지 하나도 모르겠어요. 그저 마음만 아파요. 자작님이 무슨 얘기를 하신 거죠? 어째서 내가 당신을 사랑하지 않는다고 생각하시는 거죠? 차라리 그랬으면 더 좋았을지도 몰라요. 지금처럼 고통스럽지는 않았을 테니까요. 하지만 이렇게 당신을 사랑하고 있는데 계속 나더러 틀렸다고 하니, 정말 힘이 들어요. 위로는커녕 오히려 가장 슬픈 괴로움이 다른 사람도 아닌 당신한테서 온다는 건 정말 견디기 힘들어요. 당신은 내가 속이고 있다고 생각하고, 난 그게 아니라고 말하고! 아! 정말 어떻게 날 그렇게 생각할 수 있죠! 당신이 비난하는 대로 정말 내가 거짓말쟁이라면, 도대체 뭣 때문에 거짓말을 한다는 거죠? 더 이상 사랑하지 않는다면 그렇게 말하면 그뿐이잖아요. 모두가 잘했다고 할 텐데요. 하지만 불행하게도 내 마음을 어떻게 할 수가 없는걸요. 그런데 그런 마음이 내 사랑에 대해 조금도 고마워하지 않는 사람을 향한 거라니요!

대체 내가 무슨 일을 했다고 그렇게 화를 내는 거죠? 도저히 열쇠를 빼내올 수 없었어요. 엄마한테 들킬까 봐, 그러면 또 힘든 일이 생길까 봐, 나한테만이 아니라 나 때문에 당신까지 힘들게 될까 봐, 그게 겁이 났어요. 그리고 또 옳지 않은 일이라고 생각했어요. 난 그 일에 대해서 자작님 얘기밖에 못 들었잖아요. 당신은 알지 못하고 있으니까, 내가 그 일을 하는 걸 당신이 원하는지 아닌지 알 수도 없었고요. 이제 당신의 뜻을 알게 되었는데 내가 뭣 때문에 거절하겠어요? 당장 내일이라도 할게요. 그래도 나한테 더 할 말이 있는지 그때 가서 얘기해요.

자작님이 아무리 당신 친구라지만, 그분이 당신을 사랑하는 만큼 나도 당신을 사랑하고 있어요. 그런데도 당신은 언제나 자작님만 옳고 제가 틀렸다고 하죠. 정말 섭섭해요. 내가 화를 내도 별로 신경 쓰지도 않죠? 어차피 금방 수그러든다는 걸 아니까요. 내가 열쇠를 손에 넣게 되면 언제든 마음대로 당신을 만날 수 있을 테지만, 정말 계속 이런 식이면 만나지 않을 거예요. 정말이에요. 내가 겪어야 하는 고통이 당신한테서 오는 것보다는 차라리 나한테서 오는 게 낫겠어요. 앞으로 어떻게 할 건지 잘 생각해보세요.

　　당신만 우리 사랑을 받아들인다면, 우리는 진짜로 사랑할 수 있을 텐데요! 그리고 아무리 괴롭다고 한들 그 고통은 모두 다른 사람들이 만들어낸 것일 뿐이잖아요! 정말 내 마음대로만 할 수 있는 상황이라면 당신이 불평을 하는 일은 생기지 않을 거예요. 정말이에요. 하지만 당신이 날 믿지 못하면 우린 계속 불행할 수밖에 없어요. 그리고 그건 내 탓이 아니에요. 우리는 곧 만나게 될 거고, 그러면 지금처럼 슬퍼하는 일은 없을 거예요.

　　이렇게 될 줄 알았더라면 바로 열쇠를 빼내왔을 거예요. 하지만 그때는 내가 옳다고 생각했어요. 제발 원망하지 마세요. 이제 슬퍼하지 마시고, 내가 사랑하는 것만큼 계속해서 사랑해주세요. 난 정말 기쁠 거예요. 그럼, 이만 안녕히.

17××년 9월 28일, ××× 저택에서

아흔다섯번째 편지

세실 볼랑주가 발몽 자작에게

　　자작님, 원래 열쇠 자리에 잠시 갖다 놓으라고 주셨던 열쇠를 다시 주세요. 모두가 원하니 저도 동의하지 않을 수가 없네요.

　　전 이유를 모르겠어요. 어째서 당스니 님한테 제가 더 이상 사랑하지 않는다고 말씀하신 거죠? 그렇게 생각하실 만한 말이나 행동을 한 것 같지 않은데요. 그 때문에 당스니 님이 너무 힘들어하시고, 저도 그래요. 자작님이 당스니 님의 친구라는 사실은 알지만, 그렇다고 해서 그분을 슬프게 해도 되는 건 아니잖아요. 저를 슬프게 하시면 안 되는 것도 물론이고요. 다음번에 편지를 쓰실 때는 자작님 생각이 틀렸다고, 분명하게 아니라고 얘기해주세요. 당스니 님은 자작님을 가장 신뢰하고 계시니까요. 그리고 전 상대방이 제 말을 믿어주지 않으면 그다음에는 어떻게 해야 할지 모르겠어요.

 열쇠 문제는 안심하세요. 편지에서 일러주신 내용을 다 기억하고 있어요. 그래도 혹시 아직까지 가지고 계시면, 편지를 열쇠하고 같이 주세요. 정말 신경 써서 다시 한 번 읽어볼게요. 내일 점심때 주시면 제가 모레 아침에 원래 열쇠를 드릴게요. 일이 끝나면 처음 주시는 가짜 열쇠와 같은 방법으로 돌려주세요. 오래 걸리지 않았으면 좋겠어요. 시간이 짧아야 엄마한테 들킬 위험도 줄어드니까요.

 그리고 제 방 열쇠를 가지시게 되면 제가 쓴 편지들도 그 열쇠를 사용해서 가져가시면 좋겠어요. 그렇게 되면 제 편지를 훨씬 자주 보낼 수 있잖아요. 정말 지금 방법보다 더 편리할 것 같아요. 하지만 처음에는 너무 무서웠어요. 사과드릴게요. 계속해서 저한테 친절하게 대해주실 거라 기대할게요. 물론 언제나 감사드리고요.

 자작님의 말씀을 충실하게 따를게요. 안녕히 계세요.

17××년 9월 28일, ×××에서

아흔여섯번째 편지

발몽 자작이 메르테유 후작 부인에게

일을 마치고 나서 매일같이 제가 찬사와 칭송을 보내오기를 기다리셨을 겁니다. 오랫동안 연락이 없어서 기분이 조금 상하셨을지도 모르겠군요. 하지만 어쩌겠습니까? 나무랄 데 없이 훌륭한 여자는 그냥 믿고 다른 일에 전념해도 된다, 이게 제 생각입니다. 그럼에도 불구하고 절 위해 해주신 일들에 대해서 감사드리고, 또 부인의 일이 잘 끝난 것도 축하드립니다. 그리고 부인의 행복이 완성될 수 있도록, 정말 이번 일은 기대 이상이었다는 걸 인정하겠습니다. 이번에는 제가 부인의 기대를 물론 완전하지는 않아도 어느 정도 충족시켰는지 보도록 하죠.

투르벨 부인의 이야기를 하려는 게 아닙니다. 그 일은 너무 진척이 느려 흡족하지 않으실 겁니다. 부인께선 완성된 일들을 좋아하시잖습니까. 장면이 길게 늘어지면 싫증을 내시죠. 하지만 전 그렇게 느릿느릿 진행되는 일들에서만 기쁨이 느껴진답니다.

그렇습니다. 그 정숙한 여자는 자기도 모르는 사이 이미 되돌아갈 수 없는 길에 발을 들여놓았습니다. 그걸 보니 기분이 좋습니다. 가파르고 위험한 그 길이니 이제 자기 의지와 상관없이 무조건 끌려가서 절 따라올 수밖에 없을 겁니다. 지금 그녀는 너무 위험한 길에 들어섰다는 걸 깨닫고 겁에 질려 있죠. 멈춰보려고 하지만 이미 자신을 통제할 수 없을 겁니다. 애써 요령을 발휘해서 보폭을 줄여보지만, 어차피 걸음을 옮길 수밖에 없죠. 때로는 위험을 직시할 용기가 없어서 두 눈을 감은 채 체념한 듯 저에게 자기 자신을 내맡기기도 하지만, 매번 다시 새로운 두려움에 사로잡혀서 다시 애쓰기 시작합니다. 물론 그래 봐야 얼마 되지도 않는 거리를 되돌아 올라가느라 탈진해버리지만 말입니다. 그러고 나면 또 알 수 없는 신비한 힘이 다시 그녀를 사로잡아 위험이 놓인 곳으로 데려가죠. 아무리 도망치려고 애써도 다 헛된 일입니다. 이제 길을 안내해줄 수 있는 사람, 기댈 수 있는 사람은 저뿐입니다. 그런데 나락으로 떨어지는 걸 더 이상 피할 수 없게 된 상황에서도, 그녀는 저 때문이라고 비난하지 않더군요. 그저 늦춰달라고 애원합니다. 겁에 질린 인간들이 신에게 바치는 모든 것을, 열렬한 기도와 겸손한 기원을, 그녀는 나한테 바치고 있는 겁니다. 그런데 어찌 내가 그녀의 기도에 귀를 기울이지 않고, 그녀가 바치는 찬미를 파괴해버릴 수 있겠습니까? 힘을 내서 자기를 지켜달라고 하는데 어찌 내가 그 힘을 그녀를 나락으로 밀어넣는 데다 쓸 수 있겠습니까? 아! 사랑과 정절 사이에서 벌어지는 이 감동적인 투쟁을 지켜볼 수 있도록 조금 시간을 주십시오.

만일 이런 장면이 무대 위에서 벌어지고 있다면 부인께선 황급히 극장으로 달려가 열렬히 박수를 보내셨을 겁니다. 실제 현실 속에서는 그만한 감동이 없다고 생각하시나요? 순수한 영혼이 행복을 간절히 바라면서도 두려워하고 저항이 불가능해진 순간에도 여전히 자기를 지키려고 하는 모습이 있다면, 바라보며 열광하지 않으시겠습니까? 그런 것이 과연 감정을 갖게 만든 한 사람한테 말고는 아무 가치가 없는 것이겠습니까? 어쨌든 천사 같은 나의 연인은 매일같이 제게 이런 감미로운 희열을 건네줍니다. 설마 그런 감미로움을 누리고 있다고 절 비난하진 않으시겠죠! 진정으로 그녀가 나락으로 떨어져 타락하고, 그렇게 평범한 여자가 되고 마는 순간을 전 가능한 한 늦추고 싶습니다.

나의 연인 얘기는 하지 않으려고 했는데 그만 잊고 말았군요. 알 수 없는 힘이 절 사로잡아서는 끊임없이 그녀에게 끌리게 하고 끊임없이 다가가게 한답니다. 심지어 그녀를 모욕하는 순간에도 그렇습니다. 자, 나의 연인 생각은 위험하니까 이제 그만두고, 원래의 내 모습으로 돌아와서 좀더 즐거운 이야기를 해보겠습니다. 부인께서 후견하시는 아가씨 얘기 말입니다. 참, 이제는 제가 후견자가 되었답니다. 제 얘기를 듣고서 부인께서 저를 알아주셨으면 합니다.

며칠 전부터 신앙심 깊고 다정한 나의 연인은 저한테 아주 잘하더군요. 그러다 보니 신경이 좀 덜 쓰였고, 그러면서 볼랑주 양이 무척 예쁘다는 걸 알게 되었습니다. 당스니처럼 사랑에 빠지는 건 멍청한 일이지만, 요즘처럼 혼자 지내면서 외로움을 달래야 할 처지에 이런 아가씨를 그냥 둔다는 것 역시 멍청한 일이라는 생각이 들었죠. 더구나 아가씨를 위해 그동안 애를 많이 썼으니 보답을 받아내는 건 정당한 일이라는 생각도 들었고요. 나아가 당스니가 사랑한다고 떠들기 전에 부인께서 저더러 가지라고 했던 것도 생각나더군요. 말하자면 제가 거절하고 방치해둔 덕분에 당스니가 차지하게 된 거니까, 저한테도 어느 정도 권리가 있는 것 아니겠습니까? 어린 아가씨의 예쁜 얼굴, 싱싱한 입, 어린애 같은 태도, 심지어 그 미숙함까지, 모든 것이 제 생각을 굳혀주었습니다. 그래서 행동하기로 결심했고, 멋지게 성공했습니다.

제가 무슨 방법으로 아가씨의 사랑을 받는 연인의 자리를 그렇게 빨리 낚아챌 수 있었는지, 어리고 경험 없는 아가씨에게는 어떤 식의 유혹이 들어맞았는지, 상당히 궁금하실 겁니다. 애써 궁리하실 필요 없습니다. 유혹의 방법은 하나도 쓰지 않았으니까요. 부인께서 여성이 갖는 무기를 능숙하게 다룸으로써 교묘하게 승리를 거두셨다면, 전 남성의 절대적 권리를 내세워 권위로써 굴복시켰답니다. 저로선 먹이가 놓여 있는 곳에 다가갈 수만 있다면 틀림없이 손에 넣을 수 있으리라는 확신이 있었기에, 일단 접근할 수 있는 술책만 찾아내면 되는 상황이었습니다. 사실 제가 써먹은 건 술책이라는 이름을 붙일 만한 것도 아니죠.

당스니가 애인에게 처음 보낸 편지를 받아서 이용한 겁니다. 아가씨와 전 편지를 전할 때를 대비해 신호를 정해놓았습니다. 하지만 편지를 전하기 위해서가 아니라 오히려 편지를 전할 수 없게 만들기 위해서 모든 기술을 동원한 거죠. 일부러 애를 태우고, 저 역시 안타까운 마음인 척했습니다. 말하자면 병 주고 약 준 셈입니다.

아가씨가 묵는 방은 복도 쪽으로 문이 나 있죠. 열쇠는 당연히 그 어머니가 갖고 있고요. 결국 열쇠만 손에 넣으면 되는 겁니다. 식은 죽 먹기처럼 쉬운 일이잖습니까? 아가씨에게 열쇠를 빼내오라고, 두 시간만 주면 똑같은 것을 만들겠다고 했습니다. 그러면 편지를 주고받고, 서로 얼굴도 보며 얘기를 나누고, 또 밤에 밀회를 즐기고, 그야말로 모든 게 편리하고 안전해지지 않습니까? 하지만 진정 믿기 어려운 일이었습니다. 글쎄 소심한 아가씨가 겁을 집어먹고는 싫다고 하는 겁니다. 다른 사람 같으면 낙심했을 겁니다. 하지만 전 오히려 더 짜릿한 쾌락을 맛볼 수 있는 기회라고 생각했습니다. 당스니에게 편지를 써서 아가씨가 왜 내 부탁을 들어주지 않는지 안타깝다고 했더니, 멍청한 당스니는 겁쟁이 애인에게 내 부탁을 들어주라고, 모든 걸 나에게 맡기라고 했습니다. 사실상 강요한 거죠.

이렇게 서로 역할을 바꾸는 것도 나쁘지 않더군요. 그러니까 당스니는, 내가 자기를 위해 해줄 거라고 생각하고 있는 바로 그것을 오히려 날 위해 해준 셈이 된 겁니다. 이런 생각을 하니 이번 모험이 더욱 중요하게 느껴지더군요. 전 귀중한 열쇠를 손에 넣자마자 바로 써먹었습니다. 어젯밤의 일이었죠.

저택 안이 완전히 조용해지는 것을 확인한 뒤 희미한 등불을 들고 시간과 상황에 어울리는 옷차림으로 부인의 피후견인을 찾아갔습니다. 소리를 내지 않고 들어갈 수 있도록 (그것도 아가씨를 시켜서) 다 준비해놓았답니다. 아가씨는 어느새 잠들어 있더군요. 나이 탓이겠죠. 제가 침대에 올라갈 때까지도 잠을 깨지 않았습니다. 처음에는 잠결에 눈앞의 광경이 꿈인 줄 알게 만들려다가, 혹시라도 놀라 소리를 지르면 안 될 것 같아서 살짝 흔들어 깨웠습니다. 그렇게 해서 아가씨가 소리 지르는 건 피할 수 있었죠.

전 일단 겁에 질린 아가씨부터 달래놓고는, 대담한 행동을 시작했습니다. 어차피 얘기를 나누러 간 것은 아니었으니까요. 수줍고 순진하기만 하면 얼마나 큰 위험을 겪게 되는지, 그냥 당하고만 있지 않으려면 어떤 것을 지켜야 하는 건지 수녀원에서는 하나도 가르쳐주지 않았나 봅니다. 아가씨는 제 키스를 막느라 온 신경과 힘을 써버리는 바람에 나머지 부분을 무방비 상태로 두더군요. 키스야 어차피 위장 공격이었는데 말입니다. 제가 어찌 그 기회를 이용하지 않을 수 있겠습니까! 방향을 바꾸어 즉시 자세를 잡았죠. 이때 하마터면 둘 다 큰일 날 뻔했습니다. 아가씨가 겁에 질려 진짜 소리를 지르려고 한 겁니다. 다행히 그 소리는 눈물에 묻혀 가라앉아버렸죠. 하지만 어느새 종 줄을 잡아당기려고 달려가는 게 아닙니까? 다행히 제가 솜씨 좋게 아가씨의 팔을 붙잡을 수 있었습니다.

"왜 이러는 겁니까? 정말 끝장나고 싶은 겁니까? 사람이 와도 나는 상관없습니다. 내가 아가씨 허락도 없이 마음대로 들어온 거라고 얘기해봐요. 누가 믿겠습니까? 아가씨 아니면 도대체 누가 날 여기 들어오게 해줄 수 있죠? 아가씨한테 얻은 열쇠, 아가씨가 아니면 그 누구도 줄 수 없는 이 열쇠의 용도를 직접 설명하시렵니까?" 이 짧은 연설은 아가씨의 고통과 분노를 가라앉힐 수는 없었지만, 어쨌든 복종시킬 수는 있었습니다. 제가 웅변하듯 거창하게 말했는지는 잘 모르겠지만, 적어도 제 모습이 그렇지 않았으리라는 건 분명합니다. 한 손은 그녀를 힘으로 누르고 있었고 다른 손은 사랑을 위해 쓰고 있었으니, 이런 상황에서 어떤 웅변가가 우아한 자태를 보일 수 있겠습니까? 제 모습을 한번 잘 그려보시면 적어도 공격에 적합한 자세라는 점은 인정하실 겁니다. 하지만 잘 모르겠습니다. 부인께서도 얘기하신 적이 있지만 지극히 단순한 여자도— 심지어 수녀원 출신의 여자도— 절 어린애 취급을 하더군요.

아가씨는 여전히 슬퍼했지만 무언가 결심을 한 것 같았습니다. 협상을 시작하더군요. 애원해봤자 들어줄 것 같지 않으니 무언가 나에게 줄 것을 제시한 겁니다. 제가 이 중요한 위치를 비싼 값에 팔았을 거라고 생각하시죠? 아닙니다. 키스만 한 번 해주면 원하는 대로 해주겠다고 약속했습니다. 물론 약속을 지키지 않았죠. 그건 그럴 만한 이유가 있었습니다. 내가 억지로 키스를 한 건지 그녀가 해준 건지 분명치 않았던 겁니다. 옥신각신하다가 결국 한 번 더 하기로 했죠. 두번째 키스는 아가씨가 해주는 걸 받기로 했습니다. 그렇게 해서 수줍어하는 아가씨에게 양팔을 내 허리에 감게 하고 내 한쪽 팔로 아가씨를 더욱 진하게 감싸 안은 자세로 키스를 받았답니다.

아가씨가 할 일을 성실하게 해냈으니 보상을 해주어야 했죠. 그래서 즉시 아가씨의 요구를 들어주었답니다. 제 손을 치워준 거죠. 하지만 어찌 된 일인지 내 몸이 여전히 같은 자리에 있는 겁니다. 제가 달아올라서 적극적인 자세를 취하고 있었을 거라고 생각하시죠? 전혀 아니었습니다. 다시 말씀드리지만 전 천천히 진행되는 것을 좋아합니다. 목표에 이를 수 있는 게 확실한데 뭣 때문에 길을 서두르겠습니까?

진심으로 말씀드리자면, 주어진 상황이라는 게 얼마나 강한 힘을 갖는지 관찰할 수 있어서 좋았습니다. 외부에서 그 어떤 도움의 손길도 주어질 수 없는 상황이었으니까요. 그렇지만 사랑이 아가씨를 가로막았죠. 정숙함과 수치심이 사랑을 지탱하고 있었고, 나에 대한 불쾌감이 힘을 실어주었을 겁니다. 사실 사랑으로부터 많은 걸 얻지 않았습니까? 그에 비해 기회는 아무 도움도 받지 못하고 그냥 있었죠. 하지만 그럼에도 불구하고 그대로 물러서지는 않더군요.

제 관찰이 맞는지 확인해보려고 전 사악하게도 아가씨가 물리칠 수 있을 정도의 힘만 썼습니다. 단지 한 가지, 제가 방심한 틈을 타서 매력적인 적이 도망치려고 하기에 아까 멋지게 써먹었던 방법 그대로 다시 겁을 주어 잡았을 뿐입니다. 자, 어떻게 되었을까요! 별다른 정성을 쏟지도 않았지만 이 다정한 연인은 자기가 한 맹세도 잊고 굴복하여 승낙하던걸요. 하지만 그 첫 순간이 지나자 바로 절 원망하며 울어버리더군요. 정말로 그러는 건지 알 수가 없었습니다. 어쨌든, 언제나 그렇듯이, 그대로 계속했더니 눈물을 그치더군요. 날 받아들이고는 원망을 하고, 원망을 하고는 다시 받아들이고, 우리는 그렇게 시간을 보내다 헤어졌습니다. 저녁에 다시 만나자는 약속까지 하고서 말입니다.

방으로 돌아오니 새벽이 다 되었더군요. 너무 피곤하고 졸렸습니다. 하지만 아침식사에 꼭 참석하고 싶어 졸음을 이겨냈죠. 일을 치른 다음 날 여자가 어떤 얼굴을 하는지 보는 것은 무척 재미있으니까요. 부인께선 아가씨의 상태를 상상도 하지 못하실 겁니다. 너무 어색하고 걸음도 잘 걷지 못하더군요! 눈은 제대로 들지도 못하고 퉁퉁 부어 있었습니다. 동그랗던 얼굴이 홀쭉해졌고요! 정말 재미있었습니다. 너무 달라진 딸의 모습에 놀란 어머니가 처음으로 다정하게 대하던걸요! 우리 법원장 부인 역시 아가씨 곁으로 달려가서 보살폈죠. 아! 다른 사람에게 그렇게 정성을 기울이다니, 주는 게 아니라 빌려주는 셈이라는 걸 알지 못하고 있죠…… 돌려받을 날이 멀지 않았으니까요. 그럼 이만 안녕히.

17××년 10월 1일, ××× 저택에서

아흔일곱번째 편지

세실 볼랑주가 메르테유 후작 부인에게

아! 어쩌면 좋아요! 부인, 전 너무 슬퍼요. 너무 불행해요! 누가 제 고통을 위로해줄 수 있을까요! 이렇게 힘든 처지에 있는 저에게 조언을 해줄 사람이 있을까요? 발몽 자작님…… 당스니 님! 안 돼요. 당스니 님만 생각하면 절망이 밀려와요…… 뭐라 말씀드려야 할까요?…… 어떻게 해야 하는지 도무지 알 수가 없어요. 가슴속은 꽉 차 있는데…… 누구에게든 말을 해야겠는데, 부인 말고는 털어놓을 데가 없어요. 언제나 저에게 잘해주셨죠. 하지만 이번에는 그러지 마세요! 전 그런 대접을 받을 자격이 없어요. 어떻게 말씀드려야 할까요? 이번에는 정말 그러지 마세요. 오늘만 해도 모두가 친절하게 대해주었죠…… 하지만 그러니까 더 괴로워지는걸요. 전 그런 대접을 받을 자격이 없으니까요! 차라리 야단쳐주세요. 많이 야단쳐주세요. 죄를 지었어요. 그러고 나서 절 좀 구해주세요. 부인께서 조언해주지 않는다면 전 슬퍼서 죽어버릴 거예요.

무슨 일이 있었냐면요…… 손이 떨려요. 다 보이시죠? 글씨를 쓸 수가 없는걸. 얼굴이 후끈거리고…… 아! 창피해서 그래요. 아! 할 수 없죠. 제가 저지른 과오에 대한 첫번째 벌이니까요. 다 말씀드릴게요.

그러니까 지금까지 당스니 님의 편지를 전해주시던 발몽 자작님이 갑자기 그 일이 너무 어렵다고 하시는 거예요. 그러면서 제 방의 열쇠가 필요하다고 하셨어요. 전 정말 싫었거든요. 그랬더니 자작님이 당스니 님한테 편지를 쓰셨고, 당스니 님마저도 저더러 열쇠를 빼내라고 하시는 거예요. 당스니 님의 말은 정말 거절하기 힘들어요. 더구나 이렇게 멀리 떨어져 지내는 바람에 늘 괴로움을 겪고 계시잖아요. 결국 그러겠다고 했어요. 어떤 불행이 오게 될지는 미처 몰랐어요.

그러니까 어제 자작님이 제가 잠든 사이 열쇠를 사용해서 방에 들어오신 거예요. 정말 그런 일이 생길 줄은 몰랐어요. 잠에서 깼을 때는 너무 겁이 났어요. 하지만 바로 뭔가 얘기를 하셨기 때문에 전 자작님이 들어오셨다는 걸 알 수 있었고, 아마도 당스니 님의 편지를 가져오셨나 보다고 생각했어요. 하지만 완전히 틀린 생각이었어요. 글쎄 자작님이 절 안으려고 하시는 거예요. 피하려고 방어를 했는데도, 당연한 일이지만 그분은 너무 능숙했어요. 결국 전, 정말 싫었지만…… 자작님이 키스라도 해달라고 하셨거든요. 싫다고 할 수가 없었어요. 다른 방법이 없었어요. 사람을 부르려고 했지만 잘 안 되었고, 또 자작님 얘기가 만일 누가 오게 되면 모든 게 다 제 잘못이라고 하시겠다는 거예요. 사실 열쇠 때문에라도 마음만 먹으면 그렇게 만들기 쉬운 상황이었거든요. 그런데 키스를 한 번 하고 나서도 물러서지 않으셨어요. 한 번만 더 해달라고 하시면서요. 두 번째 키스는, 그러니까 그게 뭔지는 모르겠는데요, 너무나 혼란스러웠어요. 그리고 나서, 더 나쁜 일이 있었어요. 아! 정말 옳지 않은 일이에요. 그리고 결국…… 나머지는 말씀드리지 않을래요. 정말 전 너무 불행해요.

스스로 생각해도 가장 말이 안 되는 건, 그래도 부인께 말씀드리지 않을 수 없는 일은, 그러니까 제가 온 힘을 다해 방어하지 않은 것 같다는 사실이에요. 어떻게 그런 일이 일어났는지 모르겠어요. 전 정말 발몽 자작님을 좋아하지 않거든요. 오히려 반대예요. 그런데 어째서 도중에 잠시 동안은 자작님을 사랑하는 것 같았을까요…… 물론 말로는 계속 안 된다고 했어요. 하지만 제 행동은 달랐는걸요. 제 스스로 어떻게 할 수가 없었어요. 사실 굉장히 당황한 상태였잖아요! 자기 자신을 지킨다는 게 이렇게 어려운 일이라면, 정말 습관적으로 몸에 밴 사람들만 가능한 일일 것 같아요! 그리고 자작님은 말을 너무 잘하셔서 어떻게 대답을 해야 할지 당황스러웠어요. 정말 믿을 수 없는 일이지만, 자작님이 나가실 때 그만 저녁에 다시 만나자는 약속을 받아들이기까지 했는걸요. 다른 어떤 것보다 이 일이 더 화가 나요.

아! 하지만 약속드릴게요. 절대 다시는 못 오시게 할 거예요. 자작님이 미처 방에서 나가시기도 전에 약속을 하는 게 아니었다는 생각이 들었어요. 그래서 내내 울기만 했어요. 무엇보다도 당스니 님을 생각하면 너무 고통스러워요. 그분을 생각할 때마다 눈물이 쏟아지고 가슴이 미어져요. 내내 생각했어요…… 지금도 그래요. 부인께서도 아실 수 있을 거예요. 편지가 다 젖었잖아요. 정말 그 무엇도 위로가 되지 않을 것 같아요. 다른 것은 다 제쳐두더라도 당스니 님 때문에…… 정말 기운이 다 빠져버렸지만, 그래도 한숨도 눈을 붙일 수 없었어요. 아침에 일어나 거울을 봤더니 겁이 날 정도로 얼굴이 엉망이 되었어요.

엄마는 날 보시더니 바로 눈치를 채시고 무슨 일이냐고 물으셨어요. 그 말에 전 바로 울음을 터뜨렸고요. 엄마가 야단을 치실 줄 알았어요. 차라리 그랬다면 덜 괴로웠을 것 같아요. 하지만 오히려 다정하게 얘기하시는 거예요! 전 그런 대접을 받을 자격이 없는 딸인데! 너무 슬퍼하지 말라고도 하셨어요. 제가 무엇 때문에 슬퍼하는지도 모르시면서요. 이러다 병이 나겠다고 얘기하시는데! 차라리 죽고 싶었어요. 정말 참을 수가 없었어요. 전 엄마 품에 달려들어 흐느꼈어요. "아! 엄마, 엄마 딸은 너무 불행해요!" 결국 엄마한테도 걱정을 끼쳐드리게 되었고, 그래서 더 슬펐어요. 다행스러운 점은 엄마가 제가 왜 불행한지는 묻지 않으셨다는 거예요. 만일 물으셨으면 뭐라고 대답할지 몰랐을 것 같아요.

부인, 제발 하루속히 답장을 주세요. 제가 어찌 해야 할지 말해주세요. 전 이제 아무것도 생각할 용기가 없어요. 그저 슬프기만 해요. 편지는 자작님을 통해 보내주세요. 혹시 자작님께도 편지를 쓰실 거면 제가 부인께 이 일을 얘기했다고 알리지 말아주세요.

부인의 말씀에 언제나 충실하게 따를게요……

편지에 서명도 못 하겠어요.

17××년 10월 1일, ××× 저택에서

아흔여덟번째 편지

볼랑주 부인이 메르테유 후작 부인에게

며칠 전만 해도 부인이 나에게 위로와 충고를 구하셨는데, 이제 내 차례로군요. 저도 똑같은 부탁을 드려야 할 것 같습니다. 전 지금 무척 상심하고 있습니다. 피할 수도 있었던 슬픔인데, 최선의 방법을 택하지 못했다는 생각이 듭니다.

그러니까 제가 이렇게 걱정하는 건 바로 딸아이 때문입니다. 파리를 떠나온 후 그 애가 언제나 슬프고 우울해한다는 거야 이미 알고 있었고, 어차피 필요한 일이라고 생각했기에 마음을 단단히 먹고 엄하게 대했습니다. 떨어져 있으면서 관심을 다른 곳으로 돌리면 사랑이 식으리라고 생각했습니다. 진짜 좋아한다기보다는 아직 어려서 잘못 판단하고 있는 거라고 믿었으니까요. 그런데 이곳에 와서도 나아지기는커녕 오히려 더 많이 우울해하는 것 같습니다. 건강을 해치지 않을까 염려될 정도죠. 특히 요 며칠 전부터는 눈에 띄게 달라졌답니다. 어제는 정말 심했고요. 모두가 걱정할 정도였죠.

얼마나 심각한 상태인지를 말해주는 증거로, 절 대할 때면 언제나 조심스럽던 태도가 달라졌다는 겁니다. 어제 아침만 해도 그저 어디 아픈 거냐고 물었을 뿐인데 내 품에 달려들어서 자기는 너무 불행하다고 울음을 터뜨리는 겁니다. 펑펑 울더군요. 정말 어찌나 마음이 아프던지 다 전해드릴 수도 없습니다. 저도 왈칵 눈물이 쏟아져나오는 바람에 딸애가 볼까 봐 간신히 고개를 돌렸는걸요. 신중해야 할 것 같아서 아무것도 묻지 않았던 게 그나마 다행입니다. 제가 묻지 않으니 더 얘기하지 못했죠. 하지만 분명 불행한 사랑 때문에 고통스러울 겁니다.

혹시 계속해서 저러면 어떻게 해야 할까요? 딸을 불행하게 만들어야 할까요? 다정다감하고 마음이 쉽게 변치 않는다는 건 인간 영혼이 지닐 수 있는 가장 소중한 자질일 텐데, 그 때문에 딸아이가 저렇게 되도록 내버려두어야 하는 걸까요? 어머니로서 딸을 위해 그렇게 해야 하는 걸까요? 자식의 행복을 바라는 지극히 자연스러운 감정을 억누르고, 우리가 가진 의무 중에서 가장 중요하고 성스러운 것이라는 걸 잘 알면서도, 일부러 그것이 나약함일 뿐이라고 생각하고, 그렇게 딸에게 선택을 강요해야 할까요? 그리고 나면 진정 우리는 그로 인해 초래되는 불행한 결과에 대해서 책임이 없는 걸까요? 자기 딸을 죄악과 불행의 틈바구니에 끼어 있게 하는 것, 그건 어쩌면 어머니로서 지니는 권위를 남용하는 일이 아닐까요?

스스로 그토록 비난했던 걸 내 자신이 그대로 되풀이하고 싶지는 않습니다. 물론 딸의 상대를 골라주려고 했지만, 그건 내 경험을 살려 딸을 도와주기 위해서였지, 권리를 행사한다거나 의무를 수행하려는 건 아니었습니다. 오히려 딸의 마음을 무시한 채 우리 마음대로 하는 게 의무를 저버리는 게 아닐까요? 엄마로서 딸이 그런 마음을 갖지 않도록 미리 막지도 못했으면서요. 더구나 그 마음이 어디까지 그리고 언제까지 갈지 딸도 저도 알 수 없는데 말입니다. 안 됩니다. 전 딸애가 한 남자와 결혼을 하고서 다른 남자를 사랑하는 걸 그냥 두고 볼 수는 없을 것 같습니다. 딸의 정절이 더러워지는 것보다는 차라리 제 권위를 더럽히는 게 나을 것 같습니다.

아무래도 제르쿠르에게 한 약속을 취소하는 게 가장 현명한 결정일 것 같습니다. 이유는 말씀드린 대로입니다. 그 이유가 제르쿠르하고 한 약속보다 더 강한 거죠. 아니 지금 이 상태대로라면 약속을 지키는 게 오히려 약속을 어기는 게 될 겁니다. 딸을 위해서라면 당연히 그 애의 비밀을 제르쿠르에게 말하지 않아야 하겠지만, 제르쿠르를 위해서라면 그렇게 속이고 이용해서는 안 되는 것일 테니까요. 그러니까 제르쿠르가 이 일을 알게 되었을 때 할 일을 내가 해주어야 하는 거죠. 그렇지 않으면 날 믿고 영광스럽게도 제2의 어머니로 선택해준 사람을, 더구나 자기 아이들의 어머니가 될 여자를 선택하려고 하는데, 비열하게 속이는 것 아닌가요? 이런 생각들이 너무도 확실하고 거역할 수 없이 분명해서, 전 이루 다 말할 수 없을 정도로 걱정이 됩니다.

이런 생각을 할 때마다 닥쳐올 불행이 떠오르고, 그러면 기꺼이 마음으로 선택한 남편과 즐겁게 살아가는 딸의 모습을 그 모습과 비교하게 됩니다. 억지로 의무를 지키는 게 아니라, 의무를 지키며 행복하게 지내는 모습하고 말입니다. 사위 역시 만족해하면서 참 잘 선택했구나 하고 매일같이 기뻐하겠죠. 서로 상대방의 행복이 곧 자신의 행복이 되고, 또 두 사람의 행복이 합쳐져 내 행복을 더해주겠죠. 이처럼 아름다운 미래에 대한 희망이 헛된 이유들 때문에 희생되어야만 하는 걸까요? 그런 헛된 이유들을 도대체 왜 떨쳐내지 못하는 걸까요? 단 하나, 이해타산입니다. 하지만 만약 제 딸이 재물의 노예가 된다면 부유한 가정에서 태어난 보람이 없지 않을까요?

제르쿠르가 좋은 혼처라는 건 알고 있습니다. 어쩌면 과분한 상대죠. 솔직히 말씀드리면 그가 내 딸을 선택해준 게 무척 기뻤습니다. 하지만 당스니도 가문으로 보면 그다지 빠지지는 않는 것 같습니다. 인간적으로도 뒤질 게 없고요. 오히려 내 딸을 사랑하고 또 내 딸이 사랑하고 있다는 점에서는 더 유리한 입장이죠. 재산이 많지 않은 것은 사실이지만, 내 딸이 두 사람이 살 만큼 가지고 있으니 문제될 게 없지 않을까요? 딸애에게 자기가 사랑하는 사람을 부자로 만들어주는 만족감을 누리지 못하게 할 이유도 없고요!

서로 어울리는 사람을 맺어주는 게 아니라 계산으로 이루어지는 결혼, 그러니까 정략결혼이라고 부르는 것은, 물론 두 사람의 취향과 성격을 빼고 모든 것이 잘 맞는다고 하지만, 요즈음 빈번하게 터지는 추문의 온상이 아닌가요? 일단 연기해볼 생각입니다. 그러면 적어도 딸아이를 살펴볼 수 있는 시간은 벌 수 있을 테니까요. 아직 잘 모르겠습니다. 장래에 보다 확고한 행복을 얻을 수 있기 위해서라면 일시적으로 괴로움을 겪게 할 용기는 있지만, 혹시라도 평생을 절망에 빠뜨리는 일이라면 도저히 할 수 없을 것 같습니다.

바로 이런 생각들이 나를 괴롭히고 있고, 그래서 부인의 충고를 기다리고 있습니다. 부인처럼 밝은 분한테 이런 가혹한 일은 잘 맞지 않죠. 나이로 봐도 그렇고요. 하지만 언제나 나이에 비해 성숙한 분별력을 가진 분이잖습니까! 더구나 우린 특별한 사이이니 더욱 신중하게 생각해주리라고 믿습니다. 어머니로서의 근심 때문에 이렇게 부인의 분별력과 우정을 구하는 저의 간청을 절대 저버리지 않으시리라고 생각합니다.

그럼 이만 안녕히. 우리 사이의 우정은 언제나 변치 않을 겁니다.

17××년 10월 2일, ××× 저택에서

아흔아홉번째 편지

발몽 자작이 메르테유 후작 부인에게

부인, 또 작은 사건들이 이어졌습니다. 물론 장면일 뿐이고, 아직 행동은 없습니다. 그러니 인내심을 비축하십시오. 아주 많이 필요할 겁니다. 법원장 부인이 걸음을 아주 조금씩 옮기고 있다면, 부인께서 후견하는 아가씨는 더 심각한 상태입니다. 뒷걸음질치고 있으니까요. 하지만 제가 워낙 성격이 좋은 사람인지라 이런 비참한 상황 역시 즐기고 있습니다. 그러니까 전 이곳에서의 생활에 너무 잘 적응하고 있답니다. 백모님의 이 쓸쓸한 저택에서 단 한 순간도 지루한 적이 없으니까요. 이곳에는 향락과 상실, 희망과 불확실이 있지 않습니까? 더 큰 무대라고 해도 이보다 뭐가 더 있겠습니까? 관객이 없다고요? 저한테 맡겨주십시오. 관객이 없는 일은 절대 없을 겁니다. 물론 그 관객들이 제가 준비하는 과정을 보지는 못하겠지만, 다 완성하고 나서 보여줄 겁니다. 그때 찬탄을 하며 박수를 치기만 하면 됩니다. 그렇습니다. 관객들은 박수갈채를 보낼 겁니다. 제가 이렇게 말할 수 있는 건, 근엄하고 신심 깊은 나의 연인이 추락할 시점을 정확히 예측할 수 있기 때문입니다. 오늘 전 그녀의 정절이 죽어가는 마지막 순간을 목격했답니다. 이제 그 자리는 감미로운 나약함이 차지하게 될 겁니다. 언제가 되었든 우리가 다시 만나 얘기를 나누는 그날 모든 게 끝날 거라고 분명히 말씀드릴 수 있습니다. 제가 너무 교만하다고 소리치시는 목소리가 벌써 들리는 것 같군요. 미리부터 승리를 선언하고 자랑을 한다고요! 잠깐만, 잠깐만, 진정하십시오! 제가 얼마나 겸손한 사람인지 증명해 보이기 위해, 우선 실패담부터 얘기해드리겠습니다.

부인께서 후견하시는 아가씨는 정말 우습더군요! 어린애입니다. 어린애로 대해야 하는 거죠. 그냥 벌만 조금 주고 용서하겠습니다. 그저께 밤 우리 사이에 어떤 일이 있었는데, 어제 아침 우리가 얼마나 다정하게 헤어졌는데, 어떻게 그럴 수가 있단 말입니까? 약속대로 저녁에 다시 찾아갔더니 글쎄 문이 안에서 잠겨 있지 않겠습니까? 어떻게 생각하십니까? 일이 있기 전날에야 그런 유치한 짓을 하고 싶을 수도 있지만, 다음 날에 어떻게 이런 짓을 할 수 있을까요? 우습지 않습니까!

처음에는 웃음이 나오지 않더군요. 제 성격이 가진 힘을 그때처럼 절실히 느껴본 적이 없었습니다. 저라고 약속을 지키는 게 즐겁기만 했던 건 아닙니다. 예의상 어쩔 수 없이 찾아간 거죠. 자다가 일어나려니 정말 귀찮았습니다. 다른 침대로 옮겨가고 싶은 생각은 조금도 없던걸요. 그대로 누워 있고 싶었지만, 억지로 나온 겁니다. 하지만 일단 장애물이 나타나자 뛰어넘고 싶어지더군요. 더구나 어린애한테 농락당했다고 생각하니 모욕스러웠습니다. 기분이 많이 상해서 일단 방으로 돌아왔죠. 앞으로 그 멍청한 어린애한테 그리고 그 애와 관련된 일에 절대 얽혀들지 않겠다고 다짐하며, 이제야 아가씨를 제대로 알겠다고 짤막하게 편지를 썼습니다. 오늘 전해줄 생각이었는데, 하룻밤 자고 나면 좋은 생각이 떠오른다는 말이 맞는지, 아침에 일어나니까 생각이 바뀌는 겁니다. 어차피 여기서는 따로 즐길 데도 없는데 그냥 아가씨를 간직하고 있는 게 낫겠다는 생각이 든 겁니다. 어젯밤에 쓴 신랄한 편지도 없앴죠. 그러고 나서 생각해보니 막상 뭣 때문에 모험의 주인공을 파멸시킬 방법도 확보하기 전에 모험을 끝내려고 했던 건지 스스로 생각해도 알 수가 없었습니다. 어떤 일이 일어나면 즉각적인 상황에서는 마음이 어디로 갈지 정말 알 수 없는 일이잖습니까! 부인처럼 어떤 경우에도 순간적인 기분에 휩싸이지 않는 게 몸에 밴 분은 정말 행복하겠습니다! 결국 전 복수를 뒤로 미루었습니다. 제르쿠르에게 복수해야 하는 부인의 목표 때문에 제 복수를 희생한 셈이라고 할까요.

이제 화는 다 가라앉았고, 아가씨의 행동이 우스울 따름입니다. 그렇게 해서 뭘 얻겠다는 건지 궁금하군요! 정말 모를 일입니다. 스스로를 지키기 위해서 저러는 거라면 너무 늦었잖습니까. 언젠가 아가씨 입으로 수수께끼의 답을 말하는 날이 오겠죠! 전 정말 알고 싶답니다. 그저 피곤해서 그랬을까요? 어쩌면 그럴지도 모르겠습니다. 사랑의 화살은 아킬레우스의 창처럼 그 안에 상처를 치료할 수 있는 약까지 들어 있다는 걸 아가씨는 아직 모르니까요. 아닙니다. 하루 종일 얼굴을 찡그리고 있었는데 그 모습에는 후회 같은…… 그러니까…… 뭐랄까, 정조 관념 같은…… 그런 게 있었습니다. 정조라니요! 그런 아가씨가 정조 관념을 지닌다는 게 어울리기나 합니까? 그런 건 진정 정조를 지키기 위해 태어난 여자한테, 정조를 더욱 아름답게 만들고 사람들이 사랑하게 만들 수 있는 단 하나의 여자에게 맡겨두어야지요! 아, 죄송합니다. 사실은 오늘 저녁 투르벨 부인과 저 사이에도 일이 있었습니다. 어떤 장면이었는지 얘기해드려야죠. 아직까지도 가슴이 떨리는군요. 아무리 잊으려고 해도 아름다운 나의 연인에게서 받은 느낌을 떨칠 수가 없습니다. 사실 부인께 편지를 쓰기 시작한 것도 그 때문이랍니다. 첫 순간은 언제나 미숙한 법이죠.

이미 며칠 전부터 투르벨 부인과 저는 감정의 일치를 보고 있습니다. 우리의 감정을 어떤 말로 부를 건지에 대해서만 생각이 달라서 다투고 있는 거죠. 그러니까 여전히 저의 '사랑'에 그녀의 '우정'이 답하고 있는 겁니다. 하지만 관습적일 뿐인 말들이 사물의 본질을 바꾸어놓을 수는 없는 법 아니겠습니까. 계속 이런 상태가 이어진다면, 물론 일이 빨리 진척되지는 못하겠지만, 그래도 분명 목적은 달성될 겁니다. 처음 그녀는 제가 떠나기를 원했지만 이제는 그 말이 나오지 않는답니다. 우리는 매일 대화를 나누고 있는데, 제가 그 기회를 만들어주느라 애쓰고 있다면 그녀는 잡으려고 애쓰고 있는 셈입니다.

우리가 짧게나마 얼굴을 볼 수 있는 건 보통 산책할 때인데, 오늘은 하루 종일 날씨가 나빠서 기회가 없었습니다. 정말 난처했습니다. 하지만 새옹지마(塞翁之馬)라고 그 상황이 오히려 저를 도와주게 될 줄은 몰랐습니다.

산책을 할 수가 없으니 저녁식사 후 카드놀이가 시작되었습니다. 전 별로 카드놀이를 즐기지 않는 편이고 또 제가 필요할 일도 없을 것 같아 그냥 방으로 올라갔습니다. 별다른 계획은 없었고, 그저 카드놀이가 끝나기를 기다리기로 한 겁니다.

그러다 다시 사람들이 모여 있는 곳으로 가려고 나서는 길에 나의 아름다운 연인이 방으로 들어가는 것을 만났습니다. 그녀는 방심을 했는지 아니면 마음이 약해진 건지, 아무튼 부드러운 목소리로 말하더군요. "어디 가세요? 거실에는 아무도 없어요." 부인께서도 짐작하시겠지만, 그녀의 방에 들어가볼 절호의 기회였죠. 생각했던 것만큼 저항이 크지는 않았습니다. 물론 처음에는 조심스레 문 앞에 서서 대화를 시작했죠. 당연히 우리 문제와 상관없는 얘기들이었습니다. 하지만 방에 들어서서는 이내 우리의 문제를 꺼냈습니다. '나의 벗에게 나의 사랑 얘기를' 한 겁니다. 그녀의 첫 대답은 짧지만 의미심장했답니다. "아! 그런 얘기를 여기서 하지 마세요." 그러면서 몸을 떨더군요. 불쌍한 여인! 스스로의 최후를 본 겁니다.

하지만 그녀가 그렇게 겁을 먹을 상황은 아니었습니다. 저로선 이미 얼마 전부터 조만간 성공할 것이라는 확신이 있었고, 또 나의 연인이 쓸데없는 싸움에 힘을 너무 많이 소모하는 것을 보면서 내 힘은 아껴두기로 했으니까요. 그녀가 지쳐 스스로 굴복할 때까지 기다리기로 한 겁니다. 이런 상황에서 필요한 건 완벽한 승리이죠. 우연적 상황의 힘을 빌릴 수는 없는 것 아니겠습니까. 바로 이런 계획을 가지고 전 다시 한 번 사랑이라는 말을 꺼냈습니다. 그녀가 그토록 완강하게 거절하는 말을 말입니다. 이쪽에서 너무 깊게 들어가지는 않아도 되면서 상대를 압박할 수 있게 해주는 말이잖습니까. 그녀는 분명 내 마음이 열정적으로 불타고 있으리라고 생각할 테니, 저는 좀더 다정한 어조로 말했습니다. 당신이 또다시 거절한다고 해도 화나지 않는다, 그저 슬플 뿐이다, 이렇게 말입니다. 그렇게 되면 마음 약한 나의 연인이 뭔가 위로를 해주어야 하지 않았겠습니까?

날 위로하는 동안 그녀의 한쪽 손이 내 손 안에 있었습니다. 아름다운 몸은 내 팔에 기대어 있었고요. 우리는 그렇게 바짝 붙어 있었습니다. 부인께서도 익히 아시겠지만, 이런 상황에서는 저항이 점점 약해지고 요구하는 말과 거절하는 말들이 아주 가까워지게 되잖습니까. 서로 얼굴을 돌리고 눈을 내려서는 시선을 피하고, 말소리가 작아지고, 그나마 말수도 줄어듭니다. 이런 귀중한 징후는 이미 마음이 승낙했다는 걸 알려주는 거죠. 하지만 감각까지 승낙한 건 아니기 때문에 이럴 때 뭔가 유별난 일을 하는 건 위험하답니다. 상대방에게 자기를 내맡긴 상태에서 감미로운 쾌락을 누릴 수 있는 건 사실이지만, 그런 쾌락에 젖어 있는 사람을 끌어내게 되면 기분이 상하고 결국 방어를 하게 될 테니까요.

이 경우는 더욱 신중해야 했습니다. 나의 연인은 몽상에 빠져 있었지만 그러면서도 그런 도취 상태를 두려워할 테니 말입니다. 그렇기 때문에 전 사랑을 받아들이라고 요구했을 뿐, 직접 말로 고백을 들으려고 하지는 않았습니다. 눈길만으로도 충분했으니까요. 전 눈길 하나로 행복했답니다.

아, 그녀가 고개를 들어 그 아름다운 눈으로 바라보더군요. 천사 같은 입에서도 말이 흘러나왔습니다. "어떻게! 그래요, 전……" 그러더니 돌연 시선이 꺼지고 목소리가 사라지면서 제 품에 안기는 게 아닙니까! 하지만 미처 제대로 안을 틈도 없이 마치 경련이 이는 듯 거칠게 몸을 빼내더군요. 어딜 쳐다볼지 몰라 헤매는 시선으로, 두 손을 하늘로 들어올리고서 외쳤습니다. "하느님, 오! 하느님…… 절 구원해주세요!" 그러더니 번개처럼 빠른 동작으로 열 발자국 정도 멀어져 무릎을 꿇는 겁니다. 금방이라도 질식할 것 같은 목소리였습니다. 그녀는 도와주려고 다가간 제 두 손을 잡았습니다. 그녀의 눈물에 제 손이 젖었고, 그녀의 손이 제 무릎을 어루만지기도 했습니다. "그래요. 자작님이에요. 저를 살릴 수 있는 사람은 자작님뿐입니다. 제가 죽는 걸 원치 않으시죠. 그렇다면 절 그냥 내 버려두세요. 정말 부탁입니다. 절 그냥 두세요!" 나의 연인은 계속해서 앞뒤가 맞지 않는 얘기를 늘어놓았지만, 흐느낌이 커지는 바람에 거의 들리지 않았습니다. 하지만 그러는 동안에도 그녀는 절 꼭 붙잡고 있었고, 그래서 저로선 물러설 수도 없었습니다. 전 온 힘을 다해 그녀를 일으켰습니다. 마침내 그녀가 울음을 그쳤고, 그다음에는 아무 말도 하지 않았습니다. 폭풍이 지나간 후 온몸이 뻣뻣해지고 경련이 온 겁니다.

솔직히 말씀드리면 정말 감동적이었습니다. 정말 어쩔 수 없는 상황이었으니 망정이지, 아니면 정말 그녀의 요구를 받아들였을 겁니다. 하지만 분명한 건 그녀를 조금이나마 도와주었고, 그러고 나서 그녀가 바라던 대로 혼자 두고 나왔다는 겁니다. 지금 생각해도 잘한 일 같습니다. 이미 그 보상을 다 받은 셈이니까요.

전 그날 저녁식사에, 제가 처음으로 사랑을 고백했던 날과 마찬가지로, 그녀가 나타나지 않을 거라고 생각했습니다. 하지만 8시경에 거실로 내려오더군요. 모여 있던 사람들에게도 몸이 좀 불편했었다는 말뿐, 별다른 얘기를 하지 않았습니다. 얼굴이 엉망이고 목소리도 들릴락 말락 했죠. 태도도 부자연스러웠습니다. 하지만 시선은 부드러웠고 절 자주 바라보았습니다. 그녀가 카드 게임을 안 하겠다고 하는 바람에 부득이 제가 대신 하게 되었고, 그동안 그녀는 제 곁에 있었습니다. 저녁식사 때는 혼자 거실에 있더군요. 식사 후 가보니 분명 운 것 같았습니다. 어찌 된 상황인지 정확히 파악하기 위해서 아직 몸이 안 좋은 거냐고 물었더니, 상냥한 목소리로 "이 병은 올 때는 빨리 오는데 갈 때는 그렇지 않네요!"라고 대답하더군요. 모두 일어설 시간이 되었을 때, 저는 손을 내밀어 그녀의 손을 잡아주었습니다. 방으로 들어가기 전 그녀는 제 손을 꽉 쥐더군요. 물론 무의식적인 행동인 것 같았습니다. 하기야 그렇다면 더 잘된 일이죠. 제가 그녀의 마음을 지배하고 있다는 걸 보여주는 또 하나의 증거가 되지 않겠습니까.

그녀는 분명 우리 사이가 여기까지 온 것을 기뻐하고 있을 겁니다. 이미 모든 대가는 치른 셈이니 이제 즐기는 것만 남은 것 같죠? 제가 지금 편지를 쓰고 있는 동안에도 어쩌면 그녀는 이미 달콤한 생각에 젖어 있을지도 모릅니다! 설사 반대로 새로운 방어 계획을 짜고 있다고 한들 그 계획이 어찌 될지는 뻔히 알 수 있는 일이죠. 어떻게 생각하시나요? 다음번에 만나도 여전히 방어할 수 있을까요? 예측컨대 그녀는 아마도 흔쾌히 약속을 하지는 않을 겁니다. 하지만 상관없습니다! 금욕적으로 정숙한 여자들이란 첫발을 내딛기가 힘들지 일단 걸음을 떼고 나면 멈추지 못하는 법이니까요. 그런 여자들이 하는 사랑은 말하자면 폭발과도 같습니다. 저항할수록 더욱 강해지죠. 격정적인 여인은 제가 뒤쫓아가지 않으면 분명 자기가 나를 쫓아올 겁니다.

나의 아름다운 벗이여, 그러니 머지않아 제가 당신을 찾아가게 될 겁니다. 약속하신 것을 내어놓으라고 말입니다. 성공하면 뭘 주시겠다고 했는지 잊지 않으셨겠죠? 부인의 그 충실한 기사를 배반하기로 한 것 말입니다. 준비는 되셨나요? 전 부인이 마치 처음 보는 여자이기라도 한 듯 간절히 바라고 있답니다. 하기야 부인은 알고 있기 때문에 더 바라게 되는 그런 여자이지만 말입니다.

나는 공정한 사람이지, 환심을 사려고 아부하는 사람이 아니랍니다.[2]

---

2 볼테르의 희극 「나닌」.

말하자면 힘겹게 그녀를 정복한 후 처음으로 배반하게 될 겁니다. 스물네 시간 동안 곁을 떠날 수 있는 핑계를 마련해서 부인께 가겠습니다. 약속드리죠. 지금까지 너무 오랜 시간 동안 절 부인과 멀리 떨어져 지내게 만들었으니 나의 연인을 벌주어야 하지 않겠습니까? 제가 벌써 두 달째 이 일에 매달려 있다는 걸 알고 계시나요? 그렇습니다. 두 달하고 사흘이로군요. 내일까지 쳐서 계산한 겁니다. 내일이 되어야 이 일이 완성될 테니까요. B××가 꼬박 석 달 동안 저항했던 게 생각나는군요. 노골적인 요염함이 엄격한 정조보다 더 방어가 세다는 게 아주 재미있지 않습니까?

자, 그럼 이만 안녕히 계십시오. 밤이 늦어서 그만 편지를 마쳐야겠습니다. 처음 생각했던 것보다 길어졌군요. 내일 아침 파리에 사람을 보낼 일이 있어서, 그 김에 부인의 벗이 누리는 기쁨을 부인 역시 하루라도 빨리 누릴 수 있게 해드리고 싶었습니다.

          17××년 10월 2일 저녁, ××× 저택에서

백번째 편지

      발몽 자작이 메르테유 후작 부인에게

아, 제가 당했습니다. 속았고, 졌습니다. 전 지금 절망하고 있습니다. 투르벨 부인이 떠나버렸습니다. 그녀가 떠났는데, 전 몰랐습니다! 떠나지 못하게 막아서며 이렇게 가증스럽게 날 배신할 수 있는 거냐고 비난하지도 못했습니다! 아! 제가 알았더라도 결국 떠나고 말았을 거라고 생각하지는 마십시오. 분명 못 가게 했을 겁니다. 그렇습니다. 힘으로 막아서라도 못 가게 했을 겁니다. 어떻게 이런 일이! 전 마음 푹 놓고 편안히 자고 있었습니다. 자다가 날벼락을 맞은 셈이죠. 정말 왜 떠난 건지 이유를 모르겠습니다. 여자들은 정말 알 수가 없군요.

어제만 해도 우리가 어땠는데! 어떻게 그럴 수가 있는 걸까요? 어제 저녁만 해도! 그렇게 감미로운 시선으로 날 쳐다보았고 또 목소리는 얼마나 다정했는데! 손까지 꽉 쥐지 않았습니까! 그러면서 나한테 도망칠 계획을 세우고 있었단 말이죠! 오! 여자들이란, 진정 여자들이란! 그래 놓고 남자들이 배반하면 이러쿵저러쿵 하소연을 하잖습니까! 그렇습니다. 남자들이 쓰는 온갖 속임수는 모두 당신들 여자들에게서 훔쳐온 것입니다.

아! 복수가 즐거울 겁니다! 절 배신한 그 여자를 꼭 찾아낼 겁니다! 다시 내 것으로 만들 겁니다. 지금까지 사랑만 가지고도 지배할 수 있었는데, 이제 복수까지 보태면 무언들 못하겠습니까? 다시 한 번 내 발아래 무릎을 꿇고 온몸을 떨며 눈물에 젖게 만들겠습니다. 그 거짓 목소리로 용서를 빌게 될 겁니다. 절대 봐주지 않을 겁니다.

그녀는 지금 무엇을 하고 있을까요? 무슨 생각을 하고 있을까요? 어쩌면 날 속인 것을 기뻐하고 있을지도 모르겠군요. 여자들이란 다 마찬가지일 테니 이런 기쁨이 가장 달콤하겠죠. 그토록 자랑스럽게 내세우던 정숙한 미덕이 해내지 못한 일을 간교한 기지가 손쉽게 얻어낸 셈이잖습니까. 제가 어리석었습니다. 제가 걱정한 건 그녀의 지혜로운 정숙함이었는데, 정작 걱정해야 했던 일은 바로 야비한 기만이었던 겁니다.

이 원한을 참아야 하다니요! 가슴속이 분노로 가득 찼는데도 사랑의 고통만을 드러내야 하다니요! 나의 지배를 빠져나가서 반항하는 여자에게 또다시 애원해야 하다니요! 그렇게까지 모욕을 감내해야 하는 겁니까? 더군다나 그런 여자에게? 싸움이라곤 한 번도 해본 적이 없는 소심한 여자에게 말입니다. 그녀의 마음속에 내가 들어앉아 있다고 한들, 사랑의 온갖 불길로 그 마음을 태웠다고 한들, 제정신을 잃을 정도로 관능을 흔들어놓았다고 한들, 그게 다 무슨 소용입니까? 그녀는 지금 은신처에 들어앉아 아주 평온한 마음으로, 그러니까 내가 승리를 자랑했던 것 이상으로 나에게서 도망쳐 나온 것을 뿌듯해하고 있을 텐데 말입니다. 이대로 참고 견딜 수 있을까요? 아, 나의 벗이여, 그렇게 생각하지는 않으시겠죠. 설마 절 그렇게 형편없는 사람으로 생각하지 않으시겠죠.

하지만 전 도대체 무엇 때문에 그 여자에게 이렇게 집착하는 걸까요? 제 사랑을 바라는 여자는 수없이 많고, 모두들 허겁지겁 제 사랑에 응답할 텐데 말입니다. 그 여자만큼은 아니라고 해도 제각기 다양한 매력을 가지고 있고, 새로운 정복이 주는 기쁨도 있을 거고, 많은 여자를 정복하는 눈부신 전과를 올릴 수도 있을 텐데, 굳이 그 여자가 아니라도 감미로운 쾌락을 맛볼 수 있는데! 어째서 피해 도망가는 쾌락을 쫓아가느라 눈앞에 놓인 쾌락을 그냥 버려두는 걸까요? 아! 도대체 이유가 뭘까요?…… 모르겠습니다. 하지만 절실히 느낍니다.

죽도록 밉고, 하지만 그만큼 열렬히 사랑하는 이 여자를 소유하기 전에는 이제 행복과 마음의 평화는 없습니다. 결코 내 운명을 받아들일 수 없습니다. 그녀의 운명을 내 손에 넣기 전에는 말입니다. 그날이 오면 편안하고 만족한 기분으로, 지금 내가 시달리는 것과 똑같은 번뇌의 폭풍 속에 빠진 그녀의 모습을 바라볼 겁니다. 다른 폭풍들도 수없이 많이 불게 할 겁니다. 희망과 두려움, 의혹과 안도, 그러니까 증오가 빚어내는 모든 불행과 사랑이 베풀어주는 모든 행복이 그녀의 가슴속에 가득 차서, 내 마음대로 번갈아 휘몰아치게 할 겁니다. 그런 날이 올 겁니다. 하지만 그때까지 할 일이 너무 많군요! 어제는 그렇게 가까웠는데 오늘은 이렇게 멀어지다니요! 대책을 세우려면 침착해져야 할 텐데, 지금 제 혈관 속에서는 피가 부글부글 끓어대고 있습니다.

저를 더욱 고통스럽게 하는 건, 이 일에 대해 물어도 아무도 반응이 없다는 점입니다. 도대체 왜 이런 일이 있어난 거냐고, 도무지 이상한 일이 아니냐고 물어도 한결같이 아무 일 아니라는 듯이 말하는 겁니다. 아무도 아는 사람이 없습니다. 알려고 하지도 않습니다. 오늘 아침에 소식을 듣자마자 백모님 방으로 달려갔더니 백모께서는 나이다운 냉정한 말투로 대답하시더군요. 어제 몸이 안 좋아 보이더니, 어쩔 수 없는 일이 아니겠느냐고요. 혹여 병이 났을지도 몰라 걱정이 되어서 집에 돌아간 거라고 말입니다. 백모님 생각에는 복잡할 게 없다고, 당신이라도 그렇게 하시겠다고 하시더군요. 마치 두 사람 사이에 공통점이라도 있는 것처럼요! 죽음이 코앞에 닥친 백모님과 내 삶의 기쁨과 고통이 되는 그 여인 사이에 공통점이라니요!

처음에는 볼랑주 부인이 공범일 거라고 생각했습니다. 하지만 그녀도 투르벨 부인이 자기한테 한마디 상의도 없이 떠난 것 때문에 마음이 많이 상한 것 같더군요. 가엾게도 내 욕을 하는 기쁨을 누리지 못했다는 걸 생각하니 기분이 좋았습니다. 나의 연인이 걱정했던 것만큼 그 여자를 신뢰하는 건 아니라는 사실을 증명해주는 것이니까요. 적이 하나 줄어든 셈이죠. 만일 투르벨 부인이 절 피하느라 떠나버린 거라는 사실을 알게 되면 저 여자는 얼마나 신이 날까요! 자기 충고를 듣고 그녀가 떠난 거라면 더욱 한없이 우쭐댈 테죠! 위세가 등등해지겠죠! 세상에! 전 정말 볼랑주 부인이 싫습니다! 오! 그 딸과 다시 관계를 맺어야겠습니다. 제대로 가지고 놀 겁니다. 그래서 당분간 더 이곳에 머물기로 했습니다. 지금까지는 제대로 생각해볼 여유가 없었지만, 일단 지금으로선 그럴 생각입니다.

의리 없는 나의 연인은 그렇게 단호한 행동을 하고서 분명 내가 나타날까 봐 걱정하고 있을 테죠. 자기를 따라올지도 모른다고 생각하고 분명 내가 자기 집에 발을 들여놓을 수 없게 해놓았을 겁니다. 전 그것을 받아들이기도 싫고 그렇다고 찾아가서 문에서 모욕을 당하는 것도 싫습니다. 그보다는 차라리 제가 계속 여기 머물고 있다는 걸 알게 하는 편이 더 나을 듯합니다. 이곳으로 돌아오라고 간청도 해볼 생각입니다. 그렇게 해서 내가 자기 집으로 찾아가지 않을 거라고 믿게 될 때, 그때 가보려고 합니다. 드디어 만나게 되면 어떻게 될지 두고 봐야죠. 가능한 한 뒤로 미루어야 효과가 클 겁니다. 저한테 그만한 인내심이 있는지 모르겠습니다. 오늘만 해도 스무 번쯤은 말을 준비시키려다 말았습니다. 참아야 하는데요. 아름다운 벗이여, 그대의 편지를 이곳에서 받겠다고 약속드립니다. 단지 한 가지만 부탁드리겠습니다. 바로 답장을 주시기 바랍니다.

가장 당혹스러운 점은 도대체 무슨 일이 일어나고 있는지 알 수 없다는 겁니다. 다행히 지금 파리에 있는 제 사냥 시종이 투르벨 부인의 하녀한테 어느 정도 다가갈 수 있으니 도움이 될 것 같습니다. 지시사항과 함께 돈을 좀 보내야 하는데, 이 편지에 동봉하는 것을 양해해주십시오. 하인 중 하나를 시켜 전해주셨으면 합니다. 본인을 찾아가 직접 전하라는 명도 잊지 마십시오. 그런 부탁을 따로 드리는 건, 제 하인 때문입니다. 조금 거북한 일을 시키면 언제나 편지를 받은 적이 없다고 잡아떼거든요. 이번에는 정복해놓은 하녀한테 제가 원하는 만큼 열중하지도 않는 것 같고요.

그럼 아름다운 벗이여, 이만 줄이겠습니다. 혹 제 일을 좀더 진척시킬 수 있는 좋은 방법이 떠오르면 알려주십시오. 부인의 우정이 저에게 도움이 될 거라고 수없이 생각했습니다. 사실 부인께 편지를 쓰다 보니 벌써 마음이 많이 가라앉은걸요. 오늘 아침부터 내내 허깨비들한테 얘기하느라 속이 터졌는데, 적어도 부인께선 제 말을 알아들으시니까요. 시간이 갈수록 전 이 세상에 나름대로 가치가 있는 사람은 부인과 저 두 사람 밖에 없다는 생각이 듭니다.

17××년 10월 3일, ××× 저택에서

백한번째 편지

발몽 자작이 사냥 시종 아졸랑에게

(앞의 편지에 동봉됨.)

오늘 아침 출발하면서도 투르벨 부인이 떠나는 걸 몰랐다니, 아니면 알고서도 나한테 와서 말하지 않은 건지, 어쨌든 참으로 멍청한 짓을 한 셈이네. 필요한 정보 하나 제대로 전달하지 못한다면 도대체 뭣 때문에 내가 준 돈으로 이 집 하인들과 술을 마셔댄 건가? 또 나를 섬겨야 할 시간에 하녀들하고 수작 부리며 재미 본 게 다 무슨 소용이란 말인가? 게으름을 피우다니! 미리 말해두는데 이번 일도 그런 식으로 처리한다면 더 이상 할 일이 없게 될 줄 알게.

자네가 할 일은 우선 투르벨 부인 댁에서 일어나는 일을 빼놓지 않고 다 알려주는 거네. 부인의 건강이 어떤지, 잠은 잘 자는지, 슬퍼하고 있는지, 즐겁게 지내는지, 자주 외출을 한다면 누구를 만나러 가는지, 집에 손님들이 찾아오는지, 온다면 누가 오는지, 무엇을 하면서 시간을 보내는지, 하녀들, 특히 여기 데려왔던 하녀들한테 짜증을 내지는 않는지, 혼자 있을 때 무엇을 하는지, 책을 읽을 때는 쭉 이어서 읽는지 아니면 중간에 멈추고 생각에 잠기는지, 편지를 쓸 때도 그런지, 전부 다 알아내게. 특히 투르벨 부인의 편지를 우체국에 가져가는 하인하고 친해져야 하네. 심부름을 대신 해주겠다고 자주 제의를 해보고, 만일 부탁을 받거든 별 상관 없어 보이는 편지들은 그냥 부치고 그렇지 않은 편지들, 특히 볼랑주 부인한테 보내는 편지는 꼭 나한테 보내야 하네.

쥘리와도 당분간은 더 잘 지내야겠네. 자네 생각대로 정말 다른 애인이 있는 거라면 둘 다 사귀라고 하게. 괜히 쓸데없이 꼬투리 잡지 말고. 그런 일이야 자네보다 더 훌륭한 사람들한테도 흔히 일어나는 거니까. 혹시 그자가 너무 거슬리거든, 이를테면 쥘리를 하루 종일 독차지하는 바람에 주인마님 곁에 있는 시간이 줄어드는 것 같거든, 무슨 수를 써서라도 떼어놓게. 싸움을 걸어도 좋네. 뒷수습은 내가 다 알아서 할 테니까 신경 쓰지 말고. 무엇보다도 그 집을 떠나지 않는 게 중요하네. 부지런을 떨어야 전부 다 보이고 또 제대로 보인다는 걸 기억해두게. 혹시라도 그만두는 하인이 있거든 이제 우리 집에서는 일하지 않는다고 하고 그 자리에 써달라고 부탁해보게. 좀더 조용하고 정돈된 집에서 일하고 싶어서 우리 집에서 나왔다고 하면서…… 물론 그 집에 있는 동안도 우리 집에서 일하는 걸로 쳐서 다 돌봐주겠네. 지난번 ×× 공작 부인 댁에 있었던 때와 마찬가지로 투르벨 부인한테도 보수를 받는 거지.

자네가 수완과 열의만 발휘한다면 이 정도 얘기면 충분할 테지만, 혹시 모자랄지 모르니까 돈을 보내겠네. 같이 들어 있는 쪽지를 재정 관리인한테 가져가서 25루이를 받게. 돈이 없을 것 같아서 보내는 거니까, 일부는 쥘리가 나하고 편지를 주고받게 만드는 데 쓰고, 나머지는 하인들과 술을 마시는 데 쓰게. 특히 자네가 찾아오는 걸 문지기가 반겨야 하니까, 가능하면 문지기가 있는 데서 마시게. 자네가 즐겁게 놀라고 돈을 주는 게 아니고 날 위해서 일하라고 주는 거라는 사실을 잊으면 안 되네.

쥘리가 아무리 사소한 거라도 다 관찰해서 보고하게 만들게. 중요한 한 문장을 빼먹는 것보다는 차라리 쓸데없는 일을 열 줄이라도 적어놓는 게 나으니까. 상관없는 일 같아 보여도 사실은 그렇지 않은 경우가 많은 법이지. 또 뭔가 관심 가는 일이 일어나면 내가 바로 알 수 있어야 하니까, 이 편지를 받자마자 필리프한테 역마 편으로 ××마을[3]에 가서 다시 명이 있을 때까지 기다리라고 하게. 필요할 경우 그곳을 연락 지점으로 쓰려고 하네. 특별하지 않은 편지는 그냥 우체국으로 보내고.

그리고 이 편지를 잃어버리지 않도록 조심하게. 내가 한 말을 잊은 게 없는지, 또 편지를 잃어버리지 않았는지 매일 확인하고 다시 읽어보게. 내가 자네를 믿을 수 있도록 최선을 다해야 하네. 내가 자네에게 만족한다면, 자네 역시 나에게 만족하게 될 거라는 사실을 잊지 말게.

17××년 10월 3일, ××× 저택에서

---

3 파리와 로즈몽드 부인의 저택 중간 지점쯤에 있는 마을이다.

백두번째 편지

투르벨 법원장 부인이 로즈몽드 부인에게

부인, 제가 정신없이 떠나오는 바람에 많이 놀라셨을 겁니다. 제 행동이 이상하다고 생각하시겠지만, 왜 그랬는지를 아시면 더욱 놀라실 겁니다! 어쩌면 이제 연로하셔서 안정이 필요하신 부인께 이런 걸 말씀드리는 게 옳은 일이 아닐지도, 도리에 어긋나는 일인지도 모르겠습니다. 이루 다 헤아릴 수 없이 많은 이유로 경의를 바쳐야 하는 분께 이런 일로 걱정을 끼쳐드리다니…… 아! 부인, 정말 죄송합니다. 하지만 제 마음이 너무나 답답합니다. 친절하면서도 신중한 벗의 품에 안겨 제 고통을 털어놓아야 하는데, 부인 말고 누구에게 그렇게 할 수 있겠습니까? 저를 자식처럼 생각해주십시오. 어머니처럼 살펴주십시오. 제발 부탁입니다. 부인을 어머니처럼 생각하고 있으니 이런 부탁을 드려도 된다고 믿고 싶습니다.

칭송받을 만한 감정밖에 모르고 지내던 시절, 지금처럼 영혼이 끔찍한 혼란에 빠져들게 하는 감정 같은 것은 모르고 지내던 시절, 그 시절은 어디로 간 걸까요? 분명 싸워 이겨내야만 하는데, 그럴 힘마저 빼앗겼습니다. 아! 그곳에 가지 말았어야 했나 봅니다. 그 여행으로 인해 전 이제 돌이킬 수 없는 파멸을 맞고 있습니다.

어떻게 말씀드려야 할까요? 사랑하고 있습니다. 그렇습니다. 진정 미칠 듯이 사랑하고 있습니다. 아! 처음으로 써보는 말입니다. 지금까지 그토록 여러 번 말해달라는 청을 들었어도 한 번도 해주지 않았던 말인데요. 저에게 사랑을 불어넣어준 그분한테 단 한 번만이라도 이 말을 들려줄 수 있다면 진정 목숨도 아깝지 않을 것 같습니다. 하지만 절대 안 되겠죠! 이

제 그분은 제 감정을 의심하고 다시 절 원망하실 겁니다. 정말 전 불행한 여자랍니다! 하지만 그분은 제 마음을 지배할 수 있는 분이니 제 마음속을 읽는 건 더 쉬운 일이 아닐까요? 정말입니다. 만일 그분이 고통스런 제 마음을 알아주신다면 조금은 위로가 될 것 같습니다. 하지만 지금 이 얘기를 듣고 계신 부인께서도 제 고통을 제대로 짐작하실 수는 없을 겁니다.

이제 곧 저는 그분한테서 도망치고 그분을 아프게 할 겁니다. 제 곁에 있다고 생각하실 때 전 벌써 멀어져 있을 겁니다. 매일 아침 그분을 대하던 시간이면 이미 그분이 한 번도 온 적이 없는 곳, 절대 오게 할 수 없는 곳에 와 있을 겁니다. 준비는 다 마쳤습니다. 전부 제 눈앞에 있습니다. 무엇을 쳐다보아도 모두가 잔인한 출발이 다가왔다고 말해주는군요. 모든 게 다 준비되었습니다. 저 자신만 빼고 말입니다!…… 제 마음이 떠나고 싶지 않을수록 전 더욱더 떠나야만 합니다.

아마도 떠나야 할 겁니다. 죄를 짓고 사느니 차라리 죽는 편이 나으니까요. 이미 느낄 수 있습니다. 이미 많은 죄를 지었습니다. 겨우 정절만 건져내왔을 뿐, 미덕은 모두 사라져버렸습니다. 이런 말씀까지 드려도 될까요? 저에게 아직도 남은 게 있다면 그것은 모두 그분이 베풀어주신 겁니다. 그분의 얼굴을 보고 목소리를 듣는 게 너무 기쁘고, 내 곁에 그분이 있다는 감미로운 기쁨과 또 그분을 행복하게 할 수 있다는 기쁨에 취해서, 전 아무것도 할 수 없었고 아무 힘도 없는 상태였습니다. 싸울 힘도 거의 없었고, 저항할 힘은 남아 있지 않았습니다. 도망칠 엄두조차 내지 못한 채로 위험이 닥쳐오는 걸 느끼며 온몸을 떨었습니다. 아! 그런데 그분은 제가 고통스러워하는 걸 보시곤 절 가엾게 여기셨습니다. 제가 어떻게 그런 분을 사랑하지 않을 수 있겠습니까? 생명보다 더한 것을 빚지고 있는데요.

아! 생명을 잃는 게 두려워서 그분 곁에 남아 있지 못한 건 아닙니다.

그랬다면 결코 떠나오지 않았을 겁니다. 그분 없이 살아 있은들 무슨 소용이 있겠습니까? 차라리 죽는 게 더 행복할지 모릅니다. 전 영원히 그분을 불행하게 만들고 또 저도 불행해질 수밖에 없습니다. 제 처지를 슬퍼할 수도, 그분을 위로할 수도 없습니다. 매일 그분이 다가오는 것을 막고 제 자신을 막아서, 그렇게 스스로를 지켜내야만 합니다. 전 그분의 행복을 위해 애쓰고 싶지만 오히려 그분에게 고통을 줍니다. 이렇게 사는 건 죽는 것보다 힘들지 않을까요? 하지만 그게 바로 제 운명인걸요. 받아들이겠습니다. 용기를 내겠습니다. 오! 제가 어머니로 선택한 부인께서 제발 이 맹세를 받아주십시오.

앞으로 어떤 일을 하든 절대 부인께 감추지 않겠다고 맹세합니다. 제 맹세를 받아주십시오. 부탁드립니다. 이런 부탁을 드리는 건 말하자면 도움을 청하는 겁니다. 빠짐없이 다 말씀드리겠다고 맹세를 하고 나면 전 항상 부인께서 제 곁에 있다고 생각하게 될 겁니다. 그렇게 되면 사라져버린 제 미덕의 자리를 부인의 미덕이 채워줄 것이고요. 부인 앞에서 부끄러운 일은 절대 하지 않겠습니다. 그 강력한 고삐로 저를 끌어주신다면, 물론 이미 저의 너그러운 벗이고 저의 나약한 마음을 털어놓을 수 있는 분이기도 하지만, 또한 저를 치욕에서 구해주실 수호천사로 기리겠습니다.

이런 부탁을 드려야 한다는 것 자체가 너무도 치욕스럽습니다. 제가 스스로에 대해 너무나 교만했기에 이런 끔찍한 결과가 생긴 걸까요? 제 안에서 이런 성향이 생겨나는 걸 왜 좀더 일찍 두려워하지 않았을까요? 어째서 언제든 제 마음대로 억제할 수 있고 정복할 수 있다고 생각했던 걸까요? 어리석었습니다! 사랑을 몰랐습니다! 좀더 제대로 싸웠더라면 이 정도까지 지배당하지는 않았을 텐데요! 그랬더라면 이렇게 떠날 필요도 없었을 텐데요. 아니면 설사 고통스러운 결정을 따른다고 해도 완전히 관계를 끊을 필요는 없이 그저 만남을 줄이기만 해도 되는 것이었는데! 하지만 결국 한꺼번에 다 잃게 되었네요! 영원히 말입니다! 오, 부인!…… 하지만 이게 웬일일까요? 부인께 편지를 쓰는 지금도 전 죄가 되는 사랑을 놓지 못하고 헤매고 있습니다. 아! 떠나야지요. 떠나겠습니다. 이 희생을 받아들임으로써, 적어도 모르고 저지른 죄의 값이라도 치르겠습니다.

존경하는 부인께 작별 인사를 드립니다. 절 딸처럼 사랑해주십시오. 절 딸로 삼아주십시오. 제가 아무리 나약한 인간이라고 해도, 부인의 선택에 어긋나는 행동을 하기보다는 차라리 죽는 편이 낫다고 생각하는 제 마음을 믿어주십시오.

17××년 10월 3일 새벽 1시, ×××에서

백세번째 편지

로즈몽드 부인이 투르벨 법원장 부인에게

나로선 부인이 떠난 이유보다는 떠났다는 것 자체가 더 마음 아픕니다. 아무래도 경험이 많고 또 부인에 대해 언제나 관심을 가지고 있으니까, 이미 부인의 심정을 다 알고 있었습니다. 부인 편지는 어차피 아무것도 가르쳐주지 않은 셈이잖아요. 편지에 씌어 있는 것만 가지고는 부인이 사랑하는 사람이 누군지 알 수 없죠. 계속 '그분'이라고만 했지 한 번도 이름을 말하지 않았으니까요. 하지만 말하지 않아도 됩니다. 누구인지 알고 있으니까요. 내가 이 얘기를 한 건, 사랑에 빠지면 언제나 그런 식이 된다는 점을 말하고 싶어서입니다. 예나 지금이나 마찬가지죠.

　먼 옛일을, 지금 내 나이로는 너무나 낯선 옛일들을 추억하는 일이 생길 줄은 몰랐는데, 어제부터 많은 추억을 되짚고 있답니다. 혹시라도 부인에게 도움이 될 만한 게 있을까 해서 말입니다. 하지만 내가 무엇을 해줄 수 있을까요? 그저 부인을 칭송하고 또 부인을 불쌍히 여길 수밖에요. 우선 난 부인의 현명한 결단을 칭송합니다. 하지만 한편으로는 걱정이 됩니다. 부인 스스로 그런 결단이 필요하다고 판단을 했다는 거고, 그 정도의 상태라면 정작 마음이 끊임없이 다가가는데 몸만 멀어진다는 건 쉬운 일은 아닐 테니까요.

　용기를 잃지 말아요. 부인처럼 아름다운 마음을 지닌 사람에게 불가능한 일은 없을 겁니다. 설사 이겨내지 못한다고 하더라도(부디 그런 일이 없기를!) 온 힘을 다해서 싸웠다는 위안만은 지켜야죠. 인간의 지혜로는 어쩔 수 없다고 해도, 하느님을 기쁘게 하는 일이라면 분명 은총을 받을 겁니다. 머지않아 하느님이 도와주실 거예요. 이 끔찍한 투쟁의 시련이 끝날 때쯤에는 부인의 미덕은 더욱 순수하고 눈부신 모습으로 거듭나 있을 겁니다. 오늘은 힘이 없지만 내일은 힘을 주실지도 모르잖아요. 물론 그렇다고 그 힘만 믿고 기대지는 말고, 용기를 내서 최선을 다해 힘을 써야 하겠지요.

　위험에 처한 부인에게 아무것도 해줄 수 없으니, 하느님의 섭리가 도와주시기를 기원하면서 그저 부인을 격려하고 위로하려고 노력할 수밖에 없군요. 부인의 고통을 덜어줄 수는 없지만, 고통을 함께 나눌 수는 있을 겁니다. 바로 이런 자격으로 난 기꺼이 부인의 고백을 들어주려고 합니다. 자, 마음속에 담아두지 말고 얘기를 하도록 해요. 내 마음도 열어 보일 테니까요. 내가 아무리 나이가 먹었다고 한들 우정에 무감각할 정도로 식어버리지는 않았답니다. 부인의 고통에 비하면 큰 위로가 되지는 못하겠지만, 적어도 부인 혼자 우는 일은 없을 겁니다. 불행한 사랑이 너무 힘들어서 누구한테라도 얘기를 해야겠거든 '그분'과 하는 것보다는 나하고 하는 게 나을 겁니다. 나도 부인처럼 '그분'이라고 부르고 있군요. 우리 둘 사이에서는 그 사람의 이름을 차마 입에 올리지 못할 것 같네요. 어차피 말하지 않아도 두 사람 모두 잘 알 수 있지만 말입니다.

이런 얘기를 하는 게 옳은 일인지는 모르겠지만, 그분도 부인이 떠난 후 무척 상심하는 것 같습니다. 어쩌면 이 얘기는 전하지 않는 게 현명한 일인지도 모르겠군요. 하지만 난 내 벗들에게 상처를 주는 그런 현명함은 싫습니다. 눈도 나빠지고 손이 떨리네요. 대필을 시키면 모를까 길게 쓸 수가 없는 처지라, 마음은 그렇지 않은데 더 쓸 수 없을 것 같군요.

그럼 이만 줄입니다. 나의 소중한 자식에게 인사를 보냅니다. 그래요. 기꺼이 부인을 내 딸로 삼겠습니다. 부인은 한 어머니를 자랑스럽게 하고 기쁨을 줄 수 있는 모든 것을 다 갖추고 있는 딸이랍니다.

17××년 10월 3일, ××× 저택에서

백네번째 편지

메르테유 후작 부인이 볼랑주 부인에게

부인, 부인의 편지를 받고 나서 아무리 자제하려고 해도 우쭐해지는 기분을 막을 수가 없군요. 절 전적으로 신뢰한다고 하셨죠! 심지어 충고를 해달라고도! 아! 우정 때문에 그냥 해본 말이 아니라 정말로 그렇게 생각하신다면 전 정말 행복합니다. 동기가 무엇이든 부인께서 절 그만한 사람으로 생각해주신다는 게 저로선 아주 소중합니다. 여기서 끝나지 않고 더욱 나은 사람이 되기 위해 앞으로 더욱 애써야 할 테죠. 그런 뜻에서 제 방식대로 생각한 것을(제 의견이라고 하는 건 너무 거창한 듯합니다) 솔직하게 말씀드리겠습니다. 제 생각이 부인의 생각과 다르기 때문에 조금 걱정이 되는 건 사실입니다. 일단 제 얘기를 들어보시고 판단해주십시오. 미리 말씀드리건대, 제 이유가 옳지 않다고 생각하신다면 전 부인의 판단을 따르겠습니다. 제가 아무리 어리석다고 해도, 감히 부인보다 더 현명하다는 생각을 품지는 못하니까요.

하지만 적어도 이번 한 번만은 제 생각이 나을지도 모릅니다. 그 이유는 모성애의 환상에서 찾아야겠죠. 당연히 부인의 마음속에는 모성애라는 훌륭한 감정이 자리 잡고 있을 겁니다. 이미 마음이 약해지신 것을 보면 알 수 있지 않습니까! 그러니까 혹시라도 부인께서 옳지 않은 생각을 하시게 된다면 그건 미덕을 잘못 선택하셨기 때문일 겁니다.

사람의 장래가 달려 있을 때, 특히 한 번 묶으면 다시 풀 수 없는 결혼이라는 신성한 매듭으로 장래를 결정해야 할 때, 다른 무엇보다도 신중함이라는 미덕을 선택해야 하지 않을까요? 현명하면서도 자애로운 어머니라면 부인께서 직접 말씀하셨듯이 '경험을 살려 딸을 도와야' 할 겁니다. 그렇다면 어떻게 하는 게 옳을까요? 무엇보다도 딸이 좋아하는 것과 딸에게 어울리는 것을 구별해야 하지 않을까요?

아가씨는 그저 일시적인 기분에 빠져 있을 뿐입니다. 겁에 질린 사람들이나 전전긍긍하지 그냥 무시해버리면 그만인데, 겨우 그런 것을 위해 어머니의 권위를 포기하다니요. 그건 결국 어머니의 권위를 망치고 던져버리는 것이나 다름없지 않을까요? 솔직히 말씀드리면 저는 걷잡을 수 없고 저항할 수 없는 열정이라는 걸 믿어본 적이 없습니다. 제가 보기엔 그런 열정이란 언제나 불미스러운 행동을 할 때 핑계로 등장할 뿐이죠. 일순간 생겨났다가 또 일순간 사라지고 마는 일시적 기분에 지나지 않는 것이 어떻게 정숙함, 정직, 그리고 겸양처럼 절대 변하지 않는 원칙들보다 더 큰 힘을 가질 수 있는지 전 이해할 수 없습니다. 그런 원칙들을 저버린 여자가 소위 열정적 사랑의 이름으로 용서받을 수 있다는 것도 이해되지 않습니다. 도둑질한 자를 돈에 대한 열정 때문이었다고 용서하고, 사람을 죽인 자를 복수심 때문이었다고 용서할 수는 없는 것 아닙니까?

살아오면서 싸워서 이겨내야 하는 일이 한 번도 없었다고 말할 수 있는 사람이 어디 있겠습니까? 전 마음만 있다면 언제든 저항할 수 있다는 확신을 가지려고 애썼습니다. 적어도 지금까지는 경험으로도 입증되었고요. 무릇 미덕에는 의무가 따르는 것 아니겠습니까? 우리 자신을 희생한다는 것은 곧 미덕을 기리는 일이고, 그 보상은 우리 마음속에 있습니다. 이 진리를 부정하려는 사람은 그렇게 해서 뭔가 얻을 게 있는 사람일 겁니다. 이미 타락한 사람, 말도 안 되는 이유를 내세워 자신의 잘못된 행실을 정당화함으로써 일시적인 환상을 누리려는 사람 말입니다.

소박하고 내성적인 따님에 대해 뭘 그리 크게 걱정하십니까? 부인께서 낳은 딸이고, 더구나 타고난 천성이 얌전하고 순수한 교육을 통해 더욱 굳건해졌을 텐데요. 제가 보기에 그런 걱정은 따님을 모욕하는 겁니다. 그 때문에 직접 신중하게 준비해오신 결혼을 포기하시려고 하다니요! 저도 당스니를 좋아합니다. 그리고 부인께서도 아시다시피 제르쿠르는 못 본 지 오래되었습니다. 하지만 아무리 제가 당스니와 친하고 제르쿠르에게 별 관심이 없다고 해도 두 사람이 분명히 다르다는 것쯤은 알고 있습니다.

출생 가문이야 다를 게 없다는 점은 저도 인정합니다. 하지만 한 사람은 재산이 없고, 다른 한 사람은 설사 가문이 없더라도 뭐든 할 수 있을 정도로 재산이 많지 않은가요? 물론 돈이 많다고 행복한 건 아니라는 사실쯤은 저도 알고 있지만, 좀더 쉽게 행복할 수 있게 해주는 건 사실이 아닌가요? 부인 말씀대로 볼랑주 양이 당스니 몫까지 재산이 많은 건 사실입니다. 하지만 따님께서 누리게 될 6만 리브르의 연금이 당스니라는 이름에 맞는 생활을 하기에 충분하다고 할 수는 없습니다. 격에 맞는 생활을 유지해야 하니까요. 지금은 세비녜 부인*이 살던 시대가 아닙니다. 화려함이 모든 걸 삼켜버리는 시대죠. 화려한 사치를 모두 비난하면서도 그대로 따라하잖습니까. 결국 불필요한 화려함을 채우느라 먹고살 것도 없어지는 날이 올 것 같습니다.

부인께서 인품을 중요하게 생각하시는 건 지극히 당연한 일입니다. 하지만 이 점에서도 제르쿠르는 분명 흠잡을 데가 없습니다. 증명된 사실이죠. 물론 당스니 역시 뒤지지 않는다고 할 수 있겠지만, 제르쿠르만큼 확실할까요? 당스니가 지금까지 그 나이의 젊은이들이 쉽게 저지르는 과오를 범한 적이 없고, 또 요즈음 세태와 달리 믿을 만한 사람들과 친분을 쌓고 있는 걸 보면 장래가 밝은 젊은이라는 건 인정합니다. 하지만 겉으로 보기에 그렇게 얌전하게 지내는 게 사실은 재산이 없기 때문인지 어떻게 알겠습니까? 건달이나 깡패가 될 생각이 없다면야 돈이 있어야 즐길 수 있고 재미도 볼 수 있는 것 아닐까요? 어쩌면 당스니는 타락을 두려워하면서도 마음속으로는 좋아할지도 모릅니다. 어쩔 수 없이 훌륭한 사람들과 친분을 쌓고 있는 것일 수도 있다는 얘기죠.

정말로 당스니가 그렇다고 생각한다는 뜻은 아닙니다(설마 그렇기야

---

* 17세기의 귀족 부인으로 문재(文才)로 유명하다.

하려고요!). 하지만 위험이 있는 건 사실입니다. 만일 이 일이 안 좋게 끝 난다면 부인 스스로 얼마나 자책하시겠습니까? 나중에 따님에게 뭐라고 대답하시렵니까? "엄마, 난 그때 어리고 경험이 없었어요. 제가 그렇게 마음을 빼앗겼던 건 제 나이로 보면 충분히 이해가 될 만한 과오였다고요. 하지만 제가 약하다는 걸 미리 내다보신 하느님께서 저를 고쳐주고 지켜줄 현명한 어머니를 내려주셨잖아요. 그런데 어째서 신중하지 못하게 제가 불행의 길로 들어서는 걸 동의하신 거죠? 설사 제가 원했다고 해도 어머니가 막아주셨어야 하는 것 아닌가요? 결혼이 뭔지도 모르는 제가 남편을 선택해야 했나요? 그런 말도 안 되는 생각은 단 한 번도 품어본 적이 없어요. 언제라도 어머니의 말씀에 따르겠다는 생각으로 모든 걸 포기하고 어머니의 선택을 기다렸는데요. 전 어머니께 순종해야 한다는 도리를 단 한 번도 저버린 적이 없어요. 하지만 지금 어머니를 거역한 자녀가 받는 고통을 받고 있는걸요. 아! 어머니의 약한 마음이 제 삶을 망쳤어요!" 이렇게 말하면요. 어쩌면 따님은 어머니에 대한 존경심 때문에 이런 하소연을 억누를지도 모르겠습니다. 하지만 모성애는 자식이 아무리 감춰도 다 알아차릴 수 있는 법이잖습니까. 설사 따님이 눈물을 감출 수 있다고 해도 그 눈물은 결국 어머니의 마음 위로 흐르게 될 겁니다. 그럴 때 어디서 위안을 얻으시렵니까? 부인께서 마땅히 막으셔야 했지만 오히려 마음이 끌려 받아들이고 만 그 말도 안 되는 사랑에서 찾으시렵니까?

어쩌면 제가 사랑의 열정에 대해서 지나친 편견을 가지고 있는지도 모르겠습니다. 하지만 전 그런 열정이 결혼 생활에서도 마찬가지로 위험하다고 생각합니다. 정직하고 부드러운 감정이 부부 관계를 아름답게 만들고 부부 사이의 의무를 부드럽게 해준다는 사실을 부정하지는 않습니다. 하지만 부부 관계를 만드는 것은 그런 감정이 아닙니다. 한순간의 환상으로 인생 전체가 걸린 선택을 할 수는 없는 것 아닐까요? 그러니까 제대로 선택을 하려면 비교해보아야 하는 겁니다. 그런데 한 사람한테만 정신이 팔려 있으면 도대체 어떻게 비교를 할 수 있겠습니까? 나머지 한 사람은 제대로 알지도 못하면서 맹목적으로 한 사람에게 빠져 있으니 말입니다.

부인께서도 아시겠지만 전 그런 불행한 병에 걸린 여자들을 많이 보았습니다. 그중 몇 명은 저에게 속내를 고백하기도 했죠. 그 말을 들어보면 상대방은 언제나 완벽한 존재이죠. 하지만 그 꿈같은 완벽함은 상상 속에 존재할 뿐인걸요. 이미 흥분된 머리는 멋있고 덕스러운 모습만을 꿈꾸고, 그렇게 사랑하는 사람을 멋대로 꾸며내는 겁니다. 비천한 사람이 때로 하느님의 옷을 입기도 하는 거죠. 하지만 일단 상대방에게 그런 옷을 입히고 나면, 여자들은 자기가 만들어놓고서도 그 모습에 현혹되어서 무릎을 꿇고 숭배하게 되는 법입니다.

따님은 당스니를 사랑하지 않거나 아니면 이런 환상에 빠져 있을 겁니다. 만일 두 사람이 서로 사랑하고 있다면 둘 다 착각에 빠진 거고요. 두 사람을 영원히 맺어주고 싶다고 하시면서 부인께서 제시한 이유들을 보면, 결국 두 사람은 서로를 모르고 있다는 말이 됩니다. 모를 수밖에 없죠. 제르쿠르와는 더 그렇지 않으냐, 아마도 이렇게 물으실 겁니다. 맞는 말일 겁니다. 하지만 적어도 두 사람은 서로에 대한 착각은 없지 않습니까. 단지 서로 모를 뿐입니다. 이 경우 부부가 된 양쪽이 모두 제대로 된 사람이라면 어떻게 될까요? 서로 상대방의 마음을 연구하고, 상대방을 배려해서 행동을 조심하고, 자신이 좋아하고 원하는 것들 중에서 어떤 것을 양보해야 평온하게 살 수 있는지를 깨닫게 될 겁니다. 그 정도의 가벼운 희생은 어렵지 않답니다. 두 사람이 같이 치르는 것이고 또 미리 마음의 준비가 된 것이니까요. 그런 희생을 통해 두 사람은 머지않아 서로 애정을 주고받게 될 겁니다. 일단 그런 성향을 받아들이고 나면, 습관에 따라 더욱 강해질 겁니다. 그리고 조금씩 조금씩 감미로운 호의, 다정한 신뢰가 생겨날 겁니다. 서로 존중하는 사이에 이런 호의와 신뢰가 더해진다면 결국 굳건한 결혼의 행복이 이루어지지 않을까요?

물론 사랑의 환상은 더 달콤할 수 있습니다. 하지만 오래갈 수 없다는 걸 누구나 다 알고 있지 않은가요? 더구나 환상이 무너지는 순간 닥쳐올 위험을 생각해보셨나요? 아주 작은 결점도 충격적인 것이 되고 참기 어려워질 겁니다. 앞서 마음을 유혹했던 완벽함과 대조적일 테니까요. 두 사람은 서로 상대방이 변했다고 생각할 겁니다. 자기 자신의 가치, 한순간의 착오로 누릴 수 있었던 그 가치는 변하지 않았다고 믿으면서 말입니다. 자기는 상대방에게 더 이상 매력을 느끼지 못하면서도 상대방이 자기한테서 매력을 느끼지 못하는 걸 보면 놀라워하고 굴욕스러워할 겁니다. 상처받은 자존심은 감정을 날카롭게 하고, 과오를 저지르게 하고, 기분을 상하게 하고, 마침내 증오를 낳게 됩니다. 순간의 쾌락에 대한 대가로 영원한 불행을 치르게 되는 거죠.

이것이 지금 부인과 저에게 주어진 문제에 대한 제 생각입니다. 꼭 옳다고 할 수는 없을 겁니다. 그저 말씀드릴 뿐입니다. 결정은 부인의 몫이죠. 하지만 한 가지, 혹시라도 부인의 마음이 바뀌지 않는다면 어떤 이유에서인지, 어떤 점에서 제 이유가 옳지 않다고 생각하시는지 말씀해주십시오. 그래야 제가 부인의 생각을 정확히 이해할 수 있고, 또 사랑스런 따님의 운명에 대해서도 마음을 놓을 수 있을 테니까요. 따님에 대한 애정으로, 그리고 절 영원히 부인과 묶어주는 우정으로, 진심으로 따님의 행복을 빕니다.

17××년 10월 4일, 파리에서

백다섯번째 편지

메르테유 후작 부인이 세실 볼랑주에게

이런! 우리 아가씨가 마음이 많이 상했구나. 창피하기도 하고…… 발몽이란 사람은 참 나쁘구나, 그렇지? 세상에 어떻게 그런! 가장 사랑하는 여자한테나 할 일을 너한테 하다니! 어쨌든 네가 너무나 알고 싶어 하던 것을 가르쳐준 셈이로구나. 세실은 (사랑하는 여자의 몸에 함부로 손을 대지 않는) 애인을 위해서 정절을 지키고 싶은데 말이야. 그렇다면 사랑의 괴로움만을 소중하게 생각하고 사랑이 주는 쾌락은 싫다는 말이 되는구나! 정말 훌륭하다. 소설의 주인공감이야. 열정, 불행, 그리고 무엇보다도 미덕, 정말 훌륭한 것들이 넘쳐나잖니! 이런 빛나는 것들 가운데 있으면 때로 지루하기도 하겠지만, 그래도 보상이 따라오는 법이지.

가엾은 아이로구나, 정말 불쌍해! 다음 날 눈이 퀭했다면서. 만일 네 연인이 그런 눈을 하고 있으면 넌 뭐라고 말하겠니? 자, 애야, 계속 그렇고 있으면 안 되지. 모든 남자가 다 발몽 같지는 않으니까. 그리고 다음 문제, 그러니까 눈을 들지도 못했다면서! 오! 그래, 어쩌면 네가 맞는지도 모르겠구나. 네 얼굴을 보고 모두들 무슨 일이 있었는지 알아차렸을 테지. 하지만, 애야. 그렇다면 우리처럼 결혼한 여자들은 지금 같은 눈길을 하고 있으면 안 되겠구나. 아가씨들도 마찬가지고.

물론 널 칭찬해주어야 하겠지만, 아무리 그래도 걸작품을 완성할 기회를 망친 건 분명한 듯하구나. 어머니한테 모든 걸 말하지 않았으니 말이다. 시작은 아주 좋았던데! 어머니 품에 달려들어 흐느끼며 울었고, 어머니도 눈물을 흘렸다지? 정말 감동적인 장면이로구나! 그 장면이 완성

되지 않은 게 유감스럽다! 다정한 어머니가 네 미덕을 도와주기 위해서 아주 기쁜 마음으로 널 평생 수녀원에 있게 해주었을 텐데 말이다. 그 안에서 경쟁자도 없고 죄책감도 없이 마음껏 당스니를 사랑할 수 있었을 텐데…… 마음껏 슬퍼할 수도 있을 테지. 발몽도 당혹스런 쾌락으로 네 고통을 어지럽히지 못할 테고.

정말이지 열다섯 살이 지났는데 어떻게 그토록 어린애 같을 수가 있는지 모르겠구나. 내가 잘해줄 필요가 없다고 네 입으로 말했지? 맞는 말인지도 모르겠구나. 하지만 난 세실의 친구가 되고 싶단다. 너한테도 필요할 게다. 네 어머니와 남편을 생각하면 분명 내가 필요할 거야. 물론 네 어머니는 남편 될 사람이 널 위로해주기 바라는 것 같지만 말이다. 그리고 넌 좀더 배워야겠다. 그렇지 않으면 뭘 어떻게 할 수 있을지 알 것 같지가 않구나. 처녀들한테 정신이 나게 만들어주는 것이 너한테는 오히려 정신을 빼앗아간 것 같으니 이보다 막막한 일이 있겠니?

조금만 잘 생각해보면 슬퍼할 일이 아니라 오히려 기뻐할 일이라는 걸 알게 될 거다. 좀 창피하고, 그래서 마음이 편치는 않겠지! 마음을 가라앉혀보렴. 사랑이 주는 수치심은 사랑의 고통과 같은 거란다. 한 번만 느끼면 끝이지. 물론 계속 창피한 척할 수는 있지만, 진짜 느껴지지는 않지. 하지만 쾌락은 남는단다. 그리고 그 쾌락이란 게 아주 상당하지. 너도 이미 기대하고 있는 것 같더구나. 이것저것 정신없이 늘어놓은 네 얘기 중에서 분명히 간파할 수 있었는걸…… 자, 솔직해져보자. 뭐가 뭔지 모르게 혼란스러워서 말과 행동이 달랐다고 했지? 또 네 몸을 지키기가 어려웠고, 발몽이 가고 나니까 화가 났다고? 이 모든 게 수치심 때문이었을까 아니면 쾌락 때문이었을까? 또 발몽이 워낙 말을 잘해서 어떻게 대답해야 할지 몰랐다고 했나? 아! 애야, 그건 거짓말이란다. 친구가 되어주는 사람에게 거짓말을 하다니! 그건 좋은 일이 아니지. 그 얘기는 이쯤에서 그만두자.

　다른 사람에게는 그저 쾌락에 지나지 않는 것이 지금 네 상황에서는 진정한 행복이 될 수 있을 듯하구나. 어머니의 사랑도 받아야겠고, 영원한 애인의 사랑도 놓칠 수 없고, 이럴 때 상반되는 두 가지를 동시에 얻을 수 있는 유일한 방법은 바로 제3자를 받아들이는 일이 아니겠니? 그렇게 새로운 모험으로 기분전환을 하게 되면, 어머니한테는 딸이 순종하느라 어머니가 싫어하는 것을 희생하는 듯 보일 테고, 애인한테는 멋지게 몸을 지킬 수 있는 거지. 애인에게 계속 사랑을 맹세하면서도 마지막 증거는 보여주지 않는 거야. 네 경우에는 거절하는 일이 별로 힘들지 않을 거고, 네 애인은 분명 그걸 정조관념이라고 생각할 거다. 조금 불평을 하긴 하겠지만, 결국은 더욱 사랑하게 될 거다. 그러니까 한쪽에는 사랑을 희생하는 것처럼 보이고, 또 한쪽에는 사랑에 그대로 내맡기지 않고 몸을 지키려는 것처럼 보이는 거지. 아! 이런 식으로만 하면 명성을 지킬 수 있는데, 그것도 모르고 이름을 더럽힌 여자가 얼마나 많은지!

　내가 제안하는 해결책이 가장 합리적이고 감미로운 것 같지 않니? 지난번 네 행동으로 결국 얻은 게 뭐가 있니? 네 어머니는 네가 더 슬퍼진 게 분명 당스니에 대한 사랑이 커졌기 때문이라고 생각하고는 마음이 상했더구나. 좀더 확실히 알아보고 나서 확인되면 바로 벌을 내릴 거란다. 방금 네 어머니가 보낸 편지에 그렇게 씌어 있었는걸. 어머니는 네 입으로 확인을 받아낼 거라고 하더구나. 심지어 당스니를 네 결혼 상대자로 권해보기까지 할 모양이다. 네 입을 열게 하려는 거지. 만일 어머니가 그렇게 거짓으로 다정하게 대해주는 데 넘어가서 마음속의 생각을 털어놓게 된다면, 아마 아주 오랫동안, 어쩌면 영원히, 수녀원에 갇혀 지내게 될 거다. 바보같이 어머니를 믿었던 걸 후회하고 눈물 흘리면서 말이야.

어머니가 계책을 마련해놓고 있으니 너도 계책을 세워 대처해야 할 거다. 우선 좀더 밝은 표정을 지어서 당스니를 많이 생각하지 않는 것처럼 보여야겠구나. 어머니는 쉽게 믿어줄 게다. 사실 떨어져 지내게 되면 대부분 그런 결과가 오곤 하니까. 더구나 자기가 멋진 방법을 생각해낸 거라고 의기양양해하는 기회도 될 테니까 더욱 만족스러워하실 게다. 물론 그러면서도 미심쩍어서 계속 네 마음을 떠보려고 할지 모르니, 혹시라도 결혼 얘기를 꺼내거든 양갓집 규수답게 얌전히 어머니의 뜻을 따르도록 하렴. 사실 너한테는 위험할 게 없단다. 남편이란 사실 다 마찬가지니까 말이다. 제아무리 까다로운 남편이라고 해도 어머니만큼 성가시지는 않는 법이란다.

일단 네 태도에 흡족하면 결혼을 시키겠지. 그러면 운신의 폭이 넓어질 테니 발몽을 버리고 당스니를 택하든지, 아니면 둘 다 관계를 유지하든, 네 마음대로 하렴. 하지만 내 말 잘 기억해야 한다. 당스니는 착한 사람이야. 마음만 먹으면 언제든 가질 수 있고, 같이 있으면 편한 사람이란 말이다. 하지만 발몽은 다르단다. 곁에 두기도 어려운 사람이고, 버리기도 위험한 사람이지. 아주 요령껏 다루어야 한다. 요령이 없다면 얌전히 구는 게 좋고. 하지만 일단 그 사람을 친구로 잡아둘 수만 있다면 정말 행운이 될 거다! 널 사교계에서 가장 뛰어난 여자로 만들어줄 테니까. 그러니 수녀들한테 야단맞으면서 무릎 꿇고 밥 먹을 때처럼 부끄러워하면서 울 필요는 없지 않겠니? 이런 기회에 사교계에서 기반을 다지는 거란다.

네가 현명한 아이라면 발몽과 화해를 하는 게 나을 거다. 그 사람은 화가 많이 나 있겠지. 네가 잘못한 일이니까 좀 적극적으로 나가보렴. 너도 곧 알게 될 테지만, 처음 남자 쪽에서 접근해오고 나면 그다음에는 여자 쪽에서 해야 하는 거란다. 내가 보낸 이 편지를 가지고 있으면 안 되니까, 핑계도 좋잖니? 읽고 나면 바로 발몽에게 가져다주렴. 참, 주기 전에 편지를 다시 봉하는 걸 잊지 마라. 그래야 발몽이 네 행동이 자발적인 것이라고 생각하지. 누군가의 충고를 받은 거로 보이는 건 좋을 게 없지 않겠니? 그리고 사실 내가 이렇게 다 터놓고 말할 수 있는 친구는 세상에서 세실 한 사람뿐이기 때문이기도 하단다.

그럼 천사 같은 세실, 이만 인사하자. 내 충고대로 하렴. 결과가 좋거든 꼭 알려주고.

추신. 그런데 한 가지 잊었구나. 문체에 좀더 신경을 써야겠다. 여전히 어린애처럼 쓰더구나. 왜 그러는지는 이유를 알 것 같다. 생각나는 그대로 다 말하고, 또 생각하지 않은 것은 절대 말하지 않기 때문이지. 물론 우리 사이에는 감출 게 없으니 상관없다만, 다른 사람들한테는 다르지 않겠니? 더구나 애인한테라면! 계속 이러면 바보처럼 보일 게다. 편지를 쓴다는 건 자기한테 쓰는 게 아니라 상대방한테 쓰는 거란다. 네가 생각하는 걸 쓰는 게 중요한 게 아니라 상대방이 좋아하는 것을 써야 하는 거란 말이다.

자, 인사를 하자. 네가 좀더 현명해지기를 기대하면서, 꾸짖는 대신 키스를 보내마.

17××년 10월 4일, 파리에서

백여섯번째 편지

메르테유 후작 부인이 발몽 자작에게

정말 훌륭하군요, 자작님. 아주 잘했으니까 열렬히 사랑해드려야겠네요! 난 별로 놀라지도 않았답니다. 첫번째 편지만 읽어도 두번째 편지의 내용을 짐작할 수 있었으니까요. 미처 오지도 않은 승리에 도취되어 나한테 보상을 요구하면서, 준비가 되었냐고 물었었죠? 서두를 필요가 없겠다는 생각이 들더군요. 그래요. 분명하게 말하죠. 당신을 그토록 '깊이 감동시킨' 장면을 읽고 나서, 아름답던 기사도 시절에나 어울릴 태도를 보고서, 난 수없이 되뇌었답니다. "글렀어!"라고 말이에요.

당연히 그렇게 될 수밖에 없는 일 아니었나요? 여자가 몸을 내맡기는데 남자가 갖지 않으면, 도대체 그 불쌍한 여자더러 어떻게 하란 말이죠? 세상에, 그런 상황에서라면 명예만이라도 구하는 수밖에 없지 않은가요? 바로 당신의 법원장 부인처럼 말입니다. 어쨌든 이렇게 나름 효과가 있는 걸 보니, 언젠가 나도 좀 복잡한 상황이 되면 한번 써먹어볼까 합니다. 하지만 자작님처럼 주어진 기회도 제대로 이용하지 못하는 상대라면 차라리 날 영원히 포기하는 게 나을 테죠.

그러니까 한 여자는 이미 하룻밤을 같이 지냈고 또 한 여자는 그걸 간절히 원했다는 건데, 자작님은 두 여자 사이에 끼어서 아무것도 못 건진 셈이잖아요. 내가 잘난 척을 하고 있다고, 사건이 끝난 후에 예언을 하는 건 쉬운 일이라고 말하고 싶겠죠. 하지만 맹세코 나는 결과를 예상했답니다. 자작님은 원래 상황에 맞게 대처하지 못하는 사람이니까요. 배운 것만 알고 새로운 것을 만들어내지는 못하죠. 그래서 평소 즐겨 쓰는 공식에 맞지 않고 일상적인 틀을 벗어나게 되면 풋내기처럼 어쩔 줄 모르는 겁니다. 그래요, 두 여자 중 한쪽은 애송이처럼 유치하게 굴고 다른 쪽은 정조 관념이 다시 등장했다는 말이잖아요. 둘 모두 당신한테는 익숙하지 않은 상황이고, 결국 미리 예측하지도 수습하지도 못하고 있는 거고요. 아! 자작님! 자작님! 자작님을 보고서 난 알게 되었답니다. 남자들을 평가할 때는 어떤 일에 성공을 거두었다는 사실에 비추어 판단해서는 안 된다는 걸 말입니다. 머지않아 "한때는 멋진 사람이었는데……"라고 말할 때가 올 것 같군요. 당신은 계속 실수를 거듭하고, 그때마다 나한테 달려오잖아요! 매번 내가 그 뒤처리를 해야 하고요. 사실 그것만으로도 일이 많습니다.

어쨌든 두 가지 연애 중에서 하나는 어차피 내 뜻과 관계없이 시작된 것이니 끼어들고 싶지 않고, 다른 하나는 어느 정도 나를 위해 한 일이니 내 일처럼 협조하죠. 동봉한 편지는 자작님이 먼저 읽어보시고 볼랑주 양에게 전해주세요. 이 편지만으로도 아가씨는 자작님 곁으로 돌아올 겁니다. 그래도 좀 정성을 들이도록 하세요. 우리 두 사람이 힘을 합해서 그 아이를 통해 어머니와 제르쿠르를 절망에 빠뜨려야 하니까요. 좀 강하게 나가는 것도 괜찮을 겁니다. 장담컨대 절대 겁을 먹을 아이가 아니니까요. 일단 우리의 목적이 이루어지고 나면, 그 애가 어떻게 되든 우리가 알 바 아니죠.

그러니까 난 그 애의 장래에 대해서 전혀 관심이 없습니다. 물론 데리고 있으면 재미있겠다고 생각한 적도 있습니다. 내 밑에서 '조수' 역할을 맡기려고 했죠. 하지만 그럴 만한 재목이 안 되는 것 같네요. 자작님이 사용한 그 특효약도 먹혀들지 않을 만큼 어수룩한 아이인걸요. 물론 자작님도 그런 점이 전혀 없다고는 할 수 없지만 말입니다. 내 생각에는 그건 여자들이 가질 수 있는 가장 위험한 병이랍니다. 그 애는 또 구제불능일 정도로 심약하고, 매번 그 약점이 앞길을 가로막을 겁니다. 결국 우리가 아무리 계략을 꾸미는 법을 가르친다 해도 결국 쉽게 넘어가는 여자밖에 되지 못할 거란 말입니다. 멍청할 정도로 쉽게 몸을 맡기는 여자, 어떻게 해야 하는지도 왜 하는지도 모르면서 단지 공격을 받고 저항할 수 없다는 이유로 그냥 받아들이는 여자, 그건 너무 시시하지 않은가요? 그저 쾌락을 제공하는 기계에 지나지 않죠.

그거면 되지 않았느냐, 우리 계획이 그것 아니었느냐, 이렇게 말할지도 모르겠군요. 그럴 수도 있죠! 하지만 머지않아 기계를 움직이는 동력이 뭔지, 발동기가 어떤 건지, 세상 사람들이 모두 알게 될 겁니다. 그렇기 때문에 우리의 기계를 위험 없이 써먹으려면 빨리 사용하고 나서 정지시키고 없애버려야 합니다. 기계를 처치할 방법은 충분할 겁니다. 우리가 마음만 먹는다면 언제든 제르쿠르가 직접 나서서 숨겨버리게 만들 수 있으니까요. 그자가 진정 돌이킬 수 없이 실망할 때, 더구나 그 사실이 세상에 알려질 때, 우리는 그자의 낭패를 즐기기만 하면 그뿐 아닌가요? 아내에게 복수를 하든 말든 무슨 상관이겠습니까? 이 말은 제르쿠르에게만 해당되는 건 아닙니다. 자작님은 볼랑주 부인에 대해서 같은 말을 하게 될 테니까요. 결국 내 말이 맞는 거죠.

이 방법이 가장 좋다고 생각하고 선택했기에, 내 편지를 보면 알 수 있겠지만 난 우리 아가씨를 조금 재촉하기로 했습니다. 나중에 우리에게 위험이 될 만한 것은 무엇 하나도 남겨두지 않는 게 중요하다는 사실을 각별히 조심하기 바랍니다. 이것만 주의하면, 아가씨의 정신적인 면은 내가 맡고 나머지는 자작님 소관입니다. 지금은 어수룩하지만 만일 아가씨가 변해버린다면 그때 가서 계획을 바꿀 수 있을 겁니다. 어차피 언젠가는 어느 정도 계획을 조정할 필요가 있을 테니까요. 어떤 경우에도 우리의 수고가 헛일이 되지는 않을 겁니다.

참, 내 수고가 헛일이 될 뻔했던 일을 알고 있나요? 글쎄 제르쿠르를 지켜주는 행운의 별이 내 신중한 계획을 무너뜨릴 뻔했었답니다. 그러니까 볼랑주 부인이 잠시 모성애 때문에 마음이 약해져서 딸을 당스니와 결혼시키려고 하는 게 아니겠어요? 일이 있은 '다음 날' 자작님이 보았다고 했죠? 이전과 달리 딸을 다정하게 대했다는 것 말입니다. 그래서 그런 겁니다. 자작님 덕분에 그런 걸작품이 만들어질 뻔했단 말이죠! 다행히 다정한 어머니는 나에게 편지를 보냈고, 내 답장을 읽고 나서는 그런 마음이 사라졌을 겁니다. 편지에서 난 내내 미덕에 대해서 얘기를 했답니다. 비위를 잘 맞춰가면서 했기 때문에 틀림없이 내 말이 옳다고 생각하게 될 겁니다.

시간이 없어 그 편지를 베껴두지 못했기 때문에 자작님께 나의 준엄한 도덕관을 보여드릴 수 없는 것이 유감이로군요. 내가 정부(情夫)가 있는 타락한 여자들을 얼마나 경멸하는지 보실 수 있을 텐데요! 말로야 엄숙주의자가 되는 게 뭐가 어렵겠습니까! 다른 사람들만 괴롭힐 뿐 자기 자신은 전혀 거북할 게 없는데요…… 더구나 그 늙은 여자 역시 젊은 시절에는 다른 여자들과 마찬가지로 사소한 약점이 있었다는 걸 익히 알고 있잖습니까. 양심에 찔릴 만한 말을 해주는 것도 그다지 나쁘지는 않을 거라고 생각했습니다. 그나마 이 생각을 하면 마음에도 없는 칭송을 늘어놓은 게 조금 위안이 되는군요. 제르쿠르를 괴롭히고 싶은 마음 역시 그 여자를 치켜세울 수 있는 용기를 주었지만요.

그럼 자작님, 이만 안녕히. 당분간 그곳에 머물겠다는 건 아주 좋은 생각입니다. 자작님의 일을 빨리 진척시킬 만한 방법은 생각나는 게 없네요. 우리가 함께 후견하고 있는 아가씨와 즐기면서 지루함을 달래보도록 하세요. 참, 나와 관련된 문제도 있군요. 자작님이 친절하게 연극 대사까지 인용했지만, 그래도 더 기다려야 할 것 같네요. 내 잘못은 아니라는 걸 인정하리라고 생각합니다.

17××년 10월 4일, 파리에서

백일곱번째 편지

아졸랑이 발몽 자작에게

나리,

명하신 대로 편지를 받자마자 베르트랑 님께 갔더니, 나리 말씀대로 25루이를 주셨습니다. 필리프한테도 즉시 떠나라는 말을 전했고요. 돈이 없다고 하는 바람에 집사님께 2루이만 더 달라고 했는데, 나리의 명을 받은 게 없다고 안 된다고 하셨습니다. 그래서 제 돈에서 2루이를 주었으니, 부디 헤아려주십시오.

필리프는 어제저녁에 출발했습니다. 무슨 일이 있으면 바로 만날 수 있어야 하니까 주막에서 자리를 뜨지 말라고 했습니다.

그리고 나선 곧장 쥘리를 만나러 법원장 부인 댁으로 갔습니다. 쥘리가 나가고 없기에 라 플뢰르하고만 얘기를 했는데, 별다른 얘기를 알아내지 못했습니다. 이곳에 온 후 식사시간에 한번 저택에 들어갔다 온 게 다라고 하더군요. 이 집의 일은 대부분 부집사가 맡아서 하는데, 나리께서도 아시다시피 저하고는 친분이 없습니다. 하지만 오늘 드디어 일을 시작했습니다.

아침에 다시 쥘리를 찾아갔더니 아주 반갑게 맞아주었습니다. 마님이 왜 돌아오신 거냐고 물었더니 자기는 모르겠다고 하더군요. 거짓말 같지는 않았습니다. 어떻게 말도 없이 떠날 수가 있냐고 원망하듯 말했더니 자기도 그날 저녁 마님의 침수 시중을 들러 갔다가 처음 들었다는 겁니다. 밤새 짐을 정리하느라고 두 시간밖에 못 잤다더군요. 새벽 1시까지 일했다고 합니다. 그때까지도 마님은 편지를 쓰고 계셨고요.

아침에 떠나면서 마님께서 저택 문지기에게 편지 한 통을 전했다고도 하는데, 누구한테 보내는 건지는 모르겠답니다. 아마 나리한테 쓰신 것 같다는데, 나리께서 그 말씀은 안 하셨으니 저야 모르겠습니다.

돌아오는 내내 마님은 커다란 두건으로 얼굴을 가리고 계셔서 얼굴을 볼 수 없었답니다. 하지만 쥘리가 보기에는 틀림없이 몇 번이나 우신 것 같았다는군요. 말도 없고, 내려갈 때와 달리 ×× 마을[4]에서 쉬지도 않았답니다. 자기도 아침을 못 먹어서 속이 상했다나요. 하지만 주인의 말은 따를 수밖에 없는 것 아니겠습니까? 쥘리한테도 그렇게 얘기했습니다.

도착하고 나서 마님은 주무시려고 자리에 누웠지만, 겨우 두 시간 만에 다시 일어나셨답니다. 그러더니 문지기를 불러 집 안에 아무도 들이지 말라고 명을 내리셨고요. 화장도 안 하시고, 점심식사 때도 수프만 조금 뜨시다 그냥 일어서셨답니다. 방으로 커피를 가져다 드릴 때 쥘리도 함께 들어갔는데, 마님께서는 책상 속 서류들을 정리하고 계셨다는군요. 편지들이었다는데, 나리께서 보내신 편지들 같습니다. 오후에 편지 세 통이 왔는데, 그중 한 통은 아직까지 앞에 놓고 저녁 내내 쳐다보고 계신답니

---

4 앞에서 나왔던 시골. 파리와 시골 중간 지점에 있다.

다. 역시 나리께서 보내신 편지가 분명합니다. 그러면서 도대체 무엇 때문에 느닷없이 떠나버리신 건지 정말 알 수가 없습니다. 나리께서는 물론 잘 아시겠죠? 전 모르겠습니다.

오후에는 서재에 가셔서 책 두 권을 꺼내 내실로 오셨지만, 쥘리의 말에 따르면 하루 종일 겨우 15분 정도밖에 책을 읽지 않으셨답니다. 나머지 시간에 하신 일이라곤 아까 말씀드린 편지들을 읽는 것, 생각에 잠겨 멍하니 있는 것, 손으로 턱을 괴고 있는 것, 그게 다였답니다. 마님이 가져가신 책이 어떤 건지 알 수 있으면 나리가 기뻐하실 것 같아 물어보았지만 쥘리는 모르더군요. 하지만 서재를 한번 보고 싶다고 핑계를 댔더니 구경시켜주었습니다. 서가에서 자리가 비어 있는 책은 딱 두 권뿐이었습니다. 하나는 『기독교적 사유』제2권이고, 또 하나는 제목이 『클라리사』였습니다. 전 그냥 옮겨 적었을 뿐이고, 나리께서 무슨 책인지 아실 거라고 생각합니다.

어제저녁 때도 마님은 식사를 하지 않으셨고, 그냥 차만 드셨답니다.

오늘 아침 이른 시간에 종을 당겨 부르시더니 곧 마차를 준비하라고 하셨고, 9시도 되기 전에 쾨양 수도원에 가셔서 미사에 참석하셨답니다. 고해성사를 보려고 하셨는데 마침 신부님이 출타 중이었답니다. 일주일이나 열흘 정도 걸린다고 합니다. 이것도 나리께 알려드리는 게 좋을 듯해서 말씀드립니다.

집으로 돌아오신 후 아침식사를 드시고 편지를 쓰기 시작했는데, 거의 한 시간 동안 쓰셨답니다. 참, 전 드디어 나리께서 가장 원하시던 일을 해낼 수 있는 기회를 잡았습니다. 그러니까 제가 편지들을 우체국으로 가져가게 된 겁니다. 볼랑주 부인께 보내는 편지는 없었습니다. 그중에 한 통을 보내드립니다. 투르벨 법원장님한테 보내는 편지인데, 뭔가 있을 것 같습니다. 로즈몽드 부인께 보내는 편지도 있었는데, 그 편지야 나리께서 원하신다면 언제든 보실 수 있을 것 같아서 그대로 발송했고요. 하기야 어차피 나리께도 편지를 쓰실 테니, 이제 곧 모든 걸 아실 수 있을 테죠. 어쨌든 앞으로는 원하시는 편지는 모두 손에 넣을 수 있을 것 같습니다. 편지를 하인들에게 건네주는 일을 주로 쥘리가 하는데, 저에 대한 의리도 있고 또 나리를 생각해서 기꺼이 제 부탁을 들어주겠다고 했으니까요.

심지어 쥘리는 주는 돈도 받지 않았습니다. 나리께서는 쥘리한테 뭔가 작은 선물이라도 해주시고 싶을 것 같은데, 혹시 그렇다면 제게 맡겨주십시오. 쥘리가 뭘 좋아하는지 제가 알아낼 수 있을 테니까요.

설마 제가 게으름을 피운다고 생각하시지는 않겠지만, 그래도 나무라신 일에 대해 몇 마디 변명을 드리겠습니다. 법원장 부인께서 떠나시는 걸 몰랐던 건 나리를 열성적으로 섬기느라고 그랬습니다. 나리께서 새벽 3시에 출발하라고 명하셨기 때문에 전 아침에 저택의 사람들을 깨우지 않기 위해서 방문객 하인들이 기거하는 숙소에 가서 잤고, 그러느라고 평상시와 달리 쥘리를 볼 수 없었던 겁니다.

제가 돈이 떨어질 때가 많다고 나무라시는 것도, 나리께서도 아시다시피 무엇보다도 옷차림을 깨끗이 하고 싶어서 그런 겁니다. 입고 있는 옷에 걸맞은 품위를 유지할 필요도 있고요. 훗날을 위해 저축을 좀 해야 한다는 건 알고 있지만, 아무쪼록 제 주인이신 나리의 너그러운 아량만을 바랄 뿐입니다.

나리를 그대로 섬기면서 투르벨 마님 댁의 하인으로 들어가라는 말씀만은 제발 거두어주십시오. 공작 부인 댁에 있었던 것과는 전혀 다른 일입니다. 나리의 사냥 시종으로 지내는 영광을 누리던 제가 대저택의 하인 제복을, 더구나 법관 댁의 하인 제복을 입는 것은 싫습니다. 그 외의 명이라면 뭐든 나리를 존경하고 좋아하는 충복으로서 나리의 뜻에 따르겠습니다.

사냥 시종 루 아졸랑 드림
17××년 10월 5일 밤 11시, 파리에서

백여덟번째 편지

투르벨 법원장 부인이 로즈몽드 부인에게

오! 너그러우신 어머님! 정말 감사드립니다. 부인의 편지가 저에게는 얼마나 소중한지요! 몇 번이나 읽고 또 읽으면서, 잠시도 눈을 뗄 수가 없었습니다. 부인께서 보내주신 편지 덕분에 그곳을 떠나온 후 처음으로 조금이나마 고통이 가라앉는 것 같았습니다. 부인께선 정말 좋으신 분입니다! 지혜와 미덕을 지니신 분이 나약한 사람을 불쌍히 여기기까지 하시다니요! 제 고통에 연민을 느끼시다니요! 아! 정말 모르실 겁니다!…… 너무나 고통스럽습니다. 사랑의 고통을 치렀다고 생각했는데, 말로 설명할 수 없는 고통, 겪어보지 않고서는 미처 짐작도 할 수 없는 고통은 바로 사랑하는 사람과 헤어지는 것, 영원히 헤어지는 것이로군요! 그렇습니다. 오늘 저를 짓누르는 이 고통은 내일도, 모레도, 아니 평생 동안 영원히 되살아나겠죠! 아! 하느님! 전 아직 젊은데, 앞으로 얼마나 더 괴로워야 하는 것일까요!

전 스스로 불행을 만들었습니다. 제 손으로 가슴을 찢어냈습니다. 그

리고 견딜 수 없는 그 고통으로 신음하면서 매 순간 느낍니다. 한마디 말이면 이 고통을 멈출 수 있다는 걸! 하지만 그 말은 죄가 된다는 걸! 아! 부인……

그분으로부터 멀어지겠다는 힘겨운 결심을 했을 때, 떨어져 있으면 힘과 용기를 되찾을 수 있으리라고 생각했습니다. 하지만 완벽한 착각이었습니다! 오히려 힘과 용기를 모두 빼앗긴 것 같습니다. 물론 그전에도 이미 힘겹게 싸워야 했던 건 사실이지만, 저항할지언정 완전히 다 빼앗긴 상태는 아니었습니다. 이따금 그분을 볼 수 있었으니까요. 때로 제 쪽에서 쳐다볼 용기를 내지 못한다고 해도 그분이 절 바라보시는 것 같았습니다. 그렇습니다, 부인, 전 느낄 수 있었습니다. 그분의 시선이 제 영혼을 따뜻하게 해주는 것 같았습니다. 그 시선은 제 시선을 거치지 않고서 바로 마음으로 다가왔습니다. 하지만 지금 전 소중한 모든 것을 잃고 고독과 싸우면서 오직 저의 불행만을 쳐다보고 있습니다. 슬픈 제 삶은 눈물뿐입니다. 그 무엇으로도 이 쓰라린 고통을 달랠 길 없고, 제 희생을 위로해주는 것도 없습니다. 지금까지 제가 치른 희생들은 결국 앞으로 치러야 할 희생들을 더욱 고통스럽게 만들고 있습니다.

어제도 다시 한 번 절실히 느꼈습니다. 제게 온 편지 중에 그분에게서 온 편지가 한 통 있었습니다. 하녀가 미처 다 가져오기도 전에 전 이미 그분의 편지가 있다는 걸 알 수 있었습니다. 저도 모르게 벌떡 일어섰습니다. 몸이 떨리고, 흥분을 감출 수가 없었습니다. 사실 기쁘지 않았다고 말씀드릴 수는 없습니다. 하지만 하녀가 나가고 다시 혼자 남게 되었을 때, 덧없이 감미로운 기쁨은 이내 사라지고 또다시 치러내야 하는 희생만이 남더군요. 읽고 싶어 몸이 탔지만, 제가 어떻게 그 편지를 열어볼 수 있겠습니까? 운명이 저를 놓아주지 않는 건지, 뭔가 위안을 찾았다 싶으면 이내 새로운 고독이 찾아오고 맙니다. 발몽 님 역시 같은 상태일 거라는 생각이 들면, 이 고독이 더욱 잔인하게 느껴집니다.

드디어 그 이름을 썼네요. 잠시도 잊지 못하던 이름이고, 차마 쓸 수 없었던 이름을 말입니다. 이름을 밝히지 않은 걸 부인께서 넌지시 나무라셨을 때는 무척 놀랐습니다. 그릇된 수치심 때문에 그랬지만, 부인을 향한 저의 신뢰가 흔들려서 그런 건 아니라는 사실을 믿어주십시오. 무엇 때문에 그분의 이름을 밝히는 걸 두려워하겠습니까? 제가 부끄러워하는 건 제 감정이지 결코 그 감정을 일으킨 사람이 아닙니다. 그분 말고 어떤 사람이 저에게 그런 감정을 심어줄 수 있겠습니까? 그렇다면 어째서 그분의 이름을 자연스럽게 쓰지 못하는 건지 저도 잘 모르겠습니다. 지금도 한참 망설이면서 생각하고 나서 쓰는 겁니다. 다시 그분 이야기를 하겠습니다.

제가 떠나버린 것 때문에 그분이 무척 상심하신 듯하다고 하셨죠. 정확히 어떠셨나요? 무슨 얘기를 하셨나요? 혹시 파리로 돌아오겠다고 하셨나요? 그렇다면 꼭 말리셔야 합니다. 그분이 절 제대로 판단하고 계신다면, 제 행동을 원망하지 않을 겁니다. 그리고 제 결심을 되돌릴 수는 없다는 것도 아실 겁니다. 저로선 그분이 무슨 생각을 하고 있는지 알 수 없다는 게 가장 괴롭습니다. 그분 편지는 여전히 제 앞에 있는데요⋯⋯ 하지만, 부인께서도 저와 같은 생각이실 겁니다. 전 그 편지를 뜯어볼 수가 없습니다.

너그러운 벗인 부인이 계시기에 어쩌면 그분과 완전한 이별을 하지 않아도 될지 모르겠습니다. 부인께서 베풀어주시는 선의를 멋대로 사용하지 않으렵니다. 편지를 길게 쓰시지 못하는 것도 전적으로 이해합니다. 하지만 부인의 딸이 된 저에게 두 마디만 해주십시오. 하나는 제 용기를 북돋우기 위한 것, 또 하나는 용기를 내야 하는 절 위로하기 위한 것, 이렇게 말입니다. 그럼 이만, 존경하는 부인께 작별 인사를 드립니다.

17××년 10월 5일, 파리에서

백아홉번째 편지

세실 볼랑주가 메르테유 후작 부인에게

부인, 부인께서 보내주신 편지를 오늘에야 발몽 자작님한테 맡길 수 있었어요. 나흘 동안이나 제가 그냥 가지고 있었거든요. 들킬까 봐 무척 겁이 났지만 아주 조심해서 잘 숨겨두었어요. 그리고 슬픔이 북받칠 때마다 방에 틀어박혀 다시 읽어보았어요.

그동안 엄청난 불행이라고 생각했던 일이 사실은 아무것도 아니라는 걸 알게 되었어요. 솔직히 말씀드리면 조금 기쁘기도 해요. 그래서 이제는 슬프지 않아요. 단지 당스니 님을 생각하면 아직도 가끔 슬퍼지기는 하지만요. 하지만 벌써 당스니 님을 잊고 지내는 때가 많아진걸요. 자작님도 아주 친절하시고요!

이틀 전에 화해했어요. 어렵지 않았어요. 전 그냥 한두 마디밖에 안 했는데, 자작님께서 먼저 할 말이 있다면서 그날 밤 제 방으로 오시겠다고 하시는 거예요. 저도 좋다고 했고요. 방에 들어오셔서는 마치 아무 일도 없었던 것처럼 하신걸요. 화를 내지 않으셨어요. 나중에 조금 나무라기는 하셨지만, 아주 부드럽게, 그러니까…… 부인처럼 하셨어요. 그걸 보니 그분 역시 절 좋아하신다는 걸 알 수 있었어요.
　그분은 정말 믿을 수 없을 만큼 재미있는 이야기를 많이 해주셨어요. 특히 엄마에 대해서요. 그게 전부 사실인지 부인께서 얘기해주시면 좋겠어요. 어쨌든 분명한 사실은 웃음을 참을 수가 없었다는 거예요. 그러다 한번은 제가 크게 웃어버리는 바람에 큰일 날 뻔했어요. 혹시라도 엄마가 그 소리를 들었으면 어떻게 되겠어요? 엄마가 그 광경을 보셨다면 절 어떻게 하셨을까요? 분명 수녀원에 집어넣었을걸요.
　조심할 필요가 있기도 하고, 또 자작님 말씀이 저에게 해가 될 수 있는 일은 원하지 않는다고 하셔서, 앞으로는 자작님이 오시면 문을 열어드리고 그대로 같이 자작님 방으로 가기로 했어요. 거기라면 걱정할 게 없으니까요. 어제 벌써 갔다 왔고 지금도 편지를 쓰면서 자작님을 기다리고 있어요. 이제 절 나무라시지 않을 거죠?
　그래도 부인 편지에 한 가지 놀라운 게 있었어요. 결혼한 후에 당스니 님과 발몽 자작님을 어떻게 해야 하는지 얘기하신 것 말이에요. 언젠가 오페라 극장에서는 반대로 말씀하셨잖아요. 일단 결혼하면 남편만을 사랑하고 당스니 님은 잊어야 한다고 말이에요. 어쩌면 제가 잘못 들었는지도 모르지만, 어쨌든 아닌 게 더 좋아요. 이제는 결혼이 그렇게 두렵지 않아요. 심지어 빨리 결혼했으면 좋겠다는 생각도 드는걸요. 좀더 자유로울 수 있을 테니까요. 결혼하고 나면 당스니 님만 생각할 수 있을 거예요. 전 당스니 님과 같이 있어야만 진정으로 행복할 수 있을 것 같아요. 지금도 그분을 생각하면 마음이 아파요. 그분 생각을 하지 않을 수 있을 때, 그때만 행복한걸요. 그런데 그게 쉽지 않고요. 일단 생각을 하면 바로 슬퍼져버려요.
　당스니 님이 절 더 사랑하게 될 거라는 말씀이 그래도 위안이 돼요.

분명 그럴까요?…… 그럴 거예요. 부인이 거짓말을 하실 리는 없잖아요. 이것도 나쁘진 않아요. 그러니까 당스니 님을 사랑하면서 발몽 자작님하고…… 어쩌면 부인 말씀대로 이게 행복인지도 모르겠어요! 두고 보면 알게 되겠죠.

제 편지에 대해서 하신 말씀은 무슨 얘긴지 잘 모르겠어요. 당스니 님은 제 글이 그대로 괜찮다고 생각하시는 것 같았거든요. 어쨌든 발몽 자작님하고 사이에 있었던 일은 얘기하면 안 될 것 같아요. 그러니 걱정하지 마세요.

아직 엄마는 결혼 얘기를 꺼내지 않으셨어요. 어차피 겁나지 않지만요. 엄마가 제 결혼에 대해서 얘기하신다면 그건 분명 절 함정에 빠뜨리려는 것일 테니까, 제가 잘 알아서 거짓말할게요. 약속드려요.

그럼 부인, 이만 안녕히 계세요. 감사드리고, 부인의 친절은 절대 잊지 않을게요. 이제 그만 써야 해요. 벌써 1시거든요. 곧 자작님이 오실 거예요.

17××년 10월 10일, ××× 저택에서

백열한번째 편지

발몽 자작이 메르테유 후작 부인에게

"하늘에 계신 전능하신 하느님, 제 영혼은 고통밖에 몰랐습니다. 이제 행복을 누릴 영혼을 주십시오."[5] 생 프뢰가 이렇게 말했었나요? 고통과 행복 사이를 오가는 것으로 치자면 제가 더 심할지도 모르겠습니다. 전

두 가지 삶을 살고 있습니다. 그렇습니다. 아주 행복하면서 동시에 아주 불행합니다. 부인은 제가 전적으로 신뢰하는 분이니, 고통과 기쁨이 함께하는 이야기를 해드리죠.

우선 그 의리 없고 신앙심만 깊은 여자는 여전히 매정하게 굴고 있습니다. 이미 네번째 편지가 되돌아왔으니까요. 어쩌면 네번째 편지라고 말할 수 없을지도 모르겠군요. 첫번째 편지가 되돌아온 후 앞으로 계속 이런 식이 될 거라고 짐작할 수 있었기에, 전 그렇게 시간을 낭비하고 싶지 않아서 그다음부터는 편지에 의례적인 유감의 뜻만을 표하고 날짜는 적지 않았답니다. 그러니까 두번째 편지부터는 봉투만 바꾸어서 같은 편지가 오가고 있는 거죠. 나의 아름다운 연인이, 보통의 연인들이 그렇듯이, 종국에는 지쳐서라도 마음이 약해지면 편지를 돌려보내지 않겠죠. 그때 가서 본격적으로 상황을 살펴보아야 할 것 같습니다. 이런 새로운 유형의 편지교환 방식으로는 도대체 일이 어떻게 되어가고 있는지 알 수가 없습니다.

하지만 한 가지는 알아냈습니다. 그 변덕스러운 여자가 의논 상대를 바꾼 것 같습니다. 이곳을 떠난 후 볼랑주 부인 앞으로는 편지가 한 통도 없었지만 로즈몽드 백모님께는 두 통이나 썼다는 걸 확인했거든요. 백모님께서 편지를 받고서도 아무 얘기도 안 하시고, 예전에는 틈만 나면 '내 사랑하는 아이' 얘기를 꺼내시더니 아예 입도 뻥긋하지 않으시는 걸로 보아 그 여인이 백모님께 고백을 한 게 틀림없다는 결론을 내렸습니다. 한편으로는 누구한테든 내 얘기를 하고 싶었을 것이고, 또 다른 한편으로는 볼랑주 부인에게는 그렇게 오랫동안 아니라고 부인해온 감정에 대해서 새삼

---

5 『누벨 엘로이즈』.

스레 고백을 하기가 창피했기 때문에 이런 큰 변화가 온 것 같습니다. 저한테 손해가 되지나 않을까 걱정이 됩니다. 여자들이란 나이가 들수록 까다로워지고 엄격해지는 법이니까요. 볼랑주 부인은 내 욕만 했을 테지만, 백모님은 그에 덧붙여 사랑이라는 것 자체를 욕할 테죠. 민감하고 정숙한 나의 연인은 사람 자체보다는 감정을 더 두려워하고 있는데 말입니다.

　소식을 알아내는 방법은 단 한 가지, 짐작하시겠지만 은밀히 주고받는 편지를 가로채는 것뿐입니다. 이미 하인한테 명을 내려놓았고, 시행에 옮기기를 이제나저제나 기다리고 있습니다. 그때까지는 그저 기다릴 수밖에 없군요. 지난 일주일 동안 제가 알고 있는 모든 수단을, 그러니까 소설에 등장하는 것과 제가 개인적으로 기록해놓은 것을 다 뒤져가며 찾아보았지만 건진 게 없습니다. 이 사건의 정황이나 여주인공의 성격에 적합한 게 하나도 없더군요. 물론 밤중에 몰래 들어가는 건 별로 어렵지 않고, 심지어 잠들게 해서 새로운 클라리사*를 만드는 것도 그다지 어렵지 않을 겁니다. 하지만 두 달 동안이나 공을 들이고 고생을 했는데, 이제 와서 저에게 어울리지 않는 방법을 사용할 수는 없지 않겠습니까! 비열하게 다른 사람을 따라하고, 그렇게 해서 영광스럽지 않은 승리를 얻는 게 무슨 의미가 있겠습니까!…… 아닙니다. 난 절대 그녀가 '죄악의 쾌락과 미덕의 영예'6를 얻게 하지 않을 겁니다. 그녀를 소유하는 걸로는 충분치 않습니다. 그녀가 스스로 몸을 내맡겨야 합니다. 그렇게 되려면 그녀가 있는 곳에 마음대로 들어가는 것으로는 부족하고, 그녀의 동의를 받아서 들어가야 합니다. 그녀가 혼자 있을 때 찾아가야 하고 내 말을 기꺼이 들어주게

---

* 앞에서 투르벨 부인이 읽고 있는 책으로 나왔던 18세기 영국 작가 리처드슨의 소설 『클라리사』의 여주인공을 말한다.
6 『누벨 엘로이즈』.

해야 합니다. 무엇보다도 그녀가 위험을 느껴서는 안 됩니다. 일단 그렇게 되면 무슨 일이 있어도 극복해낼 여자니까요. 정 안 되면 죽음을 택할 테죠. 이래서 전 무엇을 해야 하는지 알면 알수록 실행에 옮기는 게 점점 더 어려워진답니다. 부인께선 또 비웃으실지 모르지만, 생각할수록 점점 더 어찌 해야 할지를 모르겠습니다.

머리가 돌 것 같습니다. 그나마 다행히도 부인과 제가 함께 후견하는 아가씨가 있어서 기분전환을 할 수 있답니다. 그 아가씨 덕에 사랑의 비가(悲歌)가 아닌 다른 것도 누릴 수 있는 거죠.

아가씨가 어찌나 겁을 먹었는지 부인의 편지가 효과를 발휘하기까지 꼬박 사흘이나 걸렸다는 걸 알고 계십니까? 제아무리 훌륭한 천부적 재능이 있더라도 생각 한번 잘못하면 망칠 수 있다는 점을 보여주는 것이죠!

토요일이 되어서야 겨우 제 주위를 기웃거리더니 몇 마디 우물거리더군요. 창피해서 그런지 소리도 작은데다가 제대로 말하지도 않아서 무슨 말인지 잘 들리지 않았습니다. 하지만 말하면서 얼굴이 붉어지는 것으로 보아 내용을 대충 짐작할 수 있었죠. 그때까지만 해도 마음이 풀리지 않은 표정을 짓고 있었지만, 아가씨가 후회하는 모습이 맘에 들어서 마음이 약해지고 말았습니다. 그래서 죄를 뉘우치고 있는 귀여운 아가씨의 방으로 밤에 찾아가겠다고 약속했습니다. 물론 아가씨는 내가 베푼 큰 은혜를 감사하며 받아들였죠.

하지만 내가 누굽니까. 부인의 계획과 제 계획을 잠시라도 소홀히 할 사람이 아니죠. 이 기회를 통해 아가씨의 가치를 제대로 알아보기로 했고, 아가씨의 교육에 더욱 박차를 가하기로 했습니다. 그러자면 작업을 보다 자유롭게 진행하기 위해서 만나는 장소를 바꿀 필요가 있더군요. 부인이 후견하는 아가씨와 어머니의 방 사이에는 두 방의 벽난로가 만나는 쪽으로 작은 방 하나밖에 공간이 없어서 별로 안전하지가 않으니까요. 마음껏 즐길 수가 없는 겁니다. 그래서 저는 '본의 아니게' 시끄러운 소리를 내서 아가씨가 겁을 먹게 만들기로 했답니다. 그래야 앞으로는 보다 안전한 은신처를 택하도록 결심하게 할 수 있으니까요. 하지만 미처 그럴 필요도 없더군요.

아가씨는 잘 웃었습니다. 전 또 아가씨의 쾌활함을 북돋워주느라 쉴 때마다 장안에 시끌벅적했던 연애 사건들을 떠오르는 대로 다 얘기해주었습니다. 자극적이어야 아가씨의 관심을 묶어둘 수 있을 테니 모든 이야기를 아가씨의 어머니한테 끌어다 붙였죠. 볼랑주 부인을 악덕과 우스꽝스러움으로 치장하는 것도 재미있더군요.

하기야 굳이 볼랑주 부인을 고른 것도 나름대로 이유가 있답니다. 우선 그렇게 하면 다른 누구의 얘기보다도 어린 아가씨에게 용기를 줄 수 있고, 그와 동시에 어머니를 경멸하게 만들 수 있기 때문입니다. 젊은 여자를 유혹하는 데 꼭 필요한 방법이라고 할 수는 없지만, 타락하게 만드는 데는 없으면 안 되는 방법이라고 오래전부터 생각하고 있었답니다. 대부분 아주 효과적이죠. 더구나 어머니를 존중하지 않는 여자는 자기 자신을 존중하지 않는 법이거든요. 전 이 도덕적 진리가 아주 유용하다고 생각하기 때문에 이런 가르침을 뒷받침해줄 만한 실례를 제공할 수 있게 되었다는 게 상당히 기쁩니다.

물론 부인께서 후견하시는 아가씨는 도덕 따위는 생각하지 않기 때문에 내내 웃느라 정신이 없었죠. 한번은 큰 소리를 낼 뻔했답니다. 아가씨가 '너무 큰 소리'를 냈다고 믿게 하는 건 어렵지 않았죠. 그냥 겁에 질린 표정을 지었더니 아가씨도 금방 겁을 내던걸요. 전 이 일을 아가씨 뇌리에 박아두기 위해서 더 이상은 즐거움을 주지 않고 평소보다 세 시간 일찍 방에서 나왔습니다. 그러면서 헤어질 때 다음부터는 내 방에서 만나기로 약속을 한 거죠.

아가씨는 벌써 제 방에 두 번이나 다녀갔습니다. 그리고 그 짧은 동안 어린 학생은 선생 못지않은 솜씨를 갖추게 되었답니다. 그렇습니다. 정말 전 모든 걸 다 가르쳤습니다. 상대방을 즐겁게 해주는 방법까지 말입니다! 물론 상대방을 경계하는 법은 빼놓았지만요.

이렇게 해서 밤새 몰두하느라 낮에는 거의 잠을 자고 있습니다. 어차피 지금 이 저택에 있는 사람들 중에는 흥미 있는 사람이 하나도 없기 때문에 낮 동안 겨우 한 시간 정도 거실에 얼굴을 내밀 뿐입니다. 오늘부터는 식사도 방에서 하기로 한걸요. 잠시 산책하는 것 말고는 계속 방에만 있을 생각입니다. 사람들은 제가 이렇게 이상해진 게 몸이 좋지 않기 때문으로 알고 있죠. "기운이 하나도 없다"고 했거든요. 열도 조금 난다고 했죠. 천천히 다 죽어가는 목소리로 말하면 되더군요. 얼굴이 수척해지는 거야 부인께서 후견하시는 아가씨한테 믿고 맡기면 되고요. "사랑이 다 마련해주리라."[7]

결국 여유 시간이 주어진 셈이고, 그동안 전 내 지배를 저버리고 돌연 의리 없이 사라져버린 여자를 어떻게 되찾아올까 궁리합니다. 또 제자를 가르치기 위한 타락의 교본을 만들기도 합니다. 그러니까 모든 걸 성적 기교를 나타내는 표현으로 지칭하는 거죠. 참 재미있더군요. 결혼 첫날밤 제르쿠르와 신부 사이에 아주 흥미로운 대화가 오갈 걸 생각하면 벌써부터 웃음이 나오는걸요. 아직 많이 배우지도 않았으면서 벌써 나름대로 어휘를 사용하는 순진한 아가씨의 모습이 얼마나 재미있는지 모르실 겁

---

7 르냐르, 『사랑의 광란』.

니다! 아가씨는 그런 식으로 표현하지 않아도 된다는 것 자체를 모르고 있죠. 정말 매력적인 아가씨랍니다! 천진난만한 순수함과 파렴치한 언어가 함께 어우러져 대조를 이루는 모습은 정말 굉장합니다. 어째서 전 괴상한 것들만 좋아하게 되는지 스스로도 이유를 모르겠습니다.

아무래도 제가 아가씨한테 지나치게 열중하고 있는 것 같습니다. 시간과 건강을 다 희생하는 셈이니까요. 하지만 이렇게 꾀병을 부리면 거실에 나가서 지루해하지 않아도 되고, 더욱이 근엄하고 신앙심 깊은 나의 연인한테서도 무언가 얻어낼 수 있을지도 모르잖습니까? 아무리 흔들림 없는 미덕을 지녔다고 하지만 부드러운 인정도 겸비한 여인이니까요! 분명 제 변화를 그녀도 알고 있을 겁니다. 소식을 들으면 어떤 생각을 할지 알고 싶습니다. 분명 자기 탓이라고 생각할 테죠. 일단 제가 아프다는 걸 알고 어떻게 반응하는지를 보고 나서, 그다음에 제 건강 상태를 결정하려고 합니다.

자, 나의 아름다운 벗이여. 저에게 있었던 일을 하나도 빼놓지 않고 말씀드렸습니다. 조만간 더 재미있는 소식을 전할 수 있기를 바랍니다. 무엇보다도 제가 기대하는 기쁨 중에서 부인께서 내려주실 상(償)이 가장 중요하다는 걸 믿어주시기 바랍니다.

17××년 10월 11일, ××× 저택에서

백열한번째 편지

제르쿠르 백작이 볼랑주 부인에게

부인, 이곳에선 모든 상황이 평온을 되찾았고, 모두 본국으로 귀환할 날을 손꼽아 기다리고 있습니다. 저 역시 하루 빨리 돌아가서 부인과 볼랑주 양과 인연을 맺고 싶은 생각이 간절합니다. 하지만 나폴리에 있는 사촌 ×× 공작이 귀환 명령을 받았다고 연락이 왔습니다. 로마를 경유해서 가려고 한답니다. 그리고 도중에 이탈리아에서 아직 가보지 못한 곳을 구경할 생각인데 동행하지 않겠냐고 하는군요. 육 주일에서 두 달 정도 걸릴 겁니다. 솔직히 다 말씀드리자면, 이 기회를 놓치고 싶지 않은 게 사실입니다. 일단 결혼하고 나면 복무상 어쩔 수 없는 경우가 아니면 집을 비우는 게 쉽지 않을 테니까 말입니다. 그래서 결혼을 겨울로 연기했으면 합니다. 또 그때가 되어야 저의 일가친척들이 모두 파리에 모일 수 있을 것 같습니다. 특히 제가 이렇게 부인과 인연을 맺는 데 큰 도움을 준 ×× 후작도 그렇습니다. 하지만 제 생각과 관계없이 전적으로 부인의 계획에 따르겠습니다. 처음 잡은 시기에 그대로 식을 치르시길 원하신다면 언제든 제 계획을 취소하겠습니다. 다만 이 일에 대해서 부인의 생각을 가능한 한 빨리 알려주셨으면 합니다. 이곳에서 답장을 기다리고, 부인의 답장에 따라 제 행동을 정하겠습니다.

아들로서 어머니에게 가질 수 있는 모든 감정을 담아 부인께 경의를 바칩니다. 안녕히 계십시오.

제르쿠르 백작 드림
17××년 10월 10일, 바스티아에서

백열두번째 편지

로즈몽드 부인이 투르벨 법원장 부인에게
(하녀가 받아쓴 편지)

부인이 보낸 11일자 편지를 잘 받아보았습니다.[8] 그 안에 담겨 있는 부드러운 원망도 함께요. 어쩌면 더 많이 원망하고 싶었으리라고 생각합니다. 만일 부인이 '내 딸'이라는 걸 기억하지 않았더라면 아마도 더 심하게 얘기했을 테죠. 하지만 모두 부인이 잘못 생각한 거랍니다! 하루하루 답장을 미루었던 건 내 손으로 직접 편지를 쓰고 싶었고, 또 그럴 수 있으리라고 생각했기 때문입니다. 하지만 결국 오늘 어쩔 수 없이 하녀의 손을 빌려 편지를 보냅니다. 고질적인 신경통이 다시 도졌는데, 이번에 오른쪽 팔이 문제로군요. 한쪽 손을 전혀 쓰지 못하고 있습니다. 부인처럼 젊고 싱싱한 사람이 나처럼 늙은이를 친구로 삼게 되면 이런 일을 겪게 되는 법이죠! 친구가 몸이 아픈 것 때문에 같이 고생을 하게 되니까요.

통증이 조금 가라앉으면 오랫동안 얘기를 나누도록 합시다. 그때까지는 우선 부인이 보낸 편지를 두 번 받았고, 그 편지를 통해 내 우정이 더욱 깊어졌으며, 부인과 관계된 일이라면 모든 것을 언제라도 함께하리라는 것만 전하겠습니다.

조카 역시 그다지 좋은 상태가 아닙니다. 물론 위험할 건 없고 걱정할 상황도 아닙니다. 그저 약간 불편한 모양인데, 몸의 병이라기보다는 마음의 병인 것 같습니다. 요즈음은 얼굴도 잘 보여주지 않는답니다.

---

8 이 편지는 찾지 못했다.

조카는 방에 틀어박혀 있고 부인은 떠나버렸으니, 나머지 사람들 역시 모두 가라앉은 분위기입니다. 특히 볼랑주 양은 부인이 떠난 걸 무척 원망하면서 하루 종일 쉬지 않고 하품을 하더군요. 특히 며칠 전부터는 점심식사 후 낮잠까지 곤히 자던걸요.

그럼 이만 줄입니다. 난 언제나 부인의 좋은 벗이고 어머니이며, 혹시 내 나이로도 가능하다면 언니가 되겠습니다. 그러니까 온갖 애정으로 부인과 맺어진 겁니다.

로즈몽드 부인을 대신해서 아델라이드가
17××년 10월 14일, ××× 저택에서

백열세번째 편지

메르테유 후작 부인이 발몽 자작에게

자작님, 이곳 파리에서 사람들이 당신에게 관심을 갖기 시작했다는 걸 알려드려야겠습니다. 당신이 파리에 없다는 걸 알고는 추측이 난무하고 있답니다. 누군가는 마치 진짜처럼 말하더군요. 당신이 소설처럼 불행한 사랑에 빠져 시골 마을에 붙잡혀 있다고요. 그 순간 당신의 성공을 시기하는 남자들과 자작님이 버려둔 여자들의 얼굴에 희색이 돌았죠. 내 말을 믿으세요. 이런 위험한 소문이 더 퍼지기 전에 빨리 나타나서 소문을 가라앉혀야 할 것 같습니다.

모두들 당신이 접근하면 저항하기 어렵다고 생각하고 있는데, 이제 그 생각이 뇌리에서 사라지게 되면 모두들 쉽게 저항할 겁니다. 경쟁자들

역시 당신에 대한 존경심을 잃고 싸워 이기려고 할 테고요. 모두들 자기들이 미덕보다 더 강하다고 믿는 자들이죠. 특히 시끌벅적하게 염문은 났지만 당신이 소유하지는 못했던 여자들은 사람들 앞에서 노골적으로 당신을 헐뜯을 테고, 반대로 당신이 손에 넣었던 여자들은 교묘하게 속이려고 들 겁니다. 그러니까 지금까지 과대평가를 받은 것이라면, 앞으로는 과소평가를 받게 될지 모른다는 겁니다.

그러니 자작님, 이제 돌아오세요. 그 유치한 변덕 때문에 당신의 명성을 희생시킬 건가요? 볼랑주의 딸은 이미 우리가 원하던 대로 되었고, 10리외나 떨어져 있는 법원장 부인을 상대로 욕구를 충족시킬 수는 없는 것 아닌가요? 정말 그 여자가 당신을 찾아올 거라고 생각하나요? 어쩌면 이미 당신 생각도 잊은 게 아닐까요? 생각을 하고 있다면 아마 당신에게 모욕을 준 것을 스스로 기뻐하고 있을 겁니다. 적어도 파리에서라면 당신의 화려했던 명성을 되찾을 수 있는 기회가 오지 않을까요? 실제 필요한 것이기도 하고요. 당신이 매달려 있는 그 우스꽝스러운 모험을 포기할 수 없다면, 파리에 와 있다고 해도 문제될 건 없지 않은가요? 오히려 도움이 될 것 같은데요……

아직 증거는 보지 못했지만, 당신이 입이 닳도록 얘기하는 대로 법원장 부인이 당신을 사랑한다고 칩시다. 그 여자는 어떨까요? 당신에 대해서 얘기하고, 당신이 뭘 하고 있고 무슨 말을 하고 무슨 생각을 하는지 아는 게 유일한 위안이고 기쁨일 겁니다. 아무것도 가진 게 없는 상태에서는 진정 별 볼일 없는 것도 가치를 갖는 법이니까요. 말하자면 부자의 식탁에서 떨어지는 빵부스러기 같은 것 말입니다. 부자는 거들떠보지도 않지만 가난한 사람은 게걸스럽게 모아 배를 채우죠. 법원장 부인은 지금 그 부스러기를 받아먹고 있는 겁니다. 많이 긁어모을수록 먹어치우고 싶은 욕심은 줄어들 거란 말입니다.

더구나 당신은 그 여자가 누구에게 속내를 터놓고 있는지도 알고 있습니다. 짐작컨대 그 여자가 받는 편지에는 적어도 설교가 한 가지쯤 끼어 있을 테고, "품행을 바르게 하고 미덕을 강화하기에"[9] 적합하다고 생각되는 게 줄줄이 등장하겠죠. 그러니까 그 여자는 스스로를 지켜낼 수 있는 힘을 얻는 셈이고, 당신 백모는 당신을 해치고 있는 것 아닌가요? 왜 그런데도 그대로 두는 거죠?

물론 그렇다고 그 여자가 의논 상대를 바꾸는 바람에 상황이 더 나빠지리라는 당신 생각에 찬성하는 건 아닙니다. 우선 볼랑주 부인은 자작님을 싫어했죠. 증오는 호의에 비해 훨씬 더 명철하고 간교한 법이랍니다. 그에 비해 당신의 백모는, 아무리 미덕이 확고하다고 한들, 사랑하는 조카에 대해 나쁜 말을 하지는 못할 겁니다. 미덕에도 약점이 있는 거죠. 그러니까 자작님의 걱정은 아무 근거가 없는 겁니다.

"여자란 나이를 먹을수록 까다롭고 엄격해진다"는 말 역시 옳지 않습니다. 여자들은 40~50대가 되면 얼굴이 처지는 게 눈에 보이고, 여전히 미련은 남아 있는데 그동안의 야심과 쾌락을 버려야 한다는 사실 때문에 화가 난답니다. 그러면 대부분의 여자가 정숙한 척하면서 까다로워지죠. 완전히 체념하기까지는 아주 오랜 시간이 필요하답니다. 일단 체념이 오면 그다음은 두 부류로 나누어집니다.

가장 흔한 부류는 얼굴과 젊음밖에 가진 게 없었기 때문에 멍청이처럼 무기력한 상태에 빠지는 여자들입니다. 도박을 하거나 교회에 가는 게 다죠. 이런 부류의 여자들은 언제나 따분하고 잔소리가 심합니다. 때로

---

[9] 희극 「모든 걸 다 알 수는 없다」.

신경질도 냅니다. 심술이 심하지는 않지만요. 이런 여자들은 엄격하다 아니다 말할 것도 없답니다. 생각이 없고 자기 삶도 없기 때문에 무슨 뜻인지도 모르면서 남의 말을 그대로 따라할 뿐이니까요. 자기 자신은 그야말로 아무것도 아닌 거죠.

다른 부류는 그 수가 훨씬 적지만 진짜 소중한 사람들입니다. 나름대로 개성도 있고 이성적 사고를 키우는 것도 소홀히 하지 않았기 때문에, 자연이 주는 삶이 없으면 스스로 만들어낼 줄 아는 여자들이죠. 이전에 얼굴을 꾸미느라 공들여 치장을 했다면 이제는 온몸을 치장합니다. 대개 건전한 판단력을 가지고 있고, 사고는 굳건하면서도 동시에 즐겁고 우아하죠. 남자를 유혹하는 매력 대신 선의로 마음을 끌고, 또 나이가 들수록 매력이 더해가는 쾌활함으로 마음을 끌기도 합니다. 말하자면 젊은 사람들의 사랑을 받으면서 자기 자신도 젊어지는 겁니다. 그래서 자작님 말대로 '까다롭고 엄격한' 게 아니라 오히려 너그러움이 몸에 배어 있습니다. 그들은 인간의 약점에 대해서 많이 생각했기 때문에, 무엇보다도 젊은 날의 추억을 통해 삶을 살아가고 있기 때문에, 오히려 대하기 쉽다고 할 수 있습니다.

내가 말할 수 있는 건 바로 이겁니다. 난 이런 노인들을 많이 만났답니다. 그런 사람들에게 좋은 말을 듣는 게 얼마나 유용한지를 일찍부터 깨달았기 때문이죠. 그중에는 이해관계를 넘어 진짜 좋아서 만난 경우도 있습니다. 자, 이 얘기는 여기까지 합시다. 요즈음 자작님은 하도 빨리 달아오르기 때문에 — 그것도 정신적으로 — 더 계속했다간 또 갑자기 백모님을 사랑하게 될까 봐 겁이 나네요. 이미 오래전부터 틀어박혀 있는 그 무덤 속에 백모와 함께 묻히게 될까 봐요. 자, 본론으로 돌아갑시다.

자작님은 그 귀여운 제자가 아주 마음에 드는 모양이지만, 나로선 아무리 봐도 당신의 계획과 관련 있어 보이지 않는군요. 그저 손에 닿는 곳에 있어서 가진 것뿐이죠. 아주 잘했어요! 하지만 당신 취향에 맞는 애도 아니고 어차피 완벽한 향락도 아니지 않은가요? 그저 몸을 가졌을 뿐인걸요! 그렇다고 그 애의 마음에 대해서 말하려는 건 아닙니다. 어차피 당신은 아무 관심이 없으니까요. 내가 말하려는 바는 바로 당신은 그 애의 머릿속을 차지하지 못했다는 겁니다. 당신은 눈치 채지 못했는지 모르지만, 나는 지난번 그 애가 보낸 편지에서 증거를 찾아낼 수 있답니다.[10] 보내드릴 테니 직접 한번 판단해보시죠. 그 애가 자작님 얘기를 할 때면 언제나 '발몽 자작님'이라고 하더군요. 그 애의 머릿속에서는 모든 생각이, 심지어 당신에게서 연유한 생각마저도, 언제나 당스니로 귀결되죠. 그래요. 당스니 기사님이라고 하지 않고 그냥 당스니 님이라고 부르더군요. 그렇게 해서 다른 사람과 구별 짓는 거죠. 그 아이는 당신에게 몸을 맡기면서도 사실은 당스니와 즐기고 있는 겁니다. 이런 아이를 정복한 것이 '매력적'으로 느껴지고 그 아이가 주는 쾌락에 '마음이 끌린다'면, 당신은 정말 소박하고 쉬운 사람입니다. 그 아이를 더 데리고 있는 건 자작님 마음이죠. 내 계획에도 포함되니까요. 하지만 그렇게 시간을 허비할 일은 아닌 것 같군요. 그 정도 사로잡았으면 한동안 당스니를 잊게 만든 대가로 잠시라도 애인한테 돌려보내주어야 하지 않을까요?

    자작님 얘기는 그만 하고 내 얘기를 해보죠. 그 전에 한 가지, 그렇게 아픈 척하고 있는 건 이미 누구나 다 아는 낡은 수법이 아닌가요? 자작님, 정말 창의적이지 못하네요! 물론 나도 때로는 낡은 수법을 재탕하기는 하지만, 그래도 매번 세부사항은 바꾸려고 노력한답니다. 그리고 무엇보다

---

10 백아홉번째 편지를 말한다.

도 결국은 성공을 거두니까 문제될 게 없고요. 사실 이번에도 옛날 방법을 사용해서 새로운 모험을 하나 해볼까 하고 있답니다. 어려운 일을 해냈다고 내세울 건 없겠지만, 나름대로 기분전환은 될 테죠. 요즈음 심심해서 죽을 지경이기도 하니까요.

이유는 모르겠지만 아무튼 프레방 사건 이후 벨르로슈가 보기 싫어지는 겁니다. 그는 쉬지 않고 나에게 관심과 애정, 그리고 숭배를 쏟아붓고 있지만, 더 이상 참기 어렵네요. 처음엔 화내는 모습도 나쁘지 않았고, 어쩔 수 없이 그냥 달래주곤 했습니다. 그대로 화를 내게 두면 별로 좋을 게 없고, 또 어차피 차근차근 설명을 하려고 해도 듣지를 않으니까요. 좀더 짙은 애정을 보여주며 구슬리곤 했죠. 그랬더니 벨르로슈는 그걸 그대로 믿고는 나를 아주 성가시게 하는군요. 영원한 기쁨 운운하면서 말입니다. 더구나 나에 대해서 아주 자신만만해하고 있죠. 마치 내가 영원히 자기 것이라도 되는 양 말입니다. 정말 모욕적인 일이잖아요. 내가 영원히 자기를 좋아하리라고 생각한다면 정말 나를 우습게 본 거죠! 지난번에는 글쎄 자기 말고 다른 남자를 사랑해본 적이 없지 않느냐고 묻는 겁니다. 당장에 사실을 밝히고 정신을 들게 해주고 싶었지만, 신중해야 했기에 간신히 참았습니다. 나에 대해 독점적인 권리를 가지려고 하다니 정말 우스운 사람이죠? 물론 나름 잘생기고 얼굴도 괜찮다는 건 인정합니다. 하지만 어차피 사랑의 장난일 뿐이죠. 때가 되면 헤어져야 하고요.

이미 보름 전부터 난 냉정하게 대하다가 변덕을 부리고, 화를 내고 싸움을 걸어보기도 하고, 그렇게 대하고 있답니다. 하지만 워낙 끈질긴 사람이라 웬만해서 포기를 하지 않는군요. 좀더 과격한 방법을 써야 할까 봅니다. 그래서 그를 시골 별장으로 데려가기로 했습니다. 모레 떠나죠. 동행하는 사람들은 모두 별 관심도 없고 관찰력도 없는 사람들이라 우리

둘이 있는 것과 다름없이 자유롭게 지낼 수 있을 것 같습니다. 그곳에서 단둘이 지내며 그에게 사랑과 애무를 퍼부어줄 겁니다. 두고 보라죠. 지금 저렇게 좋아하고 있지만 분명 나보다 더 간절히 여행이 끝나기를 기다리게 될 겁니다. 여행에서 돌아온 후에 혹시 나 혼자만 싫증이 나고 그 사람은 여전히 날 포기하지 못한다면, 그래요, 내가 자작님보다 낫다는 말을 포기하도록 하죠.

하지만 내가 시골에 틀어박히는 공식적인 이유는 중요한 소송사건을 좀더 심각하게 준비하기 위해서랍니다. 초겨울쯤에 판결이 있을 거고, 준비하는 동안 칩거 생활을 하면 좋을 테니까요. 사실 전 재산이 걸려 있는데 마음이 편할 수는 없지 않겠어요? 물론 재판에 질까 봐 걱정을 하고 있는 건 아닙니다. 우선 내 쪽이 유리하죠. 변호사들도 장담하고 있고요. 또 설사 유리한 입장이 아니라고 해도 어린 미성년자와 늙은 후견인을 상대로 해서 재판을 이기지 못하다면 정말 모자라는 인간이 아니겠어요? 하지만 이처럼 중요한 일에서는 아무리 작은 일이라도 소홀히 할 수 없는 거고, 그래서 변호사 두 명도 동행하는 겁니다. 따분한 여행이 될 것 같은가요? 하지만 소송도 이겨야겠고 벨르로슈도 떼어버려야겠고, 그러니 시간 낭비라고 아까워하지 않으렵니다.

자, 자작님. 이제 누가 벨르로슈의 뒤를 이을지 맞혀보시죠. 백 번의 기회를 드릴게요. 아! 자작님이 이런 문제를 한 번도 알아맞힌 적이 없다는 걸 알면서 왜 물었을까요? 그래요. 바로 당스니랍니다. 놀라운가요? 그래도 아직까지는 내가 어린애들을 가르치는 정도까지 떨어진 건 아니니까, 놀랄 만도 한 일이죠. 하지만 당스니만은 예외가 될 만하답니다. 젊음의 매력만 있고 젊음 특유의 경박함은 없는 청년이더군요. 사람들이 모여 있을 때도 매우 신중하기 때문에 아무런 의심을 사지 않을 테고, 하지만 단둘이 앉아 속내를 털어놓을 땐 아주 사랑스럽죠. 물론 벌써 끌어들인 건 아닙니다. 아직은 그저 말을 들어주는 상대일 뿐이랍니다. 하지만 우정의 베일 아래서 이미 느껴지던걸요. 나에 대해 상당히 호감을 갖고 있다는 게 말입니다. 나 역시 그가 마음에 듭니다. 그런 지성과 섬세함을 가진 청년이 겨우 볼랑주 같은 아이의 제물이 되어 고생을 한다는 게 유감스러울 정도인걸요. 당스니는 그 아이를 진짜 사랑하는 게 아니라 착각하고 있는 겁니다. 당스니의 사랑을 받을 만한 여자가 아닌걸요! 질투 때문에 이러는 게 아닙니다. 그건 당스니를 죽이는 일과 마찬가지기 때문이고, 난 당스니를 구해주고 싶습니다. 그러니 자작님, 제발 당스니가 '나의 세실'(아직도 이렇게 부르는 나쁜 버릇을 버리지 못했더군요) 곁에 다가가지 못하게 해주세요. 첫사랑은 생각보다 강한 법이라 당스니가 다시 세실을 만나면 어떻게 될지 자신이 없거든요. 특히 내가 없을 때 둘이 만나는 건 안 됩니다. 시골에서 돌아온 다음 내가 책임지고 다 해결하도록 하죠.

　　당스니도 데려갈까 생각해봤지만, 평상시처럼 신중하게 행동하는 게 나을 듯해 포기했습니다. 또 그러다 괜히 당스니가 나와 벨르로슈 사이를 알아차릴 수도 있고요. 만일 당스니가 조금이라도 눈치를 챘다면 정말 견디지 못할 것 같거든요. 그가 날 순결하고 흠 없는 모습으로 그리기를 원합니다. 당스니에게 진정으로 어울리는 사람이 되려면 그런 모습이어야 하니까요.

17××년 10월 15일, 파리에서

백열네번째 편지

투르벨 법원장 부인이 로즈몽드 부인에게

부인, 너무나 걱정이 되어서 결국 편지를 드리게 되었습니다. 답장을 주실 수 있는 상태인지도 제대로 모르면서 이렇게 여쭙고 마는군요. 발몽 님의 상태가 '위험하지는 않다'고 하셨지만, 전 그렇게 생각할 수가 없습니다. 우울해지고 사람을 피하는 증상은 심각한 병에 걸렸다는 징조인 경우가 많으니까요. 육체에 병이 들면 마음이 병들었을 때와 마찬가지로 고독을 원하는 법이잖습니까? 그러다 보면 몸이 아픈 것을 걱정해주어야 할 사람한테 오히려 왜 자꾸 언짢아하냐고 나무라는 일도 생기게 되고요.

제 생각으로는, 일단 의사한테 보여야 하지 않을까요? 부인께서도 건강이 좋지 않으시니까 주치의가 가까이 있지 않은가요? 저도 오늘 의사를 만났고, 솔직히 말씀드리면 이름은 대지 않고 발몽 님의 상태에 대해서 돌려서 물어보았습니다. 의사의 말이, 평소 활발하던 사람이 갑자기 무기력한 상태에 빠진다면 절대 소홀히 해서는 안 된다고 하더군요. 제때 대처하지 않으면 나중에는 치료를 받아도 소용이 없다고요. 부인께 그토록 소중한 분이신데 그냥 내버려두면 안 되지 않을까요?

저를 더욱 불안하게 만드는 건 지난 나흘 동안 그분의 편지가 없었다는 겁니다. 설마 그분의 상태에 대해서 거짓말을 하고 계신 건 아닌지요? 왜 갑자기 편지를 끊어버리신 걸까요? 혹시 매번 제가 편지를 되돌려보냈기 때문이라면, 이미 전부터 그러셨어야 하는걸요. 자꾸 불길한 예감이 들고, 또 며칠 전부터 너무나 슬프고 두렵습니다. 아! 가장 끔찍한 불행이 다가오는 게 아닐까요!

말씀드리기 창피한 일이기는 하지만, 그분한테서 편지가 오지 않는 것 때문에 얼마나 마음이 괴로운지 모릅니다. 물론 다시 온다고 해도 읽지는 않겠죠. 하지만 편지를 보면서 적어도 그분이 절 생각하고 있다는 건 확신할 수 있었거든요! 그분한테서 온 것이 내 눈앞에 있었으니까요! 뜯어서 읽어보지는 않았지만, 전 그냥 편지를 처다보면서 하염없이 울었답니다. 그때의 눈물은 지금보다 더 감미로웠죠. 그리고 그저 한없이 흘러내렸어요. 파리에 돌아온 이후 헤어날 수 없는 우울감에 빠진 제 마음을 그나마 조금이라도 달래준 것은 오직 그 눈물뿐이었답니다. 부인, 제발 너그러움을 베푸셔서 건강이 좋아지시는 대로 답장을 써주십시오. 그리고 그때까지는 다른 사람을 시켜서라도 부인의 소식과 그분의 소식을 전해주십시오.

그러고 보니 부인께 드릴 얘기는 한 마디도 못 했네요. 그래도 제 마음을 다 알아주시리라고 생각합니다. 부인을 한없이 사랑합니다. 그리고 다정한 우정을 베풀어주신 것을 진심으로 감사드립니다. 제가 지금 이렇게 허둥대는 것, 어쩔 줄 모르고 괴로워하는 것, 그분이 저 때문에 병이 난 게 아닌지 전전긍긍하는 것, 이 모든 것을 용서해주시리라고 생각합니다. 아! 하느님! 절망적인 생각에 쫓겨 가슴이 찢어질 듯합니다. 지금껏 이런 불행을 모르고 살아왔는데, 지금 전 그 모든 불행을 다 겪기 위해 태어난 사람 같습니다.

그럼 부인, 이만 작별 인사를 드립니다. 절 사랑해주시고 불쌍히 여겨주십시오. 오늘 편지를 주시럽니까?

17××년 10월 16일, 파리에서

백열다섯번째 편지

발몽 자작이 메르테유 후작 부인에게

나의 아름다운 벗이여, 떨어져 지내게 되었다고 어느새 이렇게 생각이 달라졌다니 참으로 놀라운 일이로군요. 제가 부인 곁에 있을 때는 항상 우리 둘이 똑같이 느끼고 생각하는 것도 같았었는데요. 석 달도 채 안 되었는데 어느새 한 가지도 맞는 게 없게 되었군요. 우리 둘 중 누가 틀린 걸까요? 물론 부인께선 서슴없이 대답하시겠죠. 하지만 전 보다 현명하고 예의 바른 사람인지라 그렇게 단숨에 잘라 말하지는 못하겠군요. 그저 답장 삼아 제가 어떻게 했는지를 알려드리겠습니다.

우선 저에 대해서 떠도는 소문에 대해서 충고해주신 것은 감사드립니다. 하지만 전 별로 걱정하지 않습니다. 그런 소문이야 조만간 멈추게 할 자신이 있으니까요. 너무 걱정하지 마십시오. 제가 다시 사교계에 등장할 때는 이전보다 더 유명해져 있을 테고, 부인께도 보다 더 잘 어울리는 사람이 되어 있을 겁니다.

볼랑주 딸하고 있었던 일 역시, 물론 부인께서는 대수롭지 않게 생각하시지만, 사람들한테는 대단한 일이 되리라고 기대합니다. 하룻밤 사이에 한 아가씨를 애인한테서 빼앗아오고, 내 소유물인 듯 마음대로 농락하고, 감히 몸을 파는 여자들한테도 시키지 못할 일을 하게 만들었잖습니까? 더구나 애인을 향한 다정한 사랑은 그대로 남겨둔 채로 말입니다. 어차피 애인을 향한 아가씨의 마음이 변한 것도 아니고, 애인을 배반한 것도 아니잖습니까. 말씀하신 대로 전 아가씨의 머릿속도 차지하지 못했으니까요. 마음껏 즐기고 나서, 정작 자신은 느끼지도 못하는 사이에 다시 애인의 품으로 돌려줄 생각입니다. 부인께선 이 모든 게 별일 아니라고 생각하시지만, 과연 그렇게 평범한 일일까요? 장담컨대, 내가 심어준 도덕 원칙들은 아가씨가 내 품을 떠난 후에도 계속해서 자라날 겁니다. 결국 수줍은 여학생은 머지않아 스승의 이름을 빛내게 될 거고요.

혹시 사람들이 영웅적인 유형의 사건을 더 좋아한다면, 법원장 부인을 보여주면 됩니다. 온갖 미덕의 표본 같은 여자! 내로라하는 바람둥이들도 존경하는 여자! 어느 누구도 감히 공격해볼 엄두를 내지 못하는 여자를 말입니다. 그런 여자가 자기 의무도 잊고 미덕도 저버린 채 그동안 쌓아온 명성과 2년 동안 지켜낸 정절을 희생하면서까지 내 마음을 얻으려고 애쓰는 모습, 날 사랑하는 행복에 도취된 모습을 보여줄 겁니다. 그녀는 내 말 한 마디, 눈길 한 번으로 자기가 치른 엄청난 희생이 보상된다고 믿고 있죠. 그런 말과 눈길은 영원히 얻을 수 없을 텐데 말입니다. 아니 그 정도로 끝내지 않을 겁니다. 난 그녀를 버릴 거니까요. 그러고 나면, 내가 아는 한, 내 뒤를 이어 그녀의 사랑을 차지할 자는 아무도 없을 겁니다. 위로받고 싶은 마음이 아무리 커도, 이미 몸에 익은 쾌락이 제아무리 절실해도, 심지어 견딜 수 없이 복수하고 싶어도, 그 여자는 그냥 견뎌낼 겁니다. 결국 나 한 사람만을 위해 존재하게 되는 거죠. 그녀가 앞으로 얼마 동안을 살건 결국 나 혼자만이 그 문을 열고 닫은 사람이 되는 겁니다. 그렇게 승리를 얻고 나면 경쟁자들에게 이렇게 말할 겁니다. "자! 내가 뭘 했는지 보시오. 100년 안에 이만한 일이 또 나올 수 있단 말이오!"

도대체 뭘 믿고 그렇게 자신만만하냐고 묻고 싶으시겠죠? 그건 바로 지난 일주일 전부터 나의 연인이 속마음을 털어놓은 내용을 다 알게 되었기 때문입니다. 물론 저한테 직접 고백한 것은 아니죠. 몰래 보았습니다. 그러니까 그녀가 로즈몽드 백모님께 보낸 편지를 두 통 만 읽어봐도 다 알겠더군요. 나머지 편지들은 그냥 호기심 때문에 읽어보았을 뿐이랍니다. 이제 다시 다가가기만 하면 됩니다. 성공이 분명합니다. 다가갈 수 있는 방법도 찾아냈고요. 곧 실천에 옮길 생각입니다.

어떤 방법인지 궁금하신가요?……하지만 제가 고심해서 생각해낸 것들이 성공하리라는 걸 믿지 않으신 데 대한 벌로, 알려드리지 않겠습니다. 적어도 이번 일과 관련해서는 설사 제가 부인에 대한 신뢰를 거두어들인다고 해도 할 말이 없으실 겁니다. 이번 일이 성공하면 주시겠다고 약속한 그 달콤한 상만 아니라면 부인께 말도 하지 않았을 겁니다. 보시다시피 전 화가 났습니다. 하지만 부인께서 스스로 잘못을 고치시리라고 기대하면서 이 정도 가벼운 벌에 그치려고 합니다. 다시 너그러운 마음을 가지고 얘기해보죠. 잠시 나의 원대한 계획은 잊고, 부인의 계획에 대해 얘기하겠습니다.

지금쯤은 시골에 계시겠군요. 연애감정이란 것처럼 지겹기 그지없고 정조 관념처럼 쓸쓸한 시골에 말입니다! 벨로로슈도 참 불쌍하군요! 그에게 망각의 물을 먹이는 것만으로는 만족할 수 없어서 고문을 하시겠다는 거죠! 그는 어떤가요? 사랑의 혐오감을 잘 감내하고 있나요? 저로선 이 일을 겪고 나서 그자가 부인께 더 질긴 애착을 갖게 되었으면 합니다. 막상 그렇게 되면 다른 어떤 효과적인 방법을 쓰실지 궁금하군요. 솔직히 말씀드리면 어째서 그렇게 하셨는지 정말 딱한 마음이 듭니다. 저도 그런 사랑을 딱 한 번 해보았습니다. 하지만 분명한 이유가 있었죠. 상대가 ×× 백작 부인이었으니까요. 전 그때 백작 부인의 팔에 안겨서 수없이 이런 말을 하고 싶었습니다. "부인, 내가 원하던 자리를 포기할 테니 제발 이곳에서 나갈 수 있게 해주십시오." 정말 상대방에 대해 험담을 하고서도 기분이 좋은 건 그 여자 한 사람뿐이었습니다.

하지만 부인께서 그런 일을 하게 된 동기라는 건 솔직히 말씀드리면 정말 우스꽝스러워 보이는군요. 누가 벨르로슈의 후계자가 될지 내가 알아맞히지 못할 거라고 생각하신 건 당연히 옳습니다. 세상에! 당스니를 위해 그런 수고를 하시다니요! 아! 나의 아름다운 벗이여, 당스니는 그냥 '정숙한 세실'을 연모하게 두시죠. 아이들 장난에 끼어들어 이름을 더럽히지 마십시오. 어린애들은 '하녀들'한테 배우든지 아니면 수녀원 출신 아가씨들과 '소꿉장난'이나 하게 두십시오. 부인을 가질 줄도 모르고 또 부인을 떠날 줄도 모르는 풋내기를 왜 떠맡으시려고 하시는지 정말 모를 일이군요. 진심으로 말씀드리는데, 부인께선 잘못 선택하신 겁니다. 아무리 아무도 모르는 일이라고 하지만, 적어도 제 눈에는 그리고 부인의 양심에 비추어보면 분명 모욕적인 일이 아닙니까?

당스니가 무척 마음에 든다고 하셨나요. 잘못 생각하신 겁니다. 왜 그렇게 된 건지도 알 듯합니다. 벨르로슈가 싫어졌을 때 파리에 쓸 만한 남자가 별로 없었지 않은가요? 선택의 여지가 별로 없는 상황에서 늘 격정적인 부인께서는 처음 만나는 상대에게 그대로 쏠린 겁니다. 잘 생각해보십시오. 파리에 돌아오실 때면 많은 남자를 놓고 선택하실 수 있을 겁니다. 혹시 미적거리다가 아무도 못 찾고 그냥 지내게 될까 봐 두려우신 거라면, 그때는 부인께 주어진 여유 시간을 제가 기꺼이 즐겁게 채워드리겠습니다.

돌아오실 때까지는 제 일들 역시 어떤 식으로든 마무리될 겁니다. 분명한 사실은 볼랑주 아가씨든 법원장 부인이든 신경 쓸 게 없어질 테니 원하시는 만큼 부인을 섬길 수 있으리라는 겁니다. 어쩌면 그 사이 이미 아가씨를 신중한 애인의 손에 넘겨주었을지도 모르고요. 부인이 뭐라고 하시든 분명 나름대로 매력적인 쾌락이었습니다만, 어쨌든 이대로 계속하다간 건강을 해치게 될지도 모르겠다는 생각이 들 정도로 온 힘을 쏟고 있답니다. 아가씨가 평생 절 이 세상에서 가장 훌륭한 남자로 생각하게 만들 겁니다. 지금 제가 신경을 쓰고 있는 건 오직 한 가지, 그러니까 가족 문제죠……

무슨 말인지 모르시겠나요? 그러니까 이 일이 두번째 단계로 넘어가기를 기다리고 있습니다. 제가 원하는 대로 되었는지, 계획이 다 완수된 건지 확인해야죠. 그렇습니다. 나의 아름다운 연인이여, 전 이미 제 제자의 남편이 대가 끊길 염려는 없다는 것, 그리고 앞으로 제르쿠르 가(家)는 발몽 가의 분가(分家)가 되리라는 징후를 포착했답니다. 처음에는 부인의 청으로 시작된 일이지만 이제 제 뜻대로 끝내게 해주십시오. 만일 부인 때문에 당스니의 마음이 변해버리면 이 일에서 짜릿한 재미가 사라지게 된다는 것을 잊지 마십시오. 그리고 부인께선 절 당스니의 대리인으로 삼으신 셈이니 저로선 어느 정도 우선권을 주장할 수 있다는 것도 고려해주십시오.

전 정말 기대가 크답니다. 그래서 결국 부인의 계획에 어긋나는 일인 줄 알면서도 부인의 신중한 벗 당스니를 돕기로 했습니다. 첫사랑의 대상으로 선택한 아가씨를 향한 열정이 더욱더 불타오를 수 있도록 말입니다. 어제 부인께서 후견하는 아가씨가 열심히 편지를 쓰고 있더군요. 그 달콤한 작업을 처음에는 보다 더 달콤한 작업으로 방해를 했죠. 그러다가 편지를 보여달라고 했습니다. 차갑고 어색한 글이더군요. 이래서는 애인을 위로할 수 없으니 불러주는 대로 다시 쓰라고 했습니다. 허튼 소리만 쫑알거리는 아가씨의 평소 편지를 가능한 한 흉내 내면서, 우리 젊은 청년의 사랑에 보다 확실한 소망을 준 겁니다. 아가씨는 자기가 편지를 이렇게 잘 썼다는 게 너무 기쁘다고 하더군요. 저야 당스니를 위해서라면 무슨 일이든 못하겠습니까? 그의 친구이며 의논 상대자이고, 동시에 그의 연적이고, 또 정부라도 되어줄 겁니다. 우선 지금은 부인과의 위험한 관계에서 그를 구해내려고 합니다. 그렇습니다. 위험한 관계죠. 부인을 소유했다가 잃는 것은 한순간의 행복을 누리는 대가로 영원한 회한을 남기는 것이니까요.

그럼 아름다운 벗이여, 이만 작별 인사를 드리겠습니다. 용기를 내셔서 하루빨리 벨르로슈를 쫓으십시오. 그리고 당스니는 그냥 두십시오. 부인과 저, 우리 두 사람 모두 첫 관계 때의 달콤한 쾌락을 되찾을 수 있도록 준비해주십시오.

추신. 큰 소송이 곧 판결난다고 하니 축하드립니다. 그리고 그런 좋은 일이 제가 부인을 차지하고 있는 동안 일어날 거라는 사실이 무척 기쁩답니다.

17××년 10월 19일, ××× 저택에서

백열여섯번째 편지

당스니 기사가 세실 볼랑주에게

메르테유 부인이 오늘 아침 시골로 떠났습니다. 아, 나의 사랑스런 세실, 그대가 떠난 후 내게 남아 있던 유일한 기쁨은 메르테유 부인과 함께 당신 얘기를 나누는 것이었는데, 이제 그 기쁨마저 빼앗긴 겁니다. 얼마 전 부인께서 자기를 벗이라고 불러도 좋다고 하셨고, 나는 기꺼이 받아들였죠. 그렇게 해서 당신과 더 가까워지는 것 같았답니다. 세상에! 정말 좋은 분이더군요! 그분으로 인해서 난 우정이란 게 진정 마음을 달래주는 힘을 지닌다는 걸 알게 되었습니다! 그분은 사랑 대신 우정에 모든 걸 바치시는 듯하더군요. 그리하여 우정이라는 감미로운 감정이 더욱 아름답고 강한 것이 되게 하시고요. 그분이 당신을 얼마나 사랑하는지, 그리고 내가 당신 얘기를 하는 걸 들으며 얼마나 기뻐하시는지, 아마도 당신은 모를 겁니다. 그 때문에 내가 부인을 좋아하는 것이기도 하고요. 부인하고 그대, 이렇게 두 사람만을 위해서 살 수 있다면 얼마나 행복할까요! 감미로운 사랑과 다정한 우정 사이를 오가면서 말입니다. 내 삶을 다 바치겠습니다. 그분과 당신 사이에서 사랑의 징검다리가 되겠습니다. 한쪽의 행복을 섬기면 저절로 나머지 한쪽의 행복이 오게 되는 거죠! 나의 사랑스런 세실, 메르테유 부인을 사랑하도록 해요. 많이 사랑하도록 해요. 나와 함께 그분을 사랑해서, 그분을 좋아하는 내 마음이 더욱 값진 것이 되게 해줘요. 난 우정의 매력을 맛보았고, 이제 그대 역시 그러기를 바랍니다. 그대와 함께 나누지 못하는 기쁨은 반쪽짜리 기쁨에 지나지 않으니까요. 그래요, 나의 세실, 온갖 부드러운 감정을 다 바쳐서 그대의 마음을 감싸고 싶습니다. 그리하여 당신의 마음이 한번 움직일 때마다 행복을 맛보게 되기를 바랍니다. 물론 그렇다고 해도 당신한테서 받은 행복을 전부 돌려주는 건 불가능할 테지만요.

하지만 어째서 이런 아름다운 계획들이 헛된 공상일 수밖에 없는 걸까요? 어째서 현실은 정반대로 한없이 고통스러운 고독만을 주는 걸까요? 시골에서 우리가 만날 수 있을 거라는 희망, 당신이 심어준 그 희망은 이제 포기해야 할 것 같습니다. 그러면 나에게 남은 유일한 위안은 그것이 당신한테는 정말 불가능한 일이었다고 스스로를 설득하는 일뿐이겠죠. 당신은 나한테 제대로 얘기도 하지 않고 내 고통을 함께 나누지도 않지만 말입니다! 벌써 두 번이나 하소연했는데도 답장이 없군요. 아, 세실! 당신이 진정 온 영혼을 바쳐 날 사랑하고 있다는 건 알지만, 당신의 영혼은 내 영혼처럼 불타오르지는 않나 봅니다! 장애물을 치워내야 하는 게 당신이 아니라 내 몫의 일이라면 어떨까요? 그대가 나서서 해결해야 하는 게 아니라면, 차라리 모든 게 내가 할 일이라면 얼마나 좋을까요? 사랑이 있으면 그 어떤 것도 불가능하지 않다는 걸 바로 증명해 보일 수 있을 텐데 말입니다.

또 당신은 이 잔인한 이별이 언제 끝날 건지에 대해서도 말이 없군요. 그대가 여기 있다면 적어도 얼굴은 볼 수 있을 테고, 당신의 아름다운 눈길만으로도 시름에 지친 내 마음이 다시 힘을 얻을 수 있을 테죠. 그리고 그 다정한 눈빛은 날 안심시켜줄 테고요. 가끔씩 내 마음은 정말 그럴 필요가 있답니다. 아! 세실, 미안합니다. 당신을 의심해서 이렇게 불안한 건 아닙니다. 난 당신의 사랑을 믿고, 당신의 마음이 변치 않는다는 것을 믿고 있습니다. 아! 그것마저 믿지 못한다면 얼마나 불행할지! 하지만 왜 이다지도 많은 장애물이 우리를 가로막는지! 왜 끊임없이 새로운 장애물이 생겨나는 걸까요! 오, 나의 연인이여, 난 지금 슬픕니다. 아주 슬픕니다. 아마도 메르테유 부인이 떠나는 바람에 모든 불행의 감정이 내 안에 되살아났나 봅니다.

그럼 세실, 이만 안녕히. 나의 연인이여, 안녕히. 당신의 연인이 슬퍼하고 있다는 걸, 오직 당신만이 행복을 되찾아줄 수 있다는 걸 기억하기를 바랍니다.

17××년 10월 17일, 파리에서

백열일곱번째 편지

세실 볼랑주가 당스니 기사에게
(발몽이 부른 것을 받아씀.)

당신이 슬픔에 빠져 있는 건 나도 알지만, 그렇다고 나까지 책망을 듣고서 슬퍼질 필요가 있다고 생각하시나요? 당신이 괴로운 만큼 나 역시 고통스럽다는 걸 믿지 못하시는 건가요? 저 때문에 힘들다는 건 잘 알고 있고, 저 역시 그 고통을 함께하고 있잖아요. 그런데 그렇게 나무라시면 결국 내가 더 많이 괴로운 셈이네요. 아! 그러지 마세요. 왜 화를 내시는지는 알 것 같아요. 지난번에 두 번이나 여기에 오고 싶다고 하셨는데 제가 답장을 안 해서 그런 거죠? 하지만 그런 글에 답장을 하는 게 쉬운 일일까요? 당신이 요구하는 게 나쁜 일이라는 걸 모를 거라고 생각하세요? 멀리 떨어져 있어도 거절하는 게 이렇게 어려운데, 만일 당신이 이곳에 오신다면 어떻게 되겠어요? 한순간 당신을 위로하려 들다가 평생을 슬프게 살아야 할지도 모르는 일이잖아요.

정말 전 하나도 숨기지 않았어요. 제 행동에 대해서는 이유를 다 얘기했으니 판단은 당신이 하세요. 어쩌면 내가 묻지도 않고서 당신이 원하는 일을 해낸 것인지도 몰라요. 우리 모두를 고통스럽게 하는 제르쿠르 백작님이 금방 돌아오지는 않을 거라고 하니까요. 그리고 얼마 전부터는 엄마도 훨씬 다정하게 대해주세요. 나도 최선을 다해서 엄마 비위를 맞추고 있고요. 이러다 엄마가 내 뜻을 받아들여줄지도 모르잖아요? 우리 두 사람이 행복해지고 그러면서도 내가 자책하지 않아도 된다면, 더 나은 상황이 아닌가요? 사람들이 그러는데, 남자들은 결혼 전에 여자의 사랑을 너무 많이 받으면 아내가 되고 난 후에는 사랑이 식는다고 하던데요? 다른 무엇보다도 이 말이 마음에 걸려요. 당신은 내 마음을 믿는 거죠? 그리고 너무 늦어버리는 일은 없겠죠?

설사 제르쿠르 백작님과 결혼해야 하는 불행을 피할 수 없게 된다고 해도 — 알지도 못하는 분인데 미워하기부터 하네요 — 당신의 사람이 되기 위해 무슨 일이든 할 거라고 약속드릴게요. 전 당신의 사랑만 있으면 돼요. 혹시 나쁜 일을 하게 된다고 해도 그건 내 잘못이 아니에요. 당신이 절 영원히 진심으로 사랑하겠다고 약속하기만 하면, 나머지는 어떻게 되든 상관없어요. 하지만 그때까지는 절 그냥 두셨으면 해요. 여러 가지 이유에서 도저히 응할 수 없는 일들을 더 이상 시키지 않았으면 좋겠어요. 거절하는 저도 속이 상하거든요.

발몽 자작님도 당신을 위해서 너무 재촉하시는데, 안 그러시면 좋겠어요. 어차피 전 더 슬퍼질 뿐이니까요. 아! 물론 자작님은 당신의 좋은 친구예요. 그건 분명해요! 그분은 당신이 여기서 했을 일을 모두 다 해주신답니다. 이제 그만 인사할게요. 늦은 시간에 편지를 쓰기 시작했더니 벌써 밤이 많이 깊었네요. 이제 그만 자고, 잃어버린 시간을 보충해야겠어요. 제 인사를 받아주세요. 그리고 이제 절 책망하지 마세요.

17××년 10월 18일, ××× 저택에서

백열여덟번째 편지

당스니 기사가 메르테유 후작 부인에게

달력을 보면 부인이 떠나신 지 이틀밖에 안 되었는데, 제 마음으로는 벌써 200년은 흐른 것 같습니다. 부인께서 여러 번 말씀하신 대로 자기 자신의 마음이 하는 말을 믿어야 하는 거라면, 이제 모든 일을 마무리하고 돌아오실 때가 된 것 아닌가요? 전 문제의 소송에는 당연히 관심이 없습니다. 재판에 이기든 지든, 어차피 부인과 떨어져 지내는 슬픔을 겪어야 하기는 마찬가지니까요. 아! 부인과 언쟁이라도 하고 싶습니다! 속상한 일인데도 불구하고 정작 마음을 드러낼 수도 없다는 게 정말 슬프군요!

부인이 안 계시면 살아갈 수 없게 만들어놓고서 이렇게 친구를 멀리 두시다니, 진정 비정하고 잔인한 배신이 아닌가요? 변호사들한테 자문을 구하신들 별 소용이 없을 겁니다. 그자들도 부인의 부당한 처사를 옹호해 줄 말을 찾아내지 못할 테니까요. 사실 그런 부류의 사람들은 이치(理致)만을 따지고 내세우지만, 그것만으로 감정의 문제에 답을 구할 수는 없는 법이잖습니까.

부인께서야 이번 여행이 이치에 따른 것이라고 수없이 얘기하셨지만, 바로 그 때문에 저는 이른바 이치라는 것 자체가 싫어졌습니다. 사실 이치를 따지자면 전 부인을 잊어야 하지만, 그러고 싶지 않습니다. 물론 이치라는 게 옳기는 하죠. 따지고 보면 생각처럼 어려울 것도 없고요. 언제나 부인을 생각하는 습관을 버리기만 하면 되니까요. 사실 지금 이곳에는 부인을 생각나게 만드는 것이 아무것도 없습니다.

제아무리 아름다운 여인이라고 해도 절대 부인처럼 될 수는 없습니다.

가장 사랑스럽다고 평가받는 여인이라고 해도 부인 발치에도 다가갈 수 없기 때문입니다. 처음에는 부인과 닮은 것 같아도 제대로 쳐다볼수록 다른 점이 눈에 띄는걸요. 무슨 짓을 해도, 무슨 수를 써도, 그 여자들은 결코 부인처럼 될 수 없습니다. 매력이란 바로 그런 것이죠. 불행하게도 이렇게 길고 하릴없는 날들이 계속되면 꿈을 꾸게 되고 공상에 빠져듭니다. 환상을 만들어내는 거죠. 조금씩 조금씩 상상이 무르익으면 머릿속에 그려낸 것을 더욱 아름답게 꾸미고 싶어지고, 그래서 마음에 드는 것을 모두 모아서 마침내 완벽한 상태로 끌어갑니다. 그리고 나면 상상으로 완성한 그 그림이 곧 실물이 되죠. 그러다 문득 내내 그 사람 생각만 하고 있었다는 걸 깨닫고는 깜짝 놀라게 됩니다.

지금 이 순간에도 전 거의 비슷한 착각에 빠져 있습니다. 어쩌면 제가 부인 생각에 빠져들기 위해서 이렇게 편지를 쓰고 있다고 여기실지도 모르겠군요. 전혀 아닙니다. 오히려 부인 생각을 벗어나기 위해서입니다. 사실 부인께 하고 싶은 얘기가 아주 많았습니다. 물론 부인에 대한 얘기가 아니라 부인도 아시다시피 저에게 정말로 중요한 일들에 대해서죠. 그런데 막상 그 얘기는 머리에서 사라지는군요. 어느 순간부터 우정의 매력이 사랑의 매력을 잊게 만든 걸까요? 아! 가까이 살펴보면 분명 떳떳하지 못한 점이 있습니다! 이 얘기는 하시면 안 됩니다! 가벼운 실수니까 잊어버리십시오. 같은 실수를 또다시 저지르면 안 될 텐데요. 제 연인이 알아서도 안 됩니다.

그런데 부인께선 어째서 이곳을 떠나 계신 겁니까? 제 말에 응답하지도 않고, 방황하는 절 잡아주지도 않는 겁니까? 세실에 대해 얘기를 들려주심으로써, 그러니까 내가 사랑하는 것이 바로 부인의 벗이라는 달콤한 생각 때문에 세실을 사랑하는 제 행복이 더 커지게 해주지 않으시는 겁니까? 그렇습니다. 솔직히 말씀드리면, 세실에 대한 제 사랑은 부인께 제 마음을 고백하기 시작한 이후로 더욱더 소중한 것이 되었습니다. 부인께 제 마음을 털어놓고, 부인의 마음을 제 감정으로 채워넣는 것이, 아낌없이 모두를 털어놓는 것이, 전 너무나 기쁩니다! 부인께서 제 감정을 받아들여주실수록 전 제 감정이 더욱 소중해집니다. 그러면 부인을 바라보며 속으로 이렇게 말합니다. 아, 내 모든 행복이 바로 부인의 마음속에 들어 있구나!

제 처지에 대해선 새롭게 알려드릴 만한 게 없습니다. 가장 최근에 '그녀'가 보낸 편지로 인해서 제 희망은 더욱 커지고 확실해졌지만, 희망이 실현되는 순간은 또다시 미루어졌습니다. 그래도 세실이 얘기하는 이유가 결국 저에 대한 배려이고 또 옳은 것이기 때문에 그녀를 탓할 수도 원망할 수도 없습니다. 제가 무슨 얘기를 하는지 잘 이해가 가지 않을지도 모르겠습니다. 부인께선 도대체 왜 그곳에 가 계시는 겁니까? 벗에게 무엇이든 다 얘기할 수 있지만, 글로 쓸 때는 그렇지 않군요. 특히 사랑의 비밀은 너무 미묘한 것이어서 아무렇지도 않게 터놓을 수가 없습니다. 때로 비밀이 드러나기도 하지만, 그대로 놓아버릴 수는 없고 계속 지켜봐야 하는 거죠. 말하자면 비밀이 또 다른 은신처에 들어가는 셈입니다. 아! 나의 훌륭한 벗이여, 이제 제발 돌아오십시오. 왜 돌아오셔야 하는지 그 이유를 아시지 않습니까? 그곳을 떠날 수 없게 만드는 '여러 가지 이유'는 잊으십시오. 그럴 수 없다면 부인이 없는 곳에서도 살아갈 수 있는 방법을 가르쳐주십시오.

이만 인사드립니다.

17××년 10월 19일, 파리에서

백열아홉번째 편지

로즈몽드 부인이 투르벨 법원장 부인에게

나의 소중한 벗, 아직 상태가 호전된 건 아니지만 부인이 알고 싶어 할 만한 얘기가 있어 이렇게 직접 편지를 쓰기로 했습니다. 조카는 여전히 사람들을 피하고 있습니다.

물론 매일같이 내 안부를 물으러 사람을 보내기는 하지만, 내가 아무리 부탁을 해도 직접 오지는 않는군요. 그 애가 파리에 있을 때보다도 더 보기 힘듭니다. 드디어 오늘 아침 조카를 만날 수 있었는데, 전혀 예상치 못한 장소에서였답니다. 몸이 불편해진 이후 한 번도 성당에 가지 못하다가 오늘 처음 갔는데, 바로 그곳에서 만난 겁니다. 전해 들은 바로는 조카가 나흘 전부터 매일 미사를 드리러 간다더군요. 앞으로도 계속 그러면 얼마나 좋을까요!

내가 성당에 들어서자 조카는 다가와서 건강이 좋아진 것을 아주 다정한 말로 축하해주었습니다. 마침 미사가 시작되는 바람에 서둘러 대화를 끝내야 했죠. 미사 후에 얘기를 계속할 생각이었습니다. 하지만 나중에 찾아보니 이미 가버렸더군요. 그 애는 분명 조금 달라진 것 같습니다. 부인이 사리 판단을 제대로 할 수 있으리라는 걸 믿고 이런 얘기를 하는 거니까, 내 말 때문에 너무 많이 걱정을 하게 된다면 나로선 얘기한 것을 후회하지 않을 수 없습니다. 설사 부인을 괴롭게 만드는 일이 있다고 해도 부인을 속이지는 않을 것임을 믿어주기 바랍니다.

조카가 계속 내 말을 들어주지 않으면, 몸이 좀더 좋아지는 대로 내가 직접 그 애의 방으로 찾아가볼 생각입니다. 그래서 왜 이렇게 이상한 행동을 하고 있는지를 알아내려고 합니다. 어떤 식으로든 부인이 관계되었으리라는 게 내 생각입니다. 뭔가 알게 되면 곧 얘기하겠습니다. 이제 더 이상 손가락을 움직일 수가 없어서 이만 줄여야 할 것 같군요. 이렇게 편지 쓴 것을 아델라이드가 알면 저녁 내내 잔소리를 할 겁니다. 나의 소중한 벗, 그럼 이만 안녕히.

17××년 10월 20일, ××× 저택에서

백스무번째 편지

발몽 자작이 앙셀므 신부에게
(생토노레 가 수도원에 있는 푀양파* 신부)

신부님을 만나뵌 적은 없지만, 투르벨 법원장 부인께서 신부님을 얼마나 신뢰하시는지 알고 있고 또한 그러한 신뢰가 지극히 합당한 것임을 잘 알고 있습니다. 그렇기 때문에 이렇게 외람되이 중대한 도움을 청하게 되었습니다. 성직(聖職)을 수행하시는 신부님께서 진정으로 받아주실 만한 일이라고 생각됩니다. 제 일이기도 하지만 또한 투르벨 부인의 일이기도 합니다.

전 지금 부인의 신상과 관련된, 그 어느 누구에게도 맡길 수 없는 중요한 서류를 가지고 있습니다. 부인이 아니면 아무한테도 건네줄 수 없고

---

* 푀양(Feuillant)파 성직자들은 시토(Citeaux) 교단에 속하며, 파리의 생토노레(Saint-Honoré) 가에 수도원이 있었다. 이후 프랑스 혁명 당시 이 수도원에서 모임을 가진 혁명파를 푀양파라고 부른다.

그러고 싶지도 않습니다. 하지만 이것을 부인께 알려드릴 방도가 없습니다. 부인께서 저와의 서신교환을 거절하셨기 때문입니다. 어쩌면 신부님께선 이미 그 이유를 들으셨을지도 모르지만, 차마 제 입으로 말씀드릴 수는 없군요. 솔직히 지금 와서 생각하니 부인의 그런 결정을 비난할 수는 없습니다. 인간의 능력으로 제어할 수 없는 힘이 만들어냈다고 생각할 수밖에 없는 일이었으니, 부인으로선 당연히 예상할 수 없었을 겁니다. 저 역시 마찬가지였죠. 그러니 신부님께서 제 결심을 부인께 전해주시고, 아울러 저를 대신해서 우리 두 사람이 만날 수 있는 자리를 주선해주셨으면 합니다. 전 그 자리에서 부인께 사죄를 드림으로써 부분적으로나마 저의 과오를 보상하고 마지막 희생을 실천하겠습니다. 그러니까 부인의 눈에 저를 죄인으로 만들어버린 실수 혹은 과오의 흔적이 담겨 있는 유일한 증거를 부인이 보는 앞에서 모두 없애버리겠습니다.

　　이렇게 부인께 먼저 속죄를 한 다음에야 비로소 신부님의 발아래 엎드려 저의 오랜 방황을 털어놓는 수치스런 고해를 할 수 있을 겁니다. 그리고 더 중요한 화해, 하지만 불행하게도 더 어려운 화해를 위해 신부님의 중개를 간청할 수 있을 겁니다. 너무도 간절하고 소중한 도움을 베풀어주시기를, 나약한 저를 붙잡아주시기를, 진정 따르고 싶지만 아직 잘 알지 못하는 새 길에 들어서는 제 걸음을 이끌어주시기를 청합니다. 이런 간청을 설마 거절하시지는 않겠지요?

　　하루속히 속죄하고 싶은 마음으로 신부님의 답신을 기다리겠습니다. 그럼 이만 줄입니다.

　　　　　　　　　　　　　　　　　　　　존경을 담아 보냅니다.

추신. 신부님께서 합당하다고 판단하신다면 이 편지를 모두 투르벨 부인께 보여주셔도 괜찮습니다. 전 평생 동안 부인을 존경하는 것을 제 의무로 삼을 겁니다. 하느님께서 그 여인을 제게 보내신 건 그 감동적인 영혼의 힘으로 제 영혼을 미덕으로 이끌어가게 하시려는 것이었다고 생각하고, 영원히 숭배하겠습니다.

17××년 10월 22일, ××× 저택에서

백스물한번째 편지

메르테유 후작 부인이 당스니 기사에게

너무 젊은 나의 벗, 당신의 편지를 잘 받았습니다. 하지만 고맙다는 말을 하기 전에 우선 야단을 좀 쳐야 할 것 같군요. 미리 말해두는데, 계속 이런 식이면 앞으로는 답장을 하지 않겠습니다. 날 신뢰한다면 그런 응석받이 같은 말투는 버리도록 해요. 사랑을 표현하는 거라면 모를까 그런 식의 말은 결국 남들이 알아듣지 못하는 말로 횡설수설대는 것일 뿐이니까요. 그게 우정을 담은 글이라고 할 수 있나요? 아니죠. 감정마다 각기 적합한 언어가 있는 법인데, 그 외의 다른 언어를 사용한다는 건 정작 말하려는 생각을 감춰버리는 겁니다. 사실 우리 주위에 널려 있는 알량한 여자들은 자기들 사이에 통용되는 말로 바꾸어주지 않으면 어떤 얘기도 이해하지 못하죠. 솔직히 말해서 당신은 날 그런 여자들과 다르게 생각해주리라고 믿었답니다. 한데 그런 식으로 생각했다니 너무 화가 나는군요. 기가 막힐 정도로 화가 납니다.

내 편지를 봐요. 당신 편지에는 없는 것, 솔직함, 단순함밖에 없죠. 예를 들어볼까요? 정말 당신을 보고 싶다, 내 주위엔 같이 있고 싶은 사람이 하나도 없고 모두 보기 싫은 사람들뿐이다, 나라면 이렇게 말할 거예요. 하지만 당신은 같은 말을 해도 부인이 없는 곳에서도 살아갈 수 있는 방법을 가르쳐주십시오, 라고 바꿔버리죠. 당신 말대로라면 당신은 애인 곁에 있게 된 다음에도 내가 제3자로 같이 있지 않으면 살 수 없겠군요? 정말 딱하네요! 다른 여자들이 무슨 짓을 해도 나처럼 될 수 없다고 했었나요? 그렇다면 당신의 세실한테도 해당되겠군요! 요즈음 사람들이 무턱대고 사용하는 그런 말은 천박한 칭송의 말만도 못합니다. 흔히 쓰이는 '당신의 비천한 종'이라는 말만큼도 믿을 수 없는 의례적인 말이 되어버린 거죠!

자, 나의 벗이여. 앞으로 내게 편지를 쓸 때는 요즘 유행하는 소설에서 볼 수 있는 그런 입에 발린 문장들 말고, 당신이 생각하고 느낀 것을 얘기해주기 바랍니다. 이 말을 들으면 내가 기분이 상했다는 게 느껴지기는 하겠지만 — 솔직히 심기가 불편한 걸 감출 수는 없네요 — 그렇다고 해서 당신까지 기분이 상할 필요는 없습니다. 어쩌면 당신이 멀리 있기 때문에 더 많이 화가 나는 건지도 모른다고 말하고 싶군요. 하지만 그렇게 되면 지금까지 내가 책망한 당신의 결점과 비슷한 말투가 될 테니 안 되겠네요. 어쨌든 소송과 두 변호사보다, 어쩌면 '신중한' 벨르로슈보다도 당신이 더 낫다는 생각이 듭니다.

그러니까 당신은 내가 없다고 슬퍼할 게 아니라 오히려 기뻐해야 합니다. 지금까지 내가 당신을 이렇게까지 칭송한 적은 없었으니까요. 나도 이제 당신처럼 되려는지 막 아부를 하고 싶어지는군요. 난 어떤 경우에라도 솔직하려고 합니다. 그리고 바로 그 솔직함 때문에 말할 수 있습니다.

당신에 대해 지극히 다정한 우정의 감정을 가지고 있고, 또 그 우정으로 인해서 당신의 일에 관심을 갖게 된다고 말입니다. 다른 여자한테 마음을 바친 젊은 남자를 친구로 두는 건 아주 달콤한 일이죠. 하지만 모든 여자가 그런 건 아니랍니다. 나만의 특징이죠. 두렵고 거리낄 것 없는 감정에 빠져드는 건 아주 기쁜 일이니까요. 사실 조금 이른 감이 있지만 이렇게 당신과 내가 마음속 비밀을 터놓는 사이가 된 것도 그 때문일 겁니다. 하지만 당신이 사랑하는 연인들은 모두 젊죠. 그것을 보며 난 처음으로 내가 나이가 들어가고 있다는 걸 깨닫는답니다! 당신이 그렇게 변함없는 사랑을 다짐하고 있는 건 정말 훌륭한 일입니다. 당신의 연인 역시 같은 마음이기를 진심으로 기원합니다.

당신이 한 말을 그대로 옮기자면, 당신에 대한 배려이며 또 옳은 이유이기는 하지만 결국 당신의 행복은 또다시 미루어지게 만드는 이유라고 했나요? 그 이유를 그대로 따르기로 한 건 좋은 생각입니다. 어차피 영원히 저항할 수는 없는 여자들에게 남아 있는 유일한 장점이란 바로 오랫동안 방어하는 것이니까요. 내가 절대 용서할 수 없는 일이라고 생각하는 건— 물론 볼랑주 양 같은 어린애는 예외죠— 바로 사랑을 고백하고 나면 위험이 따르리라는 것을 아주 잘 알면서도 피하지 못하는 것이랍니다. 당신네 남자들은 정절이 뭔지, 정절을 버림으로써 어떤 대가를 치르게 되는지 알지 못하죠! 하지만 여자들은 조금만 생각해보면 금방 알 수 있답니다. 과오를 저지르는 것뿐 아니라 마음이 약해져서 굴복하는 것도 얼마나 큰 불행인지를 말입니다. 어떤 여자든 조금만 제대로 생각할 수 있다면 그렇게 되지 않을 겁니다.

내가 한 얘기를 반박하지 말아요. 바로 이런 생각 때문에 내가 무엇보다도 당신을 좋아하는 거니까요. 당신은 날 사랑의 위험에서 구해줄 겁니다. 물론 지금까지 당신 없이도 사랑의 위험과 맞서 싸울 수 있었지만, 어쨌든 지금 난 감사하는 마음이고, 앞으로도 더욱 당신을 사랑할 겁니다. 자, 나의 소중한 기사님, 하느님께서 지켜주시길.

17××년 10월 22일, ××× 저택에서

백스물두번째 편지

로즈몽드 부인이 투르벨 법원장 부인에게

마침내 부인의 걱정을 달래줄 수 있으려나 했더니, 오히려 근심이 더 커질까 봐 마음이 아프군요! 하지만 너무 걱정하지는 말아요. 조카가 정말 병이 난 건 아니니까요. 하지만 뭔가 특별한 변화가 생긴 건 분명합니다. 어찌 된 영문인지는 잘 모르겠습니다. 하지만 조카의 방에서 나오는 순간 뭔가 슬픔 같은 게 느껴지더군요. 아니 차라리 두려움이라고 해야겠네요. 괜히 이런 얘기를 전해서 결국 부인도 나와 같은 감정을 느끼게 한다는 게 어쩌면 옳은 일이 아닐 거라는 생각이 들기도 하지만, 이야기하지 않을 수가 없군요. 무슨 일이 있었는지 다 얘기해드리겠습니다. 있었던 그대로 전한다는 걸 믿어도 됩니다. 앞으로 80년을 더 산다고 해도 결코 잊지 못할 슬픈 장면이었으니까요.

오늘 아침 조카의 방에 갔습니다. 무언가를 쓰고 있더군요. 주위에 종이가 잔뜩 쌓여 있던데, 아마도 그만큼을 다 쓰려는 것 같았습니다. 어찌나 열중하고 있던지 내가 방 가운데까지 들어갔는데 돌아보지도 않더군요. 그러다 나를 보더니 일어서면서 애써 태연한 표정을 지으려고 했고,

그래서 난 주의 깊게 조카를 쳐다보았습니다. 세수도 하지 않고 화장도 하지 않은 얼굴이더군요. 얼굴이 창백하게 야위었고, 얼굴 모습 자체가 바뀐 것 같았습니다. 그토록 활기차고 명랑하던 눈길이 슬픔에 잠긴 쇠약한 눈길이 되었더군요. 우리끼리 하는 얘기지만, 난 부인이 조카의 그런 모습을 보는 걸 원치 않습니다. 너무도 측은해 보여서 사랑의 가장 위험한 함정이라고 할 수 있는 연민을 불러일으킬 만하기 때문입니다.

가슴이 덜컥 내려앉았지만, 아무것도 눈치 채지 못한 척하면서 대화를 시작했습니다. 우선 조카의 몸 상태에 대해 얘기했죠. 조카는 좋다고 말하지는 않았지만 그렇다고 나쁘다고 말하지도 않았습니다. 왜 이렇게 방에 틀어박혀 있냐고, 좀 이상해 보인다고, 약간 나무라는 투이기는 했지만 그래도 조금 농담처럼 말했었는데, 조카는 아주 단호하게 대답하더군요. "또 한 가지 잘못을 저지른 셈이군요. 다른 죄들과 함께 속죄하겠습니다." 말 자체도 그랬지만, 말을 할 때의 태도 때문에 난 도저히 기쁜 마음으로 그 애를 대할 수가 없었습니다. 그래서 서둘러 수습하듯, 아끼는 마음에서 나무란 것뿐인데 너무 심각하게 받아들이는 것 같다고 말했습니다.

우리는 마음을 가라앉히고 이야기를 나누기 시작했습니다. 그 애는 '인생에서 가장 중대한 일'이 있어서 머지않아 파리에 가야 한다고 하더군요. 난 아무것도 묻지 않았습니다. 무슨 일인지 겁이 나서 짐작하기도 싫었고, 괜히 얘기를 시작했다가 듣고 싶지 않은 고백을 듣게 될까 봐 두려웠기 때문입니다. 그냥 건강을 위해서 좀 마음을 여유 있게 갖는 게 좋겠다고만 대답했습니다. 그리고 사랑하는 사람들이 원하는 것을 막고 싶지 않기 때문에 떠나는 걸 말리지 않겠다고 했어요. 그랬더니, 겨우 그 얘기밖에 안 했는데, 조카는 내 손을 꽉 잡고서 지금 부인한테 글로는 다 옮기기 어려울 정도의 격렬한 어조로 말하더군요. "그렇습니다, 백모님, 사랑해주십시오. 백모님을 존경하고 소중하게 생각하는 이 조카를 사랑해주십시오. 조금 전에 말씀하신 대로 제가 원하는 것을 막지 마시고, 있는 그대로 사랑해주십시오. 저의 행복을 슬퍼하지 마십시오. 전 이제 곧 영원한 평화를 누리게 될 테니 탄식하지 마십시오. 저를 사랑하신다고, 저를 용서하신다고 한 번만 더 얘기해주십시오. 네, 백모님은 절 용서하실 겁니다. 전 백모님이 선한 분이시라는 걸 잘 압니다. 하지만 제가 그토록 모욕했던 사람들한테도 그런 너그러운 마음을 기대할 수 있을까요?" 그러더니 조카는 고통스런 표정을 감추려는 듯 내 쪽으로 몸을 숙였습니다. 하지만 아무리 감추려고 해도 이미 그 목소리가 모든 걸 말해주고 있었습니다.

말로 옮길 수 없을 정도로 큰 충격이었습니다. 난 황급히 자리에서 일어섰고, 조카는 내가 당황하고 있다는 걸 알아차리고는 즉시 태도를 바꾸면서 이렇게 말했습니다. "용서하십시오, 백모님. 용서하세요. 저도 모르게 자꾸 말도 안 되는 소리를 하게 됩니다. 방금 드린 말씀은 제발 잊어주십시오. 저의 깊은 존경심만을 기억해주세요." 그러더니 이렇게 덧붙이는 겁니다. "떠나기 전에 잊지 않고 인사드리러 가겠습니다." 이 마지막 말은 곧 나가달라는 뜻인 것 같았고, 그래서 나는 방에서 나왔습니다.

하지만 지금 와서 보니, 곰곰이 생각할수록 도대체 무슨 말을 하려던 건지 알 수가 없군요. '인생에서 가장 중대한 일'이란 무엇을 말하는 걸까요? 뭘 용서해달라는 걸까요? 나한테 말을 하는 동안 무엇 때문에 자기도 모르게 그렇게 슬픈 표정이 되었던 걸까요? 수도 없이 질문을 해보았지만 도저히 알 수가 없습니다. 아무리 봐도 부인과 관계된 일 같지는 않습니다. 하지만 그냥 아끼는 사람의 눈보다는 사랑의 눈이 더 많은 것을 볼 수 있을 거라는 생각에, 이렇게 조카와 나 사이에 있었던 일을 모두 얘기하기로 한 겁니다.

　이 편지를 쓰느라고 네 번이나 펜을 놓았다 들었습니다. 피로가 느껴지지만 않는다면 좀더 쓸 수 있겠지만, 아쉽군요. 나의 아름다운 벗이여, 이만 줄이겠습니다.

　　　　　　　　　　17××년 10월 25일, ××× 저택에서

백스물세번째 편지

　　　　　　　　　앙셀므 신부가 발몽 자작에게

　자작님이 보내신 편지를 잘 받아보았습니다. 그리고 자작님의 뜻에 따라 어제 그분을 찾아뵙고, 자작님께서 무엇을 위해 그리고 어떤 동기로 나에게 대신 전해달라고 부탁하게 되었는지 설명을 드렸습니다. 부인께선 처음 정한 현명한 결심을 굽히지 않을 것 같았지만, 계속 거절하시면 한 사람이 회개할 수 있는 다행스런 길을 가로막는 셈이며 나아가 하느님의 자비에도 어긋나는 일이라고 말씀드렸더니, 이번이 마지막이라는 조건으로 자작님의 방문을 승낙하셨습니다. 다음 목요일인 28일에 댁에 계시겠다고 하십니다. 만일 이날이 적합하지 않으면 자작님께서 직접 연락을 해서 다른 날짜를 알려달라고 하십니다. 자작님의 편지도 받아보시겠다고 하십니다.

　하지만 자작님, 감히 말씀드리건대, 특별한 이유가 없으면 날짜를 연기하지 마십시오. 가능하면 빨리 그리고 온전하게, 저한테 얘기하셨던 그 칭송받을 만한 일들을 시행하시기 바랍니다. 하느님의 은총을 받을 수 있는 순간을 놓치게 되면 그 은총이 사라질 수도 있다는 걸 기억하십시오. 또한 하느님의 사랑은 무한하지만, 그 사랑은 정의를 통해 다스려진다는 걸, 자비의 신이 때로 복수의 신으로 변하기도 한다는 걸 잊지 마십시오.

앞으로도 지금처럼 저를 신뢰해주신다면, 자작님이 원하시는 것이라면 그 어떤 수고도 마다하지 않겠습니다. 아무리 바쁜 일이 많다고 해도 저에게 가장 중요한 일은 지금껏 헌신해온 성직자의 의무를 수행하는 것입니다. 또 제 생애에서 가장 아름다운 순간은 바로 전능하신 하느님의 축복을 통해서 제 노력이 열매를 맺는 것을 보는 순간입니다. 우리들은 모두 나약한 죄인이라 혼자 힘으로는 아무것도 할 수 없습니다! 하지만 자작님을 부르고 계시는 하느님은 전능하십니다. 하느님께 귀의하겠다는 자작님의 투철한 소망도, 그리고 제가 자작님을 하느님께로 인도할 수 있게 해주는 방편도, 모두 하느님의 은총으로 얻은 것입니다. 인간들은 눈먼 정념 속에서 헛되이 굳건하고 영원한 행복을 추구하지만, 오직 성스러운 종교가 가진 힘만이 이 지상에서 그런 행복을 누릴 수 있게 해준다는 것, 머지않아 자작님이 이것을 믿게 되도록 제가 설득할 수 있는 것, 모두가 하느님의 도움이 있기 때문입니다.

17××년 10월 25일, 파리에서

백스물네번째 편지

투르벨 법원장 부인이 로즈몽드 부인에게

어제 한 가지 소식을 전해 들었는데, 많이 놀라기도 했지만 부인께서 아시면 기뻐하시리라는 생각에 이렇게 서둘러 알려드리게 되었습니다. 발몽 님께서 이제 저를 잊고, 사랑도 잊기로 하셨답니다. 앞으로는 오직 신앙생활만으로 젊은 시절에 저지른 죄, 아니 과오를 속죄하는 일에 전념하시겠답니다. 이 큰 사건을 전해주신 것은 앙셀므 신부님이십니다. 발몽 님은 신부님께 자신을 인도해달라고 청하셨고, 또 저와 만날 수 있도록 자리를 만들어주시기를 부탁드렸다고 합니다. 그분이 절 만나려고 하는 건 제가 이전에 돌려주시기를 청했지만 거절했던 편지들을 주시려고 하는 것 같습니다.

저로선 그분의 변화에 박수를 보내지 않을 수 없습니다. 더구나 그분이 직접 말씀하신 대로 미미하게나마 제가 힘이 되었다는 사실이 기쁘기 그지없습니다. 하지만 어째서 제가 그 도구로 사용되어야 했을까요? 무엇 때문에 저의 일생의 평화를 희생해야 했던 걸까요? 발몽 님의 행복은 저의 불행을 통하지 않고서는 얻어질 수 없었던 걸까요? 아! 부인, 제가 이렇게 하소연하는 것을 제발 너그러운 마음으로 용서해주십시오. 하느님의 뜻을 제가 감히 헤아릴 수는 없다는 건 잘 알고 있습니다. 불행한 사랑을 극복할 수 있는 힘을 달라고 끊임없이 기도드린 건 바로 저인데, 하느님께서는 구하지도 않은 사람에게는 그 힘을 내려주시면서 정작 저는 나약함 속에서 허우적거리게 버려두시네요.

하지만 이런 죄스런 불평은 그만 주워 담아야겠죠. 언제나 곁에 머무른 아들보다는 돌아온 탕아가 아버지의 사랑을 더 많이 받는 것일 테니까요. 하느님께서 우리한테 빚진 게 있는 것도 아닌데 어떻게 우리가 매번 이것저것 청하기만 할 수 있겠어요? 또 설사 우리 인간이 하느님께 어느 정도의 권리를 가질 수 있다고 한들, 제가 무엇을 주장할 수 있을까요? 정절을 더럽히지 않았다고 자랑할 수 있을까요? 어차피 발몽 님이 아니었으면 지킬 수도 없었던 건데요. 결국 그분이 절 구해주신 셈인데, 어떻게 그분을 위해 고통을 받는다고 하소연할 수 있겠습니까! 그건 아닙니다. 저의 고통으로 인해 그분이 행복하실 수만 있다면 전 기꺼이 받아들이겠습니다. 아마 그분은 하느님께 귀의하도록 정해져 있었던 건지도 모릅니다. 그분을 창조하신 것은 하느님이고, 하느님께서는 분명 당신이 만드신 그분을 사랑하실 겁니다. 그토록 매력적인 분을 그냥 버리려고 창조하시지는 않았을 테니까요. 저는 겁 없이 경솔한 행동을 한 대가로 벌을 받아야 합니다. 그분을 사랑해서는 안 된다는 것을 알고 있었으니 당연히 그분을 만나지 말아야 한다는 것도 알았어야 했죠.

너무도 자명한 이 진리를 오랫동안 믿지 않으려고 한 것이 바로 저의 과오이자 불행이었습니다. 아니 그 진리를 믿고 받아들여야 한다는 것을 마침내 인정하게 되었지만, 부인께서 함께 지켜보신 대로, 그와 동시에 이런 희생을 치르게 되었습니다. 이제 발몽 님이 함께하지도 않으니 그야말로 완전한 희생이 되었죠. 솔직히 말씀드리면 지금의 저한테 가장 고통스러운 건 바로 그 생각입니다. 나로 인해 다른 사람이 고통을 받게 해서 그로 인해 내 고통을 덜어내고자 하는 가증스런 자존심! 아! 자꾸 반항하려는 이 마음을 이겨내고 조금씩 조금씩 굴종을 받아들여야 할 겁니다.

무척 힘든 일이 되겠지만 다음 목요일 발몽 님의 방문을 승낙한 것도 그 때문입니다. 그날 제 귀로 직접 들을 겁니다. 그분에게 이제 저는 아무 것도 아니며, 그분이 저에 대해 가졌던 느낌, 그 일시적이고 희미한 인상이 모두 지워져버렸다는 것을 말입니다! 그분이 아무런 동요 없이 저를 바라보시는 동안, 전 제 감정이 탄로 날까 두려워 눈을 들지 못하겠죠. 여러 번 요구해도 거절하던 그 편지들을 이제 아무런 느낌 없이 돌려주실 겁니다. 쓸모없는 물건, 더 이상 관심 없는 물건을 돌려주듯, 그렇게 말입니다. 떨리는 손으로 그 수치스러운 물건을 받아들 때, 그것을 건네는 손은 흔들림 없이 평온하다는 걸 느낄 수 있을 테죠! 아! 그분은 가버리시겠죠…… 영원히 멀어질 테고요. 제 시선은 그분을 따라가겠지만, 그분이 뒤돌아보고 우리의 시선이 만나게 되는 일은 없을 테죠!

아! 이런 굴욕이 기다리고 있었다니요! 최소한 이 굴욕을 통해 제가 얼마나 나약한 인간인지를 깨우치는 계기라도 되어야 할 텐데요. 그렇습니다. 그분은 더 이상 가지고 있을 필요가 없는 그 편지들을 전 소중하게 간직할 겁니다. 매일같이 읽어보면서 수치심을 되씹을 겁니다. 흐르는 내 눈물로 그 편지에 씌어진 글씨의 흔적이 다 지워질 때까지 말입니다. 그리고 그분이 보냈던 편지는 모두 태워버릴 겁니다. 저의 영혼을 타락시킨 위험한 독(毒)에 오염된 것들이니까요. 아! 그대로 있다간 위험에 빠진다는 걸 알면서도 미련을 떨치지 못하고, 더구나 상대방에게 더 이상 사랑의 감정을 주지 못하면서도 여전히 사랑을 버리지 못할지도 모르니까요. 도대체 사랑이란 무엇일까요? 이런 치명적인 정념을 벗어나야 할 텐데요! 수치 아니면 불행, 둘 중 하나에 빠져들게 하는, 아니 흔히 둘 다 모두 겪게 만드는 그런 불행한 정념일 뿐인데요. 정절의 미덕이 없으면 최소한 신중함이라도 있어야 할 텐데!

다음 목요일은 아직도 멀었군요! 차라리 지금 당장 괴로운 희생을 치르면 좋겠습니다. 그러곤 어째서 이런 희생을 치르게 되었는지, 또 그 결과 무엇이 남았는지, 모든 것을 다 잊어버리고 싶습니다. 그분이 찾아오는 게 자꾸 마음에 걸리고, 와도 좋다고 말한 게 후회스럽습니다. 아직도 그분이 절 만날 필요가 있을까요? 이제 우린 서로 무슨 사이일까요? 그분은 저를 모욕하셨지만, 전 그분을 용서합니다. 과오를 속죄하려고 하시는 것을 같이 기뻐하고 칭송하겠습니다. 아니 거기서 멈추지 않고 저 역시 그분처럼 하겠습니다. 같은 과오를 저질렀으니 그분을 본보기로 삼아 속죄하겠습니다. 하지만 앞으로 절 피하실 거라면 굳이 무엇 때문에 찾아오시려는 걸까요? 우리 두 사람에게 가장 급한 일은 서로를 잊어버리는 게 아닐까요? 아! 앞으로 제가 단 한 가지 힘써야 할 일이 있다면 바로 그것일 테죠.

    부인께서 허락해주신다면 전 이 힘겨운 일을 부인 곁에서 해내고 싶습니다. 도움이 필요하거나 위안이 필요할 때, 부인 외에 다른 누구에게서도 그것을 받고 싶지 않습니다. 오직 부인만이 제 말을 들어주시고 또 제 마음에 얘기를 해주실 수 있습니다. 부인의 귀중한 호의는 저의 일생을 채워줄 겁니다. 부인께서 절 위해 베풀어주시는 정성만으로도 전 모든 걸 다 할 수 있을 듯합니다. 부인이 안 계시면 전 마음의 평화도 행복도 미덕도 갖지 못할 겁니다. 그리고 저에게 베푸시는 부인의 호의가 결실을 맺는다면, 전 부인의 그런 호의를 받을 자격이 있는 사람이 될 수 있을 겁니다.

    이번 편지에서는 쓸데없는 얘기를 많이 한 것 같습니다. 편지를 쓰는 동안 내내 마음이 동요되어 있어서 그런 것 같습니다. 읽으시다가 제가 부끄러워해야 할 만한 감정이 보인다면 부디 너그러운 우정으로 덮어주십시오. 전 부인의 우정에 저의 전부를 바칩니다. 제 마음에서 일어나는 그 어떤 것도 부인께는 감추고 싶지 않습니다.

언제나 저의 훌륭한 벗이 되어주시는 부인께 이만 인사드립니다. 제가 언제 그곳에 도착할지 조만간 날짜를 알려드릴 수 있을 겁니다.

17××년 10월 25일, 파리에서

제4부

백스물다섯번째 편지

발몽 자작이 메르테유 후작 부인에게

그 여자가 드디어 정복당했습니다! 나에게 저항할 수 있으리라고 믿었던 그 대단한 여자가 말입니다. 그렇습니다. 그 여자가 드디어 내 것이 되었습니다. 온전히 내 것이 되었습니다. 어제 그녀는 내게 모든 것을 다 바쳤습니다.

행복의 도취가 미처 다 가시지 않은 상태여서 뭐라 정확히 말씀드릴 수 없지만, 전 지금껏 알지 못했던 새로운 매력에 놀라워하고 있습니다. 정절의 미덕은 무너지는 순간에도 여자의 가치를 돋보이게 하는 것일까요? 일단 동화 속 착한 여자들 얘기 같은 이런 유치한 생각은 접어두기로 하죠. 여자를 처음 정복할 때는 언제나 저항이 있는 법 아닙니까? 진정 처음 경험한 매력이었습니다. 분명 사랑의 매력은 아닙니다. 전 이 놀라운 여인을 대하면서 때로 마음이 약해지고 소심한 열정에 빠져든 적도 있지만, 매번 이겨내고 원래의 원칙으로 되돌아올 수 있었죠. 어쨌든 어제는 기대했던 것보다 훨씬 좋았습니다. 상대를 흥분시키고 황홀하게 만들면서, 저 역시 그런 상태에 빠졌답니다. 어차피 일시적인 기분이야 이제 사라졌지만, 매력은 여전히 남아 있습니다. 솔직히 말씀드리자면, 약간 불안하기는 했지만 전 그 매력에 빠져드는 동안 달콤한 쾌락에 젖었습니다. 풋내기도 아니고 설마 이 나이에 스스로 어찌하지 못하는 감정에 사로잡히게 되는 걸까요? 그래서는 안 되죠. 일단 이 감정과 싸우면서, 이 감정의 정체가 무엇인지 생각해봐야겠습니다.

분명하지는 않지만, 어째서 이런 감정이 생기는지 짐작이 가기는 합니다! 생각해보니 상당히 즐겁군요. 제 생각이 맞았으면 좋겠습니다.

지금껏 전 많은 여자 곁에서 연인의 역을 수행했습니다. 그 여자들은 한결같이 정복당하기를 원했고요. 물론 상대방이 마음을 먹게 만들기 위해서는 제 쪽에서도 나름대로 애를 써야 했지만, 일단 그 여자들 스스로도 원했습니다. 괜히 마지막에 저항하듯 방어해봤자 처음에 적극적이던 태도가 다 가려질 수는 없는 것 아닙니까? 그래서 전 결국은 마찬가지이지만 조금 상태가 덜한 여자들을 '정숙한 여인'이라고 부르기까지 했습니다.

하지만 이번에는 반대였습니다. 처음 시작할 때 상대방은 저에 대해 나쁜 선입견을 가지고 있었습니다. 악의에 찬, 하지만 명석한 한 여인의 충고와 고자질 때문이었죠. 워낙 천성 자체가 수줍음이 많은데다가 친구가 해준 얘기들을 통해서 상황을 파악했기에, 나의 연인은 더욱 신중해졌습니다. 정절을 굳게 지켰습니다. 이미 2년 전부터 신앙심을 바탕으로 흔들림 없이 지켜오던 정절을 말입니다. 그러니까 그녀의 눈부시게 훌륭한 태도는 바로 이런 몇 가지 동기에서 비롯된 것이었습니다. 목적은 단 하나, 나에게서 도망가려고 한 거죠.

그러니까 이번에는 지금까지의 사랑놀이와 다른 겁니다. 그저 항복을 얻어내고 유리한 입장에 서는 것, 자랑하기보다는 오히려 이용하려는 것이 아닙니다. 이번에는 힘겨운 전투를 치르고 치밀한 작전을 사용해서 얻어낸, 그야말로 완벽한 승리라고 할 수 있습니다. 혼자 힘으로 얻어낸 이 승리가 더없이 소중하게 여겨지는 게 그리 놀라운 일은 아니잖습니까? 그 여자를 정복하면서 느꼈고 또 지금도 느끼고 있는 이 황홀한 쾌감은 바로 감미로운 영광의 감정일 겁니다. 분명히 그렇다고 생각하렵니다. 그래야 굴욕감을 느끼지 않을 수 있으니까요. 노예를 정복했다고 하지만 어떤 점에서는 오히려 내가 예속되어 노예한테 매달려 있는 것일지도 모른다는, 내가 누리는 행복은 나 혼자 안에서 충만할 수 없는 것이라는, 더구나 행복을 즐길 수 있게 하는 힘이 다른 여자 아닌 그 여자, 단 한 여자에게 한정되어 있다는 굴욕감 말입니다.

이번 일은 워낙 중대한 일이니, 계속 생각 좀 해보고 나서 제 행동을 결정할 겁니다. 그냥 관계에 얽매인 채 끌려가는 일은 없을 겁니다. 원할 때 쉽게 끊어내지 못하는 일도 없을 거고요. 벌써부터 관계를 끝내는 얘기를 하고 있군요. 제가 어떤 방법을 써서 이런 권리를 얻어냈는지 모르실 겁니다. 제 편지를 읽어보십시오. 정신 나간 열정을 도와주느라고 지혜로운 정절이 어떤 위험에 빠지게 되었는지 아시게 될 겁니다. 무슨 말을 할 건지, 상대방이 뭐라고 대답할지, 모든 것을 세심하게 연구했었기 때문에, 부인께서 만족하실 만큼 정확하게 옮길 수 있을 겁니다.

편지 두 통을 옮겨 써 보낼 테니 읽어보십시오. 나의 연인에게 다시 다가가기 위해서 누구를 중개자로 선택했는지, 그리고 그 성직자가 우리 두 사람을 다시 결합시키기 위해 얼마나 애를 썼는지 보십시오. 한 가지 더 말씀드릴 것은, 이미 아시는 대로 중간에 편지를 가로채서 알게 된 것인데, 신앙심 깊은 나의 연인은 내가 떠나는 것이 두렵고 창피한 나머지 신중함이 흔들리고 있다는 것, 그 마음과 머릿속에 온통 상식을 벗어나는, 하지만 상당히 흥미로운 감정들이 가득 찼다는 겁니다. 전 바로 이런 예비지식을 지니고 어제 28일 목요일, 그러니까 매정한 나의 연인이 미리 정해준 날짜에 그녀의 집으로 갔습니다. 잘못을 뉘우치는 소심한 노예처럼 들어갔지만, 그 집을 나설 때는 승리의 왕관을 쓴 정복자가 되었죠.

파리에 돌아온 이후 일절 손님을 들이지 않고 칩거 중이던 투르벨 부인을 저녁 6시경에 찾아갔습니다. 내가 왔다는 말을 듣고 자리에서 일어섰지만, 무릎이 떨리는지 제대로 서 있지 못하더군요. 하인은 절 안내한 후에 바로 나가지 않고 잠시 시중을 들었습니다. 그녀는 몹시 초조한 얼굴이었죠. 하인이 나가기를 기다리며 우리는 의례적인 인사를 나누었습니다. 하지만 한 순간 한 순간이 모두 다 소중한 시간인데, 헛되이 보낼 수는 없지 않습니까? 유심히 실내를 살폈습니다. 그리고 내가 승리를 얻어낼 장소를 점찍어두었습니다. 물론 더 편리한 장소를 택할 수도 있었습니다. 방 안에 긴 소파가 있었으니까요. 하지만 그 앞에는 남편의 초상화가 걸려 있더군요. 솔직히 말해서 워낙 유난스런 여자이니 우연히라도 남편 사진이 눈에 들어오게 되면 온갖 공을 들인 작품이 한순간에 무너져버릴 수도 있을 것 같았습니다. 드디어 우리는 단둘이 남게 되었고, 전 본론으로 들어갔습니다.

내가 왜 찾아왔는지 그 이유는 앙셀므 신부님께 들으셨을 줄 안다고 간단히 얘기하고, 날 너무 매정하게 대하는 것 같다고 하소연했습니다. 무엇보다도 날 경멸하는 것 같다고 강조했죠. 예상대로 그녀는 그렇지 않다고 말하더군요. 내가 뭐라고 했을 것 같습니까? 부인께서도 짐작하시겠지만, 당신은 날 경계하고 무서워하고 있다고, 그래서 그렇게 모두를 놀라게 하면서 갑자기 떠나버린 것 아니냐고, 내 편지에 답을 주지도 않고 심지어 내 편지를 받는 것조차 거절한다는 건 날 경멸한다는 증거가 아니겠냐고 했습니다. 가련한 여인은 계속 변명을 하더군요. 그야 둘러대기 쉬운 얘기일 테니 그만 중단시켜야 한다고 생각했습니다. 그러곤 너무 거칠게 말을 자른 데 대한 대가로 비위를 맞추는 말을 해주었습니다. "당신의 수많은 매력이 내 마음에 깊은 인상을 주었지만, 당신의 미덕 역시 내 영혼에 깊은 인상을 주었습니다. 아마도 당신의 미덕에 다가가고 싶은 마음에 빠져 그만 내 자신이 그럴 자격이 있는 사람이라고 믿어버렸나 봅니다. 당신의 판단이 나와 다르다고 해서 비난하려는 건 아닙니다. 그저 나 자신의 과오에 대해 스스로 벌을 내리겠습니다." 이 말에 그녀는 당황해서 아무 말도 하지 못하더군요. 전 다시 말을 이었습니다. "당신 앞에서 내 생각을 밝히고 싶었습니다. 당신이 내 잘못이라고 생각하고 있는 것에 대해서 용서받고 싶었습니다. 그리고 나면 당신이 아름답게 만들어주시기를 거부한 이상 이제 아무런 가치가 없는 것이 되어버린 내 삶을 그래도 평온하게 마칠 수 있을 것 같습니다."

이 말에 그녀는 뭔가 대답하려고 했습니다. "의무 때문에 어쩔 수가……" 말을 이으려고 했지만, 이미 그 말부터가 의무 때문에 억지로 지어낸 거짓말이니 당연히 제대로 하지 못했습니다. 말을 끝맺지 못했죠. 그때 제가 더없이 다정한 목소리로 말했습니다. "정녕 날 피한 겁니까?" ─ "떠날 수밖에 없었어요." ─ "날 멀어지게 하려고 했던 겁니까?" ─ "어쩔 수 없었어요." ─ "영원히 말입니까?" ─ "그래야만 했어요." 이 짧은 대화 동안 다정하고 정숙한 여인은 목이 멘 듯했고 눈을 들어 날 쳐다보지도 못했다는 건 말할 필요도 없겠죠.

침울한 분위기를 약간 바꾸는 게 좋을 듯해서 전 화를 내는 척하며 일어섰습니다. "당신이 그렇게 단호하니 나도 단호하게 마음을 먹겠습니다. 좋습니다. 헤어져야겠죠. 당신이 생각하는 것보다 더 확실하게 헤어질 겁니다. 나중에 멋지게 해냈다고 기뻐하게 될 겁니다." 비난의 어조가 담긴 이 말을 듣더니 그녀는 약간 놀라면서 무언가 대답하려고 했습니다. "자작님의 결심은……" 전 바로 격한 목소리로 말을 이었습니다. "그것은 절망에서 나온 결과일 뿐입니다. 당신은 내가 불행해지기를 바라잖습니까? 당신이 원하는 것 이상으로 큰 성공을 거두게 될 겁니다." ─ "전 당신의 행복을 바라요." 그녀가 감정이 상당히 격해졌다는 게 목소리에 드러나더군요. 그래서 전 바로 무릎을 꿇고는 부인께서도 익히 아시는 극적인 목소리로 이렇게 소리쳤습니다. "아! 당신은 정말 잔인하군요! 당신과 함께 나누지 못하는 행복이 어떻게 가능하다는 말입니까? 당신 곁을 떠나 도대체 어디서 행복을 찾을 수 있단 말입니까? 아! 그건 불가능합니다. 절대 불가능합니다." 솔직히 말씀드리자면 이 정도까지 가면 저절로 눈물이 나와서 도와주리라고 생각했는데, 뭐가 잘못되었는지, 아니면 모든 것에 너무 주의를 쏟느라 힘이 들어서 그런 건지, 눈물이 나오지 않는 겁니다.

다행히도 여자를 정복하기 위해서라면 수단이 중요한 게 아니며, 뭐든 커다란 동요를 일으켜 놀라게 만들기만 하면 유리하고 깊은 인상을 심어줄 수 있다는 사실이 떠올랐습니다. 감성을 자극하는 건 실패로 돌아갔으니 겁을 주기로 했죠. 자세는 바꾸지 않은 채로 목소리의 억양만 바꾸어서 이렇게 말했습니다. "좋습니다. 당신의 발아래 맹세하겠습니다. 당신을 차지하든가 아니면 차라리 죽겠습니다." 이 말이 끝날 때쯤 우리 둘의 눈이 마주쳤죠. 그 소심한 여자가 내 눈에서 무엇을 보았는지, 아니 무엇을 보았다고 생각했는지, 그건 잘 모르겠습니다. 어쨌든 소스라치게 놀라 일어서면서 제 팔에서 빠져나가더군요. 붙잡지 않았습니다. 지나치게 격정적인 절망의 장면이 길게 이어지면 우스꽝스러워지기 쉽고, 자칫하면 비극적인 수단밖에 — 정말 쓰고 싶지 않았거든요 — 남지 않는 걸 여러 번 보았기 때문입니다. 그녀가 나한테서 벗어나는 순간, 그냥 이렇게 말했습니다. 나지막하고 음산하게, 하지만 그녀에게 들릴 수 있을 만한 목소리로 말입니다. "좋습니다. 죽음이로군요."

그러면서 일어섰죠. 아무 말 없이 서 있다가 마치 우연인 것처럼 그녀를 향해 광기 어린 시선을 던졌습니다. 한 곳에 고정되지 않은 시선 같았겠지만, 사실은 상대방을 날카롭게 관찰하고 있었습니다. 그녀는 제대로 서 있지 못하고 숨이 가빠지는 것 같더군요. 온몸의 근육이 경직되고, 반쯤 들어올린 팔은 떨리고 있었습니다. 내가 원하는 효과가 일어나고 있음을 증명해주는 것이었죠. 하지만 사랑은 언제나 아주 가까이 있어야 이루어질 수 있잖습니까. 우리는 너무 멀리 떨어져 있었습니다. 무엇보다도 가까이 다가가야 했죠. 제가 가능한 한 빨리 침착한 태도를 취한 것은 바로 그 때문이었습니다. 조금 전의 격렬한 상태를 그 인상은 약화시키지 않으면서 효과는 진정시킬 수 있는 태도였으니까요.

그러면서 이렇게 말했습니다. "난 정말 불행합니다. 당신의 행복을 위해서 살고 싶었는데 오히려 당신의 행복을 흔들어놓았군요. 당신이 평온하게 살 수 있도록 내 몸과 마음을 바치려고 하는데, 또다시 어지럽히고 있고요." 이어 부자연스러운 표정을 지으며 이렇게 말했습니다. "죄송합니다. 정열의 폭풍우에 익숙하지 못한 터라 마음의 동요를 잘 억누르지 못했습니다. 그대로 빠져들어 마음의 동요를 드러낸 것이 옳지 않은 일이었다고 하더라도 이번이 마지막이라는 걸 기억해주십시오. 아! 진정하십시오! 마음을 가라앉히십시오! 부탁입니다." 이렇게 길게 말을 늘어놓으면서 조금씩 다가갔습니다. 그녀는 겁에 질려 이렇게 대답했습니다. "제가 진정하려면 우선 자작님이 마음을 가라앉히셔야 합니다." 전 "알겠습니다. 그렇게 하죠"라고 말하곤, 이어 목소리를 낮춰 한마디 덧붙였습니다. "힘겨운 노력이 되겠지만, 길지는 않을 겁니다." 그다음 재빨리 넋이 나간 표정을 지으면서 말을 이었습니다. "참, 편지를 돌려드리려고 왔는데…… 부디 받아주십시오. 내겐 아직도 고통스런 희생이 남아 있으니, 용기를 약하게 만들 수 있는 것을 내 손에 남겨두지 마십시오." 전 주머니에서 그 소중한 편지 묶음을 꺼내 들면서 말했습니다. "자, 이겁니다. 당신이 우정을 맹세한 가짜 징표입니다. 지금껏 저로 하여금 삶에 집착하게 만들었던 것이죠. 이제 받으십시오. 그렇게 해서 영원한 이별을 당신이 직접 알려주십시오."

나의 연인은 겁에 질려서 어쩔 줄 몰라 했습니다. "자작님, 도대체 무슨 일이죠? 무슨 말씀을 하시는 거예요? 오늘 일은 자작님께서 원하신 게 아닌가요? 스스로 생각해서 하시기로 한 일이 아닌가요? 제가 의무 때문에 결심한 것과 같은 길을 스스로 선택하신 게 아닌가요?" ─ "당신이 택한 길이 바로 제 길을 결정한 겁니다." ─ "그게 어떤 길인가요?" ─ "당신과 헤어지고 나서 내 고통을 끝낼 수 있는 유일한 길입니다." ─ "그게 도대체 어떤 길이냐고요. 말해주세요." 그때 전 그녀를 끌어안았습니다. 아무런 저항이 없었죠. 그 정도로 체면치레를 잊은 걸 보면 그녀가 얼마나 흥분했는지를 알 수 있잖습니까. 전 격정에 빠진 척하면서 이렇게 말했습니다. "진정 아름다운 여인이여, 당신은 내가 얼마나 당신을 사랑하는지 알지 못합니다. 얼마만큼 당신을 사모하는지 영원히 알지 못할 겁니다. 그리고 그 감정이 나에겐 목숨보다 소중했다는 것을 알지 못합니다! 이제 난 당신의 삶이 언제까지나 행복하고 평화롭기를 바랍니다. 나에게서 앗아간 행복이 당신의 삶을 아름답게 꾸며주기를! 나의 이 진실된 기원을 받고,

그 대신 회한과 눈물로 답해주십시오. 그리고 지금 치르는 이 마지막 희생보다 더 고통스러운 일이 나를 기다리고 있다는 걸 기억해주십시오."

내 말을 들으며 그녀의 심장이 격렬하게 뛰고 있는 것을 느낄 수 있었습니다. 얼굴 표정도 달라지더군요. 특히 우느라 목이 메는 것 같은데 아직 비통한 눈물이 흘러내리지는 않았습니다. 그 순간 저는 떠나는 척했습니다. 그랬더니 그녀가 나를 꽉 잡으며 격한 어조로 말했습니다. "안 돼요. 제 말 좀 들어보세요." — "그냥 가겠습니다." — "제 말을 들으셔야 해요." — "당신 곁에 있으면 안 됩니다. 가야 합니다." — "아니에요!" 이렇게 외치며 그녀가 제 팔에 뛰어들었죠. 아니 정신을 잃고 쓰러졌다는 게 맞을 겁니다. 이렇게 쉽게 성공을 거두었다는 게 믿기 어려워서 전 많이 놀란 척했습니다. 하지만 그러면서도 영광이 실현될 곳으로 미리 점찍어둔 장소로 그녀를 데려갔습니다. 아니 그대로 옮겼다고 해야 할 겁니다. 그녀가 정신을 차렸을 때는 이미 행복한 정복자에게 굴복하여 몸을 내맡긴 뒤였으니까요.

여기까지 들어보시니 어떤가요. 제가 사용한 순수한 방법이 마음에 드시리라고 생각합니다. 사랑은 결국 전쟁과 흡사하다, 우리가 같이 이런 말을 한 적이 여러 번 있었죠? 이 사랑 전쟁에서 제가 원칙에서 벗어난 일을 절대 하지 않았다는 걸 인정해주시렵니까? 튀렌 원수*나 프레데릭** 대왕과 같았다고 말해주십시오. 그러니까 적이 장기전을 펼치면서 기회를 기다리려고 했지만 싸우지 않을 수 없게 만든 겁니다. 그다음 교묘한 작전을 펴서 전투지역을 선택했고, 필요한 조처를 취했죠. 적이 방심하게 만들어서 후퇴하는 적에게 쉽게 다가갈 수 있게 했고, 그다음에는 전투

---

* 17세기 프랑스의 군인으로, 30년 전쟁에서 이름을 떨쳤다.
** 브란덴부르크(독일)의 왕으로 30년 전쟁, 기타 다른 전쟁들을 통해 세력을 확장했다.

시작에 앞서 두려움을 심어주었습니다. 보시다시피 그 어떤 것도 즉흥적으로 처리하지 않았습니다. 성공할 경우 엄청난 이득을 얻을 수 있고, 실패한다고 해도 확실한 대책이 가능한 것만을 선택한 겁니다. 말하자면 이미 내 손에 들어온 것을 다 감당하고 지켜낼 수 있도록, 퇴로를 확보해놓고서 공격을 개시한 거죠. 정말 더할 나위 없는 최상의 전투였습니다. 하지만 지금 전 카푸아의 환락에 빠진 한니발*처럼 나약해질까 봐 두렵습니다. 그 이후 일어난 일을 말씀드리겠습니다.

이런 큰 사건을 치렀으니 당연히 눈물과 절망이 따라올 거라고 생각했습니다. 하지만 나의 연인은 처음에는 조금 혼란스러워하는 것처럼 보이더니, 이내 깊은 생각에 잠긴 듯했습니다. 워낙 정숙한 여자라서 그런가 보다 했죠. 다른 여자들하고 조금 다르기는 하지만 그건 지엽적인 문제라 생각하고, 일단 상대방의 마음을 달래주는 원론적 방법을 택했습니다. 이런 경우 대개 감각이 감정을 도와주는 법이니까요. 물론 말에도 신경을 쓰기는 했지만, 사실 백 마디 말보다 행동 하나가 더 효과가 큰 법 아닙니까? 하지만 그녀의 저항은 겁이 날 정도였습니다. 저항이 세서 그런 게 아니라, 저항의 방식이 무서웠습니다.

얼굴 표정 한번 변하지 않고 가만히 앉아 있는 여자의 모습을 상상해 보십시오. 생각을 하고 있는 것 같지도 않고, 그렇다고 내 말에 귀를 기울이는 것 같지도 않았고, 아무 소리도 듣지 못하는 것 같았습니다. 어디론가 고정된 시선이었고, 눈에서는 쉼 없이 눈물이 흘러내렸습니다. 내가 얘기하는 내내 이런 모습이었죠. 하지만 이렇게 무감각하게 앉아 있다가

---

* 포에니 전쟁에서 승기를 잡은 한니발은 마지막 로마의 멸망을 눈앞에 두고서 카푸아(Capua)에 머물며 로마 동맹을 와해시키는 신중한 전술을 택하는데, 그 사이 로마군이 재집결하는 바람에 결국 패하게 된다.

도 나를 좀 쳐다보게 껴안으려고 하면, 그러니까 내가 그냥 조금만 움직이면, 갑자기 돌변했습니다. 겁에 질리고 숨이 막힌 듯 경련을 일으키며 흐느꼈고, 그러는 사이 소리를 지르기도 했습니다. 물론 한 마디도 알아들을 수가 없었지만요.

이런 발작적인 상태가 여러 차례 이어졌고, 점점 더 심해졌습니다. 마지막에는 너무 격해지는 바람에 낭패스러웠습니다. 애써 얻은 승리가 물거품이 되는 게 아닌지 두렵기까지 했습니다. 저는 이런 상황에서 자주 쓰이는 말을 찾아냈습니다. "날 행복하게 해주었기 때문에 그렇게 절망하는 겁니까?" 이 말을 듣자 사랑스런 여인은 내 쪽으로 몸을 돌렸습니다. 여전히 멍한 얼굴이기는 했지만 원래의 천사 같은 표정이 조금 되살아나고 있었죠. "당신의 행복이라고요!" 이 말에 제가 뭐라고 대답했을지는 짐작하시죠? 그녀는 다시 물었습니다. "지금 정말 행복하신가요?" 전 다시 한 번 그렇다고 했습니다. 그녀가 다시 "나로 인해서 행복하신 건가요?"라고 말했고, 전 찬사와 함께 다정한 말을 건넸습니다. 내 말을 듣는 동안 그녀의 경직되었던 팔다리가 조금씩 부드러워졌고, 그녀는 맥없이 소파에 기대앉았습니다. 전 용기를 내서 그녀의 손을 잡았는데, 다행히 빼내지 않고 그대로 있더군요. 그러면서 이렇게 말했습니다. "그렇게 생각하니 위안도 되고 마음도 좀 풀어지네요."

결국 이런 식으로 제자리를 찾고 나니 당연히 길을 벗어나지 않았습니다. 괜찮은 길이었습니다. 아마도 유일한 길이었을 겁니다. 내가 다시 두번째 성공을 얻어내려고 하자, 처음엔 약간의 저항이 있었습니다. 조금 전에 일어난 일도 있고 해서 신중하게 대했죠. 조금 전에 했던 대로 내 행복 얘기를 써먹었더니 곧 효과가 나타나더군요. 그녀가 다정하게 말했습니다. "당신 말이 맞아요. 이제 전 제 삶이 당신에게 행복을 준다고 생각할 수 없다면 더 이상 살 수 없어요. 이제부터 당신에게 날 드리겠어요. 거절이나 후회 같은 건 없을 거예요." 진정 숭고하다고까지 할 수 있을 정도로 순진하게 그녀는 자기 자신을, 그리고 자기가 가진 매력을 내게 바쳤습니다. 내 행복을 더욱 크게 해주고, 자기도 그 행복을 나누어가졌습니다. 우리는 서로 완벽하게 도취했습니다. 그리고 전 난생처음으로 쾌락이 끝난 뒤에도 도취 상태가 남아 있는 것을 경험했습니다. 전 내내 그녀의 팔에 안겨 있다가 마침내 그녀의 발아래 무릎을 꿇고 영원한 사랑을 맹세했답니다. 그리고 솔직히 말씀드리면, 그냥 해보는 빈말이 아니었습니다. 헤어진 후에도 계속 그녀 생각이 났고, 애를 써야 간신히 떨쳐버릴 수 있었답니다.

아! 부인께선 왜 멀리 계신 건가요? 지금 제가 하고 있는 일이 제공하는 매력 때문에 저울의 추가 너무 많이 기울까 봐 걱정됩니다. 그런 일이 없도록 어서 저에게 보상을 해주셔야 하지 않을까요? 그렇게 해서 또 다른 매력을 만들어주셔야 하는 것 아닐까요? 물론 당장 받아내지 못해도 손해를 보게 되는 일은 없겠죠? 제가 지난번 편지에서 제안한 멋진 협정은 타결된 것으로 보아도 되겠습니까? 보시다시피 전 계획을 시행했고, 약속드린 대로 상당히 진척되었습니다. 부인께 제 시간을 조금 할애해도 될 만큼 말입니다. 그러니 그 성가신 벨르로슈를 서둘러 쫓아보내시고, 애송이 당스니는 멀리하시고, 저한테 전념하십시오. 도대체 그 시골에서 뭘 하시느라고 답장도 없으신 겁니까? 부인을 좀 책망하고 싶어지는군요. 하지만 행복은 사람을 너그럽게 만드는 법인가 봅니다. 더구나 부인을 연모하는 남자들의 대열에 다시 합류하려고 하는 마당에 부인의 작은 변덕 정도는 맞춰드려야 한다는 것도 잊지 않고 있고요. 그래도 새로 부인의 연인이 된 자가 이전에 누리던 연인으로서의 권리를 조금도 잃고 싶어 하지 않는다는 것을 기억해주십시오.

옛날 하던 인사대로, 이제 그만 작별 인사를 드리겠습니다. 그래요, 천사 같은 여인이여! 사랑의 키스를 보냅니다.

추신. 프레방이 한 달 동안의 영창 생활을 마치고 군에서 쫓겨났다는 것을 알고 계십니까? 지금 파리에는 소문이 자자합니다. 사실 그자는 아무 잘못 없이 잔인한 벌을 받은 셈이죠. 진정 부인의 완벽한 성공입니다!

17××년 10월 29일, 파리에서

백스물여섯번째 편지

로즈몽드 부인이 투르벨 법원장 부인에게

좀더 빨리 답장을 했어야 하는데, 지난번 편지를 쓰느라고 애를 썼더니 다시 통증이 도져서 며칠 동안 팔을 전혀 쓰지 못했습니다. 마음은 무척 조급했었습니다. 조카에 대해 좋은 소식을 전해준 것에 대해서도 고맙다는 말도 전해야 했고, 또 부인한테 축하인사도 보내고 싶었으니까요. 한쪽에 손을 대서 다른 쪽까지 구원하시는 게 진정 신의 섭리라는 것을 인정하지 않을 수가 없군요. 그렇습니다, 부인. 하느님은 그저 부인을 시험해보시려는 것이었습니다. 이제 부인의 힘이 다 빠져버렸을 때 구원의 손길을 뻗치신 겁니다. 그동안은 하느님께 불평했지만, 이젠 감사를 드려야 할 것 같군요. 부인이 먼저 결심을 하고 조카의 결심이 뒤따랐더라면 더 좋았을 것이라는 생각이 들기도 합니다. 그저 한 인간으로서 말하자면,

그렇게 해야 우리 여자들의 권리가 좀더 잘 보존되니까요. 우리의 권리를 잃어선 안 됩니다! 하지만 중요한 목표가 달성된 마당에 이런 대수롭지 않은 생각이 무슨 상관이겠습니까? 물에 빠질 뻔하다가 살아난 사람이 자기가 원하는 방법으로 살아나지 못했다고 불평할 수는 없는 일 아니겠습니까?

나의 딸과 다름없는 벗, 지금 부인이 두려워하는 그 괴로움은 머지않아 저절로 사라질 겁니다. 설사 그대로 남게 된다 하더라도, 죄를 지었다고 후회하며 자기 스스로를 멸시하는 것보다는 훨씬 더 견디기 쉽다는 사실을 알게 될 겁니다. 이런 자명한 진리를 부인한테 미리 말해줄 수도 있었겠지만, 설사 그랬다고 해도 아무 효과가 없었을 겁니다. 사랑이란 우리의 의지와 무관하기 때문에, 물론 조심하면 피할 수는 있겠지만, 극복할 수 없는 감정이니까요. 일단 생겨난 사랑은 생명이 다하거나 희망이 완전히 사라지지 않는 한 죽지 않는답니다. 바로 부인에게 해당되는 말이죠. 이제 난 용기를 내서 내 생각을 있는 대로 다 말할 수 있고, 또 그럴 권리가 있다고 생각합니다. 어차피 가망이 없어서 위로와 일시적 처방밖에 해줄 수 없는 환자에게 겁을 주는 것은 잔인한 일이겠지만, 회복기에 접어든 환자에게는 지금껏 본인이 어떤 위험을 치러냈는지 알려주어야 하지 않을까요? 그렇게 해서 앞으로 무엇을 조심해야 하는지 얘기해주고 충고를 따르게 해야 하지 않을까요? 앞으로도 계속 충고가 필요할 테니까요.

부인이 날 의사로 선택했으니 의사로서 말하겠습니다. 지금 부인이 느끼고 있는 가벼운 불편함이 약을 조금 필요로 하는 건 사실이지만, 이제 확실히 치유된 끔찍한 병에 비하면 아무것도 아닙니다. 그리고 부인의 친구로서, 분별 있고 정숙한 부인의 벗으로서, 한마디 덧붙이겠습니다. 부인을 사로잡았던 열정은 이미 그 자체로 불행한 열정이고, 그 상대를 생각하면 더욱 불행한 열정이었습니다. 사실 난 조카를 사랑하고, 따지고 보면 훌륭한 점도 많고 매력도 많은 아이이지만, 사람들 말에 따르면 여자들한테는 상당히 위험한 남자인가 봅니다. 실제 잘못을 많이 저지르기도 한 것 같고요. 많은 여자를 유혹하고 또 그 여자들을 파멸시킨 모양입니다. 난 부인이 그 애의 마음을 잡게 한 거라고 믿고 있습니다. 이제껏 그 애는 그런 일을 해낼 사람을 만나지 못했던 거죠. 하지만 그래도 조심하세요. 이미 많은 여자가 자기는 해냈다고 자랑하다가 낭패를 겪었으니, 그런 일이 일어나지 않게 해야 합니다.

지금까지 헤쳐온 수많은 위험이 끝나고 이제 마음의 안식과 평화를 누리게 될 겁니다. 물론 조카가 마음을 잡고 돌아오게 만들었다는 기쁨도 있을 겁니다. 부인이 용기 있게 버텨주었기 때문에 조카가 마음을 잡을 수 있었습니다. 한순간이라도 부인이 약해졌더라면 그 애는 아마도 영원히 방황하게 되었을 겁니다. 틀림없이 그렇게 생각합니다. 그렇게 생각하고 싶습니다. 부인도 그렇게 생각했으면 좋겠습니다. 부인은 최초의 위로를 얻고, 난 부인을 더욱 사랑하는 이유를 얻게 되니까요.

나의 딸과 다름없는 벗, 일전에 얘기한 대로 며칠 안에 이곳에 오기를 기다리고 있겠습니다. 평화와 행복을 빼앗겼던 이곳에 와서 다시 평화와 행복을 되찾기 바랍니다. 내가 어머니가 되어줄 테니 나와 함께 이곳에서 함께 기뻐합시다. 나에게나 부인에게나 어울리지 않는 일은 절대로 하지 않겠다던 약속을 훌륭하게 지켜낸 것을 말입니다.

17××년 10월 30일, ××× 저택에서

백스물일곱번째 편지

메르테유 후작 부인이 발몽 자작에게

지난 19일자 편지에 답장을 하지 않았죠? 물론 시간이 없어서 그런 건 아니랍니다. 이유는 간단합니다. 편지를 읽고 기분이 상했습니다. 도대체 제정신으로 쓴 건지 의심스럽더군요. 편지의 존재 자체를 잊어버리는 게 가장 좋은 해결책이라고 생각했습니다. 하지만 자작님은 다시 또 그 얘기를 꺼내는군요. 더구나 여전히 같은 생각이고요. 내가 답장을 보내지 않으면 당신 생각에 동의한다고 생각할 것 같아서, 어쩔 수 없이 내 생각을 분명히 밝히겠습니다.

내가 할렘의 모든 여자를 대신할 수 있다고 잘난 척한 적은 있었지만, 할렘의 여자들 중 하나가 되겠다고 동의한 적은 없습니다. 당신도 분명히 알고 있으리라고 생각하는데요. 적어도 이제는 분명히 알게 되었을 테니, 자작님의 제안이 얼마나 우스꽝스러운 것인지는 굳이 얘기할 필요가 없으리라고 생각합니다. 세상에, 뭐라고 했죠? 좋아하며 즐기고 있는 남자를 포기하고, 더구나 새로 즐기기 시작한 남자를 포기하고, 당신 한 사람한테 전념하라고요? 하물며 어떻게 하라고요? 노예처럼 얌전히 '전하'의 총애가 떨어지기까지 차례를 기다리라고요? 그러니까 당신이 사모하는 그 여자, 그 천사 같은 여자만이 느끼게 해주는 '지금껏 알지 못했던' 매력을 잠시 잊고 싶어질 때, 아니면 '매력적인 세실' 곁에서 그 어린애가 당신을 우러러보아주는 것을 즐기다가 그것이 위태로워질 때, 그럴 때 나에게로 내려오겠다는 건가요? 두 여자한테서 느끼는 쾌락만큼 강하지는 못하지만 위험할 게 없는 그런 쾌락을 즐기러요? 당신이 아주 가끔씩 선심을 써주기만 하면 난 충분히 행복하리라고 생각하는 건가요?

자작님, 당신은 스스로를 과대평가하는 것 같군요. 하기야 나 역시 겸손이 부족한지도 모르죠. 아무리 스스로를 돌아봐도 나 자신이 그 정도로 전락한 것 같지는 않으니까요. 어쩌면 그게 바로 내 결점인지도 모르겠군요. 미리 얘기하지만, 난 그 외에도 결점이 많답니다.

무엇보다도 가장 큰 결점은 바로 이겁니다. '풋내기' '애송이' 당스니가 나 한 사람한테 몰두해서 미처 이루어지지 못한 첫사랑을 아무 대가 없이 희생하리라고 믿어버리는 것 말입니다. 그 나이의 남자가 사랑하는 방식대로 날 사랑할 거라고, 스무 살이란 나이에도 불구하고 당신보다 훨씬 흡족하게 내 행복과 쾌락을 위해 노력할 거라고요. 한 가지 덧붙이자면, 혹시 변덕이 나서 당스니에게 보좌관을 한 명 붙여주고 싶은 마음이 든다고 해도, 적어도 지금으로선, 당신은 아닙니다.

왜 이러는 거냐고 묻고 싶겠죠? 물론 이유가 전혀 없을지도 모릅니다. 그냥 이유 없이 당신이 좋아질 수 있는 것처럼, 마찬가지로 그냥 싫어질 수도 있는 거 아닌가요? 그래도 예의상 내가 생각한 이유를 얘기해드리죠. 내가 보기에 당신은 아직 날 위해서 치러야 할 희생이 끝나지 않았습니다. 이미 치른 희생에 대해 고마워하기를 바라는 건가요? 아직 멀었는데요! 우리 두 사람은 사고방식이 너무 달라서 가까워질 수 없을 것 같군요. 내 감정이 바뀌려면 많은 시간이, 아주 많은 시간이 필요할 겁니다. 마음이 달라지면 꼭 연락드릴 테니, 그때까지는 다른 일을 하면서 당신의 키스는 아껴두기 바랍니다. 더 유용하게 쓰일 곳이 많잖아요!……

옛날에 하던 인사처럼 한다고 했나요? 하지만 옛날에는 날 이런 식으로 대하지는 않았던 것 같군요. 적어도 나한테 삼류 역할을 맡긴 적은 없었으니까요. 내가 좋다고 말하기 전까지는 승낙을 받았다고 확신하지 않왔고요. 그러니 난 옛날에 하던 대로 인사하지 않고 지금처럼 인사를 할 수밖에 없네요.

발몽 자작님, 당신을 충실하게 섬기는 여인이 인사드립니다.

17××년 10월 31일, ××× 저택에서

백스물여덟번째 편지

투르벨 법원장 부인이 로즈몽드 부인에게

보내주신 편지를 어제야 받아볼 수 있었습니다. 만일 제 안에 들어 있는 것이 바로 저 자신이었다면, 전 편지를 읽는 즉시 죽어버렸을 겁니다. 하지만 이제 저는 다른 사람의 것입니다. 발몽 님이 제 주인이 되셨습니다. 숨김없이 다 말씀드리겠습니다. 어쩌면 제가 더 이상 부인의 우정을 받을 자격이 없는 사람이라고 생각하실지도 모르겠습니다. 부인의 우정을 잃는 것도 두렵지만, 부인께서 베풀어주신 우정을 악용하게 될까 봐 더 두렵습니다. 제가 할 수 있는 말은 한 가지뿐입니다. 발몽 님께서 자신의 죽음과 행복을 저에게 내맡기셨을 때, 전 행복을 택했습니다. 자랑스럽게 말하는 것도 자책하는 것도 아닙니다. 단지 있는 그대로 말씀드립니다.

그러니 부인께서 보내주신 편지를 읽고 나서, 그 안에 담긴 준엄한 진실을 깨닫고 나서, 제가 어떤 기분이었을지는 쉽게 짐작이 가실 겁니다. 하지만 그렇다고 해서 후회하는 건 아닙니다. 감정이나 행동이 바뀐 것도 아니고요. 물론 괴롭지 않았던 건 아닙니다. 하지만 마음이 찢어지듯 아프고 고통을 견딜 수 없을 때, 전 이렇게 생각했습니다. 발몽 님은 행복하다…… 그랬더니 모든 고통이 사라졌습니다. 아니 즐거움으로 변했습니다.

전 부인의 조카 분께 제 몸을 바쳤습니다. 그분을 위해 정절을 버렸습니다. 그분은 이제 제 생각과 감정 그리고 행동의 유일한 중심이십니다. 제 삶이 그분의 행복을 위해 꼭 필요하다면, 그것만으로 전 제 삶이 아주 행복한 삶이라고 생각합니다. 언젠가 그분의 마음이 바뀐다고 해도…… 하소연하지도 비난하지도 않을 겁니다. 전 이미 그런 운명적인 순간을 피하지 않고 바라볼 수 있게 되었고, 마음이 정해졌습니다.

부인께서 두려워하시는 것, 그러니까 언젠가 발몽 님으로 인해 제가 파멸하지나 않을까 하는 걱정이 저에겐 의미가 없다는 사실을 아실 수 있을 겁니다. 그분이 저의 파멸을 원하게 된다는 건 이미 더 이상 절 사랑하지 않는다는 뜻일 테니까요. 그리고 사람들이 뭐라고 비난한들 제 귀에는 하나도 들리지 않을 테니 어차피 아무 소용이 없을 겁니다. 오직 발몽 님만이 저를 판단하실 겁니다. 전 오직 그분만을 위해 살아갈 것이기에, 저에 대한 기억은 오직 그분의 마음속에만 남아 있을 겁니다. 어떤 상황이 되든, 그분이 제가 사랑했었다는 걸 부정하실 수 없다면, 전 그것만으로도 충분히 당당할 수 있습니다.

부인께서는 이제 제 마음을 다 아셨을 것이라고 믿습니다. 비열한 거짓말을 해서 부인의 경의를 받을 자격조차 없는 여자가 되기보다는, 모든 것을 솔직히 말씀드림으로써 경의를 잃는 편이 낫다고 생각했습니다. 이렇게 끝까지 신뢰를 지키는 것이 부인께서 지금껏 베풀어주신 호의에 보답하는 길이라고 생각했습니다. 한 마디만 더 얘기한다면, 어쩌면 부인께선 제가 아직도 부인의 호의를 기대하고 있다고 생각하실지도 모르겠습니

다. 그렇지 않습니다. 저는 부인께서 베풀어주시던 호의를 더 이상 받을
자격이 없다는 걸 너무나 잘 알고 있습니다. 부인을 존경하며, 부인의 비
천하고 충실한 종이 되겠습니다.

17××년 11월 1일, 파리에서

백스물아홉번째 편지

발몽 자작이 메르테유 후작 부인에게

    지난번 편지에 도대체 무엇 때문에 그렇게 신랄하게 야유를 퍼부으신 건지, 그 이유를 좀 말해주십시오. 제가 무슨 죄를 지었나요? 아무리 생각해도 모르겠군요. 내가 한 어떤 일이 부인을 그렇게 화나게 만든 겁니까? 승낙도 받지 않았으면서 넘겨짚고 있다고 비난하셨나요? 다른 사람이 보면 아무리 건방져 보일 수 있는 일이라도 부인하고 저 사이에서는 신뢰의 징표일 뿐이라고 생각했는데, 이런 감정이 언제부터 우리의 우정과 사랑을 해치기 시작한 걸까요? 제 마음속에는 욕망과 기대가 뒤섞여 있었고, 전 본능적 충동에 따랐을 뿐입니다. 이전에는 이렇게 해서 우리가 찾는 행복에 가까이 다가갈 수 있었잖습니까? 그런데 지금은 저의 열의의 결과일 뿐인 것을 제 오만의 결과라고 생각하시는군요. 관례에 어긋난 게 있는지 한번 생각해보았어야 한다는 건 잘 알고 있지만, 부인께서도 아시다시피, 그야 형식적인 의례일 뿐이잖습니까? 우리 둘 사이에는 그런 사소한 신경은 쓰지 않아도 된다고 생각했습니다.
    심지어 전 솔직하고 자유로운 태도가, 특히 오랜 관계에 토대를 두고

있을 경우, 싱거운 아첨보다 낫다고 생각합니다. 아첨은 오히려 사랑을 식게 만들죠. 솔직하고 자유로운 태도가 지니는 장점은 바로 행복을 연상시킨다는 겁니다. 이러니 저로선 부인의 생각이 제 생각과 다르다는 게 더욱더 마음이 아픕니다.

아무리 생각해도 제가 잘못을 저질렀다고 할 만한 것은 그 한 가지뿐입니다. 하지만 그나마도 부인께서 그렇게 하실 줄은 몰랐기 때문입니다. 어떻게 제가 이 세상에 부인보다 나은 여자가 있다고 생각할 수 있겠습니까? 지금 부인께선 제가 부인을 별로 높이 평가하지 않고 있다고 믿는 척하시지만, 어떻게 그럴 수가 있겠습니까? 스스로를 돌아보아도 그렇게 타락한 것 같지는 않다고도 하셨죠? 제 생각도 같습니다. 부인의 거울이 제대로 보여주고 있다는 증거이기도 합니다. 그러니 저 역시 부인에 대해 같은 판단을 내렸을 거라고 생각하실 수는 없을까요? 문제될 것 없고, 정당한 결론이라고 생각합니다.

어째서 그렇게 이상한 생각을 하시게 된 건지 도저히 알 수가 없군요. 아마도 제가 다른 여인들을 칭찬한 것과 어느 정도 관련이 있을 듯합니다. 투르벨 부인이나 볼랑주의 딸에 대해 말하면서 제가 '사랑스런' '천사 같은' '매력적인'이란 형용사를 사용한 걸 지적하신 걸로 보아 그렇게 생각됩니다. 하지만 이런 말들은 신중하게 생각해서 사용하는 게 아니라 그냥 우연히 쓰게 되는 거라는 점을 잘 아시지 않습니까? 상대방을 어떻게 생각하느냐에 따라서 사용하는 게 아니라, 오히려 상대방에 대해서 말하고 있는 상황 자체를 나타내는 것 아닌가요? 한 여자, 또 다른 여자에게 너무도 강렬히 마음이 끌렸을 때조차도 전 부인을 열렬히 원하고 있었습니다. 그리고 어차피 부인과의 관계를 다시 시작하기 위해서는 두 여자를 희생할 수밖에 없는 상황인 이상, 제가 두 여자보다 부인을 더 높게 생각하는 게 당연한 일이 아닐까요? 그러니 저로선 이 문제에 대해서 부인의 비난을 받을 일이 없다고 생각합니다.

아마도 '이제껏 몰랐던' 매력이라는 표현이 놀라우셨나 봅니다. 그에 대해서도 할 말이 있습니다. 우선, 이제껏 몰랐던 것이라고 해서 더 강렬한 것이라고는 할 수 없지 않습니까? 아닙니다! 오직 당신만이 줄 수 있는 쾌락, 당신만이 항상 새롭고 강렬하게 줄 수 있는 감미로운 쾌락보다 좋은 것이 어디 또 있단 말입니까! '이제껏 몰랐던 매력'이라고 말한 건 말 그대로 지금까지 한 번도 느껴보지 못한 종류의 쾌락이라는 뜻일 뿐, 등급을 매기려는 건 아니었습니다. 그리고 다시 한 번 말씀드리지만, 그 매력이 무엇이든 전 싸워 이길 수 있습니다. 그런 하찮은 일이 부인께 바치는 경의의 표시일 수 있다면, 더욱 열정적이 되겠습니다.

세실에 대해서는 얘기할 필요도 없을 것 같습니다. 제가 그 애를 맡은 것은 바로 부인의 부탁 때문이었다는 점을 잊지는 않으셨겠죠? 그만두라고 하시면 바로 손을 떼겠습니다. 사실 그 아가씨는 참으로 순진하고 청순합니다. 한순간은 '매력적'이라고 느끼기도 했습니다. 누구나 자기가 만든 작품을 보면 기분이 좋아지는 법 아니겠습니까? 하지만 아직 제대로 자라지 못했죠. 전 조금도 관심이 없습니다.

나의 아름다운 벗이여. 이제 올바로 판단해주십시오. 옛날 나에게 보여주셨던 호의를 생각해주십시오. 우리의 길고 완전한 우정, 우리의 관계를 이어준 완벽한 신뢰를 돌아봐주십시오. 정말 내가 그렇게 가혹한 얘기를 들을 만큼 큰 잘못을 저질렀습니까? 언제든 내 마음을 달래주실 수 있잖습니까? 한마디만 해주십시오. 그러면 이곳에 아무리 큰 매력이 있고 애착이 간다 하더라도 단 하루, 아니 단 1분도 더 있지 않겠습니다. 부인의 발밑으로, 부인의 품 안으로 달려가 부인께서 진정 내 마음을 지배하는 여인이라는 것을 천 번이라도, 매번 다른 방법으로, 기꺼이 증명해 보이겠습니다.

그럼 나의 아름다운 벗이여, 답장을 애타게 기다리겠습니다.

17××년 11월 3일, 파리에서

백서른번째 편지

로즈몽드 부인이 투르벨 법원장 부인에게

어째서 이제 내 딸이 되지 않겠다고 하는 겁니까? 왜 앞으로는 편지를 주고받지 않을 것처럼 얘기합니까? 내가 미리 알아채지 못했다고, 도저히 있을 수 없는 일처럼 보이는 그 일을 몰랐다고 해서 나를 벌주려는 건가요? 아니면 내가 일부러 부인을 힘들게 했다고 생각하는 건가요? 그렇지 않습니다. 난 부인의 마음을 너무나 잘 압니다. 부인도 내 마음을 잘 안다는 것 역시 알고 있습니다. 부인의 편지 때문에 마음이 아팠다기보다는, 부인 생각을 해서 마음이 아팠다고 해야 할 겁니다.

오, 나의 젊은 벗이여! 이런 말을 하는 게 속상하지만, 부인은 사랑받을 자격이 너무나 많은 여자이기 때문에 오히려 사랑으로 행복을 얻기 어려울 겁니다. 진정으로 섬세하고 민감한 여자는 사랑 때문에 결국 불행을 겪게 된답니다! 그토록 많은 행복을 가져올 것처럼 보이던 사랑 때문에 말입니다! 아! 남자들은 자신이 소유한 여자들의 진정한 가치를 알기나 하는 걸까요?

물론 행실이 올바르고 애정이 변하지 않는 남자들도 있습니다. 하지만 우리 여자들의 마음과 일치하는 남자가 얼마나 될까요? 남자들의 사랑이 우리가 느끼는 사랑과 같을 거라고 생각하면 안 됩니다. 물론 우리와 똑같은 도취를 느끼고, 어쩌면 우리보다 더 열광할 수도 있습니다. 하지만 우리 여자들이 근심 어린 애정과 세심한 배려로 오직 사랑하는 사람 하나만을 위해 다정하고 한결같은 정성을 쏟는 마음을 남자들은 절대 모릅니다. 남자는 자기가 느끼는 행복을 즐기고, 여자는 자기가 주는 사랑을 즐기는 겁니다. 사람들은 이 차이를 별로 중요하게 생각하지 않지만, 사실상 상당히 중요한 차이이고 남자의 행동 전체에 큰 영향을 끼친답니다. 남자의 쾌락은 욕망을 채우는 데 있고, 여자의 쾌락은 그 욕망을 일으키는 데 있죠. 상대방의 마음을 얻는 건 남자에게는 성공을 위한 한 가지 수단일 뿐이지만, 여자에게는 성공 그 자체가 됩니다. 흔히 여자들이 교태스럽다고 비난을 하지만, 실상은 이런 식의 느낌이 조금 지나친 것일 뿐입니다. 그 느낌이 실제로 존재한다는 증거이기도 하고요. 사랑만이 갖는 특징이라고 할 수 있는 독점욕도 마찬가지입니다. 남자에게 독점욕은 그저 더 좋아한다는 것을 의미하고, 결국 쾌락을 증가시킬 뿐이죠. 다른 대상이 나타나게 되면 사라지진 않더라도 약해집니다. 하지만 여자에게 독점욕은 아주 깊은 감정이죠. 사랑하는 사람에 대한 욕망 외에 다른 욕망들을 모두 제거해버리니까요. 더구나 본능보다 훨씬 강하고 본능의 지배로부터 벗어나 있는 욕망이기 때문에, 쾌락을 일으킬 수 있을 대상에 대해서 오히려 혐오감이나 불쾌감을 느끼게 되기도 합니다.

 물론 어느 정도 예외적인 경우도 있고 실제 몇 가지 예를 들 수도 있지만, 그렇다고 일반적 진리에 맞설 정도는 아니랍니다! 흔히 남자들한테는 상대를 배반하는 부정(不貞)과 그저 마음이 흔들리는 바람기가 구별된다고 생각하는 것만 봐도 충분히 알 수 있는 일이죠. 두 가지가 구별된다는 건 부끄러움을 느낄 만한 일이지만, 정작 남자들은 오히려 자랑스럽게 생각한답니다. 여자들의 경우 이런 구별은 타락한 여자들이나 받아들이는 것이죠. 같은 여자들의 수치인 여자들, 자신이 비천함을 바라보는 쓰라린 감정을 벗어나게만 해준다면 어떤 수단도 가리지 않는 여자들 말입니다.

나의 아름다운 벗이여. 사랑에 빠지게 되면 완벽한 행복을 꿈꾸게 되죠. 나는 부인이 완벽한 사랑이 다가오리라는 꿈에 빠지지 말고 내가 말한 것을 한번 생각해보면 좋겠습니다. 인간이란 희망을 버려야만 하는 순간에도 거짓 희망에 집착하게 되고, 그 희망을 잃고 나면 더욱 격렬한 정열이 뒤따라오게 됩니다. 그래서 안 그래도 쓰라린 괴로움이 더욱 괴로워지죠! 그럴 때 부인의 괴로움을 달래주고, 또 조금이라도 줄여주는 것, 그것이 바로 내가 하고자 하는 일이고 또 할 수 있는 일입니다. 치료할 약이 없는 병에는 식이요법을 권할 수밖에 없는 것과 마찬가지입니다. 한 가지 부탁하고 싶은 점은, 일전에 말했듯이 아픈 사람을 가엾게 여기는 것은 그 사람을 비난하는 것과 다르다는 사실을 잊지 말라는 겁니다. 우리가 누구를 비난할 수 있을까요? 우리를 판단하는 것은 우리의 마음을 들여다보실 수 있는 분께 맡깁시다. 하느님께서 아버지의 눈길로 보시면 한 번의 실수 정도는 수많은 덕행으로 속죄될 수 있으리라고 믿고 싶습니다.

제발, 과격한 결단을 내리지만 마세요. 그건 용기를 내는 게 아니라 오히려 용기를 완전히 잃는 게 됩니다. 부인의 말을 그대로 옮기자면, 자신의 삶을 완전히 다른 사람의 손에 맡겨버렸다고 했지요. 아무리 그렇다고 해도, 이미 먼저 당신의 삶을 소유했었고 또 앞으로도 계속 그럴 친구들이 여전히 남아 있다는 걸 잊지 마세요.

그럼 이만 줄입니다. 가끔씩 당신의 다정한 어머니를 생각해주기 바랍니다. 언제나 그리고 누구보다도 당신을 가장 소중하게 생각하고 있습니다.

17××년 11월 4일, ××× 저택에서

백서른한번째 편지

메르테유 후작 부인이 발몽 자작에게

좋아요, 자작님. 지난번보다 훨씬 낫군요. 이제 어디 친구로서 한번 얘기해보죠. 당신은 우리가 다시 시작하기를 바라는 것 같은데, 그건 당신을 위해서나 날 위해서나 말도 안 되는 일이라는 사실을 받아들이게 될 겁니다.

쾌락이란 게 실제로 남녀를 이어주는 유일한 동기이기는 하지만, 관계를 형성하기에 충분하지는 않다는 걸 아직도 깨닫지 못한 건가요? 쾌락 앞쪽에는 욕망이 있어서 남녀를 가깝게 해주지만, 뒤로는 환멸이 이어져서 남녀를 멀어지게 한다는 걸 모르나요? 이건 자연의 법칙이죠. 오직 사랑만이 바꿀 수 있습니다. 하지만 사랑이란 게 원하기만 하면 언제든 얻을 수 있는 건 아니잖아요. 그런데도 언제나 사랑이 필요하니, 상당히 곤혹스러운 상황이죠. 다행히 한쪽에만 사랑이 있으면 된다는 걸 깨닫고 나니 훨씬 편해지는군요. 어려움도 반으로 줄게 되고, 별로 잃을 것도 없게 되니까요. 한쪽은 사랑하는 행복을 누리고, 다른 쪽은 환심을 사는 즐거움을 누리는 거죠. 물론 그냥 환심만 사는 즐거움은 느낌이 좀 약하기는 하지만, 그 대신 상대를 속이는 쾌감이 있으니 결국 피장파장이잖아요. 이렇게 다 해결되는 겁니다.

자, 자작님, 이제 우리 둘 중 누가 상대를 속이는 임무를 맡을지 말해 보세요. 같이 도박을 하다가 서로 상대방이 사기꾼이라는 걸 알아본 두 남자 얘기를 아시죠? 그 두 사람은, 관둡시다, 서로 비긴 것으로 하죠, 이렇게 말하면서 판을 접었죠. 이 신중한 본보기를 우리도 그대로 따릅시다. 다른 곳에서 재미있게 쓸 수 있는 시간을 낭비하지 말자고요.

나만을 위한 게 아니라 자작님을 위한 것이기도 합니다. 또 내가 그냥 기분이 안 좋아서 혹은 변덕이 나서 이러는 게 아니라는 걸 증명하기 위해서, 일단 우리 사이에 합의를 본 보상을 거절하지는 않겠습니다. 어차피 우리 두 사람 사이에는 단 하룻밤이면 충분할 테니까요. 날이 새는 것을 보며 아쉬움에 젖는 일이 없도록 멋지게 밤을 보내게 될 겁니다. 아쉬움이란 행복에 꼭 필요한 것이라는 사실을 잊어서는 안 되겠죠. 우리의 환상이 아무리 달콤하다고 한들 그것이 지속되리라고 믿어서도 안 되고요.

자, 난 이렇게 약속을 실행할 준비가 되어 있습니다. 하지만 그 전에 당신이 나한테 할 일이 남아 있죠. 천사처럼 정숙한 여인의 첫 편지를 나에게 보여주기로 하지 않았나요? 약속을 지킬 마음이 있는지 실상은 별 관심이 없는 건지는 잘 모르겠지만, 아무튼 난 아무것도, 정말 아무것도 받아보지 못했습니다. 분명 신앙심 깊은 당신의 연인은 편지를 많이 썼을 텐데요. 혼자 즐기는 재주도 없을 텐데 혼자 있을 때 할 일이 뭐가 있겠어요? 당신을 좀 책망하고 싶지만, 지난번 편지에 화를 낸 것 때문에 이번에는 그냥 참기로 했습니다.

참, 자작님. 한 가지 부탁이 있답니다. 나를 위한 것이기도 하지만 당신을 위한 것이기도 하죠. 당신과 마찬가지로 나 역시 애타게 기다리는 그 순간을 좀 연기합시다. 그러니까 내가 파리로 돌아갈 때까지 늦추자는 겁니다. 우선 이곳에서는 자유롭게 만나기 어려울 것 같고, 약간 위험해 보이기도 하거든요. 벨르로슈가 괜히 질투심 때문에 다시 나한테 달라붙을 수도 있으니까요. 연줄이 거의 다 끊어지고 이제 마지막 한 가닥밖에 안 남은 상태인데요. 그 사람은 나를 사랑하려고 온갖 애를 쓰고 있지만, 다 헛고생이죠. 물론 난 조심스러우면서도 짓궂게도 그가 주체할 수 없을 만큼 애무해주고 있답니다. 하지만 자작님, 그렇다고 벨르로슈가 당신을 위한 희생 제물이라고 생각하면 안 됩니다. 각자 상대방에 대해 저지르는 부정 때문에 우리가 하는 일이 더욱 매력적이 되기는 하겠지만요?

우리가 어쩌다 이렇게 되었는지 생각해보면, 아쉽기도 합니다. 우리가 서로 사랑했던 시절에 — 난 분명 그게 사랑이었다고 생각해요 — 난 행복했었답니다. 자작님은 어땠나요? 하기야 어차피 다시 돌아올 수 없는 행복인데 생각해본들 아무 소용이 없지만 말입니다. 그래요. 자작님이 뭐라고 얘기하든 그날은 다시 돌아오지 않아요. 왜냐고요? 그것을 되찾으려면 나는 자작님한테 희생을 요구해야만 하는데, 자작님은 날 위해서 희생을 할 수도 없고 할 마음도 없으니까요. 하기야 난 그런 희생을 받을 자격이 없는지도 모르죠. 내가 어떻게 당신 마음을 붙잡아둘 수 있겠어요? 아! 이런 생각을 하는 것도 싫군요. 지금 이 순간 자작님한테 편지를 쓰는 게 즐겁지만, 이렇게 갑자기 편지를 끝내는 건 더 즐거운걸요.

안녕, 자작님.

17××년 11월 6일, ××× 저택에서

백서른두번째 편지

투르벨 법원장 부인이 로즈몽드 부인에게

제게 보내주신 호의에 감격한 나머지 모든 것을 잊고 부인을 따르고 싶었습니다. 하지만 부인의 마음을 받아들이는 것은 곧 그 마음을 더럽히는 일이 될까 봐 두렵습니다. 부인의 마음이 저에게 너무나 소중하다는 것을 느끼는데도, 왜 그와 동시에 저는 더 이상 부인의 마음을 받을 자격이 없다는 생각이 들까요? 아! 다른 건 몰라도 부인께 감사하는 제 마음만은 전해드리고 싶습니다. 무엇보다도 저의 나약함을 아시고도 가엾이 여겨주시는 너그러운 미덕을 찬양드리고 싶습니다. 부인의 미덕이 갖는 매력은 이미 사랑의 매력에 빠진 제 마음을 부드럽고 강하게 다시 한 번 사로잡고 있습니다.

하지만 이미 우정만으로는 행복을 느낄 수 없게 되어버렸기에 우정이 제게 아무런 의미가 없는 것처럼, 부인의 충고도 그렇습니다. 소중한 충고라는 걸 잘 알고 있지만 따를 수가 없게 되었습니다. 지금 이 순간 완전한 행복을 느끼고 있는데 어째서 그 행복을 믿으면 안 되는 걸까요? 부인의 말씀이 옳습니다. 남자들이 정말로 부인께서 말씀하신 그대로라면 피해야 하고 증오해야 할 겁니다. 하지만 발몽 님은 절대 그렇지 않습니다! 부인께서 격정이라고 부르신 강렬한 정열을 지니신 건 사실이지만, 너무나 풍부하고 세련된 감성으로 다스리고 계신걸요. 아! 제 고통을 함께 나누겠다고 하셨죠! 차라리 제 행복을 기뻐해주십시오! 전 사랑 때문에 행복합니다. 그리고 제 사랑의 대상이 바로 그분이시니 더욱 소중합니다! 마음이 약해서 어쩔 수 없이 조카를 사랑하신다고 하셨나요? 아! 부인께서도 저처럼 그분의 진가를 아신다면 얼마나 좋을까요! 전 그분을 숭배합니다. 아무리 그래도 그분의 진가에 미치지는 못하지만요. 어쩌면 몇 가지 과오를 저지르셨을 수도 있습니다. 본인도 인정하시죠. 하지만 그분처럼 진실한 사랑을 알고 있는 사람이 또 있을까요? 이 이상 더 무슨 얘기가 필요할까요? 전 그분으로 인해 진실한 사랑을 느끼고 있고, 그분 또한 마찬가지입니다.

'사랑을 하면 언제나 빠져드는 허황된 생각'이라고 하실지도 모르겠습니다. 그렇다면 그분은 이제 더 이상 얻을 것이 없는데도 어째서 더 다정하고 열렬하게 절 사랑하시는 걸까요? 솔직히 말씀드리자면, 처음에는 저도 조금 불안했었습니다. 왠지 그분이 자꾸 다른 생각에 빠져드는 것 같고, 또 뭔가 저어하는 것이 있는 듯했습니다. 그래서 사람들이 들려준 그분에 대한 잘못되고 잔인한 인상을 저도 모르게 되풀이하기도 했습니다. 하지만 이제 그분은 아무런 거리낌 없이 마음 가는 대로 자연스럽게 행동하시고, 제 마음이 무엇을 바라고 있는지 다 알아차리시는 것 같습니다. 어쩌면 우리는 운명적으로 연결되었을 겁니다! 그분의 행복을 위해 제가 필요하고 그렇기 때문에 제가 행복하니까요! 아! 만일 이것이 환상일 뿐이라면, 전 차라리 환상이 끝나기 전에 죽겠습니다! 아니, 그러지 않을 겁니다. 전 살아서 그분을 아끼고 사랑하겠습니다. 저에 대한 그분의 사랑이 끝날 이유가 없습니다. 그분이 저 말고 다른 어떤 여자를 행복하게 만들 리가 없습니다. 저 자신도 느끼고 있지만, 상대방을 행복하게 만든다는 건 진정 두 사람을 굳게 이어주는, 진정으로 하나가 되게 해주는 유일한 끈입니다. 그렇습니다. 그런 감정은 사랑을 고귀하게 만들고 또 순수하게 해줍니다. 발몽 님처럼 다정하고 너그러운 영혼에 합당하게 말입니다.

언제나 너그러움으로 절 대해주신 부인, 이만 안녕히 계십시오. 좀더 길게 쓰고 싶지만 그럴 수가 없네요. 그분께서 오시기로 약속한 시간이 되었답니다. 다른 생각은 하나도 할 수가 없습니다. 용서해주세요! 부인 께선 제가 행복하길 바라시죠? 지금 전 너무 많이 행복해서 그 행복을 느 끼기도 벅차답니다.

17××년 11월 7일, 파리에서

백서른세번째 편지

발몽 자작이 메르테유 후작 부인에게

나의 아름다운 연인이여. 제가 절대 할 수 없다고 생각하시는 희생, 하지만 하기만 한다면 그 상(償)으로 절 사랑해주시겠다는 희생이 도대체 무엇입니까? 일단 알려주십시오. 그런 다음 제가 주저한다면, 그때 제가 바치는 희생을 거절하셔도 되잖습니까? 세상에! 도대체 이유가 뭡니까? 관용을 베풀고 계시면서 왜 제 마음과 정열은 의심하시는 겁니까? 내가 할 수도 없고 하고 싶어 하지도 않는 희생이라니요! 내가 지금 사랑에 빠 져서 사랑의 노예라도 되었다고 생각하시는 건가요? 제 스스로 성공을 높 이 평가했더니 그걸 사람 자체를 높이 평가한 것으로 생각하셨나 봅니다. 아! 하늘에 맹세코 아직 그 정도는 아닙니다. 기꺼이 부인께 증명해 보이 겠습니다. 투르벨 부인에 대한 것이라고 해도 기꺼이 증명해 보이겠습니 다. 그러고 나면 모든 의심이 사라질 겁니다.

제 생각은 이렇습니다. 전 소문나지 않게 한 여자를 위해 시간을 낼 수 있었습니다. 분명 이 세상에서 보기 드문 여인이죠. 마침 한가한 때라 열을 올릴 수 있었고요. 지금 막 불이 붙은 상태이니까, 제가 한 여자한테만 몰두하고 있다고 해서 놀라운 일은 아니잖습니까? 한번 생각해보십시오. 석 달 동안 공을 들여 얻은 열매를 맛본 지 이제 일주일도 채 안 되었잖습니까. 이보다 못하면서 힘은 더 많이 들었을 때도 더 오래 할애했었는걸요. 그때는 뭐라고 하시지 않았잖습니까?

제가 왜 이 여자한테 열을 내고 있는지 진짜 이유를 알고 싶으신가요? 말씀드리죠. 이 여자는 천성이 정말 소심하답니다. 그래서 처음엔 자신의 행복을 의심했고, 그것만으로도 행복이 흔들렸었죠. 사실 전 그동안 이런 문제가 있을 때 제 힘이 어디까지 미칠 수 있는지 궁금했는데, 이번 일을 통해 처음으로 알게 되었습니다. 생각처럼 자주 오는 기회가 아니잖습니까?

우선 많은 여자에게 쾌락이란 그저 쾌락일 뿐 아무것도 아닙니다. 그런 여자들에게는 아무리 명성 있는 남자라고 해도 그저 일꾼, 심부름꾼에 지나지 않죠. 남자를 평가하는 기준은 오직 일이며, 가장 많이 일하는 남자가 가장 훌륭한 남자가 되는 겁니다.

두번째는 요즘 가장 많이 볼 수 있는 부류인데, 연인의 명성이 중요한 경우죠. 경쟁자한테서 연인을 빼앗아와서 기쁘고, 아니면 빼앗길까 봐 겁이 나는, 그런 일에만 관심을 쓰는 여자들이죠. 이들이 느끼는 행복에 우리 남자들이 어느 정도 관여하는 것은 사실입니다. 하지만 어떤 남자냐에 달려 있는 게 아니라 그 주변 상황에 좌우된다고 할 수 있습니다. 그러니까 우리의 손을 거쳐 여자에게 넘어갈 뿐, 우리한테서 직접 나오는 행복이 아닌 겁니다.

전 섬세하고 다감한 여인을 찾아내서 관찰했습니다. 사랑에 온전히 빠지고 사랑하는 연인밖에 눈에 보이지 않는 여인, 일반적인 경우와 달리 흥분이 가슴에서 출발해서 감각으로 가는 여인이죠. 말하자면 쾌락이 끝날 때면 눈물에 젖어 있지만(첫날밤을 얘기하는 게 아닙니다), 자기의 영혼에 부합하는 한마디를 들려주면 다시 관능을 되찾는 여자 말입니다. 천성적으로 솔직한데다가 그동안 언제나 솔직해왔기 때문에 몸에 밴 습관 때문에라도 자신의 감정을 조금도 숨기지 못합니다. 이런 여자를 만나기가 정말 쉽지 않다는 건 부인께서도 인정하실 겁니다. 나의 연인이 아니었다면 아마 평생 이런 여자를 만날 기회가 없었을 겁니다.

그러니 다른 여자들보다 좀더 길게 이 여자에게 몰두한다고 해도 놀라울 건 없지 않을까요? 더구나 제가 할 일이란 게 그녀를 행복하게, 완벽하게 행복하게 해주는 것뿐인데, 뭣 때문에 거절하겠습니까? 저한테 해가 되는 일도 아니고 오히려 도움이 되는 일인데요. 설마 제가 이 일에 온통 정신을 쏟고 있다고 해서 마음까지 사로잡혔다고 생각하시는 겁니까? 절대 그렇지 않습니다. 이번 연애를 중요하게 생각하고 있다는 것은 부정하지 않겠지만, 얼마든지 다른 연애를 할 수도 있고, 보다 더 즐거운 연애가 있다면 기꺼이 버릴 수도 있습니다.

얼마나 시간이 많았는지 전에 별로 마음이 가지 않는 볼랑주 양마저도 소홀히 하지 않았답니다. 그 어머니가 사흘 후 아가씨를 파리로 데려온다고 하는군요. 어제 서로 연락할 수 있는 길을 마련해놓았습니다. 문지기한테 돈 좀 쥐어주고 그 마누라한테 비위를 맞췄더니 해결되더군요. 당스니는 어째서 이렇게 간단한 방법을 찾아내지 못하는 걸까요? 흔히 사랑은 사람을 지혜롭게 만든다고 하지만, 오히려 사랑에 지배당하면 멍청해지나 봅니다. 하기야 저도 마찬가지로군요! 아! 안심하십시오. 며칠 안에 당스니에게 볼랑주 아가씨를 나눠주려고 합니다. 그러면 제가 겪었던 그 생생한 느낌이 조금 누그러지지 않겠습니까? 당스니와 둘이 나누는 것으로 충분하지 못하다면, 다른 사람한테도 더 나누어줄 용의가 있습니다.

물론 부인께서 명하신다면 지금이라도 아가씨를 조신한 애인한테 돌려보낼 수도 있습니다. 이제 반대하실 이유가 없지 않은가요? 전 불쌍한 당스니에게 이런 특별한 도움을 주는 데 동의합니다. 그자는 지금 볼랑주 부인의 집에 출입할 수 있을지 알고 싶어서 안달이 나 있죠. 어떻게 해서든 행복을 되찾아주겠다고 안심시키면서 힘껏 진정시키는 중입니다. 우선은 '나의 세실'이 돌아오면 편지를 주고받고 싶어 하기에, 제가 맡아서 전해주겠다고 했습니다. 이미 여섯 통의 편지를 받아두었는데, 행복의 날이 오기 전 아마 한두 통쯤 더 오겠죠. 참 어지간히도 할 일이 없는 위인인가 봅니다!

자, 젖비린내 나는 연인들 얘기는 접어두고 우리 얘기를 해보죠. 부인의 편지가 전해준 달콤한 희망에 젖어보고 싶군요. 그렇습니다. 부인께선 제 마음을 붙잡아두실 수 있습니다. 그것마저 의심하신다면 용서하기 어려울 것 같군요. 이제껏 제가 지조를 지키지 않은 적이 있었나요? 우리 두 사람 사이의 끈은 풀어져 있을 뿐 끊어지지 않았습니다. 우리는 서로 헤어졌다고 생각하지만 그 역시 착각일 뿐입니다. 둘 사이의 감정이나 이해관계가 옛날 그대로 연결되어 있으니까요. 헛된 꿈에서 깨어나 고향으로 돌아온 나그네처럼, 저 역시 인정합니다. 행복을 버리고 부질없는 희망을 쫓아다녔다고. 그리고 아르쿠르처럼 말하렵니다.

다른 나라들을 보면 볼수록
내 조국을 더욱 사랑하게 되는구나.[1]

---

1 드 벨루아의 비극 「칼레 공략」.

그러니 이제 부인을 저에게로 이끌어오는 생각을, 아니 감정을 저버리지 마십시오. 그동안 각자 다른 곳에서 온갖 쾌락을 맛보지 않았습니까. 하지만 우리가 옛날 나누던 쾌락, 이제 다시 맛본다면 더욱 감미로울 그 쾌락과 비교할 수 있는 건 없다는 걸 생각하며 행복에 젖어봅시다.

나의 매력적인 연인이여, 그럼 이만 안녕히. 당신이 돌아오길 기다리겠습니다. 너무 지체하지는 마십시오. 제가 얼마나 간절히 원하는지도 잊지 마십시오.

17××년 11월 8일, 파리에서

백서른네번째 편지

메르테유 후작 부인이 발몽 자작에게

자작님, 당신은 정말 어린애 같군요. 뭐든 얘기만 꺼내면 당장 갖고 싶어 하기 때문에 말을 꺼낼 수도 없고 보여줄 수도 없는 그런 어린애 말이에요. 무심코 떠오르는 생각을 얘기했을 뿐인데, 바로 달려들어서 보채다니요? 정작 나는 잊으려고 하는데 계속해서 생각하게 만들고요. 내 뜻과 상관없이 당신의 어처구니없는 욕망을 함께 나누자고 하면서 말입니다. 신중하게 조심해야 하는 몫을 전부 나한테 떠넘기다니요! 나 스스로도 계속 되뇌지만, 자작님한테도 다시 한 번 말해두죠. 말도 안 되는 제안입니다. 그렇게 너그러운 척한다고 내가 알아차리지 못할 것 같은가요? 어째서 당신의 행복을 망치는 그런 희생을 내가 받아들일 거라고 생각하셨나요?

자작님, 당신은 투르벨 부인을 향한 마음을 잘못 알고 있습니다. 그건 바로 사랑입니다. 만일 사랑이 아니라면, 이 세상에는 사랑이란 게 존재하지 않을 겁니다. 당신은 백 가지 방법을 동원해 부인하고 있지만, 그럴수록 천 가지 방법으로 증명하는 셈입니다. 무엇 때문에 스스로를 속이는 거죠? (나에겐 언제나 진심으로 대한다는 걸 알기에 이런 말을 하는 겁니다). 그 여자를 놓치고 싶지 않다는 욕망을 감추지도 억누르지도 못하면서, 관찰하고 싶은 거라고 둘러대는 이유가 뭐죠? 그 여자 말고는 한 번도 여자를 행복하게, 완벽하게 행복하게 해준 적이 없는 것처럼 말하는군요. 그런 적이 있었는지 확신이 없다면, 당신은 정말 기억력이 나쁜 사람입니다. 아닙니다. 그게 아닙니다. 당신의 마음이 당신의 정신을 속여버려서 결국 말도 안 되는 이유들을 받아들인 겁니다. 하지만 난 그렇게 쉽게 속아 넘어가지 않는답니다. 날 만족시키는 게 그렇게 쉬울 수는 없죠.

아마도 당신은 깨닫지 못했을 겁니다. 예의 바르게도 내 심기를 거슬릴 만한 말을 전부 삭제해버렸다고 해서 당신의 마음 자체가 달라지는 건 아니라는 사실을 말입니다. 투르벨 부인은 사랑스런 여인, 천사 같은 여인에서 이제 '놀라운 여인' '섬세하고 다감한 여인'이 되었더군요. 다른 여자들을 다 제쳐낸 '보기 드문 여자' '다시 만나기 힘든 여자'이기도 하고요. 지금껏 겪은 매력 중 '가장 강하지는' 않아도 일찍이 알지 못했던 매력 역시 마찬가지죠. 좋아요, 그렇다고 칩시다. 어쨌든 오늘날까지 맛본 적이 없는 매력이라면 앞으로도 만날 수 없는 매력일 겁니다. 이번에 잃고 나면 되찾을 수 없다는 뜻이죠. 자작님, 그렇다면 바로 그게 사랑입니다. 그것이 사랑의 징후가 아니라면, 앞으로 사랑을 만나는 일은 단념해야 할 겁니다.

이번에는 화가 나서 하는 말이 아니라는 걸 믿어주면 좋겠군요. 화를 내면 위험한 함정에 빠질 수 있다는 걸 절실히 깨달았답니다. 그냥 친구로 지내죠. 그렇게 만족하는 게 좋겠습니다. 내가 나 자신을 지킬 용기가 있다는 걸 고맙게 생각해야 할 겁니다. 그래요, 나의 용기 말이에요. 때로 옳지 않다고 느낀 일을 하지 않는 데에도 용기가 필요하니까요.

지난번에 말한 희생이 뭐냐고, 내가 강요해도 당신이 하지 못할 것이라는 그 희생이 뭐냐고 물었나요? 대답해드리죠. 자작님을 설득해서 내 말이 맞는다는 걸 보여드려야겠군요. 상당히 강압적인 요구가 될 것 같아서 일부러 '강요'라는 표현을 썼답니다. 그 편이 훨씬 낫죠! 설사 당신이 거절한다고 해도 난 화내지 않고 오히려 고맙게 생각할 겁니다. 자, 보세요. 어쩌면 이러면 안 되는 건지도 모르지만, 어쨌든 난 당신한테 하나도 숨기지 않는답니다.

그러니까 내가 원하는 건 그 보기 드물고 놀라운 투르벨 부인이 그저 원래 모습 그대로, 다른 여자와 같아지는 겁니다. 참으로 잔인하죠! 자작님, 착각하면 안 된답니다. 사람들은 흔히 다른 사람에게서 매력을 찾았다고 생각하지만, 사실 그건 자기 안에 존재하는 매력일 뿐이죠. 눈앞의 대상을 그토록 아름답게 만들 수 있는 것은 사랑뿐입니다. 자, 내가 요구하는 대로 하겠다고, 설사 아무리 불가능한 일이라고 해도 해내도록 노력하겠다고 약속하세요. 아니 맹세해야 합니다. 물론 말로만 하는 건 믿을 수 없죠. 행동으로 보여줘야만 믿을 수 있습니다.

또 있습니다. 좀 변덕을 부려야겠네요. 날 위해 귀여운 세실을 기꺼이 희생하겠다고 했나요? 그러지 마세요. 반대로 내가 다시 얘기할 때까지 그 힘든 일을 계속해주기 바랍니다. 나란 여자는 아마도 권력을 휘두르는 걸 무척 좋아하나 봅니다. 아니면 워낙 올바르고 관대한 사람이라서, 당신의 쾌락은 방해하지 않고 그저 당신의 감정을 손에 넣으면 된다고 생각하는 건지도 모르겠군요. 아무튼 아무리 가혹한 명령이더라도 내 명령을 따르기를 바랍니다.

당신이 그렇게 한다면 난 고마워할 수밖에 없을 테고, 어쩌면 보상을 해주어야겠다는 의무감이 생길지도 모르죠. 예를 들면 이렇게 떨어져 있는 것을 더 이상 참지 못하고 빨리 돌아갈지도 모릅니다. 그리고 자작님, 당신을 만날 겁니다. 그리고 당신을 만나면…… 어떻게 될까요?……하지만 잊지 말아요. 그냥 얘기해보는 것일 뿐이니까요. 불가능한 일을 한번 말해본 것뿐입니다. 혼자서 그냥 잊어버리기는 싫으니까……

사실 소송 문제가 좀 걱정스러워지고 있습니다. 내 쪽에서 어떤 방법을 쓸 수 있을지 찾는 중입니다. 변호사들은 몇 가지 법 조항과 소위 '판례'라는 걸 내세우고 있지만, 어느 것 하나 타당해 보이지를 않는군요. 화해 권고를 거절해버린 게 후회될 정도입니다. 소송 대리인이 워낙 능력 있는 사람인데다가 변호사도 말솜씨가 뛰어나고, 또 소송 제기인이 아름다운 여인이라는 것 때문에 그나마 마음이 좀 놓이기는 하지만요. 이 세 가지를 내세워도 소용이 없다면 뭔가 획기적으로 다른 대책을 찾아내야겠죠. 관습을 존중할 필요도 없을 테고요.

그러니까 지금 내가 계속 이곳에 머무르는 건 오직 이 소송 사건 때문입니다. 벨르로슈 일은 다 끝났답니다. 법정까지 가지 않고 손해보상을 해주기로 했죠. 그 사람은 앞으로 오늘밤의 무도회가 아쉬워질 겁니다. 워낙 할 일 없는 사람이니까…… 파리로 돌아가면 완전히 해방시켜줄 겁니다. 그를 위해 힘겨운 희생을 치른 셈이지만, 그래도 내 희생이 관대한 것이었다는 사실을 알아주기만 한다면 그것으로 위안을 삼아야죠.

그럼 이만 안녕히. 자주 편지해주세요. 당신이 맛보는 쾌락을 좀 자세히 알려주면 이 권태로운 마음에 좀 위안이 될 것 같군요.

17××년 11월 11일, ××× 저택에서

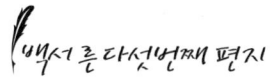

투르벨 법원장 부인이 로즈몽드 부인에게

편지를 쓰고는 싶지만, 제대로 쓸 수 있을지 모르겠습니다. 지난번 편지만 해도 너무나 행복해서 쓰기 어려웠었죠! 하지만 지금은 불행에 짓눌려 있습니다. 고통을 느낄 힘만 겨우 남아 있을 뿐, 얼마나 고통스러운지 표현할 힘은 없습니다.

발몽……발몽 님은 이제 절 사랑하지 않습니다. 아니 한 번도 사랑한 적이 없습니다. 사랑이라면 이렇게 빨리 식어버릴 수 없을 테니까요. 그분은 절 속이고, 배반하고, 모욕했습니다. 전 지금 온갖 불운과 수치가 뒤엉킨 상태입니다. 바로 발몽 님 때문에 말입니다.

그냥 의심만으로 괴로워하는 게 아니냐고 얘기하지 마십시오. 전 단 한 번도 그분을 의심한 적이 없습니다! 제게는 의심을 할 수 있는 행복마저도 없습니다. 제 눈으로 직접 보았는데 무슨 변명이 가능하겠습니까? 어차피 그분한테는 상관없는 일이고, 변명하려고 하지도 않을 테지만요. 불행한 여자여! 네가 아무리 원망하고 눈물을 흘린들 무슨 소용이 있으리! 이미 너에게 관심도 없을 텐데!……

발몽 님은 절 제물로 삼았고, 심지어 팔아넘겼습니다. 누구한테 그랬는지 아십니까? 천박한 여자…… 아! 제가 무슨 말을 하고 있는 걸까요? 어차피 전 그 여자를 경멸할 권리도 잃었는데요. 그 여자는 저처럼 의무를 저버리지도 죄를 범하지도 않았으니까요! 아! 고통은, 더구나 후회에서 오는 고통은 너무나 괴롭습니다! 점점 더 괴롭습니다! 저의 소중한 친구가 되어주셨던 부인께 작별 인사를 드립니다. 전 이미 부인의 동정조차

제4부 449

받을 자격이 없는 여자가 되었지만, 제가 겪고 있는 이 괴로움을 아신다면 불쌍한 마음이 드실 겁니다.

제가 쓴 편지를 다시 읽어보니, 무슨 얘기인지 하나도 알 수 없으시겠네요. 용기를 내서 그 잔인한 사건을 얘기해드리겠습니다. 어제였습니다. 파리에 돌아온 이후 처음으로 사람들과 밖에서 저녁식사 약속이 있었습니다. 그런데 발몽 님이 5시에 오셨습니다. 처음에는 더없이 다정하셨죠. 제가 외출을 해야 한다는 걸 탐탁해하지 않으시는 듯해 전 그냥 집에 있기로 했습니다. 하지만 두 시간쯤 지난 후 갑자기 그분의 태도와 어조가 눈에 띄게 달라졌습니다. 제가 한 말이나 행동 중에 혹시 심기를 상하게 할 만한 게 있었나 생각해보았습니다. 어쨌든 그분은 잊고 있던 일이 생각났다고 하시면서 일어섰고, 결국 가버리셨습니다. 하지만 아주 많이 사과를 하면서 양해를 구하셨고 무척 다정하셨기 때문에 전 그대로 믿었습니다.

조금 정신을 차리고 나니 사람들과의 약속을 지키는 게 낫겠다는 생각이 들었습니다. 오랜만의 약속이기도 했고 또 아직 시간이 있었으니까요. 전 화장을 마치고 마차에 올랐습니다. 불행히도 마부가 마차를 오페라 극장 앞으로 몰고 갔고, 때마침 공연이 끝나서 쏟아져 나오는 인파 속에 파묻히게 되었습니다. 그런데 제가 타고 있던 마차 바로 옆줄에 약간 앞쪽으로 발몽 님이 탄 마차가 보였습니다. 그 순간 가슴이 두근거렸습니다. 걱정스러워서가 아니었습니다. 그때만 해도 전 제 마차가 빨리 앞으로 갔으면 하는 생각뿐이었습니다. 그런데 거꾸로 발몽 님의 마차가 뒤로 물러설 수밖에 없는 상황이 되었고, 결국 제 마차 옆에 서게 되었습니다. 전 곧 얼굴을 내밀었죠. 아, 그런데 그분 옆에는 소문이 자자한 그 여자가 앉아 있었습니다. 정말 너무 놀랐습니다. 짐작하시겠지만 전 몸을 숨겼습니다. 이 정도만으로도 제 마음은 충분히 슬픔에 젖었는데, 믿어지지 않으시겠지만, 그 여자는 계속 마차 문에 붙어 절 쳐다보면서 사람들이 다 돌아볼 정도로 큰 소리로 웃어댔습니다. 있을 수 없는 일이지만 발몽 님이 속내 얘기를 털어놓아 저에 대해 알고 있는 게 분명했습니다.

전 아무것도 할 수 없을 것 같았지만, 마차는 이미 절 저녁 약속 장소로 데려갔습니다. 도저히 그냥 있을 수가 없었습니다. 계속해서 정신이 아득해지고 눈물을 참을 수가 없었습니다.

집에 돌아오자마자 전 발몽 님께 편지를 써서 바로 보냈습니다. 하인 말이 집에 계시지 않다고 해서, 기다렸다가 답장을 받아오라고 하며 다시 보냈습니다. 어떻게 해서든 이 죽을 것처럼 괴로운 상태를 벗어나고 싶었습니다. 아니면 차라리 영원히 죽어버리고 싶었습니다. 하지만 자정이 못 되어 돌아온 하인 얘기가, 발몽 님의 마부가 혼자 돌아왔고 주인님은 밤새 돌아오지 않을 거라고 하더랍니다. 오늘 아침 제가 할 수 있는 일이라곤 그분께 제 편지를 모두 돌려달라고 하고 다시 우리 집에 오지 말라고 말하는 것뿐이라고 생각했습니다. 하인들에게도 명령을 내려놓았고요. 하지만 필요 없는 일인 것 같습니다. 벌써 정오가 되었는데 그분은 나타나지도 않으시고 연락조차 없으니까요.

이제 더 이상 드릴 말씀이 없습니다. 모든 걸 다 알려드렸으니 제 마음이 어떤 상태일지 아실 수 있으리라고 생각합니다. 저에게 남은 유일한 희망은 제게 다정한 우정을 베풀어주시는 부인께 더 이상 근심을 끼치지 않는 것뿐입니다.

17××년 11월 15일, 파리에서

백서른여섯번째 편지

투르벨 법원장 부인이 발몽 자작에게

어제 같은 일이 있은 다음 설마 제 집에 들어오실 수 있으리라고 기대하지는 않으시겠죠. 어차피 오시고 싶은 마음도 없을 테지만요. 방문을 사절한다는 말을 전하기 위해 이 글을 쓴 건 아닙니다. 그보다는 제가 쓴 편지들, 절대로 쓰지 말았어야 했을 편지들을 돌려받기 위해서입니다. 당신으로 인해 내가 눈이 멀어버렸다는 증거인 셈이니, 처음에는 당신한테도 흥미가 있는 편지였겠죠. 하지만 이제 그 미망이 깨어졌으니 상관없지 않은가요? 당신이 산산이 부숴버린 감정만이 담겨 있는 편지니까요.

저보다 먼저 많은 여자가 희생되었다는 걸 알면서도 당신을 믿은 게 제 잘못입니다. 그 점에 대해서는 저 자신을 탓할 수밖에 없습니다. 하지만 적어도 당신에게 멸시와 모욕을 받을 일을 한 적은 없다고 생각합니다. 당신을 위해 모든 것을 희생했고, 당신 한 사람을 위해 세상 사람들의 평판과 자존심도 다 버렸는데, 정작 세상 사람들이 아니라 당신한테서 더 가혹한 대우를 받게 될 줄은 몰랐습니다. 세상 사람들은 그래도 나약한 여자와 타락한 여자를 똑같이 생각하지는 않을 겁니다. 전 지금 누구나 범하는 과오에 대해 말하는 겁니다. 사랑이 저지른 과오에 대해서는 아무 말도 하지 않겠습니다. 어차피 당신의 마음이 내 마음의 말을 알아듣지 못할 테니까요. 그럼 이만 줄입니다.

17××년 11월 15일, 파리에서

백서른일곱번째 편지

발몽 자작이 투르벨 법원장 부인에게

지금 막 당신의 편지를 받았습니다. 편지를 읽고 소스라치게 놀랐습니다. 답장을 쓸 기운도 없군요. 도대체 어떻게 날 그렇게 생각할 수 있습니까? 아! 내가 잘못을 저지른 건 맞습니다. 설사 그대가 너그럽게 받아들여준다고 해도 내 자신이 평생 용서하지 못할 겁니다. 하지만 당신이 지금 비난하고 있는 죄는 정말 생각할 수도 없습니다. 뭐라고 했죠? 맙소사! 당신을 경멸하고 당신을 무시하다니요! 당신을 사랑하고 존경하고 있는 나한테 어떻게 그런 말을 할 수 있습니까? 내가 당신의 사랑을 받을 자격이 있는 사람이라고 당신이 생각해줄 때, 비로소 난 자부심을 가질 수 있습니다. 당신은 겉으로 드러난 모습만 보고 잘못 판단한 겁니다. 하기야 드러난 대로라면 내가 나쁜 사람이라고 생각할 수 있을 겁니다. 하지만 당신의 마음속에는 정녕 겉으로 드러난 모습과 싸울 만한 힘이 없었는지 묻고 싶습니다. 날 원망할 수밖에 없다는 생각이 드는 순간, 그럴 리가 없다는 생각이 들지 않던가요? 그냥 그대로 믿었단 말인가요? 그러니까 당신은 내가 그런 끔찍한 일을 할 수 있다고 생각했고, 더구나 내게 호의를 베풀었기 때문에 그런 일을 당한 거라고 두려워하고 있잖습니까? 아! 나에 대한 사랑 때문에 당신이 그렇게까지 전락했다면, 진정 당신의 눈에는 내가 무척이나 비열한 사람으로 보였겠군요.

그런 생각을 하니 고통이 가슴을 짓누르는 것 같습니다. 말도 안 되는 생각을 없애기는커녕 피하기에도 급급합니다. 솔직히 다 말씀드리겠습니다. 하지만 한 가지 마음에 걸리는 게 있습니다. 정녕 묻어버리고 싶은 사실들을 다시 끄집어내야 하는 걸까요? 평생 사죄하고 싶은 순간의 과오를 당신과 함께 다시 들여다봐야 하는 걸까요? 여전히 내가 왜 그런 짓을 했는지 생각하는 중이고, 다시 생각할 때마다 수치와 절망감이 몰려오고 있는데 말입니다. 아! 내가 나 스스로의 과오를 비난함으로써 당신을 화나게 만들어야 하는 거라면, 당신은 먼 곳에서 복수를 찾을 필요가 없을 겁니다. 당신이 그냥 두어도 나 스스로 후회에 몸서리치게 될 테니까요.

누가 알아줄까요? 이 사건은 무엇보다도 내가 당신에게서 느낀 그 강한 매력 때문에 생긴 일이라는 걸 말입니다. 그러니까 당신의 매력에 빠져 있느라 너무나 중요한, 뒤로 미룰 수도 없는 일을 잊어버렸기 때문에 시작된 일입니다. 당신과 너무 오래 있는 바람에 약속한 사람을 만나지 못했고, 혹시 오페라 극장에서 만날 수 있을까 해서 찾아갔습니다. 하지만 거기서도 만나지 못했고, 대신 에밀리를 만난 겁니다. 당신을 모르고 당신의 사랑도 모르던 시절 사귀던 여자죠. 에밀리는 마차가 없으니 집에 좀 데려다달라고 하더군요. 별로 멀지도 않은 곳이었고, 별 문제될 게 없다고 생각해서 승낙했습니다. 그리고 부인을 만난 겁니다. 당신이 오해할 수도 있겠다는 생각이 들었습니다.

정말로 당신의 마음이 상할까 봐, 힘들어할까 봐 정말 걱정이 되었습니다. 하지만 그런 마음이 얼굴에 너무 많이 드러났나 봅니다. 에밀리가 눈치를 채고 만 겁니다. 고백하건대 난 너무 걱정이 되어서 에밀리에게 고개를 내밀지 말라고 말하기까지 했습니다. 그리고 그런 세심한 주의는 사랑에 도움이 되지 못했습니다. 에밀리가 이런 멋진 기회를 놓칠 리가 없죠. 그런 신분에 속한 여자들이란 일단 힘을 손에 넣게 되면—설사 부당하게 빼앗은 것이라고 해도—멋대로 휘두르는 법이잖습니까? 내가 난처해하는 걸 보더니 더 신이 나서 일부러 차창 밖으로 고개를 내밀더군요. 내가 어쩔 줄 몰라 하는 것을 보며 웃어댔고요. 결국 모든 게 당신을 존경하고 사랑하기 때문에 일어난 일입니다. 에밀리가 당신을 쳐다보고 웃는 것이라고 생각했겠죠. 생각만 해도 속이 상합니다.

여기까지는 내가 무슨 죄를 지었다기보다는 그저 운이 없었다고 해야 할 겁니다. 당신이 '누구나가 범하는 과오, 다른 과오는 얘기하지 않고 그에 대해서만 말하겠다고 한 과오'라는 것은 있지도 않으니 비난받을 일도 없습니다. 오히려 당신이 아무 말도 하지 않겠다고 한 사랑의 과오에 대해서는 꼭 얘기를 해야 합니다. 나에겐 너무나 중요한 일이니까요.

예기치 않게 과오를 범하고 나서 아직 정신이 멍합니다. 하지만 내가 저지른 과오를 생각하면 쓰라린 고통이 느껴집니다. 과오를 뼈저리게 느끼기에 그에 대한 벌을 받아들이겠습니다. 아니면 영원히 당신을 사랑하고 후회하면서, 시간이 날 용서해주기를 기다리겠습니다. 하지만 내가 당신에게 꼭 해야만 하는 얘기가 바로 당신의 그 민감한 마음의 상태와 아주 중요하게 연관되어 있는데, 어떻게 침묵을 지킬 수 있겠습니까?

핑계를 대면서 변명하거나 얼버무리려고 한다고 생각하지 마십시오. 내 잘못을 시인합니다. 하지만 이 치욕스런 과오가 사랑의 과오라는 건 절대 받아들일 수 없습니다. 한순간 스스로를 잊고 놀라운 관능에 빠지지만 이내 수치와 후회가 따라오는 감정이 어떻게 우리의 순수한 감정과 같을 수 있단 말입니까? 은은하고 우아한 마음에서만 생겨날 수 있는 감정, 또 상대를 존중함으로써 유지될 수 있는 감정, 그 대가로 행복을 얻는 감정하고 말입니다. 아! 이런 식으로 사랑을 모독하지 마십시오. 결코 같이 생각할 수 없는 것들을 한데 묶어버림으로써 스스로를 모독하지 마십시오. 비열하고 천박한 여자들은 그냥 두십시오. 그런 여자들은 원래 경쟁심을 느끼고 두려워하는 법이잖습니까? 잔인하고 굴욕적인 질투를 느끼죠. 처다보면 눈만 더러워질 뿐입니다. 그냥 내버려두십시오. 신처럼 순결한 당신이 그런 것 때문에 모욕을 느낄 필요는 없습니다. 차라리, 신이 그렇듯이, 벌을 내리십시오.

 당신은 내게 무슨 고통을 주려는 겁니까? 당신의 마음을 상하게 했다는 후회와 당신을 고통스럽게 했다는 절망감을 주려는 겁니까? 이제 당신을 사랑할 자격이 없어졌다는 끔찍한 생각들 때문에 지금 내가 느끼고 있는 고통, 이보다 더 쓰라린 고통을 벌로 내리려는 겁니까? 당신은 벌을 내릴 생각만 하는데, 난 당신한테 위로를 구하는군요. 위로받을 자격이 있기 때문이 아니라, 위로가 필요하고 또 나를 위로해줄 수 있는 사람은 오직 당신밖에 없기 때문입니다.

 내 사랑과 당신의 사랑을 잊고서, 또 우리의 행복을 무시하면서, 그렇게 날 영원한 고통에 빠뜨리고 싶은 겁니까? 물론 당신에겐 그럴 권리가 있습니다. 날 치십시오. 하지만 좀더 너그러운 마음으로, 좀더 다정한 마음으로, 우리의 마음을 이어주던 그 다정한 감정을 기억할 수는 없는 건가요? 늘 새롭고 더 강렬하게 느껴지던 희열을, 우리가 같이 있기에 누릴 수 있었던 그 달콤하고 행복했던 날들을 말입니다. 사랑이 만들어낸 모든 것, 사랑만이 줄 수 있는 모든 것, 이것을 무너뜨리는 힘보다는 다시 태어나게 하는 힘이 좋지 않은가요? 이제 내가 무슨 말을 할 수 있겠습니까? 난 모든 것을 잃었습니다. 내 과오로 잃었습니다. 하지만 당신이 은혜를 베풀어준다면 다시 찾을 수 있습니다. 이제 당신이 결정할 차례입니다. 한마디만 덧붙이겠습니다. 어제만 해도 당신은 내 행복이, 오직 당신 한 사람에게 달려 있는 내 행복이 안전하다고 했었죠. 오! 그런데 오늘은 나를 영원한 절망에 빠뜨리렵니까?

17××년 11월 15일, 파리에서

백서른여덟번째 편지

발몽 자작이 메르테유 후작 부인에게

나의 아름다운 벗이며, 아무리 그래도 제 주장을 굽힐 수가 없군요. 당신의 말은 옳지 않습니다. 난 사랑에 빠지지 않았습니다. 어쩔 수 없이 연인의 역할을 하고 있을 뿐입니다. 제 말을 받아들이시고, 이제 돌아오십시오. 제 마음이 진심이란 걸 곧 아시게 될 겁니다. 어제 이미 증명을 했답니다. 오늘 상황을 감안한다고 해도 반박할 수 없는 증거가 될 겁니다.

그러니까 어제 저는 별로 할 일도 없어 사랑스럽고 정숙한 연인을 찾아가기로 했습니다. 볼랑주 양은 그 몸으로 V××부인이 주최하는 철 이른 연회에 가서 밤을 지새우기로 되어 있었죠. 무료하기도 해서 좀 오래 지체하려고 했습니다. 그런데 막상 상대방이 동의를 하니까 바로 마음이 불편해지는 겁니다. 부인께서 집요하게 주장하시는, 적어도 저에게 비난하고 계시는 그 사랑이라는 게 생각나면서, 제 앞에 놓인 쾌락이 시들해졌습니다. 그 순간 마음속에는 오직 한 가지 욕망뿐이었습니다. 부인이 잘못 생각한 거라고 나 자신을 그리고 부인을 설득하고 싶은 마음 말입니다.

그래서 조금 과격한 방법을 택했습니다. 사소한 구실을 내세우며 그 집을 떠난 겁니다. 나의 연인은 많이 놀란 것 같더군요. 아니 무척 슬퍼하는 것 같았습니다. 하지만 전 아무 일도 없다는 듯 오페라 극장에 가서 에밀리를 만났습니다. 그리고 오늘 아침 헤어질 때까지 쾌락을 나누었습니다. 물론 아무런 후회도 느끼지 않았고요. 에밀리한테 물어보시면 확인하실 수 있을 겁니다.

그 와중에 문제가 생긴 겁니다. 물론 전혀 중요한 문제가 아니라는 듯이 대처하면서 무사히 빠져나올 수 있었지만요. 에밀리를 마차에 태우고 오페라 극장 지역을 벗어나려는데 신앙심 깊은 나의 연인이 타고 있는 마차가 바로 제 옆으로 다가온 겁니다. 공교롭게도 그 순간 극장에서 사람들이 몰려나오는 바람에 약 7~8분 동안 나란히 있게 되었죠. 대낮처럼 사람 얼굴이 다 보이는 상황이었으니 도저히 피할 수가 없었습니다.

하지만 일이 거기서 끝나지 않았습니다. 얼떨결에 그만 에밀리에게 그때 바로 저 여자에게 편지를 썼던 거라고 말해버린 겁니다. (에밀리를 책상 삼아 편지를 썼던 일을 기억하시죠?) 에밀리도 기억하고 있더군요. 더구나 워낙 웃는 걸 좋아하는 여자인지라, 생각난다고 하면서 '정숙한 여자' 좀 보자고 쳐다보며 큰 소리로 웃어댄 겁니다. 제가 들어도 기분이 나빴습니다.

여기서도 끝이 아닙니다. 질투심에 사로잡힌 나의 연인이 그날 저녁 우리 집으로 사람을 보낸 겁니다. 전 당연히 집에 없었죠. 하지만 다시 사람을 보내 내가 돌아올 때까지 기다리라고 했다는군요. 전 에밀리의 집에서 자기로 하고, 아침에 데리러 오라고 마부를 돌려보냈는데요. 마부가 집에 와보니 그 여자의 심부름꾼이 기다리고 있었고, 거기다 대고 글쎄 제가 밤에 돌아오지 않을 거라고 말해버린 겁니다. 사랑의 전령에게 대수롭지 않게 그런 말을 전하다니요! 그 소식이 어떤 결과를 가져왔을지 짐작이 가시죠? 집에 왔더니 역시 상황에 걸맞게 엄숙한 절교장이 와 있더군요.

부인께선 이 사랑이 절대로 끝나지 않을 거라고 하셨지만, 보시다시피 오늘 아침에 끝날 수도 있었습니다. 그런데도 끝나지 않은 것은 부인께서 생각하시는 것처럼 이 사랑을 더 오래 끌고 싶었기 때문이 아닙니다. 진짜 이유는, 한편으로는 그 여자가 절 떠나게 그냥 둔다는 게 옳지 못하다고 생각했기 때문이고, 또 한편으로는 이 사랑을 희생하는 영광만은 꼭 부인을 위해 바치고 싶었기 때문입니다.

결국 전 그 여자의 냉정한 편지에 대한 답으로 애정을 가득 담은 편지를 보냈습니다. 길게 이유를 늘어놓았고, 사랑을 내세워 그 이유를 받아들이게 했습니다. 이미 성공을 거두었답니다. 조금 전 다시 편지를 받았으니까요. 여전히 냉정하고 다시 한 번 영원한 이별을 이야기하고 있지만, 어조가 이미 달라졌더군요. 날 만나지 않기로 결심했다고 자그마치 네 번이나 단호하게 밝히고 있습니다. 그래서 당장 가봐야 할 것 같습니다. 이미 하인을 보내서 문지기를 회유해놓으라고 했습니다. 이제 곧 용서받으러 가야 합니다. 이런 종류의 실수를 저지르고 나서 모든 것을 용서받는 유일한 방법은 직접 얼굴을 마주 보고 얘기하는 것밖에 없지 않습니까?

그럼 나의 매력적인 벗이여, 전 이만 일전을 치르러 갑니다.

17××년 11월 15일, 파리에서

백서른아홉번째 편지

투르벨 법원장 부인이 로즈몽드 부인에게

애틋한 마음으로 절 아껴주시는 부인께 일시적인 괴로움을 잘못 알고 너무 많이 그리고 너무 성급하게 말씀드린 것이 후회스럽습니다. 아마도 저 때문에 속상해하고 계시겠지요? 부인께서는 저로 인해 여전히 슬픔에 젖어 계신데, 정작 저는 행복합니다. 그렇습니다. 모든 걸 잊고 용서했습니다. 정확히 말하자면 모든 게 제자리로 돌아왔습니다. 고통스럽고 불안하던 시간이 지나가고 평화롭고 감미로운 시간이 왔습니다. 아! 이 기쁜 마음을 어떻게 말로 다할 수 있을까요! 발몽 님은 아무 잘못이 없었습니다. 그렇게 큰 사랑을 주시는 분이 잘못을 저질렀을 리가 없습니다. 전 모욕적이고 심각한 과오를 저질렀다고 그분을 신랄하게 비난했지만, 그분은 그런 잘못을 저지르지 않으셨습니다. 물론 제가 너그러운 마음을 베풀지 않으면 안 되는 문제가 한 가지 있긴 했지만, 어차피 저도 그분을 부당하게 의심했으니 마찬가지인 셈이죠.

무슨 일이 일어났는지, 그분이 아무 잘못이 없다는 걸 어떻게 알게 되었는지 시시콜콜 말씀드리지는 않겠습니다. 이런 일은 오직 마음으로 느낄 수 있는 것이니, 머리로만 판단하면 이해하기 어려울 수도 있을 것 같습니다. 어쩌면 제가 마음이 약해졌다고 생각하실지도 모르겠습니다. 부인께서 직접 판단하셔서, 제 판단이 맞았다는 걸 증명해주십시오. 부인께서도 남자에게 부정과 바람기가 다르다고 말씀하셨잖습니까?

물론 그런 구별이 유쾌하지 않은 건 사실입니다. 하지만 발몽 님께서 저보다 더 괴로워하시기 때문에 제가 차마 불평을 할 수가 없습니다. 전 이미 그분의 과오를 다 잊었는데 정작 그분은 스스로를 용서하지 않으시는군요. 어쩔 수 없는 일이었다고 생각하면 될 텐데 그렇게 마음 편히 생각하지도 못하십니다. 크지 않은 과오를 범한 대가로 절 넘치도록 사랑하고 행복하게 해주고 계신걸요!

행복을 잃어버릴까 봐 두려워했었기에 지금 전 더 행복하고 그 행복의 가치를 더욱 소중하게 느낍니다. 부인께 말씀드릴 수 있는 것은 한 가지뿐입니다. 그러니까 제가 너무나 쓰라린 괴로움을 겪은 것은 사실이지만, 이후에 맛본 더욱 기쁜 행복을 생각하면 ─ 물론 또다시 그런 괴로움을 감내할 힘만 있다면 ─ 그다지 비싼 대가가 아니라는 생각이 듭니다.

오! 다정하신 어머니! 성급하게 걱정을 끼쳐드린 철없는 딸을 꾸짖어주세요. 언제나 사랑해야만 하는 분을 경솔하게 판단해서, 있지도 않은 죄를 뒤집어씌운 절 꾸짖어주세요. 경솔하지만 행복한 딸의 모습을 보아주세요. 그리고 제 기쁨을 함께하심으로써 기쁨이 더욱 커지게 해주세요.

17××년 11월 16일 밤, 파리에서

백마흔번째 편지

발몽 자작이 메르테유 후작 부인에게

나의 아름다운 벗이여, 어째서 아직까지 답장이 없는 겁니까? 지난번 편지는 답장을 주실 만하지 않은가요? 사흘 전쯤 이미 왔어야 하는데, 지금도 여전히 기다리고 있다니요! 화가 납니다. 그래서 제가 치러낸 중대한 일에 대해서 얘기해드리지 않으려고 합니다.

화해가 얼마나 큰 효과를 가져왔는지, 비난과 의심 대신 새로운 애정이 얼마나 가득 피어났는지 말하지 않겠습니다. 나의 순수함을 의심한 대가로 오히려 그녀가 용서를 빌고 보상을 하는 입장이 된 얘기에 대해서도 입을 다물겠습니다. 어젯밤에 갑자기 사건이 일어나지만 않았다면 편지를 쓰지도 않았을 겁니다. 문제의 사건이 부인께서 후견하시는 아가씨에 관한 일이고, 또 그 아가씨가 자기 입으로 직접 전해드리지는 못할 것 같아서, 수고스럽지만 제가 대신 얘기해드리기로 한 겁니다.

어쩌면 부인께서 짐작하실 수도 있고 또 어쩌면 전혀 짐작하지 못하실지도 모르겠지만, 어쨌든 몇 가지 이유로 전 지난 며칠 동안 투르벨 부인과 거리를 두었습니다. 볼랑주 양이야 그럴 이유가 없으니 오히려 더 열중했고요. 친절한 문지기 덕에 아무런 장애물도 없었습니다. 부인의 피후견인과 저는 아주 편안하고 규칙적인 생활을 하고 있죠. 하지만 그런 생활에 익숙해지다 보니 방심하게 되더군요. 처음 한동안은 서로의 안전을 위해 세심하게 주의를 기울였고 자물쇠를 채워놓고도 마음이 놓이지 않았는데, 그만 어제 말도 안 되는 부주의로 사고가 일어난 겁니다. 지금 그 얘기를 하려는 겁니다. 저야 그냥 놀라고 말 일이었지만, 아가씨는 아마도 훨씬 더 큰 대가를 치러야 할 것 같습니다.

잠이 든 건 아니었고, 우리 둘 모두 쾌락 뒤에 찾아오는 자연스런 휴식 상태에 빠져 있었습니다. 그때 문이 열리는 소리가 났고, 전 재빨리 검을 뽑아 들고 뛰어나갔습니다. 제 몸을 지키기 위한 것이기도 했지만 부인과 제가 공동으로 후견하는 아가씨를 지키기 위한 것이었죠. 아무도 없더군요. 문은 분명히 열려 있는데요. 불이 켜 있었기 때문에 구석구석 다 뒤져보았지만 아무것도 보이지 않았습니다. 그제야 전 문단속하는 일을 잊었다는 걸 깨달았습니다. 문을 살짝 밀기만 해도 열렸을 거고, 아니면 꽉 닫지 않아서 저절로 열렸을 수도 있습니다.

이제 겁쟁이 아가씨를 달래야 했죠. 그런데 침대 위에 아가씨가 보이지 않는 겁니다. 떨어진 건지 아니면 일부러 숨었는지 모르겠지만, 어쨌든 아가씨는 침대와 벽 사이에 있었습니다. 그런데 기절을 했더군요. 몸을 조금도 움직이지 못했고, 심한 경련이 일었습니다. 얼마나 난처한 상황이었을지 한번 생각해보십시오! 전 간신히 아가씨를 침대에 올려놓고 정신을 차리게 했습니다. 아가씨는 아프다고 하더군요. 침대에서 떨어지면서 다친 것 같았습니다.

허리가 아프고 배도 너무 아프다고 했습니다. 그 외에도 보다 뚜렷한 징후가 있었기 때문에 어떤 상태인지 바로 알 수 있었습니다. 하지만 아가씨에게 가르쳐주기 위해서는 먼저 그 이전의 상태를 얘기해줘야 했습니다. 정작 당사자는 자기 몸의 상태를 전혀 모르고 있었으니까요. 순진함을 벗어던지기 위해서 그렇게 온갖 짓을 다하고서도 여전히 순진함을 그대로 간직하고 있다니! 진정 전무후무한 예가 될 겁니다. 아! 뭐든 깊이 생각하느라고 시간을 보내는 일이 없는 아가씨죠!

하지만 이번만은 달랐습니다. 상심하느라고 시간을 보내더군요. 빨리 뭔가 조치를 취해야 한다고 생각했습니다. 아가씨와 상의한 끝에 이렇게 하기로 했습니다. 제가 즉시 이 집의 주치의와 외과의사를 찾아가서 조금 있으면 사람이 찾아올 거라고 일러두고, 모든 것을 털어놓으면서 비밀을 지켜달라고 부탁하기로 한 겁니다. 아가씨는 몸종을 불러야 했죠. 사실대로 얘기할 건지는 아가씨가 알아서 결정할 일이고, 어쨌든 의사를 부르러 보내기로 했습니다. 물론 볼랑주 부인을 깨우지는 못하게 해야죠. 어머니를 걱정시키지 않으려는 지극히 자연스럽고 애정 어린 배려 아니겠습니까.

전 두 군데로 달려갔습니다. 볼랑주 가의 주치의와 외과의사에게 사정을 털어놓은 다음 집으로 돌아와 칩거 중입니다. 외과의사는 제가 잘 알고 지내는 사람이라서 점심때 찾아와서 상황을 전해주었습니다. 제 생각이 틀리지 않았더군요. 의사의 말이 특별한 일이 없는 한 집에서는 아무도 눈치 채지 못할 거라고 했습니다. 몸종은 비밀을 지킬 테고, 병명은 둘러댔다고 합니다. 이렇게 해서 이 사건 역시 잘 처리되었습니다. 물론 나중에 우리가 세상에 퍼뜨려야 할 필요가 생길 때는 다른 문제가 될 테지만요.

그런데 부인과 저 사이에 아직까지 공통의 이해관계가 있기는 한 건가요? 부인께서 답장을 주시지 않으니 어쩌면 이미 끝난 게 아닌가 하는 생각이 듭니다. 물론 전 그렇게 생각하지 않습니다. 전 부인과의 공통의 이해관계를 간절히 바라기 때문에, 우리의 관계가 깨지지 않으리라는 희망을 지키기 위해서 모든 수단을 강구하고 있습니다.

그럼 나의 사랑스런 벗이여, 이만 안녕히. 당신을 원망하는 마음마저도 매력적이군요.

17××년 11월 21일, 파리에서

백마흔한번째 편지

메르테유 후작 부인이 발몽 자작에게

세상에, 자작님, 왜 계속 날 귀찮게 하는 거죠? 내가 답장을 보내든 말든 그게 자작님과 무슨 상관이죠? 내가 할 말이 없어서 아무 말도 안 하고 있다고 생각하는 건가요? 천만에요! 귀찮아서 그런 겁니다.

자, 사실대로 말해봐요. 지금 당신은 스스로를 속이고 있는 건가요, 아니면 날 속이려는 건가요? 말과 행동이 다르니 두 가지 감정 중 한쪽을 선택할 수밖에 없군요. 어느 쪽이 맞는 거죠? 도대체 어떻게 생각해야 할지 알 수 없는 상황에서 나더러 무슨 말을 하라는 거죠?

당신은 지난번 법원장 부인과 한바탕 치른 것이 상당히 대단한 일이라고 생각하나 봅니다. 하지만 그 일이 어째서 당신 말이 옳고 내 말이 틀리다는 것을 증명한다는 거죠? 물론 내가 당신은 그 여자를 사랑하기 때문에 속일 수 없다고, 설사 쉽게 속일 수 있는 기회가 오더라도 그렇게 하지 않을 거라고 말한 적은 없습니다. 오히려 당신은 그 여자 때문에 생긴 욕망을 아무 여자하고 채우면서도 개의치 않을 사람이죠. 그것은 조금도 의심하지 않습니다. 어차피 자유분방함에서는 아무도 따라올 수 없는 사람인데, 지금까지 수없이 해왔던 일을 이번만은 계획을 세워서 실행한다고 해서 굳이 놀라울 건 없지 않겠어요? 세상이란 결국 그런 거죠. 악랄한 인사이건 멍청한 위인이건 남자들이란 어차피 그렇고 언제나 그런 식입니다. 그렇지 않은 남자들을 순정파라고 부르죠. 그러니 이 문제로 당신을 비난하려는 건 아닙니다.

하지만 이미 얘기했듯이 당신은 법원장 부인을 사랑합니다. 난 지금도 그렇게 생각하고 있습니다. 물론 순수하고 다정한 사랑은 아니지만, 당신 같은 사람이 할 수 있는 사랑이죠. 그러니까, 예를 들어보자면, 실제로는 존재하지 않는 매력이나 장점을 상대방이 가졌다고 생각하는 사랑, 그 여자만 제일 높이 치고 다른 여자들은 모두 낮게 생각하는 사랑, 상대방을 모욕하면서도 여전히 떨어지지 못하는 사랑 말입니다. 참, 한 가지 더 있군요. 많은 술탄이 가장 총애하는 왕비를 옆에 두고서도 종종 궁녀와 즐기는 그런 사랑이라고 해야겠군요. 당신은 여자의 애인이나 친구이기보다는 언제나 폭군이거나 노예라는 점에서 마지막 비유가 정확하다는 생각이 드네요. 결국 당신이 그 잘난 여자의 사랑을 되찾은 건 수치스러운 일이고 스스로를 낮추는 일입니다. 용서를 받을 순간이 왔다고 생각이 드는 순간 그 잘난 사건을 치르느라 날 버려두었죠. 드디어 사랑을 되찾은 게 좋아서 어쩔 줄 모르면서 말이에요.

지난번 편지도 마찬가지입니다. 당신이 그 여자에 대해서만 아무 얘기도 하지 않은 건 바로 '중대한 일'에 대해서 말하고 싶지 않았기 때문이죠. 당신 스스로 그 일을 너무나 중요하게 생각하고 있기 때문에 그에 대해 얘기하지 않는 편이 나에게 벌이 될 거라고 생각한 겁니다. 이렇게 다른 여자를 더 좋아한다는 수많은 증거를 보이고 나서 어떻게 아무렇지도 않게 '부인과 저 사이에 아직도 공통의 이해관계가 남아 있는' 거냐고 물을 수 있죠? 조심하세요, 자작님! 일단 내가 대답을 하게 되면 그 대답은 다시는 돌이킬 수 없는 게 될 겁니다. 내가 지금 대답을 하지 않으려는 것은 이미 그 일에 대해서 너무 많이 얘기했기 때문입니다. 그러니까 난 앞으로 절대 그 일에 대해 말하지 않을 겁니다.

내가 할 수 있는 건 한 가지뿐입니다. 얘기 하나 들려드리죠. 어쩌면 당신은 이 이야기를 읽을 시간이 없을지도, 또 제대로 이해하려고 주의를 기울일 시간도 없을지도 모르겠습니다. 그건 알아서 하세요. 그냥 버려진 어느 여자 얘기니까요.

내가 알고 있는 한 남자가 당신과 마찬가지로 명예에 별 도움이 안 되는 여자 하나 때문에 고생을 하고 있습니다. 물론 이따금 정신이 들면 이 연애로 인해 화가 미치리라는 생각이 들기도 한답니다. 하지만 스스로 부끄러워하면서도 관계를 끊어버릴 용기를 내지 못하고 있죠. 난감한 상황입니다. 친구들한테는 이미 그 여자를 절대 사랑하지 않는다고 큰소리쳐 놓았고, 변명을 할수록 점점 더 자기가 바보가 된다는 걸 잘 알고 있으니까요. 결국 그 사람은 어리석은 일을 저지르고 나면 매번 "내 탓이 아니야"라고 말하면서, 그렇게 살았습니다. 그런데 그 남자에게 한 여자 친구가 있었죠. 그 여자는 문득 사랑에 빠져 정신을 잃은 남자의 모습을 사람들에게 알리고 싶어졌습니다. 영원히 세상의 조롱거리로 만들려고 한 거죠. 하지만 다행히 사악한 여자가 아니라 너그러운 여자였기에 — 어쩌면 다른 이유가 있었는지도 모르겠군요 — 마지막 방법을 한번 써보기로 했습니다. 그래야 그 남자처럼 매번 "내 탓이 아니야"라고 말할 수 있을 테니 말입니다. 그래서 여자는 자기 생각은 전혀 밝히지 않은 채, 다음과 같은 편지를 보냈습니다. 남자의 병을 치료할 수 있는 약을 준 거죠.

　　나의 천사여, 어차피 사람이란 어떤 일이든 시간이 가면 지겨워지게 마련입니다. 그것은 자연의 법칙이죠. 내 탓이 아닙니다.
　　지난 넉 달 동안 미칠 듯이 열중했던 연애가 이제 와서 시들해진 건 내 탓이 아닙니다.
　　예를 들어 조금 과장해서 나에게 그대가 가진 정절만큼의 사랑이 있다면, 그대의 정절과 내 사랑이 동시에 끝나는 건 놀라운 일이 아닙니다. 그건 내 탓이 아닙니다.
　　나는 얼마 전부터 당신을 속였습니다. 하지만 그 또한 당신이 너무나 다정했기 때문에 그런 건지도 모릅니다. 그러니까 내 탓이 아닙니다.
　　오늘 내가 미칠 듯이 좋아하는 어떤 여인이 당신을 버리라고 요구합니다. 그건 내 탓이 아닙니다.
　　거짓 맹세를 했으니 비난받을 만한 상황이라는 것을 잘 압니다. 여자들에게는 아집이 있지만 남자들한테는 지조뿐이랍니다. 그건 내 탓이 아닙니다.
　　내 말을 믿고, 다른 애인을 택하십시오. 나도 이미 다른 애인을 찾았습니다. 아주 좋은 충고이지만, 혹시 그대가 보기에는 좋은 충고가 아니라면, 그건 내 탓이 아닙니다.
　　나의 천사여, 이제 그만 안녕히. 그동안 즐거웠습니다. 아무런 후회 없이 당신 곁을 떠납니다. 어쩌면 다시 당신에게 돌아올지도 모릅니다. 세상이란 그런 것이니까요. 그건 내 탓이 아닙니다.

이 마지막 시도가 어떤 효과가 있었는지, 이후에 무슨 일이 일어났는지, 아직 얘기할 때가 아닌 것 같군요. 하지만 다음 편지에는 꼭 얘기해주겠다고 약속하죠. 당신이 제안한 그 조약 갱신에 대한 나의 '최후통첩'도 함께 들어 있을 겁니다. 그때까지는 안녕이라는 말밖에 할 얘기가 없군요.

참, 볼랑주 양에 대한 상세한 얘기는 고마웠습니다. 결혼식이 끝날 때까지 잘 아껴둬야겠군요. 아껴두었다가 사람들의 험담을 골라 싣는 삼류 신문에 터뜨려야죠. 우선은 당신의 후손이 사망한 것에 대해 애도의 뜻을 표합니다. 그럼 이만 인사드립니다.

17××년 11월 24일, ××× 저택에서

백마흔 두번째 편지

발몽 자작이 메르테유 후작 부인에게

내가 부인의 편지를, 그 안의 이야기를, 또 그 이야기 안의 짧은 편지를 제대로 읽고 이해한 건지 모르겠습니다. 말씀드릴 수 있는 건 한 가지, 그러니까 부인의 편지 안에 들은 편지가 무척 독창적이고 강한 효과를 일으킬 수 있을 것 같았습니다. 그대로 베껴서 순결한 법원장 부인에게 보냈죠. 한시도 지체하지 않고, 다정한 편지를 어제 보냈습니다. 그렇게 하는 게 좋을 것 같더군요. 우선 어제 편지를 쓰겠다고 약속하기도 했고, 또한 이 '중대한 사건' — 이 말을 썼다고 이번에도 비난하시렵니까? — 에 대해서 부인께서 깊이 생각해보시려면 밤을 새워도 모자랄 것 같으니까요.

오늘 아침이면 그녀의 답장을 받아 보내드릴 수 있으리라고 생각했는데, 점심때가 다 되어가는데도 아무 소식이 없군요. 일단 5시까지 기다리기로 했습니다. 그때까지 연락이 없으면 직접 찾아가서 얘기를 들어보려고 합니다. 이런 일은 어차피 처음이 힘들지 그다음은 일사천리인 법이죠.

짐작하시겠지만, 당신과 아는 사이라는 그 남자의 이야기가 어떻게 끝나는지 당장 알고 싶습니다. 여자를 희생시켜야 하는 상황에서 그러지 못하는 무능력한 남자로 의심받고 있는 남자 말입니다. 이제 잘못을 고쳤나요? 아량 많은 여자 친구의 용서를 받았나요?

또한 '최후통첩'을 빨리 받고 싶은 마음이 간절합니다. 부인은 정치가 같은 용어를 쓰시는군요! 특히 그 마지막 단계에 사랑이 포함되는지 알고 싶습니다. 아! 아마 들어 있겠죠! 아주 많이 들어 있을 겁니다! 하지만 그 사랑은 누구를 위한 것일까요? 저 자신을 내세울 생각은 없습니다. 그저 부인의 호의를 기다리겠습니다.

그럼 나의 매력적인 벗이여, 이만 줄입니다. 2시가 되면 이 편지를 봉할 겁니다. 기다리고 있는 편지를 동봉할 수 있을지 모르니까요.

'오후 2시.'

여전히 아무 연락이 없습니다. 시간이 없어서 더 쓰기는 어렵지만, 한 가지만 묻겠습니다. 이번에도 다정한 사랑의 키스를 거절하시렵니까?

17××년 11월 27일, 파리에서

백마흔세번째 편지

투르벨 법원장 부인이 로즈몽드 부인에게

아, 부인, 행복의 환상을 드리우던 베일이 갈가리 찢어졌습니다. 제가 알아야만 하는 진리가, 그 불길한 빛이 절 비추고 있습니다. 이제 제 눈에 보이는 것은 단 하나, 피할 수 없이 다가오는 죽음의 그림자뿐입니다. 치욕과 후회 사이로 죽음의 길이 나 있습니다. 전 그 길을 따라가겠습니다. 제 삶을 단축시켜주기만 한다면 이 고통도 기꺼이 사랑하겠습니다. 어제 받은 편지를 보내드립니다. 제 생각은 덧붙이지 않겠습니다. 그 안에 모든 것이 다 들어 있으니까요. 이제 한탄할 여유도 없습니다. 온전히 고통뿐입니다. 저에게 필요한 것은 동정이 아니라 힘입니다.

부인, 저의 마지막 인사를 받아주시고 저의 마지막 기도를 들어주십시오. 제 운명을 따라가려고 하니, 그대로 놓아주십시오. 완전히 잊어주십시오. 더 이상 세상에 살아 있는 사람으로 생각하지 말아주십시오. 불행 안에도 더 이상 갈 수 없는 한계가 있는 것 같습니다. 우정 역시 고통을 더하게 할 뿐 달래주지 못하는 그런 상태 말입니다. 돌이킬 수 없는 치명적인 상처 때문에 고통을 받는 사람에게는 도움이 오히려 잔인하죠. 저에게는 절망감밖에 아무런 감정도 없습니다. 이제 제게 어울리는 것은 수치심을 파묻을 깊은 밤뿐입니다. 암흑 속에서, 눈물이 흐르는 한, 제 과오를 뉘우치며 울겠습니다. 사실 어제부터는 눈물 한 방울 나오지 않습니다. 마음이 메말라버려 눈물조차 나오지 않습니다.

그럼, 부인, 영원한 작별을 고합니다. 이젠 답장을 보내지 마십시오. 그 편지에 대고 맹세했습니다. 다시는 어떤 편지도 받지 않겠다고……

17××년 11월 27일, 파리에서

백마흔네번째 편지

발몽 자작이 메르테유 후작 부인에게

어제 오후 3시가 되도록 아무 연락이 없으니 초조해지더군요. 결국 버림받은 나의 아름다운 여인의 집으로 찾아갔습니다. 외출 중이라고 하더군요. 절 집에 들이지 않겠다는 뜻이라고 생각했고, 별로 화가 나지도 놀라지도 않았습니다. 워낙 예의가 바른 여자이니 제가 찾아왔었다는 걸 알면 어떻게든 연락을 주리라 생각하고 그냥 왔습니다. 답장이 왔을까 싶어서 9시경에는 일부러 집에 들러보기도 했죠. 하지만 아무것도 없었습니다. 예기치 못한 침묵이 놀라워서 전 하인을 불러 소식을 알아오게 했습니다. 그 세심한 여자가 혹시라도 이 일 때문에 죽어버린 건 아닌지, 아니면 죽어가고 있는지 알아보게 했습니다. 집에 돌아와서 하인의 말을 들어보니, 그 여자는 하녀와 함께 오전 11시에 ×××수녀원에 갔다고 합니다. 그날 밤 수녀원에 있겠다고 하면서 저녁 7시에 마차와 사람들을 모두 돌려보냈고요. 그렇다면 관례에 따르는 셈이죠. 수녀원이란 곳은 원래 혼자 남은 여자가 숨기에 가장 좋은 장소니까요. 만일 그 여자가 훌륭한 결심을 바꾸지 않는다면 저로선 지금까지 그녀에게 덕 본 것 외에도 이 연애 사건으로 명성까지 얻게 될 겁니다.

제가 얼마 전에 말씀드렸잖습니까. 부인께서 걱정하시는 것과 달리 전 새롭게 각광을 받으며 사교계에 다시 등장할 겁니다. 소설 속에나 나올 불행에 빠져 있다고 절 비난한 사람들, 남의 말을 함부로 떠들어대는 그 사람들더러 한번 나와보라고 하십시오. 나보다 더 빨리, 그리고 더 화려하게 여자를 버려보라고 하십시오. 절대 못할 겁니다. 그들이 할 일은 따로 있죠. 이미 닦아놓은 길로 들어가서 그 여자를 위로하는 것 말입니다. 좋습니다. 원한다면 제가 완전하게 지나온 길을 걸어보라고 하십시오. 조금이라도 성공하는 자가 있으면 제가 차지한 1등 자리를 기꺼이 양보하겠습니다. 하지만 이내 알게 될 겁니다. 제가 남겨놓은 인상은 영원히 지워지지 않는다는 걸 말입니다. 분명 그럴 겁니다. 만일 앞으로 그 여자에게 저보다 더 좋은 연인이 생긴다면, 이제껏 거둔 모든 승리가 아무것도 아니라는 걸 기꺼이 인정하겠습니다.

그녀의 일처리 방식이 제 자존심을 기쁘게 합니다. 하지만 그러면서도 나로부터 떨어질 수 있는 힘을 스스로 찾았다는 게 화가 나는군요. 그 여자와 나 사이에 놓인 장애물은 내가 만든 건데! 어떻게 이럴 수가 있단 말입니까! 내가 다시 다가가려고 할 때 그녀가 더 이상 원하지 않을 수 있다니! 어떻게 그럴 수가! 내가 돌아오기를 간절히 바라고, 내가 돌아오는 게 바로 최고의 행복이어야 하는 것 아닌가요? 사랑한다는 게 결국 이런 것인가요? 오, 부인, 나의 아름다운 벗이여, 그대로 감내해야만 하는 겁니까? 다시 화해할 수 있다면, 마음속으로는 여전히 원하고 있다면, 여자를 다시 데려와 화해의 가능성을 타진해보는 게 낫지 않을까요? 물론 중요한 일은 아닙니다. 그러니까 설사 제가 다시 시도를 한다고 해도 부인께서 신경 쓰실 일은 아니라는 겁니다. 오히려 정반대일 겁니다! 우리 둘이서 같이 하는 게 될 테니까요! 또 설사 성공을 한다고 하더라도 결국 다시 한 번 부인의 뜻에 따라 그 여자를 희생시켜 즐거움을 드릴 방법이 생기는 것일 뿐이니까요. 자, 이제, 나의 아름다운 벗이여, 이제 이 희생에 대한 대가를 받는 일만 남았습니다. 그러니 제발 돌아오셔서 부인의 쾌락, 친구들, 그리고 세상 돌아가는 얘기를 만나보십시오.

볼랑주 양의 상황은 아주 좋아지고 있습니다. 어제는 워낙 마음이 심란해서 그냥 있을 수 없어 여기저기 돌아다니던 중 볼랑주 가에도 들러보았습니다. 아가씨는 벌써 객실에 나와 있더군요. 물론 아직 환자복을 입고 있었지만 회복기에 들어섰다는 걸 분명히 알 수 있었습니다. 그래서인지 더더욱 싱싱하고 매력적으로 보였죠. 부인 나이의 여자들이라면 이런 경우 적어도 한 달은 의자에서 일어서지 못했을 겁니다. 역시 젊은 여자들은 굉장하지 않습니까! 아가씨의 모습을 보니 정말 다 나은 건지 알고 싶어지더군요.

한 가지 말씀드릴 일이 더 있습니다. 아가씨의 일로 인해 부인께서 아끼시는 '감상주의자' 당스니가 거의 정신이 나갈 뻔했답니다. 처음엔 걱정 때문이고 오늘은 기쁨 때문이죠. '나의 세실'이 아프다니! 그런 불행이 닥치면 머리가 제정신이 아니게 되나 봅니다. 하루에도 세 번씩 사람을 보내 소식을 물었고, 또 하루도 빼놓지 않고 직접 찾아가기도 했습니다. 볼랑주 부인에게 멋진 편지를 써서 그렇듯 사랑스런 따님이 회복하게 된 것을 찾아가 축하할 수 있게 해달라고 간청했고, 마침내 허락을 얻어냈습니다. 그러니까 제가 만나본 당스니는 예전처럼 건실한 청년으로 돌아왔더군요. 물론 허물없는 태도는 여전히 조금 부족하지만 말입니다.

이런 자세한 얘기들은 물론 당스니에게서 들은 겁니다. 볼랑주 부인의 집을 같이 나오면서 얘기를 다 들어주었으니까요. 이번 방문이 그에게 어떤 효과를 미쳤는지 부인께서는 상상도 못 하실 겁니다. 기쁨에 젖어 있고, 욕망이 넘치고, 말로 옮길 수 없을 정도로 흥분해 있답니다. 전 원래 격한 감정을 좋아하는 사람 아닙니까. 앞으로 아가씨에게 훨씬 가까이 가게 해줄 수 있다는 확신을 심어줌으로써 우리 젊은이를 그야말로 미칠 듯이 흥분하게 만드는 데 성공했습니다.

전 이번 실험이 끝나는 대로 아가씨를 당스니에게 넘기기로 마음먹었습니다. 그리고 오직 부인 한 사람에게 온전히 저 자신을 바치려고 합니다. 어차피 중요한 사실은 부인께서 후견하시는 아가씨가 남편을 속이는 거고, 그 아가씨가 꼭 제 제자여야 할 필요는 없지 않습니까? 저야 뭐 한 번도 사랑이라는 말을 꺼낸 적이 없으니 애인이라고 할 것도 없죠. 이런 문제에서 최대의 걸작은 아무래도 애인을, 그것도 첫사랑 애인을 속이는 것이 아닐까요!

그럼, 나의 아름다운 연인이여, 이만 줄입니다. 하루라도 빨리 오셔서 절 지배하시며 기쁨을 누리십시오. 제가 바치는 제물을 받아주시고 보답을 해주십시오.

17××년 11월 28일, 파리에서

백마흔다섯번째 편지

메르테유 후작 부인이 발몽 자작에게

자작님, 정말로 법원장 부인을 버린 건가요? 내가 그 여자를 위해서 만든 편지를 보낸 건가요? 당신은 정말 매력적인 사람이로군요. 기대 이상입니다. 고백하건대, 지금까지 내가 거둔 그 어떤 승리보다도 이번의 승리가 기쁘답니다. 얼마 전까지 그 여자를 별로 높게 평가하지 않더니 지금은 그렇지 않은 것 같다고 생각할지도 모르겠네요. 아닙니다. 난 그 여자한테 승리한 게 아니라 바로 당신한테 승리한 겁니다. 그래서 재미있는 거죠. 감미로울 정도로 재미있답니다.

그래요, 자작님, 당신은 투르벨 부인을 많이 사랑했고 지금도 사랑하고 있습니다. 미칠 듯이 사랑하고 있죠. 하지만 내가 재미삼아 놀리면서 창피를 주었더니 당신은 용감하게도 그 여자를 희생시키고 말았습니다. 당신은 놀림거리가 되느니 그런 여자를 천 명이라도 희생시킬 수 있는 사람이죠. 자존심이란 참으로 놀랍지 않은가요! 자존심은 행복의 적이라고 말한 성현들의 말이 옳다는 걸 알 수 있습니다.

내가 장난삼아 한번 놀려주고 말았더라면 지금쯤 어떻게 되어 있을까요? 하지만 당신도 아시다시피 난 사람을 속이지 못한답니다. 이번에는 날 절망으로 몰아넣고 수녀원으로 밀어넣을 건가요? 각오하고 있습니다. 승리자에게 항복해야죠.

내가 항복하는 건 순전히 마음이 약하기 때문입니다. 마음만 먹는다면 트집 잡을 거야 얼마든지 있죠! 당신도 할 말 없을 겁니다. 예를 들어볼까요? 법원장 부인과 다시 관계를 맺는 게 어떻겠냐고 그야말로 부드럽게 얘기를 꺼낼 때의 그 교묘함, 아니 졸렬함은 진정 감탄스럽더군요. 관계를 끝내버린 공은 자기 것으로 돌리고 쾌락의 즐거움을 그대로 유지하려고 들다니, 당신이 아니면 할 수 없는 일이죠. 내가 원한다면 다시 한 번 희생을 바치겠다고 했지만, 겉으로만 그럴 뿐 정작 관심도 없잖아요. 그렇게 되면 천사처럼 신앙심 깊은 당신의 여자는 당신이 진심으로 사랑하는 사람은 바로 자기라고 믿게 될 테고, 난 또 나대로 당신이 그 여자보다 날 더 사랑한다고 으스대게 될 테니, 결국 두 여자 모두 속는 셈이죠. 당신이야 그대로 흡족할 테니 다른 사람이 어떻게 되든 관심도 없을 거고요.

계획을 세우는 데는 그렇게 재능이 많으면서 정작 실행에 옮기는 데는 재능이 없다니 참 딱한 일이네요. 당신이 가장 원하는 여자 앞에서 단 한 번의 경솔한 생각 때문에 스스로 장애물을 만들다니요. 결코 넘어설 수 없는 장애물을요.

　세상에! 자작님, 그 여자와 다시 관계를 이어갈 생각을 하고 있으면서 어떻게 내 편지를 그대로 써 보낼 수가 있는 거죠? 내가 그렇게 모자라 보이던가요? 내 말을 잘 들어요. 여자들은 다른 여자의 가슴에 일격을 가할 때 절대 급소를 놓치지 않는답니다. 그 상처는 절대로 치료될 수 없죠. 투르벨 부인을 치면서, 보다 정확히 말하면 당신이 치도록 유도하면서, 난 상대가 나의 경쟁자라는 걸, 한때 당신이 나보다 그 여자를 더 좋아하고 내가 더 못하다고 생각했다는 걸 잊지 않고 있었습니다. 만일 내 복수가 잘못된 것이었다면 그 책임은 내가 지도록 하죠. 복수할 방법을 당신이 직접 찾아보는 것도 나쁘지 않겠네요. 한번 해보지 그래요? 설사 복수가 성공하더라도 절대 화를 내지 않겠다고 약속합니다. 이 문제에 대해서는 정말 확고하기 때문에, 더 이상 신경 쓰지 않겠습니다. 다른 얘기를 해보죠.

　예를 들어 볼랑주 딸의 건강 문제 말입니다. 내가 파리로 돌아가면 그 일에 대해서 확실히 소식을 전해주기 바랍니다. 정말 듣고 싶군요. 그 다음, 아가씨를 애인에게 돌려주는 게 좋을지 아니면 제르쿠르라는 이름으로 발몽의 분가를 다시 한 번 세워보는 게 좋을지, 그건 당신 판단에 맡기죠. 사실 나는 두번째 생각에 흥미가 갑니다. 선택은 당신 몫이지만, 그래도 미리 얘기하지 않고 혼자 결정 내리지는 말아주세요. 물론 오랫동안 기다려달라는 건 아닙니다. 곧 파리로 돌아갈 예정이니까요. 확실한 출발 날짜는 말할 수 없지만, 도착하는 대로 제일 먼저 알려드리죠.

　그럼 이만, 자작님, 언쟁도 좀 하고 짓궂은 장난도 쳐보고 비난도 했지만, 난 늘 당신을 사랑합니다. 그리고 내 사랑을 증명할 준비가 되어 있답니다. 그럼 이만 안녕.

17××년 11월 29일, ××× 저택에서

백마흔여섯번째 편지

메르테유 후작 부인이 당스니 기사에게

나의 젊은 벗이여, 드디어 출발합니다. 내일 저녁이면 파리에 있을 겁니다. 그러자면 아무래도 어수선할 테니, 모든 방문을 사절할 생각입니다. 하지만 혹시 당신이 급히 상의할 일이 있다면 예외로 하겠습니다. 다른 사람은 안 됩니다. 내가 파리로 돌아간다는 걸 아무한테도 말하지 마세요. 발몽 자작님도 안 됩니다.

내가 당신 한 사람만을 신뢰하게 될 줄 누가 알았겠습니까? 얼마 전까지만 해도 누가 그렇게 말해도 믿지 않았을 겁니다. 하지만 당신이 날 신뢰하니 결국 나도 당신을 신뢰하게 되었군요. 아마도 당신이 능숙한 솜씨를 발휘했나 봅니다. 어쩌면 날 유혹한 건지도 모르겠네요. 나쁜 짓이죠! 하기야 지금까지는 위험할 게 없지만요. 어차피 당신은 다른 할 일이 있으니까요! 연극에서 여주인공이 무대에 등장하면 그동안 속내 비밀 이야기를 들어주던 여자한테는 관심도 없어지는 법이죠.

그렇기 때문에 이번에 그런 성공을 거두고서도 나한테 알려줄 여유가 없었던 겁니다. 세실이 없는 동안 난 당신의 한탄을 들어주느라고 시간이 모자랄 정도였죠. 내가 그렇게 하지 않았다면 아마 당신은 메아리한테 말했을 겁니다. 세실이 병이 났을 때는 뭐라고 했었죠? 걱정된다고 했었나요? 당신은 결국 얘기를 들어줄 사람이 필요했던 겁니다. 이젠 사랑하는 여자가 파리에 와 있고, 또 건강도 좋아지고, 무엇보다도 가끔씩 만날 수도 있게 되었죠. 그러니 세실 한 사람이면 충분한 겁니다. 친구들은 필요 없어진 거죠.

비난하려는 건 아닙니다. 당신처럼 스무 살 나이의 젊은이라면 흔히 그런 잘못을 저지르게 되죠. 알키비아데스* 시절부터 오늘날까지, 젊은이들은 언제나 슬플 때만 우정을 내세우는 법입니다. 일단 행복해지면 경솔해지기 쉽죠. 신뢰할 만한 사람이 아닌 겁니다. 소크라테스처럼 얘기하자면, "난 친구들이 불행해졌을 때 나에게 오는 것을 좋아합니다."² 소크라테스야 철학자였으니까 친구들이 찾아오지 않아도 그런대로 잘 지낼 수 있었는지 모르지만, 난 그렇게 현명하지 못하답니다. 당신에게 연락이 없으니 속이 상하더군요. 여자들의 약점이죠.

내가 너무 까다롭다고 생각하지는 마세요. 전혀 그렇지 않답니다! 당신이 없어서 속이 상해도, 이 느낌이 바로 친구가 행복하다는 증거이자 원인이라면 기꺼이 받아들일 용기가 있으니까요. 그러니까 당신이 사랑을 위해 시간을 보내고도 남는 시간이 생긴다면 모를까, 내일 저녁 당신을 만날 수 있으리라는 기대는 하지 않겠습니다. 나 때문에 희생을 치를 필요는 절대 없다는 뜻입니다.

자, 그럼 나의 기사님, 이만 안녕히. 당신을 다시 만나면 너무 즐거울 것 같군요. 와주실 건가요?

17××년 11월 29일, ××× 저택에서

---

* B.C 5세기의 아테네 정치가. 총명하지만 자기중심적이고 조심성 없는 인물로, 아테네에 심한 정치적 분쟁을 일으키게 된다.
2 마르몽텔, 『알키비아데스의 교훈담』.

백마흔일곱번째 편지

볼랑주 부인이 로즈몽드 부인에게

오, 부인, 지금 투르벨 부인이 어떤 상황인지 얘기를 들으시면 부인께서도 분명 저처럼 상심하실 겁니다. 우리의 친구가 어제부터 병이 났습니다. 순식간에 악화되고 있고 불안한 징후가 보이고 있어서 정말 걱정입니다.

계속 열이 나면서 들뜬 상태이고, 갈증이 가라앉지 않습니다. 다른 건 알 수가 없습니다. 의사들도 아직 진단을 내릴 수가 없다는군요. 더구나 환자 자신이 모든 치료를 완강히 거부하고 있기 때문에 더욱 힘이 듭니다. 억지로 몸을 누르고서 사혈(瀉血)*을 해야 할 정도이니까요. 붕대를 바꿀 때도 자꾸 정신이 나간 듯 풀어버리려고 하는 바람에 두 번이나 강제로 눌러야 했습니다.

투르벨 부인이 얼마나 약하고 수줍음 많고 얌전한 사람인지는 부인께서도 잘 아시지 않습니까? 그런데 네 명이 달려들어도 잡고 있기 힘들고, 무엇이든 가져오면 미친 듯이 날뜁니다. 상상이 가십니까? 일시적 착란 상태가 아니라 혹시나 완전히 정신을 놓은 게 아닌지 걱정이 됩니다.

그저께 어떤 일이 있었는지를 알고 나니 더욱 걱정이 됩니다.

그러니까 그날 투르벨 부인은 오전 11시경 ××× 수녀원에 도착했습니다. 한때 원생이기도 했고 또 가끔 이곳을 방문하기도 하는지라 수녀원

---

* 치료를 목적으로 피를 빼내는 것, 현대의학이 정립되기 이전 18세기까지도 자주 사용되던 치료법이다.

에서는 보통 때처럼 부인을 맞이했습니다. 그때까지만 해도 침착하고 건강도 좋아 보였다고 합니다. 그런데 두 시간쯤 지나자 부인은 자기가 원생 시절에 쓰던 방이 비어 있냐고 물었고, 그렇다고 하니까 가보고 싶어 했습니다. 원장 수녀님께서 수녀님 몇 분과 함께 부인을 데려갔는데, 문제는 그때부터 부인이 고집을 부리며 다시 그 방에서 지내겠다고 우겼다는 겁니다. 절대 나가지 않겠다고, '죽을 때까지' 절대 나가지 않겠다고요. '죽을 때까지'라는 말을 직접 썼다는군요.

처음에는 모두들 어찌할 바를 모르고 대답을 하지 못했습니다. 일단 놀라움이 가라앉고 나자 결혼한 여자는 특별 허가가 없으면 받아들일 수 없다고 했습니다. 하지만 투르벨 부인은 막무가내였고, 무슨 말을 해도 소용이 없었습니다. 수녀원은 물론이고 그 방에서도 절대 나가지 않겠다고 우겼습니다. 수녀원 측에서도 지쳐서 저녁 7시가 되어서야 일단 하루는 묵어도 좋다고 허가했고, 타고 온 마차와 하인들은 모두 집으로 돌려보냈습니다. 어떻게 대처할지는 다음 날 결정하기로 했습니다.

사람들 말로는 분명 그날 밤에는 부인의 모습이나 거동에 이상한 점이 없었다고 합니다. 아주 차분하고 침착했었다고요. 깊은 생각에 잠겨서 말을 걸어도 알아듣지 못하는 적이 네다섯 번쯤 있기는 했답니다. 그러다가 양손을 이마에 대고 세게 누르면서 정신을 차리는 듯했고요. 옆에 있던 수녀님이 머리가 아프냐고 물었더니 "아픈 데는 머리가 아니에요"라고 대답했답니다. 잠시 후 부인은 혼자 있게 해달라고, 앞으로는 아무것도 묻지 말아달라고 부탁했고요.

하녀만 남기고 모두들 방에서 나갔고, 다행히 다른 방이 없어서 하녀도 한 방에서 자게 되었습니다.

하녀의 말에 따르면 부인은 11시 정도까지는 평온해 보였고, 11시가 되자 그만 자야겠다고 했습니다. 하지만 옷을 다 벗지도 않은 채로 방을 왔다 갔다 했답니다. 계속 몸짓을 하면서 굉장히 많이 움직였고요. 쥘리는 이미 그날 하루 동안에 일어난 일을 지켜본 터라 아무 말 없이 기다렸고, 한 시간쯤 후 부인이 두 번 연달아 쥘리를 불렀습니다. 그러곤 달려간 쥘리의 품에 안겨 쓰러지며 "더 이상 못 버티겠어"라고 말했습니다. 쥘리는 부인을 침대에 옮겼습니다. 그다음부터 부인은 아무것도 먹지 않으려고 했고 도와줄 사람을 부르러 가지도 못하게 했답니다. 그냥 물만 좀 가져다 놓고 가서 자라고 하면서요.

쥘리는 분명히 새벽 2시까지 잠들지 않았다고 합니다. 그때까지는 뒤척이는 소리나 신음 소리도 없었고요. 하지만 새벽 5시에 소리가 나는 바람에 잠에서 깨어났더니, 부인이 격앙된 목소리로 뭔가 말을 하고 있었답니다. 뭐 필요한 게 있으시냐고 물어도 대답이 없자 램프를 들고 부인의 침대로 갔지만, 부인은 하녀를 알아보지도 못했답니다. 그냥 조금 전까지 하던 말을 뚝 그치면서 이렇게 부르짖었고요. "날 그냥 내버려둬! 그냥 암흑 속에 내버려두란 말이야. 나한테 맞는 곳은 암흑뿐이니까!" 이 말을 자주 한다는 건 저도 어제 직접 확인했습니다.

명령이라고도 할 수 있는 이 말을 기회로 삼아 쥘리는 드디어 방에서 나올 수 있었고, 사람들에게 도움을 청했습니다. 하지만 투르벨 부인은 흥분 상태에서 거칠게 화를 내면서 사람이 오는 것도 간호를 받는 것도 다 거절했습니다. 이후 여러 번 그런 모습을 보였다고 합니다.

결국 수녀원 전체가 어쩔 줄 몰라 하다가, 결국 원장 수녀님께서 어제 아침 7시에 저에게 사람을 보내셨습니다. 아직 날도 밝지 않은 시간이었지만, 당장 달려갔죠…… 투르벨 부인에게 제 이름을 대며 찾아왔다는 말을 전했더니 잠시 정신이 돌아온 듯 이렇게 대답했다고 합니다. "아!

그래요. 들어오시라고 하세요." 제가 침대에 다가갔더니 부인은 저를 뚫어지게 쳐다보다가 갑자기 제 손을 꽉 잡으면서 말했습니다. "부인의 말을 믿지 않았기 때문에 전 죽습니다!" 강하고 침통한 목소리였습니다. 그러더니 이내 눈을 가리면서 자주 하는 그 얘기를 했습니다. "날 그냥 내버려둬!……"라고 말입니다. 그리고 결국 기절을 했습니다.

투르벨 부인이 제게 한 말이나 착란 중에 나온 말들을 고려해보면 아무래도 이 잔인한 병에는 뭔가 더 잔인한 원인이 있는 것 같습니다. 하지만 우리는 아끼는 친구의 비밀을 지켜주어야겠죠. 그저 그 불행을 가슴 아파해주는 길밖에 없을 것 같습니다.

어제 하루도 그야말로 파란만장했습니다. 끔찍한 발작을 일으키다가는 혼수상태처럼 맥을 놓곤 했습니다. 그나마 그 시간이 투르벨 부인과 제가 쉴 수 있는 유일한 시간입니다. 저는 밤 9시가 지나서야 부인의 침대 곁을 떠날 수 있었습니다. 이제 아침에 다시 가서 하루 종일 있을 생각입니다. 가엾은 친구를 절대 버려두지 않으렵니다. 하지만 보살피는 것도 도와주는 것도 무조건 거부하니 안타깝기 그지없군요.

조금 전 어젯밤의 간호 기록을 받았습니다. 부인께 보내드리겠습니다. 보시면 아시겠지만, 마음을 놓을 수 없는 상태입니다. 앞으로 계속 빠짐없이 보내드리겠습니다.

그럼 이만 인사드리겠습니다. 환자를 보러 가야 하니까요. 제 딸은 다행히도 거의 완쾌되었습니다. 부인께 안부 인사를 드린답니다.

17××년 11월 29일, 파리에서

백마흔여덟번째 편지

당스니 기사가 메르테유 후작 부인에게

오! 사랑하는 부인! 사모하는 부인! 오! 제 행복의 길을 열어주신 부인! 또 그 행복을 가득 채워주신 부인! 다감한 친구이자 다정한 연인이신 부인! 부인께서 속상해하신다는 생각을 하면 제가 지금 누리고 있는 기쁨에 그늘이 지는군요. 아! 부인, 마음을 푸십시오. 우정의 이름으로 부탁드립니다. 오! 그대여, 제발 행복하십시오. 사랑의 이름으로 기원합니다.

부인께선 무엇을 자책하시는 겁니까? 너무 섬세하셔서서 그런 겁니다. 섬세하기 때문에 후회하시는 거고, 섬세하기 때문에 절 나무라시는 겁니다. 하지만 둘 다 헛된 생각입니다. 우리 두 사람 사이에는 사랑 이외에 아무런 유혹도 없다는 걸 느낄 수 있으니까요. 그러니 이제 아무 걱정 마시고 부인께서 불어넣으신 감정에 몸을 맡기십시오. 부인께서 붙여놓은 불길에 몸을 태우십시오. 세상에! 우리 사이에 사랑이 있다는 것을 나중에 깨닫게 되었다고 해서 우리의 마음이 순수하지 못한 건 아니잖습니까! 그렇지 않을 겁니다. 오히려 반대입니다. 일의 진행과 수단을 결합시키고 결과를 예측한다는 건 계획적으로 유혹할 때나 그렇죠. 진정한 사랑은 그렇게 많이 생각하고 깊이 생각하는 것을 허용하지 않습니다. 진실한 사랑은 우리로 하여금 감정으로 살게 하고, 생각하는 것은 잊게 합니다. 사랑의 힘은 아직 사랑인지 알지 못하는 상황에서 가장 강하답니다. 어둠과 침묵 속에서 보이지도 않고 잘라낼 수도 없는 끈으로 우리를 이어주죠.

그래서였나 봅니다. 어제 부인께서 돌아오신다는 소식을 들었을 때 너무 흥분됐고 또 부인을 만나게 된다는 생각을 하니 너무 기뻤지만, 그러면서도 전 절 부인에게로 부르고 이끌어가는 건 그저 평온한 우정이라고 생각했습니다. 보다 정확히 말하자면 지극히 감미로운 감정에 젖어 있으면서 그 감정이 어디서 온 것인지 어떻게 생겨난 것인지를 밝혀볼 생각을 하지 못한 겁니다. 부인께서도 저와 마찬가지로, 미처 깨닫지 못하셨지만, 저항할 수 없는 매력에 빠지신 겁니다. 우리 두 사람의 영혼을 애정의 달콤한 감동에 젖어들게 하는 매력 말입니다. 두 사람 모두 사랑의 신이 우리를 던져버린 그 도취에서 깨어나서야 비로소 우리가 사랑하고 있다는 사실을 깨달은 겁니다.

하지만 이것마저도 우리를 벌주는 게 아니라 오히려 우리를 변호해주지 않을까요? 부인께선 우정을 배반하지 않았고, 저 역시 부인의 신뢰를 함부로 이용하지 않았습니다. 두 사람 모두 자신의 감정을 모르고 있었으니까요. 우리는 감정을 생겨나게 하려고 애쓰지 않았고, 그저 느끼고 있었을 뿐입니다. 오! 그러니 슬퍼해야 할 일이 아니라, 오히려 그렇게 해서 행복을 누리게 된 게 아닐까요? 부당한 비난으로 우리의 행복을 짓밟지 말고, 신뢰의 매력과 편안함의 매력을 통해 행복을 키워가야 하는 게 아닐까요? 오! 나의 벗이여, 제 마음이 아주 소중하게 품은 희망입니다. 네, 이제부터 모든 두려움을 벗어던지고 제가 바치는 사랑에 온전히 빠져드십시오. 저의 욕망과 희열, 관능의 흥분, 영혼의 도취, 이 모든 걸 함께 하십시오. 행복한 우리의 나날은 매 순간 늘 새로운 쾌락으로 새겨질 겁니다.

사모하는 부인! 오늘 저녁에 찾아뵙겠습니다. 정말 혼자 계실 건가요? 그랬으면 좋겠습니다. 부인께선 저처럼 간절하지는 않으시겠지요?

17××년 12월 1일, 파리에서

백마흔아홉번째 편지

볼랑주 부인이 로즈몽드 부인에게

어제 내내 전 오늘 아침에는 병자에 대해서 좋은 소식을 전해드릴 수 있기를 기원했습니다. 하지만 어젯밤 그 희망이 무너져버렸습니다. 이제 저에겐 희망을 잃어버린 후 찾아온 회한뿐입니다. 대수롭지 않아 보였지만 결과적으로는 아주 잔인했던 한 가지 사건이 일어나는 바람에 결정적으로 환자의 상태를 해치고 말았습니다. 물론 이전보다 더 나빠진 건 아니지만, 조금도 나아지지 못한 건 확실합니다.

만일 어제 환자한테서 숨김없는 고백을 듣지 못했더라면 이런 급작스런 증세를 이해하지 못했을 겁니다. 부인께서도 자기 불행에 대해 모두 알고 있다고 하더군요. 환자의 가엾은 상황에 대해 모두 다 말씀드리겠습니다.

어제 아침 수녀원에 갔더니 부인은 세 시간 넘게 잠들어 있었습니다. 너무 깊이 그리고 조용히 잠들어 있는 바람에 혹시 혼수상태에 빠진 것은 아닌지 걱정이 될 정도였습니다. 얼마 후 부인이 눈을 떴고, 침대의 커튼을 직접 걷더군요. 우리를 보더니 깜짝 놀랐습니다. 다가가려고 일어서는 절 알아보았고, 이름을 부르며 가까이 와달라고 했습니다. 그러더니 제가 미처 물을 틈도 없이 먼저 질문을 쏟아냈습니다. 자기가 지금 어디 있는지, 우리는 거기서 뭘 하고 있는지, 자기가 병이 난 건지, 어째서 자기가 집에 있지 않은지…… 물론 전보다 조용하게 말하긴 하지만, 처음에는 역시 착란 상태에서 말하는 거라고 생각했습니다. 하지만 제 말을 아주 잘 알아듣는다는 걸 깨달았습니다. 제정신으로 돌아온 거죠. 물론 지난 며칠 동안의 일은 기억하지는 못했습니다.

투르벨 부인은 자기가 수녀원으로 온 것도 기억나지 않는다고 했습니다. 이곳에 와서 무슨 일이 있었는지 상세하게 묻더군요. 전 환자를 너무 많이 놀라게 할 만한 일은 빼고, 자세히 대답해주었습니다. 그러고 나서 기분이 어떠냐고 물었더니, 지금은 괜찮지만 자고 있는 동안 무척 고통스러웠다고 하더군요. 그래서인지 피곤하다고 했습니다. 전 마음을 좀 가라앉히고 너무 많이 얘기하지 말라고 하면서, 커튼을 다시 반쯤 닫아주고 침대 곁에 앉았습니다. 그때 수프가 왔고, 부인은 먹고 나서 맛있었다고 했습니다.

30분 정도를 그렇게 있었는데, 그때까지는 간호해줘서 고맙다는 인사 말뿐이었습니다. 원래의 모습대로 명랑하고 우아한 말투였죠. 그러다 한동안 말이 없더니 잠시 후 "아! 그래요. 이곳에 온 게 생각나요"라고 말했고, 또 잠시 후 고통스럽게 말을 이었습니다. "아! 부인, 나를 불쌍하게 여겨주세요. 제 불행이 다 생각났습니다." 제가 다가갔더니 투르벨 부인은 제 손을 잡아 자기 이마에 대고 "하느님! 제가 죽지 않을 수 있을까요!"라고 하더군요. 그 말이, 특히 그 표현이 눈물이 날 정도로 슬펐습니다. 제 목소리에 슬픈 마음이 묻어났는지, "아! 저를 불쌍히 여기시는군요! 아! 정말 부인께서 모든 것을 아신다면……" 그러더니 잠시 말을 끊었다 다시 입을 열었습니다. "우리 둘만 있게 해달라고 해주세요. 제가 다 말씀드릴게요."

부인께서도 아마 짐작하고 계시겠지만, 저는 투르벨 부인의 고백을 어느 정도 짐작하고 있었습니다. 전 피하고 싶었습니다. 분명 길고 슬픈 얘기가 될 텐데, 혹시나 환자의 상태를 악화시키지 않을까 걱정이 되었으니까요. 좀 쉬어야 한다는 핑계를 댔지만 투르벨 부인은 고집을 꺾지 않았고, 결국 그녀의 뜻을 받아들였습니다. 다 내보내고 둘만 남게 되자 이야기를 시작했습니다. 부인께서도 다 아시는 일들이니까 여기서 옮기지는 않겠습니다.

마지막으로 얼마나 비참하게 버림받았는지를 이야기하면서 이렇게 덧붙이더군요. "그런 일이 생기면 죽을 수 있을 줄 알았는데, 막상 용기가 나지 않았어요. 하지만 이런 불행과 수치를 이겨내고 살아갈 수는 없을 것 같아요." 저는 투르벨 부인에게 가장 영향력이 큰 종교의 힘을 빌려 그녀를 좌절에서, 아니 절망에서 구해내려고 했습니다. 하지만 곧 저에게는 그런 존엄한 일을 해낼 힘이 없다는 것을 알 수 있었습니다. 그래서 앙셀므 신부님을 부르자고 했습니다. 투르벨 부인이 신부님을 신뢰한다는 걸 알고 있었으니까요. 부인은 제 제안을 받아들였습니다. 정말로 바라는 것 같았습니다. 사람을 보냈더니 곧바로 신부님이 와주셨고, 오랫동안 부인과 얘기를 나누셨습니다. 의사들과 얘기해보고 나서 종부성사를 늦출 수 있을 것 같다고, 내일 다시 오겠다고 하시며 가셨습니다.

그때가 오후 3시경이었습니다. 5시까지는 아주 평온했습니다. 그래서 우리 모두 희망을 가졌습니다. 그런데 하필 그때 부인에게서 편지가 온 겁니다. 편지를 전해주려고 하니까 아무 편지도 받지 않겠다고 하더군요. 그래서 그대로 두었죠. 하지만 이때부터 마음이 동요된 것 같았습니다. 잠시 후 어디서 온 거냐고 묻더군요. 편지에는 소인이 찍혀 있지 않았습니다. 누가 가져온 거냐고 물어도 아는 사람이 없고, 어디서 보내는 거라고 하면서 이 편지를 주더냐고 문지기에게 물어도 모르겠다는 말뿐이었습니다. 한동안 부인은 아무 말이 없더니, 잠시 후 다시 말을 시작했을 때는 이미 제정신이 아니었습니다.

중간에 한 번 발작이 가라앉을 때 조금 전에 온 편지를 가져다 달라고 하더군요. 하지만 겉봉을 보자마자 "세상에! 그 사람한테 온 거야!"라고 강하게, 하지만 억눌린 듯한 목소리로 소리쳤습니다. "다시 가져가요! 가져가!" 부인은 침대의 커튼을 닫더니 아무도 가까이 오지 못하게 했습니다. 하지만 바로 다가갈 수밖에 없었습니다. 발작이 더 심해졌고, 겁이 날 정도로 경련이 일었기 때문입니다. 밤새 그런 상태가 계속되었습니다. 오늘 아침 간호 기록을 보면 지난밤 병자가 얼마나 고통스러워했는지를 아실 수 있을 겁니다. 살아 있다는 게 놀라울 정도입니다. 이젠 거의 가망이 없다고 말씀드릴 수밖에 없습니다.

그 불행한 편지는 발몽 자작에게서 온 것 같습니다. 이제 와서 무슨 할 말이 있는 걸까요? 죄송합니다. 제 생각은 말하지 않겠습니다. 하지만 지금껏 행복했고, 또 충분히 행복할 자격이 있는 투르벨 부인이 이렇게 불쌍하게 생을 마감하는 모습을 보는 것은 정말 너무도 잔인하군요!

17××년 12월 2일, 파리에서

백쉰번째 편지

당스니 기사가 메르테유 후작 부인에게

부인을 만나는 행복한 날을 기다리며 우선 부인께 편지를 쓰는 기쁨에 젖고 있습니다. 부인 생각을 하면서 부인과 떨어져 있는 아쉬움을 달래고 있는 거죠. 부인께 제 감정을 그려 보이고 또 부인의 감정을 떠올려 보는 것이 제게는 더할 나위 없는 기쁨입니다. 그렇게 해서 서로 떨어져 있는 외로운 시간마저도 제 사랑에 여러 가지 귀중한 보물을 가져다주는 셈이죠. 하지만 부인 말씀대로라면 앞으로는 부인의 답장을 받을 수 없고, 편지도 마지막이 되는 건가요? 위험한, 그래서 '필요 없어'진 편지 왕래는 이제 없을 거라는 뜻인가요? 꼭 그래야 한다고 하신다면, 전 부인의 말을 믿겠습니다. 부인이 무엇을 원하시든, 부인이 원하신다는 그 이유만으로 똑같이 원하겠습니다. 하지만 완전히 결정하기 전에 일단 저와 함께 얘기를 나눠보시면 안 되겠습니까?

위험하다는 항목에 대해서는 부인께서 판단하십시오. 전 아무것도 계산할 수가 없습니다. 그저 안전하도록 조심하시라는 말씀을 드릴 수밖에 없군요. 이 점에 대해서는 우리 두 사람이 하나가 될 수 없을 테고, 부인의 생각대로 하셔야 합니다. 전 그대로 따르겠습니다.

하지만 필요 없다는 항목은 다릅니다. 이 점에 대해서는 우리의 생각이 같아야만 합니다. 만약 그렇지 못하다면 그건 우리가 충분히 상대에게 설명을 하지도 또 듣지도 않았기 때문일 겁니다. 전 그렇게 생각합니다.

우리가 자유롭게 만날 수 있다면 편지는 필요하지 않을지도 모릅니다. 굳이 왜 필요하겠습니까? 한마디의 말, 눈길, 심지어 침묵마저도 백배는 더 많은 것을 드러낼 수 있으니까요. 전 정말 그렇게 생각합니다. 그래서 부인께서 편지왕래를 그만두자고 하셨을 때 제 마음속에는 별다른 저항이 일지 않았습니다. 어쩌면 조금 거북했는지도 모르지만, 어쨌든 별로 마음이 상하지 않았습니다. 부인의 가슴에 입을 맞추려고 하는데 리본이나 엷은 옷이 좀 거추장스러우면 그냥 치우면 되지 장애물이라고 생각하지는 않는 것과 마찬가지죠.

하지만 부인과 떨어져 있으니, 부인이 이곳에 안 계시니, 편지 생각을 하면 마음이 괴롭습니다. 어째서 편지마저 안 되는 걸까? 이런 생각을 떨칠 수 없었습니다. 세상에! 서로 떨어져 있으면 할 말도 없어진단 말인가요? 운 좋게 상황이 맞아떨어져서 하루 종일 같이 지내게 되었다고 해도, 그럴 때 즐기는 시간을 쪼개서 얘기를 나눠야 하는 건가요? 그렇습니다. 즐기는 시간 말입니다. 부인 곁에만 있으면 휴식하는 시간도 달콤한 즐거움의 시간이 되니까요. 하지만 어떤 시간이든 결국 헤어지게 마련이고, 바로 그럴 때 편지가 고마운 역할을 하는 것 아닙니까? 설사 읽지 않는다고 해도 쳐다보고 있을 수도 있고요…… 제가 밤에 부인의 초상화를 만지며 기쁨에 젖는 것과 마찬가지입니다.

조금 전 제가 부인의 초상화라고 했습니까? 하기야 편지는 영혼을 보여주는 초상화이니 틀린 말은 아니로군요. 오히려 초상화는 차갑기 그지없지만, 편지 안에 들어 있는 것은 정체되지 않았죠. 정체된 것은 사랑과 동떨어진 것입니다. 편지는 감정의 모든 움직임을 담아냅니다. 흥분하고, 즐기고, 편안히 쉬기도 합니다. 부인의 감정은 모두가 제게 소중한데, 저에게서 그 감정을 받아들일 수 있는 수단을 빼앗아가시려는 겁니까?

편지를 써야 할 필요가 생겨서 괴로워지는 날이 절대 오지 않으리라고 확신하십니까? 고독 때문에 가슴이 터져버릴 듯 부풀어오르거나 반대로 무겁게 짓눌릴 때, 기쁨이 영혼 속으로 스며들 때, 자기도 모르게 슬퍼져서 마음이 혼란스러울 때, 부인의 행복이나 고통을 친구의 가슴에 펼쳐놓지 않을 수 있습니까? 부인의 감정은 정녕 벗이 함께 나눌 수 없는 감정이란 말입니까? 자기의 벗이 혼자 떨어져서 방황하게 버려두실 겁니까? 오! 나의 벗이여…… 다정한 벗이여! 절 벗이라고 말씀해주실 건지 아닌지는 부인께서 결정하실 일입니다. 부인을 유혹하려는 게 아니라 그저 의논드리고 싶은 겁니다. 왜 우리가 벗이 되어야 하는지 그 이유들을 말씀드렸습니다. 차라리 벗이 되고 싶다고 청을 드렸더라면 더 효과가 있었을지도 모르겠습니다. 그래도 부인께서 뜻을 굽히지 않으신다면, 슬퍼하지 않도록 노력하겠습니다. 부인께서 저에게 편지를 쓰셨다면 하셨을 말들을 제 자신에게 스스로 들려주도록 애써보겠습니다. 하지만 부인께서 직접 얘기해주신다면 훨씬 더 좋을 것 같군요. 더 기쁜 마음으로 들을 수 있을 테고요.

그럼 이만, 마침내 부인을 뵐 시간이 다가왔군요. 곧 부인께 달려가기 위해서 이만 펜을 놓겠습니다.

17××년 12월 3일, 파리에서

백쉰한번째 편지

발몽 자작이 메르테유 후작 부인에게

후작 부인, 오늘 저녁 내가 찾아갔을 때 당스니와 함께 있었던 게 그저 '놀라운 우연'이었나요? 내가 그걸 믿을 정도로 멍청하다고 생각하지는 않겠죠? 물론 당신은 능숙한 표정 연기로 아무렇지도 않은 듯 침착했죠. 당황하거나 후회스러울 때 자기도 모르게 새어나오는 말 같은 것도 없었습니다. 원하는 대로 자유롭게 움직일 수 있는 시선이 한몫 했다는 것도 인정합니다. 당신 눈을 보면 무슨 말을 하려는지 알 수 있고, 또 그대로 믿게 되죠. 그 시선뿐이었다면 조금도 의심하지 않았을 겁니다. 오히려 이 '불청객' 때문에 당신이 난처했을 것이라고 생각했을 겁니다. 하지만 그처럼 훌륭한 재능이 헛되지 않기 위해서는, 예상한 대로 성공을 거두기 위해서는, 당신 뜻대로 나를 현혹시키기 위해서는, 순진한 애인부터 제대로 교육시켰어야죠.

이왕 가르치기로 했으면 좀 제대로 가르치십시오. 대수롭지 않은 농담에도 얼굴이 붉어지면서 당황하지 말라고 하십시오. 다른 여자들 얘기일 때는 아무렇지도 않게 받아넘기다가도 유독 한 여자 얘기에 대해서는 그렇게 강하게 부정하려 들지 말라고 하십시오. 한 가지 더 있습니다. 스승을 칭송하는 말을 들었다고 해도 꼭 그렇게 영광스러워해야 하는 건 아니라고 가르치십시오. 그리고 사람들이 모여 있는 자리에 제자들을 데려가고 싶으면, 그렇게 소유욕에 불타는 눈길을 하지 말라고 하십시오. 금방 남의 눈에 띄지 않습니까? 하기야 그자들은 그게 사랑의 눈길인 줄 알죠. 내 말대로 해야 앞으로 사람들이 모인 자리에서 제자들을 훈련시켜도 현명한 스승의 명예에 흠집이 나는 일이 없을 겁니다. 물론 나로서도 당신의 명성에 기여하는 것을 무척 자랑스럽게 생각하기 때문에, 이 새 학교의 교과 과정을 만들어 공표하도록 하겠습니다.

하지만 솔직히 말하자면 당신이 날 애송이 학생 다루듯 했다는 게 정말 놀랍군요. 정말 당신 아닌 다른 여자가 그랬더라면 바로 복수를 해주고 기쁨을 누렸을 겁니다! 상대방이 나에게서 빼앗아가려고 했던 것보다 훨씬 더 큰 기쁨을 말입니다! 그렇습니다. 오직 당신 한 사람에 대해서는 복수 대신 배상을 청구하겠습니다. 뭔가 의혹이 남아서, 확실하지 않은 게 있어서 그러는 거라고 생각하진 마십시오. 다 알고 있으니까요.

당신은 이미 나흘 전부터 파리에 있었습니다. 그리고 매일 당스니를 만나고 있습니다. 다른 사람은 말고 당스니만 보고 있죠. 오늘 역시 당신 집의 대문은 닫혀 있었습니다. 하지만 문지기는 당신처럼 자신만만하지 못하더군요. 덕분에 내가 당신 방까지 갈 수 있었죠. 분명 파리에 도착하면 제일 먼저 나에게 알려주겠다고 하지 않았나요? 출발 전날 쓴 편지에서도 아직 정확한 날짜를 알 수 없다고 했죠. 그런 말을 한 적이 없다고 우길 건가요? 아니면 변명을 둘러대렵니까? 어느 쪽도 불가능합니다. 그런데도 난 참고 있습니다. 그 점에서 당신이 나에 대해 지배력을 지니고 있다고 생각해도 될 것 같군요. 하지만 한번 시험해봤으니 이제 그만 만족하고, 더 이상 함부로 사용하지 마십시오. 후작 부인, 우리는 서로를 잘 알고 있습니다. 이 말이면 충분하리라고 생각합니다.

내일 하루 종일 외출하신다고 했나요? 당신 말이 사실이라면 아주 때를 잘 맞춘 셈이군요. 어차피 진짜인지 아닌지 알게 되겠지만 말입니다. 그래도 저녁때는 돌아오겠죠. 우리들의 힘겨운 화해 의식을 치르자면 그 다음 날까지도 시간이 모자랄 겁니다. 그러니 우리가 다양한 속죄 의식을 주고받는 시간을 당신 집에서 보내게 될지 아니면 '그곳'에서가 될지 말해 주십시오. 무엇보다도 당스니는 그냥 두십시오. 당신의 머리는 여전히 상황 판단을 하지 못하고 그자에 대한 생각으로 가득 차 있죠. 물론 헛된 망상에 빠져서 그러는 걸 가지고 질투하지 않을 수는 있습니다. 하지만 한 가지는 기억하기를 바랍니다. 처음엔 그저 망상으로 시작하지만, 그러다 진짜 좋아하게 될 수도 있다는 것 말입니다. 난 그런 모욕을 참아낼 사람은 아닙니다. 그리고 당신에게 그런 모욕을 받게 되리라고는 생각하지 않습니다.

당신이 이것을 희생이라고 생각하지 않기를 바랍니다. 설사 손해 보는 게 있다고 해도 이미 내가 당신에게 좋은 본보기를 보여준 셈이잖습니까! 오직 나만을 위해 살아가던 다정하고 아름다운 여인이 지금 이 순간 사랑과 후회로 인해 죽어가고 있습니다. 그 정도면 애송이 학생 하나와는 비교가 안 될 겁니다. 물론 나름대로 잘생기고 똑똑하기는 하지만, 예의도 모르고 지조도 없는 어린애 말입니다.

그럼 후작 부인, 안녕히 계십시오. 당신에 대한 나의 감정에 대해서는 말하지 않겠습니다. 지금 내가 할 수 있는 것은 내 마음이 어떤지 파헤쳐보지 않는 겁니다. 답장을 기다리겠습니다. 절대 잊지 마십시오. 당신이 내게 준 모욕을 잊어버리는 것은 어렵지 않은 일이지만, 당신이 거절한다면, 답장을 미룬다면, 내 마음에 그만큼 지울 수 없는 흔적을 남기게 될 겁니다.

17××년 12월 3일 저녁, 파리에서

백쉰두번째 편지

메르테유 후작 부인이 발몽 자작에게

자작님, 조심하세요. 난 워낙 겁이 많은 사람이니 좀 살살 다뤄야 한답니다. 당신이 그렇게 화가 났는데, 그 엄청난 일에 어떻게 내가 아무렇지도 않을 수 있겠어요? 무엇보다도 당신이 나에게 복수를 한다는데 어떻게 두렵지 않을 수 있겠어요? 더구나 아시다시피 당신이 뭔가 음모를 꾸민다고 해도 내가 되갚아줄 수도 없는데 말입니다. 내가 뭐라 한들 당신의 삶은 화려하고 평화로울 텐데 도대체 뭐가 두려운 거죠? 좀 천천히 여유를 부리다 보면 외국으로 떠날 수밖에 없는 상황이 될까 봐 그런가요? 외국에 간다고 해도 여기서처럼 살 수 있지 않나요? 당신이 어느 나라로 가든, 프랑스 궁전이 조용히 내버려두기만 한다면, 어차피 승리의 무대를 바꾼 것밖에 없지 않은가요? 자, 일단 이렇게 훈계를 해서 당신 마음을 가라앉힌 다음에, 이제 본론으로 들어갑시다.

자작님, 내가 왜 결혼을 하지 않았는지 압니까? 괜찮은 혼처를 찾지 못해서 그런 게 아니랍니다. 어느 누구든 내 행동에 대해 말할 권리를 주지 않기 위해서입니다. 결혼을 하게 되면 내 마음대로 행동하지 못할까 봐 두려운 게 아닙니다. 설사 결혼을 했다고 해도 난 분명 내 뜻대로 했을 테니까요. 다만 누군가가 내 행동에 대해 이러쿵저러쿵 말하는 것을 듣는 게 성가시기 때문입니다. 내가 사람들을 속이는 건 필요하기 때문이 아니라 그게 즐겁기 때문이랍니다. 자, 이제 당신이 쓴 편지를 봅시다. 마치 남편이라도 되는 듯하군요! 나한테는 잘못뿐이고 당신은 나에게 은혜만 베푸는 것 같잖아요. 하지만 난 당신한테 받은 게 없는데, 도대체 내가 당신한테 뭘 소홀히 했다는 거죠? 아무리 생각해도 모르겠군요.

어디 한번 봅시다. 뭐가 그렇게 문제가 되는 거죠? 당스니가 우리 집에 와 있는 게 그렇게 기분이 나쁘던가요? 좋아요. 그렇다면 어떤 결론을 내렸죠? 내 말대로 우연이었다고 결론을 내렸나요? 아니면 내 말과 달리 일부러 그렇게 한 거라고 결론을 내렸나요? 앞의 말이 맞는다면 당신의 편지는 정당하지 못하고, 뒤의 말이 맞는다면 당신의 편지는 우스운 꼴이 되겠군요. 도대체 그런 편지를 뭐 하러 쓴 거죠? 당신은 지금 질투하고 있는 겁니다. 질투에 빠지면 분별력을 잃게 되죠. 할 수 없군요! 내가 당신 대신 상황을 분별해서 잘 말해줄 수밖에요.

어쩌면 당신한테 경쟁자가 있을 수도 있고 그렇지 않을 수도 있습니다. 만일 있다고 치면 그를 제치고 선택되기 위해서는 내 마음에 들도록 노력해야 할 거고, 없다면 앞으로 생기지 않기 위해서 역시 내 마음에 들도록 노력해야 할 겁니다. 어떤 경우든 당신이 취해야 할 행동은 같다는 말이죠. 그런데 뭣 때문에 그렇게 스스로를 괴롭히는 거죠? 그리고 무엇보다도 날 괴롭히는 거죠? 좀더 사랑스러운 사람이 될 수는 없나요? 이제 성공에 대해 자신이 없어졌나요? 자, 자작님, 당신은 지금 잘못하고 있는 겁니다. 아니, 그게 아니라, 정확히 말하자면 당신이 보기에 내가 그런 애를 써야 할 만한 여자가 아닌 겁니다. 당신이 진짜 원하는 건 내가 당신을 너그럽게 대하는 게 아닙니다. 당신은 자신이 가진 힘을 나에게 휘둘러보고 싶은 겁니다. 아! 참으로 배은망덕한 사람이로군요! 그런데도 내 마음이 약해지다니! 편지를 계속 쓰다가는 다정한 글이 되어버리겠는걸요. 당신은 그런 편지를 받을 자격이 없는 사람인데 말이에요.

어떻게 된 거냐고 나한테 따져 물을 자격은 더욱 없습니다. 의혹은 당신이 알아서 해결해요. 날 의심한 데 대한 벌입니다. 내가 언제 돌아왔는지, 당스니가 어떻게 우리 집에 왔는지에 대해서는 말하지 않겠습니다. 알아내느라 고생 좀 하고 있죠? 자, 그래서 좀 진전이 있었나요? 부디 즐거웠기를 바랍니다. 당신이 즐거웠다고 해서 내 즐거움이 줄어드는 건 아니니까요.

그러니까 당신이 보낸 그 협박 투의 편지에 대해서 내가 대답할 수 있는 건 딱 하나로군요. 그 편지는 날 즐겁게 할 힘이 없는 것과 마찬가지로 겁나게 할 힘도 없습니다. 그러니까 지금으로선 당신의 요구에 응할 마음이 조금도 없습니다.

말이야 바른 말이지, 지금의 당신을 그대로 받아들인다는 건 당신을 배반하는 것과 마찬가지잖아요. 옛 연인과 다시 관계를 맺는 게 아니라 새로운 남자를 연인으로 삼는 셈이니까요. 더구나 옛 연인에 한참 못 미치는 남자를 말이죠. 그럴 만큼 옛 연인을 잊은 건 아니랍니다. 내가 사랑했던 발몽이란 사람은 아주 매력적이었거든요. 솔직히 그렇게 사랑스런 사람은 다시 만나지 못했답니다. 아! 그러니 자작님, 혹시 그 사람을 만나게 되거든 나에게 데려와주세요. 언제나 만날 준비가 되어 있답니다.

참, 아무리 그 사람이라도 오늘하고 내일은 안 된다고 전해주세요.

결국 자기 메나이크미* 때문에 손해를 보는 셈이네요. 어쩌겠어요. 너무 서두르다가 나도 헷갈리면 안 되잖아요. 어쩌면 오늘 내일 이틀 동안은 당스니와 약속을 했을 수도 있고요. 당신 편지를 보니, 약속을 어기면 가만있지 않겠다고 했더군요. 그러니 며칠 기다려야 할 겁니다.

하지만 그게 뭐가 중요하겠어요? 연적이야 나중에라도 언제든 복수할 수 있잖아요. 어차피 당신이 당스니의 애인한테 한 것보다 더 심한 일을 당스니가 당신 애인에게 할 수는 없는 일이고요. 여자들은 결국 다 마찬가지라는 게 당신의 지론 아닌가요? 당신은 별것 아닌 순간적 환상 때문에, 혹시라도 조롱당할까 봐 겁이 나서, '오직 당신만을 위해 살고 있고 그래서 결국 사랑과 슬픔 때문에 죽어가고 있는' 여자를 희생시켰죠. 그래놓고 나한테 뭘 어쩌라는 거죠? 당신은 그럴 자격이 없습니다.

그럼 자작님, 이만 줄입니다. 당신이 다시 사랑스런 사람이 되어주기를 바랍니다. 거기다 매력적이기까지 하다면 더 바랄 게 없겠군요. 당신이 그런 사람이라는 확신이 서면 꼭 당신에게 증명해 보이겠습니다. 정말 내가 생각해도 난 너무 마음이 좋은 것 같네요.

17××년 12월 4일, 파리에서

---

* 로마의 극작가 플라우투스의 희극. 애인도 분간하기 어려울 정도로 닮은 쌍둥이 형제의 이야기이다.

백쉰세번째 편지

발몽 자작이 메르테유 후작 부인에게

당신의 편지를 받자마자 답장을 보냅니다. 이미 내 말을 듣지 않기로 했다면 쉬운 일은 아니겠지만, 되도록 명확하게 쓰겠습니다.

우리는 서로 상대방을 파멸시키는 데 필요한 모든 수단을 가지고 있습니다. 그러니 피차 무시할 수 없다는 점은 굳이 길게 말할 필요가 없을 겁니다. 이 문제에 대해서는 말하지는 않겠습니다. 하지만 우리가 같이 파멸하는 길이 있고, 반대로 이전처럼 한 편이 되는 길이 있으며(물론 나중 것이 더 낫겠죠), 설사 예전의 관계로 돌아가 더욱 가까운 한 편이 되지는 않는다고 해도 그 중간에 수많은 길이 있습니다. 그러니 내가 이 순간 이후 당신의 연인인지 적인지를, 이전에도 물은 적이 있고 또 지금 다시 한 번 묻는다고 해서 우스울 일은 없을 겁니다.

당신이 한 가지를 선택하기 힘들다는 것, 당신으로선 그냥 이대로 있는 게 더 좋으리라는 것을 너무도 잘 알고 있습니다. 이렇게 가부간에 답을 내려야 하는 상황을 당신이 좋아하지 않으리라는 것도 알고 있습니다. 하지만 당신 역시 잘 알 겁니다. 당신이 이 궁지를 빠져나가게 그냥 두었다간 분명 내가 당할 위험이 있다는 걸 말입니다. 이제 결정을 내려야 할 때입니다. 결정권을 주겠습니다. 애매한 태도는 안 됩니다.

한 가지 미리 말해둡시다. 당신이 이것저것 따져가며 아무리 얘기를 늘어놓아도, 그것이 옳든 그르든, 난 받아들이지 않을 겁니다. 또 뭔가 거절할 때면 으레 동원하는 다정한 말로 유혹해도 소용없습니다. 이제 솔직해져야 할 때가 왔습니다. 내가 먼저 시범을 보이는 것도 괜찮겠군요. 난 평화와 단결을 더 원합니다. 하지만 둘 중 하나라도 깨뜨려야 한다면 나에게도 그럴 권리와 수단이 있다고 생각합니다.

그러니까 당신이 작은 장애물이라도 들이댄다면 난 그것을 진정한 선전포고로 간주하겠습니다. 내가 당신에게 요구하는 답신은 긴 문장도 아름다운 문장도 필요 없다는 걸 알 수 있을 겁니다. 단 두 마디면 족합니다.

17××년 12월 4일, 파리에서

메르테유 후작 부인의 회답

(같은 편지의 아래쪽에 씌어 있음.)

좋아요! 전쟁입니다.

백쉰네번째 편지

볼랑주 부인이 로즈몽드 부인에게

투르벨 부인의 상태가 무척 심각합니다. 제가 직접 말씀을 드리는 것보다 기록을 읽어보시는 편이 나을 겁니다. 그동안 환자를 간호하느라 정신이 없어서 직접 관계된 사건이 아니면 알려드릴 틈이 없었는데, 사실 생각지 못한 일이 한 번 있었습니다. 발몽이 저에게 편지를 보낸 겁니다. 자기 의논 상대가 되어달라고 하면서, 투르벨 부인과의 사이에 다리를 놓아달라고 하더군요. 투르벨 부인에게 보내는 편지도 한 통 같이 들어 있었습니다. 제 앞으로 온 편지에는 답장을 보냈고 투르벨 부인에게 온 편지는 그대로 돌려보냈습니다. 제가 받은 편지는 부인께 보내겠습니다. 부인께서도 제 생각과 같으시리라고 생각합니다. 그가 요구하는 것을 들어줄 수도 없고 또 그래서도 안 된다고 말입니다. 설사 그의 부탁을 받아들였다고 해도 가엾은 투르벨 부인은 이미 제 말을 들을 수 있는 상태가 아닙니다. 계속해서 착란을 일으키고 있습니다. 그런데 발몽은 왜 그렇게 슬퍼하는 걸까요? 그의 말을 믿어야 하는 걸까요? 그는 마지막까지 세상 사람들을 속이려는 걸까요?³ 혹시 이번에는 진심이라면, 결국 그 사람은 자기 스스로를 불행에 빠뜨린 셈입니다. 아마도 제 답장을 맘에 들어 하지 않겠지만, 이 불행한 연애 사건을 생각할수록 전 원흉이 되는 그 사람이 자꾸 싫어집니다.

그럼 이만 안녕히 계십시오. 전 다시 슬픈 마음으로 환자를 간호하러 갑니다. 아무리 해도 환자가 나아지리라는 희망이 없으니 더욱더 슬퍼집니다. 부인에 대한 제 감정을 잘 아시리라고 생각합니다.

17××년 12월 5일, 파리에서

---

3 이어지는 편지들 중에 발몽에 관한 의혹을 해결해줄 만한 글이 나오지 않았다. 그래서 문제의 발몽의 편지도 싣지 않기로 했다.

백쉰다섯번째 편지

발몽 자작이 당스니 기사에게

　친애하는 기사님, 두 번이나 댁에 들렀지만 좀처럼 만나기 어렵더군요. 하기야 당신이 연인의 역할 대신 염복 넘치는 남자의 역할을 맡았으니 당연한 일이기는 하지만요. 하인 말로는 오늘 밤에는 돌아올 거라고 기다리라는 명을 받았다더군요. 하지만 난 당신의 계획을 잘 알고 있습니다. 설령 돌아온다고 해도 잠시 옷을 갈아입고 바로 승리의 원정길에 오르겠죠. 좋습니다. 찬탄을 보낼 수밖에 없군요. 하지만 어쩌면 오늘 밤 당신은 원정길의 방향을 바꾸고 싶어질지도 모르겠습니다. 당신은 아직까지 당신 자신과 관계된 일을 다 알지 못합니다. 알지 못하는 나머지 절반을 알려드릴 테니, 듣고 나서 결정하십시오. 일단 시간을 내서 내 편지를 읽어보십시오. 당신의 즐거움을 빼앗으려는 게 아닙니다. 그저 여러 가지 즐거움 중 제대로 선택할 수 있게 해주려는 겁니다.

　당신이 날 완전히 믿어주었다면, 당신의 비밀 중에서 내가 혼자 추측하고 있던 부분을 당신이 직접 말해주었다면, 난 적절할 때 모든 것을 알았을 겁니다. 그랬더라면 지금처럼 미숙하게 당신의 길을 가로막는 일은 없었을 겁니다. 하지만 어쩔 수 없으니 일단 지금의 상황을 그대로 받아들입시다. 당신이 어떤 결정을 내리든, 어차피 당신의 결정은 다른 한 사람을 행복하게 할 테니까요.

　당신은 오늘 밤 약속이 있습니다. 그렇죠? 사모하는 아름다운 여인과 말입니다. 하기야 당신 나이 때는 어떤 여자든 첫 일주일 동안은 사랑하지 않을 수 없죠. 더구나 밀회의 장소가 쾌락을 더욱 크게 만들 겁니다.

감미롭고 아담한 집, '당신만을 위해서 마련된' 그 집에서 관능은 더욱 아름다워지겠지요. 자유롭고 신비스럽다는 매력 때문에 그럴 겁니다. 모든 게 다 준비되어 있을 거고, 당신을 기다리고 있을 겁니다. 그곳에 가고 싶어 안달이 나 있나요? 자, 여기까지는 굳이 당신이 말해주지 않아도 우리 두 사람이 같이 알고 있는 일입니다. 이제 당신이 모르는 것, 당신에게 말해주지 않을 수 없는 것에 대해서 얘기해봅시다.

파리로 돌아온 후 난 계속해서 당신이 볼랑주 양에게 다가갈 수 있는 방법을 찾느라고 애를 썼습니다. 전부터의 약속이었으니까요. 더구나 지난번 내 계획을 얘기했을 때 당신이 대답하는 것을 듣고, 아니 보다 정확히 말하면 당신이 흥분하는 것을 보고, 내가 하고 있는 일이 당신의 행복과 직결되는 일이라는 걸 알 수 있었습니다. 하지만 워낙 어려운 일이라 혼자서 다 해낼 수가 없었고, 그래서 일단 내가 할 수 있는 수단을 모두 마련한 후에 나머지는 당신 애인의 성의에 맡겼습니다. 내가 경험의 힘으로 찾아내지 못한 것을 역시 볼랑주 양은 사랑의 힘으로 찾아내더군요. 당신으로선 불행한 일인지도 모르겠지만, 아가씨는 마침내 성공했습니다. 오늘 저녁 볼랑주 양에게 들은 얘기로는 이미 이틀 전에 모든 장애물이 제거되었답니다. 이제 당신의 행복은 바로 당신 한 사람에게 달려 있는 거죠.

그래서 아가씨는 이틀 전부터 당신한테 직접 소식을 알리고 싶어 했습니다. 어머니가 출타 중이더라도 당신이 찾아오면 맞아들이려고 했고요. 하지만 당신은 나타나지 않았죠! 자, 숨김없이 다 얘기하겠습니다. 볼랑주 양은 당신이 별로 열의를 보이지 않는 것 때문에 마음이 상한 듯합니다. 당신이 딴 마음이 생겼는지, 아니면 다른 무슨 이유가 있는지는 알 수 없지만 말입니다. 어쨌든 아가씨는 날 불러내서, 여기 동봉하는 편지를 가능한 한 빨리 당신에게 전해주겠다는 약속을 받아내는 데 성공했습니다. 아가씨가 그렇게 서두르는 걸 보면 오늘 밤에 만나자는 것 같더군요. 난 내 명예와 우정을 걸고 오늘 중으로 이 편지를 당신에게 전해주겠다고 약속을 했습니다. 나로선 약속을 어길 수도 없고 또 그러고 싶지도 않습니다.

자, 이제 당신은 어떻게 하렵니까? 교태스런 유혹과 사랑 중에서, 쾌락과 행복 중에서 어느 것을 택하겠습니까? 지금 내가 말하는 상대가 석 달 전의 당스니, 아니 일주일 전의 당스니라면, 그의 마음을 알 수 있으니 어떤 태도를 취할지도 알 수 있을 겁니다. 하지만 오늘의 당스니는 잘 모르겠습니다. 여자들이 앞 다투어 데려가려 하고, 스스로도 연애 사건을 찾아다니고, 또 세상 사람들처럼 조금은 사악해졌으니까요. 과연 그가 닳고닳은 여자의 매력 대신 아름다움과 순진함, 사랑밖에 갖지 못한 수줍은 아가씨를 선택할 수 있을까요?

이제 당신도 나하고 비슷한 원칙들을 받아들인 것 같은데, 그래도 나 같으면 젊은 연인을 택하겠습니다. 무엇보다도 하나를 더 얻는 셈이 되고, 또한 완전히 새것을 얻는 셈이잖습니까? 정성들여 열매를 키워놓고서 수확을 소홀히 해서 잃어버리면 얼마나 억울합니까? 만일 그렇게 된다면 당신은 정말 기회를 놓치게 되는 겁니다. 특히 이런 첫 기회는 다시 오지 않을 겁니다. 이런 상황에서는 기분만 조금 나빠져도, 약간만 질투 섞인 의심이 생겨도, 멋진 승리는 불가능해지는 법이니까요. 여인의 정절은 이미 물에 빠진 상태에서도 나뭇가지를 붙잡고 매달린답니다. 어떤 방법을 써서든 일단 벗어나고 나면 다시 경계를 갖추기 때문에 허물어뜨리는 게 어려워지고요.

하지만 다른 쪽 여자한테야 무슨 위험이 있습니까? 절교당할 위험도 없지 않은가요. 기껏해야 약간 불화가 있겠죠. 약간만 고생하면 바로 화해할 수 있을 거고요. 이미 몸을 허락한 여자인데 관대한 태도 말고 다른 무엇이 가능하겠습니까? 괜히 까다롭게 굴어봐야 얻을 것도 없을 텐데요. 명예에 보탬되는 것도 없이 쾌락만 잃지 않겠습니까?

내 생각대로 사랑을 선택한다면 — 당연히 합당한 선택이죠 — , 또 다른 여인에게 약속을 지킬 수 없다고 양해를 구하는 건 신중하지 못한 태도인 듯합니다. 그냥 기다리게 하십시오. 만일 당신이 왜 약속을 못 지키는지 이유를 댄다면, 그 여자는 분명 확인해보고 싶어질 겁니다. 여자들이란 호기심이 많고 집요하니까요. 그리고 결국 모든 게 드러날 겁니다. 당신도 아시다시피 내가 얼마 전 그런 일을 겪었답니다. 차라리 그대로 희망을 남겨두면 그 여자는 허영심 때문에 희망을 버리지 않을 것이고, 한참이 지날 때까지 그렇게 있을 겁니다. 내일은 그냥 어쩔 수 없는 사정이 생겨서 못 간다고 하는 게 좋을 겁니다. 병이 났다든가, 필요하다면 죽었다든가, 아니면 다른 절망적인 이유 무엇이든 좋습니다. 그러면 다 해결될 겁니다.

어떤 쪽으로 결정하든 일단 나에게 알려주기를 바랍니다. 어차피 내일이 아니니, 당신이 어느 쪽을 택하든 난 당신 생각을 지지할 겁니다. 그럼, 나의 벗이여, 이만 안녕히.

한 가지 덧붙이자면, 난 투르벨 부인이 너무나 그립습니다. 그 여인과 헤어져서 너무 슬픕니다. 내 생명의 절반을 그녀의 행복을 위해 바칠 수 있다면 기꺼이 내어놓겠습니다. 아! 내 말을 믿으십시오. 사람은 오직 사랑에 의해서만 행복해질 수 있습니다.

17××년 12월 5일, 파리에서

백쉰여섯번째 편지

세실 볼랑주가 당스니 기사에게

(앞의 편지에 동봉됨.)

당신이 너무 보고 싶은데 어째서 지금 만날 수가 없는 걸까요? 이제 당신은 나처럼 간절하지 않은가 봐요. 아! 전 너무 슬퍼요! 우리가 완전히 떨어져 있을 때보다 더 슬퍼요. 그때는 남들 때문에 괴로웠었는데 지금은 당신 때문에 괴롭고, 그래서 더욱 슬퍼져요.

며칠 전부터 엄마가 집에 계시지 않다는 걸 당신도 알고 있지 않나요? 이 자유 시간을 당신이 이용할 줄 알았어요. 하지만 당신은 내 생각을 하지도 않는군요. 그러니 내가 얼마나 불행하겠어요! 당신은 언제나 내 사랑이 당신보다 작다고 했었죠! 난 그 반대라는 걸 알고 있었어요. 이제 증거도 있는 셈이네요. 하지만 그래도 당신이 찾아오면 만날 거예요. 난 당신하고 다르니까요. 난 오로지 우리 두 사람이 만날 수 있는 방법만을 생각하고 있어요. 내가 그동안 어떻게 했는지 당신은 들을 자격이 없지만, 너무도 당신을 사랑하니까, 그리고 너무도 당신이 보고 싶기 때문에, 말하지 않을 수 없네요. 그러고 나면 당신이 진짜로 날 사랑하고 있는지 알 수 있을 테고요.

우선 문지기를 우리 편으로 만들어놓았어요. 당신이 오면 언제든 못 본 척하고 들어가게 해주겠다고 약속했어요. 착한 사람이니까 믿어도 돼요. 그러고 나면, 한 가지만 조심하세요. 집 안에서 사람들의 눈에 띄지 않는 것 말이에요. 하지만 그것도 밤이라면 아무 문제가 없어요. 엄마는 요즈음 매일 외출하시기 때문에 11시면 잠자리에 드시거든요. 충분히 시간이 있는 거죠.

    문지기 얘기가, 당신이 와서 창문을 두드리면 바로 열어주겠대요. 문을 열고 들어오면 작은 계단이 보일 거예요. 당신이 등불을 가져오지는 못할 테니까 내 방 문을 조금 열어둘게요. 그러면 희미하게 보일 거예요. 소리만 나지 않게 조심하세요. 특히 엄마 방문 앞을 지날 때는 조심해야 해요. 하녀는 어차피 침대에서 꼼짝하지 않겠다고 약속했으니까 신경 쓰지 않아도 되고요. 아주 착한 하녀거든요! 나중에 나갈 때도 마찬가지로 하면 돼요. 이제 당신이 오기만 하면 우리는 만날 수 있는 거예요.

    세상에! 당신에게 편지를 쓰는 동안 왜 이렇게 가슴이 두근거리는지요! 뭔가 불행한 일이 생기려는 걸까요? 아니면 당신을 만나는 게 설레는 걸까요! 분명한 사실은 전 지금 그 어느 때보다도 당신을 사랑하고 있다는 것, 또 내 마음을 이렇게 간절히 전하고 싶은 적이 없었다는 거예요. 꼭 와주세요. 당신을 사랑한다고, 사모한다고, 영원히 당신만을 사랑한다고, 백 번이라도 얘기하고 싶어요.

    발몽 님한테 할 얘기가 있으니 꼭 들러달라고 말을 전하는 데 성공했어요. 좋은 친구이시니까 내일 와주실 거예요. 그러면 이 편지를 당신에게 전해달라고 부탁할 거예요. 내일 밤은 당신을 기다리고 있을게요. 당신의 세실이 불행에 빠지는 걸 원하지 않는다면, 꼭 와주세요.

    그럼 이만 안녕히. 진심으로 키스를 보낼게요.

17××년 12월 4일 밤, 파리에서

백쉰일곱번째 편지

당스니 기사가 발몽 자작에게

자작님, 제 마음을, 제 행동을 의심하지 말아주십시오. 내가 어떻게 나의 세실의 바람을 거절할 수 있겠습니까? 내가 사랑하는 사람은, 내가 영원히 사랑할 사람은, 오직 세실 한 사람뿐입니다. 순진하고 다정한 그녀는 정말 매력적이죠. 제 마음이 약해서 잠시 멀어졌다고는 하지만 그 어떤 것으로도 지울 수 없는 매력입니다. 나도 모르게 다른 사랑에 발을 들여놓았지만, 가장 감미로운 쾌락에 빠져 있을 때마저도 세실 생각이 나서 마음이 혼란스러운 때가 많았습니다. 내 마음이 그녀를 배반하는 순간조차도 어쩌면 전 그녀에게 훨씬 더 진실한 경의를 바치고 있었는지도 모릅니다. 하지만, 나의 벗이여, 그녀는 워낙 섬세한 여자이니 아무래도 배려를 해주어야 할 것 같습니다. 내 과오에 대해서는 말하지 않아야 할 것 같습니다. 세실을 속이려는 게 아니라 그녀가 가슴 아파하지 않도록 하려는 겁니다. 전 진심으로 열렬히 세실의 행복을 바랍니다. 내 잘못 때문에 그녀가 눈물을 흘리게 된다면 나 자신을 용서하지 못할 것 같습니다.

내가 '새로운 원칙'을 받아들였다고 비웃으셨나요? 그래도 할 말이 없습니다. 하지만 지금의 내 행동이 절대 그런 원칙에 따른 것이 아니라는 사실만은 믿어주십시오. 내일이라도 증명해 보이겠습니다. 나로 하여금 방황하게 만든 원인이며 나와 함께 방황에 빠져들었던 여인 앞에 가서 말하겠습니다. "내 마음을 알아주십시오. 당신에 대해 더없이 다정한 우정을 느끼고 있습니다. 우정이 욕망과 결합하니 사랑과 너무 비슷했습니다!······우리 두 사람 모두 속은 겁니다. 과오를 저지를 수는 있어도 이제 스스로를 속일 수는 없습니다." 난 그녀를 잘 압니다. 정직하고 관대한 여인이죠. 나를 용서할 뿐 아니라 나의 말에 찬성해줄 겁니다. 이미 자기가 우정을 배반했다고 자책하곤 했었거든요. 워낙 섬세한 여인인지라 그녀를 사랑하는 동안 내 마음 한쪽에는 두려움이 자리 잡고 있었습니다. 그녀는 나보다 현명한 사람이니, 그러한 — 내 마음에 꼭 필요한 — 두려움이 흔들리지 않도록 해줄 겁니다. 세상에, 전 겁도 없이 그녀의 마음속에서 두려움을 없애려고 했었으니! 나는 그 여인 덕에 더 나은 사람이 되고, 당신 덕분에 더 행복해지는군요. 오! 나의 두 벗이여! 나의 감사를 받아주시길! 그대들 덕에 얻은 것이라 생각하면 이 행복이 더욱 소중해집니다.

그럼 자작님, 이만 안녕히 계십시오. 전 지금 말할 수 없이 기쁩니다. 하지만 당신의 불행을 생각하니 마음이 어두워지는군요. 투르벨 부인은 여전히 뜻을 굽히지 않으셨나요? 병이 나셨다고 하던데, 어떻게 해야 하는 걸까요! 그녀가 다시 건강을 되찾고 동시에 너그러운 마음도 같이 되찾게 되시기를, 영원히 당신을 행복하게 해주시기를 빌겠습니다! 내 우정이 원하는 이 소망을 사랑이 이루어주기를 바랍니다.

당신과 더 많은 얘기를 나누고 싶지만 시간이 급하군요. 나의 세실이 벌써 기다리고 있을 것 같습니다.

17××년 12월 5일, 파리에서

백쉰여덟번째 편지

(자고 일어나서 쓴 편지)

발몽 자작이 메르테유 후작 부인에게

자, 후작 부인, 지난밤의 쾌락이 어떠셨나요? 조금 피곤하지 않으신가요? 당스니라는 친구는 참으로 매력적일 겁니다. 경탄할 만하죠! 당스니가 그렇게 나올 줄 몰랐나요? 자, 솔직히 말하면 그만한 경쟁자라면 나를 희생시켜도 할 말이 없다는 걸 인정하겠습니다. 정말로 훌륭한 남자니까요! 그중에서도 가장 훌륭한 점은 바로 사랑을 알고 지조가 있고 또 섬세하다는 거죠! 아! 만일 당스니가 세실을 사랑하는 만큼 당신을 사랑한다면, 당신은 연적 걱정을 할 필요가 없을 겁니다. 어젯밤 그가 직접 증명해 보였을 테지만요. 어쩌면 다른 여자가 교태를 부려서 잠시 그를 빼앗아갈지도 모르겠군요. 젊은 남자들은 원래 도발적인 아양을 부리는 여자한테는 약한 법이니까요. 하지만 당신이 익히 보다시피 그런 환상은 진짜 연인의 말 한마디로 깨지게 되죠. 그러니 당신이 그의 사랑을 받는 상대가 되기만 한다면, 그야말로 완벽하게 행복해질 수 있을 겁니다.

물론 당신이 속아 넘어갈 리는 없겠죠. 육감이 뛰어난 여자니까요. 하지만 난 우리 두 사람을 이어주는 우정의 이름으로— 나로서는 더없이 진지한 우정이고 당신도 나름대로 인정하고 있는 우정 아닙니까— 어젯밤 당신을 위해 한 가지 시련을 마련했습니다. 아주 열정적으로 만든 작품이죠. 물론 성공했고요. 누워서 떡먹기더군요.

내가 어떤 공을 들여 그 일을 해냈는지 알고 싶나요? 가벼운 희생과 약간의 술수면 충분하더군요. 우선 그 젊은이의 애인이 나에게 베푸는 호의를 그와 나누어가지기로 했습니다. 어차피 그도 나에 못지않게 권리가 있는 셈이니까요. 상관없습니다! 아가씨가 당스니에게 쓴 편지는 바로 내가 불러준 겁니다. 물론 시간을 아끼느라 그런 거죠. 좀더 유용한 곳에 시간을 써야 했으니까요. 내가 쓴 편지도 같이 보냈지만, 거기에는 별 내용이 없습니다. 그저 당신의 새 연인이 어떤 선택을 해야 하는지에 관해 생각해본 것을 말해준 우정의 글이었으니까요. 하지만 솔직히 말해서 내 충고는 필요도 없었답니다. 당스니는 단 한 순간도 망설이지 않았으니까요.

더구나 워낙 순진한 자이니 오늘 당신 집에 가서 다 고백할 테죠. 그 얘기를 들으면 분명 당신도 무척 즐거울 겁니다! "내 마음을 알아주십시오"라고 말하겠죠? 내가 그렇게 하라고 했으니까요. 어떻습니까, 다 해결되지 않겠습니까? 젊은 연인의 마음속에서 그가 하려는 말을 알아주면서, 또한 젊은 연인들도 그들 나름의 위험이 있다는 것을, 그리고 나를 적으로 만드는 것보다는 친구로 삼는 편이 더 좋다는 걸 알게 될 겁니다.

그럼 후작 부인, 이만 안녕히 계십시오. 다시 만날 때까지.

17××년, 12월 6일, 파리에서

백쉰아홉번째 편지

메르테유 후작 부인이 발몽 자작에게

(짧은 쪽지)

사악한 수법을 쓰면서 저질 농담까지 덧붙이다니 맘에 들지 않는군요. 내 취향도 아닐 뿐더러 난 절대 그런 식으로 하지 않습니다. 원망스런 사람이 있어도 그런 식으로 야유를 보내지는 않죠. 난 그보다 더 멋진 것을 합니다. 복수 말입니다. 지금 당신은 아주 흡족해하고 있겠지만 꼭 기억해야 할 겁니다. 일이 다 끝나지도 않았는데 혼자 미리 박수치며 좋아한 게 이번이 처음이 아니라는 걸 말입니다. 당신이 승리의 희망에 부풀어 있는 바로 이 순간 그 희망이 날아가고 있다는 것도 알아두기를 바랍니다. 그럼 이만.

17××년 12월 6일, 파리에서

백예순번째 편지

볼랑주 부인이 로즈몽드 부인에게

지금 전 가엾은 투르벨 부인의 방에서 편지를 쓰고 있습니다. 환자의 상태는 거의 변화가 없습니다. 오후에 의사 네 명이 진찰을 하러 오기로 되어 있습니다. 짐작하시겠지만, 환자를 치료한다기보다는 그저 상황이 위험하다는 것을 확인해줄 뿐이죠.

그래도 어젯밤에는 투르벨 부인이 잠시 정신을 차린 것 같았습니다. 오늘 아침 하녀가 전한 바에 따르면 자정쯤에 하녀를 불렀답니다. 그러곤 다른 사람들은 모두 내보내고 긴 편지 한 통을 받아쓰게 했고요. 하녀가 편지를 봉할 때쯤 부인이 다시 발작을 일으켰고, 그래서 누구 주소로 보내야 하는지 모르겠다고 했습니다. 사실 전 그 얘기를 듣고 좀 의아했습니다. 그런 건 편지 내용만 보면 알 수 있는 일이니까요. 하녀는 즉시 편지를 부치라는 명을 받았는데, 혹시라도 실수할까 봐 겁이 난다고 하더군요. 제가 다 책임지겠다고 하면서 봉투를 열어보았습니다.

안에 들어 있던 편지를 보내드리겠습니다. 어차피 누구에게 보내는 건지 씌어 있지 않기 때문에 모든 사람에게 보내는 편지나 마찬가지이지만, 제 생각은 이렇습니다. 투르벨 부인은 처음에 발몽에게 편지를 쓰려고 했지만, 중간에 머릿속이 뒤죽박죽이 된 것 같습니다. 어쨌든 아무한테도 이 편지를 보낼 수 없을 것 같고, 그래서 부인께 보내기로 했습니다. 환자의 머릿속을 사로잡은 생각이 도대체 무엇이었는지 직접 읽어보시면 제가 말씀드리는 것보다 더 잘 아실 수 있을 겁니다. 투르벨 부인이 이렇게 고통스러워하는 걸 보면, 아무래도 희망이 없는 것 같습니다. 마음이 이토록 혼란스러운데 어떻게 몸이 회복되기를 기대할 수 있겠습니까?

그럼 이만 안녕히 계십시오. 제가 이곳에서 매일 지켜보아야 하는 이 슬픈 광경에서 멀리 떨어져 계시는 것이 다행이라고 생각될 정도입니다.

17××년 12월 6일, 파리에서

백예순한번째 편지

투르벨 법원장 부인이……
(하녀가 받아씀.)

　잔인하고 나쁜 사람, 날 이렇게 괴롭히는 게 지겹지도 않은가요? 이렇게 고통스럽게 하고 타락시키고 더럽힌 것으로도 부족해서 내 무덤의 평화마저도 빼앗으려는 건가요? 어떻게 그럴 수가! 치욕을 견디지 못해 어두운 무덤 속에 몸을 묻었는데도 고통은 멈추지 않고, 희망은 어디에도 보이지 않는군요. 날 위해 뭔가를 해달라고 애원하는 게 아닙니다. 난 그럴 자격이 없는 사람이니까요. 나에게 주어진 고통이 내 힘으로 버틸 수 있는 것이기만 하다면 아무 불만 없이 그대로 받아들일 겁니다. 하지만 내가 감당할 수 없는 고통은 안 됩니다. 괴로움은 그냥 두고, 잃어버린 행복의 기억, 그 잔인한 기억만 가져가세요. 이미 당신이 앗아가버린 행복의 모습을 다시 내 눈앞에 그리려고 하지 마세요. 죄 없이 평온한 마음으로 살아가던 내가 당신을 알게 되면서 평화를 잃어버렸습니다. 당신의 말을 들었기 때문에 죄인이 되었습니다. 내 과오의 원인을 제공한 당신이 어떻게 내 잘못을 벌할 수 있단 말인가요?
　나를 사랑해주던 벗들은 모두 어디에 있나요? 어디에 있나요? 모두 내 불행을 알면 경악할 겁니다. 아무도 내 곁에 오려고 하지 않을 테죠. 이렇게 숨이 막히도록 괴로워도 아무도 도와주지도 않는군요! 난 죽어가는데, 날 위해 울어줄 사람은 아무도 없는 건가요. 아무런 위안도 없습니다. 죄지은 자가 벼랑 끝으로 떨어지는데, 사람들의 동정심은 벼랑 기슭에서 멈추고 마네요. 죄인이 후회로 마구 찢기고 있는데 아무도 그 고통의 절규를 듣지 못합니다!

　오, 당신, 나 때문에 명예를 더럽힌 당신, 당신이 날 좋은 여자로 알고 있다는 사실이 나에게는 더 큰 형벌입니다. 당신만이 이 일에 복수를 할 권리를 가지고 있는데, 도대체 먼 곳에서 뭘 하고 계신 거죠! 부정한 아내를 벌하러 오세요! 내 몫의 벌을 달게 받을게요. 당신의 복수는 받을 준비가 되어 있었지만, 차마 이 수치를 알릴 수가 없었습니다. 숨기려고 한 게 아니라 당신을 존경하기 때문이었어요. 내가 얼마나 많이 후회했는지, 이 편지가 그것만이라도 당신에게 알려주었으면 좋겠습니다. 하느님은 당신 편입니다. 당신은 모욕을 당했다는 사실조차 알지 못하고 있지만, 하느님께서 대신해서 벌을 내려주셨으니까요. 내 입을 막고, 내 말을 막아버리셨습니다. 당신이 내 과오를 용서할까 봐 걱정이 되셨던 모양입니다. 하느님께서는 벌을 내리기로 하신 겁니다. 당신이 날 용서한다면 그것은 하늘의 정의를 더럽히는 일이므로, 당신의 관대함에서 날 끌어내신 겁니다.

　정말 가혹한 복수네요. 날 파멸시킨 바로 그 사람의 손에 날 넘겨주셨으니까요. 그래요, 난 그 사람을 위해, 그리고 그 사람에 의해서 고통을 받고 있어요. 아무리 피하려고 해도 소용이 없네요. 그 사람이 자꾸 따라와요. 어느새 내 곁에 와 있고, 잠시도 떠나지 않아요. 하지만 이미 이전의 그 사람이 아닌데! 이제 그의 눈에는 증오와 경멸밖에 담겨 있지 않고, 입에서는 욕설과 비난밖에 나오지 않는데⋯⋯ 그 사람의 팔은 날 안아 갈기갈기 찢어놓는데! 아! 누가 날 이 거친 분노에서 구해줄까요!

　세상에! 그 사람이야⋯⋯ 분명해⋯⋯ 다시 그 사람이 보여. 오! 그대여! 날 안아줘요. 날 숨겨줘요. 그래요, 당신, 바로 당신이로군요! 어째서 내가 당신을 알아보지 못했을까요? 당신이 없어서 내가 얼마나 힘들었는지 알아요? 이젠 헤어지지 말아요. 영원히 헤어지지 말아요. 아! 숨을 좀 쉬어야겠어요. 내 가슴에 손을 대봐요. 정신없이 뛰고 있죠? 두려워서가 아니라, 달콤한 사랑 때문에 흥분해서 그런 거랍니다. 왜 나의 다정한 손길을 피하는 거죠? 고개 좀 돌려봐요. 부드러운 눈길로 날 쳐다봐요. 왜 줄을 끊으려고 하는 거죠? 그런 무시무시한 물건들은 왜 준비한 거예요? 왜 얼굴이 그렇게 변했어요? 지금 뭘 하는 거예요? 아, 잠깐만요. 온몸이 떨려요! 하느님! 그 괴물이 또 나타났어요! 아, 나의 벗들이여, 제발 날 버리지 말아요. 나더러 괴물을 피하라고만 하지 말고 맞서 싸울 수 있게 힘을 주세요! 아! 당신은 너그러운 사람이잖아요. 내 괴로움을 덜어주겠다고 약속했었잖아요. 그러니까 내 곁으로 와줘요. 두 분 다 어디 있는 거죠? 다시 볼 수 없는 거라면 이 편지에 답장만이라도 보내줘요. 아직까지 날 사랑하는지 알고 싶어요.

날 그냥 내버려둬요! 잔인한 사람! 왜 또 그렇게 화를 내는 거죠? 포근한 감정이 내 마음속에 스며들까 봐 그런가요? 당신 때문에 내 고통이 더 커지고, 당신을 증오하지 않을 수가 없군요. 오! 증오하는 건 정말 너무 괴로운 일인데! 증오를 품고 퍼뜨리다 보면 마음이 썩어가는데…… 왜 이렇게 날 괴롭히는 거죠? 아직도 할 말이 있나요? 이미 당신 말을 들을 수도 대답할 수도 없게 만들어버렸으면서요. 이제 나에게서 아무것도 기대하지 말아요. 안녕히.

17××년 12월 5일, 파리에서

백예순 두번째 편지

당스니 기사가 발몽 자작에게

당신이 나에게 무슨 일을 했는지 알게 되었습니다. 비열하게 속인 것으로도 부족해서, 아무렇지도 않게 자랑스러워하고 신이 나 있다는 것도 알고 있습니다. 당신 손으로 직접 쓴 배신의 증거를 보았으니까요. 마음이 찢어지듯 아팠고, 나의 맹목적인 신뢰를 우롱한 당신의 가증스런 행위를 내 스스로 도와주었다는 게 수치스러웠습니다. 당신이 승리했다고 해서, 그런 수치스런 승리 때문에 화를 내기보다는, 당신이 모든 점에서 나에게 승리를 거둘 수 있는지 알고 싶을 뿐입니다. 알게 되겠죠. 내일 아침 8시와 9시 사이 생망데 마을에 있는 뱅센 숲 입구로 나오기 바랍니다. 당신과 나 사이에 남은 문제를 해결하는 데 필요한 것은 모두 내가 준비해놓겠습니다.

당스니 기사
17××년 12월 6일 밤, 파리에서

백예순 세번째 편지

베르트랑이 로즈몽드 부인에게

마님,
마님께서 아시면 너무도 가혹한 슬픔을 안겨드리게 될 소식을 전해드려야 한다는 게 무척 마음이 아픕니다. 마님께선 모두가 경탄할 정도로 신앙의 힘으로 슬픔을 받아들이는 힘을 지니신 분이니, 이번에도 그러실 수 있기를 빕니다. 바로 그러한 힘만이 우리의 비참한 인생을 가득 채운 고통을 이겨낼 수 있게 해줄 테니까요.

마님의 조카께서…… 오! 하느님! 존경하는 마님을 이렇게까지 괴롭혀드려야 하는 걸까요! 조카 분께서 오늘 아침 당스니 기사와의 결투 끝에 불행히도 숨을 거두셨습니다. 어떤 문제로 결투를 하신 건지는 모르겠습니다. 주인님의 주머니에 들어 있던 편지로 볼 때 먼저 결투를 신청하신 것 같지는 않습니다. 편지는 같이 보내드리겠습니다. 아! 어쩌다가 결투에서 지신 걸까요!

전 주인님이 돌아오시기를 기다리고 있었는데, 사람들이 모셔왔습니다. 피투성이가 된 채 하인 두 명에게 안겨오신 모습을 보고 얼마나 놀랐는지요! 몸 두 군데를 칼에 찔리신 터라 이미 상태가 심각했습니다. 당스니 기사도 따라왔는데, 그분 역시 울고 있었습니다. 당연히 울어야죠. 하지만 이미 돌이킬 수 없는 일을 저질러놓고서 눈물을 흘린다고 무슨 소용이 있겠습니까!

전 흥분해서 제정신이 아니었습니다. 제 신분도 잊고 당스니 기사에게 막 얘기했습니다. 하지만 주인님께선 진정 위대하셨습니다. 저보고 조용히 하라고 하시더니, 당신의 목숨을 빼앗으려고 한 사람의 손을 붙잡으며 벗이라고 부르시는 겁니다. 우리가 보는 앞에서 그 사람의 손에 입을 맞추시면서, 이렇게 명을 내리셨습니다. "이분에게 신사에 대한 예우를 갖추어라." 그러더니 두툼한 서류 뭉치를 그분께 건네라고 하셨습니다. 뭔지는 모르지만, 상당히 소중한 서류라는 건 알 수 있었습니다. 그다음 당스니 기사와 단둘이 얘기하고 싶다고 하셨습니다. 전 그동안 도움을 청하러 사람을 보냈습니다. 주인님께 드릴 수 있는 이 지상에서의 도움과 영적인 도움 두 가지 모두를 말입니다. 하지만 소용이 없었습니다. 반 시간도 채 못 되어 주인님은 의식을 잃으셨습니다. 간신히 종부성사만 받으셨고, 의식이 끝나자마자 숨을 거두셨습니다.

세상에! 명문가를 이끌어갈 기둥으로 태어나실 때 제가 안아드렸는데, 다시 제 팔에 안겨 돌아가시게 될 줄 누가 알았겠습니까? 제가 살아서 주인님의 죽음을 슬퍼하게 될 줄 누가 알았겠습니까? 이렇게 빨리, 이렇게 불행하게 돌아가시다니요! 아무리 애써도 눈물을 참을 수가 없었습니다. 감히 제 슬픔을 마님의 슬픔과 연결시키는 것을 용서해주십시오. 마음속에서 솟아오르는 감정은 신분과 관계가 없나 봅니다. 저에게 너무나 많은 은혜를 베풀어주셨고 또 저를 그토록 믿어주신 주인님의 죽음을 평생 슬퍼하지 않는다면 전 분명 배은망덕한 인간일 겁니다.

내일 시신을 옮겨가게 한 다음 집 안 모든 곳에 봉인을 하겠습니다. 제가 다 맡아서 할 테니 염려하지 마십시오. 마님, 아시다시피 이 불행한 사건으로 인해 마님의 상속인 지정은 소멸되었고, 이제 마님 뜻대로 처분하실 수 있게 되었습니다. 제가 쓰일 곳이 있다면 언제든 명령을 내려주십시오. 열과 성을 다해 제때에 분부를 시행하겠습니다.

존경하는 부인께 인사를 드립니다.

베르트랑 올림
17××년 12월 7일, 파리에서

백예순 네번째 편지

로즈몽드 부인이 베르트랑에게

지금 자네의 편지를 받았고, 끔찍한 결투로 조카가 죽었다는 사실을 알았네. 자네 말대로 자네에게 시킬 일이 있네. 내가 이 비통한 슬픔에만 빠져 있지 않을 수 있는 건, 바로 그 일을 해야 하기 때문이네.

자네가 보내준 당스니의 편지가 바로 그자가 결투를 신청했다는 증거가 되니까, 즉시 내 이름으로 그자를 고소해주게. 내 조카는 천성이 관대해서 자기를 죽인 적을 용서했는지 모르지만, 난 그대로 넘길 수 없네. 조카의 죽음뿐 아니라 인간성과 종교를 위해서라도 복수를 해야겠네. 아직까지도 우리의 풍습을 오염시키는 야만적 잔재가 남아 있다면 더없이 준엄한 법의 제재를 통해서 없애야겠지. 우리를 모욕한 자들까지도 용서하라는 계율이 이런 경우에는 해당되지 않으리라고 생각하네. 자네가 열과 성을 다해 이 일을 해주길 바라네. 충분히 해낼 수 있는 일이고, 또 내 조카를 위해서도 해야 하는 일이라고 생각하네.

우선 나 대신 ×× 재판장을 만나 상의해보게. 난 고통이 너무 커서 따로 편지를 쓰지 못할 것 같으니, 자네가 대신 양해를 구하고 이 편지를 보여드리게.

그럼 이만. 자네의 마음을 고맙게 생각하며, 평생 잊지 않겠네.

17××년 12월 8일, ××× 저택에서

백예순 다섯번째 편지

볼랑주 부인이 로즈몽드 부인에게

조카 분의 죽음에 대해서는 이미 알고 계실 겁니다. 부인께서 발몽 님을 얼마나 사랑하셨는지 저도 잘 알고 있습니다. 괴로움에 젖어 계실 부인께 애도의 뜻을 표합니다. 그리고 이미 슬픔을 겪고 계시는 부인께 한 가지 슬픔을 더해야 한다는 게 무척 마음이 아픕니다. 가엾은 투르벨 부인을 위해서도 눈물을 흘려야 한답니다! 우리의 벗은 어젯밤 11시에 숨을 거두었습니다. 발몽 님의 죽음 이후 부인이 숨을 거둘 때까지 짧은 시간이 있었는데, 바로 그동안에 환자가 발몽 님의 사망 소식을 듣게 되다니, 진정 운명의 힘은 인간의 신중함을 우롱하나 봅니다. 그러니까 투르벨 부인 스스로 얘기했듯이, 불행이 극에 이른 이후 비로소 그 불행의 무게에 짓눌려 삶을 놓아버린 겁니다.

부인께서도 아시다시피 투르벨 부인은 이틀 넘게 의식불명 상태였습니다. 어제 아침 의사가 와서 저와 함께 병상에 다가갔을 때만 해도 우리 두 사람을 알아보지도 못했습니다. 말 한 마디도 없었고 몸을 움직이지도 않았습니다. 그런데 의사가 저와 함께 벽난로 쪽으로 옮겨가면서 잠시 발몽 님의 죽음 소식을 전해주는 동안에, 바로 그때 불쌍한 투르벨 부인이 정신을 차린 겁니다. 저절로 이런 변화가 온 것인지 아니면 '발몽 자작' '죽음'이란 말이 여러 번 들리면서 환자를 오랫동안 사로잡고 있던 생각을 일깨운 건지는 잘 모르겠습니다.

어쨌든 부인은 황급히 침대의 커튼을 열어젖히고 이렇게 소리쳤습니다. "뭐라고요? 발몽 님이 죽었다고요?" 저는 잘못 들었다고, 그렇지 않다고 했습니다. 하지만 곧이듣지 않더군요. 의사에게 그 끔찍한 얘기를 다시 한 번 해달라고 떼를 썼습니다. 제가 계속 오해라고 하니까, 나를 불러 이렇게 작은 소리로 말했습니다. "왜 절 속이려고 하시나요? 그 사람은 어차피 저한테는 죽은 사람이잖아요." 결국 사실을 알려줄 수밖에 없었습니다.

불쌍한 투르벨 부인은 처음에는 침착하게 얘기를 들었습니다. 하지만 잠시 후 "됐어요, 이제 그만 해요"라며 이야기를 중단시켰습니다. 바로 침대의 커튼을 닫아달라고 하더니 의사가 살펴보려고 해도 가까이 오지 못하게 했습니다.

의사가 나간 후 부인은 간호부와 하녀도 내보냈습니다. 우리 둘만 남게 되자 침대 위에서 무릎을 꿇을 수 있도록 도와달라고 했습니다. 한동안 그 자세로 말이 없었습니다. 눈물만 펑펑 흘러내릴 뿐, 아무 표정도 없었습니다. 마침내 두 손을 마주 잡아 높이 들고서, 나약하지만 열에 들뜬 듯한 목소리로, 이렇게 말했습니다. "전지전능하신 하느님! 당신의 심판을 달게 받겠습니다. 하지만 발몽 님은 용서해주십시오. 그 사람의 불행은 저로 인한 것이니 그 사람을 벌하지 마십시오. 제발 자비로운 은혜를 내려주십시오!" 부인께 이런 얘기까지 전하는 것이 부인의 슬픔을 더 크게 만들게 되리란 사실을 잘 알고 있지만, 그럼에도 불구하고 이렇게 상세히 말씀드리는 것은 기도의 내용이 부인께 큰 위안이 되리라고 생각하기 때문입니다.

투르벨 부인은 그 말을 하고 나서 쓰러지듯 제 팔에 안겼고, 침대에 눕히자마자 의식을 잃었습니다. 한참 동안 깨어나지 못하다가 평상시처럼 조금 간호를 했더니 의식을 회복했습니다. 부인은 앙셀므 신부님을 불러달라고 하더군요. "지금 제게 필요한 의사는 신부님뿐이에요. 이제 제 고통도 곧 끝날 것 같네요." 가슴이 답답하다고 했고, 말을 하는 것도 무척 힘들어했습니다.

잠시 후 투르벨 부인은 하녀를 시켜 저에게 작은 상자 하나를 넘겨주었습니다. 그 상자를 부인께 보내드립니다. 그 상자 안에 자기 서류들이 있으니 죽고 나면 부인께 전해달라고 했습니다.[4] 그러고 나서는 부인에 대해서, 부인께서 베풀어준 호의에 대해서, 힘겹게, 애정이 담긴 얘기를 남겼습니다.

4시경 앙셀므 신부님이 오셔서 거의 한 시간 동안 부인과 단둘이 계셨습니다. 우리가 방으로 들어갔을 때 부인은 아주 평온한 표정이었습니다. 하지만 앙셀므 신부님이 많이 우셨다는 걸 알 수 있었습니다. 신부님은 마지막 의식을 집전하기 위해 계속 남아계셨습니다. 원래 이런 의식이란 게 언제나 엄숙하고 고통스러운 법이지만, 이번에는 더욱더 그랬습니다. 모두가 환자 때문에 울고 있는데 정작 환자 자신은 모든 걸 체념한 듯 평온해 보이는 야릇한 대조 때문이었던 것 같습니다.

이어 의식에 따라 기도가 이어졌습니다. 부인이 자꾸 기절을 하는 바람에 기도가 중단되곤 했죠. 마침내 밤 11시경이 되자 환자의 숨결이 가빠지면서 무척 고통스러워 보였습니다. 손을 내밀어 부인의 손을 잡으려고 했더니, 그나마 기력이 남아 있었는지 제 손을 잡아 자기 가슴에 올려놓더군요. 하지만 이미 심장의 고동조차 느낄 수 없었습니다. 우리의 불쌍한 벗이 그렇게 숨을 거둔 겁니다.

기억하십니까? 1년 전 부인께서 마지막으로 파리에 오셨을 때 저와 함께 얘기를 나누시지 않았습니까? 분명 행복하게 살고 있는 사람들에 대

---

4 이 작은 상자 안에는 발몽과의 연애 사건에 관련된 편지가 모두 들어 있다.

해서 말입니다. 그때 투르벨 부인의 삶에 대해서도 기쁜 마음으로 얘기를 나누었었죠. 그런데 오늘 우리는 바로 그 투르벨 부인의 불행과 죽음을 애도하고 있군요. 그토록 정숙하며, 칭송받을 만한 미덕을 지녔고, 매력이 가득한 여인이었는데요! 남편을 사랑하고 또 남편에게 사랑받으며, 사람들이 모인 곳에서 자기도 즐거우면서 다른 사람을 즐겁게 했었죠. 아름다운 모습에 젊음과 부도 갖추었으니, 정말 모든 장점을 겸비한 여인이었는데…… 어쩌다 단 한 번의 실수로 모든 것을 잃고 만 것일까요! 오, 하늘의 뜻이었을까요! 하느님, 당신의 비밀스런 뜻은 경배하며 따를 수밖에 없지만, 정말 이해하기 어렵습니다! 아, 이제 그만두렵니다. 제 슬픔에 겨워서 부인을 더욱 슬프게 할까 봐 두렵군요.

　이제 그만 편지를 마치고 딸아이에게 가봐야 할 것 같습니다. 많이 안 좋아 보였거든요. 오늘 아침 자기가 알고 있는 두 사람이 급작스레 사망했다는 소식을 전해 들은 뒤로 상태가 좋지 않길래, 자리에 눕게 했습니다. 심한 것 같지는 않으니 금방 나아지겠죠. 별로 슬픔을 겪어본 적이 없는 나이인지라 슬픈 일이 생기면 한층 더 심하게 느끼는 법이니까요. 이렇게 감성이 예민하다는 것은 칭송받을 만한 장점이기는 하지만, 우리가 그것을 얼마나 두려워해야 하는지 역시 우리가 매일 보고 배우는 것이죠. 그럼 이만 안녕히 계십시오.

17××년 12월 9일, 파리에서

백예순여섯번째 편지

베르트랑이 로즈몽드 부인에게

지시하신 대로 ×× 재판장님을 만나뵙고 마님의 편지를 보여드렸습니다. 마님의 뜻에 따라 앞으로 재판장님께서 지시하시는 대로 따르겠다고 말씀드렸고요. 존경하는 재판장님께서는 다음 사항을 유념해야 한다고 전해드리라고 하셨습니다. 즉, 마님께서 바라시는 대로 당스니 기사를 고소할 경우 자작님의 명예도 같이 손상될 위험이 있으며, 법원의 결정은 자작님에게도 영향을 끼칠 수밖에 없기에 오히려 큰 불행이 닥칠 수 있다는 겁니다. 그렇기 때문에 아무런 조치도 취하지 않는 편이 나을 거라고, 오히려 해야 할 일이 있다면 이미 알 만한 사람은 다 알고 있는 이 불행한 사건이 검찰에 알려지지 않도록 조처를 취하시는 것이라고 하셨습니다.

듣고 보니 지당하신 말씀 같았습니다. 그래서 일단 마님의 새로운 명을 기다리기로 했습니다.

부탁드리건대, 이번에 새로운 명을 내리실 때는 마님의 건강이 어떠신지 한마디 전해주십시오. 슬픔이 너무 커서 건강을 해치신 건 아닌지 걱정이 됩니다. 제가 주제넘게 이런 말씀을 드리는 것 역시 마님께 대한 제 정성과 열의 때문이니 용서해주십시오.

17××년 12월 10일, 파리에서

백예순일곱 번째 편지

당스니 기사에게 쓴 익명의 편지

한 가지 알려드립니다. 얼마 전 당신과 발몽 자작 사이에 있었던 일이 오늘 아침 검찰에서 문제가 되었고, 어쩌면 당신을 기소할지도 모릅니다. 이렇게 미리 알려드리는 것은 당신을 보호해줄 만한 사람을 찾아 도움을 청해서 그런 유감스런 일이 생기지 않도록 대책을 세우든가, 그것이 불가능할 경우 신변의 안전에 신경을 쓸 필요가 있기 때문입니다.

한 가지 충고를 더 드리자면, 외부 출입을 좀더 자제하고 근신하는 게 좋을 듯합니다. 이런 종류의 일에 대해서는 사람들이 비교적 관대한 편이기는 하지만, 그렇다고 해도 법은 존중해야 하는 것이니까요.

발몽 자작의 백모인 로즈몽드 부인이라는 분이 당신을 고소하려고 한다는 얘기를 들었습니다. 그렇게 되면 검찰 쪽에서는 조사를 시작하지 않을 수 없으니, 더욱 주의하기 바랍니다. 가능하다면 누군가에게 부탁해서 로즈몽드 부인한테 얘기를 해보는 것도 좋을 듯합니다.

개인적인 사정으로 이 편지에 서명을 할 수가 없습니다. 하지만 누가 보냈는지 알 수 없는 편지라고 해도 분명 올바른 마음으로 쓴 글이라는 걸 알아주리라고 생각합니다.

17××년 12월 10일, 파리에서

백예순여덟번째 편지

볼랑주 부인이 로즈몽드 부인에게

　지금 이곳에선 메르테유 부인에 대해서 정말 놀라운, 좋지 않은 소문이 퍼지고 있습니다. 물론 저는 믿지 않습니다. 지독한 음해일 뿐이라고 생각합니다. 하지만 걱정스럽네요. 아무리 터무니없는 것이라고 해도 일단 악의적인 소문이 퍼지게 되면 그대로 굳어지기 쉽고, 그렇게 해서 남은 인상은 잘 지워지지 않는 법이니까요. 어차피 소문이야 곧 누그러들겠지만, 그래도 걱정이 됩니다. 무엇보다도 소문이 더 이상 퍼지지 않았으면 좋겠습니다. 저도 아주 늦게야 알게 되었습니다. 어제저녁 처음 들었습니다. 이제 막 소문이 퍼지려고 하는 중이죠. 오늘 아침 메르테유 부인 댁으로 사람을 보냈더니 부인은 막 시골로 떠났고 이틀 후에나 돌아온다고 하더군요. 누구 집에 갔는지도 모른다고 했습니다. 부인의 두번째 하녀를 불러서 물었더니 목요일까지 기다리고 있으라는 명밖에 없었다고 합니다. 집에 남아 있는 사람들 중에는 더 아는 사람이 없다고 하고요. 도무지 짐작이 가지 않습니다. 메르테유 부인이 아는 사람 중에 아직 시골에 남아 있는 사람이 있는지도 잘 모르겠습니다.

　일단 당사자가 돌아올 때를 기다리면서, 어쩌면 부인께선 뭔가 상황 판단에 도움이 될 만한 얘기를 해주실 수 있으리라고 생각했습니다. 문제의 끔찍한 소문이 발몽 자작의 죽음과 관계가 있으니, 부인이라면 그것이 사실인지 말씀해주실 수 있으리라고, 적어도 어떻게 된 일인지 정확한 내용을 알아보실 수 있으리라고 생각됩니다. 부탁드립니다. 사람들이 떠들고 있는 얘기를 들려드리겠습니다. 정확히 말하자면 아직은 소곤거리고 있지만, 조만간 크게 터지고 말 겁니다.

그러니까 발몽 님과 당스니 기사 사이의 결투가 바로 메르테유 부인의 작품이라고 합니다. 부인이 두 사람 모두를 속인 거라고요. 흔히 그렇듯이, 두 연적은 결투부터 했고, 나중에야 서로 상대방의 상황을 알게 되었다고 합니다. 결국엔 진지하게 화해를 했고요. 발몽 자작은 메르테유 부인이 어떤 사람인지를 당스니에게 알려주었고, 또 자기에 대해 당스니가 잘못 알고 있는 것에 대해서도 말해주었다고 합니다. 그것을 입증하기 위해 편지 꾸러미를 건네주었고요. 발몽 자작과 메르테유 부인이 규칙적으로 주고받은 편지들인데, 메르테유 부인이 자신의 신상에 관해서 아주 추잡한 일화들까지도 노골적으로 이야기한 편지도 있다고 합니다.

처음에 당스니가 너무 흥분해서 이 편지를 사람들한테 보여주었기 때문에 지금은 파리 전체에 퍼졌답니다. 특히 두 통의 편지[5]가 가장 많이 이야기되는데, 하나는 메르테유 부인이 자신의 삶과 원칙들에 대해 빼놓지 않고 얘기한 편지이고, 또 하나는 프레방이 아무 죄 없이 당했다는 걸 입증하는 편지입니다. 프레방 사건을 기억하시는지요? 사실은 프레방이 메르테유 부인의 유혹에 넘어간 거고, 그날의 밀회 역시 메르테유 부인과 약속된 것이었다고 합니다.

다행히도 저에겐 메르테유 부인에 대한 이런 비난이 온당치 못한 것이며 가증스런 음해임을 말할 수 있는 몇 가지 이유가 있습니다. 첫째, 발몽 자작은 메르테유 부인과 아무런 관계가 없었고, 당스니의 경우는 더욱 그렇다는 것을 저와 마찬가지로 부인께서도 잘 아시지 않습니까? 메르테

---

5 이 책의 '여든한번째 편지'와 '여든다섯번째 편지'를 말한다.

유 부인을 차지하기 위해 두 사람이 결투를 하고, 더구나 메르테유 부인에게 조종당해서 두 사람이 결투를 했을 리가 없습니다. 또 사람들은 자꾸 메르테유 부인이 프레방과 마음이 맞은 걸로 얘기하는데, 전 이해할 수가 없습니다. 도대체 메르테유 부인이 뭣 때문에 그런 사건을 일으켰겠습니까? 그런 시끌벅적한 일이 일어나면 좋을 게 하나도 없는데요. 그래 봤자 괜히 한 사람과 원수지는 셈 아닌가요? 더구나 자기 비밀의 일부를 쥐고 있고, 또한 지지자가 상당히 많은 사람을 적으로 만드는 위험한 일을 왜 했겠습니까? 한번 생각해보세요. 그 일이 일어난 이후 프레방을 편든 사람이 단 한 명도 없지 않았습니까? 심지어 프레방 자신도 일절 항의하지 않았잖습니까?

결국 이번 소문은 아무래도 프레방이 퍼뜨린 게 아닐까 생각됩니다. 파멸하게 된 데 앙심을 품고서 이런 말도 안 되는 방법으로라도 의혹을 퍼뜨려서 사람들을 자기편으로 끌어들이려는, 말하자면 증오와 복수의 계획일 겁니다. 하지만 음해성 소문의 원인이 무엇이든, 지금으로선 일단 이 소문을 없애는 것이 시급합니다. 발몽 자작과 당스니 두 사람이 결투가 끝난 후 서로 얘기를 나누고 편지를 건네주었다는 건 말이 안 됩니다. 그 사실만 밝혀지면 소문은 저절로 사라지지 않을까요?

빨리 진상을 알고 싶은 조급한 마음 때문에 오늘 아침 당스니 기사에게 사람을 보냈지만, 그 사람 역시 파리를 떠났다고 합니다. 하인들이 말한 바에 따르면 어제 누군가 보낸 글을 받은 후 오늘 밤 떠났다는군요. 어디로 갔는지는 비밀이라고 합니다. 아마 이번 사건의 여파가 두려웠을 테죠. 전 자세한 내용을 알고 싶고, 그 일을 도와주실 분은 부인뿐입니다. 메르테유 부인에게도 꼭 필요한 일일 테고요. 가능한 한 빨리 알려주시기를 한 번 더 부탁드립니다.

추신. 딸은 별 이상 없이 회복되었습니다. 안부 인사를 드린답니다.
17××년 12월 11일, 파리에서

백예순아홉번째 편지

당스니 기사가 로즈몽드 부인에게

어쩌면 제가 이렇게 편지를 드리는 걸 이상하게 생각하실지도 모르겠습니다. 청하건대 저를 판단하시기 전에 우선 제 얘기를 들어주십시오. 감히 부인께 편지를 드리는 건 제가 대담하고 무모해서가 아니라, 부인을 존경하고 신뢰하기 때문입니다. 물론 부인께 범한 죄를 숨기려는 건 아닙니다. 그 죄를 피할 수 있으리라고 한 순간이라도 생각한 적이 있다면, 전 평생토록 제 자신을 용서하지 못할 겁니다. 설사 비난을 면할 수 있다고 해도 결코 회한을 벗어날 수는 없으리라는 것 역시 믿어주십시오. 더구나 진심으로 말씀드리는데, 저로 인해 부인의 슬픔이 생겨났다는 사실 때문에 더욱 마음이 아픕니다. 제 얘기는 모두 진심입니다. 부인께서 어떤 분이신지 스스로 생각해주시고, 또 이제껏 만나뵌 적은 없지만 제가 예전부터 부인이 어떤 분인지를 알고 있었다는 것만 생각해주십시오. 제 감정이 진실하다는 사실을 믿으실 수 있을 겁니다.

전 지금 부인을 고통스럽게 한 원인이자 제 불행의 원인이 된 그 운명 때문에 슬픔에 빠져 있습니다. 그런데 부인께서 조카에 대한 복수의 일념으로 준엄한 법에 호소하려고 하신다는 얘기를 들었습니다.

감히 말씀드리건대 부인께선 마음이 괴로우신 나머지 그릇된 판단을 하신 겁니다. 제 문제는 바로 발몽 씨의 문제이기 때문입니다. 부인께서 원하시는 게 바로 저에게 죄가 선고되는 거라면, 발몽 씨 역시 유죄가 됩니다. 저로선 이 불행한 사건이 그대로 묻히기를 바라며, 그렇게 만들기 위해 애쓰는 저를 위해서 부인께서는 장애물 대신 도움을 주실 거라고 생각합니다.

죄가 있고 없고를 떠나 이것이 가장 적합한 방법이라고 생각하지만, 그럼에도 불구하고 제 마음이 편하지는 않습니다. 부인께서 저에게 소송을 제기하시는 일을 피할 수 있기를 바라는 마음에서 한 가지 청을 드리겠습니다. 부인께서 판관이 되셔서 제가 죄인인지 아닌지를 판단해주십시오. 존경하는 사람이 내리는 판단은 귀중한 것이기에 전 부인의 판단을 이의 없이 받아들일 것이며, 그럴 수 있으리라고 생각합니다.

사실 부인께서 한 가지 사실만 받아들여주신다면 전 더 이상 죄인이 아닐 수 있습니다. 사랑이, 우정이, 특히 믿음이 배신당했을 때는 복수를 할 수 있다는, 아니 보다 정확히 말하면 복수를 해야 한다는 것 말입니다. 제 말을 무조건 믿으시라는 게 아닙니다. 제가 보내드리는 편지들을 읽어보십시오.[6] 아마도 용기가 필요하실 겁니다. 베껴 쓴 것만 있는 편지도 있지만 거의 전부가 원문입니다. 읽어보시면 베껴놓은 것 역시 가짜가 아니라는 사실을 아실 수 있을 겁니다. 더구나 제가 발몽 씨에게서 직접 받은 겁니다. 제가 덧붙인 것은 하나도 없으며, 그중에서 두 통만 꺼내 사람들

---

6 이 편지들, 그리고 투르벨 부인이 숨을 거두면서 남긴 편지들, 그리고 볼랑주 부인이 로즈몽드 부인에게 맡긴 편지들을 가지고 이 책을 엮은 것이다. 지금도 원본은 로즈몽드 부인의 상속인이 가지고 있다.

에게 보여주었을 뿐입니다.

한 통은 복수를 위해 필요한 것이었습니다. 저와 발몽 씨 두 사람 모두에게 해당되는 것이고, 발몽 씨도 저더러 꼭 복수를 하라고 했으니까요. 부인께서도 아시게 되겠지만 메르테유 부인은 발몽 자작과 저 사이에 있었던 일의 진짜 원인이며 또한 유일한 원인이었습니다. 메르테유 부인처럼 위험한 여자의 가면을 벗기는 것은 사회를 위해서도 유용한 일이라고 생각했습니다.

두번째 편지는 프레방 씨의 누명을 벗겨주어야 한다는 정의감 때문에 사람들에게 보여주었습니다. 저는 프레방 씨를 잘 모르지만 억울하게 가혹한 대우를 받았고 또 사람들의 냉혹한 판단 — 이것이 더 무서운 법이죠— 을 감당했잖습니까. 그는 지금도 스스로를 변호하지 못한 채 괴로움을 겪고 있습니다.

이 두 편지는 원본을 제가 가지고 있고, 부인께는 베껴 쓴 것을 드리겠습니다. 나머지 편지는 모두 부인께서 가지고 계시는 게 가장 안전하다고 생각했습니다. 전 당연히 편지들이 사라지는 것을 원치 않습니다. 하지만 제가 가지고 있으면서 함부로 사용하고 싶지도 않습니다. 편지 내용과 관계되는 사람들에게 직접 건네줄 수도 있겠지만, 부인께 맡기는 것 역시 그 사람들을 위하는 길이 되리라고 생각합니다. 제가 직접 당사자들에게 건네준다면 거북해할 거고, 또 세상에 알려지기를 원치 않을 일들을 제가 알고 있다는 사실 때문에 기분이 상할 테니 말입니다.

이 점에 관해 한 가지 더 말씀드리자면, 동봉한 편지들은 발몽 씨가 가지고 있던 편지 묶음 중 일부일 뿐이라는 겁니다. 발몽 씨는 커다란 편지 묶음을 가지고 있었는데, 제가 보는 앞에서 그중 한 묶음을 꺼내주셨습니다. 나머지는 봉인이 해제되면 부인께서 보실 수 있으리라고 생각합니다. 표지에는 '메르테유 후작 부인과 발몽 자작 사이에 오간 편지'라고 씌어져 있는 것을 보았습니다. 이 점에 관해서는 부인께서 신중하다고 판단되시는 대로 처분하시기 바랍니다.

    존경을 담아 인사를 드립니다.

    추신. 몇 가지 연락을 받기도 했고 또 친구들의 충고도 있어서 전 잠시 파리를 떠나기로 했습니다. 다른 사람들에게는 모두 제 은신처를 비밀로 했지만, 부인께는 알려드리겠습니다. 회신을 주실 경우 P××를 통해 ×× 기사단으로 보내주십시오. 겉봉에는 ×× 기사장 앞으로 하시면 됩니다. 지금 그분 댁에서 부인께 편지를 쓰고 있습니다.

17××년 12월 12일, 파리에서

백일흔번째 편지

볼랑주 부인이 로즈몽드 부인에게

    아! 부인, 놀라움과 슬픔이 끊이지 않습니다. 자식을 둔 어머니가 아니라면 어제 아침 내내 제가 얼마나 괴로웠는지 이해하지 못할 겁니다. 잔인하게 힘든 불안은 조금 가라앉았지만, 여전히 마음이 아픕니다. 언제 끝이 날지도 알 수 없고요.

    어제 아침 10시경이었습니다. 딸아이가 보이지 않았습니다. 전 놀라서 시녀를 보내 왜 늦는지 알아보라고 했습니다. 잠시 후 하녀가 와서 어쩔 줄 몰라 하며 하는 말이, 딸아이가 방 안에 없다는 겁니다. 전 너무 놀랐습니다. 더구나 딸아이의 하녀도 아침부터 딸아이를 보지 못했다는 겁니다. 제가 정말 어떤 심정이었을지 생각해보십시오! 하인들을 전부, 특히 문지기를 불렀습니다. 하지만 모두들 아는 바가 없었고 아무 말도 하지 못했습니다. 전 곧바로 딸아이의 방으로 갔습니다. 방이 엉망으로 널려 있는 것을 보니 오늘 아침에 나간 건 분명했지만, 정말 어찌 된 일인지 알 수가 없었습니다. 옷장과 책상을 다 뒤져봐도 다 제자리에 놓여 있고, 입고 나간 것만 빼면 옷들도 다 있었습니다. 많지는 않았지만 방에 돈도 있었는데 하나도 가져가지 않았고요.

딸아이는 어제 메르테유 부인에 관한 소문을 듣고서 밤새 울었다고 합니다. 평소 메르테유 부인을 많이 좋아했었으니까요. 메르테유 부인이 시골에 간 것을 모르고 바보같이 혼자서 만나러 간 게 아닌가 싶었습니다. 하지만 아무리 기다려도 돌아오지 않았고, 정말이지 불안해서 견딜 수가 없었습니다. 시간이 갈수록 더욱 괴로웠습니다. 어찌 된 일인지 알 수 없어서 애가 탔지만 섣불리 사람들에게 물을 수도 없었습니다. 사람들이 알면 안 되는 일이 있을지도 모르는데 괜히 추문을 퍼뜨리게 될까 봐 겁이 났기 때문입니다. 정말입니다. 제 평생 정말 그렇게 괴로웠던 적은 없었습니다.

마침내 2시가 지나서야 딸아이가 보낸 글과 ×× 수녀원의 원장 수녀님의 글이 같이 왔습니다. 딸아이의 편지에는 수녀가 되고 싶다고, 제가 반대를 할까 봐 미리 말할 수 없었다는 말밖에 없었습니다. 그 외에는 제 허락도 없이 그런 결정을 한 것에 대한 변명이었습니다. 이유를 알게 된다면 저 역시 반대하지 않을 거라고, 하지만 제발 묻지는 말아달라고 하더군요.

원장 수녀님의 편지에는 처음에는 아가씨가 혼자 왔기 때문에 거절했지만, 얘기를 나누면서 누구인지 알게 되었고, 결국 딸아이가 있을 곳을 만들어주는 게 저에게 도움이 되는 일이라고 생각하셨다고 합니다. 만일 그대로 내보내면 다른 곳으로 찾아갈 태세였기 때문에 일단 보호해두어야 겠다고 생각하신 겁니다. 원한다면 딸아이를 데려가도 좋지만, 수녀원장으로서 말하자면 본인의 결심이 워낙 확고한 것 같으니 웬만하면 반대하지 않는 게 좋을 것 같다고 하셨습니다. 좀더 일찍 연락하고 싶었지만 딸아이가 글을 쓰려고 하지 않는 바람에 늦어졌다고도 하셨고요. 자기가 그곳에 있다는 걸 아무에게도 알리고 싶지 않다고 우기는 바람에, 글을 쓰게 만들기가 무척 힘드셨다고 합니다. 자식들은 왜 이렇게 제멋대로 부모 속을 썩이는 걸까요!

전 즉시 수녀원으로 달려갔습니다. 먼저 원장 수녀님을 뵙고 나서 딸을 만나보겠다고 했습니다. 딸아이는 몸을 떨면서 겨우 제 앞에 나타났습니다. 수녀님들과 함께 있는 자리에서 얘기를 했는데, 결국 저만 말을 하고 딸아이는 내내 울기만 했습니다. 그나마 몇 마디 한 것이라곤, 수녀원에 있어야만 행복할 수 있다는 말뿐이었습니다. 결국 딸아이 뜻대로 수녀를 지원하는 건 아니라는 조건으로 일단 그곳에서 지내도 좋다고 허락했습니다. 투르벨 부인과 발몽 자작의 죽음 때문에 어린 마음에 너무 큰 상처를 받은 것 같습니다. 신앙에 귀의하겠다는 마음을 존중하지 않을 수는 없지만, 딸아이가 수녀가 된다고 생각하면 마음이 아프고 걱정이 됩니다. 우리에게는 이미 해야 할 의무가 많은데 구태여 새로운 의무를 만들어낼 필요는 없는 것 아닐까요? 더구나 그 나이에는 어떤 게 자기에게 맞는지 제대로 알지도 못할 텐데요.

더욱 난처한 일은 제르쿠르가 곧 돌아온다는 겁니다. 이 좋은 혼담을 포기해야만 하는 걸까요? 자식의 행복을 바라고 온갖 정성을 쏟는 것만으로는 자식을 행복하게 만들 수 없는 거라면, 도대체 어떻게 해야 하는 걸까요? 부인께서 제 입장이라면 어떻게 하시겠습니까? 전 결정을 내릴 수가 없습니다. 다른 사람의 운명을 제 손으로 결정하는 게 너무나 두렵습니다. 더구나 이번 일에는, 준엄한 재판관이 되는 것도 두렵고 마음 약한 어머니가 되는 것도 두렵습니다.

계속해서 제 슬픔만 얘기해서 부인의 슬픔을 더하게 한 것 같아 정말 죄송합니다. 전 부인이 얼마나 마음이 따뜻한 분인지 잘 알고 있습니다. 부인 마음에는 다른 사람들에게 위안을 주는 것이 가장 큰 위안이 된다는 사실을 말입니다.

그럼 이만 줄입니다. 하루라도 빨리 답장 주시기를 기다리겠습니다.

17××년 12월 13일, 파리에서

백일흔한번째 편지

로즈몽드 부인이 당스니 기사에게

당신 덕분에 모든 걸 알고 나니 이제 눈물 흘리며 침묵할 수밖에 없을 것 같군요. 이런 끔찍한 일을 겪게 되니 아직까지 살아 있다는 게 후회스럽습니다. 어떻게 그 여자가 그런 짓을 할 수 있는지 나 자신이 여자라는 게 수치스럽습니다.

이 슬픈 사건에 관계된 모든 것을, 그리고 이 사건에 영향을 줄 수 있는 모든 것을 그대로 덮고 잊어버리기로 했습니다. 당신 역시 결투에서 내 조카에게 이겼기 때문에 겪게 된 어쩔 수 없는 슬픔 외에 다른 슬픔은 더 갖지 않기를 바랍니다. 나로선 조카의 잘못을 인정하지 않을 수 없지만, 그럼에도 불구하고 조카의 죽음은 영원히 위로받지 못할 것 같습니다. 평생 끝나지 않을 나의 슬픔이 바로 내가 당신에게서 받아낼 수 있는 유일한 복수가 될 겁니다. 진정 내 슬픔이 어느 정도인지 당신은 가슴속 깊이 느낄 수 있을 테니까요.

그리고 내 나이에만 할 수 있는, 당신 나이에는 도저히 할 수 없는 생각을 하나 얘기하겠습니다. 진정한 행복이 무엇인가를 아는 사람은 법과 종교가 정한 한계를 벗어나면서까지 행복을 원하지 않는다는 겁니다.

당신이 맡긴 편지들은 잘 보관하겠습니다. 한 가지 양해를 구하자면, 이 편지를 앞으로 아무한테도 내주지 않을 작정입니다. 당신한테도 결백을 증명하기 위해서 꼭 필요한 때가 아니라면 마찬가지입니다. 반대하지 않으리라고 생각합니다. 아무리 정당한 복수라고 해도 복수를 하고 나면 고통스럽게 된다는 것 역시 알고 있을 테니까요.

당신이 관대하고 세심한 사람이라는 것을 잘 알기에, 한 가지만 더 부탁하겠습니다. 당신이 가지고 있는 볼랑주 양의 편지도 이제 상관없는 것이니 나에게 넘겨주었으면 합니다. 볼랑주 양이 당신에게 큰 잘못을 범했다는 것은 압니다. 그렇다고 해서 당신이 볼랑주 양에게 벌을 내리지는 않으리라는 것도 압니다. 스스로를 아끼는 자존심 때문에라도 당신은 그토록 아끼던 사람을 더럽히지는 않을 겁니다. 물론 볼랑주 양은 배려받을 자격이 없습니다. 하지만 적어도 그 어머님, 그 훌륭한 부인에 대해서만은 마땅히 배려해야 한다는 걸 굳이 덧붙이지 않아도 될 겁니다. 당신 역시 그분에 대해서는 갚아야 할 일이 있고요. 어차피 당신이 제일 먼저 순진하고 단순한 어린 아가씨를 유혹했고, 그러니까 제일 먼저 타락시킨 겁니다. 그러니까 당신 역시 그 이후에 일어난 무절제한 행동이나 과오에 대해서 영원히 책임이 있는 셈입니다. 아무리 민감한 감성을 내세우며 변명을 한다고 해도 변하지 않는 사실입니다.

 내 말이 너무 가혹하다고 놀라지 마십시오. 당신을 존중하는 내 마음을 최대한으로 증명하는 거니까요. 세상에 알려져 봤자 당신한테도 이로울 게 없고 더구나 이미 당신으로 인해 상처받은 한 어머니의 마음을 죽도록 슬프게 할 비밀을 지켜준다면, 나는 당신을 더욱 존중하겠습니다. 내 친구를 위해 꼭 그렇게 해주고 싶습니다. 혹시라도 당신이 거절할지도 모른다는 생각이 들어 말하는데, 그것이 당신이 내게 남겨준 유일한 위안이라는 사실을 생각해주기 바랍니다.

 이만 줄입니다.

17××년 12월 15일, ××× 저택에서

백일흔두번째 편지

로즈몽드 부인이 볼랑주 부인에게

 메르테유 부인 얘기를 알아봐달라고 했었죠? 파리에 수소문해서 결과를 기다리고 있었다면 아직까지 답장을 쓸 수 없었을 겁니다. 알아낸 게 있다고 해도 모두 막연하고 불확실한 것들이겠죠. 하지만 기대하지도 않았고 기대할 수도 없었던 걸 손에 넣게 되었습니다. 소문은 너무나 정확했습니다. 아! 그 여자는 진정 완벽하게 부인을 속여왔더군요!

 그 여자가 행한 가증스런 짓들을 자세히 옮기고 싶지도 않습니다. 하지만 사람들 사이에 어떤 소문이 돌고 있든 분명 사실에는 미치지 못하리라는 것만은 단언할 수 있습니다. 부인은 날 잘 알지 않습니까. 증거를 보여달라고 하지 말고, 그냥 내 말을 믿으세요. 증거는 산더미처럼 많이 있고 또 모두 내 손에 들어 있다는 사실만 알고, 그냥 받아들이세요.

볼랑주 양에 대해 조언을 구한 것 역시, 정말 마음이 아프지만 같은 얘기를 해야겠습니다. 따님의 뜻을 꺾으려고 하지 마세요. 당사자가 소명으로 부름을 받지 않았다면 어떤 이유로도 강요할 수 없는 일 아닙니까? 때로는 그런 부름을 받았다는 게 커다란 행복이 되기도 하죠. 자기가 왜 그래야 하는지 이유를 알면 반대하지 않을 거라고 했다면서요? 우리의 감정을 주관하시는 분은 우리 각자에게 어떤 것이 적합한지를 알고 계십니다. 우리가 헛된 지혜로 알 수 있는 것보다 더 잘 아시죠. 우리가 하늘의 가혹한 벌이라고 생각하는 것이 반대로 자비로운 은혜일 수 있답니다.

내 생각이 분명 부인을 슬프게 할 거고, 그래서 내가 깊이 생각해보지도 않고 말한다고 생각할지도 모르겠습니다. 하지만 난 볼랑주 양을 그냥 수녀원에 있게 해야 한다고 생각합니다. 따님이 계획을 세운 것 같으니 반대하지 말고 오히려 격려해주세요. 따님이 그 계획을 실행에 옮길 날을 기다리며, 정해둔 혼담은 취소하세요.

친구에게 이런 말을 해야 하는 의무를 마치면서, 또한 위로의 말 한마디 하지 못하면서, 한 가지만 부탁하겠습니다. 이 슬픈 사건에 대해서 더 이상 나에게 묻지 말아주세요. 이런 일은 잊어버리는 게 좋습니다. 그냥 잊도록 합시다. 파헤쳐서 진상을 알아내봐야 더욱 슬퍼질 뿐이니, 설사 이해할 수 없다고 해도 그저 신의 섭리에 복종하며 신의 뜻을 믿고 따릅시다. 그럼 이만 인사를 드립니다.

17××년 12월 15일, ××× 저택에서

백일흔세번째 편지

볼랑주 부인이 로즈몽드 부인에게

아! 부인께선 왜 그리 무서운 장막으로 제 딸의 운명을 가리려고 하시나요? 제가 그 장막을 들어올릴까 봐 두려워하시는 것 같고요! 부인의 얘기를 듣고 나서 제 마음은 온갖 의혹으로 시달리며 고통스럽습니다. 장막 뒤에 숨어 있는 것이 자식을 둔 어미의 가슴을 지금보다 더 아프게 할 일이라면, 도대체 그게 뭘까요? 부인께서 저를 진심으로 아끼신다는 것, 그리고 너그러운 마음을 지닌 분이라는 것을 알기에 더욱 불안합니다. 어제부터 몇 번이나 달려가고 싶었습니다. 이 고통스런 불안에서 벗어날 수 있도록 제발 모든 것을 숨김없이 알려달라고 말하고 싶었습니다. 하지만 그때마다 앞으로 그 일에 대해 묻지 말아달라고 하신 말씀이 떠올라 겁이 났습니다. 결국 그나마 희망을 완전히 저버리지 않는 길을 택하기로 했습니다. 부디 호의를 베푸시어 제 소망을 거절하지 말아주십시오. 그러니까 부인께서 차마 하지 못하신 얘기를 제가 비슷하게나마 짐작하고 있는지, 그것만 말씀해주십시오. 걱정하지 마십시오. 어머니란 원래 넓은 마음으로 모든 것을 받아들일 수 있고, 모든 것을 다 해결할 수 있는 법이랍니다. 만약 제 불행이 그 정도를 넘어서는 것이라면, 침묵하셔도 됩니다. 회답이 없으면 그렇게 이해하겠습니다. 그럼 무엇을 알고 있고 어디까지 걱정하고 있는지 말씀드리겠습니다.

딸아이는 당스니 기사에게 호감을 가지고 있었습니다. 편지를 받기도 했고 심지어 답신을 보내기도 했다는 것도 알고 있습니다. 전 어린 딸아이가 범하는 과오가 위험한 결과를 초래하지 않도록 충분히 배려를 했다고 생각했습니다. 하지만 지금은 어느 하나 걱정되지 않는 것이 없으니, 어쩌면 딸아이가 제 감시를 속이고 무언가를 한 게 아닌지 두렵습니다. 그러니까 유혹에 빠져서 절대 해서는 안 되는 일을 저질렀는지도 모르겠습니다.

의혹을 더욱 짙게 하는 몇 가지 정황이 떠오릅니다. 발몽 자작이 죽었다는 소식을 듣고 딸아이의 상태가 좋지 않았다고 말씀드렸죠? 결투를 하다 당스니가 다쳤을까 봐 걱정되어서 그랬던 것 같습니다. 그 후 메르테유 부인에 대한 소문을 듣고 많이 울었던 건 그 사람에 대한 애정 때문이라고 생각했는데 어쩌면 질투 때문이었을지도, 아니면 사랑하는 남자가 자기를 배신했다는 게 속이 상해서 그랬던 건지도 모르겠습니다. 최근의 태도 역시 같은 이유로 설명할 수 있을 것 같습니다. 사람들이 싫어지면 흔히 그것만으로 하느님의 부름을 받았다고 생각하게 되잖습니까? 만일 이것이 다 사실이라면, 그리고 부인께서도 다 알고 계신 거라면, 충분히 저에게 그렇게 엄중한 충고를 하실 수 있으리라고 생각됩니다.

하지만 정말 그렇다면, 물론 딸아이를 나무라기는 하겠지만, 그래도 일시적인 착각으로 종교에 귀의하는 고통과 위험으로부터 무슨 수를 써서라도 구해내겠습니다. 당스니가 제대로 된 사람이라면 자기 한 사람 때문에 일어난 이런 불행에 대해서 보상을 거절하지는 않을 테고요. 더구나 딸아이와의 결혼은 그에게도 유리한 것이니 그는 물론 가족들도 기뻐하지 않을까요?

이것이 제게 남은 유일한 희망입니다. 제가 희망을 가져도 좋은 건지 가능하다면 하루라도 빨리 확인해주십시오. 제가 얼마나 애타게 부인의 대답을 기다리고 있는지, 부인의 침묵이 제게는 얼마나 힘겨운 고통인지 생각해주십시오.[7]

막 편지를 봉하려고 하는데 아는 사람이 찾아왔었습니다. 그저께 메르테유 부인이 겪은 끔찍한 일을 전해주었죠. 전 최근 아무도 만나지 않았기 때문에 그런 일이 있었는지도 몰랐습니다. 직접 목격한 사람에게 들은 얘기를 전해드리겠습니다.

그저께 목요일 메르테유 부인이 시골에서 돌아오는 길에 자기 전용 좌석이 있는 이탈리아 극장에 내렸습니다. 혼자 앉아 있었는데, 놀랍게도 공연 내내 인사를 하러 오는 남자가 없었답니다. 공연이 끝난 후 부인은 평소대로 휴게실에 들어갔고, 이미 사람이 가득 차 있었답니다. 갑자기 웅성거리는 소리가 났지만 부인은 자기 때문이라고 생각하지 못했고, 긴 의자 하나에 빈자리가 있는 것을 보고 앉으려고 했습니다. 그 순간 이미 앉아 있던 여자들이 미리 입을 맞추기라도 한 것처럼 일제히 일어나버리는 바람에 부인은 혼자가 되었답니다. 모두가 분개하고 있다는 걸 노골적으로 드러내는 행동이었죠. 남자들이 박수를 쳤고, 그러면서 웅성거림이 더 커졌고, 마지막에는 시끄러운 욕지거리가 퍼졌다고 합니다.

그런데 거기서 끝나지 않았습니다. 하필이면 그때 옛날 그 사건 이후 모습을 드러내지 않던 프레방이 들어온 겁니다. 그가 나타나자 남녀 모두 둘러싸고 박수를 쳤습니다. 프레방은 주위를 둘러싼 사람들에게 떠밀리다시피 메르테유 부인 앞으로 가게 되었습니다. 부인은 아무것도 듣지도 보지도 못하는 것처럼 행동했답니다. 얼굴 색 하나 바뀌지 않았다는군요! 하지만 아무래도 과장된 얘기 같습니다. 어쨌든 이 치욕스런 장면은 마차가 준비되었다는 연락이 올 때까지 이어졌고, 마침내 부인이 휴게실을 나설 때 사람들이 엄청난 욕설을 퍼부었답니다. 제가 이런 여자와 친척이라

---

7 이 편지에는 회신이 없었다.

는 게 끔찍합니다. 프레방은 그곳에 있던 자기 부대 장교들에게 그날 저녁 대단한 환대를 받았고, 머지않아 원래의 부대와 지위로 돌아갈 거라고 합니다.

이 이야기를 들려준 사람에 따르면 메르테유 부인은 그날 밤 늦게까지 고열에 시달렸다고 합니다. 처음에는 낮에 힘든 일을 겪어서 그런 줄 알았는데, 어제저녁에 천연두로, 더구나 악성으로 진단이 나왔다고 합니다. 어쩌면 이렇게 죽는 게 차라리 다행스러운 일일지 모르겠습니다. 이번 사건이 곧 판결이 날 소송사건에도 나쁜 영향을 끼칠 거라고들 합니다. 특별한 배려가 없으면 패소하게 될 거라고 하더군요.

그럼 이만 인사를 드리겠습니다. 나쁜 사람들은 결국 모두 벌을 받았습니다. 하지만 설사 그렇다고 해도 그들 때문에 희생당한 불쌍한 사람들을 위해 아무런 위로도 되지 못하는 것 아닐까요.

17××년 12월 18일, 파리에서

백일흔네번째 편지

당스니 기사가 로즈몽드 부인에게

부인의 말씀이 옳습니다. 제 힘으로 할 수 있는 일이라면, 부인이 원하시는 일이라면, 결코 거절하지 않겠습니다. 볼랑주 양에게 받은 편지를 전부 소포로 보내드립니다. 읽어보시면 볼랑주 양이 어쩌면 그렇게 순진하면서도 파렴치할 수 있는지 놀라게 되실 겁니다. 마지막으로 읽어보는 동안 저에겐 그 사실이 너무나 충격적이었습니다.

하지만 무엇보다도 메르테유 부인이 그렇게 순진무구한 아가씨를 이용해서 가증스러운 즐거움을 누렸다는 걸 생각하면 화가 치밀어올라 참을 수가 없습니다.

이제 저에게 사랑은 없습니다. 배신당한 감정은 실오라기 하나 남아 있지 않습니다. 따라서 제가 볼랑주 양을 변호하는 건 절대 사랑의 감정이 아닙니다. 저는 볼랑주 양이 그저 소박한 마음 때문에, 온순하고 순진한 성격 때문에 쉽게 악의 세계로 끌려간 거라고 생각합니다. 갓 수녀원에서 나와 경험도 없고 별다른 생각도 없는 그 나이의 아가씨들이 대부분 그렇듯이 아직 선과 악을 제대로 분간하지도 못했을 텐데 어떻게 그런 사악한 음모에 저항할 수 있었겠습니까? 마음이 너무 여려서, 혹은 감정이 타락해서, 결국 자신이 의도하지도 않은 상황들이 만들어지게 된 겁니다. 이런 생각을 하면 너그러운 마음을 가질 수밖에 없습니다. 제가 볼랑주 양의 과오를 절실히 느끼고는 있지만 그렇다고 해서 복수하려고 들지는 않을 거라고 하신 말씀은 저를 정확하게 보신 겁니다. 볼랑주 양을 더 이상 사랑하지 않는 것으로 충분합니다. 그녀를 증오하는 것은 너무나 힘이 들 테니까요!

볼랑주 양에 관한 일들, 또 그녀에게 불리할 수 있는 일들은 모두 덮어두고 싶습니다. 이것저것 따져서 생각해보기 전에 저절로 생긴 마음입니다. 즉시 부인의 소망을 충족시켜드려야 했는데, 제가 조금 지체했다고 생각하실지도 모르겠군요. 숨김없이 이유를 말씀드리겠습니다. 전 무엇보다도 이 불행한 사건으로 어떤 결과가 생길지에 대해서 불안을 씻어내고 싶었습니다. 부인께 너그러운 마음을 가져달라고 청하고 더구나 그렇게 청할 권리가 있다고 생각하던 때였다면, 아마도 저는 부인의 부탁을 들어드리는 대가로 너그러운 조치를 얻어내려고 하는 것처럼 보일까 봐 두려웠을 겁니다. 하지만 순수한 동기에서 그렇게 한다는 걸 확신할 수 있게 된 지금에는 솔직히 말씀드리면 부인께서 그 점에 대해 결코 의심하지 않으시리라는 자부심까지 느껴집니다. 제가 이렇게까지 세심하게, 어쩌면 지나치게 신경을 쓰는 것을 용서해주십시오. 모두 부인을 우러러보고 존경하기 때문입니다.

역시 똑같은 마음에서 마지막으로 한 가지 더 부탁드리겠습니다. 말씀해주십시오. 전 이 불행한 사건으로 인해 제게 주어진 모든 의무를 충분히 이행한 것일까요? 일단 이 문제에 대해 의심이 없다면, 이제 제 마음은 확고합니다. 몰타 섬으로 떠나려고 합니다. 아직 젊은 나이에 이토록 원망해야만 하는 세상을 버리고 싶습니다. 몰타 섬에서 계속 맹세를 하고 또 종교의 힘으로 그 맹세를 지켜내겠습니다. 기억만으로도 제 영혼을 슬픔에 젖게 하고 좌절하게 만드는 그 끔찍한 일들을 낯선 하늘 아래 하느님의 품에서 잊어보려고 합니다.

존경을 담아 인사를 드립니다.

17××년 12월 26일, 파리에서

백일흔다섯번째 편지

볼랑주 부인이 로즈몽드 부인에게

메르테유 부인의 운명이 드디어 끝났습니다. 부인을 싫어하던 사람들 중에는 아직까지 화를 가라앉히지 못하는 사람도 있고, 반대로 연민을 느끼는 사람도 있습니다. 천연두로 죽는 것이 차라리 다행스런 일이라는 제 말이 옳았습니다. 병이 다 낫기는 했지만 얼굴이 엉망이 되어버렸고, 특히 한쪽 눈을 잃었다고 합니다. 물론 제가 직접 본 건 아니지만, 차마 쳐다보기 힘들 정도였다고 합니다.

언제나 악담 잘하기로 유명한 ×× 후작이 어제 메르테유 부인에 대해 이런 얘기를 했습니다. 병을 앓고 나더니 뱃속이 겉으로 다 드러나버렸다고, 이제 마음이 그대로 얼굴에 드러난다고 말입니다. 불행하게도, 그 말을 들은 모든 사람이 동감했습니다.

더구나 불행과 과오를 더 크게 만든 사건이 하나 더 있었습니다. 그저께 판결에서 만장일치로 패소한 겁니다. 소송비용, 손해배상과 이자, 또 부당이득 반환 등, 미성년자인 상대편 아이들에게 모든 걸 지급하라는 판결이랍니다. 이번 소송에 거의 전 재산이 걸려 있고, 그나마 재판과 관계된 비용을 치르기도 어려울 것 같다고 합니다.

이 소식을 듣자마자 메르테유 부인은 아픈 몸을 이끌고 짐을 챙겨서 야반도주를 했습니다. 역마차를 타고 혼자 갔다는군요. 하인들 말을 들어 보면 아무도 주인마님을 따라가려고 하지 않았답니다. 네덜란드로 간 것 같습니다.

남아 있는 사람들한테는 그야말로 경악스러운 일이었죠. 남편 상속인의 소유가 될 값비싼 다이아몬드들, 은제품, 보석 등 가지고 갈 수 있는 걸 모두 챙겨갔으니까요. 5만 리브르에 이르는 빚은 그대로 남겨둔 채 말입니다. 완전히 파산입니다.

채권자들과 사태를 논의하기 위해 내일 친척들이 모이기로 했습니다. 저도 먼 친척이지만 협력하기로 했습니다. 하지만 그 모임에는 참석하지 않겠습니다. 훨씬 더 슬픈 다른 의식을 보아야 하기 때문이죠. 내일 제 딸아이가 예비 수녀복을 입게 됩니다. 아, 부인, 잊지 마십시오. 제가 이 커다란 희생을 치르는 이유는 오직 한 가지입니다. 부인께서 저에게 침묵을 지키셨기 때문에 이렇게 할 수밖에 없습니다.

당스니는 이 주일쯤 전에 파리를 떠났습니다. 사람들 말로는 몰타로 가서 쭉 그곳에 살게 될 거라고 하더군요. 그 사람을 붙잡기에는 너무 늦은 걸까요?…… 아, 부인!…… 정말 내 딸이 죄를 지었나요?…… 이 끔찍한 사실을 도저히 인정하지 못하는 어미의 마음을 용서해주시겠습니까?

얼마 전부터 제 주위에는 너무도 끔찍한 운명이 덮쳐 모든 걸 앗아갔습니다. 제가 가장 사랑하는 사람들을! 제 딸을, 제 벗을!

단 한 번 위험한 관계를 맺은 것이 이렇게 큰 불행을 초래하는 걸까요? 그 누가 전율하지 않을 수 있겠습니까? 조금만 더 깊이 생각했더라면 아무리 엄청난 불행이라도 모두 피할 수 있었을 텐데! 남자가 유혹하는 말을 꺼내기만 해도 도망갈 수 있었을 텐데! 누가 딸에게 말을 걸면 바로 경각심을 가졌을 텐데! 하지만 이런 생각은 언제나 일이 터진 후에 오는 법이죠. 그래서 가장 중요한 진리, 가장 널리 알려진 진리이면서도 정작 결국 우리의 무분별한 풍속의 소용돌이 속에 묻혀버리고 아무 소용이 없게 되나 봅니다.

안녕히 계십시오. 우리의 이성은 불행을 경고해줄 능력이 없었던 것과 마찬가지로 불행을 위로해주지도 못한다는 걸 절실히 느낍니다.[8]

17××년 1월 14일, 파리에서

---

8 몇 가지 이유도 있고 또 우리가 배려해서 존중해야만 하는 것이 있기 때문에 어쩔 수 없이 여기서 끝을 맺는다. 지금으로서는 볼랑주 양이 후에 어떻게 되었는지 말할 수가 없다. 마찬가지로 메르테유 부인에게 일어난 일, 천벌처럼 일어난 일들을 독자들에게 알려줄 수가 없다.
언젠가는 이 책의 후속 얘기를 발간할 수 있을지도 모른다. 하지만 약속할 수는 없다. 설사 뒷이야기를 발간할 마음이 생겨도 우선 독자들의 의견을 들어보아야 할 것이다. 독자들이 뒷이야기를 읽고 싶어 하는 이유는 우리와 같지 않을 테니 말이다.

■ 옮긴이 해설

낭만적 환상과 소설적 환멸

쇼데를로 드 라클로의 『위험한 관계』는 18세기 프랑스를 배경으로 타락한 귀족사회를 묘사한 서간체 소설이다. 특히 남녀 간에 복잡하게 얽힌 애정관계들을 풀어나가는 과정이 포병장교라는 저자의 직업에 걸맞게—라클로는 주둔지를 이동하던 군생활의 무료함을 달래기 위해 이 작품을 쓰기 시작했다고 한다—마치 공격과 방어의 계산된 군사전략을 시행하듯 냉철하고 치밀하다. 사랑과 배신, 질투와 복수가 이어지는 '위험한 관계'들의 세계 속에는 우선 마음이 멀어진 연인에게 복수하려는 메르테유 부인과 그 공모자인 바람둥이 발몽이 있다. 이들은 세상이 칭송하는 정절이라는 미덕이 쉽게 빠져드는 함정을 잘 알고 있고, 그것을 무기 삼아 사람들의 마음을 조종한다. 사교계의 현실과 타협한 대부분의 사람은 이들에게 속고(딸을 파멸시킨 메르테유 부인의 실체를 보지 못하는 볼랑주 부인을 보라), 설사 그 속내를 간파한다고 해도 체면 때문에 혹은 모종의 이익을 위해 은밀한 공모자가 된다. 그 반대편에는 위험한 관계의 희생자들인 투르벨 부인, 세실, 당스니가 있다. 사교계의 악덕과 위선에 물들지 않았던 이들의 삶은 처음 경험하는 사랑의 감정으로 인해 흔들리기 시작하고, 결국 순진하기 때문에 더욱 쉽게 타락하게 된다.

이성과 도덕이 지배하던 계몽주의 시대, 그 아래 숨겨진 적나라한 생활상을 그린 시대의 풍속화이자 감정의 굴곡을 그린 연애소설로서『위험한 관계』는 역시 같은 시대 서간체로 씌어진『누벨 엘로이즈』와 함께 이야기된다. 루소의 소설이 그려낸 '사랑과 미덕'의 이야기에『위험한 관계』는 '악덕과 방종'의 이야기로 답한 셈이다. 실제 라클로는 자신의 소설이 사람들(특히 여인들)이 작품 속 인물들 같은 불행한 길에 빠지지 않도록 "사교계에서 수집하여 사람을 교화(敎化)시키기 위해 간행한 서간집"이라고 말한다. 하지만 200여 년이 지난 오늘날까지 이 소설을 지탱하는 것은 오히려 모든 도덕적 판단을 유보한 채 사랑의 미덕에 대해서나 방종의 악덕에 대해서나 같은 거리를 유지하며 그 깊은 본질에 이르고자 하는 탐구의 시선이다.『위험한 관계』에 그려진 미덕의 희생이 언제나 순수한 것은 아니고, 마찬가지로 악덕의 현실이 삶의 진실을 포함하는 것은 그 때문이다.

결국 이 소설에서는 투르벨 부인과 두 젊은이를 파멸로 이끌어간 것은 사랑이라기보다는 사랑의 환상이라고 말한다. 환상은 욕망의 대상을 변형시키며, 따라서 이들은 사랑의 실체를 알고 연애감정을 조롱하는 자들과의 게임에서 절대 이길 수 없다. 위험한 관계는 미덕과 방종의 싸움이 아니라 환상과 현실의 싸움 속에 자리 잡는 것이다. 더구나 투르벨 부인의 파멸이 순결한 희생으로 그려지는 것과 달리 당스니와 세실의 희생에는 자기기만이라는 또 다른 악이 개입된다. 순진하던 두 젊은이가 놀라울 정도로 간교한 자기합리화를 통해 타락해가는 과정은 귀족사회의 부도덕한 실상과 함께 인간 본성에 대한 예리한 묘사를 제공한다. 이렇게 소설 『위험한 관계』는 환상의 위험과 위선을 보여주면서 '환멸'이라는 우리 삶의 조건을 그려낸다.

한 걸음 더 나아가 가해자들 간의 관계, 그러니까 메르테유 부인과 발몽의 관계는 이 소설 속에 펼쳐지는 모든 관계의 중심이 된다. 이들의 관계는 자존심 싸움 혹은 '허영'으로 지탱되는 관계이며, 따라서 끝없이 이어지는 욕망의 게임에서 승리하는 것이 가장 중요한 관계이다. 사랑의 관계가 환상을 깔고 있기에 덜 위험하고, 그래서 덜 매력적이라면, 사랑이 아니라 욕망의 유희로 유지되는 관계는 훨씬 위험하다. 실제 이 두 인물은 사람들의 허영을 간파해서 주위 사람들을 파멸로 몰아가지만, 정작 자기들은 또 다른 허영의 덫에 결정적으로 걸려들지 않는가. 발몽은 사교계에서 자신의 명성을 위태롭게 하지 않으려고 투르벨 부인을 희생시키며, 메르테유 부인에게도 남성 위주의 사회에 맞선 허영, 위선일지언정 도덕만이 내세워지는 사회에 맞선 허영은 최대의 무기인 동시에 치명적인 약점이 된다. 보다 정확히 말하자면 발몽이 투르벨 부인을 버린 것은 메르테유 부인에게 속은 것이라기보다는 그녀의 존재가, 그녀와의 게임이 자신의 내면의 소리를 거부할 정도로 중요했기 때문이다. 그는 자신의 동지이자 경쟁자인 메르테유 부인과의 관계에 자신의 인생을 내건 것이다. 메르테유 부인 역시 발몽의 승리는 곧 자신의 허영의 패배를 의미하기에 파멸을 초래할지도 모르는 위험한 '전쟁'을 선택할 수밖에 없었던 것이다. 어차피 이들의 욕망은 충족될 수 없다. 그것은 사실상 타자의 눈에 비치는 자기의 모습, 타자의 욕망이기 때문이다. 르네 지라르의 말을 빌리자면, 메르테유 부인과 발몽의 관계는 '낭만적 거짓'에 의해 유지되고 있으며, 작품은 그러한 욕망의 허영을 드러냄으로써

'소설적 진실'을 보여준다.

    이 점에서 『위험한 관계』의 진정한 주인공은 메르테유 부인이라고 말할 수 있다. 그녀는 엠마 보바리처럼 자기도 모르게 파멸로 내몰리고, 그래서 절망에 빠지고 마는 인물이 아니다. 그녀는 위험하기 때문에 매력적인 게임에 빠져든 것이며, 그렇게 우리 안의 또 다른 얼굴을 보여주는 것이다. 그러한 여인과 맞선 발몽은 죽어가면서 진실을 밝힘으로써 패배 속에서 승리를 거두고자 했을 것이다. 사실 마지막 순간 발몽의 회심은 상당히 모호하다. 투르벨 부인과의 사랑은 과연 욕망의 허영을 벗어날 수 있게 해줄 출구였을까, 아니면 그조차 환상일 뿐 발몽은 여전히 메르테유 부인과의 관계 속에 존재하는 것일까. 어쩌면 끝까지 홀로 남겨진 메르테유 부인과 달리 발몽은 죽어가면서 비로소 욕망의 미로에서 벗어날 수 있는 가능성을 엿본 것인지도 모른다.

    서술 형식의 측면에서 『위험한 관계』는 여러 인물이 주고받는 총 175개의 편지로 이루어져 있다. 전체적으로 시간적 순서에 따라 배열되었을 뿐 특별한 장치 없이 나열된 편지들은 독자로 하여금 여러 인물의 내적 모험을 동시에 따라가게 해준다. 더구나 편지라는 개인적 글쓰기가 전제하는 감춤과 드러냄의 섬세한 조합이 더해지면서 『위험한 관계』는 긴장 속에 이어지는 사건들, 때로는 격정적이고 또 때로는 미세한 그 변화를 입체감 있게 그려낼 수 있게 된다. 무엇보다도 편지라는 내밀한 공간은 쓰는 사람과 읽는 사람 모두에게 나르시스적 도취를 유발한다. 그리고 편지는 발신자와 수신자 간의 일대일의 의사소통을 전제한다는 점에서 은밀한 공모의 관계를 만들어낸다. 편지를 통해 진행되는 모험이 실제 상황에서보다 더 대담할 수 있는 것은 그 때문이다. 편지로 전달되는 발몽의 공격은 메르테유 부인이 염려한 것과 달리 직접 만난 자리에서 이루어지는 것보다 보다 더 섬세하고 자극적이지 않은가.

또한 매번 발신자와 수신자가 바뀌는 편지의 나열은 곧 은밀하고 폐쇄된 세계들의 나열을 의미하기에, 그렇게 이루어진 소설의 세계 속에는 편지를 주고받는 사람들의 다양한 관계가 그대로 투영된다. 인물들 각자가 자기의 시점과 욕망에 따라 타인을 보고 세계를 보고 타인을 바라보는 것이다. 그렇게 해서 동일한 사건이 서로 다른 시점으로 그려지기도 하고(발몽의 선행이라는 같은 사건을 이야기하는 두 통의 편지를 비교해보라), 한 인물의 가면과 내면의 진실의 차이가 적나라하게 드러나기도 한다(투르벨 부인의 고백을 듣는 로즈몽드 부인이 대표적이다). 동시에 편지는 발신자와 수신자 간의 시공간적 거리로 인해 언제든 남이 엿볼 수 있는 증거가 된다. 발몽은 결국 투르벨 부인의 주머니 속에 들어 있는 볼랑주 부인의 편지를 읽어보고 그 딸을 끌어들일 결심을 하게 되며, 메르테유 부인의 음모는 고스란히 편지라는 증거 속에 담겨 그녀를 사교계에서 매장하는 데 결정적인 역할을 하지 않는가?『위험한 관계』 안에 펼쳐지는 욕망의 유희는 이렇게 편지라는 형식이 가능하게 하는 기법들을 통해—시점의 이동이나 의식의 흐름 같은 현대적 서술 기법과 유사하다—상당히 효과적으로 형상화된다.

독자들 역시 이 편지들의 틈새에 자리 잡고 있다.『위험한 관계』의 독자는 수없이 많은 고백과 증거들 속에서 욕망들의 부딪침을 바라보게 된다. 보다 정확하게는 '엿보게' 된다. 심지어 독자는 편지의 수신자가 보지 못하는 것까지 볼 수 있다. 특히 중반 이후 당스니와 세실이 주고받는 편지나 발몽의 죽음 이후 그 시종이 쓰는 편지는 이미 수신자보다 더 많은 것을 눈치 챈 독자들에게 편지 안에 직접 이야기된 것 너머를 엿

보는 쾌락을 제공하며, 나아가 인간의 욕망에 대해 그리고 삶의 현실에 관해 생각하게 해준다. 이 소설의 의미는 그렇게 완성된다. 다시 말하면 독자는 작중인물들의 욕망의 창(窓)을 통해 자기의 욕망을 바라보는 것이다.『위험한 관계』속의 인물들에게나 20세기의 독자들에게나 정신의 숭고한 고양보다는 정신에 파고드는 욕망의 독(毒)이— 독과 약(藥)은 어원이 같다! — 더 매력적이며, 결국 관계는 위험하기 때문에 매력적인 것이다. 위험한 관계는 금지된 관계이며, 금지된 관계를 행동으로 위반하는 작중인물, 그리고 글로 옮기고 이를 읽음으로써 위반하는 작가나 독자는 모두 위험한 관계를 맺는다. 어쩌면 금지하는 것을 금지하는 것을 본령으로 삼는 문학, 그리고 이에 동조하는 작가나 독자는 모두 위험하다. 200여 년 전에 씌어진『위험한 관계』가 아직 위험한 것은 바로 그 때문이다.

■ 작가 연보

1741	프랑스 피카르디 지방 아미앵에서 피에르 앙브루아즈 프랑수아 쇼데를로 드 라클로 Pierre-Ambroise François Choderlos de Laclos 태어남.
1760	신흥 귀족 집안의 아들로서 군인의 길을 걷기로 하고, 라페르 왕립포병학교에 입학함.
1762	장교로 라로셸의 식민지 여단에 배치됨.
1763	7년전쟁에서 패한 프랑스가 북아메리카 식민지를 잃고 군사 확장 정책이 중지됨. 스트라스부르, 그르노블, 브장송 등 포병대에 근무하면서 틈틈이 희곡 작품을 쓰기 시작함.
1770	『마르고에게 보내는 편지 *Epître à Margot*』.
1773	『추억, 에글레에게 보내는 편지 *Les Souvenirs, épître à Eglée*』.
1777	리코보니 부인 Marie-Jeanne Riccoboni의 소설을 각색한 오페라 코미크 「에르네스틴 Ernestine」발표. 파리의 이탈리아 극장 무대에서 단 한 번 공연한 후 막을 내림.
1782	1778년에 집필을 시작한 『위험한 관계 *Les liaisons dangereuses*』가 출

작가 연보 553

간됨. 사흘 만에 초판 2천 부가 모두 판매됨.

1783   사회개혁을 통해 여성을 노예 상태에서 벗어나게 해야 한다는 논문 「여성의 교육에 대하여 De l'éducation des femmes」를 씀.

1786   마흔두 살의 나이로 스물네 살의 마리 솔랑주 뒤페레 Marie-Solange Duperré와 결혼함.

1788   군대생활을 청산함. 왕가의 일원으로 혁명정신을 지지하던 오를레앙 공 duc d'Orléans의 비서관이 되어 자코뱅 활동에 참여함.

1789   프랑스 대혁명 시작. 7월 바스티유 감옥 습격사건. 10월 베르사유 민중 폭동.

1791   국민의회의 헌법 제정과 입헌군주제 성립. 국왕 루이 16세가 해외 도피를 시도한 사건으로 혁명파 내의 갈등이 심화됨(온건파 푀양 클럽이 자코뱅에서 분리). 자코뱅파가 주도한 공화정 설립을 위한 청원서 작성에 참여함.

1792   제1공화국이 성립되면서 전쟁성 관리로 임명됨. 포병을 정비하여 9월 발미 Valmy 전투에서 프랑스가 오스트리아-프로이센 연합군에 승리하는 데 기여함.

1793   로베스피에르 Robespierre가 집권하면서 오를레앙 공 지지자로 분류되어 투옥됨.

1794   로베스피에르가 실각하면서 감옥에서 풀려남. 이후 군사적·정치적으로 재기하기 위해 노력하지만 별다른 성과를 거두지 못함.

1800   같은 포병장교 출신인 나폴레옹이 정권을 장악하면서 다시 군에 복귀함.

1803   이탈리아의 타란토에서 병으로 사망.

■ 기획의 말

'대산세계문학총서'를 펴내며

　　근대 문학 100년을 넘어 새로운 세기가 펼쳐지고 있지만, 이 땅의 '세계 문학'은 아직 너무도 초라하다. 몇몇 의미 있었던 시도에도 불구하고, 전체적으로는 나태하고 편협한 지적 풍토와 빈곤한 번역 소개 여건 및 출간 역량으로 인해, 늘 읽어온 '간판' 작품들이 쓸데없이 중간되거나 천박한 '상업주의적' 작품들만이 신간되는 등, 세계 문학의 수용이 답보 상태에 머물러 있었음을 부인하기 힘들다. 분명한 자각과 사명감이 절실한 단계에 이른 것이다.
　　세계 문학의 수용 문제는, 그 올바른 이해와 향유 없이, 다시 말해 세계 문학과의 참다운 교류 없이 한국 문학의 세계 시민화가 불가능하다는 의미에서, 보다 근본적으로, 우리의 문화적 시야 및 터전의 확대와 그 질적 성숙에 관련되어 있다. 요컨대 이것은, 후미에 갇힌 우리의 좁은 인식론적 전망의 틀을 깨고 세계 전체를 통찰하는 눈으로 진정한 '문화적 이종 교배'의 토양을 가꾸는 작업이며, 그럼으로써 인간 그 자체를 더 깊게 탐색하기 위해 '미로의 실타래'를 풀며 존재의 심연으로 침잠하는 작업이라고 할 수 있다.

우리의 현실을 둘러볼 때, 그 실천을 위한 인문학적 토대는 어느 정도 갖추어진 듯이 보인다. 다양한 언어권의 다양한 영역에서 문학 전공자들이 고루 등장하여 굳은 전통이나 헛된 유행에 기대지 않고 나름의 가치 있는 작가와 작품을 파고들고 있으며, 독자들 또한 진부한 도식을 벗어나 풍요로운 문학적 체험을 원하고 있다. 새롭게 변화한 한국어의 질감 속에서 그 체험이 이루어지기를 바라는 요청 역시 크다. 그러므로 필요한 것은 어쩌면 물적 토대뿐일지도 모른다는 판단이 우리를 안타깝게 해왔다.

이러한 시점에서, 대산문화재단의 과감한 지원 사업과 문학과지성사의 신뢰성 높은 출간을 통해 그 현실화의 첫발을 내딛게 된 것은 우리 문화계의 큰 즐거움이 아닐 수 없다. 오늘의 문학적 지성에 주어진 이 과제가 충실한 결실을 맺을 수 있도록, 우리는 모든 성실을 기울일 것이다.

'대산세계문학총서' 기획위원회

대산세계문학총서

001-002 소설 **트리스트럼 섄디** (전 2권) 로랜스 스턴 지음 | 홍경숙 옮김

003 시 **노래의 책** 하인리히 하이네 지음 | 김재혁 옮김

004-005 소설 **페리키요 사르니엔토** (전 2권)
호세 호아킨 페르난데스 데 리사르디 지음 | 김현철 옮김

006 시 **알코올** 기욤 아폴리네르 지음 | 이규현 옮김

007 소설 **그들의 눈은 신을 보고 있었다** 조라 닐 허스턴 지음 | 이시영 옮김

008 소설 **행인** 나쓰메 소세키 지음 | 유숙자 옮김

009 희곡 **타오르는 어둠 속에서 / 어느 계단의 이야기**
안토니오 부에로 바예호 지음 | 김보영 옮김

010-011 소설 **오블로모프** (전 2권) I. A. 곤차로프 지음 | 최윤락 옮김

012-013 소설 **코린나: 이탈리아 이야기** (전 2권) 마담 드 스탈 지음 | 권유현 옮김

014 희곡 **탬벌레인 대왕 / 몰타의 유대인 / 파우스투스 박사**
크리스토퍼 말로 지음 | 강석주 옮김

015 소설 **러시아 인형** 아돌포 비오이 까사레스 지음 | 안영옥 옮김

016 소설 **문장** 요코미쓰 리이치 지음 | 이양 옮김

017 소설 **안톤 라이저** 칼 필립 모리츠 지음 | 장희권 옮김

018 시 **악의 꽃** 샤를 보들레르 지음 | 윤영애 옮김

019 시 **로만체로** 하인리히 하이네 지음 | 김재혁 옮김

020 소설 **사랑과 교육** 미겔 데 우나무노 지음 | 남진희 옮김

021-030 소설 **서유기** (전 10권) 오승은 지음 | 임홍빈 옮김

031 소설 **변경** 미셸 뷔토르 지음 | 권은미 옮김

032-033 소설 **약혼자들** (전 2권) 알레산드로 만초니 지음 | 김효정 옮김

034 소설 **보헤미아의 숲 / 숲 속의 오솔길** 아달베르트 슈티프터 지음 | 권영경 옮김

035 소설 **가르강튀아 / 팡타그뤼엘** 프랑수아 라블레 지음 | 유석호 옮김

036 소설	사탄의 태양 아래 조르주 베르나노스 지음	윤진 옮김
037 시	시집 스테판 말라르메 지음	황현산 옮김
038 시	도연명 전집 도연명 지음	이치수 역주
039 소설	드리나 강의 다리 이보 안드리치 지음	김지향 옮김
040 시	한밤의 가수 베이다오 지음	배도임 옮김
041 소설	독사를 죽였어야 했는데 야샤르 케말 지음	오은경 옮김
042 희곡	볼포네, 또는 여우 벤 존슨 지음	임이연 옮김
043 소설	백마의 기사 테오도어 슈토름 지음	박경희 옮김
044 소설	경성지련 장아이링 지음	김순진 옮김
045 소설	첫번째 향로 장아이링 지음	김순진 옮김
046 소설	끄르일로프 우화집 이반 끄르일로프 지음	정막래 옮김
047 시	이백 오칠언절구 이백 지음	황선재 역주
048 소설	페테르부르크 안드레이 벨르이 지음	이현숙 옮김
049 소설	발칸의 전설 요르단 욥코프 지음	신윤곤 옮김
050 소설	블라이드데일 로맨스 나사니엘 호손 지음	김지원·한혜경 옮김
051 희곡	보헤미아의 빛 라몬 델 바예-인클란 지음	김선욱 옮김
052 시	서동 시집 요한 볼프강 폰 괴테 지음	안문영 외 옮김
053 소설	비밀요원 조지프 콘래드 지음	왕은철 옮김
054-055 소설	헤이케 이야기 (전 2권) 지은이 미상	오찬욱 옮김
056 소설	몽골의 설화 데. 체렌소드놈 편저	이안나 옮김
057 소설	암초 이디스 워튼 지음	손영미 옮김
058 소설	수전노 알 자히드 지음	김정아 옮김
059 소설	거꾸로 조리스-카를 위스망스 지음	유진현 옮김
060 소설	페피타 히메네스 후안 발레라 지음	박종욱 옮김
061 시	납 제오르제 바코비아 지음	김정환 옮김
062 시	끝과 시작 비스와바 쉼보르스카 지음	최성은 옮김
063 소설	과학의 나무 피오 바로하 지음	조구호 옮김
064 소설	밀회의 집 알랭 로브-그리예 지음	임혜숙 옮김
065 소설	홍까오량 가족 모옌 지음	박명애 옮김
066 소설	아서의 섬 엘사 모란테 지음	천지은 옮김
067 시	소동파 사선 소동파 지음	조규백 옮김
068 소설	위험한 관계 쇼데를로 드 라클로 지음	윤진 옮김

069 소설	**거장과 마르가리타** 미하일 불가코프 지음	김혜란 옮김
070 소설	**우게쓰 이야기** 우에다 아키나리 지음	이한창 옮김
071 소설	**별과 사랑** 엘레나 포니아토프스카 지음	추인숙 옮김
072-073 소설	**불의 산**(전 2권) 쓰시마 유코 지음	이송희 옮김
074 소설	**인생의 첫출발** 오노레 드 발자크 지음	선영아 옮김
075 소설	**몰로이** 사뮈엘 베케트 지음	김경의 옮김
076 시	**미오 시드의 노래** 지은이 미상	정동섭 옮김
077 희곡	**셰익스피어 로맨스 희곡 전집** 윌리엄 셰익스피어 지음	이상섭 옮김
078 희곡	**돈 카를로스** 프리드리히 폰 실러 지음	장상용 옮김
079-080 소설	**파멜라**(전 2권) 새뮤얼 리처드슨 지음	장은명 옮김
081 시	**이십억 광년의 고독** 다니카와 슌타로 지음	김응교 옮김
082 소설	**잔지바르 또는 마지막 이유** 알프레트 안더쉬 지음	강여규 옮김
083 소설	**에피 브리스트** 테오도르 폰타네 지음	김영주 옮김
084 소설	**악에 관한 세 편의 대화** 블라디미르 솔로비요프 지음	박종소 옮김
085-086 소설	**새로운 인생**(전 2권) 잉고 슐체 지음	노선정 옮김
087 소설	**그것이 어떻게 빛나는지** 토마스 브루시히 지음	문항심 옮김
088-089 산문	**한유문집-창려문초**(전 2권) 한유 지음	이주해 옮김
090 시	**서곡** 윌리엄 워즈워스 지음	김승희 옮김
091 소설	**어떤 여자** 아리시마 다케오 지음	김옥희 옮김
092 시	**가윈 경과 녹색기사** 지은이 미상	이동일 옮김
093 산문	**어린 시절** 나탈리 사로트 지음	권수경 옮김
094 소설	**골로블료프가의 사람들** 미하일 살티코프 셰드린 지음	김원한 옮김
095 소설	**결투** 알렉산드르 쿠프린 지음	이기주 옮김
096 소설	**결혼식 전날 생긴 일** 네우송 호드리게스 지음	오진영 옮김
097 소설	**장벽을 뛰어넘는 사람** 페터 슈나이더 지음	김연신 옮김
098 소설	**에두아르트의 귀향** 페터 슈나이더 지음	김연신 옮김
099 소설	**옛날 옛적에 한 나라가 있었지** 두샨 코바체비치 지음	김상헌 옮김
100 소설	**나는 고故 마티아 파스칼이오** 루이지 피란델로 지음	이윤희 옮김
101 소설	**따니아오 호수 이야기** 왕정치 지음	박정원 옮김